Rainer M. Schröder

Die Lagune der Galeeren

Weitere Bücher von Rainer M. Schröder im Arena Verlag:

»Die wundersame Weltreise des Jonathan Blum«
»Das Geheimnis der weißen Mönche«
»Mein Feuer brennt im Land der Fallenden Wasser«
»Die wahrhaftigen Abenteuer des Felix Faber«
»Felix Faber – Übers Meer und durch die Wildnis«
»Das Vermächtnis des alten Pilgers«
»Das geheime Wissen des Alchimisten«
»Der Schatz der Santa Maravilla«
»Das unsichtbare Siegel«
»Rotes Kap der Abenteuer«
»Jäger des weißen Goldes«
»Das Geheimnis des Kartenmachers«
»Das verschwundene Testament der Alice Shadwell«

Rainer M. Schröder

Die Lagune der Galeeren

Roman

Arena

In neuer Rechtschreibung

1. Auflage 2004

Einbandillustration und Vignetten im Innenteil: Klaus Steffens
Abb. auf S. 454/455: © akg-images/Erich Lessing
Abb. im Vorsatz: Antonio Canaletto: Das Hafenbecken von San Marco.
Aus: Terisio Pignatti: Antonio Canal.
Edition Georg Popp 1976
Gesamtherstellung: Westermann Druck Zwickau GmbH
ISBN 3-401-05324-8

»Maßstab für die Forderung
des Lebens ist nur deine eigene Kraft.
Und deine mögliche Tat besteht darin,
nicht fahnenflüchtig geworden zu sein.«

Aus: Zeichen am Weg
von Dag Hammerskjöld

In Liebe
meiner Frau Helga,
meinem Licht auch
in dunkelster Nacht

Erster Teil

San Bernardo
März bis April 1570

1

Es war jene kurze Zeitspanne fahler Dämmerung, in der sich die dunklen Schatten der Nacht noch überall in den Gassen und Straßen behaupteten und in der man dem Eindruck erliegen konnte, dass dem zögerlichen Vordringen des im Osten hervorbrechenden Lichts ein klägliches Scheitern an den Bastionen der Dunkelheit drohte. Es war die Stunde der Toten von San Bernardo.

Fröstelnd stand Matteo Lombardi im Erdgeschoss des Elternhauses am Fenster, das nach vorn zur Straße hinausging. Seine Hand zitterte leicht, als er den Schlagladen ganz langsam eine Handbreite aufschob. Er schluckte mehrmals heftig, weil der Kloß in seiner Kehle einfach nicht weichen wollte, und zwang sich seinen Blick nicht an den Türen der gegenüberliegenden Wohnhäuser entlangwandern zu lassen. Was für ein grauenvoller Anblick sich seinen Augen dort darbieten würde, wusste er auch so.

Matteo starrte durch den Spalt schräg hinüber auf die Straßenecke, wo sich die Via San Fermo mit der Via del Carmine kreuzte, und lauschte angestrengt in den kühlen, frühen Morgen. Mit wild schlagendem Herzen wartete er auf die schauerlichen Rufe, die jeden Augenblick durch die Straßen ihres Viertels dringen mussten. Und dann würden *sie* dort drüben um die Ecke kommen, diese entsetzlichen, schwarz gewandeten Gestalten, die ihm wie Ausgeburten der Hölle vorkamen, wie zu Fleisch und Leder gewordene Gespenster aus einem grässlichen Alptraum. Für ihn waren sie die Verkörperung des unsäglichen Leids, das über seine Familie und so viele andere Menschen gekommen war!

Eine unnatürliche, totenähnliche Stille lag über der norditalienischen Kleinstadt San Bernardo, die in der oberen scharfen Biegung einer s-förmigen Schleife der Brenta lag. Der breite Arm des Flusses umschloss sie im Norden, Westen und Süden, sodass die Stadt auf dem Landweg nur von Osten her zugänglich war.

Nirgendwo regten sich an diesem Morgen auch nur Ansätze der vertrauten frühmorgendlichen Geschäftigkeit, zu der San Bernardo sonst immer beim ersten Licht eines neuen Tages erwachte. Nicht eine Menschenseele zeigte sich auf der Straße. Nirgendwo schlugen Türen, wurden Fensterläden aufgestoßen, klapperte Kochgeschirr, grüßten sich Nachbarn. Kein erhabenes, weit klingendes Morgengeläut rief zu häuslichem Gebet oder heiliger Messe. Von den Türmen der Kirchen, von denen seit Wochen die schwarzen Fahnen wehten, fiel nicht ein Glockenton herab. Auch die Totenglocke, die in der ersten Woche der Katastrophe fast Tag und Nacht geläutet und die Todesangst unablässig in jedes Haus getragen hatte, war längst verstummt.

Aber jeden Augenblick würden *sie* diese unwirkliche, düstere Stille brechen! Gleich würden die Schnabelmänner durch die Straßen ziehen und mit ihrem grausigen Tagewerk beginnen!

Ja, da waren sie schon! Er hörte sie kommen, die Pestknechte, deren Gier nach Geld größer war als ihre Angst vor dem Tod!

Die Kälte, die Matteo plötzlich in Wellen überfiel und ihn bis ins Mark erschauern ließ, hatte nichts mit der frischen Morgenluft zu tun. Sie kam von den Rufen der Schnabelmänner, die ihm der böige Märzwind schwach von drüben aus der Seitenstraße ans Ohr wehte und die beständig lauter wurden und sich der Kreuzung näherten.

Manchmal verstummten die Rufe für einige Augenblicke

und diese Pausen waren nicht weniger unheimlich, wusste Matteo doch nur zu gut, womit die Schnabelmänner in diesen Momenten des Aussetzens beschäftigt waren.

*»Corpi morti! . . . Corpi morti!**«

Dumpf, teilnahmslos und wie aus halb erstickten Kehlen steigend, drangen die Rufe der Totengräber im nass-kalten Morgengrauen durch die ausgestorbenen Straßen von San Bernardo. Sie zogen mit ihrem Fuhrwerk durch die Viertel, um die Leichname derjenigen einzusammeln, die der schwarze Tod in der Nacht dahingerafft hatte – und die ihre Angehörigen einfach in Tücher gewickelt auf die Straße vor die Tür gelegt hatten. Auf die Toten wartete irgendein Massengrab in ungeweihter Erde vor der Stadt. Denn würdige Begräbnisse mit Glockengeläut, heiliger Messe und einer Trauerfeier, an der Verwandte, Freunde und Nachbarn des Verstorbenen teilnahmen, gab es längst nicht mehr – ebenso wenig wie die kirchlichen Sakramente der Buße, der Kommunion und der letzten Ölung. Die Geistlichen von San Bernardo waren entweder tot oder aus der Stadt geflohen. Dasselbe galt für die meisten Pfarrhelfer und Kirchendiener. Und von den wenigen Mönchen des kleinen Minoritenklosters, deren Barmherzigkeit und selbstlose Aufopferung bei der Pflege der zahllosen Kranken auch im Angesicht des Todes unerschütterlich geblieben war, lebte keiner mehr.

»Corpi morti! . . . Corpi morti!«

Augenblicke später sah Matteo drei maskierte Männer aus dem Halbdunkel der gegenüberliegenden Straße treten. Jeder von ihnen trug ein eng anliegendes, schwarz gefärbtes Ledergewand, das bis zu den Knöcheln herabfiel und im Rücken mit Lederbändern fest zugeschnürt wurde. Zudem waren sie be-

* Körper der Toten, Leichname

wehrt mit langen, ledernen Stulpenhandschuhen, einer monströsen Glasbrille, deren Ledereinfassung die Augen auch an den Seiten eng umschloss, und mit einer schauerlichen Ledermaske, aus der sich vor Mund und Nase ein grotesk großer schnabelartiger Fortsatz nach vorn wölbte. Im Innern dieses breiten und weit vorstrebenden Schnabelfortsatzes befanden sich mit Essig getränkte Schwämme und geruchsstarke Kräuter in eingenähten Stoffbeuteln, von denen man sich erhoffte, dass sie die Erreger der Pest fern hielten und für reine Atemluft sorgten.

Mit steifen, fast hölzernen Bewegungen kamen sie wie Wesen aus den feurigen Höhlen der Unterwelt die Straße hoch. Einer der drei Schnabelmänner ging vorweg. Die anderen beiden folgten ihm mit dem Leichenkarren.

Der Mann an der Spitze der Pestknechte hielt rote Kreide in der Hand, mit der er jedes Haus markierte, in dem der schwarze Tod Einzug gehalten hatte. Jetzt, am Ende der dritten Woche seit Ausbruch der Pest, fand sich das gefürchtete Todeszeichen schon fast an jeder zweiten Haustür.

Niemand, den der Fluch traf, konnte sich länger als ein paar Tage vor dem Pestzeichen schützen, das jeden im Haus zu einem Ausgestoßenen machte. Zwischen dem Ausbruch der Krankheit und dem Tod lagen meist nicht mehr als drei, vier Tage. Manchmal verstrichen zwischen dem ersten hohen Fieber und dem letzten Atemzug sogar nicht einmal drei Tage. Und spätestens, wenn der erste Tote vor der Türschwelle lag, malte der Schnabelmann sein Kreuz an die Tür. In San Bernardo war das mittlerweile wie ein wortloses Todesurteil für die restlichen Hausbewohner – und für jeden, der mit ihnen in Berührung kam. Ja, es hieß sogar, dass es schon reichte, vom Blick eines Erkrankten getroffen zu werden, um selbst vom schwarzen Tod befallen zu werden.

Die Haustür der Lombardis trug schon seit der zweiten Woche das rote Pestkreuz, seit Matteos Vater, Schmied von Beruf und ein breitschultriger Mann mit der gewaltigen Kraft eines Zugochsens, innerhalb von drei Tagen von der mörderischen Krankheit dahingerafft worden war. Vom Tod so mühelos niedergemäht wie dünnes Gras von der scharfen Schneide einer Sichel.

»Corpi morti! . . . Corpi morti!«

Matteo wollte sich abwenden, aber sein Blick folgte fast zwanghaft den drei Schnabelmännern und im nächsten Moment bemerkte er das in graue Leinentücher gewickelte Bündel vor der Haustür der Familie Crivelli. Das Bündel war so klein, dass er gar keine langen Vermutungen anzustellen brauchte, wen es im Haus ihrer Nachbarn als Nächsten getroffen hatte. Es konnte sich nur um das Jüngste der Crivellis handeln, das nicht einmal zweijährige Mädchen Mariana.

»Komm vom Fenster weg, Junge! Und zieh den Schlagladen wieder zu! Der kalte Luftzug tut deinen Geschwistern nicht gut. Auch wird es Zeit, dass wir beten.« Die leise, kraftlose Stimme der Mutter in seinem Rücken zitterte und verlor sich im Raum wie das schwache Flattern eines völlig erschöpften Vogels.

Matteo sah, wie die ledergewandeten Schnabelmänner das winzige Bündel aus dem Dreck der Straße hoben und es zu den anderen auf den Schinderkarren legten. Eine Gänsehaut überfiel ihn, sie begann in seinem Nacken und lief bis zu den Beinen hinunter. Er spürte das unbändige Verlangen, davonzulaufen und dem Grauen zu entfliehen.

Aber es gab keine Flucht vor der entsetzlichen Geißel, mit der die Pest den Tod über die Bewohner von San Bernardo brachte. Und wenn er sich jetzt vom Fenster abwandte und damit dem schauerlichen Anblick der Schnabelmänner entfloh, dann wartete auf ihn das Leiden seines neunzehnjährigen Bruders Riccardo und seiner vierzehnjährigen Schwester Pia. Beide lagen sie mit hohem Fieber auf einem Notlager vor dem Kamin der Wohnstube. Und beide trugen sie seit der späten Nachtstunde die unverkennbaren Zeichen der Pest, die Blutknoten und Anschwellungen in der Leiste und in den Achselhöhlen, die sich bald zu eitrigen, apfelgroßen Beulen auswachsen würden.

»Komm und lass uns beten!«, forderte ihn die Mutter leise, aber mit beschwörender Eindringlichkeit auf. »Beten wir, dass die blinde Seherin Wort hält und sich trotz allem noch zu uns ins Haus wagt!«

»Ja, Mutter«, antwortete Matteo gehorsam, zog den Schlagladen zu und folgte seiner Mutter hinüber in die schlichte Wohnstube, wo im Kamin ein kräftiges Feuer prasselte. Denn nachdem herrlich sonnige und warme Tage die ersten beiden Märzwochen bestimmt hatten, war das Wetter in der zweiten Monatshälfte, kurz nach Ausbruch der Pest, umgeschlagen und hatte eine empfindliche Abkühlung und ungewöhnlich viel Regen gebracht.

Jeder Schritt, der ihn seinen todkranken Geschwistern näher brachte, kostete Matteo Überwindung. Er schämte sich für seine Angst und für seinen fast übermächtigen Drang, seine Mutter und seine Geschwister im Stich zu lassen, einfach aus dem Haus zu laufen und sich irgendwo zu verstecken, wo es weit und breit keinen gab, den der Fluch des schwarzen Todes getroffen hatte.

Vor der Feuerstelle lagen seine Geschwister Riccardo und Pia auf Strohsäcke und Decken gebettet. Ihre schweißbedeckten Gesichter glühten im hohen Fieber, das ihre Kräfte mit einer so wilden Vernichtungswut verzehrte wie die unruhig lodernden Flammen die Holzscheite im Kamin. Die Mutter sank vor dem Krankenlager auf die harten Dielenbretter, wischte Riccardo und Pia den Schweiß vom Gesicht, legte ihnen feuchte Tücher auf die Stirn und begann dann mit bebender Stimme zu beten, dass Gott wenigstens ihre Kinder verschonen möge und dass er ihnen die Seherin Rosa Silvera ins Haus schickte. Denn wenn jemand etwas für ihren Erstgeborenen und ihre Tochter tun konnte, dann war sie es.

Matteo kniete sich an ihre Seite und fiel in das Gebet ein. Doch während seine Lippen einmal mehr göttlichen Beistand und Barmherzigkeit für seine erkrankten Geschwister erbaten, schnürte ihm die Angst fast die Kehle zu – die Angst und die qualvolle Frage, wann es wohl ihn treffen würde.

2

Keine halbe Stunde, nachdem die Pestknechte durch die Straßen gezogen waren und die vor den Türen niedergelegten Leichen aufgesammelt hatten, klopfte es energisch an die Tür. Es war Rosa Silvera.

Man nannte die untersetzte, korpulente Frau in San Bernardo gemeinhin die »blinde Seherin«, weil ihr linkes Auge schon von Kindheit an den milchigen Schleier der Blindheit trug. Rosa Silvera warf wie ihre längst verstorbene Mutter die Astragale, die würfelförmigen Fersenknöchel der Ziege, und verstand sich darauf, die Zahlen dieser seltsamen Würfel zu deuten und in ein Orakel zu fassen.

Aber wohl mehr noch als für ihre Kunst der Befragung der Astragale war sie für die Heilwirkung ihrer Salben, Tinkturen, Pulver und Kräutergetränke bekannt. Einen Großteil der Kräuter zog sie in ihrem Garten, der ihr Haus, eine alte, halb verfallene Kate am östlichen Stadtrand, mit einem Dickicht aus Büschen und Gewächsen aller Art umgab. Andere Zutaten wie seltene Wurzeln, getrocknete Blütenblätter, Samen und Kräuter ließ sie sich aus fernen Orten kommen.

»Der Allmächtige segne Euch für Euren Mut und Eure Güte!«, rief Matteos Mutter mit großer Dankbarkeit, als sie Rosa Silvera die Tür öffnete. »Jetzt können wir wieder Hoffnung haben!«

Ein müdes Lächeln huschte über das füllige Gesicht der Seherin und Kräuterfrau, das durch die kräftige Nase, die hohen Wangenknochen und das vorspringende Kinn trotz aller Fleischesfülle eine herbe Note besaß.

»Man verliert die Hoffnung erst gar nicht, Signora Lombardi. Nicht einmal der Tod kann uns die Hoffnung nehmen. Und wenn doch, haben wir falsch gelebt«, erwiderte sie und strich sich eine fingerdicke Strähne aus dem Gesicht. Rosa Silvera trug ihr dichtes tintenschwarzes Haar, durch das sich schon viele graue Strähnen zogen, entgegen der Mode und Schicklichkeit von keiner Haube, ja nicht einmal von einem Haarband oder einer Spange gebändigt offen wie ein Mann.

»In dieser entsetzlichen Zeit ist es so unsäglich schwer, nicht alle Hoffnung . . . und gleich auch noch allen Glauben zu verlieren«, gestand Matteos Mutter mit kraftloser Stimme und nahm der Seherin den schweren Wollumhang ab. »Gott allein weiß, warum er uns diese fürchterliche Geißel geschickt hat und uns mit so unmäßigem Zorn straft. Gewiss, die Welt ist voller Sünde und Schlechtigkeit, undankbar gegen Gott und stürzt sich in alle Schandtaten. Nichts brauchen wir mehr als Läuterung und Umkehr. Aber musste Gott uns denn gleich mit dem schwarzen Tod schlagen?«

»Ich glaube nicht, dass Gott uns die Pest geschickt hat, um uns für unsere Sündhaftigkeit zu strafen«, widersprach Rosa

Silvera. »Macht nicht Gott für all das Elend und Leiden verantwortlich, Signora Lombardi.«

»Ja, aber . . .«

»Gott ist kein blindwütiger Schlächter und Racheengel, der wie eine Bestie über eine Herde wehrloser Lämmer herfällt«, fiel ihr die Kräuterfrau ins Wort. »Seht mir meine Heftigkeit nach, aber ich kann das mit der Gottesstrafe nicht mehr hören! Wohin ich auch komme, jeder klagt den Allmächtigen an, dass der Fluch der Pest unsere Stadt getroffen hat. Hier ist nicht der Allmächtige am Werk! Auch nicht im nahen Padua und Brescia, wo die Pest nicht weniger schlimm wütet, wie es heißt.«

»Woher wollt Ihr das wissen, Seherin?«, fragte die Mutter voller Zweifel.

»Weil Jesu Leiden für uns am Kreuz dann ohne Sinn gewesen wäre!«, erwiderte Rosa Silvera. »Was wäre das für ein fürchterlicher Gott, wenn wir wirklich annehmen müssten, er würde in rasender Mordlust einerseits unschuldige Kinder und gottgefällige barmherzige Menschen ungerührt in den Tod reißen und andererseits so viele schlechte Menschen mit dem Leben davonkommen lassen. Denn genau das geschieht. Nein, Gott hat durch Jesus den neuen, ewigen Bund mit uns Sündern geschlossen, und er ist die Barmherzigkeit und Liebe – nicht ein satanischer Blutsäufer im Gewand entsetzlicher Seuchen.«

Matteo sah sie ebenso verblüfft an wie seine Mutter, die nun erneut zaghaft zu einem Widerspruch ansetzte: »Aber die Pest . . .« Auch diesmal kam sie nicht dazu, ihren Einspruch ganz auszusprechen.

». . . ist eine fürchterliche Krankheit, die alle anderen Plagen um ein Vielfaches an Elend und Tödlichkeit übertrifft«, führte Rosa Silvera den Satz für sie zu Ende. »Aber sie ist genauso wenig eine von Gott gesandte Strafe wie die Gicht, die Schwerhörigkeit, ein vereiterter Zahn, ein Armbruch, ein verrenkter Magen oder schmerzhafte Blähungen!«

Matteo bemerkte, wie es im blassen, verhärmten Gesicht seiner Mutter um die Mundwinkel herum zuckte, als wollte sich ein zaghaftes Lächeln einstellen, das sich jedoch aus Mangel an Kraft nicht durchzusetzen vermochte.

»Es ist schön, wenn man daran glauben kann«, sagte sie mit einem schweren Seufzer. »Nur von der Kanzel hat man noch nie dergleichen zu hören bekommen, immer nur von Gottes Zorn über unsere Sündhaftigkeit und von seinem Strafgericht.«

»Pfaffen!«, sagte Rosa Silvera geringschätzig. »Da kommt doch auf hundert Männer im Rock der heiligen Mutter Kirche meist nur eine wirklich fromme, barmherzige Seele, die es wert ist, am Altar unter dem Kreuz unseres Heilands zu stehen und Hirte genannt zu werden!«

Bei dieser scharfen, bissigen Kritik an den Kirchenmännern sog die Mutter die Luft scharf ein und schlug hastig das Kreuz.

»So, und jetzt lasst mich sehen, was ich für Eure Kinder tun kann, Signora Lombardi«, sagte Rosa Silvera und trat an das Krankenlager vor dem Kaminfeuer.

Die Untersuchung, die Matteos Bruder und Schwester offensichtlich nicht bewusst wahrnahmen, dauerte nicht lange. Das hohe Fieber, der Schüttelfrost und die verräterischen Schwellungen, die sich inzwischen auch an anderen Körperstellen als nur in der Leistengegend und in den Achselhöhlen zeigten, die rot-schwarzen Blattflecken der Pestrose, sprachen eine deutliche Sprache.

»Ja, die Zeichen sind auf sie gekommen!«, stellte Rosa Silvera nüchtern fest. »Aber um das zu erfahren, habt Ihr mich nicht gebraucht. Das habt Ihr auch vorher schon gewusst.«

»Ja«, hauchte die Mutter.

»Ihr wisst, dass ich keine Wunder vollbringen kann. Gegen

die Pest ist meines Wissens kein Kraut gewachsen. Wie auch keiner weiß, warum der eine verschont bleibt und der andere durch sie zum Tode kommt. Meine Mittel vermögen die Schmerzen zu lindern und in manchen Fällen die Kräfte im Körper bei ihrem Kampf gegen den unbarmherzigen Feind, der in ihnen tobt, zu stärken. Aber alles andere liegt nicht in meinen Kräften.«

Die Mutter nickte tapfer. »Was immer Ihr für meine Kinder tun könnt, ich bin Euch dankbar dafür.«

Matteo dankte dem Herrgott im Stillen, dass Rosa Silvera keine jener drastischen Eingriffe und Behandlungen vorschlug, mit denen so viele andere angebliche Heiler so schnell bei der Hand waren. Mit Schaudern dachte er an den Bader Bitone, den die Mutter zuerst zu Rate gezogen hatte, als der Vater mit hohem Fieber darnieder lag. Der kahlköpfige Mann hatte den Vater zur Ader gelassen. Aber nicht indem er erhitzte Schröpfgläser aufgesetzt oder ihm die Venen angeschnitten hätte. Nein, er hatte dem Vater zuckende Blutegel auf den Armen und im Nacken angesetzt und der Mutter zum Schluss noch geraten, tote Kröten auf die schlimmsten der Schwellungen zu legen. Genützt hatte nichts, weder der Aderlass noch das Auflegen von toten Kröten. Der Vater war in der nächsten Nacht gestorben, aber auch der Bader hatte die zweite Pestwoche nicht überlebt.

»Leider sind meine Vorräte mittlerweile so gut wie aufgebraucht. Aber ein wenig von einem meiner besten Mittel habe ich gottlob noch. Ihr sollt es gerne haben«, sagte die Kräuterkundige und schlug das Tuch von ihrem Weidenkorb zurück. Sie holte eine kleine Holzdose hervor, die eine grünliche Salbe zum Auftragen auf die Pestflecken und -beulen enthielt. »Das ist alles, was ich für Eure Kinder zur Linderung zu tun vermag.«

Die Mutter murmelte ihren Dank.

»Versucht beim Apotheker Valverde ein Beutelchen mit schwarzem Nießwurz sowie ein wenig Gratula und Tausendgüldenkraut zu bekommen«, fuhr Rosa Silvera fort und ein bissiger Ton schlich sich kurz in ihre Stimme. »Sein Kollege, der tapfere Signor Russo, verfügte in seinem Laden in der Nähe vom Rathaus zwar über die weitaus größeren Vorräte. Aber der edle Herr hat mit seiner Familie ja schon in der ersten Woche das Weite gesucht. Bleibt also leider nur noch das Geschäft von Signor Valverde. Aber vielleicht habt Ihr Glück und Ihr bekommt bei ihm, was ich Euch angeraten habe. Ist das der Fall, so macht von den Kräutern einen heißen Aufguss, lasst ihn in einem Krug eine gute Stunde ziehen, versetzt ihn dann mit einem Löffel Honigsaft und zwei Löffeln voll Zwiebelsud und gebt den Kranken den Tee zu trinken, wann immer sie nach Wasser verlangen.« Sie machte eine kurze Pause, bevor sie hinzufügte: »Alles andere liegt in Gottes Hand. *Der Mensch gleicht einem Hauch, seine Tage sind wie ein flüchtiger Schatten.* So steht es schon in den Psalmen. Und dessen sollten wir uns immer gewahr sein.«

»Der Allmächtige segne Euch und vergelte es Euch!« Matteos Mutter drückte ihr mehrere Münzen in die Hand.

Energisch wehrte die Kräuterfrau ab. »Nicht in dieser Zeit ... und nicht im Angesicht so einer schrecklichen Krankheit, die auch die erfahrenste Kräuterfrau und den gelehrtesten Medikus zu einem hilflosen Nichtskönner stempelt!«

Doch Matteos Mutter bestand darauf, dass sie das Geld annahm. »Vielleicht habt Ihr ja zufällig Eure Würfel dabei und wagt einen Wurf!« Sie sagte es zu hastig und zu angestrengt, als dass ihr der Gedanke, sie um diesen Gefallen zu bitten, erst vor wenigen Augenblicken spontan gekommen sein konnte.

Rosa Silvera zögerte kurz und eine steile Falte bildete sich auf ihrer Stirn. Aber dann nickte sie. »Gewiss, ich habe meine Astragale immer bei mir.«

»Hättet Ihr dann auch die Güte, sie zu befragen?« Inständiges Flehen lag in Stimme und Blick der Mutter.

Matteo fiel in diesem Moment auf, dass sie ihren Rosenkranz in der rechten Hand hielt. Seine Mutter betete zur seligen Jungfrau und Muttergottes, wollte aber gleichzeitig ein Zeichen von der blinden Seherin!

»Also gut, wagen wir einen Wurf, wenn Euch so sehr daran gelegen ist«, sagte Rosa Silvera und trat an den Tisch. »Aber vergesst nicht, dass die Würfel nicht das Schicksal voraussagen, sondern dass es sich dabei immer um ein Orakel handelt, wie es die Menschen in der Antike schon gekannt und zu ihrem Nutzen eingesetzt haben.«

»Werft die Knochen!«, forderte die Mutter sie nach kurzem, hastigem Nicken auf.

Auch Matteo kam nun näher, mied jedoch den Blick der Seherin. Das milchige Weiß in ihrem linken Auge flößte ihm Unbehagen ein, wann immer er ihren Blick auf sich gerichtet sah. Es war dumm, denn Rosa Silvera war eine Frau von großer Güte, das wusste er, und zwar nicht erst seit heute. Aber es umgab sie doch auch etwas Dunkles und Geheimnisvolles und ... ja, irgendwie Wildes, das er nicht genau zu benennen vermochte und vor dem er sich fürchtete.

Rosa Silvera griff in die tiefe Tasche ihres bauschigen Wollkleides und brachte fünf hellbraune, blank geriebene Würfelknochen mit runden Kanten hervor, die aus den Fersenknochen von Ziegen kamen. Sie besaßen in etwa die Größe einer Walnuss und hatten im Gegensatz zu richtigen Spielwürfeln nicht sechs, sondern auf Grund ihrer merkwürdigen Rundungen nur vier Flächen, auf denen sie liegen konnten. Auch gab es bei den Astragalen nur die Werte eins, drei, vier und sechs. Die Zwei und die Fünf existierten nicht.

»Asche!«, verlangte Rosa Silvera leise. »Ich brauche ein Bett aus Asche für die Astragale!«

»Natürlich! Entschuldigt, dass ich das vergessen habe!« Die Mutter lief schnell zur Feuerstelle und holte den Ascheneimer.

Rosa Silvera schöpfte mit der hohlen Hand ein wenig Asche aus dem Eimer und streute sie wie ein Sämann aus dem Handgelenk über die Tischplatte. Dann griff sie zu den Würfeln und umschloss sie mit beiden Händen.

Sie murmelte unverständliche Worte, während sie die fünf Würfelknochen in der Höhlung zwischen den Händen hielt und sie kreisförmig über das kleine Feld aus Asche führte. Schließlich verharrten ihre Hände, die flach wie zum Gebet zusammengepresst waren, über dem grauen Aschebett.

Matteo schaute zu seiner Mutter hinüber. Sie hatte die Augen geschlossen und die gefalteten Hände vor ihren Mund gepresst. Er sah, wie sich ihre Lippen bewegten. Sie betete inständig, vermutlich zur Muttergottes.

»Möge das Orakel der Astragale zu uns sprechen!«, sagte die Seherin feierlich, öffnete ihre Hände und ließ die Würfelknochen in das Bett aus Asche fallen.

Die Mutter hielt weiterhin die Augen geschlossen und betete, zweifellos um ein hoffnungsvolles Orakel.

Matteos Blick folgte dem Fall und dem Rollen der Würfel, die Spuren in der dünnen Schicht aus Asche hinterließen. Als sie liegen blieben und Rosa Silvera die fünf Astragale mit geschmeidigen, schnellen Handbewegungen zu einer Reihe zusammenschob, las er von den nach oben zeigenden Knochenflächen die Zahlenfolge ab. Sie lautete: Sechs, sechs, sechs, eins, eins.

Als er den Blick hob und ihn auf das zerfurchte Gesicht der

Kräuterfrau richtete, sah er dort einen Ausdruck des Erschreckens.

»Was sagen die Würfel, Seherin?«, stieß die Mutter hervor, die die Anspannung nicht länger ertrug, und schlug nun wieder die Augen auf. »Wie sind sie gefallen? Welche Zahlen zeigen sie?«

Rosa Silvera griff augenblicklich nach ihren Würfelknochen, bedeckte sie mit ihrer Hand, schob sie zusammen und nahm sie auf. »Eins, eins, eins, sechs, vier«, antwortete sie und räusperte sich umständlich.

Du lügst, Seherin!, sagte Matteo in Gedanken und ließ sie nicht aus den Augen. Aber die Frau mied seinen Blick und säuberte die Würfel mit einem Zipfel ihres Kleides.

»Und welches Orakel gehört zu dieser Zahlenfolge?«, fragte die Mutter bang.

»Zu dieser Zahlenreihe gehört der Spruch: ›Geh, wohin du wünschst. Denn fröhlich wirst du nach Hause kommen. Finden wirst du und tun, was du in deinen Sinnen überlegst‹«, rasselte Rosa Silvera das Astragal-Orakel herunter, um dann mit einer merkwürdigen Mischung aus Verärgerung und Entschuldigung hinzuzufügen: »Ich weiß, es sind Worte, die in dieser Situation wenig Sinn machen und Euch keine Hilfe sind, Signora Lombardi. Aber ich hätte wissen müssen, dass die Würfel sich mir verweigern und mir nicht die gewünschte Botschaft offenbaren würden. Es war eben nicht richtig, die Würfel so in aller Eile zwischen Tür und Angel zu befragen. Alle Dinge haben ihre rechte Zeit und ihren rechten Ort. Und dies war weder die richtige Zeit und schon gar nicht der rechte Ort, um die Würfel zu uns sprechen zu lassen.«

Die Mutter machte ein zerknirschtes Gesicht. »Ihr habt Recht, Seherin. Ich hätte Euch nicht dazu drängen dürfen. Es tut mir Leid.«

»Schon gut. Allein mich trifft hier die Schuld, denn ich hätte es besser wissen müssen. Und nun muss ich gehen«, sagte Rosa Silvera schnell, nahm ihren Korb auf und ließ sich ihren Umhang geben. Ein kurzer Abschiedsgruß an der Tür und Matteo war wieder mit seiner Mutter und seinen beiden todkranken Geschwistern allein.

3

Wenn du mir Geld gibst, laufe ich sofort zum Apotheker und besorge die Kräuter!«, bot Matteo sich an, kaum dass die Tür hinter Rosa Silvera zugefallen war. Er hatte Mühe, sich seine innere Hast nicht anmerken zu lassen.

»Ja, lauf zu Signor Valverde und besorg alles!« Die Mutter griff zu ihrem Geldbeutel, zählte mit zitternder Hand einige Münzen ab und reichte sie ihm.

Matteo steckte das Geld ein, riss seinen Umhang vom Haken neben der Tür und stürzte hinaus auf die Straße. Er rannte zur Kreuzung und blickte sich nach Rosa Silvera um. Gerade sah er sie noch die Gasse zu seiner Rechten hocheilen und nach links um die Ecke verschwinden. Er lief ihr nach und hatte sie schnell eingeholt.

»Signora Silvera!«, rief er noch im Laufen. »Wartet bitte! Ich habe mit Euch zu reden!«

Auf seinen Zuruf hin drehte sich die Seherin um. Überrascht blieb sie stehen, als sie sah, wer ihr da nachgeeilt kam.

»Was gibt es?«, fragte sie, als er Augenblicke später vor ihr stand. »Hast du vielleicht vergessen, was du beim Apotheker für Kräuter holen sollst?«

»Nein.«

»Was gibt es dann noch zu reden, Matteo? Du heißt doch Matteo, nicht wahr?«

Er nickte knapp. »Ihr habt gelogen!«, bezichtigte er sie ohne Umschweife.

Ein ungehaltener Ausdruck erschien auf ihrem Gesicht und nicht nur ihr gesundes Auge schien ihn zu fixieren, als wollte es ihn durchbohren. »Du bist gut beraten dir deine respektlosen Worte reiflich zu überlegen, Matteo Lombardi! Denn mich der Lüge zu bezichtigen . . .«

». . . entspricht der Wahrheit!«, fiel er ihr unbeirrt ins Wort, obwohl ihn ein flaues Gefühl im Magen befiel, als er das milchig verschleierte Auge der Seherin so starr auf sich gerichtet sah. »Ihr habt meiner Mutter nicht die richtige Zahlenfolge genannt! Ihr habt sie angelogen! Die Würfel zeigten nicht eins, eins, eins, sechs und vier, sondern die Zahlenfolge lautete dreimal die Sechs und zweimal die Eins! Ich habe es mit meinen eigenen Augen gesehen. Also werft mir nicht vor Euch der Lüge zu bezichtigen! Habt besser den Anstand, mir zu sagen, welche Botschaft die Würfel wirklich offenbart haben!«

Rosa Silvera sah ihn einen langen Moment schweigend an. Zwei Gestalten, ein Mann und eine Frau, kamen eiligen Schrittes die Straße herunter. Sie hatten sich verhüllt, sich mehrfach Tücher um Mund und Nase geschlungen. Mit nach vorn zusammengezogenen Schultern, die Arme vor der Brust gekreuzt und in leicht gebückter Haltung, als rechneten sie jeden Augenblick mit dem Niedersausen einer Peitsche auf ihren Rücken, hasteten sie über das Pflaster – vorbei an den vielen Haustüren mit dem roten Pestkreuz.

»Wie alt bist du?«, fragte Rosa Silvera, als die beiden von Furcht Gebeugten an ihnen vorbeigeschlichen waren.

»Siebzehn . . . im Sommer.«

»Du bist ein mutiger junger Mann, dass du mir nachgelaufen

kommst und die Wahrheit wissen willst«, sagte sie und ihr Gesicht nahm einen sanften Zug an. »Denn du ahnst, dass ich einen guten Grund gehabt habe, warum ich deiner Mutter die wahre Zahlenfolge und das dazugehörige Orakel verschwiegen habe, nicht wahr?«

»Ja«, sagte Matteo. »Aber Mut ist etwas ganz anderes als das, was ich hier tue.«

Sie hob leicht die Augenbrauen. »So? Was ist dann Mut?«

»Das, was Ihr tut . . . und was meine Mutter auf sich nimmt«, sagte Matteo. »Ich habe Angst und fürchte mich so sehr, dass ich mich nicht traue in die Nähe meiner Geschwister zu gehen. Ich kann es einfach nicht, sosehr ich auch an ihnen hänge. Aber diese entsetzlichen Beulen . . .« Er sprach nicht weiter, sondern schluckte. Und dann gestand er leise: »Wenn ich wüsste, wie ich es anstellen soll, würde ich auf und davon laufen.«

»Aber du tust es nicht.«

Er ließ den Kopf sinken. »Nein«, murmelte er. »Selbst dazu bin ich zu feige. Wohin sollte ich denn auch fliehen?«

Sie legte ihre Hand kurz auf seine Schulter. »Ich glaube nicht, dass du feige bist, Matteo Lombardi. Die Pest ist grausamer als jeder Krieg, schlimmer als ein Dutzend blutiger Schlachten auf freiem Feld. Und du stehst im Haus deiner Familie noch immer deinen Mann. Niemand könnte mehr von dir verlangen. Also geh nicht zu hart mit dir selbst ins Gericht.«

Matteo hob den Kopf. Er war nicht gekommen, um über sich zu reden. »Wie lautet das richtige Orakel, das Ihr meiner Mutter verschwiegen habt?«

Die Seherin atmete tief durch, doch sie wich seinem Blick nicht aus, als sie ihm antwortete: »›Nicht ist es möglich, etwas zu tun: Mühe dich nicht vergebens! Und bewege nicht jeden Stein, damit du nicht auf einen Skorpion triffst. Unglücklich ist das Geschäft: Nimm dich vor aller Mühsal in Acht.‹ So lautet das Orakel.«

Matteo nickte und das Herz wurde ihm so schwer, als wäre es von einem bleiernen Panzer umschlossen. »Bei wem sich die Pestbeulen zeigen, der ist verloren. Ist es nicht so? Oder habt Ihr davon gehört, dass jemand wieder gesund geworden wäre?«

»Es mag solche Fälle geben, aber gehört habe ich von einer solchen Heilung noch nicht.«

»Dann . . . werden meine Geschwister wie mein Vater an der Pest sterben, nicht wahr?«

»Ja, das werden sie wohl«, sagte sie ehrlich und ihr Gesicht sah mit einem Mal so müde und erschlafft wie das einer kraftlosen Greisin aus. »So, und jetzt gehst du zu Signor Velverde und besorgst die Kräuter. Was wir für die Kranken tun können, *müssen* wir tun, Matteo. Und bei ihnen zu sein und ihr Leid zu lindern ist der größte Dienst, den wir in dieser Zeit leisten können. Vertrau auf deine Kraft und auf deinen Mut, Matteo Lombardi. Entdecke, was in dir steckt.« Damit wandte sie sich um und eilte davon.

Mit einem Gefühl fast körperlicher Übelkeit sah er ihr nach. »Da ist nichts, Seherin . . .«, flüsterte er mit belegter Stimme. In ihm steckte nichts, was der Rede wert gewesen wäre, geschweige denn etwas, worauf er hätte stolz sein können. Er wagte sich nicht an das Krankenlager seiner Geschwister und dachte nur daran, vor dem Grauen zu flüchten und sich zu verstecken. Auch konnte er nicht einmal um den Tod seines Vaters trauern, obwohl er ihm doch so nahe gestanden und er ihn bewundert hatte. Nicht eine Träne hatte er am Grab weinen können. Nichts hatte er gespürt. Nichts als Unwirklichkeit und Kälte. Und er spürte noch immer nichts. Keinen Schmerz, keine Trauer. Jeder Vater und jede Mutter mussten sich eines solchen Sohnes schämen! Nein, in ihm steckte nichts als Feigheit und Schande!

4

Auf dem Weg zum Geschäft des Apothekers Antonio Valverde kam Matteo an zahlreichen Häusern vorbei, deren Bewohner in ihrer Angst vor Ansteckung die Fenster ihrer Läden und Wohnungen mit Brettern vernagelt oder sie gar mit Ziegelsteinen zugemauert hatten. Wo zu einem Anwesen ein Innenhof mit einem eigenen Brunnen gehörte, der von einer genügend hohen Mauer umschlossen wurde, war auf diese Weise oft sowohl die Vordertür als auch der Durchgang in der Hofmauer unzugänglich gemacht worden.

Diese Bürger von San Bernardo, die offenbar ausreichend gefüllte Vorratskammern besaßen, hatten sich selbst zu Gefangenen gemacht. Sie hofften, die Pestseuche von sich fern halten zu können, indem sie jeden Kontakt mit anderen Menschen mieden. Und da sie in ihrem Hof über eine eigene Wasserstelle verfügten, kannten sie auch nicht den Zwang, ihr Haus aller Angst zum Trotz verlassen zu müssen, um einen der öffentlichen Brunnen aufzusuchen. Nicht selten schwelte in ihrem Innenhof auch ein Feuer, das ganz bewusst mit nassen Holzscheiten und feuchtem Stroh genährt wurde, damit es möglichst viel Rauch entwickelte. Der Rauch sollte den Pesthauch fern halten, wie es hieß. Gerüchte und Mutmaßungen dieser Art gab es beinahe so viele wie Tote.

Aber mit einem eigenen Brunnen waren nur wenige gesegnet. Denn San Bernardo war alles andere als eine reiche Stadt. Dafür lag Padua, das mit dem Flussschiff, dem Fuhrwerk oder zu Pferd in einer halben Tagesreise zu erreichen war, einfach zu nahe. In dieser Region zog Padua den Handel an wie ein Magnetstein Eisenspäne, sodass nicht mehr viel für die Bewohner von San Bernardo blieb. Welcher Händler wollte sich auch damit aufhalten, hier Station zu machen und sich um ein Geschäft zu bemühen, wo er doch nur wenige Stunden weiterziehen musste, um die Zinnen von Padua zu erblicken? Die bescheidene Blütezeit dieser Kleinstadt in der engen, sinnfälligen Umklammerung der Brenta lag schon so weit zurück, dass sie längst zur Legende verblasst war. Aus jener fern zurückliegenden Zeit stammten auch die Befestigungsmauern, die inzwischen aus Mangel an den notwendigen Geldern für ihre Instandhaltung brüchig geworden und an zahlreichen Stellen sogar eingestürzt waren.

In den Gassen, wo die einfachen Leute in ärmlicher Enge lebten, fand man keine privaten Brunnen und daher auch keine zugemauerten Türen und Fenster. Dort hatte man bestenfalls billiges Sackleinen in Essig getränkt und über die geschlossenen Schlagläden gehängt.

Was die Gassen der Armen mit den Straßen der besser gestellten Bürger jedoch gemein hatten, war der vielstimmige und schauerliche Chor, der aus den Häusern kam. Dieser Chor der Kranken und der Trauernden war nicht übermäßig laut. Aber dennoch musste man sich nicht sonderlich anstrengen, um ihn wahrzunehmen. Man brauchte nur einmal kurz stehen zu bleiben und auf das zu lauschen, was aus den Häusern um einen herum auf die Straße drang. Dann hörte man ihn, diesen Chor des Leidens und des Schmerzes. Er setzte sich zusammen aus dem Stöhnen, Schreien und Wimmern der Pestkranken, den flehentlichen Gebeten der Angehörigen und dem Klagen, Weinen und Schluchzen der Hinterbliebenen.

Auf seinem Weg zum Geschäft des Apothekers stieß Matteo aber auch mehrfach auf Gruppen von betrunkenen Männern und nicht weniger berauschten und halb entblößten Frauen, die unter schrillem Gelächter, Grölen und Lallen durch die

Straßen zogen und sich dabei in aller Öffentlichkeit schamloser Handlungen erdreisteten.

Das war das andere Bild, das San Bernardo unter dem Fluch der Pest bot. Denn während die meisten Bürger von lähmender Angst erfüllt waren, mit ihrem Gott und ihrem Glauben rangen und sich kaum noch auf die Straße wagten, entfesselte der schwarze Tod bei diesem anderen Teil der Bevölkerung die niedersten Instinkte, insbesondere die unstillbare Gier nach Sinnestaumel. Wenn der Tod schon unabwendbar schien, dann wollte man die kurze Lebensfrist, die einem noch blieb, auch bis zum letzten Augenblick auskosten, wollte sie ohne jede Reue in einem endlosen Rausch genießen und sich hemmungslos allen sinnlichen Leidenschaften hingeben. Kein Tabu sollte mehr gelten, keine Moral ihnen Zurückhaltung auferlegen! Und so herrschte in einigen Tavernen und auch in so manchen privaten Häusern eine geradezu hysterische Vergnügungssucht, die keine sittlichen Grenzen kannte. Da gab es Trunkenheit bis zur Besinnungslosigkeit, Unzucht ohne jede Scham und Hemmung.

Das Eckhaus des Apothekers Valverde lag zwei Seitenstraßen vom Kirchplatz entfernt am Beginn einer breiten Gasse, die von ansehnlichen Bürgerhäusern gesäumt war und hoch zur großen Piazza von San Bernardo mit seiner trutzigen Pfarrkirche und dem Rathaus führte.

Matteo hatte kein gutes Gefühl, als er auf das Geschäft zuging, über dem sich die Privaträume der Familie Valverde und die Kammern ihrer Bediensteten auf zweieinhalb schmalbrüstigen Stockwerken verteilten. Die mit roten Pestkreuzen markierten Schlagläden vor dem Schaufenster waren weder ganz geöffnet und gegen die Hauswand geklappt noch befanden sie sich in einer deutlich geschlossenen Stellung. Sie verharrten irgendwo in der Mitte, als wüssten sie nicht, was von ihnen erwartet wurde. Nur wenn der wechselhafte Wind sie erfasste, dann bewegten sie sich mal ein wenig in die eine Richtung, um sich im nächsten Moment in den Scharnieren wieder in die andere Richtung zu drehen.

Ähnlich verhielt es sich mit der Ladentür. Sie stand halb offen. Ihr dunkles Holz trug die Spuren eines verwischten Pestkreuzes. Jemand schien versucht zu haben das Zeichen mit der Hand oder mit einem Lappen hastig zu entfernen, hatte sein Vorhaben aber nicht erfolgreich ausführen können. Möglicherweise weil er dabei gestört worden war oder aber die Sinnlosigkeit seines Vorhabens erkannt hatte.

Vielleicht hat man den Valverdes deshalb diese dicken Kreuze noch zusätzlich auf die Schlagläden gemalt!, ging es Matteo durch den Kopf. Und er bezweifelte, dass er noch jemanden im Laden oder in den Privaträumen vorfinden würde – zumindest keinen, der nicht von der Pest befallen war. Wahrscheinlich hielt sich gar keiner mehr in dem Haus auf. Irgendwie machte es auf ihn schon von außen einen verlassenen Eindruck.

Matteo überlegte kurz, ob er sich überhaupt noch in das Haus wagen sollte, über das der schwarze Tod schon hergefallen war und das damit für jeden, der die Krankheit noch nicht in sich trug, eine unberechenbare Lebensgefahr darstellte. Die Kräuter, die er hatte kaufen sollen, würde er hier nicht bekommen. Also wozu das Risiko eingehen, wo es doch ganz danach aussah, als hätten die Valverdes die Flucht ergriffen?

Matteo fand, dass er gute Gründe anführen konnte, um später sein Gewissen zu beruhigen, warum er das Geschäft des Apothekers nicht betreten hatte und unverrichteter Dinge nach Hause zurückgekehrt war. Und die Mutter würde es verstehen und ihm auch nicht mit unangenehmen Fragen zusetzen.

Aber dann musste er an Rosa Silvera denken, die trotz der

roten Markierung auf ihrer Tür nicht davor zurückgeschreckt war, ihr Haus zu betreten. Es wurmte ihn, dass eine unbequeme innere Stimme ihn darüber nachzudenken zwang, ob er wohl ein Feigling sei und weniger Mut als ein Kräuterweib und seine Mutter habe. Es machte ihn wütend, aber es brachte ihn auch dazu, es sich noch einmal anders zu überlegen.

Mit verkniffener Miene und sehr zögerlich stieg er die drei Stufen zur Ladentür hoch und stieß sie mit dem Fuß auf. »Signor Valverde?«, rief er in das Halbdunkel des Geschäftes. Augenblicklich umfing ihn der eigenartige Geruch, der in einem solchen Ladenlokal gemeinhin den vielfältigen Heilpulvern, Salben, Tinkturen, Essenzen und Kräutern entströmte. Aber dieser so typische Apothekengeruch kam hier gar nicht von den zahllosen mit Heilmitteln aller Art gefüllten Tiegeln, Glasbehältern, Tongefäßen, Holzkästen, Schütten und Beuteln, die gewöhnlich die Regale hinter der Ladentheke füllten. Denn von dort blickten Matteo leer geräumte Bretter entgegen. Ton- und Glasscherben, aufgerissene Beutel, zertretene Kräuter, verstreute Pulver und die zersplitterten Bretter von kleinen Schubladen bedeckten den Boden.

Jemand musste die Regale und die Schubladen in allergrößter Eile ausgeräumt und dabei wenig Rücksicht auf den Schaden genommen haben, den er verursachte.

Zurückgeblieben war allein der vertraute Geruch, der im Laufe vieler Jahre in das Holz der Ladentheke, Regale, Dielenbretter, Deckenbalken sowie in das Mauerwerk eingedrungen war und sich dort wie eine unsichtbare Patina festgesetzt hatte.

Mehrmals rief Matteo mit lauter Stimme nach dem Apotheker und wollte wissen, ob sich sonst irgendjemand im Haus aufhielt, der ihm Auskunft geben konnte. Aber er erhielt keine Antwort. Es blieb still im Haus.

»Ich wusste es doch! Hier ist niemand mehr!«, murmelte er

vor sich hin und versetzte einer handflächengroßen Steingutscherbe mit der Schuhspitze eine kräftigen Stoß, sodass sie über die Dielenbohlen schlidderte und die Splitter eines kleinen Glasgefäßes zu allen Seiten wegspritzen ließ.

Schon wollte er sich umdrehen und den ausgeplünderten Apothekerladen wieder verlassen, als er ein Geräusch hörte und erschrocken zusammenfuhr. Etwas polterte dumpf und dann war ein seltsam schleifender Ton zu hören. Ihm folgte ein lang gezogener, klagender Laut. Er kam von jenseits des offen stehenden Durchgangs, der in die hinteren Räume und zur Treppe in die oberen Stockwerke führte.

Matteo stellten sich bei dem klagenden, wimmernden Laut die Haare auf. Er war also doch nicht allein im Haus der Valverdes!

5

Sein erster Impuls war es, wegzulaufen – wer immer dort auch so stöhnen mochte. Aber bevor er sich noch vom ersten Schreck erholen und aus dem Ladenlokal flüchten konnte, hörte er die Stimme erneut. Diesmal war es kein leises Gewimmer, was ihn erschauern ließ, sondern der gequält verzweifelte Klang eines einzigen Wortes, den die kraftlose Stimme, die nur ganz schwach wie ein sanfter Windhauch an sein Ohr drang, immer wieder hervorstieß.

»Wasser! . . . Wasser! . . . Wasser!«

Matteo stand im Halbdunkel des Apothekerladens wie erstarrt zwischen all den verschütteten und zertretenen Arzneien, Scherben und Trümmern, und sein Herz fing wild an zu klopfen. Er wollte nichts wie fort von diesem Ort, wollte sich die Hände auf die Ohren pressen, um dieses schreckliche, fast geflüsterte Flehen nach Wasser nicht länger hören und nicht darüber nachdenken zu müssen, wer dort irgendwo hinter dem Durchgang von entsetzlichem Durst gequält wurde – und wie grauenvoll die Pest diese Gestalt wohl schon entstellt haben mochte.

Verschwinde! Was geht es dich an? Du hast in deiner eigenen Familie schon genug Elend zu ertragen! Und wenn die Pest einen der Valverdes in ihren Klauen hat, ist ihm sowieso nicht mehr zu helfen! Je schneller ihn der Tod erlöst, desto besser ist es für ihn!, wehrte sich in Matteo die kalte Vernunft gegen die Zumutung seines Herzens, auf die flehentliche Bitte zu reagieren.

Wie sollte er auch helfen? Nicht einmal einen Priester oder einen Ordensmann konnte er rufen, damit er dem Sterbenden geistlichen Trost und Beistand leistete. Innerhalb weniger Wochen waren in San Bernardo die vertraute Ordnung und das gesellschaftliche Gefüge, das man für unerschütterlich gehalten hatte, wie ein Kartenhaus in sich zusammengefallen.

»Wasser! . . . Wasser! . . . Wasser!«

Das Flehen ging in ein Schluchzen und leises Weinen über. Dann trat wieder Stille ein.

Es war eine entsetzliche, bedrückende Stille. Matteo konnte nicht anders, als angestrengt nach der Stimme zu lauschen, die so schnell wieder verstummt war. Hatte sie nicht nach der eines Mädchens geklungen?

Diese Mutmaßung bohrte sich wie ein Dorn in seine Gedanken und ließ sich nicht wieder verdrängen. Sie zwang ihn gegen seinen Willen, sich das Bild eines halb verdursteten Kindes vor seinem inneren Auge vorzustellen und sich mit der Frage zu quälen, ob er genug kaltherzige Gleichgültigkeit aufzubringen vermochte, um auch einem Kind seine Hilfe zu verweigern.

Warum nicht? Kind oder Erwachsener, wo liegt denn da der Unterschied?, schrie es in ihm mit verzweifeltem Aufbegehren. Die Pest hielt sich auch nicht mit derartigen Unterscheidungen auf. Sie fraß jeden, den Greis wie das Neugeborene. War die nicht mal zweijährige Mariana, das Jüngste der Crivellis, die von den Schnabelmännern in der Dämmerstunde vor der Tür der Nachbarn aufgelesen worden war, dafür nicht das beste Beispiel?

Er rang mit sich selbst, was er jetzt bloß tun sollte. Und es war ein Kampf, der nicht nur in seinem Innern stattfand. Er krümmte sich, schloss die Augen, biss sich schmerzhaft auf die Lippen, als könne er nur so einen tief in sich aufsteigenden Schrei unterdrücken.

»Verdammt! Verdammt! Verdammt!«, fluchte er leise und gepresst. Warum nur war er nicht seiner ersten Eingebung gefolgt und hatte den Laden gar nicht erst betreten? Dann wäre ihm das jetzt erspart geblieben! »Das hast du jetzt davon, du Tölpel!«

Also gut, er würde nachsehen, wem die Stimme gehörte. Aber nur auf einen Blick! Zum Samariter fehlten ihm mehr als nur die Hingabe, die seine Mutter auszeichnete, und die Todesverachtung, mit der Rosa Silvera der Pest begegnete!

Matteo schlug die Augen wieder auf und gab sich einen Ruck. Mit einem an Übelkeit grenzenden Gefühl ging er um die Ladentheke herum, trat durch den Durchgang und wagte sich dann vorsichtig auf die Treppe zu, die nach oben führte.

Er hörte schweren Atem, der in kurzen, abgehackten Stößen kam. Als er im schmalen Stiegenhaus nach oben blickte, sah er auf dem Treppenabsatz der ersten Etage eine schmächtige Gestalt. Sie lag bäuchlings auf dem Boden. Ein linker Arm baumelte über die ersten Stufen herab, während sich der andere Arm zusammen mit dem Kopf zwischen den

Stäben des Geländers verfangen hatte. Helles Tageslicht fiel durch eines der oberen Fenster auf die zierliche Gestalt, bei der es sich tatsächlich um ein Mädchen handelte. Dem einfachen Stoff ihres Kleides nach zu urteilen, konnte das Mädchen nicht zur Familie von Antonio Valverde gehören, der seines Wissens nach auch gar keine Tochter hatte, sondern nur zwei Söhne. Er musste es wohl mit einer der Hausbediensteten zu tun haben.

Aber ob nun feine Bürgertochter oder einfaches Hausmädchen, die eine konnte ihm die Pest genauso leicht an den Hals hängen wie die andere!

Außerdem fragte er sich, wieso sie sich als Einzige im Haus befand? Wo steckten der Apotheker, seine Frau und die beiden schon erwachsenen Söhne? Waren sie schon dem schwarzen Tod zum Opfer gefallen? Aber wer hatte dann unten im Laden in so großer Hast die Regale und Schubladen ausgeräumt? Sicherlich war das keiner der Anwohner gewesen. Die Pestkreuze auf Tür und Schlagläden waren ein besserer Schutz vor Plünderern als eine bewaffnete Wache vor dem Haus.

Langsam stieg er die Treppe hoch. Von dem Gesicht des Mädchens konnte er nichts sehen. Nur ihr Hinterkopf wies zwischen zwei der gedrechselten Geländerstäbe in seine Richtung. Als er schließlich den Treppenabsatz erreicht hatte, über ihr stand und auf sie hinunterschaute, verbarg goldbraunes, von Schweiß durchnässtes Haar ihre rechte Gesichtshälfte vor seinen Blicken.

»Wasser! . . . Wasser!«, wimmerte sie wieder.

Nervös leckte sich Matteo über die Lippen. Worauf hatte er sich da bloß eingelassen! Aber jetzt konnte er schlecht zurück, wenn er nicht seinen Rest Selbstachtung verlieren wollte. Er machte schon Anstalten, um sich zu ihr hinunterzubeugen, hielt dann aber in der Bewegung inne und richtete sich schnell wieder auf. Bevor er sie anfasste, sollte er sich doch besser erst einmal vergewissern, in welchem Peststadium sie sich befand!

Er setzte ihr seinen Schuh an die linke Schulter und schob sie ein Stück vom Geländer weg, sodass ihr Kopf freikam. Dann zwängte er seinen Fuß zwischen Hüfte und Rippenbogen, hob ihren schmächtigen Körper an, ohne dabei allzu viel Kraft aufwenden zu müssen, und rollte sie mit einem recht derben Stoß auf den Rücken.

Wie leblos flogen die Arme des Mädchens herum und schlugen auf die Dielenbohlen. Das feuchte Haar fiel nach hinten, als ihr Kopf mit herumrollte, und gab nun ein ovales, anmutiges Gesicht mit vollem Mund, einer hübsch geschwungenen Nase und langen Augenwimpern frei. Ihr Gesicht glänzte vor Schweiß.

Aus dem Ausschnitt ihres Kleides war eine merkwürdige Halskette gerutscht und hing ihr nun halb über dem Kinn. Sie bestand aus vielen, kirschkernkleinen Holzperlen, die mit feinen Rosenblättern verziert waren. Wie Rosenknospen, die von Zauberhand in Holz verwandelt worden waren, reihten sich diese dunklen und glatt polierten Perlen aneinander. Winzige Knoten der Lederschnur füllten die Abstände zwischen den einzelnen Holzperlen. Im nächsten Moment entdeckte er dann das kleine, ungemein fein geschnitzte Kruzifix als Anhänger und begriff, dass es sich bei der Halskette um einen Rosenkranz handelte.

Die Augenlider des fremden Mädchens hoben sich flatternd. Mit glasigem, unstetem Blick sah sie zu ihm hoch. »Wasser! ... Bitte, gib mir ... Wasser! ... Ich verbrenne! ... Wasser!«, flehte sie kurzatmig.

»Wie heißt du?«, fragte er.

»Fiona . . .«, keuchte sie und verdrehte die Augen. »Aber warum . . . warum fragt Ihr, Herr . . .? Ihr . . . Ihr kennt mich doch, . . . Signor Guido.«

»Nein, ich bin nicht Guido. Ich bin Matteo«, antwortete er. Sie verwechselte ihn offenbar mit einem der Valverde-Söhne. »Matteo Lombardi, der Sohn des Schmieds in der Via San Fermo. Sag, bist du denn ganz allein im Haus?«

Das Mädchen namens Fiona reagierte nicht. Die Augen fielen ihr wieder zu und er bezweifelte, dass seine Worte überhaupt bis in ihr Bewusstsein vorgedrungen waren. Sie befand sich eindeutig im Fieberdelirium.

Als er sich nun vorsichtig zu ihr hinunterbeugte und ihren Hals und ihre Arme einer sorgfältigen Prüfung unterzog, konnte er nirgends Anzeichen dafür feststellen, dass sie von der Pest befallen war. Aber die konnten natürlich noch kommen. Wenn sie doch nur klar genug gewesen wäre, um ihm ein paar einfache Fragen zu beantworten!

Für einen langen Moment blickte er unschlüssig auf sie hinunter. Sollte er sie einfach im Flur liegen lassen und verschwinden? Sie war ihm völlig fremd und er hatte nichts mit ihr zu schaffen, war ihr also in keiner Weise verpflichtet! Oder sollte er es wagen, sie zu berühren, sie in eine der Kammern zu tragen und ihr zu trinken zu geben? Er kämpfte mit dem Zwiespalt seiner Gefühle. Aber eine Überlegung drängte sich immer wieder in den Vordergrund, nämlich dass Fiona nicht viel älter als seine Schwester Pia sein konnte.

Wenn die Mutter die Krankenpflege nicht übernommen hätte, würde er Pia dann einfach im Stich gelassen haben?

Matteo atmete tief durch, überwand seine Angst, bückte sich dann mit einem Ruck und hob Fiona auf. Sie erschien ihm leicht wie ein Federbett. Mit ihr auf den Armen ging er den Flur auf der Suche nach der nächsten Bettstelle hinunter.

Schon die nächste offen stehende Tür führte in ein geräumiges Schlafzimmer, wo er sie auf das Bett legte.

»Bleib ganz ruhig! Ich hole dir Wasser und bin gleich zurück!«, versicherte er und begab sich hinunter in die Küche. Doch er fand dort nicht einen Tropfen Wasser. Sowohl der Krug auf der Anrichte war leer als auch der große Wasserbehälter aus moosgrünem Steingut, der auf einem passenden Holzgestell gleich neben der Feuerstelle stand und über einen Zapfzahn in Bodennähe verfügte. Ein Innenhof mit einem eigenen Brunnen gehörte nicht zum Eckhaus der Valverdes. Deshalb blieb ihm nichts anderes übrig, als einen Holzeimer zu nehmen und sich zum nächsten öffentlichen Brunnen zu begeben. Dieser befand sich auf dem kleinen Vorplatz der Kirche Santa Maria Assunta.

Die Männer und Frauen, die wie er Wasser holen kamen, hielten Abstand voneinander. Manche gingen barfuß und trugen nichts weiter als ein kratziges weißes Büßergewand. Sie hofften, durch Gebete und das offenkundige Zeichen ihrer Reue dem Bannstrahl des göttlichen Zorns zu entgehen, der ihrer Überzeugung nach dem Ausbruch der Pest zu Grunde lag. Ihre Gesichter waren von Angst, Gram und Verzweiflung gezeichnet.

Matteo beeilte sich seinen Eimer zu füllen und zu Fiona zurückzukehren. Als er ihr den ersten Becher Wasser an die Lippen setzte, gab sie einen Aufschrei der Erlösung von sich und trank so hastig, dass sie sich verschluckte und das Wasser gleich wieder ausspuckte.

»Verdammt noch mal, trink langsam!«, herrschte er sie an, weil ein Teil des Ausgespuckten über seinen Unterarm gespritzt war. »Es ist genug Wasser da! Ein ganzer Eimer voll! Und ich kann jederzeit mehr holen!« Er achtete darauf, dass sie fortan nur noch kleine Schlucke machen konnte.

»Ich danke Euch! . . . Danke, Signor Guido«, flüsterte sie, als ihr Durst endlich gestillt war und ihr Kopf mit einem langen Aufseufzen ins Kissen zurückfiel.

Matteo verzog das Gesicht. »Matteo, nicht Guido!«, korrigierte er sie, obwohl er wusste, wie sinnlos das in ihrem Zustand war.

Er rückte den Eimer mit dem Wasser ans Kopfende des Bettes und wollte sich nun davonstehlen. Mehr konnte er ja wohl nicht für sie tun, oder?

Dann jedoch musste er daran denken, dass seine Mutter das Fieber beim Vater mit feuchten Umschlägen bekämpft hatte und dasselbe auch jetzt bei seinen Geschwistern versuchte.

»Also gut, das mache ich noch!«, murmelte er verdrossen vor sich hin. »Damit hat es sich dann aber auch!«

In der Truhe am Bettende fand er mehrere frische Laken und Bezüge. Er holte aus der Küche ein Messer und zerschnitt eines der großen Laken in ein halbes Dutzend breite Streifen. Dann schlug er ihr weites Kleid zurück, tunkte die Streifen in den Eimer und wickelte ihr die nassen Lappen um die Waden, wie er es bei seiner Mutter gesehen hatte. Er tränkte auch noch einen kürzeren Streifen mit Wasser, faltete ihn dreimal und legte ihn dem Mädchen auf die glutheiße Stirn.

»So, das ist alles, was ich für dich tun kann«, sagte Matteo, trat vom Bett zurück und fügte noch ganz leise hinzu: »Stirb in Frieden, Fiona.«

Als er wieder auf der Straße stand und den Heimweg einschlug, kam ihm das Erlebnis im Haus des Apothekers plötzlich ganz unwirklich vor und er wunderte sich über sich selbst. Warum hatte er das getan? Und woher hatte er die Überwindung genommen, dieses fremde Mädchen überhaupt anzurühren?

Vermutlich ist sie schon tot, wenn ich das nächste Mal nach ihr sehe!, ging es Matteo durch den Kopf, um gleich im nächsten Moment verblüfft über seinen eigenen Gedanken stehen zu bleiben.

Das nächste Mal?

Nein, ein nächstes Mal würde es nicht geben! Wieso, in Gottes Namen, konnte sich in ihm überhaupt die absurde Idee formen, er würde sich noch einmal in das Haus der Valverdes begeben und nachsehen, wie es dem Mädchen Fiona erging? Nichts da! Den Teufel würde er tun!

6

Am frühen Nachmittag verloren Riccardo und Pia die Kontrolle über ihre Gliedmaßen. Die rasch angeschwollenen Pestbeulen waren aufgeplatzt und der ekelhafte Geruch nach Fäulnis erfüllte auch noch den letzten Winkel des Hauses. Der Schmerz wühlte unbarmherzig in den vom Tod gezeichneten Leibern der Geschwister. Ihr Mund füllte sich mit Blasen, sie tobten und wimmerten im Delirium.

Matteo hielt es in der Wohnstube nicht aus. Stundenlang kauerte er vorn im dunklen, zugigen Winkel bei der Tür, die Ellbogen auf die bis zur Brust angezogenen Beine gestützt und die Hände auf die Ohren gepresst. Aber je länger er dagegen ankämpfte, desto schwerer wurde der unsichtbare Block aus Eis, der auf seiner Brust lastete und ihm immer mehr die Luft zum Atmen nahm. Schließlich ertrug er es nicht länger und stahl sich ohne ein Wort aus dem Haus.

Scheinbar ziellos und von einer seltsam kalten Benommenheit umfangen, irrte er durch die Straßen und Gassen von San Bernardo, das ihm wie ein einziges riesiges Totenhaus vorkam. Ihm war, als triebe er durch ein Meer von roten Kreuzen.

Plötzlich fand er sich vor dem Haus der Valverdes wieder. Zuerst wusste er gar nicht, warum er stehen geblieben war und nun ausgerechnet an dieser Fassade hochblickte. Dann erst erkannte er verblüfft, dass er vor dem Haus des Apothekers stand.

Ein Zufall?

Unwillkürlich hatten ihn seine Schritte wieder an diesen Ort gelenkt, obwohl er doch fest entschlossen gewesen war nicht wieder zu kommen!

Matteo ertappte sich dabei, dass sein Blick im ersten Stockwerk das Fenster suchte, das zu der Schlafkammer gehörte, in der er das Mädchen Fiona zurückgelassen hatte. Aber er erinnerte sich nicht mehr, ob dieses Zimmer zur Straße oder nach hinten hinausging.

Sollte er vielleicht doch noch einmal nach ihr sehen?

Eine ganze Weile vermochte er zu keinem Entschluss zu kommen. Dann zuckte er mit den Achseln. Wo er nun schon einmal hier war, konnte er auch ins Haus gehen, einen Blick in die Kammer werfen und nachsehen, ob sie überhaupt noch lebte. Er glaubte es ja nicht. Viel wahrscheinlicher war es, dass die Schnabelmänner sie am Morgen unten am Fuß der Stufen vor der Ladentür finden würden. Was jedoch voraussetzte, dass jemand es auf sich nahm, ihren Leichnam in ein Laken zu wickeln und vor die Tür zu tragen . . .

Fiona lebte, glühte jedoch im Fieber und nahm ihn überhaupt nicht wahr. Sie nannte ihn nicht einmal Guido. Unruhig wälzte sie sich von einer Seite auf die andere.

Matteo war dankbar, dass sich ihr schmächtiger Körper noch immer so tapfer gegen das Fieber zur Wehr setzte und er sich damit nicht vor die Frage gestellt sah, ob er zu ihrem Totenträger werden oder sich besser rasch wieder aus dem Haus stehlen sollte.

Was ihn zusätzlich mit Erleichterung erfüllte, war die Feststellung, dass sich bei ihr noch immer keine Pestzeichen eingestellt hatten. Nirgendwo zeichneten sich die typischen rosenförmigen Flecken unter der Haut ab. Auch entdeckte er an keiner Stelle Anschwellungen, mit denen sich gewöhnlich Pestbeulen ankündigten. Ihr Körper schien ausschließlich von schwerem Fieber befallen zu sein.

Aus einem ihm selbst unerklärlichen Grund empfand er darüber eine so große Dankbarkeit und Erleichterung, dass er sich recht lange bei ihr aufhielt. Er erneuerte die feuchten Wadenwickel, wischte ihr den Schweiß von Gesicht, Hals und Armen, flößte ihr immer wieder zu trinken ein und begab sich zum zweiten Mal an diesem Tag mit dem Eimer zum Brunnen, damit auch für die Nacht genug Wasser im Haus war.

Als die Dunkelheit einsetzte, suchte er im Haus nach Kerzen. Unten in der Vorratskammer, die ein ähnliches Bild hastiger Räumung bot wie der Ladenraum, wurde er fündig. Er stieß in einer Ecke auf eine umgekippte Kiste mit dicken Talglichtern. Eine dieser dicken Kerzen trug er zusammen mit einem flachen Zinnteller nach oben in Fionas Zimmer. Dort stellte er sie in die halbrunde Mauernische, die in die Wand gegenüber vom Bett eingelassen war und wo eine geschnitzte Madonna stand. Der Docht brannte mit ruhiger Flamme und gab einen schönen hellen Schein von sich.

»Du sollst dich nicht vor der Dunkelheit fürchten, Fiona«, sagte Matteo, setzte ihr noch einmal den Wasserbecher an die Lippen und ging wenig später. Er zog unten die Schlagläden zu, schob von innen die Holzriegel vor und schloss auch die Ladentür hinter sich.

Der Heimweg wurde ihm entsetzlich schwer. Jeder Schritt zurück kostete ihn Überwindung, wusste er doch, was ihn in der niedrigen elterlichen Stube erwartete.

7

Seine Geschwister starben im Laufe der Nacht. Zuerst erlöste der Tod seinen Bruder von den Qualen der Pest. In der Stunde nach Mitternacht hauchte er sein Leben aus. Pia folgte ihm kurz vor Anbruch des neuen Tages, als wüsste sie, dass es Zeit für sie wurde, um noch an diesem Morgen auf den Wagen der Schnabelmänner zu kommen.

Die Mutter besaß keine Kraft mehr für lautes Wehklagen. Stumm liefen ihr die Tränen über das Gesicht, während sie die von der Krankheit entstellten und ausgezehrten Körper von Riccardo und Pia in saubere Laken wickelte, sie vor die Haustür trug und dort sanft niederlegte. Sie sackte gegen die Hauswand und blieb bei ihnen sitzen, bis die Schnabelmänner mit ihrem Wagen um die Ecke kamen.

Matteo stand in der Tür und sah mit erstarrter Miene und versteinertem Herzen zu, wie die Pestknechte seinen Bruder und seine Schwester zu den anderen Toten auf ihren Karren legten und so gleichgültig weiterzogen, wie sie kurz bei ihnen Halt gemacht hatten.

»Komm!«, sagte er und berührte seine Mutter zaghaft an der Schulter. Leichter Regen fiel aus dem tristen grauen Morgenhimmel. »Komm bitte wieder ins Haus. Du wirst dir sonst noch den Tod holen.« Und kaum hatte er den letzten Satz ausgesprochen, als ihm auch bewusst wurde, wie lächerlich dieser Satz angesichts der Katastrophe klang, die ihre Familie getroffen hatte. Aber nicht nur der Vater, der Bruder und die Schwester waren tot, sondern ganz San Bernardo war zu einem steinernen Grab geworden. Was machte da schon ein wenig Nieselregen aus!

Die Mutter erhob sich. Mühsam kam sie auf die Beine. Als er

seinen Arm um ihre Schulter legte und sie ins Haus führte, schwankte sie plötzlich und knickte in den Beinen ein. Rasch streckte sie ihren linken Arm nach der Wand aus, um nicht zu stürzen.

»Mutter!«, rief Matteo erschrocken und packte fester zu.

»Es ist nichts! . . . Nur ein leichter Schwindel!«, murmelte sie hastig und sank auf den nächsten Stuhl. »Mir . . . mir ist gleich wieder gut.«

Mit Entsetzen bemerkte Matteo die Hitzewallung, die seine Mutter überfiel und die ihr den Schweiß aus den Poren trieb, als stände sie in der Schmiede vor der glühenden Esse. Er streckte die Hand nach ihr aus, und als seine Fingerspitzen ihre heiße Stirn berührten, erschauderte er bis ins Mark unter der entsetzlichen Erkenntnis, dass die grauenvolle Saat der Pest jetzt auch im Körper seiner Mutter steckte und dort ihr Werk der Vernichtung begonnen hatte.

Zur Mittagsstunde, als Matteo von einem kurzen Krankenbesuch bei Fiona zurückkehrte, deren Zustand unverändert kritisch war, und der Schüttelfrost wie eine Horde Dämonen über die Mutter herfiel, folgte sie dem Vater und den Geschwistern auf das Notlager vor dem Feuer.

In seiner Not und Verzweiflung stürzte er aus dem Haus und machte sich im Laufschritt auf den Weg zu Rosa Silvera. Er wusste nicht, welche Hilfe er von ihr erwartete, nachdem er doch erst am Tag zuvor selbst mit angehört hatte, dass sie kaum noch über Kräuterarzneien verfügte und dass es zudem überhaupt keine Heilmittel gegen den Fluch der Pest gab. Aber dennoch musste er zu ihr, war es doch das Einzige, was ihm zu tun einfiel. Denn *irgendetwas* musste er doch tun!

Die Seherin und Kräuterkundige lebte am östlichen Rand von San Bernardo in unmittelbarer Nähe der alten Stadtmauer, wo die Häuser sich nicht dicht an dicht aneinander reihten und die

Straßen auf beiden Seiten noch keine durchgehende, lange Front aus Stein, Mörtel und Fachwerk bildeten. In diesem Teil standen zwischen neueren Häusern einige sehr alte Katen. Auch gehörten zu den Anwesen unterschiedlich große Gärten, von denen manche sogar einen alten Baumbestand aufwiesen.

Noch bevor Matteo um die Ecke bog, die in die Gasse zu Rosa Silveras Kate und ihrem weitläufigen Kräutergarten führte, hörte er lästerliche Flüche und wutentbranntes Geschrei, an dem sich offenbar eine große Menschenmenge beteiligte. Augenblicke später sah er, was es mit diesem tumultartigen Lärm auf sich hatte.

Eine Gruppe von mindestens dreißig, wenn nicht sogar vierzig Männern und Frauen hatte einen Teil des morschen Lattenzauns niedergerissen, der den Vorgarten von Rosa Silveras Grundstück einfasste, und zertrampelte nun rücksichtslos alles, was dort wuchs, während sie sich um den Eingang der Kate drängten.

Als Matteo langsam näher kam, traten gerade zwei Männer aus der Tür der Kate – und sie zerrten die Seherin grob hinter sich her, hinüber zu der alten Buche, die auf der rechten Seite ihren Schatten auf einen Teil des Vorgartens und des alten Gemäuers warf.

Ein bösartig jubilierender Schrei erhob sich aus der Menge. Und augenblicklich wurden Stimmen laut, die Rosa Silveras Tod forderten.

»Hängt sie auf, die alte Hexe!«, schrie jemand mit schriller Stimme. »Sie hat uns die Pest angehängt! . . . Seht sie euch doch an! Sie ist mit dem Satan und allen dunklen Mächten im Bund!«

»Ja, holt einen Strick und knüpft sie gleich hier vor ihrem Hexenloch auf!«, fiel ein anderer ein. »Ins ewige Fegefeuer mit ihrer verruchten Seele!«

»Sie hat mir meinen Mann und meine Söhne geraubt! Ertränken wir sie im Fluss wie eine Ratte!«, schrie eine noch recht junge Frau mit wild verzerrtem Gesicht. Bei ihr hatten sich rasender Schmerz, Hass und Verzweiflung zu einer abstoßenden Maske blindwütiger Mordlust verbunden. »Sie hat einen Pakt mit Luzifer geschlossen, dem Pferdefüßigen, der Schwefel atmet und Kinderblut säuft!«

»Ja, woher sonst hat sie Kenntnis von all diesen geheimen Kräften, auf die sie sich versteht?«

»Vom Satan!«, brüllten die Leute wie besessen im Chor. »Vom Satan!«

»Wisst ihr auch, warum diese Hexe nie mit einem Mann vor den Traualtar getreten ist?«

»Weil sie das Weihwasser fürchtet!«

»Und weil sie dem Satan verfallen ist und Unzucht mit den Geschöpfen der Geisterwelt treibt!«

Die Leute schrien wild durcheinander und hetzten sich gegenseitig immer mehr auf.

Matteo gefror das Blut in den Adern. Wie gelähmt stand er schräg gegenüber auf der anderen Straßenseite und konnte nicht glauben, was er sah und hörte. Eine Hexe sollte sie sein? Unmöglich!

Rosa Silvera erwiderte etwas, doch das ging in dem wüsten Geschrei der Menge unter. Und ebenso erfolglos versuchte sie sich aus dem brutalen Griff der Männerhände loszureißen.

»Ich sage euch, Sie ist eine von Luzifers willigen Gesellen!«, kam es aus der Menge.

»Ja, das ist sie!«, gellte es wieder im Chor.

Rosa Silvera bäumte sich auf. »Ihr seid von Sinnen!«, schrie sie mit aller Lungenkraft. »Nicht ich bin mit dem Teufel im Bund, sondern er hat euch befallen! . . . Hört euch doch nur selbst zu! . . . Erst war die Pest Gottes Geißel und jetzt wollt ihr mich zur Hexe und den Satan für das Sterben verantwortlich machen? . . . Wie könnt ihr bloß so abergläubisch . . .«

Die Menge, die einem gereizten, blutrünstigen Raubtier glich, überbrüllte sie mit einem Hagel schauerlicher Anklagen. Und dann kam jemand hinter der Kate hervor und schwang ein Seil.

»Macht kurzen Prozess mit der Hexe!«

Ein Mann stürzte auf Rosa Silvera zu und begann ihr die Kleider vom Leib zu reißen. Sofort sprangen andere, auch Frauen, ihm an die Seite, um seinem Beispiel zu folgen. Jeder Fetzen Tuch wurde unter schrillem Jubel wie eine heldenhaft erkämpfte Trophäe in die Luft hochgehalten.

Als jemand der Seherin die schnell geknüpfte Schlinge um den Hals legte und das andere Ende über einen kräftigen, tief hängenden Ast der Buche warf, entfuhr Matteos Kehle ein erstickter Schrei fassungslosen Entsetzens. Doch niemand hörte, geschweige denn beachtete ihn.

»Aufhören! . . . Aufhören! . . . Gebt sie frei! . . . Rosa Silvera ist nie und nimmer eine Hexe!« Er hörte diese Schreie in seinem Kopf, doch über die Lippen kam ihm kein Laut.

Abrupt wandte er sich von dem entsetzlichen, mörderischen Geschehen ab, das unter der Buche seinen Lauf nahm, und rannte davon, so schnell er konnte.

Er rannte wie von Furien gehetzt, bis sich die Seitenstiche zu einem messerscharfen Schmerz gesteigert hatten, der ihm wie eine Lanze durch die Brust stach. Mit letzter Kraft taumelte er in den Hof der elterlichen Schmiede, zwängte sich durch die nur angelehnte Brettertür in die dunkle Werkstatt und sank neben dem kalten, harten Block des Amboss, am ganzen Leib zitternd, zu Boden.

Er krümmte sich unter Schmerzen, rang nach Atem und hasste sich für seine Feigheit. Er hätte einschreiten, irgendetwas unternehmen müssen, um Rosa Silvera vor dem Strick dieser tollwütigen Meute zu bewahren!

Zwar sagte ihm sein Verstand, dass er nicht den Schimmer einer Chance gehabt hätte, sich Gehör zu verschaffen oder sie gar zur Vernunft zu bringen. Aber das änderte nichts an der Tatsache, dass er es gar nicht erst versucht hatte, sondern feige davongelaufen war. Würde er so jetzt auch seine Mutter im Stich lassen, die, nur wenige Schritte von ihm entfernt, im Haus mit der Pest darniederlag und die nur noch ihn hatte, der sie pflegen und in der entsetzlich qualvollen Zeit der tödlichen Krankheit bei ihr bleiben konnte?

Matteo verachtete sich ob seiner Feigheit und Schwäche und wünschte nie geboren worden zu sein. Doch das Schlimmste von allem war, dass er nicht einmal darüber weinen konnte.

8

Matteo ließ die Mutter nicht im Stich, auch dann nicht, als die Krankheit am nächsten Tag in jenes entsetzliche Stadium überging, in dem sie den Körper von innen zersetzte.

»Geh, mein Sohn! . . . Lass mich allein sterben!«, bat sie inständig, als sie wusste, dass nun auch sie bald ihrem Mann und ihren beiden Kindern folgen würde. »Tu es dir nicht an, bei mir zu bleiben! . . . Ich weiß, dass du nicht dafür geschaffen bist. Aber quäle dich nicht damit . . . schon gar nicht mit Selbstvorwürfen . . . Dein Herz ist gut, mein Sohn . . . Und nun geh! . . . Rette dich, in Gottes Namen!«

Matteo fühlte sich bis auf den Grund seiner Seele durchschaut. Und was es dort zu sehen gab, erfüllte ihn mit Scham und Verachtung für sich selbst. Doch diesmal ergriff er nicht die Flucht. Er weigerte sich ihrer Bitte nachzukommen und sie sich selbst zu überlassen.

Er wusste nicht, woher auf einmal die Kraft kam, die nötig war, um ihr in den letzten Tagen ihres Leben beizustehen, sie zu waschen und zu pflegen und ihr Leiden nicht nur zu lindern, so gut es eben ging, sondern es auch Stunde um Stunde mit ihr zu ertragen. Die Liebe zu seiner Mutter schien sich von einer zwar klaren, aber unscheinbaren Quelle in einen mächtigen Strom verwandelt zu haben, der ihn nun durch das Land des Schreckens trug.

Auch wenn die Pest ihre Opfer innerhalb weniger Tage dahinraffte, so wurden diese dreieinhalb Tage für Matteo doch zu einem langen Abschied von seiner Mutter. Nur morgens und abends wich er für jeweils kaum mehr als eine halbe Stunde von ihrer Seite, um zum Haus des Apothekers zu laufen und nach Fiona zu sehen.

Stets war er darauf vorbereitet, sie tot vorzufinden, vom Fieber ausgeglüht und erkaltet. Und jedes Mal überraschte sie ihn damit, dass sie noch immer lebte. Sie musste einen unbändigen, zähen Lebenswillen haben, mit dem sie sich gegen den drohenden Tod zur Wehr setzte.

Bei einem der Besuche stieß Matteo hinter der Wäschetruhe auf ein kleines, in Leder gebundenes Büchlein mit dem Titel *Blüte der Heiligen,* das die Lebensgeschichte und das Martyrium von berühmten Heiligen erzählte. Er vermutete, dass es einmal mit anderen Büchern auf dem Wandbord gestanden hatte, auf das er abends bei Einbruch der Dunkelheit stets eines der dicken Talglichter stellte, und dass es heruntergefallen war, als die Valverdes in panischer Hast das ihnen Kostbarste aus ihrem Haus zusammengetragen, auf einen Wagen geladen und die Flucht aus San Bernardo ergriffen hatten.

Matteo nahm das kleine Buch an sich und las der Mutter fortan in den langen Tag- und Nachtstunden, die er an ihrem Krankenbett vor dem Feuer verbrachte, daraus vor. Er las langsam und bedächtig, so wie sie es ihm als Kind beigebracht hatte.

»Jedes Wort hat sein eigenes Gewicht und seinen Grund, warum es gerade dort und nicht anderswo steht!« So hatte sie es ihn gelehrt.

Er las auch weiterhin laut vor und begann nach dem ersten Durchgang sogar wieder von vorn anzufangen, als die Mutter schon im Schmerzdelirium lag und sie nun nichts mehr von dem bewusst erreichte, was er sagte oder tat. Er las unbeirrt weiter, weil die laut ausgesprochenen Wörter und seine eigene Stimme das Einzige waren, woran er sich in dieser Zeit der Prüfung festhalten konnte.

Am vierten Tag der Krankheit starb sie kurz nach Einbruch der Nacht. Er hob sie vom stinkenden, feuchten Krankenlager, legte sie auf die Dielenbohlen und wusch sie ein letztes Mal. Anschließend wickelte er ihr ihren Rosenkranz um die rechte Hand und legte dann beide Hände auf der Brust zusammen. Erst Stunden später holte er ein großes, sauberes Tuch, um ihren Leichnam darin einzuhüllen. Mit dem Rücken gegen die gemauerte Einfassung des Kamins gelehnt, blieb er bei ihr sitzen.

Nach dem Vater, dem Bruder und der Schwester war nun auch die Mutter tot – und damit stand er völlig allein. Doch was das wirklich bedeutete, vermochte sein Verstand in diesem Moment nicht wirklich zu ermessen. Allein! Es war nichts weiter als ein Wort, dem noch jedes Gewicht und jede Dimension fehlten.

Das Feuer fiel in sich zusammen, denn er legte kein Holz mehr nach. Lange saß Matteo so in der klammen, nächtlichen

Finsternis. Stunde um Stunde. Er wartete auf die rechte Zeit, um das auszuführen, zu dem er sich entschlossen hatte, noch bevor der Mutter der letzte Atemzug entwichen war. Er würde sie in der Morgendämmerung nicht vor die Tür auf die Straße legen. Sie sollte nicht auf dem Karren der Schnabelmänner landen und in irgendeinem Massengrab unter die Erde kommen. Es war schlimm genug, dass sein Bruder und seine Schwester ein solch anonymes Grab erhalten hatten. Der Mutter sollte das nicht widerfahren. Er wollte sie dort zur letzten Ruhe betten, wo auch der Vater lag. Sein Begräbnis hatte zu dem letzten halben Dutzend Bestattungen gehört, die auf dem Friedhof der Pfarrkirche noch von regulären Totengräbern und mit dem Segen eines Priesters vorgenommen worden waren. Schon zwei Tage danach hatte man damit begonnen, das erste Massengrab auszuheben.

Dem Stand des Mondes nach zu urteilen musste es zwischen zwei und drei in der Nacht gewesen sein, als Matteo sich mit steifen Gliedern aufrichtete und sich hinüber in den Schuppen der Schmiede begab. Er öffnete die beiden Flügel des Brettertors zum Hof. Nur wenige Wolkenbänder zogen wie vom Wind davongetragene Schleier über den Nachthimmel. Das fahle Licht der Gestirne fiel in die Schmiede, in der Matteo sich aber auch in völliger Finsternis mit schlafwandlerischer Sicherheit zurechtgefunden hätte.

Als er kurz zum Mond hochschaute, über den gerade eines der grauen Wolkenbänder hinwegglitt, fuhr ein kalter Schauer durch seinen Körper und überzog seine Arme mit einer Gänsehaut, erinnerte ihn das milchige Rund doch plötzlich an das blinde Auge der Seherin und Kräuterfrau. Tagelang hatte er die Erinnerung an ihren gewaltsamen Tod durch die blindwütige Meute in sich unterdrückt. Jetzt kehrte sie mit Macht zurück.

Hatte er sich nicht mitschuldig gemacht, weil er einfach weggesehen hatte und davongelaufen war, anstatt irgendetwas zu ihrer Hilfe zu tun oder doch wenigstens zu sagen? Konnte das Böse nicht deshalb so oft Macht gewinnen und triumphieren, weil ihm so viele gewöhnliche Menschen meist kampflos das Feld überließen und ihre Tatenlosigkeit damit rechtfertigten, ja doch nichts ausrichten zu können? Ja, so gesehen hatte auch seine Hand an der Schlinge für Rosa Silveras Hals geknüpft!

Schnell wandte er sich im offen stehenden Tor um und holte die klobige Schubkarre mit dem plumpen, hölzernen Vorderrad aus der Ecke bei dem aufgeschichteten Feuerholz. Er legte eine Schaufel hinein und füllte den Hohlraum bis zur Oberkante reichlich mit Stroh. Er presste es mehrmals mit beiden Händen fest zusammen, damit es nicht mehr allzu sehr nachgab, wenn gleich Gewicht auf ihm lastete. Als das getan war, ging er ins Haus zurück, holte den Leichnam der Mutter, trug ihn in die Werkstatt und bettete ihn auf das Strohlager der Schubkarre. Dann machte er sich mit der Schubkarre auf den Weg zum Friedhof der Pfarrkirche. Die Nacht war kühl, aber trocken.

Er mied die breiten Straßen, hielt sich jedoch auch von jenen Gassen fern, wo er an Tavernen und Kellerwirtschaften vorbeigekommen wäre, in denen sich jene unermüdlichen Zecher eingefunden hatten, die ihre Verzweiflung und Angst vor dem schwarzen Tod in hemmungslosem Rausch zu vergessen suchten.

Niemand begegnete ihm. San Bernardo schien wie ausgestorben. Ihm war, als hätten sich die Häuser in Gräber verwandelt. Endlich zeichnete sich vor ihm die schwarze, kantige Silhouette der Pfarrkirche vor dem Nachthimmel ab. Er hielt sich im tiefen Schlagschatten der mannshohen Mauer und schob wenig später die Schubkarre durch das rückwärtige Tor auf den Friedhof.

Die Ruhestätte des Vaters hatte er schnell gefunden. Es lag gleich rechts vom Durchgang in der letzten Reihe der Gräber, die man auf dem Friedhof der Pfarrkirche noch ausgehoben hatte – und zwar direkt an der Umfassungsmauer auf jener Fläche, die bis dahin ein breiter Weg gewesen war. Grabsteine fanden sich nirgendwo auf den Ruhestätten der Pesttoten, nur hier und da einige schlichte Holzkreuze.

Matteo fand das Grab, dessen Kreuz er noch zusammen mit seinem älteren Bruder in der Werkstatt zurechtgesägt, zusammengenagelt und dann mit Namen sowie Geburts- und Sterbedatum versehen hatte.

Er legte den Leichnam der Mutter einige Schritte von der Grabstelle entfernt auf den kühlen Boden, griff dann zur Schaufel und begann mit der Arbeit. Und während seine Hände, seine Beine und sein Oberkörper sich bewegten, wie es die Aufgabe erforderte, schien sein Kopf nicht im Mindesten daran beteiligt, sondern wie leer gefegt zu sein. Nichts regte sich in ihm. Es war, als wären all seine Erinnerungen, Überlegungen, Bilder und Empfindungen ausgelöscht oder wie zu Eis erstarrt. Hinterher vermochte er sich nicht an einen einzigen klaren, bewussten Gedanken zu erinnern. Er sah nur die Grube vor sich, die erst in die Länge und dann in die Tiefe wuchs. Er schaufelte wie eine seelenlose Maschine.

Als er mit dem Schaufelblatt auf die Fichtenbretter des einfachen Sargs stieß, in dem sein Vater lag, rammte Matteo die Schaufel in den aufgeworfenen Hügel Erde, stieg aus der Grube, holte den Leichnam der Mutter, legte ihn behutsam auf den Sarg und begann damit, das Grab wieder mit Erde zu füllen.

Schließlich war auch das getan. Seine Hände hatten nun nichts mehr zu tun.

Matteo stand einen langen Moment reglos am Fußende der Grabstelle, in der die Mutter nun wieder mit dem Vater vereint war, und starrte mit leerem Blick auf das dunkle Erdreich zu seinen Füßen.

Plötzlich begann er zu zittern. Er konnte nicht dagegen an. Es überfiel ihn wie ein Schüttelfrost, doch er wusste instinktiv, dass dieser Anfall nicht der Vorbote des schwarzen Todes war. Gleichzeitig mit dem Zittern verließ ihn alle Kraft. Sie entwich wie Wasser, das aus einem völlig durchlöcherten Schlauch floss. Die Schaufel entglitt seiner Hand. Er knickte in den Kniekehlen ein und sackte in das weiche Erdreich, das die Grabstelle der Eltern bedeckte.

Unter dem ungeheuren Druck einer aufgestauten inneren Kraft brach in Matteo im selben Moment die kalte Betäubung auf, die sich seit dem Tod des Vaters wie ein undurchdringbarer Panzer um sein Herz gelegt und jeglichen Schmerz abgewehrt hatte. Wie ein tönernes Gefäß, das auf einem Steinboden zerschellte, zersprang sie in tausend eisig scharfe Splitter. Und so scharf wie diese Splitter war auch der tobende Schmerz, der nun auf ihn einstürzte und ihm das Herz zu zerreißen drohte.

Ein qualvoller und schier endloser Aufschrei entrang sich seiner Kehle, schallte über das Gräberfeld im schwarzen Schatten der Pfarrkirche und verlor sich in den umliegenden Gassen. Die Tränen, zu denen er all die Wochen nicht fähig gewesen war, brachen sich nun umso vehementer Bahn. Sie liefen ihm in Strömen über das Gesicht. Mit schluchzender Stimme schrie er die Namen seines Bruders und seiner Schwester in die kalte, teilnahmslose Nacht, rief nach seinem Vater und seiner Mutter und nach Gott.

9

Wer bist du?«

Matteo reagierte nicht. Die schwache Stimme glitt fast unbeachtet durch seine wirren Träume, ähnlich einem einsamen Vogel, der in großer Höhe am Himmel seine Bahn zog und dessen Konturen unscharf blieben und keine genaue Bestimmung zuließen.

Als sich die Stimme ein zweites Mal in seinen Schlaf drängte, hatte sie an Kraft und Nachdruck gewonnen. »Du da in der Ecke? . . . Wer bist du?«

Nun schreckte Matteo aus dem Schlaf auf. Im ersten Moment wusste er nicht, wo er sich befand und wem die Stimme gehörte. Das Erste, was er bewusst wahrnahm, war, dass er in gekrümmter, seitlicher Stellung irgendwo mit halb angezogenen Beinen auf dem Boden lag. Als Nächstes stellte er fest, dass sein Kopf mit der linken Wange auf dem glatten, harten Holz eines Dielenbrettes ruhte und dass eine schwere, vertraut wirkende Truhe mit schwarzen Eisenbeschlägen fast sein ganzes Blickfeld ausfüllte, als er die Augen aufschlug und sich zu orientieren versuchte.

Und dann, mit einer Verzögerung von ein, zwei Sekunden setzte die Erinnerung wieder ein. Natürlich! Er befand sich im Haus der Valverdes!

Er hatte auf dem Friedhof am Grab der Eltern Totenwache gehalten und sich seinem Schmerz wehrlos ausgeliefert, bis die aufsteigende Frühlingssonne den Glockenturm der Pfarrkirche mit der schwarzen Pestfahne in das weiche Licht des neuen Tages getaucht hatte. Erst da hatte er sich wieder des Mädchens Fiona erinnert, das einsam und verlassen im Haus des Apothekers lag und sich seit Tagen standhaft weigerte vor dem Tod zu kapitulieren. Und da hatte er sich die vom Morgentau feuchte Erde von der Kleidung geklopft, die Schaufel in die Schubkarre gelegt und sich zu ihr auf den Weg gemacht, weil es sonst nichts gab, was er hätte tun können.

Als er die Schlafkammer betrat, glaubte er im ersten Moment, auch sie an den Tod verloren zu haben, lag sie doch völlig reglos im Bett. Aber als er die Schlagläden öffnete, sodass Tageslicht ins Zimmer fluten konnte, sah er, dass sich ihre Brust gleichmäßig hob und senkte.

Sie schlief tief und fest, als hätte ihr Leben nicht eine kleine Ewigkeit an einem seidenen Faden gehangen. Er legte ihr seine Hand auf die Stirn, die ihm nach der Glut, die ihm dort bislang entgegengeschlagen war, fast kühl erschien. Das Fieber war von ihr gewichen. Sie hatte die Krankheit besiegt. Und als er ihr das Gesicht wusch, gab sie einen wohligen, dankbaren Laut von sich und leckte mit der Zunge nach dem belebenden Nass, das aus dem Lappen auf ihre Lippen tropfte. Er füllte den Steingutbecher, den er neben den Eimer gestellt hatte, mit Wasser, legte ihr eine Hand in den Nacken, hob ihren Kopf leicht an und gab ihr zu trinken, wie er es in den vergangenen Tagen so oft getan hatte. Sie leerte zwei volle Becher, ohne dabei jedoch richtig zu erwachen.

Einmal flatterten kurz ihre Lider wie die Flügel eines jungen Vogels. Ihre Augen öffneten sich für die Dauer von zwei, drei schnellen Wimpernschlägen. Ihm war, als versuchte ihr Blick sein Gesicht zu fassen, und sie murmelte auch einige unverständliche Worte. Aber dann fielen ihr die Augen auch schon wieder zu und sie sank mit einem tiefen Aufseufzen zurück in die durchgeschwitzten Kissen und Laken. Er blieb noch eine kurze Weile neben dem Bett stehen.

Während er auf das schlafende Mädchen hinunterblickte und der scharfe Schmerz über den Tod seiner Familie ihm wieder die Tränen in die Augen trieb, fragte er sich mit einem verzweifelten Aufbegehren gegen die Unbarmherzigkeit des Schicksals, warum der Tod ausgerechnet dieses fremde Mädchen verschont hatte und nicht seine Mutter oder seine Schwester oder seinen Bruder oder seinen Vater – und warum er als Einziger von ihnen nicht an der Pest erkrankt war. Fragen, von denen er wusste, dass er darauf niemals eine Antwort erhalten würde, die ihn aber dennoch quälten.

Schließlich hatte er sich, von Müdigkeit überwältigt, gegenüber vom Bett in die Ecke gesetzt und war kurz darauf in einen Schlaf der Erschöpfung gefallen.

»Wer bist du?«, fragte Fiona erneut. Sie hatte sich im Bett halb aufgerichtet und lehnte sich gegen das geschnitzte Bord am Kopfende.

Matteo rappelte sich auf und fuhr sich mit der Hand über die Augen. Er fühlte sich am ganzen Körper zerschlagen, als hätte jemand mit einem Prügel auf ihn eingedroschen.

»Ich heiße Matteo Lombardi«, antwortete er. »Und du heißt Fiona, nicht wahr?«

»Ja, Fiona Cavaletto. Ich bin . . .« Sie stockte kurz und korrigierte sich dann schnell. ». . . ich war die Zofe von Signora Valverde und überhaupt das Mädchen für alles, wofür sich Elsa, die Köchin der Herrschaft, zu schade war oder sich zu alt fühlte.«

Er nickte. »So etwas Ähnliches habe ich mir schon gedacht, als ich dich hier gefunden habe.«

»Du hast mich *hier* gefunden?« Kleine Falten kräuselten ihre blasse Stirn.

»Nein, nicht hier im Zimmer, sondern draußen auf dem Flur. Du hast am Absatz der Treppe gelegen und nach Wasser gerufen, sonst hätte ich dich unten im Laden gar nicht gehört. Ich dachte schon, es wäre keiner mehr im Haus.«

»Und wann war das, als du mich gefunden hast?«, wollte sie wissen.

Er überlegte kurz. »Das muss jetzt wohl schon gute fünf Tage zurückliegen. Du hast mir noch gesagt, dass du Fiona heißt. Aber dann hast du nicht mehr auf meine Fragen reagiert. Du hast vor Fieber geglüht und ich habe nicht geglaubt, dass du es überleben würdest.«

«Dann bist du es also gewesen, der mich hier ins Bett geschafft hat!«, stellte sie verblüfft fest. »Warst du es auch, der mir immer wieder zu trinken gegeben und mir feuchte Wadenwickel umgelegt hat?«

Er nickte, befangen unter ihrem Blick. »Wer sonst hätte es denn tun sollen?«, fragte er zurück und lenkte schnell von sich ab, indem er fortfuhr: »Außer dir ist ja keiner mehr im Haus gewesen. Die Valverdes müssen Hals über Kopf die Flucht ergriffen haben, so wüst, wie es unten im Laden und anderswo im Haus aussieht.«

Ein Schatten legte sich über Fionas Gesicht. »Oh ja, und wie eilig sie es hatten, von hier wegzukommen, der ehrenwerte Signor Valverde und seine beiden feinen Söhne!«, sagte sie mit zorniger Verachtung.

»Sie haben dich einfach hier zurückgelassen, obwohl sie wussten, dass du krank warst?«

Fiona lachte bitter auf. »Als ob sie sich wegen mir irgendwelche Gedanken gemacht hätten, wo sie doch schon mit Signora Valverde, der eigenen Ehefrau und Mutter, kein Mitleid gehabt haben! Als kein Zweifel mehr daran bestand, dass sie an der Pest erkrankt war und Elsa Hals über Kopf das Weite gesucht hatte, haben sie mich mit der Signora quasi oben eingeschlossen«, vertraute sie ihm an. »Essen und Wasser haben sie auf das Ende eines langen Brettes gestellt und mir vor die Tür geschoben. Herauswagen durfte ich mich jedoch nicht. Und wenn ich die Tür aufmachte, musste ich mir einen in Essig getränkten Schwamm vor Mund und Nase pressen, weil ja schon mein Atem von der Pest hätte befallen sein und sie am Ende des Flurs hätte treffen können.«

Er furchte die Stirn. »Aber mit Gewalt hätten sie dich doch gar nicht halten können, zumal sie so große Angst hatten, dir nahe zu kommen. Warum bist du also nicht einfach weggelaufen?«

»Und warum bist *du* nicht weggelaufen?«, antwortete sie sofort mit einer leisen Gegenfrage. »Warum hast du mich, eine völlig Fremde, nicht einfach dort im Flur liegen und sterben lassen?«

Verlegen zuckte er mit den Achseln. »Ich weiß es nicht, wirklich nicht«, gestand er ehrlich. »Bestimmt nicht, weil ich besonders viel Mut oder gar Todesverachtung hätte.« Er zögerte kurz und fuhr dann fort: »Ich wollte zuerst auch nicht einen einzigen Finger für dich krumm machen. Nicht mal anfassen wollte ich dich, als ich dich da am Treppenabsatz liegen sah. Deshalb habe ich dich auch mit dem Fuß auf den Rücken gedreht. Na ja, und dann . . . tja, dann habe ich einfach das Gefühl gehabt, gar keine andere Wahl zu haben.«

Ein schwaches Lächeln zeigte sich für einen flüchtigen Moment auf ihrem Gesicht. »Komisch, so ähnlich war es bei mir auch. Eigentlich konnte ich Signora Valverde gar nicht leiden. Sie hat es mir oft schwer gemacht, so herrisch und leicht reizbar, wie sie war.«

»Wann genau haben sich denn der Apotheker und seine Söhne abgesetzt und dich mit deiner kranken Herrin allein gelassen?«, wollte Matteo wissen.

»Am Abend vor der Nacht, in der Signora Valverde gestorben ist«, berichtete Fiona und rutschte dabei etwas tiefer ins Bett zurück, als würde nun ihr Bedürfnis nach Ruhe und Schlaf wieder sein Recht verlangen. »Sie haben ein Fuhrwerk vors Haus gefahren und in aller Hast aufgeladen, was ihnen wichtig war und auf dem Wagen Platz fand. Noch vor Einbruch der Dunkelheit sind sie auf und davon, Stunden bevor Signora Valverde ihren letzten Atemzug getan hat.«

Das erklärte, warum Rosa Silvera bei ihrem Besuch an jenem Morgen noch nicht gewusst hatte, dass es Antonio Valverde und sein Geschäft in San Bernardo gar nicht mehr gab.

Matteo hütete sich ein Urteil über den Charakter des Apothekers und seiner Söhne zu fällen, wusste er doch zu gut, wie groß seine Angst und sein innerer Drang gewesen waren, die eigene Familie in ihrer Not sich selbst zu überlassen und das Heil in der Flucht zu suchen.

»Aber da musst du doch selbst schon krank gewesen sein«, sagte er, um sie anzuregen, weiter von sich zu erzählen. Er wollte nicht, dass sie sich jetzt schon dem Schlaf hingab und ihn mit seinen Gedanken und Bildern und der Leere allein ließ. Alles, was ihn davon abhielt, über den Tod seiner Mutter, seines Vaters und seiner Geschwister nachzudenken, war ihm willkommen.

»Ja, das war ich«, bestätigte sie. »Und ich war sicher, dass mich die Pest nun auch erwischt hätte und ich Signora Valverde bald in den Tod folgen würde. Mit letzter Kraft trug ich ihren Leichnam in der Nacht ihres Todes die Treppe hinunter und legte ihn vor dem Haus auf die Straße, damit die Pestknechte im Morgengrauen . . .« Sie stockte, biss sich auf die Unterlippe und machte schließlich eine schwache, hilflose Handbewegung. »Na, du weißt schon.«

»Ja, ich weiß«, sagte er leise und musste heftig schlucken, weil der Schmerz und der Drang, in Tränen auszubrechen, ihn wieder zu überwältigen drohten. »Aber erzähl nur weiter!«

Sie stutzte und zog leicht die Augenbrauen zusammen. »Hast du auch jemand an die Pest verloren?«, fragte sie behutsam.

»Ja, erst meinen Vater, dann meinen älteren Bruder und meine Schwester und letzte Nacht meine Mutter! Die Pest hat mir meine ganze Familie genommen!«, stieß er hervor und es klang wie ein Fluch. Er konnte nicht anders, es musste heraus. Und es kostete ihn nun ungeheure Selbstbeherrschung, um die Tränen zurückzuhalten. Er spürte schon, wie seine Augen wässrig wurden und das Bild vor ihnen verschwamm.

»Oh barmherziger Gott!«, entfuhr es ihr bestürzt. »Das tut mir Leid. Ich weiß gar nicht, was man in solch einer entsetzlichen Situation sagen soll. Da klingt alles so . . . so hohl und nichtig.«

»Deshalb ist es auch besser, du versuchst es erst gar nicht!« Matteo fuhr sich hastig über die Augen und sagte dann drängend: »Außerdem wolltest du von dir erzählen!«

Sie verstand, dass er über den Tod seiner Eltern und Geschwister nicht reden wollte, und drängte ihn auch nicht. »Viel mehr gibt es eigentlich nicht zu erzählen. Ich habe mich wieder ins Haus geschleppt, und an was ich mich danach noch erinnern kann, ist sehr wirr. Da weiß ich nicht, was ich wirklich erlebt habe und was davon nur in meinen Träumen passiert ist. Aber eines weiß ich: Wenn du dich nicht um mich gekümmert hättest, wäre ich nicht durchgekommen. Dann wäre ich jetzt auch tot.« Sie machte eine kurze Pause und fügte dann mit schwacher, aber bewegter Stimme hinzu: »Du hast mir das Leben gerettet, Matteo Lombardi. Und das werde ich dir nie im Leben vergessen und auch nie genug danken können!«

Ihre Dankbarkeit bereitete ihm merkwürdigerweise nicht die geringste Befangenheit. Er empfand in diesem Moment für dieses Mädchen nicht mehr als Gleichgültigkeit. Und er vermochte sich auch nicht vor dem erschreckenden Gedanken zu bewahren, dass er ihr Leben, ohne auch nur eine Sekunde zu zögern, für das Leben der Mutter oder irgendeines anderen von seiner Familie eingetauscht hätte, wenn es ihm gegeben worden wäre, mit dem Tod einen solchen Handel zu schließen.

Sofort beschämte es ihn, was ihm da durch den Kopf gefahren war. »Ich will von Dankbarkeit nichts wissen!«, sagte er abwehrend. »Dass du durchgekommen bist, ist nichts als ein ... ein unbedeutender Zufall bei all dem Sterben. Und vermutlich hättest du es auch ohne meine Hilfe geschafft. So viel habe ich gar nicht für dich getan. Also reden wir nicht mehr davon! Außerdem brauchst du Ruhe. Du kannst ja kaum noch die Augen offen halten und ich muss jetzt auch weg!«

Was gelogen war, wie er selbst wusste, und was er bestimmt schnell bereuen würde, wenn er erst wieder mit sich allein war. Denn was gab es für ihn zu tun? Aber in diesem Moment drängte es ihn, diese beschämende Situation zu beenden.

»Kommst du wieder, Matteo?«, fragte sie zaghaft und bittend zugleich, als er sich abgewandt hatte und schon in der Tür stand.

Er drehte sich nicht zu ihr um, nickte jedoch. »Ja, ich komme wieder!«, brummte er unwirsch. Und in Gedanken fügte er hinzu, dass ihm ja gar keine andere Wahl blieb. Sie würde Hunger haben und jemand musste ihr Brot, fetten Hirsebrei und andere Stärkungen bringen, damit sie schnell wieder zu Kräften kam. Und wer außer ihm sollte ihr das bringen?

Aber war es die Mühe überhaupt wert, so wie die Pest in San Bernardo wütete? Er machte sich nichts vor. Dass sie beide dem Sensenmann noch nicht unter die scharfe Klinge gekommen waren, hatte nichts zu bedeuten. Und aus dem zweifelhaften Glück, das sie bisher gehabt hatten, ließ sich schon gar nicht so etwas wie eine Garantie dafür ableiten, dass sie der Schnitter auch das nächste Mal nicht erwischte.

10

Zwei Brote und zwei Krapfen!«, rief Matteo gegen die Backsteinwand, in der auf Brusthöhe eine gerade mal kalbskopfgroße Öffnung klaffte. Warme Luft und mit ihr der Duft von frisch gebackenem Brot strömte aus dem Durchlass und umfing ihn, ließ ihm das Wasser im Mund zusammenlaufen und erinnerte ihn daran, wie hungrig er doch war.

Eine flache Holzplatte mit einem verkratzten Blechteller erschien in der Öffnung. Und von jenseits der Ziegelwand forderte ihn die raue Stimme von Salvatore Pisano auf: »Wirf dein Geld auf den Teller, aber berühr ihn bloß nicht!«

Matteo ersparte sich eine Antwort. Er kannte das Ritual des Bäckers, doch das bewahrte ihn nicht davor, sich jedes Mal dieselbe scharfe Ermahnung anhören zu müssen.

Er öffnete seine Hand weit genug über dem Teller und die Münzen fielen unter hellem Klingen auf das Blech. Als der Holzschieber mit seinem Geld auf dem Teller zurückgezogen wurde, spähte er durch das Loch ins Innere der Bäckerei. Er erhaschte einen flüchtigen Blick auf eine ähnlich plumpe, lederne Schnabelmaske, wie sie die Pestknechte trugen, die im Morgengrauen durch die Straßen zogen.

Der bullige Bäcker Salvatore Pisano auf der Via Angeli gehörte zu den wenigen Kaufleuten von San Bernardo, die nicht daran dachten, sich von der Seuche zur Schließung ihres Ladenlokals zwingen zu lassen. Er witterte das Geschäft seines Lebens, gerade weil die meisten anderen Bäcker, Schlachter und

Lebensmittelhändler ihre Läden längst geschlossen hatten, aus der Stadt geflohen waren oder schon unter der Erde lagen. Er bot jetzt nur noch eine Sorte Brot sowie in Fett gebackene Krapfen an, und zwar zu einem mittlerweile sechsfach höheren Preis als vor Ausbruch der Pest. Und je mehr seine Mehlvorräte zusammenschrumpften, desto teurer wurden seine Waren.

Einige Schritte hinter Matteo gab eine knochige Frau an ihre halbwüchsige Tochter Gerüchte wieder, die ihr zu Ohren gekommen waren. Dabei klang aus ihrer Stimme nicht nur Angst, sondern auch eine gewisse atemlose Faszination. ». . . und in China und Persien hat es Wasser mit Würmern und Kröten geregnet, und wo dieser Regen niedergegangen ist, wurden alle Gebiete und Menschen verpestet. Anderswo sollen Feuerbälle vom Himmel gefallen sein, groß wie ein dicker Menschenkopf, wie man es sonst nur vom Schneefall kennt. Ja sogar von brennenden Kreuzen, die vom Himmel geregnet sind, ist die Rede. Dort, wo sie auf Land und Güter gefallen sind, soll alles auf ewig verbrannt sein. Und man sagt, sie hätten einen fürchterlichen Rauch hervorgerufen, und wer den erblickte, sei sofort gestorben . . .«

Matteo glaubte nichts davon, vermochte jedoch nicht zu verhindern, dass ihm die Katastrophenberichte einen Schauer durch den Körper jagten.

»Aufgepasst! . . . Fang auf!«, rief der Bäcker. Im selben Moment tauchte das erste Brot in der Öffnung auf. Salvatore Pisano stieß es förmlich hinaus, damit niemand Gelegenheit fand, den Backschieber zu berühren.

Der Brotlaib flog Matteo entgegen. Aber er war vorbereitet und fing ihn geschickt auf, wie auch das zweite Brot und die beiden schmalzgebackenen Krapfen, die noch ganz warm waren. Schnell räumte er den Platz vor der Backsteinwand, damit die Frau mit dem Mädchen hinter ihm aus der weit auseinander gezogenen Linie näher treten konnte, und machte sich auf den Weg zu Fiona, die zu dieser Morgenstunde sicherlich schon auf ihn wartete.

Zwei Tage waren seit dem Tod der Mutter und seinem ersten Gespräch mit dem Mädchen im Haus der Valverdes vergangen. Und mittlerweile war er ausgesprochen froh, dass es sie gab und sie auf seinen Beistand angewiesen war. Die moralische Verpflichtung, die er sich mit Fiona Cavaletto aufgeladen hatte, nämlich auch weiterhin für sie zu sorgen, bis sie wieder zu Kräften gekommen war, betrachtete er nicht mehr als lästige Aufgabe – auch wenn er sich hütete, das ihr gegenüber zu erkennen zu geben. Aber er hatte erkannt, dass er sie eigentlich genauso brauchte wie sie ihn.

Eine klare Aufgabe zu haben, erwartet zu werden und mit jemandem reden zu können, das machte es ein wenig leichter, nicht in diesem brennenden Schmerz und in der Verzweiflung zu versinken, die immer wieder mit aller Kraft nach ihm griff und ihn in schwarze, bodenlose Abgründe zu stürzen drohte.

Er wünschte sogar, er bräuchte gar nicht mehr in das leere kalte Haus neben der Schmiede zurückzugehen, wo er auf Schritt und Tritt von Erinnerungen an die toten Eltern und die Geschwister bedrängt wurde und wo ihm das Atmen schwer wurde. Dort saß er nur wie gelähmt irgendwo in einer Ecke oder aber er lief ruhelos durch die Räume und die Werkstatt, ohne jedoch zu wissen, wonach er eigentlich suchte oder was er tun sollte. Es war für ihn schon jetzt kein Zuhause mehr. Werkstatt und Haus waren kein Eigentum der Lombardis – dazu hatte das bescheidene Einkommen des Vaters nie gereicht –, sondern nur gemietet. Und wenn ihr Besitzer erst wieder nach San Bernardo zurückkehrte und er, Matteo, dann noch immer leben sollte, würde ihn Signor Visconte zweifellos unverzüglich auf die Straße setzen, um Werkstatt und Haus jemandem zu überlassen, der den Mietzins aufbringen konnte. Und weil er sich in dem Haus in der Via San Fermo wie ein Fremder unter Geistern fühlte, hätte er am liebsten auch die Nächte im Haus der Valverdes verbracht. Mit einem Strohsack als Schlaflager im Flur oder unten im Laden wäre er mehr als zufrieden gewesen.

Aber das wagte er nicht einmal zu äußern, weil er sich dessen vor Fiona geschämt hätte – und weil das Haus eines angesehenen und gut gestellten Bürgers wie Antonio Valverde nicht der Ort war, an dem sich der Sohn eines einfachen Schmieds ungestraft nachts aufhalten konnte. Während die Pest wütete, mochte man ja damit durchkommen. Aber die Augen der Nachbarn blieben auch in diesen Zeiten scharf, ja sogar schärfer noch als sonst schon. Und wenn die Pest vorbei war, wieder Ordnung in San Bernardo einkehrte und er zu den Überlebenden zählen sollte, würde man ihn womöglich für eine solche Eigenmächtigkeit zur Rechenschaft ziehen. Pranger und Kerker waren schnell verhängte Strafen, wenn es um einen einfachen Burschen wie ihn und das Eigentum eines Mannes wie Signor Valverde ging!

Als er wenig später Fionas Zimmer betrat, die Krapfen hinter seinem Rücken versteckt, blieb er überrascht in der Tür stehen. Denn sie lag nicht mehr im Bett, sondern saß auf der Bettkante, bekleidet mit einem schlichten, aber sauberen Kleid aus moosgrünem Wollstoff. Sie war damit beschäftigt, sich die Haare zu kämmen. Und neben ihr auf dem Bett lagen ein kleines Federmesser und daneben ein Stück Holz, das etwa so groß wie die Faust eines kleinen Kindes war und Spuren von Schnitzarbeit aufwies.

»Du bist aufgestanden und hast dich umgezogen?«, fragte er verblüfft.

»Ich konnte mich einfach nicht mehr riechen!«, antwortete sie und verzog verlegen das Gesicht. »Gib nur zu, dass ich nach so vielen Tagen, die ich mit meinen Sachen im Bett zugebracht habe, regelrecht gestunken habe.«

»Na ja, nach den Wohlgerüchen des Orients hast du nun nicht gerochen . . .«, räumte er vorsichtig ein.

»Ja, eher nach Schweiß und dem Urin, den ich unter mir gelassen habe«, sagte Fiona schonungslos gegen sich selbst, senkte jedoch den Blick. »Ich musste mich einfach mal von Kopf bis Fuß waschen und mir etwas Sauberes anziehen. Zum Glück hatte ich noch ein zweites Kleid oben in meiner Truhe. Leider ist für die Wäsche das ganze Wasser draufgegangen, das du gestern Abend noch geholt hast. Tut mir Leid, dass du gleich schon wieder mit dem Eimer losziehen musst.«

»Das ist nicht der Rede wert«, sagte Matteo. »Aber dass du in die Dachkammer hochgestiegen bist und dir all die anderen Anstrengungen zugemutet hast . . .«

». . . all das hat mich nicht umgebracht, wie du siehst!«, fiel sie ihm mit betonter Fröhlichkeit ins Wort. »Ich fühle mich auch gar nicht mehr so wackelig auf den Beinen wie gestern noch. Du siehst, Unkraut vergeht nicht!«

»Und was willst du mit dem Messer und dem Stück Holz?«, fragte er, obwohl die Antwort natürlich auf der Hand lag.

Sie lachte leicht verlegen. »Das ist mein Schnitzmesser und Talisman! Es hat mal meinem Großvater gehört, der ein großer Meister im Schnitzen war. Er hat mich schon als kleines Kind darin unterrichtet, und seitdem greife ich zu meinem Messer und einem Stück Holz, wann immer ich etwas freie Zeit habe. Von meinen Großvater habe ich übrigens diese Rosenkranzkette. Er hat sie eigens für mich geschnitzt«, sagte sie und zog sie unter ihrem Kleid hervor.

»Was für eine Arbeit! Er muss wirklich ein Künstler mit dem Messer gewesen sein«, sagte er bewundernd. Allein die vielen Perlen mit Rosenblüten zu verzieren war schon eine große Leistung. Aber wie man aus einem kleinen Stück Holz ein gerade mal daumenlanges Kruzifix schnitzen konnte, bei dem der Körper des Gekreuzigten ganz deutlich zu erkennen war, das würde ihm wohl ewig ein Rätsel bleiben.

»Ja, das war er.«

»Und was soll daraus einmal werden?«, fragte er und deutete auf das Holzstück, das mit dem Messer neben ihr auf dem Bett lag.

Sie zuckte mit den Achseln. »Mal sehen. Vielleicht ein Engel, aber nur den Kopf mit Schulter und Flügeln, weil . . .« Sie führte den Satz nicht zu Ende, denn in diesem Moment sah sie, was er unter dem Arm geklemmt hielt. »Du bringst frisches Brot?« Und als er nun auch noch die Krapfen hinter seinem Rücken hervorholte, wurden ihre Augen, die einen Ton dunkler als ihr bernsteinfarbenes Haar waren, groß und leuchteten auf. »Frisches Brot *und* Schmalzkrapfen? Matteo! Mir läuft das Wasser im Mund zusammen!«

Ihre Freude ließ ihn lächeln. »Na ja, ich dachte, dass du nach der zähen Breipampe, die ich dir gestern wieder vorgesetzt habe, bestimmt endlich mal etwas essen möchtest, das wirklich Geschmack hat.«

»Immerhin hat mich dein Brei schnell wieder auf die Beine gebracht«, sagte sie diplomatisch. Dann fuhr sie mit einem erwartungsvollen Seufzer fort: »Aber frisches Brot und ein herrlicher Schmalzkrapfen sind natürlich nicht so leicht zu überbieten.«

»Das dachte ich mir auch«, sagte Matteo trocken, brach von einem der Brotlaibe ein großes Stück ab und reichte es ihr zusammen mit einem Krapfen.

Fiona biss zuerst in das Brot, dessen knusprige Kruste krachend brach, und verdrehte beim genüsslichen Kauen die Augen. »Himmlisch!«, rief sie mit vollem Mund. »Aber sag mal, welcher Bäcker hat denn überhaupt noch seinen Laden auf?«

Matteo erzählte ihr, wie Salvatore Pisano seine Bäckerei betrieb und welchen Gewinn er aus der Katastrophe und Not der Bewohner von San Bernardo schlug.

Fiona drückte ihren Abscheu für die Wucherpreise aus und bot ihm gleich an ihm das wenige Geld zu überlassen, das sie angespart und in ihrer Börse oben in der Kammer unter dem Dach hatte.

Er wollte nichts davon wissen, obwohl er sich insgeheim große Sorgen machte, wie sie wohl über die Runden kommen sollten. In der Speisekammer seines Elternhauses herrschte dieselbe gähnende Leere wie in der des Apothekerhauses. Das bisschen Hirsemehl, die Trockenfrüchte und der Zwieback, den die Valverdes bei ihrer überstürzten Abreise nicht zusammengepackt und mitgenommen hatten, waren von Fiona und ihm mittlerweile verzehrt worden. Das wenige Geld, das sie zusammen noch besaßen, würde nicht mehr lange reichen, um ihren Hunger zu stillen, wenn die Preise bei den wenigen Händlern, die überhaupt noch Lebensmittel verkauften, weiterhin so drastisch stiegen. Und solange die Pest San Bernardo in ihren Klauen hielt und die schwarzen Fahnen von den Kirchtürmen wehten, würde nicht nur bei Salvatore Pisano das Brot mit jedem Tag teurer werden.

Fiona beschäftigten offenbar ähnliche Gedanken. Denn nach einer Weile des Schweigens, in der sie die Krapfen verzehrt hatten, hielt sie im Kauen inne und fragte: »Wie lange dauert es wohl, bis sich die Pest in einer Stadt wie San Bernardo ausgetobt hat und man keine Angst mehr vor Ansteckung zu haben braucht?«

Matteo zuckte mit den Achseln. »Bestimmt Monate«, sagte er und erinnerte sich dann daran, was ihm der Vater früher einmal über die fürchterliche Seuche erzählt hatte. »Meist wütet sie während der heißen Monate besonders schlimm, so heißt es. Wenn dann der Winter kommt, verschwindet die Pest. Sie verträgt wohl die Kälte nicht.«

Erschrocken sah sie zu ihm herüber. »Du meinst, die Pest weicht erst im Winter? Aber bis dahin sind es noch mindestens sieben Monate hin!«

»Ich weiß es nicht, Fiona. Ich sage nur, was ich mal gehört habe. Es kann ja auch alles ganz anders kommen und die Pest verschwindet noch vor der ersten Sommerhitze.«

»Aber du glaubst nicht daran, nicht wahr?«

»Nein«, gestand Matteo mit düsterer Miene.

»Es wird also erst noch viel schlimmer kommen, bevor wir hoffen können, dass es mit Einbruch des Winters besser wird!«, stellte sie bedrückt fest.

»Vermutlich.«

»Aber dann wird es bald kaum noch etwas zu essen geben, weil sich doch längst keiner der Lieferanten von außerhalb mehr in die Stadt traut. Und was es dann noch zu kaufen gibt, wird unerschwinglich teuer sein!«, folgerte sie.

»Auch das ist richtig«, sagte er trocken. »Die Pest wird einen treuen und ebenso gemeinen Verbündeten bekommen – den Hunger!«

Fiona wollte etwas erwidern, wurde jedoch genau wie Matteo von lauten, aufgeregten Rufen abgelenkt, die in diesem Moment unten auf der Straße laut wurden.

»Heilige Muttergottes, die *Bianchi!* ... Die *Bianchi* kommen!«, rief eine Frauenstimme mit erregter, zitternder Stimme, als wären ihre inständigen Gebete erhört worden. »Über hundert sollen es sein! ... Die *Bianchi* werden den Fluch von uns nehmen! ... Sie ziehen zuerst zur Santa Maria Assunta und kommen schon die Via Volta hoch!«

Der hoffnungsvolle Ruf der Frau wurde von anderen Frauen sowie von Kindern und Männern mit ähnlicher Begeisterung aufgenommen. Und zum ersten Mal, seit der schwarze Tod über San Bernardo hergefallen war, strömten die Menschen aus den Häusern.

Matteo und Fiona waren zum Fenster gesprungen und blickten auf die Straße hinunter.

»Hast du das gehört?«, stieß Fiona aufgeregt hervor. »Wir haben *Bianchi* in der Stadt! Gut hundert von diesen Büßern sind zu uns unterwegs!«

Matteo bekam unwillkürlich eine Gänsehaut. *Bianchi* in San Bernardo! Er hatte von den so genannten »Weißen«, den Büßern und Geißlern, schon gehört, aber noch nie einen solchen Zug mit eigenen Augen gesehen. Und er musste nicht erst lange überlegen, was er zu tun hatte.

»Das muss ich sehen! Leg dich wieder hin und versuch noch ein wenig zu schlafen!«, rief er ihr hastig zu und lief schon zur Tür. »Ich werde dir später alles erzählen!«

»Warte! Ich komme mit!«

Er hielt kurz inne und sah sie verblüfft an. »Wie bitte?« Er schüttelte den Kopf. »Nein, das lässt du mal besser bleiben, so schwach, wie du noch bist!«

Trotzig schob sie das Kinn vor. »Ich werde ja wohl besser wissen als du, was ich kann und was nicht!«, erwiderte sie und sah ihn mit blitzenden Augen an. »Ich bin dir unendlich dankbar für alles, was du für mich getan hast, aber mein Vormund bist du deshalb nicht!« Und als ob sie ihre scharfe Zurechtweisung schon im selben Moment bereute, fügte sie rasch mit bedeutend freundlicherem Tonfall hinzu: »Außerdem *muss* ich einfach hinaus an die Luft! Ich habe hier langsam das Gefühl, erdrückt zu werden und zu ersticken. Aber wenn du es eilig hast, hält dich natürlich keiner.«

Matteo verzog das Gesicht zu einer Grimasse. »Also gut, dann komm mit, wenn du meinst, es dir zutrauen zu können.«

Sie bat ihn schnell die Treppe zu ihrer Dachkammer hochzulaufen und ihren warmen Umhang zu holen, der am Nagel neben der Tür hing. Wenig später traten sie auf die Straße hinaus und machten sich auf den kurzen Weg zum Kirchplatz des nahen Gotteshauses Santa Maria Assunta.

11

Sie hörten den monotonen und dennoch aufrüttelnden Gesang der Büßer, lange bevor sie die weiß gekleideten Flagellanten* zu Gesicht bekamen.

»Diese Bittfahrt ist so erhaben . . . Christus ging selbst nach Jerusalem . . . und trug sein Kreuz in der Hand . . . Nun helfe uns der Heiland!«, sang ein Vorsänger mit kräftiger Stimme, worauf ihm die anderen Büßer im Chor antworteten.

Als Matteo und Fiona Augenblicke später aus einer der Gassen traten, die von der großen Rathaus-Piazza im Norden kamen und zum Vorplatz der Marienkirche im einfachen Handwerker- und Arbeiterviertel führten, tauchte der Zug der *Bianchi* gerade zu ihrer Rechten aus einer anderen Seitenstraße auf.

Matteo schätzte, dass sich der Zug aus gut hundertzwanzig bis hundertfünfzig Männern zusammensetzte, die in schlichte

* Flagellant: Geißler; jemand, der sich selbst mit einer Peitsche züchtigt.

weiße Bußgewänder gekleidet waren und barfuß in Zweierreihen gingen. Einige schritten mit Kreuzen, Fahnen und brennenden Opferkerzen vorweg. Sie hatten merkwürdig spitze Hüte auf, die mit weißem Stoff umwickelt waren und ein aufgemaltes rotes Kreuz trugen. Und ein jeder im Zug führte eine Geißel mit sich.

»Jesus, Maria und Josef!«, entfuhr es Fiona erschrocken und sie schlug die Hand vor den Mund. »Einige von ihnen tragen Skorpione in der Hand! Weißt du, was das bedeuten soll?« Als Matteo stumm den Kopf schüttelte, fuhr sie entsetzt und mit Flüsterstimme fort: »Und sieh dir doch nur mal diese schrecklichen Peitschen an, die sie in der Hand halten!«

Auch Matteo wurde mulmig zu Mute bei ihrem Anblick, wusste er doch, dass die *Bianchi* eine Geißel nicht zu symbolischen Zwecken mit sich führten, sondern weil sie sich damit selbst züchtigten.

Jede Geißel bestand aus einer Art kurzem Stock, von dem drei Stränge mit großen Knoten herabhingen. Mitten durch diese Knoten liefen sich kreuzende, eiserne und nadelscharfe Stacheln, die in der Länge eines Weizenkorns aus den Knoten ragten.

Der einzige Weg zur Rettung lag nach Überzeugung der *Bianchi* in der Buße – und zwar Buße buchstäblich bis aufs Blut. Unter Nachfolge Christi verstanden sie als höchste Stufe der Opferbereitschaft das persönliche Durchleiden der blutigen Passion, die der Heiland auf sich genommen und bis zu seinem Tod auf Golgatha erlitten hatte.

Matteo bemerkte nun, dass diese Geißler nicht von außerhalb kamen, sondern dass sich der ganze Zug aus Bewohnern von San Bernardo zusammensetzte. Augenblicklich überkam ihn eine gewisse Enttäuschung. Aber wie hatte es auch anders sein können. Wer wäre schon so lebensmüde gewesen sich in eine Stadt zu wagen, in der seit Wochen die Pest umging und der Tod reiche Ernte hielt?

Mit Beklemmung verfolgten Fiona und er, wie die Geißler nun ihre Gewänder bis auf das Unterkleid ablegten, sodass sie von den Lenden bis zu den Knöcheln nur noch einfaches, raues Leinen trugen. In einer feierlich schaurigen Prozession und in geordneten Zweierreihen begannen sie damit, Kirche und Kirchhof zu umschreiten. Kräftiger Gesang setzte ein.

»Jesus Christus ward gefangen
und an ein Kreuz gehangen.
Das Kreuz war vom Blute rot,
wir beklagen sein Martyrium und seinen Tod.
Sünder, womit willst du mir lohnen?
Drei Nägel und eine dornige Krone,
das heilige Kreuz, einen Speer, ein Stich.
Sünder, das litt ich durch dich!
Was willst du nun leiden durch mich?
Deshalb rufen wir, Herr, mit lautem Ton:
Unseren Dienst, Herr, nimm dir zum Lohn.
Behüt uns vor der Höllennot,
darum bitten wir dich, durch deinen Tod.
Für Gott vergießen wir unser Blut.
Das ist für unsere Sünden gut . . .«

Und während sie in bedächtiger Prozession ihre Runden zogen und ein Büßerlied nach dem anderen anstimmten, schlug sich jeder Teilnehmer im Rhythmus der Gesänge mit seiner Geißel hoch auf den eigenen Rücken, sodass das Blut floss. Manche gerieten in Ekstase und schlugen derart heftig auf ihren entblößten Oberkörper ein, dass ihr Blut von den knotigen Strängen ihrer Geißel spritzte und nicht selten Zuschauer traf, von denen nicht wenige in einen ähnlich verzückten Zustand fielen. Zuweilen trieben sich die Geißler die eisernen Stacheln so tief ins Fleisch, dass man sie erst nach wiederholten Versuchen herausziehen konnte.

Die Männer bewegten sich im Rhythmus ihrer Büßerlieder, streckten zwischen den Schlägen die Arme in einer Geste von Demut und Flehen zum Himmel, hielten im Vormarsch gelegentlich kurz inne, um niederzuknien, das Kreuzzeichen zu machen und sich dreimal mit der Faust über dem Herz auf die Brust zu schlagen, und gingen dann, wieder die Geißel gegen sich erhebend, weiter. Dann wiederum stürzten alle auf ein bestimmtes Zeichen nieder und warfen sich kreuzförmig hin, mit dem Gesicht zum Boden, wobei sie schluchzten und beteten und für alle Sünder und insbesondere für die Seelen im Fegefeuer Gnade erflehten. Anschließend erhoben sie sich, formierten sich wieder zu Zweierreihen und geißelten sich erneut, dass das Blut nur so lief.

»Tretet her, wer büßen will!«, rief einer der Vorsänger in einer Art von Sprechgesang nach dem ersten Rundgang. »So entkommen wir der heißen Hölle. Luzifer ist ein böser Geselle. Wen er greifen kann, den stürzt er ins Elend!«

So manch einer der Zuschauer nahm die Einladung an, sich bei den *Bianchi* einzureihen und eine der Geißeln, die man ihm reichte, zu nehmen und gegen sich zu richten. Und schon bald geriet die anfänglich strenge Ordnung der Prozession durcheinander. Ekstase, Schmerz, Wahn und Demut gingen eine beängstigende Verbindung ein.

»Mein Gott, all das Blut! . . . Das . . . das ist ja schlimmer als beim Schlachttag!«, stieß Fiona erschrocken und abgestoßen hervor und wich zurück, als die Prozession sich nun in ihre Richtung bewegte.

Matteo warf ihr einen besorgten Blick zu. Ihr Gesicht hatte

die fahle Blässe eines Wachstuches angenommen. Jegliches Blut schien aus ihren Zügen gewichen zu sein. Ihr Atem ging schnell und flach, als könnten ihr jeden Augenblick die Sinne schwinden.

»Du wärst besser in der Kammer geblieben. Das ist nichts in deinem noch angegriffenen Zustand! Komm, ich bringe dich ins Haus zurück«, sagte er und legte vorsichtshalber seinen Arm um sie, um sie sofort unterfassen zu können, sollte ihr tatsächlich gleich schwindelig werden. Dass sie ihm hier zusammenbrach, war das Letzte, was er jetzt gebrauchen konnte!

12

Matteo führte Fiona schnell in eine stille Seitengasse. Auch die Geißler verließen den Kirchplatz von Santa Maria Assunta. Singend zogen sie weiter, vermutlich hoch zur großen Piazza, dem Zentrum von San Bernardo. Sie wurden von einem Teil der Zuschauer begleitet, die von dem blutigen Schauspiel offensichtlich nicht genug kriegen konnten.

Als sie zu einer kniehohen Umfassungsmauer kamen, die den kleinen Vorhof einer Fassbinderwerkstatt zur Gasse hin abgrenzte, blieb Matteo mit ihr stehen. »Hier, setz dich und hol erst einmal tief Luft!«

»Es ist schon wieder gut. Du brauchst dir wirklich keine Sorgen zu machen«, sagte Fiona, sichtlich verlegen ob ihres Schwächeanfalls.

»Besser ist besser«, sagte er und drückte sie sanft hinunter, damit sie sich endlich hinsetzte.

Sie lächelte schwach, gab ihren Widerstand auf und setzte sich. »Vermutlich hältst du mich jetzt für ein zimperliches

Mädchen, das nichts vertragen kann«, sagte sie, über sich selbst den Kopf schüttelnd. »So bin ich eigentlich gar nicht. Aber so, wie die auf sich eingeschlagen haben . . .« Sie führte den Satz nicht zu Ende, sondern schüttelte erneut verständnislos und mit einer Miene des Abscheus den Kopf.

»Na ja, ein schöner Anblick war das wirklich nicht«, räumte Matteo ein, behielt jedoch für sich, dass auch ihn beim Anblick der blutigen Selbstgeißelungen ein mulmiges Gefühl überkommen hatte.

»Warum tun sie sich nur so etwas Schreckliches an?«

Er zuckte mit den Achseln. »Offenbar glauben sie daran, dass sie sich mit ihrem eigenen Blut von ihren Sünden rein waschen und Gott damit gnädig stimmen können, auf dass er uns von der Geißel der Pest befreit.«

Ihre Hand glitt auf der Brust suchend über ihr Kleid, bis sie das geschnitzte, kleine Kreuz mit dem winzigen Jesus-Corpus am Ende ihrer Rosenkranzkette ertastet hatte. Dort blieb ihre Hand liegen. »Und glaubst du daran, dass Gott an so einem blutigen Schauspiel seine Freude hat? Will Gott, dass wir uns bis aufs Blut peitschen und uns vor Schmerzen winden, weil wir uns so vieler Sünden schuldig gemacht haben?«

Ihre Frage überraschte ihn und er furchte die Stirn und überlegte. Unwillkürlich musste er an die Seherin und Kräuterfrau denken und was sie der Mutter entgegengehalten hatte, als diese die Seuche eine Strafe Gottes genannt hatte.

Seine Antwort ließ lange auf sich warten. Schließlich fragte er zurück: »Steht nicht in der Bibel, wir sollen Gott und unseren Nächsten so sehr lieben wie uns selbst?«

Fiona sah ihn mit einem verwirrten Ausdruck an. »Ja, schon . . . Aber was hat denn das mit *meiner* Frage zu tun?«

»Sehr viel, wie ich finde. Wir sollen eben nicht nur Gott und den Nächsten lieben, sondern auch uns selbst. Und vermutlich kommt das zuerst.« Er formulierte die Worte sehr zögerlich, als verwunderten ihn seine eigenen Gedanken. »Denn wie soll ich irgendeinen anderen lieben können, wenn ich mich selbst nicht ausstehen kann? Das geht doch gar nicht, oder?«

Überrascht blickte sie zu ihm auf. »Das hast du nicht nur sehr schön gesagt, sondern das klingt auch richtig einleuchtend!«, sagte sie. »Erst muss man mit sich selbst im Reinen sein, bevor man einen anderen richtig lieben kann. Ja, das ergibt Sinn.«

Er machte eine verlegene Handbewegung, weil er sich plötzlich so vorkam, als spielte er den Gelehrten. Und das war eine Rolle, die ihm wahrlich nicht zustand und die ihm auch völlig fremd war.

»Wie auch immer. Jedenfalls steht nirgendwo in der Bibel geschrieben, dass Jesus von uns verlangt hat, dass wir uns in seinem Namen blutig peitschen sollen«, fuhr er hastig fort, um das Thema zu beenden, stieß dabei in seinen Gedanken jedoch auf weitere Argumente, die seiner Ansicht nach gegen jede Art von Selbstgeißelung sprachen. »Er hat mit den Armen, den Kranken und auch den schlimmsten Sündern immer Erbarmen gehabt und sich Zeit für sie genommen. Seine Jünger hat er jedenfalls nicht zu einer Geißlertruppe gemacht, sondern sie losgeschickt, damit sie in seinem Namen Kranke heilen und Sünden vergeben und solche Sachen. Und gibt es in der Bibel nicht auch irgendwo die Stelle, wo Gott sagt, dass er nicht an Speise- und Blutopfern interessiert ist, sondern nur an unserer Liebe und Anbetung und an dem, was in unseren Herzen vor sich geht?«

Fiona nickte und ihre Augen leuchteten vor freudiger Erleichterung. »Ja, natürlich! Daran kann ich mich auch erinnern! Das Einzige, was Jesus wirklich von uns verlangt hat, ist Einsicht in unsere Sünden sowie aufrichtige Buße und Umkehr.«

»Und das ist bestimmt noch um einiges schwerer, als sich Rücken und Brust blutig zu geißeln«, sagte Matteo nachdenklich.

»Sag mal, woher kennst du dich überhaupt so gut in der Bibel aus, Matteo?«

»Meine Mutter hat die Heilige Schrift eifrig studiert und uns jeden Abend daraus vorgelesen.«

Fiona machte große Augen. »Deine Mutter konnte lesen?«

»Ja, lesen *und* schreiben«, sagte Matteo stolz. »Sie war die Tochter eines Druckers aus Mestre, der Hafenstadt im Osten an der Lagune von Venedig. Er ist leider schon früh gestorben, und dann ist meine Mutter bei einem tyrannischen Stiefvater aufgewachsen, der Bootszimmermann von Beruf war, mit meiner Großmutter noch einen Sohn hatte und gar nichts davon hielt, dass ein Mädchen seine Nase in ein Buch steckte, auch nicht in die Heilige Schrift. Aber sie hat die Kunst des Lesens und Schreibens nie verlernt und sie uns Kindern beigebracht, sowie wir alt genug waren, um eine Schiefertafel zu halten.«

Fiona war sichtlich beeindruckt. »Das ist wirklich etwas Besonderes, worauf du stolz sein kannst . . . und wofür du deiner . . . deiner seligen Mutter dankbar sein musst.«

»Ja, das bin ich auch«, sagte er leise, biss sich auf die Lippen und wandte seinen Blick ab.

Fiona verstand und sie schwiegen eine Weile. Dann gab Matteo einen schweren Stoßseufzer von sich, als er seine Gedanken zwang sich wieder den drängenden Problemen des Augenblicks zuzuwenden. Und mehr für sich selbst denn als Frage an Fiona gemeint, murmelte er vor sich hin: »Wenn ich bloß wüsste, was jetzt werden soll. In ein paar Tagen ist unser Geld aufgebraucht, auch wenn die Preise nicht weiter steigen, und dann haben wir nichts mehr zu essen.«

»Wir müssen natürlich weg von hier!«, erwiderte Fiona, ohne lange zu überlegen. »Und zwar besser noch heute als morgen!«

Verblüfft hob er den Kopf und sah sie an, als hätte sie einen schlechten Scherz von sich gegeben. Grimmig lachte er auf. »Raus aus San Bernardo? Himmel, das ist ja ein wirklich umwerfender Geistesblitz! Dass ich nicht schon längst darauf gekommen bin! Was bin ich doch für ein Einfaltspinsel!« Er schlug sich mit der flachen Hand vor die Stirn.

Fiona zeigte sich über seine Reaktion verwirrt und auch ein wenig verletzt und wollte wissen, warum er sich so über ihren Vorschlag lustig machte.

»Weil das längst nicht so einfach ist, wie du es dir vorstellst! Kannst du mir mal verraten, *wohin* wir fliehen und wovon wir irgendwo da draußen leben sollen?« Er deutete vage in die Luft und meinte damit das Umland von San Bernardo. »Nicht nur hier bei uns, sondern auch unten in Padua und in Brescia soll die Pest wüten. Und bestimmt geht längst überall in den umliegenden Dörfern die Angst um, dass die Pest auch zu ihnen kommt. Wer wird da zwei mittellose Flüchtlinge aus der Peststadt San Bernardo in seine Nähe lassen, geschweige denn ihnen Arbeit und Unterkunft gewähren?« Er stemmte die Fäuste in die Seite. »Ich habe nirgendwo Angehörige, die uns aufnehmen könnten – mal von dem Halbonkel mütterlicherseits abgesehen, der irgendwo in Venedig leben soll. Aber der hat sich nie für meine Mutter und ihre Familie interessiert. Und ich denke nicht daran, bei ihm um Aufnahme zu betteln. Also wo, in Teufels Namen, sollen wir hin?«

»Zu meinen Eltern«, antwortete Fiona ruhig.

»Zu deinen Eltern?«, echote er verblüfft, ließ die Arme sinken und wurde sich in diesem Moment zum ersten Mal bewusst, dass er sich bisher noch überhaupt keine Gedanken darüber gemacht hatte, woher sie eigentlich kam, wer ihre Angehörigen waren und wo diese wohl leben mochten.

»Ja, meine Eltern«, sagte sie und ein stolzes Lächeln umspielte ihre Lippen. »Sie bewirtschaften einen Bauernhof in der Nähe von Traveso, einer kleinen Ortschaft bei den *Colli Euganei*. Der Hof gehört meinem Vater und er wird es dir danken, was du für mich getan hast.«

»Oh, euch gehört dort ein Bauernhof!«, entfuhr es Matteo beeindruckt. Von der anmutigen Landschaft der Euganeischen Hügel südlich von Padua hatte er schon mal gehört. Aber dieser Landstrich lag gut und gern zwei volle Tagesreisen von San Bernardo entfernt. Und er hatte in seinem Leben die alten, brüchigen Mauern von San Bernardo noch nicht einmal so weit hinter sich gelassen, dass er die einzelnen Dächer und Kirchtürme nicht mehr hätte erkennen können. Und auf dem westlichen Ufer der Brenta war er schon gar nicht gewesen. »Das ist natürlich etwas anderes! Auf einem Bauernhof fernab von all dem Schrecken unterzukommen, das wäre die Rettung!«, gab er begeistert zu. »Und du bist sicher, dass auch ich auf dem Hof deines Vaters Unterschlupf finden kann, bis ich weiß, was mit mir werden soll?«

Sie nickte nachdrücklich. »Ganz bestimmt!«

»Gut! Endlich mal eine gute Nachricht!« Matteo atmete tief durch. »Aber damit haben wir noch längst nicht all unsere Probleme gelöst. Denn zuerst einmal müssen wir San Bernardo hinter uns lassen, und das wird nicht leicht.«

»Wieso?«, fragte sie irritiert. »Signor Valverde, seine Söhne und viele andere sind doch auch aus der Stadt geflohen. Wo soll denn da ein Problem sein? Oder traust du mir nicht zu, dass ich mich auf den Beinen halten kann?«

»Daran habe ich noch gar nicht gedacht«, sagte Matteo. »Worüber wir erst mal nachdenken müssen, ist, wie wir aus der Stadt kommen. Denn wie ich heute beim Warten vor der Bäckerei gehört habe, lassen die Leute niemanden mehr aus

San Bernardo heraus, solange die schwarzen Fahnen der Pest von unseren Kirchtürmen wehen.«

Auf Fionas Stirn bildete sich eine steile Falte. »Wer lässt keinen aus der Stadt?«

Matteo zuckte mit den Achseln. »Na, die Leute aus den umliegenden Ortschaften, die verhindern wollen, dass sich die Pest auch zu ihnen hin ausbreitet. Es heißt, sie hätten so etwas wie eine bewaffnete Bürgerwehr aufgestellt und bewachten nun die offene Ostseite von San Bernardo. Und drüben auf dem anderen Ufer der Brenta stehen sie auch, falls jemand mit dem Boot zu flüchten versucht. Aber natürlich gibt es längst keine Boote mehr. Und kein Fischer oder Flussschiffer von anderswo wagt es, auch nur in die Nähe unseres Ufers zu kommen. Die Valverdes dürften mit die Letzten gewesen sein, die es geschafft haben, aus San Bernardo herauszukommen.«

»Das glaube ich nicht!«, entfuhr es Fiona bestürzt.

»Es ist aber so! Komm mit und sieh es dir selbst an!«, forderte er sie auf. »Es sei denn, du fühlst dich noch nicht kräftig genug, um mit mir vor die Stadt zu gehen.«

»Und ob ich kräftig genug bin!«, stieß sie energisch hervor und erhob sich. »Das will ich sehen!«

13

Wenig später sah sie es mit eigenen Augen. Vom Osttor führte der breite, staubige Weg eine gute Viertelmeile* durch das freie, steinige Gelände, bis er unterhalb einer Hügelgruppe auf die Landstraße stieß, die von Cittadella und an San Bernar-

* Damals hatte die Meile eine Länge von umgerechnet 7 513 m.

do vorbei nach Padua führte. Entlang dieser Straße hatte die Bürgerwehr eine weit gestreckte Kette von Wachposten aufgestellt. Der Bogen freien Landes, den die scharfe, hufeisenähnliche Biegung der Brenta der umschlossenen Stadt im Osten gewährte, befand sich gänzlich unter der Kontrolle der Dörfler. Niemand konnte unbemerkt auf dieser Seite aus San Bernardo fliehen. Sie benutzten die Ladeflächen von Fuhrwerken als erhöhte Ausguckposten. Auch befanden sich mehrere Reiter unter ihnen. Und bewaffnet waren sie mit Mistforken, Dreschprügeln, Äxten, Steinschleudern sowie zahlreichen primitiven Lanzen, langen Stangen, an deren Enden sie Messer oder Sicheln befestigt hatten.

Zwei kräftige Männer kamen Matteo und Fiona wankend und unter lästerlichen Flüchen entgegen. Kopf und Gesicht der Männer waren blutüberströmt.

»Haben sie Euch nicht durchgelassen?«, rief Matteo ihnen zu, der mit Fiona schnell mehrere Schritte zur Seite ausgewichen war, damit sie ihnen nicht zu nahe kamen. »Was haben sie Euch getan?« Es waren Fragen, die eigentlich keiner Antwort bedurften.

»Fast gesteinigt hätte uns diese verfluchte Bande mit ihren verdammten Steinschleudern!«, stieß einer der beiden hervor und presste eine Hand auf die linke Kopfseite über dem Ohr. Blut sickerte zwischen seinen Fingern hervor.

»Ja, gnadenlos ist dieses verdammte Pack!«, pflichtete ihm der andere in wildem, ohnmächtigem Zorn bei. »Die Pest auch über sie!«

»Es ist wirklich, wie du gesagt hast«, murmelte Fiona, noch immer fassungslos, und kehrte dann mit Matteo in die Stadt zurück.

Sie begaben sich auf die andere, dem Fluss zugewandte Seite von San Bernardo. Dort wies die Mauer an mehreren Stellen breite Lücken auf, in denen Gras, Sträucher und sogar schon kleine Bäume wuchsen.

Nirgendwo war am diesseitigen Ufer ein Boot zu entdecken. Verwaist die Anlegestellen der Fährleute, Fischer und anderen Bootsführer. Noch nicht einmal ein einfacher Kahn lag irgendwo vertäut. Dafür fielen umso nachdrücklicher die kleinen Lager der Wachposten auf der anderen Seite der Brenta ins Auge. Sie fanden sich in einem Abstand von jeweils weniger als einer Zehntelmeile entlang der Schleife des breiten Flusses, dessen kalte dunkle Fluten unter einem grauen, wolkenverhangenen Himmel rasch dahinflossen.

»Wie belagert!«, stellte Fiona niedergeschlagen fest, während ein leichter Nieselregen einsetzte.

»Ja, wir sitzen zwischen den Fronten und werden langsam aufgerieben!«, sagte Matteo mit bitterem Ingrimm. »Während die Pest sich hier ein Opfer nach dem anderen holt, sorgen die Wachen aus den umliegenden Ortschaften dafür, dass keiner ihr entkommt. Am liebsten wäre es denen wohl, wenn wir hier alle vor die Hunde gehen würden. Doch den Gefallen werden wir ihnen nicht tun!«

»Aber du hast doch selbst gesagt, dass Flucht unmöglich ist!«, wandte sie mutlos ein.

»Nein, ich habe nur davon gesprochen, dass es *nicht leicht* sein wird . . .«, stellte er richtig. »Und auf jeden Fall müssen wir hier raus, ganz egal, wie riskant es auch ist!«

»Wir haben beide engen Kontakt mit Menschen gehabt, die an der Pest gestorben sind, ohne selbst Opfer der Seuche geworden zu sein«, gab sie zu bedenken. »Meinst du nicht, dass wir aus irgendeinem Grund nun dagegen gefeit sind und uns einigermaßen sicher fühlen können?«

»Kann sein, kann aber auch nicht sein«, sagte er achselzuckend. »Ich wünschte, es wäre so und wir könnten uns dessen auch sicher sein. Aber ich will mich lieber nicht darauf verlassen. Wenn wir sichergehen wollen, dass uns die Pest nicht doch noch erwischt, müssen wir die Flucht einfach wagen!«

Fiona machte ein gequältes Gesicht. »Aber wie denn?«

Matteo zog die Unterlippe zwischen die Zähne und dachte kurz nach. Dann lachte er freudlos auf, schüttelte dabei den Kopf und sagte mit Blick auf den Fluss: »Wie ich es auch drehe und wende, es kommt einfach nichts anderes heraus als diese eine Möglichkeit!«

»Redest du nur mit dir selbst oder soll das vielleicht ein Rätsel sein?«, erkundigte sich Fiona mit einem Anflug von Gereiztheit in der Stimme.

Er wandte sich wieder ihr zu. »Entschuldige, ich war ganz in Gedanken. Also, über das freie Gelände vor dem Stadttor haben wir nicht einmal nachts eine Chance. Deshalb bleibt uns nur eine Möglichkeit: Wir müssen über den Fluss!«

Fiona hatte so etwas geahnt. Sie hob nun abwehrend die Hände und schüttelte dazu noch heftig den Kopf. »Über den Fluss? Unmöglich! Schau dir doch nur mal an, wie stark die Strömung ist. Jetzt hat schon die Frühjahrsschmelze im Gebirge eingesetzt! Nein, nicht mit mir. Ich kann außerdem auch gar nicht schwimmen.«

»Aber ich. Mein Bruder hat es mir beigebracht. Und mit der Strömung werde ich schon fertig«, sagte Matteo zuversichtlich. »Man darf nur nicht gegen sie ankämpfen, sondern muss sie sich zu Nutze machen.«

»Dann tu das mal«, erwiderte sie knapp, während sich ein Ausdruck der Enttäuschung wie ein Schatten über ihr Gesicht legte. Recht abrupt wandte sie sich um und stieg über den Schotter in der Mauerlücke zurück in die Stadt. »Viel Glück. Und danke noch mal, dass du dich um mich gekümmert hast. Das war wirklich sehr anständig von dir.«

»Warte!«, rief er, hastete ihr hinterher, bekam ihr Handgelenk zu fassen und hielt sie zurück. »Was soll denn das? Was ist bloß auf einmal in dich gefahren?«

»Wie, ›was soll denn das‹?«, fragte sie schnippisch zurück. »Du kannst schwimmen und es über den Fluss versuchen und ich kann nicht schwimmen und werde deshalb in San Bernardo bleiben. Das ist, was ist!«

Ein Grinsen breitete sich auf seinem Gesicht aus. »Ach so, du glaubst, ich will mich nicht länger mit dir abgeben, weil du mir ein Klotz am Bein bist, und es deshalb lieber allein versuchen. Ist es so?«

Sie errötete leicht und antwortete schmallippig: »Ist ja auch dein gutes Recht!«

Er sah sie einen Augenblick schweigend, aber mit diesem belustigten Lächeln an. Dann wurde sein Ausdruck ernst. »Du brauchst keine Angst zu haben . . .«

»Ich habe auch keine Angst!«, fiel sie ihm trotzig ins Wort.

». . . ich lasse dich nicht hier zurück«, fuhr er unbeirrt fort. »Ich wäre ja auch schön blöd, wenn ich das täte. Ohne dich bin ich da drüben auf dem Land doch völlig aufgeschmissen. Denn ich brauche dich an meiner Seite, wenn ich bei euch auf dem Hof Unterschlupf finden möchte. Also brauche ich dich genau so, wie du mich brauchst. Und deshalb habe ich auch nicht einen Augenblick in Erwägung gezogen, es allein über den Fluss zu versuchen und dich hier deinem Schicksal zu überlassen.«

Ihre Züge entspannten sich und sie schenkte ihm ein leicht entschuldigendes Lächeln. »Aber bevor ich dir bei uns auf dem Hof zu Unterkunft und vielleicht auch zu ein paar Wochen oder Monaten Arbeit verhelfen kann, müssen wir es erst einmal lebend über die Brenta schaffen. Und wie du das mit mir an deiner Seite anstellen willst, ist mir ein Rätsel. Du siehst mir zwar recht kräftig aus, aber doch nicht so bärenstark, als könntest du mich schwimmend hinter dir herziehen.«

»Nein, das traue ich mir auch nicht zu«, gab er unumwunden zu. »Aber ich könnte eine Art von Schwimmkörper für dich zimmern, der dich über Wasser hält, und dich auf diese Weise über den Fluss bringen. Das setzt natürlich voraus, du traust mir so etwas auch zu. Denn wenn du auf dem Fluss in Panik gerätst, wild herumzappelst und vielleicht noch laut zu schreien anfängst, könnte das für uns beide das Ende vom Lied sein – wenn du verstehst, was ich damit sagen will!«

Prüfend sah sie ihn an. »Wenn *du* es dir zutraust, werde auch ich darauf vertrauen, dass du es schaffst!«

Er fühlte sich geschmeichelt, verbarg es jedoch hinter hochgezogenen Augenbrauen und der spöttischen Bemerkung: »Das ist aber eine ganz schöne Menge an Vertrauen!«

»Soll ich mir lieber Angst machen? Nein, ich ziehe es vor, auf die Hoffnung zu setzen!«, sagte sie entschlossen. »Und ich werde nicht in Panik geraten, was immer auch geschehen mag, das verspreche ich dir!«

14

Matteo stieß im Keller auf zwei kleine, alte Weinfässer, die sich bestens als Schwimmkörper für Fiona eigneten. Die Mutter hatte sie als Stützen für ein breites Holzbord benutzt, auf dem sie ein halbes Dutzend schwere Steinguttöpfe aufgereiht hatte. Die eichene Holzplatte kam für seine Zwecke jedoch nicht in Frage. Ihr Eigengewicht war viel zu groß, als dass die Fässer sie und auch noch Fiona über Wasser hätten halten können.

Er trug die Fässer nach oben und dichtete in der Werkstatt die Spundlöcher ab. Als Nächstes sägte er vier Bretter, deren Länge in etwa Fionas Körpergröße entsprach, aus einer dünnen Trennwand und nagelte sie mit zwei Finger breiten Lattenstücken zusammen.

Der schwierigste und langwierigste Teil der Arbeit bestand jedoch darin, die schmale Plattform mit den beiden Fässern zuverlässig zu verbinden. Naturgemäß lagen die Bretter wegen der Rundung nur auf einer ganz kleinen Fläche der Fässer auf. Wenn sie dennoch richtig festsitzen sollten, musste er auf diesem schmalen Streifen dicke Nägel dicht an dicht setzen. Aber wenn er diese in die alten Fassdauben schlug, riskierte er, dass sich im Holz lange Risse bildeten. Dann würden die Fässer im Handumdrehen voll laufen und kaum noch Auftrieb bieten.

Weil er sich auf dieses Risiko nicht einlassen wollte, beschloss er nach einigem Überlegen, die Fässer nicht durch Nägel, sondern durch ein Netz aus Stricken mit der Bretterplatte zu verbinden. Dazu musste er aus vier Seilen und fast drei Dutzend unterarmkurzen Stricken zwei solche Netze mühsam zusammenknoten, die eine gewisse Ähnlichkeit mit Strickleitern besaßen. Anschließend spannte er diese Netze um die Fässer herum, zog sie über die Kante der Bretterplattform und nagelte sie dort mit Lattenstücken fest.

Derweil war es Abend geworden. Wegen des grauen, regnerisch verhangenen Himmels hatte sich die Dämmerung schon früher als sonst über San Bernardo und das Umland gesenkt.

»Heiliger Christophorus! Das sieht mir aber reichlich schmal und wackelig aus!«, entfuhr es Fiona unwillkürlich, als Matteo sie in die Schmiedewerkstatt führte, damit sie begutachten konnte, welcher Art von Gefährt sie sich gleich auf der Brenta anvertrauen musste.

»Ich habe auch nicht vorgehabt ein bequemes Floß mit einer

Hütte drauf zu zimmern«, gab er mit leicht bissigem Unterton zurück. »Es soll dich tragen, mehr nicht. Und ich kann mich nicht erinnern behauptet zu haben, dass es ein Kinderspiel sein wird, über den Fluss zu kommen. Ich habe weder die Zeit noch das Material, um hier irgendetwas Großes und Schweres zusammenzubauen. Außerdem könnten wir beide ein richtiges Floß gar nicht durch die Stadt und hinunter zum Fluss schleppen, geschweige denn damit auf dem Fluss unbemerkt bleiben!«

»So war es auch nicht gemeint, Matteo!«, entschuldigte sie sich schnell. »Ich weiß, dass du dir viel Arbeit damit gemacht hast und dass dieses ... Ding da wohl genau das Richtige sein wird, um über den Fluss zu kommen. Es ist nur so, dass ... na ja, dass mir nun doch ein wenig mulmig zu Mute ist, wo es nun bald ernst wird.«

»Wird schon schief gehen!«, sagte er versöhnlich und zwang sich zu einem scheinbar unbekümmerten Lächeln. »Das Schlimmste wird das kalte Wasser sein. Aber dass uns kein gemütlicher Ausflug erwartet, haben wir ja von Anfang an gewusst, oder?«

Sie nickte und im nächsten Moment blickten sie beide zum Dach des Werkstattschuppens hoch, auf dem dicke Regentropfen in einem bedächtigen, fast trägen Rhythmus laut platschend aufschlugen. Der Niederschlag gewann jedoch schnell an Tempo und wuchs innerhalb weniger Minuten zu einem stürmischen Prasseln an. Und aus der Ferne rollte Donner heran, gefolgt von einem berstenden Laut, als wäre ein Baum unter der Axt eines Riesen der Länge nach gesplittert.

Fiona stöhnte auf und verdrehte die Augen. »Ein Gewitter! Auch das noch! Was sind wir bloß für Glückspilze! Eine stürmische Regennacht ist wirklich das Einzige, was uns noch gefehlt hat!«, sagte sie mit gequältem Galgenhumor.

Matteo lachte kurz auf. »Das Wetter hat auch sein Gutes, werden doch die Wachposten am Ufer Schutz vor dem Gewitter suchen und kaum so aufmerksam wie in einer milden, sternklaren Nacht sein. Beeilen wir uns also. Zieh dich um und bring mir deine Kleider!«

Fiona eilte zurück ins Haus, legte in der Stube ihren warmen Umhang ab, zog Kleid, Leibwäsche, Strümpfe und Schuhe aus und schlüpfte schnell in den alten Arbeitskittel, den Matteo aus der Truhe seiner toten Schwester geholt und für sie bereitgelegt hatte.

Indessen entkleidete sich Matteo in der Werkstatt und fuhr dann in eine fadenscheinige, verschlissene Arbeitshose, deren Hosenbeine er ein gutes Stück über den Knien abgeschnitten hatte. Er wusste, was ihn im Fluss erwartete. Aber so kalt die Fluten im April auch sein mochten, mit dicker Kleidung und Schuhen an den Füßen würde er es nicht über den Fluss schaffen. Allein sein Wollumhang würde ihn in die Tiefe ziehen. Und die Schuhe hätte er schon verloren, kaum dass er das Ufer hinter sich gelassen hatte. Nein, zum Schwimmen brauchte er völlige Bewegungsfreiheit, zumal er ja auch noch das Floß mit Fiona darauf über den Strom steuern musste. Sie mussten deshalb so leicht bekleidet wie nur möglich ins Wasser steigen.

»Mir ist jetzt schon kalt«, sagte Fiona, als sie ihm ihre Sachen brachte, und rieb sich über die nackten Arme.

»Lieber jetzt eine Weile zittern und dann in Sicherheit sein als in San Bernardo festsitzen und vielleicht morgen schon mit der Pest darniederliegen!«

Sie verzog das Gesicht. »Für den Sohn eines Schmiedes aus der Via San Fermo kannst du aber ungewöhnlich kluge Reden führen, Matteo Lombardi!«

»Muss wohl an der Gesellschaft liegen!«, gab Matteo trocken zurück und wandte sich wieder der Arbeit zu.

Er presste und rollte ihre Kleider mit aller Kraft zusammen und verschnürte sie mit Hanfschnur zu möglichst kleinen Bündeln. Ganz im Innersten seines Kleiderpaketes ruhten, zweifach in gewachstes Tuch eingeschlagen, das Buch über das Leben der Heiligen und die kleine, abgegriffene Handbibel, die seine Mutter mit in die Ehe gebracht hatte, sowie sein Messer und ein kleines, zerkratztes Holzkästchen, das Feuersteine und Zündwolle enthielt. Die beiden Kleiderbündel legte er nebeneinander, wickelte sie anschließend mehrfach in ein großes, altes Stück gepechter Segeltuchplane und verschnürte die dicke, längliche Kleiderrolle, so fest er konnte.

»So, das muss reichen!«

»Kannst du mir mal verraten, wie du diese dicke, unhandliche Kleiderrolle beim Schwimmen bloß über Wasser halten willst?«, wollte Fiona wissen.

»Das wird nicht meine, sondern deine Aufgabe sein«, eröffnete er ihr, griff zu einem Ledergurt und zog ihn unter den Handstrick hindurch, der mehrfach um die wasserdichte Segeltuchplane gewickelt war und die beiden Kleiderbündel zu einer überdimensionalen Wurst zusammenschnürte.

»Matteo! Das kann nicht dein Ernst sein!«, stieß sie hervor. »Das kann ich nicht!«

»Und ob es mein Ernst ist! Es gibt da auch nichts zu können. Ich binde dir das Bündel nachher mit diesem Gurt hier auf den Rücken. Du wirst kaum etwas davon spüren und ich muss beim Schwimmen beide Hände frei haben. Aber dass wir trockene Sachen zum Wechseln haben, wenn wir auf der anderen Seite sind, ist unabdingbar, denn sonst holen wir uns den Tod – und alles war völlig sinnlos.«

»Heilige Muttergottes, auf was habe ich mich da bloß eingelassen!«, murmelte sie.

»Wenn du es dir nun doch nicht zutraust, vergessen wir es«,

sagte Matteo ernst. »Dann bleiben wir *beide* hier. Denn ohne dich habe ich nichts davon, wenn ich aus San Bernardo flüchte und dabei mein Leben aufs Spiel setze!«

Fiona blickte auf das winzige, schmale Bretterfloß mit den beiden kleinen Weinfässern, um die sich das Netz der Stricke spannte, holte tief Atem und sagte dann entschlossen, aber doch auch mit einem leichten Beben in der Stimme: »Nein, es bleibt bei dem, was wir beschlossen haben!«

»Gut, dann sollten wir uns jetzt auf den Weg machen, solange uns das Gewitter noch Schutz bietet!«, drängte er.

Er holte die Schubkarre, legte das in Segeltuch geschlagene Kleiderbündel mit dem Ledergurt hinein, lud den plumpen Schwimmkörper auf und machte sich mit Fiona auf den Weg zu einer der größeren Mauerlücken im Südwesten der Stadt.

15

Wütend wie ein williger Gehilfe der Pest peitschte ihnen der Wind den Regen ins Gesicht, als wollte er sie wieder zurück in den Hof der Schmiede treiben. Und der finstere Himmel schleuderte Blitze wie Lanzen aus gleißender Helligkeit, die in gezackter Bahn auf die Erde niederstießen.

Ausgestorben lagen die Straßen und Gassen von San Bernardo vor ihnen. In wahren Sturzbächen schoss das Regenwasser von den Dachkanten der Häuser und stürzte mal als schmaler, mal als mehrere Häuserfronten breiter Wasserfall in die Tiefe. Und der böige Wind riss diese wehenden Vorhänge aus Wasser immer wieder auseinander und ließ sie vor den schwachen gelblichen Lichtflecken, die hier und da durch die Ritzen mancher Schlagläden hinaus in die Dunkelheit drangen, tanzen wie Geisterwesen. Die Donnerschläge und das scharfe Krachen und Bersten, das jeden blendenden Blitz begleitete, war die Begleitmusik zu diesem wahnwitzigen Tanz wilder Wasserderwische.

Mit gesenktem Kopf, aber energischem Schritt trotzten Matteo und Fiona den Einschüchterungsversuchen des Unwetters. Im Handumdrehen waren sie nass bis auf die Haut. Und das Wasser, das in den engen Gassen zusammenfloss und reißende Bäche bildete, gurgelte ihnen bis über die Knöchel um die Füße.

Sie wechselten auf ihrem Weg zur Festungsmauer nicht ein einziges Wort. Unbeirrt hielt sich Fiona an Matteos Seite und achtete darauf, dass ihm der Schwimmkörper nicht von der Schubkarre rutschte. Die Festungsmauer sahen sie bei dem dichten Regen erst, als sie schon fast davorstanden. Wie eine schwarze Wand, die urplötzlich aus dem Boden gewachsen war, ragte sie vor ihnen auf. Sie wandten sich nach links und stießen wenige Augenblicke später auf den breiten Einschnitt in der Mauer. Die Trümmer, längst von Gras und wildem Buschwerk überwuchert, bildeten einen gut brusthohen Buckel, der zu überwinden war, wenn man hinunter ans Flussufer wollte.

Matteo brach nun das angestrengte Schweigen. »Wir lassen die Schubkarre hier stehen und tragen das Floß hinüber!«, rief er Fiona gegen das Toben des Gewitters zu.

Sie nickte nur.

Gemeinsam hoben sie das Bretterbord mit den beiden Fässern von der Schubkarre, legten das Kleiderbündel obenauf und stiegen damit durch die Mauerlücke.

Das Ufer der Brenta lag keine fünfzig Schritte entfernt. Sie stolperten das leicht abfallende, steinige Gelände zum Wasser hinunter. Neben einem mannshohen Gebüsch, das unter den

Schlägen des Regens hin und her wankte, setzten sie das Floß ab.

Matteo fuhr sich mit der Hand über das Gesicht und spähte hinaus auf den Fluss, dessen anderes Ufer nur noch zu erahnen war. Die dunklen aufgepeitschten Fluten schienen sich ins Endlose zu erstrecken.

Eine Hitzewelle schoss ihm durch den Körper und stieg ihm in den Kopf, als ihm bewusst wurde, was sie erwartete. Er spürte den fast panikartigen Drang, sich vom Fluss abzuwenden und in die Werkstatt zurückzurennen. Aber dann dachte er wieder an die Schnabelmänner, die im Morgengrauen durch die Straßen zogen, *Corpi morti!* riefen und die Leichen einsammelten.

»Matteo!« Fiona berührte ihn an der Schulter und rüttelte ihn leicht.

Er fuhr zusammen. »Hast du was gesagt?«

»Ja, ich habe gefragt, ob du es nun doch nicht wagen willst. Ich meine, so seltsam, wie du auf den Fluss hinausgestarrt und nichts gesagt hast . . .«

Matteo würgte seine Angst hinunter. »Nein, es bleibt dabei«, zwang er sich zu sagen.

»Dann lass uns auch nicht länger damit warten«, sagte Fiona. »Je länger ich hier nämlich stehe und warte, desto mehr verlässt mich der Mut.«

Am liebsten hätte Matteo ihr geantwortet, dass es ihm nicht anders erging. Aber er wollte ihr nicht noch mehr Angst machen.

»Keine Sorge, es geht sofort los. Und wir schaffen es! Es sieht schlimmer aus, als es ist!«, sagte er mit Nachdruck. Und während er ihr das Kleiderbündel mit dem Lederriemen auf den Rücken schnallte, fuhr er fort: »So breit ist die Brenta nun auch wieder nicht! Und das Floß wird dich tragen. Du musst bloß das Gleichgewicht wahren. Die Strömung bringt uns schon auf das andere Ufer, wenn ich ein bisschen nachhelfe. Wir dürfen nur nicht die Nerven verlieren. So, das Bündel sitzt. Wir können. Bist du bereit?«

»Ja, aber lass uns vorher noch kurz ein Gebet sprechen«, sagte Fiona mit zitternder Stimme und kniete sich regentriefend in den Ufersand.

Matteo tat es ihr gleich.

In einem hastigen Gebet bat Fiona die Muttergottes und alle Heiligen um Beistand. Dann richtete sie sich auf, holte tief Luft und sagte mit belegter Stimme: »Bringen wir es hinter uns!«

Sie schoben das Floß ins flache Wasser. Eisige Kälte kroch ihnen an den Beinen hoch und ließ sie erschauern. Ihnen war, als spürten sie die Hand des Todes, die nach ihnen griff.

»Am besten legst du die Arme rechts und links um das vordere Fass und hältst dich da an den Stricken fest!«, riet er ihr.

Fiona legte sich auf die Bretterplattform und gab einen erstickten Schrei von sich, als das eiskalte Wasser ihren Körper der Länge nach umspülte.

»Das ist nur der erste Moment!«, versuchte Matteo sie zu beruhigen und schob das Floß in tiefere Gewässer.

Die Kälte raubte ihm fast den Atem, als er bis zum Hals ins Wasser eintauchte und zu schwimmen begann. Ihm war, als würden sich von allen Seiten nadelfeine Eissplitter in seinen Körper bohren und ihm bis ins Mark dringen.

Kaum hatten sie sich zwei, drei Körperlängen vom Ufer entfernt, als die Strömung sie auch schon mit sich flussabwärts riss – und das armselige Floß augenblicklich zum Spielball von Wind und Wogen wurde.

»Matteo!«, schrie Fiona von Angst ergriffen, als sich ihr Gefährt wie ein Kreisel um sich selbst zu drehen begann.

»Festhalten! . . . Nur festhalten!«, schrie Matteo zurück und schluckte Wasser, als ihm im selben Moment eine Welle in den Mund schwappte. Er hustete, während er gleichzeitig wie wild strampelte und mit dem rechten Arm ruderte.

Panik wallte in ihm auf und er schmeckte einen galligen Geschmack auf der Zunge. Aber er weigerte sich vor der Gewalt der wilden Natur zu kapitulieren. Verbissen setzte er dem Spiel von Wind und Strömung, die auf das Gefährt einwirkten, seine Anstrengungen entgegen. Und plötzlich hörte es auch tatsächlich auf, sich unkontrolliert zu drehen. Mit aller Kraft schwamm er nun hinaus auf die Brenta, Fiona auf dem schmalen Floß mühsam hinter sich herziehend.

Immer wieder rollten die aufgewühlten Fluten über ihn hinweg und zerrten an dem Schwimmkörper, als wollten sie es ihm aus der Hand reißen. Aber er lockerte seinen Griff nicht. Denn wenn er erlahmte und das Floß ihm entglitt, dann war Fiona verloren.

Als die Brenta sie durch die untere Biegung der scharfen S-Schleife trieb, mobilisierte Matteo all seine Kräfte, um nicht von der Strömung wieder zurück auf die Ostseite getrieben zu werden. Mit brennenden Lungen und glühenden Seitenstichen ruderte er dem westlichen Ufer entgegen. Er wusste, dass er diese Anstrengung nicht lange durchhalten würde, zumal ihm auch die Kälte mehr und mehr zusetzte.

Er schluckte und spuckte Wasser, und ihm dröhnte zudem der Schädel, als müsste er ihm gleich platzen. Ihm war, als schrie sein ganzer Körper vor Schmerzen und als würde ihm gleich der linke Arm abfallen. Er hatte kaum noch Gefühl in ihm.

Wie lange noch?

Wo war das rettende Ufer?

Die Gedanken kamen wie aus einer großen Leere und sie durchzuckten ihn kurz und abgehackt wie Blitze aus Eis. Unsägliche Erschöpfung verwandelte sich in einen alles umfassenden Schmerz, der ihn zu überwältigen drohte. Mit brennenden Augen hielt er in der stürmischen Finsternis Ausschau nach einem schwarzen Streifen zu seiner Rechten, der ihm verriet, dass festes Land nahe war. Aber die wild tanzenden Regenschleier und die ihm ins Gesicht schlagenden Wellen machten es ihm unmöglich, weiter als ein paar Körperlängen zu sehen.

Schließlich erlahmten seine Kräfte. Er war am Ende. Er konnte nicht mehr. Die Schmerzen obsiegten über seinen Willen, aller Qual zum Trotz weiterzuschwimmen. Er brauchte eine Atempause, auch auf die Gefahr hin, dass die Strömung all seine Anstrengungen zunichte machte. Mit einem gequälten Aufstöhnen hörte er auf zu schwimmen und ließ sich einfach hängen, während er gleichzeitig nun auch mit der rechten Hand einen der Stricke ergriff.

»Ich kann nicht mehr«, murmelte er verzweifelt und presste die Stirn gegen den Fassrand. »Ich ... kann ... nicht ... mehr.«

Im selben Augenblick stießen seine im Wasser herunterhängenden Füße auf festen Grund. Er spürte Sand und Kiesel unter den Fußsohlen. Das Wasser war so flach, dass er stehen konnte!

Er fuhr zusammen, riss den Kopf herum und konnte hinter dem wehenden Vorhang des Regens die vagen Umrisse von Bäumen und ansteigendem Gelände ausmachen.

»Das Ufer!«, brach es in einem wilden Schrei unsäglicher Erlösung aus ihm heraus. »Fiona! ... Das Ufer! ... Wir sind am Ufer! ... Wir haben es geschafft!«

Wenig später taumelten sie an Land und sanken, nach Atem ringend, ins Gras, während die Strömung das herrenlose Floß sofort erfasste und mit sich in die Dunkelheit davontrug. Ihnen war, als hätten sie ein Wunder erlebt.

Matteo rollte sich auf den Rücken und streckte seine schmerzenden Glieder von sich. Der stürmische Regen, der Donner und das Bersten der Blitze, nichts davon berührte ihn in diesem Moment. Er fühlte sich so ausgelaugt und zerschlagen, dass er meinte nie wieder genug Kraft aufbringen zu können, um sich aus dem Gras zu erheben. Gleichzeitig erfüllte ihn jedoch auch ein herrliches Gefühl der Freude und des Stolzes über das, was er geleistet hatte.

Und dann spürte er Fionas Hand, die nach seiner Hand griff, sie in stummem Dank fest drückte und für eine lange Zeit nicht losließ.

ZWEITER TEIL

Casa del Rosario

April bis Oktober 1570

1

Matteo glaubte ersticken zu müssen. Er wollte aufspringen und aus der Grube klettern, bevor die von den Rändern herabstürzenden, schlammigen Regenfluten auch ihn bedeckten, aber er vermochte sich nicht zu rühren. Jemand hatte ein Laken so eng um ihn gewickelt, dass er weder Arme noch Beine bewegen konnte. Nur über seinem Gesicht klaffte ein Spalt in dem Leichentuch. Er konnte seine Schwester und seinen Bruder nicht sehen, weil er nicht einmal in der Lage war, den Kopf zu wenden. Aber er wusste, dass Pia und Riccardo neben ihm in dem riesigen Massengrab lagen, das sich nun erschreckend schnell mit schlammigen Fluten füllte.

Zwei Schnabelmänner, die über ihm wie gespenstische Vogelriesen in den regendunklen Himmel wuchsen, traten an den Rand der Grube und blickten zu ihm herunter. Der Regen ließ ihre Lederumhänge und Masken glänzen, perlte über die großen, runden Gläser ihrer Brillen und rann in einem fingerdicken Strahl von den Spitzen der langen, gebogenen Schnäbel.

»Sieh mal, der lebt ja noch!«, rief der eine Schnabelmann erstaunt.

»Ach was!«, erwiderte darauf der andere. »Der Bursche ist längst tot, er weiß es bloß noch nicht.«

Der andere Schnabelmann sah in der Antwort seines Begleiters keinen Widerspruch, ganz im Gegenteil. »Ja, jetzt wo du es sagst, sehe ich es auch«, pflichtete er ihm bei und nickte, was für Matteo so aussah, als pickte der riesige Schnabel nach ihm. »Na dann, *corpi morti!*«

»Corpi morti!«, kam es mit dumpfer Teilnahmslosigkeit vom zweiten Schnabelmann. Dann griffen sie zu ihren Schaufeln und begannen Schlamm auf ihn zu werfen.

Eine der ersten Ladungen traf Matteo mitten ins Gesicht. Der Schlamm legte sich über Mund und Nase und nahm ihm den Atem. Er schmeckte Sand auf den Lippen und eine eiskalte Hand, die nach ihm griff. Das war der Tod! Aber er wollte nicht sterben und in dieser Pestgrube begraben werden! Er wollte leben!

Die Todesangst und der unbändige Lebenswille verliehen ihm plötzlich ungeahnte Kräfte. Er sprengte das Leichentuch, bäumte sich mit einem verzweifelten Schrei auf und schlug um sich, als die eisige Hand des Todes nicht von ihm lassen wollte.

»Matteo! . . . Komm zu dir! . . . Ich bin es doch nur!«, rief eine erschrockene und zugleich beschwörende Stimme. *»Matteo! . . . Du tust mir weh! . . .* Ich bin es . . . Fiona!«

Die letzten Schleier des Alptraumes lösten sich auf. Mit heftigem Atem, der in kurzen Stößen kam und ging, und noch völlig verstört von den Nachwirkungen dessen, was ihm im Traum widerfahren war, sah er Fiona an. Der Himmel hinter ihr lag noch in Dunkelheit gehüllt. Doch zu ihrer Rechten flutete wie aus einer unermesslich großen Quelle heller, mehrfarbiger Lichtschein über den Horizont und spülte die Finsternis hinweg.

»Gib bitte meinen Arm frei!«, forderte sie ihn mit schmerzverzerrter Miene auf.

Es dauerte einen Augenblick, bis Matteo begriff, dass er aus einem beklemmenden Alptraum erwacht war und noch immer Fionas rechten Unterarm am Handgelenk mit aller Kraft umklammert hielt. Schnell öffnete er seine Hand.

»Entschuldige!«, stieß er hervor. »Es tut mir Leid, wenn ich dir wehgetan habe. Das wollte ich nicht.«

»Ich weiß«, sagte sie und rieb sich das schmerzende Handgelenk, bemühte sich gleichzeitig aber um ein Lächeln. »Du musst mich für Gott weiß wen gehalten haben. Weißt du, dass du im Schlaf wie Espenlaub gezittert hast? Mir ist richtig angst und bange geworden.«

»Es tut mir Leid«, sagte Matteo noch einmal, fuhr sich mit der Hand über das Gesicht und wurde sich nun auch wieder bewusst, wo sie sich befanden – und zwar am Rande eines Waldstückes, wo sie kurz nach der Überquerung der Brenta unter den dichten und weit ausladenden Zweigen einer alten Kiefer Zuflucht vor dem Sturm gefunden hatten. Hier hatten sie ihre dünnen, triefend nassen Sachen schnell gegen die im verschnürten Bündel gottlob trocken gebliebene Kleidung ausgetauscht. Dann hatten sie sich in den Schutz des mächtigen Baumstamms gekauert und die gepechte Segeltuchplane um die Schultern gezogen, sich eng aneinander geschmiegt, um sich gegenseitig zu wärmen. Der Schlaf der Erschöpfung hatte dann auch nicht lange auf sich warten lassen. »Ich habe wirklich etwas ganz Schreckliches geträumt.«

»Weißt du noch, was es für ein Traum war?«

Er nickte und erzählte es ihr nach kurzem Zögern.

Fiona schenkte ihm einen mitfühlenden Blick. »Ja, diese entsetzlichen Bilder werden uns wohl noch lange verfolgen«, sagte sie mit einem schweren Seufzer.

»Ich bin sicher, dass ich sie niemals vergessen werde, ganz egal, wie lange ich auch leben mag«, murmelte Matteo bedrückt. »Ich denke, das ist wohl ein Teil der Strafe . . . dafür, dass ich überlebt habe.«

»Strafe, weil du überlebt hast?«, wiederholte sie verständnislos. »Wieso kommst du denn auf so einen Gedanken?«

»Na ja, weil . . .« Er wich ihrem Blick aus und senkte beschämt den Kopf. ». . . weil ich es einfach nicht verdient habe, dass ausgerechnet ich als Einziger von unserer ganzen Familie nicht der Pest zum Opfer gefallen bin. Wenn einer es wirklich verdient gehabt hätte, dann wohl meine Mutter oder mein großer Bruder Riccardo. Aber ich . . .« Er brach ab und schüttelte den Kopf.

»Ich weiß natürlich nicht, warum du so was glaubst«, erwiderte sie behutsam, »aber ich bin mir sicher, dass du zu hart mit dir selbst ins Gericht gehst. Du hast mir das Leben gerettet und allein das . . .« Sie kam nicht dazu, ihren Satz zu beenden, fiel er ihr doch an dieser Stelle ins Wort.

». . . ist bloß ein Zufall gewesen! Und nur weil ich wusste, dass du nicht von der Pest befallen warst, habe ich mich um dich gekümmert, und weil ich damit einen guten Grund hatte, vor dem schwarzen Tod bei uns im Haus zu flüchten«, wehrte er hastig ab. »Nein, es hätte wirklich nicht viel gefehlt und ich hätte dich da oben im Flur liegen gelassen und mich einen Dreck darum geschert, wer du bist und ob du stirbst oder nicht, das kannst du mir glauben!«

»Du hast es aber nicht. Und du hast mich auch über den Fluss gebracht!«, beharrte Fiona. »Aber letztlich ist das auch ganz egal. Denn selbst wenn es scheinbar nur ein glücklicher Zufall war, dass ausgerechnet du dich nicht angesteckt hast und als Einziger von deiner Familie überlebt hast, wird der Allmächtige wohl einen guten Grund dafür gehabt haben.«

»Ich glaube nicht, dass Gott damit etwas zu tun hat!«, sagte Matteo schroff.

Fiona zuckte mit den Achseln. »Ich eigentlich auch nicht. Aber ob es nun Glück oder Vorsehung war und ob wir es nun verdient haben oder nicht, wir haben in jedem Fall Grund, von Herzen dankbar zu sein, dass wir am Leben sind!«

Er gab ihr darauf keine Antwort. Ihn quälten zwiespältige Gefühle, in denen Dankbarkeit über seine Rettung keine große Rolle spielte. Gut, er hatte die Pest überlebt, aber wofür? Alle, die ihm etwas bedeutet hatten, waren tot und begraben. Und mit dem Tod seiner Eltern und seiner Geschwister stand er nun völlig mittellos und auf sich allein gestellt da. Wer würde ihn aufnehmen, nachdem er die Dankbarkeit von Fionas Eltern lange genug strapaziert und genug von einem Leben als gnädig geduldeter Knecht eines Bauern hatte? Welcher Schmied würde ihm Arbeit geben, ihm, der doch für den Beruf des Vaters und des großen Bruders weder große Begeisterung empfunden noch die nötigen Fertigkeiten mitgebracht hatte? Nein, ein guter Schmied würde er nie werden. Aber von anderen Dingen verstand er noch viel weniger. Also was sollte da nur aus ihm werden?

Matteo zwang sich diesen niederdrückenden Gedanken nicht länger nachzuhängen. Er blickte an Fiona vorbei und hinaus auf das freie Feld, das sich unter dem nun rasch aufhellenden Himmel erstreckte. »Der Regen hat aufgehört«, stellte er erleichtert fest. »Hoffentlich bleibt es jetzt endlich trocken!«

Sie stand auf und streckte sich. »Ja, wir sollten uns auf den Weg machen. Ist ein ganz schön langer Marsch, der vor uns liegt. Aber wenn das Wetter mitspielt, sollten wir morgen Nachmittag auf dem Hof meiner Eltern sein.«

Matteo hängte sich die zusammengerollte und verschnürte Segeltuchplane mit dem rauen Hanfstrick über die Schulter und löste sich aus dem tiefschwarzen Schlagschatten der mächtigen Kiefer. »Dann lass uns gehen!«

Sie traten aus dem Waldsaum hinaus in den noch taukühlen, aber klaren Morgen und machten sich auf die Suche nach der Landstraße, die sie nach Südwesten in Fionas Heimat inmitten der Euganeischen Hügel führte.

Die Sonne stand schon gut zwei Handbreit hoch über dem östlichen Horizont, als Matteo wieder einmal einen Blick zurückwarf. Doch da, wo sich in der Ferne noch die Silhouette der alten Festungszinnen und der Kirchturmspitzen von San

Bernardo abgezeichnet hatte, war nun nichts als leerer blauer Himmel über einem schmalen Streifen aus Wald und Feldern.

Ein eigenartiges, flaues Gefühl beschlich ihn. Noch nie zuvor in seinem Leben hatte er sich so weit von seiner Heimatstadt entfernt. Und dabei befand er sich erst am Beginn ihrer Wanderschaft. Wohin würde die ihn wohl führen?

2

Nach den ungewöhnlich kalten und regenreichen Tagen, die den halben März und auch noch die erste Woche im April geprägt hatten, kehrte nun endlich der sonnige, warme Frühling in die Po-Ebene von Norditalien zurück. Und zwar mit einer Sonnenkraft, als wollte er in wenigen Tagen alles wieder gutmachen, was er in den vergangenen Wochen versäumt hatte.

Bei dem flotten Schritt, den sie angeschlagen hatten, wurde es Matteo und Fiona unter ihren groben Wollumhängen schon bald zu warm.

»Ich kann ihn schon selbst tragen«, versicherte Fiona, als Matteo sie aufforderte ihm ihren Umhang zu geben, damit er ihn zusammen mit seinem auf die Segeltuchrolle binden konnte.

»Das glaube ich dir, aber es ist ungemein lästig, wenn man so ein sperriges Kleidungsstück den ganzen Tag über dem Arm tragen muss und die Hände beim Marschieren nicht frei hat«, sagte Matteo und nahm ihr den Umhang ab.

»Also gut, wenn du meinst«, antwortete sie scheinbar widerstrebend, machte dann jedoch einen erleichterten Eindruck, als sie ihren Marsch fortsetzten und dabei nicht das schwere Kleidungsstück mit sich herumtragen musste.

Früher oder später hätte Matteo sie sowieso von der Last befreien müssen. Denn schon nach wenigen Stunden des Marschierens zeigte sich deutlich, dass sie noch längst nicht wieder so bei Kräften war, wie sie tags zuvor angenommen hatte. Noch lange bevor die kraftvolle Sonne ihnen am späten Vormittag zusetzen und sie ernstlich prüfen konnte, wie gut es um ihre Ausdauer bestellt war, brach ihr vor Anstrengung der Schweiß aus. Auch wurde ihr Atem angestrengt und flach und sie hatte immer mehr Mühe, mit Matteo Schritt zu halten. Sie bat ihn jedoch nicht langsamer zu marschieren. Verbissen und ohne ein Wort der Klage hielt sie sich an seiner Seite. Aber es war ein Kampf, den sie ganz offensichtlich nicht gewinnen konnte.

Matteo entging das alles nicht und ihm wurde schon bald klar, dass Fiona dieses flotte Marschtempo nicht einmal einen halben Tag, geschweige denn zwei volle Tage durchhalten würde. Und damit stand für ihn fest, dass sie nie und nimmer am folgenden Nachmittag auf dem Bauernhof der Cavalettos eintreffen würden. Er behielt seine Gedanken allerdings für sich, weil er sie nicht beschämen wollte. Als er jedoch einen kleinen Bachlauf entdeckte, der sich zu ihrer Linken nahe eines Waldsaums durch eine mit Wildblumen übersäte Wiese schlängelte, bestand er darauf, dass sie die Landstraße verließen und dort ihren Durst löschten.

Fiona trank hastig, spülte sich den Schweiß von Gesicht und Armen und wollte dann gleich wieder weiter. Doch Matteo hielt sie zurück und bestand darauf, dass sie eine längere Rast einlegten.

»Wir müssen mit unseren Kräften haushalten«, sagte er. »Und ob wir nun morgen Nachmittag oder übermorgen Vormittag auf eurem Hof eintreffen, spielt doch wohl keine große Rolle. Es ist nichts damit gewonnen, wenn wir uns zur Eile antreiben, das kostet nur unnötige Kraft und rächt sich später.«

Fiona starrte eine Weile schweigend auf das Gras zu ihren Füßen, als müsste sie über seine Worte angestrengt nachdenken. Dann hob sie den Kopf und bedachte ihn mit einem merkwürdigen Blick aus ihren nussbrauen Augen.

»Warum sagst du nicht, was du wirklich denkst?«, fragte sie scharf.

Er stellte sich ahnungslos und runzelte die Stirn. »Was ich *wirklich* denke? Also, ich weiß nicht, was du damit meinst.«

»Sicher weißt du das! Mach mir doch nichts vor!«, widersprach sie ihm heftig und mit blitzenden Augen. »Warum sagst du nicht gerade heraus, was wirklich hinter deinen Worten steckt? Nämlich dass ich es bin, die nicht die Kraft hat, dieses Tempo durchzuhalten, und dass du nur deswegen eine Rast einlegen willst!«

Matteo fühlte sich durchschaut und spürte, wie ihm das Blut heiß ins Gesicht schoss. Betreten zuckte er mit den Achseln und nahm nun Zuflucht zur Wahrheit, indem er antwortete: »Na ja, weil . . . weil ich eben deine Gefühle nicht verletzen wollte!«

»Oh!«, entfuhr es ihr überrascht, so als wäre es ihr nie in den Sinn gekommen, dass jemand auf ihre Gefühle Rücksicht nehmen könnte. »Danke . . . und entschuldige, dass ich dich gerade so barsch angefahren habe. Ich weiß auch nicht, was in mich gefahren ist.«

Er winkte ab. »Halb so schlimm! Wir werden einfach häufiger eine Rast einlegen, damit es dir nicht zu schwer fällt. Und du musst dir auch nichts dabei denken. Die lange Fieberkrankheit hat dir einfach mehr zugesetzt, als du bisher geglaubt hast. Vielleicht haben wir ja Glück, und irgendein vorbeikommender Händler oder Fuhrmann nimmt uns auf seinem Fuhrwerk mit.«

Fiona verzog das Gesicht zu einer Grimasse und schüttelte

den Kopf. »Niemand, der seinen Verstand halbwegs beisammen hat, wird so nahe bei einer Peststadt einen Fremden mitnehmen. Im Umkreis von einer, vielleicht sogar von zwei Tagesreisen wird das nicht geschehen! Eher wird man mit Steinen nach uns werfen und uns sonst was androhen, wenn wir den Einheimischen zu nahe kommen!«

Auch Matteo glaubte nicht daran, von einem Fuhrmann oder Bauern mitgenommen zu werden, hatte ihr jedoch ein wenig Hoffnung machen wollen. Aber mit ihrer Antwort gab sie einmal mehr zu erkennen, dass sie einen sehr klaren, nüchternen Blick für die Wirklichkeit besaß und sich nicht in Illusionen flüchtete.

Nach einer langen Rast setzten sie ihren Marsch gen Süden fort, jedoch mit einem weitaus gemächlicheren Tempo.

Sie hatten seit dem frühen Nachmittag des vergangenen Tages nichts mehr gegessen. Und nun rächte sich, dass sie nicht daran gedacht hatten, vor ihrem Aufbruch aus San Bernardo für Proviant zu sorgen. Denn schon bald setzte ihnen der Hunger zu, und der war erheblich schwerer zu stillen als ihr Durst.

Der fruchtbare Boden der weiten Ebene im Dreieck zwischen Vicenza im Westen, Treviso im Osten und Padua im Süden war seit Generationen von den Bauern der vielen kleinen und größeren Ortschaften in eine anmutige Landschaft aus Feldern, Äckern, Weiden sowie Obst- und Olivenhainen verwandelt worden. Auch Weinreben wuchsen in großer Fülle in dieser Region und trugen im Herbst reiche Ernte. Es mangelte daher auch nicht an Wasser. Sie stießen entlang ihres Weges oft genug auf Quellen, Bäche und Brunnen, um sich erfrischen und ihren Durst löschen zu können. Doch um ihren Hunger mit den ersten Früchten der Obstbäume oder der Felder und Äcker zu stillen, dafür war es noch Monate zu früh. Dasselbe galt für die Beeren der kleinen Wälder, die sie gelegentlich passierten. Deshalb blieb ihnen keine andere Wahl, als ihr Glück in den Dörfern zu versuchen, durch die sie kamen.

Dort jedoch traf genau das ein, was Fiona vorausgesagt hatte. Überall schlug ihnen Misstrauen, ja offene Ablehnung und angsterfüllte Feindseligkeit entgegen. Sie konnten schon froh sein, wenn man sie nur unter Flüchen und Drohungen davonjagte. Denn allzu oft flogen sogleich Steine, kaum dass man sie als Fremde auf der Dorfstraße entdeckte. Und dann mussten sie ihre Beine in die Hand nehmen und davonrennen, so schnell sie konnten, um nicht in den Hagel dieser gefährlichen Wurfgeschosse zu geraten und ernstlich verletzt zu werden.

Und so widerfuhr es ihnen den ganzen Tag. Am Nachmittag begann Matteo sich ernstlich Sorgen um Fiona zu machen. Sie hielt sich tapfer, bedurfte jedoch dringend einer handfesten Stärkung.

Kurz vor Einbruch der Dämmerung, als sie schon jede Hoffnung aufgegeben hatten, an diesem Tag noch ein Stück Brot oder irgendetwas anderes Nahrhaftes in den Magen zu bekommen, hatte das Schicksal Einsehen mit ihrer Not. Sie begegneten auf freier Strecke einer alten Bäuerin, die mit einem Ochsenwagen unterwegs war, und sie zeigte Erbarmen mit ihnen, als Matteo ihr zurief, dass der Hunger sie quälte und sie Geld hatten, um ihr etwas abkaufen zu können.

Die runzlige Alte ließ sich von ihren inständigen Bitten erweichen, wollte jedoch auch nicht, dass sie ihr zu nahe kamen. »Ihr könnt einen Kanten Brot haben. Aber zuerst geht ihr runter von der Straße!«, verlangte sie und hob drohend ihre Peitsche.

Matteo und Fiona taten wie verlangt und entfernten sich gut zwei Dutzend Schritte von der staubigen Landstraße, in die ungezählte Räder schwerer Fuhrwagen tiefe Spurrillen gegraben hatten.

Die Alte griff hinter sich in einen Weidenkorb und holte einen etwa handbreiten Kanten Brot hervor. Sie warf ihn jedoch nicht in ihre Richtung, sondern ein gutes Stück seitlich von ihnen ins Gras der Wiese.

»Euer Geld könnt ihr behalten!«, rief sie ihnen zu und beeilte sich, dass sie weiterkam.

Matteo lief schnell dorthin, wo das Brot ins Gras gefallen war. Und Fiona hatte Tränen in den Augen, als er den Kanten zu ihr brachte. Sie musste mehrmals heftig schlucken, weil ihr im Mund der Speichel zusammenfloss.

»Teil es bloß gerecht auf!«, ermahnte sie ihn, als er zu seinem Messer griff. Und sie protestierte, als er nur ein Drittel für sich abschnitt und ihr den größeren Teil des Brotes geben wollte. »Nein, das kann ich nicht annehmen, Matteo! Das ist nicht gerecht geteilt! Mein Anteil ist ja doppelt so groß wie deiner!«

»Nun nimm es schon!«, drängte er und drückte ihr das Brot in die Hände. »Hier geht es nicht darum, was gerecht, sondern was notwendig ist. Und du brauchst das Brot dringender als ich! Mir macht der Hunger nicht ganz so schlimm zu schaffen wie dir.«

»Das sagst du doch nur, weil . . .«

»Red nicht, sondern iss!«, unterbrach er sie streng. »Ich habe nicht tagelang auf Leben und Tod mit dem Fieber gekämpft und bin deshalb nun mal besser bei Kräften als du. Oder willst du das etwa bezweifeln? Ich habe jedenfalls keine Lust, mich morgen womöglich mit dir abschleppen zu müssen, weil du zu stolz gewesen bist, das hier anzunehmen. Also wenn du mir einen Gefallen tun willst, dann isst du jetzt schön langsam dein Brot!«

Sie senkte beschämt den Blick. »Danke«, murmelte sie.

»Quatsch!«, sagte er und biss in seine gerade mal zwei Finger dicke Scheibe. Er musste sehr an sich halten, um sie nicht in wenigen Augenblicken gierig herunterzuschlingen. Er kaute auf jedem Bissen so lange, wie es seine Selbstbeherrschung zuließ. Aber noch schwerer fiel es ihm, nicht auf das dicke Brotstück zu blicken, das Fiona in den Händen hielt und von dem sie geradezu andächtig und mit geschlossenen Augen kleine Brocken abbiss, als er seine Scheibe schon längst verzehrt hatte.

Als schließlich auch sie den letzten Bissen gründlich gekaut und heruntergeschluckt hatte, saßen sie dort auf der Wiese noch eine ganze Weile schweigend im schwindenden Licht des Tages. Fiona hatte dabei den Kopf gesenkt und hielt noch immer die Augen geschlossen, als wollte sie sich ganz auf den wunderbaren Geschmack des Brotes konzentrieren, der noch in ihrem Mund verweilte.

Dann öffneten sich ihre Augen. Sie hob ihren Blick und sah ihn wortlos an. Doch der dankbare Ausdruck in ihren tränenschimmernden Augen sagte mehr, als Worte es vermocht hätten.

Ihr Blick drang Matteo tief ins Herz und berührte dort etwas, das ein aufregend beglückendes Gefühl in ihm weckte. Ein Gefühl, das seltsamerweise fremd und zugleich doch auch irgendwie vertraut war. Verlegenheit und Verwirrung überfielen ihn. Schnell schaute er zur Seite, wo die dicke Rolle aus Segeltuch und zusammengeschnürten Umhängen im Gras lag, griff nach dem Hanfstrick und richtete sich auf.

»Komm, suchen wir uns drüben im Wald einen Platz für die Nacht«, sagte er und ertappte sich im selben Augenblick dabei, dass er seine Hand nach ihr ausstreckte.

Fiona ergriff sie, und als sich ihre Hände trafen, glaubte Matteo, die Berührung bis hoch ins Herz spüren zu können.

3

Den Fluss Bacchiglione, an dessen östlichem Ufer zwischen Vicenza und Padua die weite Ebene von Venetien in ihrer Ausdehnung nach Südwesten hin endete, erreichten Matteo und Fiona erst am folgenden Nachmittag. Dabei hätte ein kräftiger Wanderer die Strecke zwischen San Bernardo an der Brenta und der kleinen Ortschaft San Lorenzo am Bacchiglione an einem guten halben Tag bewältigt. Sie benötigten dafür mehr als die dreifache Zeit.

Aber Fionas Schwäche machte ein zügigeres Vorankommen nicht möglich. Sie wurden im Gegenteil immer langsamer. Denn die Abstände zwischen den Ruhepausen, die sie einlegen mussten, damit sie wieder zu Atem kommen und neue Kraft schöpfen konnte, schrumpften immer mehr zusammen. Und insgeheim fragte Matteo sich voller Besorgnis, ob die Anstrengung des Marsches Fiona nicht vielleicht dermaßen schwächte, dass das Fieber wieder in ihr ausbrach. Wer konnte denn schon mit Gewissheit sagen, warum man von solch einer Krankheit niedergeworfen wurde und was nach kurzer Genesung einen lebensgefährlichen Rückfall bewirken konnte?

In die Ortschaft San Lorenzo wagten sie sich erst gar nicht hinein. Kurz nachdem sie aus einem kleinen Waldstück herausgekommen waren und vor sich den Kirchturm und die ersten Häuser erblickt hatten, verließen sie auch schon die Landstraße und suchten unterhalb des Ortes am Ufer nach jemandem, der sie über den Fluss bringen konnte.

Sie hatten Glück, stießen sie doch schon bald auf einen allein lebenden Flussfischer. Der vierschrötige Mann, dessen kantiges Gesicht von einer hässlichen Hautflechte verunstaltet wurde, hatte sich vor seiner kleinen, armseligen Hütte aus

Feldsteinen zum Essen niedergelassen. Er hockte auf einem dreibeinigen Schemel und vor ihm auf einem Hauklotz, der ihm offensichtlich als Tisch diente, stand eine schwere gusseiserne Pfanne mit gebratenem Fisch. Daneben lag ein dickes, rundes Fladenbrot.

Als er sie kommen sah und als Fremde erkannte, zog er demonstrativ sein langes Messer aus der Scheide an der Hüfte und rammte es vor sich zwischen Brot und Pfanne in den Hauklotz. »Verschwindet!«, rief er ihnen feindselig zu.

Der Duft der gebratenen Fische stieg Matteo und Fiona in die Nase und machte sie fast schwindelig vor Hunger. Das Wasser lief ihnen im Mund zusammen.

»Wir suchen jemanden, der uns über den Fluss bringen kann!«, rief Matteo ihm zu.

»Sucht gefälligst woanders!«, lautete die grobe Antwort des Fischers.

»Aber wir können fürs Übersetzen bezahlen!« Matteo zog seinen Geldbeutel hervor und ließ ihn in der offenen Hand auf und ab springen, um die Münzen zum Klingen zu bringen.

Das Geld weckte das Interesse des Fischers. Er spuckte eine Fischgräte aus, leckte sich über die fettigen Lippen und musterte sie nun eingehender. »Woher kommt ihr?«

Matteo zögerte einen Moment, während er hastig überlegte, welchen Ort er nennen sollte, der glaubwürdig klang und weder zu nah noch zu weit lag. »Aus Vicenza«, log er dann, wusste aber im selben Augenblick, dass seine Antwort nicht schnell genug erfolgt war, um überzeugend zu klingen.

»Du lügst, Bursche!«

»Weshalb sollte ich lügen?«

»Weil ihr von irgendwoher kommt, wo der schwarze Tod wütet!«, rief der Mann. »Und jetzt seht bloß zu, dass ihr euch aus dem Staub macht, sonst könnt ihr was erleben!« Er griff nach dem Messer und zog es mit einer kräftigen Bewegung aus dem Holz.

Mit knurrendem Magen starrte Matteo den grobschlächtigen Fischer an, der sie nun mit dem Messer bedrohte. Plötzlich wallte Wut in ihm auf. Er war es leid, wie ein Aussätziger behandelt zu werden und mit Fiona jedes Mal die Flucht ergreifen zu müssen, wenn sie als Fremde erkannt wurden. Und der Teufel sollte ihn holen, wenn er zuließ, dass auch der Fischer so mit ihnen umsprang! Jetzt würde er den Spieß umdrehen!

»Also gut, ich gebe zu, gelogen zu haben«, räumte Matteo ein. »Wir kommen nicht aus Vicenza, sondern aus San Bernardo, wo seit einigen Wochen die Pestfahnen von den Kirchtürmen wehen. Vorgestern Nacht sind wir aus der Stadt geflohen!«

Auf sein plötzliches Geständnis reagierte Fiona mit großer Verblüffung. Sprachlos sah sie ihn an.

»Wusste ich es doch!«, stieß der Fischer hervor, sprang auf und machte dann mit dem Messer in der Hand einer herrische, eindeutige Bewegung. »Verschwindet, sonst geht es euch ans Fell! Und dann ist eure Haut keinen lausigen Florin mehr wert!«

Matteo beantwortete die Drohung mit einem provozierend vergnügten Lächeln. »Keine Sorge, wir verschwinden schon, guter Mann. Und zwar mit deinem Kahn über den Fluss! Und das Brot da und die gebratenen Fische nehmen wir gleich mit. Natürlich bezahlen wir dafür. Wir sind ja keine Schurken, nicht wahr, Fiona?«

Sie brachte noch immer kein Wort heraus, sondern blickte ihn mit einem verstörten, ja geradezu erschrockenen Ausdruck auf dem Gesicht an, als zweifelte sie plötzlich an seinem Geisteszustand.

Das tat auch der Fischer. Erst stutzte er, als glaubte er nicht richtig gehört zu haben. Dann kniff er das Gesicht zusammen und fauchte: »Spar dir deine einfältigen Witze, Bursche! Und jetzt bewegt euch endlich!«

Matteo ignorierte die drohende Aufforderung und warf ihm den Beutel mit den Münzen vor die Füße. »Mit dem Geld bist du für die Überfahrt und das Essen gut bezahlt.« Dann wandte er sich an Fiona. »Du nimmst das Brot und die Fische. Ich sorge dafür, dass er nicht auf dumme Gedanken kommt.« Nun zog auch er sein Messer und fast gleichmütig fuhr er fort: »Ich glaube aber nicht, dass er so einfältig ist, sich mit mir in ein Handgemenge einzulassen. Einmal ganz davon abgesehen, dass auch ich mit einem Messer ganz ordentlich umzugehen verstehe: Weiß er denn, ob wir nicht schon die Pest im Blut haben? Wenn das der Fall ist, brauche ich ihn doch bloß anzuspucken, und in ein paar Tagen brechen auf seinem Körper die Pestbeulen auf!«

Der Fischer stand wie gelähmt, während ihm das Blut schlagartig aus dem Gesicht wich.

Fiona begriff nun, was Matteos Plan war. Ein Lächeln kräuselte ihre Lippen. »Ja, wenn wir schon von der Pest befallen sind, wird er sich ganz bestimmt an uns anstecken, wenn er versucht sich uns in den Weg zu stellen!«, bekräftigte auch sie. »Und ich kann mir nichts Entsetzlicheres vorstellen, als diesen Tod zu erleiden.«

Der Fischer wich zurück. Und er schluckte dabei so heftig, als würgte es ihn. »Dreckiges Lumpenpack!«, zischte er und ballte in ohnmächtiger Wut die Linke zur Faust. »Dafür werdet ihr bezahlen!«

»Das haben wir schon!«, sagte Matteo und deutete auf den Geldbeutel, der vor ihm im Sand lag. »Wir stehlen nichts, auch deinen Kahn nicht. Wir werden ihn drüben auf dem anderen

Ufer sicher festbinden. Du kennst bestimmt jemanden, der dich mit seinem Boot dort hinüberrudern kann.«

Fiona trat zum Hauklotz, brach das dicke Fladenbrot durch, höhlte eine Hälfte schnell aus, indem sie mit der flachen Hand in das weiche Innere stieß, und stopfte dann eine ganze Hand voll der kleinen gebackenen Flussfische in diese Aushöhlung. Mit der anderen Hälfte wischte sie anschließend noch durch das Fett in der Pfanne. Dann lief sie mit Matteo zum Ufer hinunter, wo der flache Flusskahn vertäut und halb aufs Land hochgezogen lag.

Matteo löste die Leine vom Pflock, schob das Boot ins Wasser und stützte Fiona beim Einsteigen. Sie presste die beiden Brothälften derart entschlossen vor die Brust, als wollte sie diese Köstlichkeiten nicht einmal dann loslassen, wenn der Kahn kentern sollte.

»Was für eine raffinierte Idee! Das hast du phantastisch gemacht!«, stieß sie mit strahlenden Augen hervor, als sie sicher vorn im Bug auf dem Brett saß.

Er lachte. »Zu blöd, dass ich nicht schon früher darauf gekommen bin, die Angst vor der Pest zu unserem Vorteil zu nutzen!«, erwiderte er, schob das Boot tiefer ins Wasser und sprang dann schnell selbst hinein, um zu den Rudern zu greifen.

»Das hat aber auch nur geklappt, weil er allein war und niemanden zu Hilfe rufen konnte!«

»Stimmt«, gab er zu und legte sich in die Riemen.

»Aber entscheidend ist, *dass* dir dieser Einfall genau zur richtigen Zeit gekommen ist und dass er auch funktioniert hat! Ich kann es noch gar nicht glauben, dass wir ein ganzes Brot für uns haben und dazu noch diese Fische!« Ein Ausdruck fast seligen Glücks brachte ihr Gesicht zum Leuchten.

»Iss schon mal von dem Brot!«, forderte Matteo sie auf.

»Wenn wir gleich an Land gehen, können wir so schnell keine Pause einlegen. Da ist es gut, wenn du schon mal was im Magen hast! Und fang jetzt bloß nicht wieder an mit mir darüber zu streiten!«

Sie schenkte ihm einen dankbaren Blick, brach von der einen Brothälfte, die nicht mit den kleinen knusprig gebackenen Fischen voll gestopft war, ein Stück ab und biss hinein.

Der Fischer, der ihnen mit reichlich Abstand gefolgt war, schickte ihnen mit erhobener Faust wüste Drohungen und Flüche hinterher. Sie schenkten ihm keine Beachtung. Matteo ruderte den Fischerkahn auf den Fluss hinaus, der nicht halb so breit wie die Brenta war, aber nach den schweren Regenfällen der letzten Wochen doch eine beachtliche Strömung aufwies. Sie hätten dennoch rasch das andere Ufer erreichen können, hielten es jedoch für ratsamer, sich noch ein gutes Stück weiter flussabwärts treiben zu lassen. Wen immer der Fischer zu Hilfe rief, um sich wieder in den Besitz seines Kahnes zu bringen, die Männer sollten erst einmal eine Zeit lang damit beschäftigt sein. Das würde sie davon abhalten, sich ihnen an die Fersen zu heften.

Als sie schließlich außer Sichtweite der Fischerhütte am anderen Flussufer an Land gingen, zogen sie das Boot ein gutes Stück aus dem Wasser und sicherten es wie versprochen mit der Bugleine, die sie um den Stamm eines jungen Baumes knoteten. Dann suchten sie schleunigst das Weite, um für den Fall, dass man sie doch verfolgen sollte, einen guten Vorsprung zu haben.

Sie mieden deshalb auch die Landstraße und liefen auf das nächste Waldstück zu, um den Sichtschutz der Bäume zu nutzen. Auf der anderen Seite gelangten sie in einen großen Olivenhain, der ihnen ebenfalls Schutz vor Entdeckung bot, folgten dahinter einem gewundenen Bachlauf, der sich durch eine der ersten kleineren Hügelgruppen der Euganeischen Landschaft schlängelte, und setzten ihre Flucht querfeldein durch die weitläufigen Weiden und Felder fort, auf die sie jenseits der Anhöhen stießen.

Als schließlich die Dämmerung einsetzte und damit die Gefahr, verfolgt und eingeholt zu werden, wohl gebannt war, suchten sie sich einen Schlafplatz für die Nacht. Im letzten Licht des Tages entdeckten sie einen windschiefen Unterstand aus unbehauenen Brettern, der nach drei Seiten hin offen war und wohl einem Schäfer und seiner Herde bei Unwetter Schutz bieten sollte. Hier machten sie es sich so bequem wie möglich, indem sie über dem steinigen Boden erst die Plane und darüber dann ihre wollenen Umhänge ausbreiteten, sodass sich nicht jeder Stein durchdrückte und sie piesackte.

»Das war ein wahres Festessen!«, sagte Matteo, nachdem sie das Brot und die Fische mit andächtigem Genuss verzehrt hatten. »So gut hat es mir schon lange nicht mehr geschmeckt!«

Fiona pflichtete ihm bei. »Und jetzt ist es nicht mehr allzu weit bis zu meinen Eltern«, sagte sie. »Gegen Mittag sollten wir auf *Casa del Rosario* eintreffen.«

Matteo runzelte die Stirn, als er den Namen hörte. »Haus des Rosenkranzes? Das ist aber ein seltsamer Name für einen Bauernhof . . .«

»Ach, der Name hat mit der kleinen Rosenkranzkapelle zu tun, die sich auf unserem Land befindet.«

Matteos Verwunderung wuchs. »Ihr habt eine eigene Kapelle auf eurem Land? Das klingt ja geradezu nach einem herrschaftlichen Anwesen!«

Sie lachte belustigt auf. »Ist es aber nicht. Von der alten Kapelle existieren bloß noch zwei mannshohe Mauern. Die Kapelle war schon eine brandgeschwärzte Ruine, als mein Urgroßvater den Hof erstanden hat. Und das liegt schon fast neunzig Jahre zurück.«

»Und was hat es mit dieser Kapelle auf sich?«, fragte Matteo.

»Im zwölften Jahrhundert gehörte unser Hof zu den Ländereien eines reichen Großgrundbesitzers«, erzählte Fiona. »Als damals Kaiser Barbarossa mit seinem Heer über die Alpen zog und auch Krieg gegen die freien Städte Padua, Vicenza und Treviso führte, die sich zur Liga von Verona zusammengeschlossen hatten, da gelobte dieser reiche Landadelige, auf einem der Hügel seiner Ländereien eine Kapelle zu Ehren der Muttergottes errichten zu lassen, sollte sein Besitz von Plünderungen und Brandschatzungen durch Feind *und* Freund verschont bleiben. Und als die Liga der freien Städte das Heer von Barbarossa zum Rückzug zwang und die Ländereien unter dem Kriegszug nicht gelitten hatten, da löste der Mann sein Gelübde ein und ließ diese kleine Kapelle bauen. Nach seinem Tod zerfiel sein großer Besitz, wegen irgendwelcher Erbstreitigkeiten oder Schulden, die er hinterlassen hatte. Jedenfalls wurde das Land in verschieden große Parzellen aufgeteilt, die im Laufe der nächsten Generationen noch weitere Aufteilungen erlebten. Und mit den neuen Besitzern kamen zumeist auch neue Namen. Aber bei der Landbevölkerung hielt sich für den Hof, auf dessen Grund die Ruine der niedergebrannten Kapelle stand, auch weiterhin der alte Name *Cappella del Rosario*. Viel später, noch vor der Zeit meines Großvaters, ist dann irgendwann daraus der für Ortsfremde wirklich recht merkwürdige Name *Casa del Rosario* geworden. Aber meist sagt man einfach nur *Rosario*, wenn von unserem Bauernhof die Rede ist.«

Matteo fand, dass sie zu beneiden war. Die Wurzeln der eigenen Familie über Generationen zurückverfolgen und sogar mit einem eigenen Stück Grund und Boden verbinden zu können erschien ihm als etwas ungeheuer Kostbares. Insbesondere, weil seine eigene Familiengeschichte mit seinem Vater begann und mit ihm auch schon endete. War doch sein Vater als Waise aufgewachsen und als Wanderarbeiter über das Land gezogen, bis er mit der Mutter in San Bernardo hängen geblieben und dort die Schmiede in der Via San Fermo gepachtet hatte.

Wenige Stunden nachdem sie sich schlafen gelegt hatten, erwachte Matteo vom klagenden Schrei eines Nachtvogels. Er kam aus den Baumwipfeln am Saum des Waldes, der sich zu ihrer Rechten und ein gutes Stück vom Unterstand entfernt wie eine schwarze Festungsmauer vor dem klaren Himmel abhob.

Als er sich aufrichten wollte, merkte er, dass Fiona sich im Schlaf an ihn geschmiegt und dabei ihren rechten Arm quer über seine Brust gelegt hatte.

Er wagte sich nicht zu rühren, weil er fürchtete, jede Bewegung könnte sie wecken – und ihn um ihre Nähe bringen. Und während er so still unter dem Bretterdach lag, Fionas tiefem und gleichmäßigem Atem lauschte und in die sternklare Nacht mit ihrer unermesslichen Weite blickte, stieg die schmerzhafte Erinnerung an seine Schwester in ihm auf. Noch bis vor wenigen Jahren hatte sich Pia nachts, wenn ein schweres Gewitter mit Blitz und Donner tobte, stets zu ihm in seine Kammer geflüchtet und sich so wie Fiona jetzt an ihn geschmiegt. Der Vater hatte derartige nächtliche Besuche in der elterlichen Schlafkammer nicht erlaubt, und sich zu ihrem großen Bruder zu flüchten wäre ihr bei aller Geschwisterliebe nie in den Sinn gekommen. Riccardo war schon ein Mann und da schickte es sich nicht, zu ihm unter die Decke zu schlüpfen. Auch er, Matteo, hatte immer so getan, als duldete er sie nur widerwillig. In Wirklichkeit hatte er dieses Gefühl, sie in seinem Arm zu halten und ihr Schutz geben zu können, doch heimlich genossen – so wie er es jetzt genoss, Fiona so nahe zu spüren.

Aber Pia war tot, wie alle anderen seiner Familie. Und morgen würde er nicht länger derjenige sein, auf den Fiona zu ihrem Schutz angewiesen war. Morgen kehrte sie auf den Hof ihrer Eltern zurück, und er würde sich in der Rolle des Bittstellers wieder finden, der annehmen musste, was man ihm als Dank anbot.

Und plötzlich schlichen sich beunruhigende Zweifel in Matteos Gedanken. Nämlich ob es wohl klug von ihm gewesen war, sich auch nach ihrer Genesung weiterhin für sie verantwortlich zu fühlen und sich von gewissen ... nun ja, Gefühlen der Zuneigung dazu verleiten zu lassen, auf ihr Angebot einzugehen und mit ihr zu kommen. Was hatte er auf einem Bauernhof verloren, zumal auf einem mit dem seltsamen Namen wie *Casa del Rosario?* Klang das denn nicht schon danach, als ob es kein Ort war, an den er gehörte und wo er wirklich willkommen sein würde? Musste die ganze Sache nicht zwangsläufig in bitterer Enttäuschung enden?

4

Als Matteo erwachte, fühlte er sich nicht vom Schlaf erfrischt und gekräftigt, sondern wie ausgelaugt. Ihm war, als wäre er in stundenlanger Mühsal aus einem endlos tiefen Schacht ans Licht emporgeklettert und als hätte er es nur mit letzter Kraft über den Rand geschafft.

Mit einem unterdrückten Stöhnen richtete er sich auf, streckte seine Glieder und blinzelte in den Morgen. Dann wurde ihm bewusst, dass es schon heller Tag war. Der Himmel leuchtete in einem weichen hellen Blauton, während die vereinzelten Wolkenschleier in einen rosafarbenen Schein getaucht waren. Er konnte sich nicht erinnern, jemals so spät am Morgen erwacht zu sein.

»Na, von den Toten auferstanden?«

Matteo wandte den Kopf. Fiona saß neben ihm gegen die Bretterwand des Unterstands gelehnt. Sie hielt ihr kleines Federmesser in der Hand, schnitzte an dem kleinen Stück Eschenholz herum, aus dem einmal ein Engelkopf mit Flügeln werden sollte, und lachte ihn an – ahnungslos, dass er in der Nacht lange mit sich gerungen hatte, ob er bei ihr bleiben oder sich nicht besser in der Dunkelheit klammheimlich davonmachen sollte, um sich allein durchzuschlagen. Aber er hatte sich nicht entscheiden können. Vielleicht wäre es ihm leichter gefallen, wenn ihr Kopf nicht an seiner Schulter und ihre Hand nicht auf seiner Brust gelegen hätten und er nicht gezwungen gewesen wäre sie erst von sich zu schieben, um sich still und leise aus dem Staub machen zu können. Und noch bevor er mit seinen zwiespältigen Gefühlen und Überlegungen hatte ins Reine kommen können, hatte ihm der Schlaf die Entscheidung abgenommen, waren ihm doch die Augen urplötzlich wieder zugefallen.

Er verzog das Gesicht zu einer verdrossenen Miene, die seiner eigenen Unentschlossenheit galt. »Bist du schon lange wach?«

Sie blickte kurz nach Osten, wo die eigentümlich runden und kräftig grünen Hügelkuppeln und Kegel der Euganeischen Landschaft schon im milden Licht der Morgensonne lagen. »Eine gute Stunde, schätze ich mal.«

»Warum hast du mich denn nicht geweckt?«

»Du hast so fest geschlafen, dass ich es einfach nicht über mich gebracht habe«, sagte sie mit einem fröhlichen Lächeln.

»Und warum auch? Länger als drei, vier Stunden dürften es jetzt nicht mehr sein bis zum Hof.«

»Auch die wollen erst bewältigt sein«, sagte er, erhob sich und machte sich daran, die Umhänge in der Plane einzurollen. »Und so kräftig, wie die Sonne gestern und vorgestern vom Himmel gebrannt hat, wird das Marschieren in den Mittagsstunden auch heute kein Vergnügen sein! Also sehen wir besser zu, dass wir uns auf den Weg machen!«

»Du hast ja Recht. Aber ich habe diese stille Morgenstunde einfach zu sehr genossen«, gestand sie und ein verträumter Ausdruck zeigte sich auf ihrem Gesicht. »Nur hier zu sitzen, den Sonnenaufgang zu erleben und diese wunderschöne vertraute Landschaft mit ihren vielen bewaldeten Hügeln vor mir zu sehen ...« Sie ließ den Satz in einem tiefen Seufzer ausklingen. »Mir hat das alles sehr gefehlt, und ich habe mich dort in der Stadt, von nichts als Ebene umgeben, immer fremd gefühlt.«

»Warum bist du dann von hier weggegangen? Wie bist du überhaupt zu den Valverdes nach San Bernardo gekommen?«, wollte Matteo wissen und wunderte sich, dass er sich darüber bisher noch gar keine Gedanken gemacht hatte.

»Ach, das ... das ist eine Geschichte für sich«, antwortete sie ausweichend und mied dabei seinen Blick. »Und nicht unbedingt eine erfreuliche.«

Er zog die Augenbrauen hoch. »Eine Geschichte, die du mir aber lieber nicht erzählen möchtest, richtig?«

»Sie läuft nicht davon«, erwiderte Fiona. »Und wir sollten uns wirklich schleunigst auf den Weg machen, wenn wir nicht in die Mittagshitze kommen wollen.«

Matteo drang nicht weiter in sie, sondern ließ es dabei bewenden. Wenn sie ihm nicht erzählen wollte, wie ein Bauernmädchen dazu kam, Zofe und Hausmädchen bei einer Apothekersfrau in der Stadt zu werden, die so weit von ihrem Heimatort entfernt lag, dann musste er das hinnehmen. Es kränkte ihn jedoch ein wenig, nach allem, was er für sie getan hatte. Aber das wollte er sich auf keinen Fall anmerken lassen. Und als er sich die schwere Kleider- und Segeltuchrolle am Hanfstrick über die Schulter hängte und sich mit Fiona auf den Weg zur Landstraße machte, grübelte er wieder darüber nach, ob es nicht wirklich klüger war, sich doch noch von ihr zu trennen – und zwar bevor sie auf dem Hof ihrer Eltern eintrafen.

Aber er blieb unsicher, auch fiel ihm kein vernünftiger Vorwand ein. Schließlich gab er es auf, sich darüber Gedanken zu machen. Wenn es ihm auf der *Casa del Rosario* nicht gefiel, aus welchen Gründen auch immer, dann konnte er ja jederzeit sein Bündel schnüren und seiner Wege gehen. Es gab niemanden, dem er etwas schuldig war und dessen Erwartungen er erfüllen musste. Und er würde darauf achten, dass es auch dabei blieb!

Eine gute Stunde nach ihrem Aufbruch führte sie die Landstraße an der Benediktiner-Abtei Praglia vorbei, deren gewaltiger und weitläufiger Gebäudekomplex sich am Fuß eines Hügels festungsgleich erstreckte und von einem hohen Vierkantturm überragt wurde.

Am frühen Mittag verließen sie die Überlandstraße, die von Padua kam und sich durch die Euganeischen Hügel bis zu der Stadt Este schlängelte, und folgten einer weniger breiten, sandigen Straße. Es ging vorbei an großen Weiden, gepflügten Äckern und Feldern mit sprießender Saat, die häufig von halbhohen Mauern aus dunklen wie hellen kalkigen Feldsteinen eingefasst wurden und deren Boden auffallend kieselhaltig war. Dazwischen lagen immer wieder Obst- und Olivenhaine. Über manchen Hang zogen sich Weinreben in langen Reihen entlang.

Fiona zeigte sich an diesem Tag ungewöhnlich redselig, was die Beschreibung der Besonderheiten ihrer heimatlichen Region betraf. Sie kannte die Namen von all den besonders hoch aufragenden Hügeln, von denen es an die hundert gab, wie Matteo von ihr erfuhr.

»Und wir nennen sie auch nicht Hügel, sondern Berge«, erklärte sie voller Stolz und machte ihn sogleich auf den über sechshundert Meter hohen Monte Venda und den etwas kleineren Monte Rua aufmerksam.

Auf ihrem Weg durch dieses fruchtbare Hügelland achteten sie wie am Vortag darauf, Begegnungen mit den Einheimischen zu vermeiden. Deshalb hielten sie sich auf abseits gelegenen, schmalen Wald- und Feldwegen und versteckten sich, sowie sie jemanden bemerkten, der ihren Weg kreuzen konnte.

»Man könnte mich erkennen, und wer weiß, wie sie sich dann verhalten«, sagte Fiona beunruhigt. »Die Leute in unserem Landstrich wissen ja, dass ich nach San Bernardo gegangen bin und dass dort seit Wochen die Pest umgeht. Deshalb ist es ganz wichtig, dass wir unbemerkt zum Hof meiner Eltern kommen. Mein Vater wird schon wissen, was dann zu tun ist, damit die Nachbarn es nicht mit der Angst zu tun bekommen und uns verdächtigen, wir würden die Pest hier einschleppen.«

Wegen der großen Vorsicht und der vielen Umwege, die sie einschlugen, wurde es doch früher Nachmittag, bis Fionas Heimatdorf Morante, einer der größeren Marktflecken zwischen Abano und Este, endlich vor ihnen auftauchte.

»Jetzt sind wir gleich zu Hause!«, rief Fiona mit freudiger Erregung, während sie einen herrlich schattigen Eichenwald auf einem Trampelpfad durchquerten. »Der Olivenhain, der auf der anderen Seite von diesem Waldstück beginnt, gehört schon zu unserem Land. Bis zum Hof selber sind es dann keine zehn Minuten mehr, wenn wir querfeldein laufen!«

»Und du bist dir auch wirklich sicher, dass ich deinen Eltern willkommen sein werde?«, fragte Matteo.

»Wie könntest du ihnen denn nicht willkommen sein, wo du mir doch zweimal das Leben gerettet hast?«, fragte sie zurück.

»Wir werden es ja bald wissen«, murmelte er.

Kurz darauf gelangten sie an den Saum des Eichenwaldes. Durch die Lücken zwischen den Bäumen sah Matteo schon die hüfthohe Mauer aus Feldsteinen und den hügeligen Olivenhain, der sich dahinter anschloss. Ein breiter, buschbestandener Weg, der aus zwei Spurrillen im kieshaltigen Boden bestand, trennte den Wald vom Olivenhain.

»Hier beginnt unser Land«, sagte Fiona stolz, als sie aus dem Schatten der Bäume ins Freie traten. »Der Weg gehört schon zu *Rosario.*«

Gerade hatten sie den Schutz der Eichen hinter sich gelassen und waren nur noch einige Schritte von der Feldmauer entfernt, als zu ihrer Linken ein Pferdewagen hinter einer scharfen Wegbiegung auftauchte.

»Los, nichts wie über die Mauer!«, stieß Matteo hastig hervor und wollte schon losrennen.

Aber Fiona griff schnell nach seiner Hand und hielt ihn zurück. »Warte!«, rief sie, blickte zum Fuhrwagen hin, der von einem Apfelschimmel gezogen wurde und auf dessen Kutschbock zwei Männer saßen, und lachte im nächsten Moment erleichtert auf. »Vor dem alten Fausto Grazzi und seinem Sohn Renzo brauchen wir uns nicht zu verstecken.«

»Und wer sind Fausto und Renzo Grazzi?«

»Die Grazzis haben drüben auf der anderen Seite von unserem Hof ein eigenes kleines Stück Land. Aber was es abwirft, ist zum Leben zu wenig und zum Sterben zu viel, obwohl sie doch nur zu zweit sind. Denn Renzos Mutter ist schon gleich nach seiner Geburt vor zwanzig Jahren gestorben und eine zweite Frau hat der arme Fausto nicht gefunden«, erklärte Fiona, während der Pferdewagen näher kam. »Deshalb arbeiten sie das ganze Jahr über als Lohnknechte für meinen Vater, und das schon, seit ich denken kann. Sie gehören sozusagen zur Familie. Auf ihr Schweigen ist absolut Verlass.«

Matteo warf ihr einen verstohlenen Seitenblick zu, sagte jedoch nichts. Dafür dachte er sich umso mehr. Nämlich dass es sich bei ihrem Vater kaum um einen gewöhnlichen, armen Bauern handeln konnte, der sich mit seiner Familie mehr schlecht als recht von den bescheidenen Erträgen seines Landes ernährte. Das hatte ihm allein schon der Anblick des großen Olivenhains verraten. Und dass er es sich leisten konnte, zwei Lohnknechte das ganze Jahr über für sich arbeiten zu lassen, ließ seine Vermutung zu Gewissheit werden.

Warum Fausto Grazzi das Glück einer zweiten Ehe verwehrt geblieben war, erschien Matteo offensichtlich, als das mit Unterholz beladene Fuhrwerk nahe genug herangekommen war und er die beiden Männer deutlich sehen konnte. Fausto Grazzi musste erst in sehr späten Mannesjahren Vater geworden sein, war er doch schon ein alter Mann mit schütterem grauem Haar und einem verwitterten, knochigen und altersfleckigen Gesicht, während sich sein Sohn gerade erst im zwanzigsten Lebensjahr befand. Wangen und Nase des klapperdürren Mannes waren von einem dichten Geflecht roter Äderchen durchzogen, den Spuren des starken Trinkers.

Was seinen breitschultrig und recht kantigen Sohn Renzo anging, so hatte ihn die Laune der Natur nicht nur mit Glubschaugen, sondern auch noch mit einer hässlichen Hasenscharte gestraft, die seine Oberlippe bis unter die Nase zwei Finger breit spaltete und seine schiefen Zähne bloßlegte.

Und seine großen, abstehenden Ohren ließen Matteo unwillkürlich an die mit Segeltuch bespannten Flügel einer Windmühle denken.

Renzo quollen die Glubschaugen fast aus den Höhlen, als er sah, wer da auf dem Weg zwischen Eichenwald und Olivenhain stand. Er gab einen erschrockenen Aufschrei von sich, schlug hastig das Kreuz und zog die Zügel an, um den Apfelschimmel abrupt zum Stehen zu bringen. »Ich dachte auch erst, es wäre Antonia. Aber es ist Fiona! Sie ist es wirklich, Vater!«

»Fiona? Was für eine Überraschung! Ja, aber warum hat mir dein Vater denn nichts davon erzählt, dass du wieder zu uns zurückkommst? Kein Wort hat der Padrone davon verlauten lassen und Donna Elena auch nicht!«, rief der alte Fausto verwundert, aber mit einem fröhlichen Lächeln auf dem zerfurchten, lederartigen Gesicht. Im Gegensatz zu seinem Sohn hatte er noch nicht begriffen, was ihr überraschendes Erscheinen möglicherweise für verheerende Folgen haben konnte.

»Die Eltern wissen ja auch nichts davon, dass ich zurückgekommen bin, Fausto«, antwortete Fiona und lachte ihn an. Und während sie weitersprach, ging sie auf das Fuhrwerk zu. »Du brauchst meinen Vater also nicht . . .«

»Rühr dich bloß nicht von der Stelle, Fiona!«, schnitt Renzo ihr mit schriller, lispelnder Stimme das Wort ab und die Angst sprang ihm förmlich aus den hervorquellenden Augen. »Keinen Schritt kommst du näher! Und das gilt auch für den Fremden an deiner Seite! Bleibt, wo ihr seid!«

Sichtlich entrüstet, fuhr Fausto auf dem Kutschbock zu seinem Sohn herum. »Renzo! Was ist das für ein ungehöriger Ton? Der steht dir gegenüber Signorina Fiona nicht zu!«, herrschte er ihn an.

»Hast du vergessen, woher sie kommt?«, stieß Renzo wie gehetzt hervor. »Aus San Bernardo! Und da wütet seit Wochen der schwarze Tod! Wie die Fliegen sollen sie dort und anderswo umfallen und sterben! Riesige Massengräber sollen sie schon ausheben müssen, weil sie der Leichen anders nicht mehr Herr werden!«

»Richtig, die Pest!« Das Lächeln der Wiedersehensfreude erlosch schlagartig und nun trat in seine Augen ein Anflug von Besorgnis, nicht jedoch Angst wie bei seinem Sohn. »Heilige Muttergottes, wie konnte ich das nur vergessen? Was machen wir jetzt bloß?«

»Ihr könnt beruhigt sein, die Pest hat uns verschont, Fausto!«, versicherte Fiona, blieb jedoch, wo sie stand. »Hätten wir uns angesteckt, wäre die Seuche schon längst bei uns ausgebrochen.«

Matteo hielt es für klüger, nichts zu sagen und alles Reden Fiona zu überlassen.

Renzo wehrte ihre Beteuerung mit einer hektisch wedelnden Bewegung seiner linken Hand ab, während seine rechte nach einer Forke griff, die hinter ihm steckte. »Und wenn du die höchstherrschaftliche Tochter des Dogen von San Marco wärst, würde ich mich auf dein Wort nicht verlassen!«, erwiderte er heftig, riss die Forke aus der Ladung trockener Äste und Zweige und richtete das Ende mit den scharfen Zinken auf sie. »Ich denke nicht daran, mich mit der verfluchten Pest auf ein Glücksspiel einzulassen! Und deshalb wird sich keiner von euch beiden von der Stelle bewegen!«

»Aber was soll denn jetzt nur geschehen?«, fragte sein Vater verwirrt und kratzte sich den kahlen Kopf. »Fiona ist die Tochter des Padrone!«

Renzo schürzte nervös die gespaltene Oberlippe und dachte sichtlich angestrengt nach. »Also gut, soll der Padrone entscheiden, was geschieht!«, sagte er dann und sprang mit der Forke in der Hand vom Wagen. »Du holst ihn und ich sorge dafür, dass Fiona und ihr fremder Begleiter sich nicht aus dem Staub machen.«

»Gute Idee, mein Sohn!«, sagte Fausto erleichtert. »So machen wir es.«

»Also wirklich, Renzo!«, sagte Fiona und wusste nicht, ob sie darüber lachen oder entrüstet sein sollte. »Glaubst du vielleicht, ich habe den weiten Weg, für den wir fast drei Tage gebraucht haben, auf mich genommen, um mich jetzt aus dem Staub zu machen? Wohin sollte ich denn verschwinden wollen, du Schwachkopf? Und noch etwas!« Sie machte eine kurze Pause. »Der Name meines Begleiters ist Matteo Lombardi, und ihm verdanke ich, dass ich noch am Leben bin und heil aus San Bernardo herausgekommen bin! Damit das klar ist!«

Renzo setzte zu einer Antwort an, doch sein Vater kam ihm zuvor. »Nimm uns die Vorsicht nicht übel, Fiona. Jeder andere würde genauso handeln. Und wenn ihr so lange unterwegs gewesen seid, wird es euch bestimmt nichts ausmachen, hier ein paar Minuten zu warten, bis ich mit deinem Vater zurück bin. Ich werde mich auch beeilen.«

Fiona seufzte und zuckte mit den Achseln. »Also gut, warten wir hier auf meinen Vater«, sagte sie, wandte sich um und kehrte zu Matteo zurück.

Sie setzten sich in den Schatten der Feldmauer, während Fausto mit dem Fuhrwerk davonjagte und Renzo Posten bezog. Breitbeinig stand er ein gutes Dutzend Schritte von ihnen entfernt, die erhobene Forke wie einen Spieß in beiden Händen.

»Ich vermute, du hast dir die Begrüßung ein wenig anders vorgestellt«, sagte Matteo.

»Warte, bis Fausto mit meinem Vater zurück ist! Dann wird sich hier alles sehr schnell ändern!«, versicherte Fiona mit einen zornigen Seitenblick auf Renzo.

Sie sollte Recht halten. Aber anders, als sie es gemeint hatte.

5

Erst nach über einer halben Stunde kehrte Fausto mit dem Padrone von *Rosario* an seiner Seite zu ihnen auf den Westhang des Olivenhains zurück.

»Na endlich!«, rief Fiona erleichtert. Mit einem strahlenden Lächeln, aus dem Liebe und große Wiedersehensfreude sprachen, sprang sie auf und blickte ihrem Vater entgegen. »Ich möchte bloß wissen, warum das so lange gedauert hat! Der Hof liegt doch nur ein kurzes Stück hinter dem Hügel mit dem Olivenhain. Aber was soll's, Matteo. Jetzt wird alles gut! Jetzt wird es ein Donnerwetter für dich geben, Renzo, darauf kannst du Gift nehmen!«

Auch Matteo erhob sich. Er hätte allerdings nicht mal das Stück alter Segeltuchplane darauf verwettet, dass sich der Lohnknecht mit der üblen Hasenscharte ein Donnerwetter vom Padrone würde anhören müssen. Und als Fausto das Fuhrwerk, das offensichtlich in großer Hast und nur unvollständig von seiner Fuhre Unterholz entladen worden war, zwei Wagenlängen vor ihnen zum Stehen brachte und Matteo nun das ernste, angespannte Gesicht von Vittorio Cavaletto sah, beschlich ihn die Ahnung, dass Renzo wohl eher mit Zustimmung und Lob vom Padrone rechnen durfte.

»Vater!«, rief Fiona mit überschwänglicher Freude und wollte zu ihm laufen.

»Nein, bleib stehen, Fiona! Keinen Schritt weiter!«, kam im selben Augenblick der schneidende Befehl vom Kutschbock. Und gleichzeitig streckte Fionas Vater, ein mittelgroßer und gut aussehender Mann von kräftiger Statur, abwehrend seinen rechten Arm aus.

Fiona erstarrte mitten in der Bewegung, als wäre sie gegen

eine unsichtbare Wand gerannt. Das freudige Strahlen erlosch auf ihrem Gesicht. »Aber Vater . . .«

Vittorio Cavaletto gab seiner Tochter keine Gelegenheit, ihren Einwand vorzubringen. »Es ist mir ernst, Fiona! Es tut mir Leid, dass ich so streng sein muss, und es macht mir das Herz schwerer, als ich dir sagen kann. Aber so wie die Dinge nun mal liegen, bleibt mir keine andere Wahl, als mich von dir fern zu halten und auch sonst niemanden in eure Nähe zu lassen.« Für einen kurzen Moment zeigte sich auf seinem wettergegerbten Gesicht, das im Schatten eines an den Rändern ausgefransten Strohhutes lag, der Schmerz über die Härte, zu der er sich zwingen musste. »Du kommst aus San Bernardo und da wütet nun mal die Pest! Renzo und Fausto haben recht daran getan, euch nicht bis auf den Hof zu lassen.«

Renzo gab einen grunzenden Laut von sich, mit dem er wohl seine Genugtuung ausdrücken wollte.

Ich hätte es wissen müssen!, dachte Matteo voller Ingrimm und schalt sich einen gutgläubigen Narren, weil er Fiona geglaubt hatte, dass man ihn auf *Rosario* willkommen heißen würde.

»Aber wir haben uns ganz bestimmt nicht angesteckt, Vater!«, beteuerte Fiona, nachdem sie erst einmal schwer geschluckt hatte, um die bittere Enttäuschung über das Verhalten ihres Vaters zu überwinden. »Die Pest hat uns verschont, auch wenn es uns ein Rätsel ist, warum wir von der schrecklichen Seuche nicht befallen worden sind!«

Vittorio Cavaletto sah sie mit einem gequälten Lächeln an. »Wenn es sich tatsächlich so verhält, dann wären unsere innigen Gebete erhört worden, mein Kind. Seit wir erfahren haben, dass die Pest in San Bernardo ausgebrochen ist, sorgen deine Mutter und ich uns ohne Unterlass um dich. Nachts haben wir oft keinen Schlaf gefunden, weil uns die Angst um dich wach gehalten hat. Ich werde dem Allmächtigen, der seligen Jungfrau und allen Heiligen auf Knien danken, wenn es wirklich so ist, wie du sagst. Aber ich darf deine Beteuerung, so gern ich es auch möchte, nicht für die unumstößliche Wahrheit nehmen.«

»Aber Vater . . .«, setzte Fiona erneut zu einer beschwörenden Gegenrede an.

»Bitte, mein Kind, beschränke dich nur darauf, die Fragen zu beantworten, die ich dir stelle!«, schnitt er ihr das Wort ab und sein markantes Gesicht verlor jede Spur von Nachsicht. »Seid ihr auf eurem Weg hierher jemandem begegnet, der dich erkannt hat?«

Fiona schüttelte den Kopf.

»Bist du dir dessen auch *ganz* sicher?«, fragte ihr Vater mit Nachdruck. »Ich beschwöre dich, sag in deinem eigenen Interesse die Wahrheit!«

»Ja, ich bin mir ganz sicher – bei allem, was mir heilig ist, Vater! Seit wir den Bacchiglione hinter uns gelassen haben, sind wir nur über kleine Nebenpfade marschiert. Und wenn wir auf jemanden gestoßen sind, haben wir uns sofort versteckt, bis er vorbei war, oder aber wir haben einen großen Bogen geschlagen.«

»Sehr gut!«, lobte der Vater und atmete sichtlich erleichtert auf. »Und jetzt beantworte mir noch eine sehr wichtige Frage: Stimmt es, dass ihr San Bernardo vor drei Tagen verlassen habt?«

»Geflüchtet sind wir, und zwar in stürmischer Nacht und über die Brenta, weil das der einzige Weg aus der eingeschlossenen Stadt war!«, stieß Fiona mit grimmigem Aufbegehren gegen dieses Verhör hervor. »Und wenn Matteo nicht gewesen wäre, so wäre ich ertrunken. Auf der Brenta hat er mir zum zweiten Mal das Leben gerettet!«

»Zu deinem Begleiter komme ich gleich«, sagte Vittorio Cavaletto streng. »Ihr seid also vor drei Tagen aus San Bernardo geflüchtet, ist das richtig?«

»Ja, Vater.«

Vittorio Cavaletto seufzte wie unter einer schweren Last und schüttelte betrübt den Kopf.«Drei Tage! Das ist zu kurz, um mit Gewissheit sagen zu können, dass ihr die Seuche nicht in euch habt!«, erklärte er mit unerbittlicher Sachlichkeit. »Denn jeder weiß, dass zwischen Ansteckung und Ausbruch der Pest manchmal gute zwei Wochen vergehen können. Es ist also noch sehr gut möglich, dass ... dass der schwarze Tod in euch steckt. Und diese Rechnung wird jeder Nachbar und jeder im Dorf machen, wenn er hört, dass du aus San Bernardo zurück bist und noch jemanden von dort mitgebracht hast, Fiona. Und was das dann für eine Panik und einen Aufstand zur Folge haben wird, das brauche ich dir ja wohl nicht erst zu beschreiben, oder?«

»Nein«, murmelte Fiona, senkte den Kopf und biss sich auf die Lippe.

Renzo ließ es sich jedoch nicht nehmen, diese Folgen aufzumalen. »Sie werden wie die Tiere über uns alle herfallen, jeden von uns steinigen, der mit euch in Berührung gekommen ist, und *Rosario* niederbrennen, weil der Padrone es zugelassen hat, dass ihr womöglich den schwarzen Tod über uns gebracht habt!«

»Und was soll nun werden?«, wollte Fiona wissen, niedergeschlagen und den Tränen nahe. »Willst du uns etwa wieder wegschicken? Oder sollen wir uns irgendwo im Wald verstecken?«

»Nein, weder noch. Zum Glück seid ihr klug genug gewesen, euch nicht von Nachbarn oder Leuten aus dem Dorf erblicken zu lassen. Das macht die Angelegenheit einfacher. Ich habe mir zusammen mit Fausto nämlich schon Gedanken gemacht, wie wir diese heikle Situation am besten meistern können. Darum hat es auch so lange gedauert«, sagte er beruhigend. »Aber dazu komme ich gleich. Jetzt möchte ich erst einmal ein paar Worte mit dem jungen Mann reden, von dem du sagst, dass er dir zweimal das Leben gerettet hat.«

»Ja, das hat er!«, bekräftigte Fiona. »Ohne Matteo Lombardi, den mutigen Sohn eines Schmieds, wäre ich im Haus der Valverdes gestorben, als der feine Herr Apotheker mit seinen beiden feigen Söhne auf und davon ist und mich mit seiner todkranken Frau einfach allein zurückgelassen hat!« Und sie ließ es sich nun nicht nehmen, hastig hervorzusprudeln, wie Matteo sie im Fieberdelirium im Haus gefunden und tagelang gepflegt hatte und dass sie ohne seinen tapferen Beistand in der stürmischen Nacht nie aus San Bernardo herausgekommen wäre.

Vittorio dankte Matteo für alles, was er für Fiona getan hatte, stellte einige kurze Fragen zu seiner Familie und sagte dann: »Ich bedaure aufrichtig, dass ich es erst einmal bei Worten des Dankes belassen muss . . . und jetzt gezwungen bin, dich aufzufordern, alle Kleidungsstücke abzulegen. Und das gilt auch für dich, Fiona. Du kannst dich im Schutz der Mauer deiner Sachen entledigen!«

»Wie bitte?«, entfuhr es Matteo ungläubig. »Ich soll mich hier ausziehen?«

»Ja, es ist leider unumgänglich, Matteo. Wir werden alles, was ihr am Leib getragen und berührt habt, hier an Ort und Stelle verbrennen. Wir haben gleich einen Eimer voll Glut für ein kräftiges Feuer wie auch neue Kleider für euch mitgebracht«, erklärte der Padrone, während Fausto vom Wagen kletterte, den Ascheneimer mit der Glut von der Ladefläche hob und ihn auf einer sandigen Stelle vor der Steinmauer leerte. Als er einiges von dem trockenen Unterholz, von dem noch genug auf dem Fuhrwerk lag, auf die Glut warf, leckten sofort die Flammen hoch. »Und dann werdet ihr euch von Kopf bis Fuß mit Essig abwaschen.«

Fiona und Matteo tauschten einen sprachlosen, leidgeprüften Blick.

»Nun macht schon!«, drängte Renzo und schwenkte seine Forke hin und her. »Runter mit den Sachen, Bursche! . . . Und du verzieh dich hinter die Mauer, wie der Padrone gesagt hat, Fiona!«

»Es muss wohl sein, also bringen wir es hinter uns, Matteo«, flüsterte Fiona mit einem schweren Seufzer der Resignation, drehte ihm schnell den Rücken zu und kletterte über die Mauer aus Feldsteinen. Auf der anderen Seite zog sie sich hastig aus und warf alles über die Mauer in Richtung des prasselnden Feuers.

Renzo spießte ihre Kleidung mit der Forke auf, hielt sie mit gestreckten Armen so weit als möglich von sich und schleuderte sie in die Flammen.

Indessen holte der alte Fausto zwei Holzeimer von der Ladefläche des Fuhrwerks. In jedem Eimer befanden sich eine Korbflasche voll Essig sowie ein großer Schwamm. Einen der Eimer stellte er in Fionas Nähe auf die Mauer. »Hier sind Essig und Schwamm. Dein Kleiderbündel lege ich gleich dazu. Aber denk daran, dich mit dem Essig gründlich abzuwaschen!«

»Zierst du dich?«, spottete Renzo, als Matteo noch immer keine Anstalten machte, sich auszuziehen. »Möchtest du vielleicht warten, bis Fiona fertig ist, damit du dich auch wie ein Mädchen hinter der Mauer verstecken kannst?«

Matteo warf ihm einen wütenden Blick zu, würdigte ihn jedoch keiner Antwort. Dann begann auch er sich auszuziehen, bis er splitternackt im hellen Sonnenlicht auf dem Feldweg stand. Es kostete ihn große Selbstbeherrschung, nicht seine Blöße mit den Händen zu bedecken. Unwillkürlich dachte er an die Nacht zurück, in der er mit Fiona den Fluss überquert hatte. Als sie sich unter der Eiche ohne großes Getue splitternackt ausgezogen hatten, um die dünnen, triefend nassen Sachen loszuwerden und trockene, warme Kleidung auf den Leib zu bekommen, da hatte er sich seiner Nacktheit nicht eine Sekunde geschämt – und Fiona auch nicht, das hatte er gespürt.

Renzo holte den zweiten Eimer und stellte ihn vor Matteo ab, dann beförderte er dessen Kleidung in die Flammen, die schon Fionas Sachen verschlungen hatten.

Matteo griff nach der Essigflasche und dem Schwamm und beeilte sich seinen Körper damit gründlich abzureiben, so wie es Fionas Vater verlangt hatte. Der Essig brannte auf den Hautabschürfungen und blutigen Schrammen, die er sich auf der Reise zugezogen hatte. Er biss jedoch die Zähne zusammen und ließ sich nichts anmerken.

»Gut, das dürfte reichen, Matteo! Hier sind deine neuen Sachen!« Vittorio Cavaletto warf ihm vom Kutschbock aus ein zusammengeschnürtes Kleiderbündel zu. »Die Sachen müssten dir passen.«

Matteo bückte sich schnell danach und zog sich an. Hemd und Hose entsprachen seiner Größe und auch die Sandalen passten. Als er sich aufrichtete und sein Blick dabei unwillkürlich hinüber zum Olivenhain ging, sah er Fionas Augen auf sich gerichtet. Sie stand schon in einem neuen, hübsch geblümten Kleid hinter der Mauer. Und er fragte sich, wie lange sie schon zu ihm herüberblickte.

Ihr Gesicht nahm einen verlegenen Ausdruck an und ihre Wangen röteten sich, wie ihm schien. Schnell schaute sie zur Seite.

»Der Schwamm, die Korbflasche und das Bündel da müssen auch ins Feuer, Renzo!«, wies Vittorio Cavaletto den Lohnknecht an und deutete auf die Segeltuchrolle.

»Wartet!«, rief Matteo erschrocken. »Oder kümmert es Euch nicht, wenn Ihr auch die Heilige Schrift in die Flammen werfen lasst?«

Fionas Vater zeigte sich überrascht, als er nun erfuhr, dass es sich nicht nur um ein zusammengeschnürtes Bündel Kleidungsstücke handelte, sondern dass in der Rolle auch eine kleine Familienbibel und ein Büchlein über das Leben der Heiligen steckten.

»Was sagst du da? Du besitzt eine Bibel und ein Heiligenbuch?«, stieß er verblüfft hervor. »Willst du behaupten, dass du, der Sohn eines Schmieds, sich auf das Lesen versteht?«

»Ja, ich kann lesen *und* schreiben, Signor Cavaletto. Meine Mutter hat es mir beigebracht«, sagte Matteo stolz. Es tat gut, das sagen zu können.

»Ich kann es bezeugen!«, rief Fiona eifrig von jenseits der Mauer. »Matteo hat mir jeden Tag stundenlang vorgelesen, als ich im Haus der Valverdes krank darniederlag.«

Fionas Vater nickte Matteo anerkennend zu. »Alle Achtung, junger Mann! Solche Fähigkeiten hätte ich nicht bei dir erwartet. Es ist ein Segen, wenn man die Kunst des Lesens und Schreibens beherrscht. Also gut, die Heilige Schrift und das Heiligenbuch kannst du an dich nehmen. Aber auch sie mit dem essiggetränkten Schwamm abzureiben kann ich dir leider nicht ersparen.«

Matteo dankte ihm, war er doch schon froh, die Bibel seiner Mutter sowie das andere ihm lieb gewordene Büchlein nicht den Flammen übergeben zu müssen. Den leichten Schaden, den der Essig an den Einbänden und an den Kanten der Buchseiten anrichtete, wollte er dafür gern in Kauf nehmen.

»Und was geschieht jetzt mit uns, Vater?«, wollte Fiona wissen, als Matteo die beiden Bücher mit Essig abgewischt und eingesteckt hatte. Renzo hatte indessen die alte Segeltuchplane und ihre schweren Wollumhänge ins Feuer geworfen. Er übergab auch die Schwämme, die Korbflaschen und die Holzeimer den Flammen.

»Ich werde euch auf *Rosario* für vierzehn Tage versteckt unter Quarantäne halten, Matteo in dem alten Feldschuppen unten am Bach und dich oben auf dem Dachspeicher bei uns im Haus!«, teilte ihnen Vittorio Cavaletto mit. »Wenn bei euch dann noch immer keine Anzeichen der Pest aufgetreten sind, was der Herrgott uns in seiner großen Gnade gewähren möge, ist die Gefahr gebannt. Und dann könnt ihr euch wieder frei bewegen. Vorsichtshalber werde ich jetzt schon bei unseren Nachbarn und im Dorf verlauten lassen, dass ich Nachricht von dir erhalten habe. Demnach hast du schon seit drei Wochen in Padua bei irgendwelchen Freunden der Valverdes Unterschlupf gefunden. Wenn dich die Leute in Morante zum ersten Mal beim Kirchgang wieder zu sehen bekommen, werden sie beruhigt sein, dass du schon vor vielen Wochen aus San Bernardo weg bist. Und dann wird es auch kein böses Blut geben.«

»Das ist alles sehr einsichtig und es ist ein wirklich guter Plan, Vater«, schmeichelte Fiona ihm, um dann jedoch mit vorsichtiger Kritik fortzufahren: »Aber warum muss denn Matteo diese zwei Wochen dort in dem alten, abgelegenen Schuppen verbringen? Das hat er wirklich nicht verdient, nach allem, was er für mich getan hat! Kann er denn nicht auch mit zu uns auf den Hof kommen?«

»Nein, das kann er nicht, auch wenn er dir zweimal das Leben gerettet hat und wir daher tief in seiner Schuld stehen!«, beschied der Vater sie und warf ihr einen strengen, missbilligenden Blick zu. »Und wenn die Zeit gekommen ist, werden deine Mutter und ich ihm auch unseren Dank in gebührender Weise zeigen. Aber erst wenn die Gefahr durch die Pest gebannt ist!«

»Niemand schuldet mir etwas!«, meldete sich Matteo nun stolz zu Wort. »Was ich getan habe, ist nicht der Rede wert. Und wenn ich Euch zu große Umstände mache, dann ist es vielleicht besser, wenn ich meiner eigenen Wege gehe.«

Bestürzt sah Fiona zu ihm herüber und wandte sich dann an ihren Vater. »Nein, das darfst du nicht zulassen!«, rief sie ihm beschwörend zu. »Wo soll Matteo denn hin? Er hat weder Geld noch jemanden, der ihn aufnehmen könnte!«

»Kein Sorge, ich habe auch nicht vor ihn ziehen zu lassen!«, versicherte Vittorio Cavaletto und richtete das Wort dann an Matteo. »Ich *bestehe* darauf, dass du bleibst und dich auf meinen Plan einlässt, denn er ist auch zu deinem Besten. Aber ob du das nun einsiehst oder nicht, ändert nichts daran, dass du bleiben und genau das tun wirst, was ich dir sage!«

Matteo lachte spöttisch auf. »Das klingt weniger nach einer freundlichen Einladung als nach einer Drohung, Signor Cavaletto.«

Das ausdrucksstarke Gesicht des Padrone von *Rosario* schien sich in kalten, harten Stein zu verwandeln. »Ja, es *ist* eine Drohung, Matteo Lombardi aus San Bernardo!«, bestätigte er mit eisiger Stimme.

Fionas Augen wurden groß vor Empörung über die rüde Art, mit der ihr Vater Matteo behandelte. Aber sie kam nicht dazu, auch nur ein einziges Wort des Einspruchs über die Lippen zu bringen.

Die Hand ihres Vaters schnellte blitzschnell hoch. »Untersteh dich, mich zu unterbrechen! Von dir will ich jetzt kein Wort hören, Fiona!«, warnte er sie und wandte sich sogleich wieder Matteo zu. »Ja, du hast mich richtig verstanden, ich drohe dir! Und ich rate dir meine Drohung ernst zu nehmen! Du hast dich meinem Willen zu unterwerfen, wenn du dein Leben nicht verwirken willst. Und wenn du versuchst dich aus dem Schuppen heimlich davonzumachen, werde ich dafür sorgen, dass man dich jagt wie einen räudigen Hund. Und weit wirst du nicht kommen, egal, wie geschickt du dich anstellst! Was dir dann droht, dürfte dir ja bekannt sein.«

Fiona gab einen erstickten Aufschrei des Erschreckens von sich und presste die Hand vor den Mund.

Vittorio schenkte ihr keine Beachtung. Sein Blick blieb starr auf Matteo gerichtet. »Es klingt grausam und undankbar, wo du doch das Leben meiner Tochter gerettet hast. Aber ich darf leider nicht zulassen, dass ich mich von dem Dank, den ich dir schulde und den ich dir liebend gern erweisen möchte, milde und unvorsichtig stimmen lasse. Und wenn du ein Gewissen und Anstand im Leib hast, wirst du mir das auch nicht vorwerfen«, fuhr er kühl fort, »sondern verstehen, dass ich gar nicht anders handeln kann, als dich hier bei mir festzuhalten, bis wir alle mit letzter Gewissheit wissen, ob euch die Pest wirklich verschont hat.«

Matteo begriff das Dilemma, in dem Fionas Vater steckte, und ein müdes Lächeln flog über sein Gesicht. »Natürlich verstehe ich es. Ihr wollt Eure Tochter und Eure ganze Familie schützen.«

»Es geht um mehr als nur meine Familie, es geht um all die vielen Menschen, die hier und anderswo leben und mit denen du in Kontakt kommst, wenn ich dich ziehen lasse«, stellte Vittorio Cavaletto klar. »Denn wenn in dir doch noch die Pest steckt und ich dich einfach ziehen lasse, wird die Seuche bald auch bei uns ausbrechen und unzähligen Menschen das Leben kosten. Das darf und das werde ich nicht zulassen, Gott ist mein Zeuge! Und was sind dagegen schon vierzehn Tage, die man gut versorgt in Quarantäne verbringen muss?«

Matteo nickte und sah ihm offen ins Gesicht. »Ihr habt Recht, Ihr habt wirklich keine andere Wahl. Also bringt mich jetzt zu dem Feldschuppen, ich gebe Euch mein Wort, dass ich nicht versuchen werde mich davonzustehlen!«

6

Matteo ging im Abstand von einem guten Dutzend Schritte vor dem Fuhrwerk her, während Fiona dem Gefährt mit einem ähnlichen Abstand folgte. Renzo blieb beim Feuer zurück, um es zu bewachen und die Glut mit Sand zu bedecken, wenn die Flammen in sich zusammengefallen waren.

Der Padrone von *Rosario* rief ihm vom Kutschbock zu, dass er den Weg zwischen Wald und Olivenhain hochgehen solle, bis er zum Durchlass in der Feldmauer komme. Dort angelangt, bogen sie dann nach rechts in den Olivenhain und folgten einem Pfad, der sanft ansteigend durch die Reihen der knorrigen Bäume hinauf zur Hügelkuppe führte.

Auf der Anhöhe endete der Olivenhain und Matteo bot sich wieder freie Sicht über das fruchtbare, leicht gewellte Land. Das Gehöft selber, das allem Anschein nach zu seiner Rechten lag, blieb seinen Blicken jedoch größtenteils hinter einer Gruppe von Kiefern und mehreren hohen Zypressen verborgen, die bis auf eine schmale Lücke eng wie Palisaden zusammenstanden. Alles, was er durch diese Lücke hindurch ausmachen konnte, waren ein Stück Hauswand eines zweigeschossigen Gebäudes aus hellem Naturstein, ein halber Fensterbogen aus gemauerten Backsteinen und ein Teil des Daches mit seinen rotbraunen Ziegeln. Von der Ruine der Rosenkranzkapelle, die dem Anwesen seinen Namen gegeben hatte, vermochte er gar nichts zu entdecken.

Der Padrone wies ihn jetzt an sich links zu halten und machte ihn wenige Minuten später auf eine große Weide aufmerksam, die sich hinter einem kleinen, flachen Hügel erstreckte.

»Und dahinten, linker Hand vom Bachlauf bei den hohen Oleanderbüschen, kannst du auch schon deine Unterkunft für die nächsten zwei Wochen sehen!«, fügte Fausto hinzu.

Der alte Feldschuppen, halb hinter hohen Büschen versteckt, befand sich am Ende der großen Weide nahe eines kleinen Bachlaufes. Wie ein längst aufgegebenes Wachhäuschen, das einmal den Zugang zum dahinter liegenden Tal gesichert hatte, stand der windschiefe Bretterschuppen in der schmalen Mulde zwischen zwei anmutig rundbuckligen Hügeln, die Matteo unwillkürlich an die Rücken zweier zusammengerollter Katzen denken ließen.

Wenig später stand er vor dem Schuppen, der seiner Schätzung nach nicht mehr als sechs, sieben Schritte in der Länge und vielleicht vier in der Breite maß. Die Brettertür klemmte, als er sie aufzog und einen ersten Blick in den Schuppen warf. Er sah nackten Boden, Reste alten Strohs und jede Menge Ritzen zwischen den einzelnen Brettern. Und das galt auch für das Dach. Wind- und regendicht war seine neue Bleibe also nicht!

»Wirklich eine reizende Unterkunft!«, entfuhr es Matteo. »Und der nackte Boden sieht zum Schlafen wirklich ungemein einladend aus!«

»Keine Sorge, du brauchst nicht auf der Erde zu schlafen. Wir haben an alles gedacht«, sagte Fausto, der inzwischen vom Kutschbock geklettert war, nun einen gut gefüllten

Strohsack von der Ladefläche hob und ihn in Matteos Richtung ins Gras warf. »Und warme Decken haben wir für dich auch dabei.« Drei an der Zahl folgten Augenblicke später dem Strohsack.

»Und einen gut gefüllten Korb mit Essen«, fügte Vittorio Cavaletto hinzu. »Es soll dir in diesen zwei Wochen an nichts fehlen!«

Matteo verzog das Gesicht. »Ich bin wirklich zu Tränen gerührt«, murmelte er so leise vor sich hin, dass ihn die beiden Männer nicht hören konnten.

Fiona stand hinter dem Fuhrwerk auf der Weide und blickte mit bedrückter Miene zu ihm herüber. Sie hob kurz die Schultern und ließ sie wieder sinken – als Zeichen ihrer Hilflosigkeit oder der Entschuldigung, möglicherweise auch beides zusammen.

»Hier sind die Regeln, an die du dich zu halten hast«, fuhr Fionas Vater fort, während Fausto einen großen Weidenkorb vom Wagen hob und ihn ins Gras stellte. »Zeige dich tagsüber nicht im Freien. Wenn es denn aber doch einmal unbedingt sein muss, halte dich immer im Schutz der Büsche und an der Schuppenwand. Und sieh dich vorher aufmerksam um. Gewöhnlich treibt sich hier niemand herum, der auf meinem Land nichts zu suchen hat, aber besser ist besser.«

»Ich werde daran denken«, versprach Matteo auf den scharfen Blick des Padrone hin, der offensichtlich eine Antwort von ihm erwartete.

»Fausto oder sein Sohn werden dich versorgen«, fuhr Fionas Vater fort. »Einer von ihnen wird dir jeden Morgen und jeden Abend bringen, was du brauchst. Ein Feuer zu machen ist dir ebenso wenig erlaubt wie Öl- oder Kerzenlicht nach Einbruch der Dunkelheit.«

»Es würde mir auch reichlich schwer fallen, aus meinen Fingern Funken zu schlagen«, spottete Matteo, war doch das kleine Holzkästchen, in dem er Feuersteine und Zündwolle aufbewahrt hatte, ebenso im Feuer gelandet wie sein Messer und seine Kleidung.

Vittorio Cavaletto tat so, als hätte er diese bissige Bemerkung nicht gehört. »Und da du ja des Lesens mächtig bist und die Bibel und das Heiligenbuch bei dir hast, wird dir die Zeit wohl auch nicht allzu lang werden. Gottes Wort wird dir Trost und Stütze sein!«, sagte er und bemühte sich um ein Lächeln, das Matteo wohl aufmuntern und ihm Zuversicht schenken sollte. »Ich weiß aus eigener Erfahrung, dass man die Heilige Schrift ein Leben lang studieren kann, ohne doch jemals zu einem Ende zu kommen.«

Matteo hatte wieder eine bissige Erwiderung auf der Zunge, verkniff sie sich jedoch. Es brachte nichts, seinen Groll über die unglückseligen Umstände an Fionas Vaters auszulassen. Es wäre zudem auch ungerecht gewesen. Denn Vittorio Cavaletto tat nur, was er an seiner Stelle zweifellos auch getan hätte.

»Ich denke, das ist alles. Oder habe ich etwas vergessen, Fausto?«

»Nein, Padrone. Mehr gibt es nicht zu sagen«, erwiderte der Alte, um dann mit einem warnenden Unterton und mit Blick auf Matteo bedächtig hinzuzufügen: »Was ihm blüht, wenn er sein Wort bricht und versucht sich aus dem Staub zu machen, weiß er ja wohl.« Er machte eine kurze Pause, während er wieder zu seinem Herrn auf den Kutschbock stieg. »Kein schöner Tod, gesteinigt zu werden.«

Diesmal konnte Matteo seine Zunge nicht im Zaum halten. »Ich danke euch für die freundliche Erinnerung, guter Mann! Sie wärmt einem so richtig das Herz!«

Fionas Vater ging schnell darüber hinweg. »Du wirst sehen, die Tage vergehen schneller, als du jetzt denkst. Gelegentlich werde ich nach dir schauen, um zu erfahren, wie es dir geht. Also dann . . .« Der Padrone stockte, nahm den Strohhut vom Kopf und fuhr sich mit der gespreizten Hand zweimal durch das volle schwarze Haar, in dem sich an den Schläfen und über der Stirn schon einige graue Strähnen zeigten, und rieb sich dann den Nacken, als schmerzte ihn dort etwas.

Diese Bewegung hatte etwas sympathisch Unbeholfenes, ja beinahe Verlegenes an sich. Matteo hatte den Eindruck, als wüsste Fionas Vater nicht, was er zum Abschluss sagen sollte.

»Also dann . . . Viel Glück und Gottes Segen – und zwar uns allen!« Damit setzte Vittorio Cavaletto seinen ausgefransten Hut wieder auf und gab Fausto das Zeichen, den Apfelschimmel anzutreiben.

Das Fuhrwerk drehte, und Fiona nutzte die Gelegenheit, um Matteo etwas näher zu kommen, bevor sie dem Wagen zurück auf den Hof folgen musste, wo ein Quarantänelager auf dem Dachspeicher auf sie wartete.

»Es tut mir so Leid«, sagte sie niedergeschlagen, während der Vater sich schon umdrehte und ihr ungeduldig zurief, nicht stehen zu bleiben, sondern dem Fuhrwerk zu folgen. »Mach es gut, Matteo!«

»Ja, und du auch, Fiona!« Er zwang sich zu einem scheinbar unbeschwerten Lächeln. »Und was sind denn lausige vierzehn Tage Quarantäne, wo wir doch schon ganz anderes durchgestanden haben, richtig?«

Sie brachte ein schwaches Lächeln zu Stande, nickte und entfernte sich dann rasch.

7

Der Padrone hatte Matteo nicht nur verboten ein Feuer zu machen, sondern ihm auch weder eine kleine Öllampe noch Kerzenlicht zugestanden. Auch für den höchst unwahrscheinlichen Fall, dass jemand aus der Nachbarschaft auf seinem Weg zum Hof von *Rosario* zufälligerweise an diesem Feldschuppen vorbei kam, wollte Fionas Vater vorbauen. Niemand sollte sich durch verräterischen Lichtschein dazu veranlasst fühlen, nachzusehen, wer sich dort wohl aufhielt.

Als die Sonne unterging und einen kupferfarbenen Abend schuf, wurde es daher im Bretterschuppen im Handumdrehen zu dunkel, um sich die zäh verstreichende Zeit noch weiter mit Lesen vertreiben zu können. Aber um den Beginn der langen stockdunklen Nacht noch etwas hinauszuzögern, ließ Matteo die Tür weit offen stehen. Und während ihn im Innern des Schuppens schon die muffig staubige Dunkelheit umfing, verwandelte sich das Rechteck der Tür in ein grandioses Gemälde, auf dem sich die Farben und Schatten ständig veränderten. Der Türrahmen zeigte einen winzigen Ausschnitt der Landschaft, nämlich einen kleinen Streifen freier Weide zwischen den Oleanderbüschen sowie ein Stück vom Bach und vom Bretterzaun, in den auf der Höhe des Feldschuppens ein fuhrwerkbreites Gatter eingelassen war, und dahinter einige Bäume des zweiten, kleineren Olivenhains von *Rosario*.

Eine ganze Weile hielten sich die Schatten und die Farben auf diesem lebendigen Gemälde die Waage. Nach einem kräftigen Aufleuchten von goldenen und rot glühenden Tönen verloren die Farben jedoch ihre Kraft und begannen schnell zu verblassen, bis schließlich unterschiedlich dunkle Schatten wie ein Vorhang über die Landschaft fielen.

Matteo kauerte auf seinem Strohsack, lehnte mit dem Rücken gegen die Rückwand des Feldschuppens und starrte durch die Tür hinaus in die Nacht. Unruhig und ziellos wie ein Rudel aufgescheuchter Flöhe sprangen seine Gedanken mal hierhin, mal dorthin. Sein Verstand sagte ihm, dass er im Großen und Ganzen mit seiner Lage recht zufrieden sein konnte und vierzehn Tage bei guter Versorgung nun wahrlich keine Tortur bedeuteten. Aber dennoch legte sich ein Gefühl der Trübsal auf seine Seele und ließ alle Freude in ihm verblassen, so wie die Schatten der einbrechenden Nacht der Landschaft unaufhaltsam alle Farbe entzogen und sie schließlich mit Finsternis bedeckten.

»Matteo?«

Er fuhr bei dem leisen Ruf zusammen, als hätte ihn der kalte Finger eines Geistes berührt. Hatte dort draußen vor der Hütte wirklich jemand seinen Namen gerufen?

»Matteo? ... Hörst du mich? ... Bist du noch wach? ... Zum Schlafen ist es doch noch viel zu früh! ... Also zeig dich, Matteo Lombardi!«, rief die Mädchenstimme gedämpft, aber eindringlich. Und im nächsten Augenblick schlug ein Erdklumpen gegen die Längswand des Schuppens, die sich am Bachlauf entlang erstreckte.

Es hätte nicht viel gefehlt und Matteo hätte vor Freude einen Schrei von sich gegeben. Er sprang von seinem Lager hoch, lief zur Tür, blieb dort stehen und blickte in die Nacht. Und richtig, auf der anderen Seite des Baches, etwas mehr als ein gutes Dutzend Schritte von ihm entfernt, stand sie am Gatter hinter dem Bretterzaun. »Fiona? Heilige Muttergottes, bist du es?«, rief er ihr freudig zu.

Sie lachte auf und fragte spöttisch zurück: »Wer sollte es denn sonst sein? Der Heilige Geist vielleicht?«

»Ja, eine dumme Frage«, rief er lachend. »Aber warum

kommst du nicht zu mir herüber? Wie du weißt, habe ich deinem Vater mein Ehrenwort gegeben, dass ich mich nicht von der Hütte entferne.«

»Mich hat er etwas Ähnliches schwören lassen«, sagte sie und klang vergnügt dabei, als nähme sie ihr Versprechen nicht halb so ernst wie er das seine. »Nur hat er davon gesprochen, dass ich es nicht wagen solle, meinen Fuß auf die Nordweide zu setzen, auf der ja der Feldschuppen steht. Aber da die Nordweide erst auf der anderen Seite vom Bach beginnt und der Teil mit dem Zaun noch zum Olivenhain zählt, kann ich hier stehen und mit dir reden und dennoch weiterhin meinem Vater treu und brav ins Auge blicken.«

Matteo stutzte. »Darfst du denn überhaupt draußen herumlaufen, obwohl er dich doch unter Quarantäne halten wollte?«

»Natürlich nicht! Vermutlich hat er das ganz gedankenlos gesagt.«

In seine große Freude, dass sie ihn heimlich besuchen kam, mischte sich nun ebenso große Besorgnis. Vittorio Cavaletto war kein Mann, dem man ungestraft auf der Nase herumtanzte. Und Fionas Eigenmächtigkeit konnte sich auch auf ihn nachteilig auswirken. Immerhin erhoffte er sich ja eine gewisse Zeit auf *Rosario* bleiben zu dürfen, bis er wusste, wie es mit ihm und seinem Leben weitergehen sollte. Und da war auch noch das, was er für Fiona empfand . . .

»Um Gottes willen, wenn dein Vater merkt, dass du dich vom Speicher geschlichen hast und bei mir gewesen bist, wird es großen Ärger geben!«, rief er ihr zu. »Wie hast du das überhaupt fertig gebracht, ohne dass jemand etwas merkte?«

»Du hast mir so etwas nicht zugetraut, nicht wahr?«, rief sie zurück. »Na ja, in den Tagen, die wir zusammen verbracht haben, da habe ich mich ja auch oft genug dumm und ungeschickt angestellt . . .«

»Wie kommst du denn auf so etwas, Fiona?«, fragte Matteo verwundert.

»Na, weil du es doch selbst erlebt hast!«

»Aber das stimmt nicht! Du hast dich weder dumm noch ungeschickt angestellt und . . .«

»Du brauchst mir nicht nach dem Mund zu reden und etwas zu beschönigen!«, fiel sie ihm fast schroff ins Wort, um dann freundlicher fortzufahren: »Ich möchte, dass du ganz ehrlich zu mir bist. Ich kann die Wahrheit vertragen, und ich denke, ich habe sie auch verdient.«

Matteo schüttelte verständnislos den Kopf. »Ich weiß wirklich nicht, warum du unbedingt etwas von mir hören willst, das überhaupt nicht der Wahrheit entspricht! Ich habe dir weder nach dem Mund geredet noch etwas beschönigt, Fiona! Ich wüsste nicht, wo du dich dumm oder ungeschickt angestellt hättest.«

»Du lügst!«

Matteo empfand diese Bezichtigung wie eine Ohrfeige. »Nein, tue ich nicht!«, erwiderte er nun scharf. »Und ich verstehe auch nicht, warum du offenbar einen Streit vom Zaun brechen willst! Bist du deshalb gekommen?«

Schweigend schaute sie zu ihm herüber. Es war zu dunkel, als dass er auf diese Entfernung in ihrem Gesicht hätte lesen können. Er glaubte jedoch in der Dunkelheit sehen zu können, dass sie die Fäuste geballt hatte, und in ihrer Körperhaltung lag etwas wütend Angespanntes, als hätte er sie verletzt oder bitter enttäuscht.

Plötzlich stieß sie sich vom Zaun ab, wandte sich wortlos um und ging weg.

»Fiona, bitte! Lass uns nicht im Streit auseinander gehen!

Zumal dafür doch überhaupt kein Grund besteht. Bitte bleib noch und lass uns darüber reden!«, rief er ihr beschwörend hinterher, verstört von dem völlig unsinnigen Streit.

Sie gab ihm jedoch weder eine Antwort, noch blieb sie stehen. Und Augenblicke später hatte die Nacht sie zwischen den Olivenbäumen verschluckt.

8

Nach all dem, was sie in der vergangenen Woche an Elend, Anstrengungen und Gefahren gemeinsam erlebt und durchgestanden hatten, traf es ihn tief, dass Fiona ihn der Lüge bezichtigt hatte. Aber noch mehr schmerzte es ihn, dass sie in stummem, unversöhnlichem Zorn weggegangen war.

Ihr merkwürdiges Verhalten trug ihm Rätsel auf. Erst ging Fiona das Risiko ein, dabei erwischt zu werden, wie sie sich vom Dachspeicher schlich und zu ihm kam, und dann hatte sie nichts Besseres zu tun, als ihm mit solch unsinnigen Vorhaltungen zuzusetzen. Das passte irgendwie nicht zusammen. Zudem hatte er gedacht, dass sie längst ein starkes Band der Freundschaft und der gegenseitigen Zuneigung verband.

Matteo konnte lange nicht einschlafen, grübelte er doch stundenlang darüber nach, warum es bloß zu diesem unseligen Streit gekommen war. Er zermarterte sich das Gehirn, ob die Schuld vielleicht bei ihm lag. Aber er konnte sich nicht entsinnen, irgendetwas gesagt zu haben, das ihre heftige Reaktion auch nur halbwegs gerechtfertigt hätte. Unruhig wälzte er sich auf seinem Lager von einer Seite auf die andere und verbrachte eine fast schlaflose Nacht.

Die Morgenstunden wurden ihm nicht weniger lang und von

Trübsinn verdunkelt. Er rührte das Essen kaum an, das Renzo ihm brachte. Ihn bedrückte die Vorstellung, womöglich noch dreizehn elend lange Tage warten zu müssen, bis er wieder mit Fiona sprechen und die Missstimmung zwischen ihnen aus der Welt schaffen konnte.

Zur höchsten Mittagsstunde prasselten jedoch wieder kleine Steine und Erdklumpen gegen die Bretterwand des Feldschuppens. Und eine ihm nur zu vertraute Stimme rief von jenseits des Baches: »Nun komm schon aus deinem Bau heraus, Matteo! Ich denke, wir beide haben einiges zu bereden.«

Matteo glaubte seinen Ohren nicht trauen zu dürfen. Fiona! Sie wollte wieder mit ihm reden! Und dafür hatte sie sich sogar am helllichten Tag zu ihm gewagt!

Schnell legte er die Bibel aus der Hand, in der er gelesen hatte, und lief in freudiger Erregung zur Tür. Ein Stein fiel ihm vom Herzen, wusste er doch, dass sie sich nun wieder versöhnen würden. Bestimmt hatte sie alles nicht so gemeint, wie es gestern geklungen hatte.

Sie saß auf der anderen Seite des kleinen Wasserlaufes im Gras gegen einen Zaunpfahl gelehnt und plätscherte mit den nackten Füßen im Bach. Ihre Sandalen lagen neben ihr im Gras. Sie trug ein schlichtes Kleid aus dunkelblauem Stoff und einen Strohhut, der ihr Gesicht vor der Sonne schützte.

»Was bin ich froh dich wieder zu sehen, Fiona!«, gestand Matteo freimütig.

»So? Wirklich?«

»Ja, wirklich!«, bekräftigte er. »Ich habe die letzte Nacht ganz schlecht geschlafen, weil ich ständig darüber nachgedacht habe, warum wir uns gestern Abend bloß so . . . so in die Haare geraten sind.«

»Das war allein meine Schuld«, sagte sie schnell. »Es tut mir Leid, dass ich so etwas Dummes zu dir gesagt habe, Matteo.

Frage mich nicht, was gestern in mich gefahren ist. Ich war wohl irgendwie durcheinander und auch ganz schön gereizt . . . wegen der zwei Wochen, die ich da auf dem Speicher in Quarantäne verbringen muss. Ich hoffe, du wirst mir meinen . . . meinen ärgerlichen Ausbruch nicht nachtragen.«

»Natürlich nicht!«, versicherte Matteo. Sie hatte die Haltlosigkeit ihrer Bezichtigungen selbst eingesehen und sich dafür entschuldigt, damit war die Sache für ihn erledigt.

»Da bin ich ja froh! Es hätte mich nämlich sehr traurig gestimmt, wenn es wegen gestern Abend zwischen uns zu einem Zerwürfnis gekommen wäre . . . wo wir uns die ganze Zeit doch so gut verstanden haben, nicht wahr?«, sagte sie mit einem erwartungsvollen Unterton und schenkte ihm ein Lächeln.

»Ja, so habe ich das auch empfunden«, gestand er leicht verlegen und spürte, wie seine Ohren unter ihrem eindringlichen Blick zu brennen begannen. Und um seine Verlegenheit zu überspielen, fuhr er hastig fort: »Ich bin so froh, dass du gekommen bist, um dieses Missverständnis aus der Welt zu schaffen. Aber jetzt solltest du dich nicht länger der Gefahr aussetzen, dass man dich bei mir entdeckt, sondern dich beeilen, dass du unbemerkt wieder zurück auf den Dachspeicher kommst. Vielleicht kannst du es ja gelegentlich noch mal wagen, dich bei Dunkelheit zu mir zu schleichen, damit wir miteinander reden können. Das würde mir sehr viel bedeuten.«

Sie winkte ab. »Ach was, ich kann kommen und gehen, wie es mir passt! Es gibt da einen zweiten Zugang zum Speicher, den ich ungesehen benutzen kann, und mein Vater ist viel zu beschäftigt, um während des Tages zu mir hochzusteigen. Ich weiß schon, wann ich da sein muss, um meine heimlichen Ausflüge nicht auffliegen zu lassen«, erklärte sie. »Außerdem hält

Renzo die Augen offen, dass mich hier niemand sieht. Er wird mich früh genug warnen.«

»Renzo weiß, dass du hier bist?«, fragte er ungläubig.

»Ja.«

Matteo vermochte es kaum zu glauben. »Und er lässt das zu, wo er doch so eine Heidenangst hat, wir könnten noch die Pest in uns haben?«

Sie lachte belustigt auf. »Aber er hat noch größere Angst, es sich mit mir zu verderben. Wenn jemand ihn um den Finger wickeln kann, dann bin ich das! Und was die Pest betrifft, so glaube ich wie meine Mutter nicht daran, dass du sie mitgebracht haben könntest. Wer es so lange in San Bernardo ausgehalten und nacheinander seine ganze Familie an die Seuche verloren hat, ohne selbst daran erkrankt zu sein, der ist aus irgendeinem Grund gefeit gegen die Krankheit.«

»Was ja auch auf dich zutrifft.«

»Auf mich?«, fragte sie verwirrt und lachte dann kurz auf. »Ja, natürlich! Weißt du, manchmal vergesse ich das doch wahrlich, seit ich wieder auf *Rosario* bin. Vielleicht kommt es daher, dass hier alles so wie früher ist. Nichts hat sich verändert, alles geht seinen uralten, stumpfsinnigen Trott und ich komme mir so vor, als wäre ich nie weg gewesen.«

Erstaunt sah Matteo sie an. »Aber du hast dich doch so gefreut endlich wieder zurück zu sein!«

»So? Habe ich diesen Eindruck gemacht?«, fragte sie, um dann achselzuckend einzuräumen: »Na ja, ich bin natürlich schon froh, dass ich von San Bernardo weg und wieder auf *Rosario* bin. Aber reden wir nicht immer nur von mir. Erzähl du mir von dir, Matteo!«

»Was soll ich dir denn erzählen?«, wollte er wissen und setzte sich neben der Tür in den Schatten.

»Na, woher du kommst, wo du aufgewachsen bist, was deine

Familie gemacht hat und was es sonst noch so über das eigene Leben zu erzählen gibt.«

»Aber das habe ich dir doch schon alles in San Bernardo und auf unserem Marsch hierher erzählt!«, wandte er ein. »Da gibt es doch gar nichts Neues mehr zu erzählen.«

»Das glaubst du vielleicht! Aber wenn ich mich recht entsinne, hast du nicht gerade ausführlich von dir und deiner Familie erzählt. Außerdem muss ich gestehen, dass ich nicht immer aufmerksam zugehört habe, ich war mit meinen Gedanken manchmal woanders. Deshalb würde ich es gern noch einmal in aller Ruhe hören. Ich hoffe, du bist mir nicht böse.«

Wie hätte er ihr bei dem entwaffnenden Lächeln, das sie ihm schenkte, böse sein können! Zudem schmeichelte es ihm, dass sie an der Geschichte seiner Familie so interessiert war. Es machte ihm Freude, ihre Neugierde zu stillen und von seinen Eltern und seinen Geschwistern zu erzählen.

Sie blieb eine gute Stunde, dann kehrte sie zum Hof zurück. Offenbar fühlte sie sich so sicher, von niemandem auf dem Rückweg zum Gehöft bemerkt zu werden, dass sie sich keine Mühe machte, sich im natürlichen Schutz von Büschen und Bäumen zu halten. Aber Renzo hielt ja die Augen für sie auf.

Als der Knecht am frühen Abend warmes Essen brachte, hätte er ihn am liebsten darauf angesprochen, widerstand dieser starken Versuchung jedoch. Er wollte nichts tun und sagen, was vielleicht dazu führen konnte, dass Fiona ihn nicht wieder besuchen kam.

Als sich die Nacht über das hügelreiche Land legte, wartete er vor dem Feldschuppen und horchte angespannt in die Dunkelheit. Jeden Augenblick rechnete er damit, sie kommen zu hören und ihre schwarze Silhouette zwischen den knorrigen Olivenbäumen hinter dem Zaun auftauchen zu sehen. Er wartete jedoch vergebens.

Erst in der folgenden Nacht erfreute sie ihn wieder mit ihrem Besuch. »Sag bloß, du hast mich vermisst?«, erkundigte sie sich, als er sie mit unüberhörbarer Freude begrüßte.

»Ja, das habe ich«, antwortete er leise.

»Sag mal, warum hast du dich überhaupt mit mir abgegeben?«, wollte sie wissen, kaum dass sie sich ins Gras gesetzt hatte. »Was ist denn so Besonderes an mir, dass du dein Leben für mich aufs Spiel gesetzt hast? Ich meine, nicht nur im Haus des Apothekers, sondern später dann auch, als wir in dieser stürmischen Nacht den reißenden Fluss überquerten.«

Verlegen zuckte Matteo die Achseln. »Du fragst Sachen, die ich nicht beantworten kann.«

»Wirklich nicht?«

»Manchmal tut man Dinge, ohne dass man sich richtig bewusst ist, warum man sie tut«, antwortete er ausweichend. »Ich konnte dich einfach nicht im Flur liegen lassen, wie ich dich dann später auch nicht in der Stadt zurücklassen konnte. Du standest ja auch allein da und irgendwie . . .« Er brach ab und machte eine vage Geste. »Mein Gott, ich habe es einfach getan, weil du mir Leid tatest und ich kein Feigling sein wollte!«

»Sag mal, hast du außer deinen Eltern und deinen Geschwistern mal jemanden gekannt, der dir viel bedeutet hat und dir sehr nahe gewesen ist?«, fragte sie nach einer Weile des Schweigens.

Matteo wusste sofort, was hinter dieser Frage steckte, und sein Herzschlag beschleunigte sich merklich. »Nein«, antwortete er wahrheitsgemäß. Er hatte dem einen oder anderen Mädchen in seinem Viertel schon mal schöne Augen gemacht. Aber keines davon hatte sein Herz tief genug berührt, um ihm schlaflose Nächte zu bereiten und in ihm das zwiespältige Gefühl schmerzlicher Sehnsucht zu wecken.

»Und gibt es jetzt so jemanden?«, lautete ihre nächste überraschende Frage.

Matteo schluckte mehrmals und rang kurz mit sich selbst, was er darauf bloß antworten sollte. Sollte er auch jetzt bei der Wahrheit bleiben? Sein Herz raste nun, der Schweiß brach ihm aus allen Poren und sein Gesicht brannte wie Feuer. Wie gut, dass die nächtliche Dunkelheit ihn vor ihren Blicken schützte.

»Ja«, sagte er schließlich. »So jemanden gibt es.«

Eine ganze Weile blieb es still auf ihrer Seite. Dann lachte sie leise auf, erhob sich aus dem Gras und wünschte ihm eine gute Nacht.

Matteo war einerseits ganz froh, dass sie keine weiteren Fragen gestellt und es dabei belassen hatte. Andererseits hätte er ihr gern dieselben Fragen gestellt und erfahren, wie er ihr leises Auflachen deuten sollte. Er fürchtete sich vor ihr zum Narren gemacht zu haben.

Aber warum hatte sie ihm diese verfänglichen Fragen überhaupt gestellt?

9

Fiona gab ihm zunehmend Rätsel auf. Er hatte den Eindruck, als hätte sich mit ihrer Rückkehr auf das elterliche Landgut eine Veränderung in ihr vollzogen. Er hatte sie als ein eher stilles, einfühlsames und recht zurückhaltendes Mädchen kennen gelernt, das ihm weder mit launischen Anwandlungen noch mit hintersinnig verfänglichen Fragen zugesetzt hatte. Jetzt legte sie dagegen ein Selbstbewusstsein und eine geradezu provozierende Keckheit an den Tag, dass es ihm fast die Sprache verschlug.

Matteo fragte sich, ob das Bewusstsein, sich wieder in der geliebten Heimat und auf eigenem Grund und Boden zu befinden und keiner fremden Herrschaft Rechenschaft oder irgendeine Dienstleistung schuldig zu sein, eine solch auffällige Veränderung im Wesen eines Menschen bewirken konnte. Als Zofe und Mädchen für alles im Haus der Valverdes hatte sie es zweifellos nicht leicht gehabt. Dass sie nun ungemein erleichtert sein musste, von diesem Joch erlöst zu sein, konnte er verstehen. Aber was in ihrem Wesen jetzt zu Tage trat, waren ganz neue Züge, die er nie bei ihr vermutet hätte.

Oder hatte sie ihm das stille, empfindsame und sehr zurückhaltende Mädchen bloß vorgespielt, um sein Mitleid zu wecken und sich seines Schutzes zu versichern? Zeigte sich erst jetzt, wo sie nicht länger seines Beistands bedurfte, wer sie wirklich war?

Fiona verwirrte ihn sehr, ohne Frage. Aber es war keine Verwirrung, die ihm die Freude an ihrer Gesellschaft getrübt hätte. Diese Fiona, der es an Selbstbewusstsein nicht mangelte und die manchmal ausgesprochen herausfordernd sein konnte, faszinierte ihn und zog ihn eher noch mehr in ihren Bann.

Wen hatte er denn auch, mit dem er hätte reden und auf dessen Besuch er sich hätte freuen können? Zwar wurde er mehr als gut und ausreichend mit Essen versorgt. Manchmal fand sich abends sogar eine halbe Flasche Wein in dem Bündel, das Renzo oder der alte Fausto brachte. Aber der Wein spendete keinen wirklichen Trost und war schon gar kein Ersatz für Gesellschaft, für menschliche Nähe und erwiderte Zuneigung.

Der Padrone ließ sich jeden Morgen gleich nach Sonnenaufgang bei ihm blicken, um sich davon zu überzeugen, dass er sich noch immer bester Gesundheit erfreute. Aber er blieb auf freundliche Weise reserviert und wechselte meist nicht mehr als ein halbes Dutzend Sätze mit ihm. Und dann lag erneut ein schrecklich langer, einsamer Tag in dem Feldschuppen vor ihm, den nur Fionas Besuche erträglich machen konnten.

Als sie ihn am achten Tag wieder zur Mittagsstunde aufsuchte, wurde ihm plötzlich bewusst, dass sie bei ihren Besuchen nicht ein einziges Mal ihr Schnitzmesser und das faustgroße Stück Eschenholz hervorgeholt hatte. Bei der Entfernung von gut vierzehn, fünfzehn Schritten, die zwischen seinem Sitzplatz an der Schuppenwand und ihrem im Gras jenseits des Baches lag, hatte er auch gar nicht darauf geachtet. An diesem Tag fiel es ihm jedoch auf.

»Sag mal, hast du neuerdings dein Messer und dein Stück Eschenholz nicht mehr dabei?«, fragte er.

Sie sah ihn verständnislos an. »Was für ein Messer?«

»Na, dein Schnitzmesser, das dir dein Großvater hinterlassen hat. Du wolltest doch einen Engel schnitzen«, erinnerte er sie.

»Ach so, ja!« Sie lachte etwas unsicher auf und schüttelte dann den Kopf. »Ich habe die Lust daran verloren. Ist auf die Dauer einfach zu stumpfsinnig . . . eben was für alte Männer und Langweiler, die sonst nichts Besseres zu tun haben.«

»Vor anderthalb Wochen klang das aus deinem Mund aber noch ganz anders«, wunderte sich Matteo. »Da hast du vom Schnitzen regelrecht geschwärmt.«

Sie lachte ihn entwaffnend an und zuckte die Achseln. »Na und? Hast du noch nie deine Meinung geändert und an irgendetwas die Lust verloren?«, erwiderte sie keck. »Vielleicht wollte ich dich damit nur beeindrucken, und das scheint mir ja auch gelungen zu sein. Aber gefalle ich dir denn jetzt weniger, wenn ich nicht mehr mit treuem Augenaufschlag an meinem Holzengel herumschnitze?«

Er errötete unter ihrem Blick, der nicht weniger herausfordernd war als ihre Frage. »Nein, das . . . das habe ich damit nicht sagen wollen.«

Ihr Mund verzog sich zu einem rätselhaften Lächeln. »Und was hast du *dann* sagen wollen, Matteo Lombardi?«

Er machte eine halb hilflose, halb entschuldigende Geste und suchte nach einer vorsichtigen Erwiderung. »Ich weiß nicht, aber fest steht, dass du dich irgendwie verändert hast, seit wir hier auf dem Landgut deiner Eltern eingetroffen sind.«

»Von wegen Landgut! *Rosario* ist ein gewöhnlicher Bauernhof, auch wenn er zu den größten rund um Morante gehört!«, erwiderte sie, um dann sprunghaft wieder auf das zurückzukommen, was er gerade gesagt hatte. »So, du findest also, dass ich mich sehr verändert habe.«

Matteo nickte. »Das kann man wohl sagen! Manchmal erkenne ich dich kaum wieder.«

Sie hob die Augenbrauen und legte den Kopf leicht auf die Seite, ohne ihn dabei aus dem Blick zu lassen. »Und?«, fragte sie sichtlich amüsiert.

»Und was?«

»Gefalle ich dir jetzt nicht mehr?«, fragte sie mit bedächtiger Stimme und sah ihn wieder mit diesem verwirrenden Lächeln an, von dem Matteo nicht wusste, ob darin spöttische Belustigung oder ein verlockendes Versprechen zum Ausdruck kam. »Vorausgesetzt natürlich, dass ich dir vorher gefallen habe.«

Die Frage traf Matteo völlig unvorbereitet und die verlegene Röte auf seinem Gesicht breitete sich nun bis unter die Haarspitzen aus.

Aber bevor er ihr antworten konnte, sprang sie auch schon auf, hielt mit einer Hand ihren Strohhut fest und streckte ihm die andere abwehrend entgegen. »Nein, warte!«, rief sie ihm über den Bach hinweg zu. »Lass dir nur Zeit mit deiner Antwort. Ich möchte nicht, dass du jetzt schnell etwas sagst, was du nicht auch wirklich so meinst. Und Zeit haben wir ja genug, nicht wahr? Also sag mir deine ehrliche Antwort, wenn ich dich das nächste Mal besuchen komme.« Und schon raffte sie ihr Kleid, schlüpfte durch das kleine Gatter, hängte es wieder ein und eilte über das Feld davon.

Einmal mehr zog sich Matteo, innerlich stark aufgewühlt und verwirrt von ihrem rätselhaften Verhalten, in den stickigen Feldschuppen zurück. Er rechnete fest damit, dass sie irgendwann nach Einbruch der Dunkelheit wieder kommen würde. Aber er wartete vergeblich.

Sie kam auch nicht im Laufe des nächsten Tages, der ihm daher quälend lang wurde. Den ganzen Tag über und bis weit in die Nacht spähte er durch die Tür zum Feld hinüber und hoffte sie jeden Moment zwischen den Büschen und Bäumen auf der anderen Seite des Wasserlaufes auftauchen zu sehen. Doch sie erschien nicht.

10

Matteo ärgerte sich über sich selbst, dass er es nicht erwarten konnte, Fiona wieder zu sehen. Denn er spürte, dass ihr Ausbleiben seit zwei Tagen nicht darin begründet lag, dass sie nun urplötzlich weder den Mut noch eine günstige Gelegenheit fand, sich vom Speicher zu schleichen. Sie kam einfach nicht, weil sie wusste, was in ihm vorging und wie wichtig ihm ihre Besuche waren. Es war ein Spiel, das sie mit ihm spielte! Was konnte denn sonst der Grund für ihr Fernbleiben sein?

»Verdammt, sie lässt mich zappeln wie einen Fisch am Angelhaken!«, sprach Matteo am frühen Abend des dritten Tages, den er nun schon auf sie wartete, laut mit sich selbst und trat dabei wütend gegen den Türpfosten. »Was bin ich doch für ein ausgemachter Trottel!«

»Ja, du tust gut daran, dich von ihr nicht zum Narren machen zu lassen, Matteo Lombardi!«, antwortete ihm da eine Stimme hinter den Oleanderbüschen. Es war der alte Fausto, der ihm das Essen brachte und den er nicht kommen gehört hatte.

Matteo fuhr erschrocken herum, fasste sich jedoch sofort wieder. Denn er wusste, dass auch der alte Mann mittlerweile in Fionas heimliche Besuche bei ihm eingeweiht war. Dass sich Renzo und dessen Vater trotz ihrer Furcht vor der Pest darauf eingelassen hatten, gehörte zu den Rätseln, die ihn beschäftigten.

Er trat in die Lücke zwischen den Sträuchern, um den alten Mann in sein Blickfeld zu bekommen. Denn Fausto blieb immer in sicherer Entfernung und setzte das in ein Tuch gewickelte Essen stets ein gutes Dutzend Schritte von der Hütte entfernt ins Gras.

»Danke für den gut gemeinten Rat, Fausto! Aber mir wäre mehr geholfen, wenn du mir sagen könntest, ob Fiona heute noch kommt oder nicht.«

»Ich weiß nicht, wovon du redest!«, antwortete der alte Mann und hob abwehrend die Hände. »Ich habe Fiona hier nicht gesehen und mein Sohn auch nicht! Und das wird auch bis zum Ende der Quarantänezeit so bleiben. Von anderen Dingen und gar von Besuchen hier bei dir weiß ich nichts, und das gilt auch für meinen Renzo. Das ist alles, was ich dazu zu sagen habe!«

»Bis auf die Warnung, dass ich mich von ihr nicht zum Narren machen lassen soll!«

Der hagere, alte Mann sah ihn einen Augenblick fast mitleidig an und schien noch etwas sagen zu wollen. Aber dann besann er sich offenbar eines anderen, schüttelte nur den Kopf und ging davon.

Missgestimmt holte Matteo das Essen und kehrte damit in den Feldschuppen zurück. Er aß nur wenig und ausgesprochen lustlos. Dass Fiona sich nicht bei ihm blicken ließ, erfüllte ihn mit zwiespältiger Unruhe und wachsendem Groll. Und er schwor sich ihr gehörig die Meinung zu sagen und ihr die kalte Schulter zu zeigen, wenn sie wieder auftauchte.

Doch als dann Stunden später, als der Mond schon längst seinen Aufstieg am stark bewölkten Nachthimmel begonnen hatte, mehrere Erdklumpen mit einem dumpfen, prasselnden Laut an der Schuppenwand zerplatzten, da konnte er gar nicht schnell genug von seinem Strohsack aufspringen und zu ihr vor den Schuppen eilen. Aller Groll und auch alle festen Vorsätze, sie seine Verärgerung spüren zu lassen, waren wie weggewischt. Es zählte allein, *dass* sie gekommen war.

»Und?«, fragte sie mit einer Mischung aus kecker Herausforderung und mädchenhaftem Liebreiz. »Weißt du inzwischen, was du mir auf meine Frage antworten willst?«

»Ja, und das habe ich schon vor zweieinhalb Tagen gewusst, Fiona. Meine Antwort hättest du sofort haben können. Es war wirklich nicht nötig, dass du mich so lange auf deinen nächsten Besuch hast warten lassen.«

»Hast du mich vielleicht vermisst?«

Er atmete tief durch. »Ja, das habe ich«, gestand er.

»Du hast also gelitten?«

»Wenn man jemanden vermisst, dann bleibt das ja wohl nicht aus!«, murmelte er.

»Gut.«

Matteo furchte die Stirn. »Wie bitte? Ich weiß nicht, was daran gut sein soll!«

»Wer leidet, langweilt sich nicht!«, verkündete sie. »Und ich wette, du hättest dich in diesen zwei, drei Tagen viel mehr gelangweilt, wenn ich dich wie üblich morgens und abends besucht hätte. Ich habe dir also in Wirklichkeit gar nichts Böses, sondern vielmehr einen Gefallen getan.«

Matteo verschlug es die Sprache. Er wusste nicht, wie er darauf reagieren sollte. *Wer leidet, langweilt sich nicht!* So wahr das sein mochte, so berechnend und herzlos erschien es ihm doch. Fiona konnte das unmöglich ernst gemeint haben.

»Sag mir, wie sehr du mich vermisst hast!«, forderte sie ihn auf, bevor er sich aus seiner Verwirrung lösen konnte und Gelegenheit zu einer Erwiderung fand.

»So sehr, dass ich richtig böse auf dich geworden bin!«

»Und jetzt bist du mir nicht mehr böse?«

Er dachte kurz nach und seufzte dann. »Wie kann ich dir ernstlich böse sein, Fiona? Und ich fürchte, das weißt du nur zu gut . . . Wie du auch ganz genau weißt, wie sehr du mir gefällst. Denn das hast du doch hören wollen, nicht wahr?« Es tat gut, dass es nun endlich heraus war.

Sie lachte leise und mit deutlicher Selbstzufriedenheit auf. »Dann ist es also nicht weiter schlimm, dass ich mich ein wenig verändert habe?«

»Nein, obwohl . . .«

»Obwohl was?«, hakte sie sofort nach.

»Ach, nichts«, wehrte er ab. Dabei hatte ihm auf der Zunge gelegen zu sagen, dass die Fiona, die er vor ihrem Eintreffen auf *Rosario* gekannt hatte, in ihm ein viel stärkeres Gefühl von Verbundenheit und Wärme geweckt hatte, als sie es jetzt tat. Aber das wollte er besser für sich behalten – wie auch das Eingeständnis, dass sie dafür seine sinnliche Phantasie angeregt hatte, die ihm vorher nicht zu schaffen gemacht hatte und die sich nun insbesondere nachts in seinen Träumen austobte.

Sie verstand es, diese Glut der Phantasie anzufachen. Es

war, als spürte sie ganz genau, was in ihm vorging und was er in seinen Träume mit ihr erlebte. Und mit ihren Fragen und dem, was sie tat, goss sie Öl in dieses Feuer.

In jener Nacht, kurz bevor sie ihn verließ, klagte sie beispielsweise darüber, dass ihr die Füße brannten. »Ich glaube, ich muss sie ein wenig im Bach abkühlen«, sagte sie, schlüpfte aus ihren Sandalen und ging barfuß vor ihm im Bach auf und ab. Dabei raffte sie ihr Kleid so weit hoch, dass sie ihre nackten Beine bis zu den Oberschenkeln entblößte und im silbrigen Mondlicht seinen Blicken darbot.

Auch am Tag fand sie Gelegenheit, ihm ihre weiblichen Reize vor Augen zu führen und damit seiner Phantasie neue Nahrung zu geben. Wie sie ihr Kleid anhob und sich ins Gras setzte, wie sie ihr Mieder nachlässig geöffnet trug, wie sie einen Grashalm über ihre Lippen tanzen ließ, wie sie mit beiden Händen Wasser aus dem Bach schöpfte, um ihren Durst zu stillen, und wie sie die Tropfen von ihrem Hals hinunter zur Brust laufen ließ – all das empfand Matteo als eine Flut von sinnlichen Reizen, die im Geiste ihre ausufernde Fortsetzung fanden.

Und es blieb nicht allein bei diesen körperlichen Reizen, mit denen sie ihm zusetzte. Auch in ihren Gesprächen schnitt sie immer wieder Themen an, die in dieselbe gefährliche Richtung zielten.

»Was sind deine schönsten Erinnerungen an die Tage, die wir zusammen verbracht haben?«, wollte sie in der vorletzten Nacht seiner Quarantänezeit wissen.

»Na, dass wir es bei dem Sturm lebend über die Brenta geschafft haben«, antwortete er.

»Nein, so etwas meine ich nicht«, stellte sie sofort klar. »Ich meine andere Erinnerungen, solche, die deine Gefühle betreffen . . . Oder gibt es die nicht?«

»Doch, die gibt es schon«, sagte er zögernd.

»Hast du den Mut, sie mir zu erzählen?«, fragte sie mit weicher, eindringlich bittender Stimme.

»Ja, aber nur wenn du mir versprichst, mir auch deine zu erzählen!«

»Ich verspreche es, aber du zuerst!«

Er holte tief Luft und räusperte sich, um seine belegte Stimme zu klären. »Es gab viele schöne Momente und ich wäre gern noch mehr Tage mit dir allein unterwegs gewesen«, begann er verlegen. »Aber das Schönste für mich war, wenn ... wenn ich dich nachts ganz dicht an meiner Seite gespürt habe. Manchmal, wenn es kalt war oder es geregnet hat, mussten wir ja eng zusammenrücken, damit das Stück Segeltuchplane uns beide bedeckte. Und dann ...« Er stockte kurz, sprach dann aber mutig weiter. »... dann hast du dich manchmal im Schlaf an mich geschmiegt, hast in meiner Armbeuge und einmal sogar an meiner Brust gelegen. Und das war das Schönste für mich, dich so bei mir zu spüren und deinen gleichmäßigen Atem zu hören.« Wieder machte er eine kurze Pause. »Ich habe nicht gewagt mich zu rühren, weil ich Angst hatte, dich zu wecken und dass du dann schnell von mir rücken würdest. Ich wollte jede Minute, ja jede Sekunde auskosten. Denn es war ein so wunderschönes Gefühl der ... der Nähe, der Wärme ... ja, und des Friedens.«

Sie saß schweigend auf der anderen Seite des Baches im Gras, die Ellbogen auf die Knie aufgesetzt und den Kopf in beide Hände gestützt.

»So, und jetzt bist du an der Reihe, Fiona«, sagte er, nachdem er eine geraume Weile vergeblich auf eine Reaktion von ihr gewartet hatte.

»Bei mir war es dasselbe!«, sagte sie und kam im nächsten Moment mit einer energischen Bewegung aus dem Gras hoch.

»Nur irrst du dich, wenn du glaubst, ich hätte immer geschlafen. Manchmal habe ich auch nur so getan. Und jetzt muss ich zurück zum Hof! Schlaf gut und schöne Träume, Matteo Lombardi! Morgen ist dein letzter Tag im Feldschuppen!« Mit einem leisen Auflachen, das er schon so oft in ähnlichen Momenten von ihr gehört hatte, winkte sie ihm über den Bach hinweg zu, wandte sich um und verschwand mit gerafften Röcken in der Dunkelheit.

Matteo fühlte sich ein wenig betrogen. Zwar hatte Fiona offenbar dieselben Momente als ihre schönsten Erinnerungen bewahrt, was ihn mit einem Glücksgefühl und einer vagen Hoffnung erfüllte. Aber sie hatte nicht wirklich darüber gesprochen, hatte ihre Gefühle nicht offen in Worte gekleidet, so wie er es gewagt hatte, sondern sie hatte es bei diesem doch recht nüchternen Satz »Bei mir war es dasselbe!« belassen.

Ja, Fiona wurde für ihn mehr und mehr zu einem Rätsel, von dem er fürchtete, es niemals lösen zu können – und damit auch niemals den Weg zu ihrem Herzen wieder zu finden.

11

Der vierzehnte und damit letzte Tag der Quarantäne erschien Matteo erheblich länger als jeder andere, den er in der muffigen Bretterhütte verbracht hatte. Dass mittlerweile der Mai angebrochen war und die Sonne spürbar an Kraft gewonnen hatte, mochte mit ein Grund dafür sein. Doch heftiger als die Wärme setzten ihm seine innere Unruhe und die Frage zu, wie es nun mit ihm weitergehen würde – und ob es wohl für Fiona und ihn so etwas wie eine gemeinsame Zukunft geben konnte. Bis zu diesem Tag hatte er diese Fragen verdrängt. Nun stürzten sie mit aller Macht auf ihn ein.

Er wollte mit ihr über seine Sorgen reden, doch zu seiner großen Enttäuschung ließ sie sich den ganzen Tag über nicht bei ihm blicken. Erst nach Einbruch der Nacht sah er sie über den Weg zwischen den Olivenbäumen kommen.

In dieser Nacht verharrte sie jedoch nicht auf der anderen Seite des Baches, sondern sie sprang mit einem Satz über den kleinen Wasserlauf und lief auf ihn zu.

»Ich hätte es schon viel eher tun können, aber das wollte ich mir für heute Nacht aufheben«, sagte sie beschwingt. »Morgen hast du es hinter dir, diese schreckliche Zeit hier in dem alten Feldschuppen.«

»Und du auf dem Speicher, wo es bestimmt nicht viel besser gewesen ist.«

»Ach was, ich hatte die besten zwei Wochen meines Lebens, Matteo Lombardi!«, sagte sie mit einem koketten Unterton. »Ich lasse mich nicht einsperren, von keinem, auch nicht von meinem Vater! So, und jetzt hast du dir, finde ich, eine Belohnung verdient.«

»Ich und eine Belohnung?« Matteo machte ein verblüfftes Gesicht. »Wofür denn?«

»Weil du hier so tapfer ausgehalten hast! Ich hätte an deiner Stelle schon in der ersten Nacht das Weite gesucht. Aber du hast dein Ehrenwort nicht gebrochen und diese zwei Wochen der Quarantäne ohne Klagen auf dich genommen. Also wenn das kein Grund für eine Belohnung ist, weiß ich es nicht!«

Er lachte geschmeichelt. »Und wie soll diese Belohnung aussehen?«

Sie lächelte ihn an. »Das hängt ganz von deinem Mut ab, Matteo Lombardi«, flüsterte sie verführerisch, während sie ganz nahe zu ihm trat. »Denn du kannst dir etwas von mir wünschen.«

Er schluckte und sein Herz begann zu rasen. Ihm war, als wollte es seine Brust sprengen. »Ich soll mir etwas wünschen?«, brachte er mühsam hervor.

»Ja, und du kannst dir alles wünschen, was du willst . . . und zwar wirklich alles«, sagte sie, legte dabei ihren Arm um seine Hüfte und presste ihren Körper mit sanftem Druck gegen den seinen. »Wo der Tod so nahe ist und uns jeden Tag aus dem Leben reißen kann, muss man sich nehmen, wonach einem verlangt! . . . Und jetzt sag mir, wonach *dir* verlangt, Matteo Lombardi!«

Allein ihre aufreizenden Worte hätten mehr als genügt, um seinen Körper in wilden Aufruhr zu versetzen. Doch als sie auch noch ihre Hand über seinen Rücken wandern ließ und sich an ihn schmiegte, da wurde das Begehren, das jäh in ihm aufstieg, fast übermächtig. Erschrocken über die Heftigkeit seiner eigenen Gefühle, wich er unwillkürlich zurück. Doch die Schuppenwand hinter ihm bereitete seinem Zurückweichen schon nach einem halben Schritt ein Ende.

»Fiona!«, stieß er heiser und verstört hervor.

»Sag es!«, drängte sie, während ihre Hand auf seinem Rücken abwärts glitt. »Oder verlässt dich jetzt der Mut, zu sagen, was dein Körper mir schon längst verrät?«

»Ich . . . ich möchte dich küssen«, flüsterte er und das Blut rauschte ihm in den Ohren.

Sie lachte. »Und das ist alles?«

»Ja.«

Sie lachte erneut. »Du Lügner! Aber ein Kuss ist wenigstens schon mal ein Anfang.«

Matteo nahm ihr Gesicht in beide Hände und senkte seinen Mund auf ihre vollen Lippen, die sich ihm bereitwillig öffneten. Ihm war, als träumte er, dass er Fiona nun in seinen Armen hielt und sie sich küssten.

Auf die zaghafte Zärtlichkeit, mit der er sie küsste, antwortete sie mit feuriger Leidenschaft, während sie ihm mit ihren Küssen den Atem raubte, packte sie seine rechte Hand und führte sie erst über ihre Brust und dann an ihrem Körper weiter abwärts.

Matteo fühlte sich wie gefangen in einem sinnlichen Rausch, der ihn einerseits erschreckte und von dem er sich befreien wollte, von dem er andererseits aber gleichzeitig wünschte, er fände nie ein Ende. Er wusste, dass es nicht richtig war, was sie da taten, und dass sie voneinander lassen mussten, wenn sie nicht die Kontrolle über sich verlieren und eine Katastrophe heraufbeschwören wollten.

Verstört und zugleich beschämt, riss er sich von ihr los. »Um Gottes willen, Fiona! Das . . . das darf nicht sein!«, stieß er atemlos hervor und wehrte sie ab, als sie sich wieder an ihn pressen wollte. Auch ihre Hand stieß er weg. »Nein, lass das! So will ich es nicht!«

Sie verzog das Gesicht, sichtlich enttäuscht. »Aber es sollte doch ein Geschenk für dich sein, eine Belohnung für dein langes Warten«, sagte sie und strich ihr Kleid glatt.

»Es tut mir Leid, aber . . . wir sind zu weit gegangen«, erwiderte er und mied ihren Blick. »Wie soll ich jetzt morgen deinem Vater in die Augen sehen?«

»Mach dir nichts draus!«, entgegnete sie. »Was zwischen uns gewesen ist und vielleicht noch sein wird, geht keinen etwas an – auch meinen Vater nicht! Ich bin alt genug, um zu wissen, was ich will. So, und damit genug für heute. Ich gehe jetzt.«

»Fiona!« Er griff nach ihrer Hand.

»Lass es gut sein«, sagte sie und entzog ihm ihre Hand. »Und wenn mein Vater morgen kommt, kannst du ihm mit gutem Gewissen in die Augen blicken, wenn es das ist, was dich beschäftigt. Denn nicht du hast mich verführt, sondern ich dich,

Matteo Lombardi. Zumindest habe ich es versucht. Also, schlaf gut, dir steht morgen ein aufregender Tag bevor.« Sie tätschelte kurz seine Wange, so wie man es mit einem artigen Kind tat, raffte ihr Kleid hoch und lief dann zum Hof zurück.

Matteo verbrachte eine letzte und höchst unruhige Nacht im Feldschuppen. Der Schlaf wollte sich lange nicht einstellen. Denn unablässig ging ihm durch den Kopf, was sich in der mondhellen Nacht im Schutz von Schuppenwand und Oleandersträuchern zwischen ihnen ereignet hatte. Im Nachhinein kam ihm das Erlebnis wie einer jener zügellosen Träume vor, die ihn in den Nächten zuvor heimgesucht hatten. Dass er beinahe die Kontrolle über sich verloren hätte, erschreckte ihn und ließ ihm keine Ruhe. Und je länger er grübelte und je näher der Morgen rückte, desto stärker setzten sich in ihm Scham und Schuldgefühle gegen die lustvollen Erinnerungen und den heimlichen Eroberungsstolz durch.

12

Vittorio Cavaletto kam, kaum dass die ersten Hahnenschreie die morgendliche Stille auf *Rosario* gebrochen hatten und der neue Tag über den Kuppeln und Kegeln der Hügellandschaft angebrochen war.

Matteo hatte sich am Bach gerade mit vollen Händen das eisig kalte Wasser nochmals ins Gesicht geschlagen und über den Kopf fließen lassen – in der Hoffnung, auf diese Weise die bleierne Müdigkeit nach der schlaflosen Nacht loszuwerden.

Der Padrone von *Rosario* nahm Matteos Hand in beide Hände, sah ihm fest in die Augen und schüttelte sie mit kräftig männlichem Druck, ohne dabei jedoch ein Wort zu sagen.

Und er hielt Matteos Hand noch für einen langen und feierlich anmutenden Augenblick fest, bevor er endlich sein Schweigen brach.

»Danke und Gottes Segen, Matteo Lombardi aus San Bernardo!«, sagte er mit steifem Ernst, doch seiner Stimme war die starke innere Bewegung anzuhören. »Danke, dass du dein Wort gehalten und dich der Quarantäne unterzogen hast. Aber einen unvergleichlich größeren Dank schulde ich dir, weil du meiner Tochter mehr als einmal das Leben gerettet, sie aus der Pesthölle geführt und gesund zu uns zurückgebracht hast. Du hast großen Mut und große Charakterstärke bewiesen.«

Matteo kämpfte äußerlich mit Verlegenheit, während ihn innerlich erneut Beschämung befiel. Denn immer wieder drängten sich die Bilder der vergangenen Nacht vor sein inneres Auge. »Ich glaube nicht, dass mir dieses Lob gebührt, Signor Cavaletto«, erwiderte er betreten, kam er sich in diesem Moment doch wie ein Scharlatan vor. »Und ich möchte nicht, dass Ihr von einer Dankesschuld sprecht. Ich habe den Beistand Eurer Tochter so nötig gehabt wie sie meinen.«

Auf dem wettergegerbten Gesicht von Vittorio Cavaletto zeigte sich ein feines Lächeln. »Alles hat seine Ursache und seine Wirkung, Matteo Lombardi. Und du wirst es schon mir und meiner Frau überlassen müssen, wem wir uns zu großer Dankbarkeit verpflichtet fühlen. Aber wir wollen es nicht bei Worten belassen. Du hast dein Leben für Fiona aufs Spiel gesetzt. Deshalb sage mir, wie nun wir dir helfen können. Ich bin zwar kein reicher Mann, aber uns geht es gut, und es wird mir nicht schwer fallen, dich mit ein paar Dukaten zu belohnen.«

Matteo spürte, wie jäh Empörung in ihm aufstieg. »Für wen haltet Ihr mich? Was ich für Eure Tochter getan habe, habe ich nicht in Erwartung einer Börse voller Dukaten getan!«, entgegnete er entrüstet, noch bevor er sich Gedanken machen konnte, was es wohl für ihn, der noch nie auch nur eine einzige Kupfermünze besessen hatte, bedeuten mochte, eine Hand voll Dukaten zu besitzen. »Wollt Ihr mich beleidigen?«

Das markante Gesicht von Fionas Vater verzog sich nun zu einem wohlgefälligen Lächeln. »Nein, nichts liegt mir ferner. Ich wollte dich nur auf die Probe stellen. Und du hast mich auch darin nicht enttäuscht«, antwortete er mit beschwichtigender Geste. »So, und nun lass uns darüber reden, was ich für dich tun kann, ohne deinen Stolz zu verletzen. Die Pest hat dir deine ganze Familie geraubt, wie Fiona mir berichtet hat. Du bist also ganz allein auf dich gestellt, richtig?«

Matteo nickte. »Ja, so ist es«, bestätigte er. Aber weil er nicht noch die Sünde der Lüge auf sich laden wollte, fügte er sogleich hinzu: »Obwohl es in Venedig noch einen entfernten Verwandten gibt, und zwar den Halbbruder meiner Mutter, der dort in der Lagunenstadt als Schiffszimmermann im Arsenal arbeiten soll.«

Vittorio Cavaletto hob leicht die Augenbrauen. »Sieh an, du zählst einen der viel gepriesenen *arsenalotti*, die im berühmten venezianischen Schiffbau tätig sind, zu deinen Verwandten!«

»Damit ist es nicht weit her«, sagte Matteo. »Die Verbindung meiner Eltern zu ihm ist schon vor über zehn Jahren abgebrochen. Ich bin ihm noch nicht einmal begegnet und weiß außer seinem Namen nichts über ihn. Nicht mal, ob er noch in Venedig anzutreffen ist . . . ja, ob er überhaupt noch lebt.«

»Du hast also nicht vor dich nach Venedig und unter seine Obhut zu begeben?«

»Nein, der Gedanke ist mir bisher noch nicht gekommen. Ich wüsste auch nicht, was ich dort sollte«, gestand Matteo. »Tomaso Rovelli ist mir so fremd wie . . .« Er suchte nach einem passenden Vergleich

»So fremd wie ich?«, fragte Vittorio Cavaletto.

»Nein, noch viel fremder«, sagte Matteo ganz offen. »Euch bin ich in den letzten beiden Wochen immerhin schon täglich begegnet.«

Vittorio Cavaletto nickte verständnisvoll. »Gibt es vielleicht andere Pläne, die dir in den vergangenen zwei Wochen durch den Kopf gegangen sind und die du nun in Angriff nehmen möchtest?«

Matteo schüttelte den Kopf.

»Was hältst du dann davon, vorerst bei uns auf *Rosario* zu bleiben?«, bot ihm Vittorio Cavaletto nun an. »Ich und meine ganze Familie heißen dich als unseren Gast herzlich willkommen. Aber da ich glaube deinen Stolz und dein Ehrgefühl richtig einschätzen zu können, biete ich dir auch an deinen Aufenthalt über die gebotene Gastfreundschaft hinaus auszudehnen und dir bei mir einen guten Lohn zu verdienen. Ich kann einen kräftigen und zuverlässigen jungen Mann wie dich gut gebrauchen, denn an Arbeit mangelt es auf *Rosario* wahrlich nicht.«

Auf dieses Angebot von Fionas Vater hatte Matteo insgeheim gehofft. Nun musste er sich sehr zusammenreißen, um sich seine große Erleichterung nicht anmerken zu lassen. »Aber Ihr wisst wohl auch, dass ich bislang meinem Vater und meinem älteren Bruder in der Schmiede zur Hand gegangen bin und von der Landwirtschaft nichts verstehe«, zwang er sich zu sagen, um möglichen falschen Erwartungen vorzubeugen.

Vittorio Cavaletto schmunzelte. »Damit habe ich kein Problem, Matteo. Ich habe den Eindruck, dass du nicht nur ein mutiger, tatkräftiger und ehrenwerter junger Mann bist, sondern auch eine rasche Auffassungsgabe besitzt. Deshalb bin ich sicher, dass du nicht lange brauchen wirst, um dich in die Landarbeit einzufinden und deinen Mann zu stehen wie jeder andere. Nun, was sagst du zu meinem Angebot?«

»Ich nehme es gern und mit Dank an, Signor Cavaletto«, sagte Matteo und erlaubte sich ein befreites Lächeln, als Fionas Vater ihm nun die schwielige Hand entgegenstreckte und er sie ergriff.

»Dann ist das also abgemacht!«, sagte Fionas Vater zufrieden. »Komm, lass uns gehen. Meine Frau Elena kann es schon gar nicht erwarten, dich zu begrüßen und kennen zu lernen. Und das gilt auch für den Rest meiner Familie. Ich glaube, Elena hat in diesen zwei Wochen noch mehr gelitten als du und Fiona zusammen.«

Sie durchquerten den Olivenhain, gingen um ein Getreidefeld herum und folgten dem sandigen Weg, der sie auf die lange Reihe hoher Zypressen zu führte, hinter der die Hofanlage von *Rosario* lag.

»Dort drüben steht die Ruine der einstigen Rosenkranzkapelle, die unserem Hof den Namen gegeben hat«, sagte der Padrone und deutete nach links, wo auf der Kuppe einer kleinen Anhöhe die Reste von zwei aufeinander stoßenden Mauern zu sehen waren. Ein Halbrund von sechs alten Laubbäumen mit mächtigen Stämmen umschloss den einstigen Ort der Andacht. »Irgendwann werde ich die Kapelle wieder aufbauen, das habe ich meinem Vater auf dem Sterbebett versprochen.«

Wenig später erreichten sie den Hof. Das mit Ziegeln gedeckte, zweistöckige Wohnhaus aus hellen Natursteinen mit seinen Fensterbögen aus gemauertem Backstein wirkte aus unmittelbarer Nähe längst nicht mehr so herrschaftlich, wie Matteo es sich nach seinem flüchtigen Blick durch den Spalt der Zypressen auf ein Stück Hausecke ausgemalt hatte. Einen herrschaftlichen Landsitz konnte man *Rosario* ganz sicherlich nicht nennen. Aber es war auch kein schäbiges, kleines Bauernhaus. Mit seinen soliden und gut in Stand gehaltenen Nebengebäuden wie dem Stall, der Scheune und dem quadratischen Steinhaus mit der Ölmühle war es der ansehnliche Hof eines Großbauern, dessen Wort in der Region bestimmt Gewicht hatte.

Matteo versuchte erst gar nicht sich eine Vorstellung davon zu machen, welchen Wert das Land mit seinen beiden Olivenhainen, Feldern und Äckern und die Gebäude von *Rosario* wohl in Dukaten bemessen besitzen mochten. Er wusste nur so viel, dass schon das kleinste Nebengebäude ein Vielfaches von dem wert war, was sein Vater in seinen besten Zeiten jemals an Besitz sein Eigen genannt hatte.

Als sie aus dem Schatten der Zypressen traten, deren Spitzen schon die ersten Sonnenstrahlen auffingen, und über den sandigen Vorplatz auf das Haupthaus zugingen, flog augenblicklich eine Seitentür auf, die zu den Küchenräumen gehörte, und Elena Cavaletto erschien. Sie musste am Fenster Ausschau nach ihnen gehalten haben.

»Da bringst du ihn ja endlich!«, rief sie mit einem strahlenden Lächeln, während sie sich hastig die Hände an ihrer Schürze abwischte und ihnen entgegeneilte.

Fionas Mutter war alles andere als eine jener untersetzten und matronenhaften Frauen, wie man sie auf dem Land und in städtischen Haushalten antraf, wo gutes und reichhaltiges Essen keine Seltenheit, sondern Alltag war. Elena Cavaletto war vielmehr so groß wie ihr Mann und von schlanker, wohlgeformter Gestalt. Und von wem Fiona das volle bernsteinfarbene Haar und die anmutigen Gesichtszüge geerbt hatte, fiel bei ihrem Anblick sofort ins Auge.

»Du wirst noch einiges gutzumachen haben, Vittorio!«, rief sie ihrem Mann zu. »Mich so lange von diesem tapferen jungen Mann fern zu halten, dem wir das Leben und die gesunde

Heimkehr unserer geliebten Fiona zu verdanken haben! Es treibt mir auch jetzt wieder die Schamesröte ins Gesicht, wenn ich daran denke, dass du ihn zwei Wochen dort draußen in dem elenden Feldschuppen eingesperrt und mich nicht ein einziges Mal in seine Nähe gelassen hast!« Ihr Blick richtete sich nun auf Matteo, und während sie die Arme ausbreitete, um ihn mit einer Umarmung zu begrüßen, sagte sie: »Ich hoffe, dein Herz ist so groß wie dein Mut, Matteo Lombardi, und du wirst uns diese rüde Behandlung verzeihen!«

Matteo war gerührt von dieser warmherzigen Begrüßung, gleichzeitig machte sie ihn jedoch auch ein wenig verlegen. Und er versicherte eiligst, dass es nichts zu verzeihen gebe und dass er an der Stelle ihres Mannes sicherlich nicht anders gehandelt hätte.

Plötzlich bemerkte er Fiona zu seiner Rechten.

»So, du bist also dieser Matteo Lombardi aus San Bernardo, der Fiona gerettet und für all die Aufregung hier bei uns gesorgt hat«, sagte sie mit spöttischem Tonfall und leicht hochgezogenen Augenbrauen. »Schön, dass ich dich auch mal zu sehen bekomme.«

Matteo sah sie verständnislos an. »Willst du mich auf den Arm nehmen, Fiona?«

Elena Cavaletto lachte belustigt auf und legte den Arm um ihre Tochter. »Das hier ist nicht Fiona, Matteo. Das ist ihre Zwillingsschwester Antonia. Da kommt Fiona! Sie bringt ihren kleinen Bruder Fabio mit, unseren Jüngsten.« Sie deutete an Matteo vorbei in Richtung Haupthaus.

Matteo stand einen Moment wie gelähmt und starrte Elena und ihre Tochter entgeistert an, in deren funkelnden Augen er spöttische Belustigung las. Die Worte *Zwillingsschwester* und *Antonia* hallten wie Donnerschläge in ihm nach. Ein Gefühl der Übelkeit stieg in ihm auf, als er sich schließlich umdrehte und eine *zweite* Fiona mit einem etwa fünfjährigen, schwarzhaarigen Jungen aus dem Haus kommen sah. Und plötzlich begriff er mit grenzenloser Bestürzung und Fassungslosigkeit, dass er es in den vergangenen zwei Wochen dort draußen am Feldschuppen nicht ein einziges Mal mit Fiona zu tun gehabt hatte, sondern dass er das Opfer einer raffinierten Täuschung und zielstrebigen Verführung durch deren Zwillingsschwester Antonia geworden war.

13

Warte, Matteo! . . . So warte doch!«, rief Fiona flehentlich und hastete mit gerafftem Rock hinter ihm her. »Ich muss mit dir reden! . . . Matteo, *bitte!*«

Matteo blickte sich nicht einmal nach ihr um, während er sich mit stürmischem Schritt vom Hof entfernte. Er tat, als hörte er sie gar nicht. Er kochte innerlich vor Wut! Denn sie allein trug die Schuld, dass er auf Antonias Täuschung hereingefallen war und sich zum Narren gemacht hatte!

Es erschien ihm wie ein Wunder, dass er es bei dem inneren Tumult aus Selbstvorwürfen, Wut und Scham, der in ihm tobte, so lange in der großen Küchenstube der Cavalettos ausgehalten, höfliche Antworten gegeben und gute Miene zu bösem Spiel gemacht hatte, während sich Antonia insgeheim köstlich amüsiert hatte – und wohl nicht nur sie allein! Mehr als einmal hatte er geglaubt, es nicht länger ertragen zu können und im nächsten Moment aufspringen und davonstürzen zu müssen. Aber er hatte den Padrone von *Rosario* und dessen Frau, die zu seinen Ehren ein so üppiges Mahl aufgetischt hatte, nicht beleidigen wollen und sich deshalb eine Selbstbeherrschung abverlangt, die er sich vorher nicht zugetraut hätte.

Antonia hatte am Tisch die Maske der schicklichen, unschuldigen Tochter aufgesetzt und so getan, als wäre er ihr an diesem Morgen zum ersten Mal begegnet. Und diese Rolle spielte sie so überzeugend, wie sie ihm zwei Wochen lang vorgetäuscht hatte die Zofe Fiona zu sein, mit der er aus San Bernardo geflüchtet war. Ihre beiläufigen Fragen und Bemerkungen klangen für Ahnungslose wie ihre Eltern und ihre Zwillingsschwester gänzlich unverfänglich. Doch für ihn steckten sie voll spöttischer Anspielungen auf das, was sich in den vergangenen vierzehn Tagen zwischen ihnen ereignet hatte – insbesondere in den letzten Nächten. Und er war sicher, dass auch der alte Fausto und sein Sohn Renzo, die mit am Tisch saßen, die eine oder andere Anspielung sehr gut verstanden oder sich doch einen Reim darauf zu machen wussten.

»Matteo, warum tust du das?«, rief Fiona ihm nun ärgerlich zu und begann zu laufen, um ihn endlich einzuholen, als er den Hügel zur Kapellenruine hochstürmte. »Warum rennst du jetzt vor mir weg? Ich verstehe auch nicht, warum du mir bei Tisch so viele böse Blicke zugeworfen hast und jetzt einfach nicht mit mir reden willst! . . . Um Himmels willen, bleib doch endlich stehen und sag mir, warum du so wütend auf mich bist! Oder willst du vielleicht bis nach San Bernardo zurücklaufen?«

Matteo wurde sich plötzlich bewusst, wie lächerlich und unsinnig es war, was er da tat. Denn im Grunde genommen wollte er die Aussprache doch so sehr wie sie. Also warum rannte er dann vor ihr weg? Er hatte sich doch nichts vorzuwerfen – oder vielleicht doch?

Aber Weglaufen war jedenfalls keine Lösung. Und so blieb er schließlich bei der Ruine stehen, wandte sich zu ihr um und rief ihr grimmig entgegen: »Hast du wirklich keinen blassen Schimmer, warum ich so wütend auf dich bin und eigentlich keine Lust habe, mit dir zu reden?«

Erhitzt und ein wenig außer Atem sank Fiona auf ein hüfthohes Stück Mauervorsprung, als sie ihn auf der Hügelkuppe erreicht hatte. »Du nimmst es mir übel, weil ich dir nicht von meiner Zwillingsschwester Antonia erzählt habe. Das ist es, was du mir vorzuwerfen hast, richtig?«

Dass er wirklich Fiona und nicht Antonia vor sich hatte, das verriet ihm die kleine, grashalmdünne Narbe unter ihrem rechten Ohrläppchen. Sie erinnerte an einen Sturz, bei dem sie sich als gerade dreijähriges Kind am Zinken einer Forke verletzt hatte. Es hatte nicht viel gefehlt und sie hätte sich dabei die Halsschlagader aufgerissen, was ihr Tod gewesen wäre. Ihre Mutter hatte ihn auf die Narbe aufmerksam gemacht, mit dem man Fiona von Antonia unterscheiden konnte. Und dann hatte Elena Cavaletto noch mit einem wissenden Lächeln hinzugefügt, dass man äußerliche Merkmale zur Unterscheidung nicht mehr benötige, wenn man ihre Zwillingstöchter erst näher kannte. Denn so gleich sie äußerlich aussähen, so unterschiedlich habe sie Gott in ihrem Innern geschaffen.

»Du hast mich damit in eine unmögliche Situation gebracht und dafür gesorgt, dass ich mich bis auf die Knochen blamiert habe!« Die Worte kamen ihm über die Lippen, bevor er sich bewusst wurde, was ihm da herausrutschte.

Auf Fionas Stirn bildete sich eine Falte. »Wieso das?«, fragte sie sogleich verwundert. »Dass du Antonia auf dem Hof im ersten Moment für mich gehalten hast, ist doch nichts Schlimmes gewesen. Diese Verwechslungen hat es bei uns schon von Geburt an gegeben.« Sie stutzte plötzlich, sah ihn verblüfft an und fügte augenblicklich hinzu: »Oder seid ihr euch da vielleicht gar nicht zum ersten Mal begegnet?«

Matteo wünschte sofort, er hätte seine unbändige Wut besser vor ihr verborgen und sich vor allem seine letzte, vorwurfsvolle Bemerkung verkniffen. Denn damit hatte er sich selbst ein Bein gestellt und mehr verraten, als er vorgehabt hatte!

»Ja, sie hat mich ein paar Mal am Feldschuppen besucht«, sagte er widerwillig. »Immer im Schutz der Dunkelheit. Ich habe sie natürlich für dich gehalten und sie hat sich offenbar einen Spaß daraus gemacht, sich für dich auszugeben und mich zum Narren zu halten!«

Fiona sah ihn schockiert an und im ersten Moment fehlten ihr die Worte. »Also, das . . . das ist ja . . . eine unglaubliche Frechheit! Setzt sich einfach über das strikte Verbot unseres Vaters hinweg, schleicht sich zu dir und gibt sich als ich aus! Was für eine Unverschämtheit und Gemeinheit! Das gibt es doch gar nicht!«, stieß sie schließlich empört hervor und sprang von der Mauerecke auf. »Aber nein, das sieht ihr ähnlich! Eigentlich hätte ich mir denken können, dass sie so etwas ausheckt! Doch dafür wird sie büßen, diese hinterhältige Schlange und Intrigantin!«

Matteo hatte Fiona noch nie so wütend gesehen. Es dauerte eine ganze Weile, bis sie sich einigermaßen beruhigt hatte. Dazu trug wohl auch bei, dass er Antonias Besuche sehr herunterspielte sowohl was ihre Häufigkeit und Dauer als auch den Inhalt ihrer Gespräche betraf. Er erwähnte auch Fausto und Renzo mit keinem Wort. Und natürlich behielt er für sich, wozu ihn Antonia in der letzten Nacht gebracht hatte – und dass er sie geküsst hatte, weil er geglaubt hatte Fiona in seinen Armen zu halten.

»Die wird was von mir zu hören bekommen!«, schwor sich Fiona. »Und wenn unser Vater erst davon erfährt, wird sie für lange Zeit . . .«

»Deinem Vater davon zu erzählen halte ich für keine so gute Idee«, fiel Matteo ihr schnell ins Wort. »Denn dann kann ich auch gleich meine Sachen packen und zusehen, dass ich von hier verschwinde. Oder glaubst du vielleicht, dass er mich danach noch auf *Rosario* haben will? Er wird mir zu Recht vorwerfen, dass ich nicht aufrichtig zu ihm gewesen bin. Und dann habe ich bei euch nichts mehr verloren.«

Sie machte ein betroffenes Gesicht. »Das will ich natürlich nicht. Aber soll ich denn zulassen, dass Antonia mit dieser Gemeinheit ungestraft davonkommt?«

Matteo gab sich nun allergrößte Mühe, sie davon zu überzeugen, dass sie nichts damit gewann, wenn sie Antonias Täuschung und Eigenmächtigkeit an die große Glocke hängte. Er wollte auch nicht, dass sie Antonia zur Rede stellte. Im Streit würde Antonia dann womöglich Einzelheiten über ihre Besuche bei ihm preisgeben, die Fiona auf keinen Fall erfahren sollte.

»Wenn du sie zur Rede stellst, aber nichts davon zu deinen Eltern sagst, wird sie schnell merken, dass sie nichts zu befürchten hat. Dann wird sie sich über deine ohnmächtige Wut nur lustig machen und dich damit aufziehen. Wenn du dagegen so tust, als wüsstest du nichts davon, wird sie sich hüten, sich durch dumme Bemerkungen zu verraten, aus Angst vor dem, was du tun wirst, wenn du die Wahrheit herausfindest.«

»Das ist natürlich richtig«, murmelte Fiona mit finsterer Miene, um jedoch gleich wütend gegen diese Einsicht aufzubegehren: »Aber ich kann doch nicht zulassen, dass Antonia ungeschoren davonkommt! Ich bin es leid, dass sie sich alles erlauben kann und immer ihren Willen bekommt, ganz egal, was sie auch anstellt! Immer muss ich für sie die Suppe auslöffeln, die sie versalzen hat!«

»Dann ist das also nicht das erste Mal, dass Antonia dir so einen üblen Streich gespielt hat?«

»Wahrlich nicht!«, stieß Fiona voller Ingrimm hervor. »Als wir klein waren, kamen wir wunderbar miteinander aus. Aber seit ein paar Jahren will Antonia immer ihren Kopf durchsetzen und im Mittelpunkt stehen. Sie spielt sich sogar als meine ›ältere Schwester‹ auf, weil sie ein paar Minuten früher zur Welt gekommen ist als ich. Jedenfalls soll sich alles nur um sie und ihre Wünsche drehen. Dabei ist sie so wankelmütig, wie man nur sein kann. Was sie gestern noch um jeden Preis wollte, davon will sie morgen schon nichts mehr wissen. So war das auch mit der Stelle bei den Valverdes. Eigentlich wollte nämlich sie als Zofe in die Stadt gehen. Und am Ende bin dann ich es gewesen, die für ihre Laune den Kopf hinhalten und nach San Bernardo gehen musste!«

»Wie ist denn das geschehen?«, fragte er verblüfft.

»Ach, das ist eine lange Geschichte . . .«, sagte Fiona verdrossen. »Wichtig ist nur, dass Antonia sofort Feuer und Flamme war, als sie vor gut einem Jahr erfuhr, dass Signora Valverde Ausschau nach einer neuen Zofe hielt und unseren Eltern das Angebot gemacht hatte, Antonia oder mich in ihr Haus nach San Bernardo zu holen. Meine Schwester wollte unbedingt zu ihnen in die Stadt, weil sie das Leben auf dem Land satt hatte. Antonia wollte weg von *Rosario* und hat unsere Eltern bekniet, sie nach San Bernardo gehen zu lassen, bis sie nachgegeben und den Valverdes zugesagt haben. Aber als es dann einige Monate später Ernst wurde und Signora Valverde auf ihre neue Zofe wartete, da wollte Antonia plötzlich nichts mehr davon wissen.«

»Und warum nicht?«

»Weil Antonia zu jener Zeit felsenfest davon überzeugt gewesen ist, sie hätte Mario Batali . . . nun ja, für sich entflammt und er würde bald ganz offiziell um sie werben!« Fiona verzog das Gesicht. »Und diese gute Partie wollte sie sich auf keinen Fall entgehen lassen. Denn Mario Batali ist der einzige Sohn des recht wohlhabenden Weinhändlers Luigi Batali, dessen Geschäfte ihn ebenso nach Venedig wie nach Verona, Parma und Ferrara führen. Und in eine gut betuchte Kaufmannsfamilie einzuheiraten ist schon immer ihr Wunsch gewesen. Ein Bauernsohn darf es jedenfalls nicht sein. Dafür ist sie sich zu schade.«

»Und?«, fragte Matteo gespannt. »Ist deine Schwester diesem Mario Batali mittlerweile versprochen?«

Sie lachte spöttisch auf. »Von wegen! Sie hat sich das Ganze bloß eingebildet, wohl weil Mario ihr sonntags beim Kirchgang ein paar Mal angeblich sehnsüchtige, viel versprechende Blicke zugeworfen hat. Und falls er tatsächlich entflammt gewesen sein sollte, dann war das nicht mehr als eine armselige Stichflamme, die gleich wieder in sich zusammengefallen ist. Denn im Herbst verheiratet sich Mario Batali mit der Tochter eines Tuchhändlers aus Abano. Keine zwei Monate nachdem ich bei Signora Valverde in Stellung gegangen bin, hat er sich mit ihr verlobt!«

»Aber warum bist du denn überhaupt für sie nach San Bernardo gegangen?«, fragte Matteo verwundert. »Du warst dazu doch gar nicht verpflichtet. Denn wenn ich dich recht verstehe, hast du dich doch nie für diese Anstellung als Zofe interessiert, oder?«

»Habe ich auch nicht!«, bestätigte sie. »Und ausdrücklich gezwungen hat mich auch keiner. Aber man hat mir sehr schnell das Gefühl gegeben, dass es dabei auch um die Ehre der Familie gehe. Mein Vater habe den Valverdes sein Wort gegeben und das gelte es zu halten. Antonia sträubte sich weiterhin mit Händen und Füßen gegen die Abreise und schaffte es, meinen Vater um den Finger zu wickeln und ihn davon zu überzeugen, dass sich Mario Batali bestimmt in den nächsten Monaten erklären werde. Und mir warf sie indirekt vor keinen Familiensinn zu haben und ihrem Glück im Wege zu stehen. Tja, und dann habe ich eben nachgegeben und mir gesagt, dass es vielleicht gar keine so schlechte Sache sei, eine Weile in einer Stadt wie San Bernardo zu leben und als Zofe eine Menge neuer Dinge zu lernen.« Sie atmete tief durch. »So, jetzt weißt du, wie es gewesen ist – und warum ich keine Lust hatte, dir von meiner Zwillingsschwester zu erzählen. Ich wollte einfach selbst nicht daran denken. Vielleicht weil ich insgeheim schon damit gerechnet hatte, dass es mit ihr wieder Schwierigkeiten geben würde. Ich weiß es nicht. Aber böse Absicht steckte jedenfalls nicht dahinter, das musst du mir glauben.«

»Das tue ich auch«, versicherte er und entschuldigte sich ein wenig kleinlaut, dass er ihr Vorwürfe gemacht und seinen Groll an ihr ausgelassen hatte. Der Ärger, der ihr gegolten hatte, war längst wie Rauch im Wind verflogen. Was jedoch blieb, war die beunruhigende Vorstellung, dass Fiona ihre Zwillingsschwester zur Rede stellen würde. Geschickt brachte er ihr Gespräch nun auf dieses Thema zurück.

Es gelang ihm schließlich auch, sie davon zu überzeugen, dass Antonia sich mit ihrer Täuschung nur einen recht geschmacklosen Scherz erlaubt hatte – und dieser kindische Unfug sei doch wirklich nicht den Streit oder sogar das tiefe Zerwürfnis wert, das daraus entstehen konnte.

»Willst du denn, dass wegen solch einer blödsinnigen Albernheit die Atmosphäre zwischen euch gleich vergiftet ist, kaum dass du nach *Rosario* zurückgekehrt bist?«, gab er zu bedenken.

»Also gut«, sagte sie, wenn auch widerstrebend und mit säuerlicher Miene. »Ich werde den Mund halten und so tun, als wüsste ich nicht davon. Vielleicht ist es wirklich besser so.«

»Bestimmt ist es das!«, bestätigte er. Und er versprach ihr Antonia zur Rede zu stellen und sie anständig zusammenzustauchen, so wie sie es verdient hatte.

Bei der nächsten Gelegenheit, wenn er mit Antonia unter vier Augen war, wollte er seinen festen Vorsatz in die Tat umsetzen und ihr eine scharfe Abreibung verpassen. Aber als er Antonia am späten Nachmittag allein im Kuhstall vorfand und sich darüber entrüstete, was sie ihm Schändliches vorgespielt hatte, da kam er mit seinen heftigen Vorwürfen nicht weit – und schon gar nicht reagierte Antonia mit Schuldbewusstsein oder reumütiger Zerknirschung.

Ganz im Gegenteil. Antonia fiel ihm schon nach den ersten Sätzen mit einem belustigten Lachen ins Wort. »Was regst du dich denn so auf? Wir beide hatten doch ein paar unterhaltsame Stunden miteinander, oder etwa nicht? Und erzähl mir jetzt bloß nicht, es hat dir keinen Spaß gemacht, mich zu küssen ... und von mir berührt zu werden.« Sie zwinkerte ihm zu. »Dass du ganz wild drauf warst, dafür hatte ich handfeste Beweise, wenn du verstehst, was ich damit sagen will.«

Matteo schoss das Blut ins Gesicht. »Es geht überhaupt nicht darum, was ich gedacht und ... und empfunden habe. Es geht einzig darum ...«

Weiter kam er nicht, denn hier fiel Antonia ihm erneut ins Wort. »... im Leben nicht zu versauern, sondern sich zu nehmen, wonach einem der Sinn steht, solange man noch jung ist, um es auch wirklich zu genießen!«, beendete sie den Satz in ihrem Sinne. »Und du kannst froh sein, dass ich mich als Fiona ausgegeben und mich mit dir abgegeben habe!«

»Und wieso sollte ich das?«

»Darum!«, sagte Antonia, schlang einen Arm um seinen Nacken und küsste ihn auf den Mund, während sie ihm ihre andere Hand auf die Hose legte.

Für einen langen Moment stand Matteo reglos an der Stallwand und ließ es geschehen. Der Druck ihrer feuchten Lippen, die elektrisierende Bewegung ihrer Zungenspitze und ihre tastende Hand weckten Leidenschaft in ihm, die nach mehr verlangte.

Matteo musste alle Willenskraft aufwinden, um dieser Verlockung nicht zu erliegen. Grob stieß er sie von sich und wischte sich mit dem Handrücken über den Mund. Aber der erregende Geschmack verging davon nicht. »Was fällt dir ein?«, stieß er hervor.

»Du wolltest doch wissen, was du bei mir bekommen kannst und bei Fiona nicht«, antwortete sie vergnügt. »So, jetzt weißt du es wieder, falls du es vergessen haben solltest.«

»Du bist verrückt!«

»Nein, ich habe nur etwas dagegen, in Keuschheit und Rechtschaffenheit zu versauern, bis ich endlich das öde Leben auf *Rosario* hinter mir lassen kann!«, erwiderte sie scharf. Doch schon im nächsten Moment zeigte sie wieder ihr spöttisch verführerisches Lächeln. »Ich weiß, dass du klug genug bist, um das alles für dich zu behalten, weil du sonst nämlich eine Menge Ärger bekommst. Denn natürlich wird man eher mir glauben, wenn ich unter Tränen versichere, dass du versucht hast mich zu verführen. Deshalb behalten wir unser Geheimnis auch schön für uns, einverstanden?«

Matteo rauschte das Blut in den Ohren und er schluckte schwer. »Es gibt zwischen uns kein Geheimnis!«, sagte er mit belegter Stimme.

»Doch, das gibt es. Und du weißt es. Also hüte es gut, Matteo Lombardi – oder sieh zu, dass du schnell wieder von hier verschwindest. Wenn du mich fragst, ich bin dafür, dass du bleibst und das Beste aus unserem Geheimnis machst!« Sie legte ihm kurz ihren Zeigefinger auf die Lippen, hauchte ihm mit betont neckischer Mimik einen Kuss zu und ließ ihn im Stall mit seiner Verstörung allein.

14

Matteo machte schnell die Erfahrung, dass Vittorio Cavaletto nicht nur mit Leib und Seele Bauer war, sondern auch den Ehrgeiz besaß, das Erbe seines Vaters zu mehren und keine Anstrengung zu scheuen, um *Rosario* in eine noch blühendere Zukunft zu führen. Und er hatte nicht übertrieben, als er gesagt hatte, auf *Rosario* herrsche kein Mangel an Arbeit und er könne noch einen kräftigen und tüchtigen Arbeiter gebrauchen. Meist warteten täglich mehr Arbeiten darauf, erledigt zu werden, als sich zwischen Sonnenaufgang und Sonnenuntergang bewältigen ließen. Dazu kam noch die große Parzelle Brachland, die er erst vor kurzem einem seiner Nachbarn abgekauft hatte und auf der er so bald wie möglich Hirse anbauen wollte.

Matteo hatte harte Arbeit nie gescheut, auch wenn ihm das Schmiedehandwerk mit seinen endlosen Stunden an Esse und Amboss nie wie seinem Vater und Bruder zur zweiten Natur geworden war. Und so stürzte er sich nun mit aller Kraft und großem Eifer auf die Aufgaben, die Vittorio Cavaletto ihm zuwies. Eine Sonderbehandlung ließ ihm der Padrone nicht zukommen und Matteo hätte sie auch nicht gewollt. Er wollte sich seinen Lohn sowie Kost und Logis ehrlich erarbeiten.

Es gefiel ihm zudem, dabei im Freien zu sein, den weiten Himmel über sich zu haben und den Blick über die steilen Kegel und welligen, kalkigen Bergrücken der Umgebung schweifen zu lassen, wann immer er eine kurze Atempause einlegte.

Dass er in den ersten Wochen häufig zusammen mit Fausto und Renzo hinaus auf das Brachland geschickt wurde, wo die Arbeit mit dem Einzug des Sommers ganz besonders ermüdend war, machte ihm nicht das Geringste aus. Im Gegenteil, er empfand es geradezu als Segen, dass er sich dort draußen mit den beiden anderen Knechten bis zur körperlichen Erschöpfung abschuften musste. Denn diese Plackerei ließ ihm nur wenig Zeit zum Nachdenken, und das war gut so.

Er war dankbar dafür, dass er abends in seiner kleinen Kammer todmüde auf sein Lager sank und zumeist sogleich in einen todesähnlichen Schlaf fiel. Die harte körperliche Arbeit tagsüber und der tiefe Schlaf in der Nacht bewahrten ihn davor, dass ihn der Schmerz und der Kummer über den Tod der Eltern und Geschwister zu sehr beschäftigten und niederdrückten. Denn wie groß der Verlust und wie tief die Wunde in seiner Seele war, dessen wurde er sich erst jetzt allmählich bewusst.

Matteo hätte in diesen Sommermonaten genug damit zu tun gehabt, über den Tod seiner Familie hinwegzukommen und sich gleichzeitig in dieses neue, noch etwas fremde Leben einzufinden, das er auf *Rosario* antraf. Aber zu all dem gesellte sich jetzt auch noch der Zwiespalt seiner Gefühle, die Antonia und Fiona betrafen. Seit Antonia ihn im Stall zum zweiten Mal überrumpelt, mit schamloser Hemmungslosigkeit geküsst und seine Phantasie mit ihrer Verlockung auf noch lustvollere Begegnungen noch stärker angestachelt hatte, wusste er nicht mehr, zu wem von beiden es ihn mehr hinzog.

Wenn er an Fiona dachte, sich in ihrer Gesellschaft befand und mit ihr redete, fühlte er eine wunderbar beglückende innere Verbundenheit, Wärme und Zärtlichkeit. Gefühle, die sie auf ihre stille, zurückhaltende Art zu erwidern schien. Und dann schämte er sich, dass er sich nicht von seinen wilden

Phantasien befreien konnte, in denen nicht sie, sondern ihre Zwillingsschwester die Hauptrolle spielte.

Und Antonia verstand es geschickt, dafür zu sorgen, dass er immer wieder an sie denken musste. Mal zwängte sie sich in einem unbeobachteten Moment in der Küche so dicht hinter ihm vorbei, dass er deutlich ihre Brüste und ihre Hüften spürte. Mal verlor sie auf der Kellertreppe scheinbar das Gleichgewicht und rettete sich vor dem Sturz, indem sie sich in seine Arme fallen ließ. Und ein anderes Mal überraschte sie ihn an einem heißen Augusttag während der Mittagspause auf dem Feld, wo er sich in den Schatten eines der letzten großen Büsche ausgestreckt hatte und eingeschlafen war. Sie weckte ihn mit einem Kuss und lachte nur, als er erschrocken hochfuhr und sich umsah, ob auch Fausto und Renzo nichts davon mitbekommen hatten. Er kam mittlerweile gut mit ihnen aus und wollte den Respekt, den er sich bei ihnen erworben hatte, nicht wieder verspielen.

»Keine Sorge, ich bin nicht so blöd dich zu küssen, wenn sie es sehen können«, beruhigte sie ihn. »Die beiden liegen drüben unter dem Fuhrwerk und schnarchen.«

»Und wennschon!«, erwiderte Matteo zornig. »Hör ein für alle Mal auf mir nachzustellen. Ich will das nicht!«

»Bist du dir dessen so sicher?«, fragte sie spöttisch und streckte die Hand nach ihm aus.

Hastig schlug er ihre Hand zurück. »Ja, das bin ich!«, fauchte er sie an und wünschte, er wäre sich dessen wirklich so sicher. Manchmal hatte er den beunruhigenden Eindruck, als könnte sie seine Gedanken lesen und als wüsste sie genau, wie sehr er sich beherrschen musste, um sein Verlangen im Zaum zu halten.

Antonia legte den Kopf ein wenig auf die Seite und runzelte die Stirn. »Sag bloß, du hoffst noch immer, dass meine kleine

Schwester eines Tages ihre große Liebe für dich entdeckt und unseren Vater flehentlich auf Knien bittet dich als Schwiegersohn zu akzeptieren?«

»Darüber habe ich mir noch überhaupt keine Gedanken gemacht!«, log er und konnte doch nicht verhindern, dass er dabei errötete. »Ich bin froh, dass ich Arbeit und ein Dach über dem Kopf habe! Und ich habe nicht vor das Vertrauen deines Vaters zu missbrauchen!«

Sie lächelte und nickte auf eine Weise, als hätte ein Tölpel endlich einmal etwas Kluges gesagt. »Ich hoffe, es bleibt auch dabei . . . ich meine, dass du dir erst gar keine Hoffnung machst, meine Schwester jemals zur Frau zu bekommen«, sagte sie süffisant. »Meine Mutter und den dummen, kleinen Fabio hast du ja schnell für dich eingenommen und auch mein Vater hält inzwischen große Stücke auf dich, so sklavisch tüchtig, wie du dich für ihn ins Zeug legst. Aber . . .« Sie machte eine dramatische Pause, um dann mit Schärfe fortzufahren: »Aber er schätzt dich eben nur als *Lohnknecht*, der für ein paar lächerliche Florin ordentliche Arbeit leistet, und nicht als zukünftigen Schwiegersohn. Denn dir müsste er ja erst mal eine satte Mitgift in den Rachen schmeißen, damit seine Tochter nicht zu einem Leben in Armut verdammt wäre!«

Der Stich saß, wo er treffen sollte. Tief drang er Matteo in die Seele. Er schluckte und schwieg. Was hätte er dem auch entgegensetzen können?

Antonia beließ es nicht dabei, sondern rieb noch Salz in die Wunde, indem sie hinzufügte: »Einem mittellosen Niemand wie dir wird er seine Tochter nie zur Frau geben, schon ihretwegen nicht. Er wäre ja auch schön einfältig, wo es doch genug Söhne von benachbarten Bauern mit einem anständigen Auskommen gibt, die ein Auge auf uns geworfen haben und sich auch allerbeste Chancen ausrechnen können, mit einem

Antrag bei unserem Vater auf offene Ohren zu stoßen. Nicht dass *ich* jemals die Frau eines Bauern werde. Aber wie ich meine pflichtbewusste Schwester kenne, wird sie den Wünschen unseres Vaters nicht viel Widerstand entgegensetzen.«

»Verbindlichsten Dank, dass du mich über Dinge aufgeklärt hast, von denen ich gar nichts wissen wollte und die mich auch nichts angehen!«, erwiderte er und mühte sich einen mehr oder weniger gleichgültigen Gesichtsausdruck zu bewahren. Es fiel ihm ungemein schwer. »Und jetzt lass mich gefälligst in Ruhe!«

Ihr Gesicht verlor den abschätzigen, schadenfreudigen Ausdruck und nahm einen sanften, geradezu mitfühlenden Zug an. »Nun sieh mich nicht so grimmig an! Ich habe das nur gesagt, um dich vor bitteren Enttäuschungen zu bewahren, und nicht, um dich zu verletzen, Matteo«, sagte sie fast entschuldigend. »Und wenn du weißt, dass du dir Fiona aus dem Kopf schlagen musst, wirst du hoffentlich nicht mehr länger den Keuschen und Tugendsamen spielen. Du hast hier auf *Rosario* keine Zukunft und ich werde auch so schnell wie möglich von hier verschwinden, weil mich das alles entsetzlich anödet. Ich bin schon fast so weit, dass ich nichts dagegen habe, den kurzbeinigen und halb kahlköpfigen Gastwirt Masero zu heiraten, nur um von hier wegzukommen und nicht länger auf dem Land leben zu müssen.«

»Wie wäre es, wenn du dich zur Abwechslung mal aufs Beten anstatt aufs Verführen verlegst!«, erwiderte Matteo bissig, doch sogar in seinen eigenen Ohren klang der Vorschlag sehr lahm.

Antonia ging erst gar nicht darauf ein. »Ich weiß, du hältst mich für schamlos und verdorben und für ein Flittchen. Aber du tust mir damit unrecht.«

»Was du nicht sagst!«

»Ich will etwas vom Leben haben, Matteo! Wenn ich erst mit einem Mann wie Giotto Masero verheiratet bin, brauche ich mir als Bauersfrau nicht den Rücken krumm zu schuften und habe das bequeme Leben, das ich mir wünsche, aber aufregend wird es gewiss nicht sein«, sagte sie. »Und solange wir beide noch auf *Rosario* sind, können wir uns doch gegenseitig . . . nun ja, das Leben versüßen.«

An diesem Punkt wurde ihre Unterredung durch Fausto und Renzo unterbrochen, die jenseits des Dickichts unter lautem Gähnen aus dem Schatten des Fuhrwerk hervorkamen, worauf sich Antonia schnell erhob und so tat, als wäre sie gerade erst bei ihnen eingetroffen. Matteo war froh ihren Verführungskünsten nicht länger ausgesetzt zu sein.

Für den Rest des Tages ging ihm nicht aus dem Kopf, was Antonia ihm so drastisch vor Augen geführt hatte, nämlich dass es für ihn auf *Rosario* keine Zukunft gab, schon gar nicht in Verbindung mit Fiona, und er immer nur der Lohnknecht sein würde, so wie der alte Fausto und sein Sohn.

Ihre Worte verfolgten ihn bis in die Nacht hinein und raubten ihm den Schlaf. Und je länger er grübelte, desto klarer wurde ihm, dass er nicht bei den Cavalettos bleiben konnte. Das durfte er weder sich noch Fiona antun. Je eher er sich also zu dem schmerzhaften Schritt durchrang, sein Bündel zu packen und weiterzuziehen, desto schneller würde er nicht nur der Versuchung entkommen, die Antonia darstellte, sondern auch über den Schmerz hinwegkommen, dass Fiona für einen mittellosen Niemand wie ihn unerreichbar war. Aber wohin sollte er gehen?

Diese Frage ließ ihn in den folgenden Wochen nicht los. Wie er dieses Problem in Gedanken jedoch auch drehte und wendete, es lief letztlich immer wieder darauf hinaus, dass ihm eigentlich gar keine Wahl blieb, als *Rosario* zu verlassen. Aber sollte er wirklich seinen Stolz überwinden und sich als Bittsteller an seinen fernen, ihm völlig unbekannten Verwandten in Venedig wenden? Und was war, wenn der gar nicht mehr lebte?

15

Geschlagene zwei Wochen rang Matteo mit sich, dann war sein Entschluss gefasst. Bei der nächsten Gelegenheit, die sich ihm bot, um mit Vittorio Cavaletto ungestört unter vier Augen reden zu können, bat er ihn um Hilfe.

»Wenn es in meiner Macht steht, helfe ich dir natürlich gern, Matteo. Aber um was für einen Gefallen, den ich dir tun soll, handelt es sich denn?«, fragte der Padrone mit freundlicher Neugier.

»Ich brauche Eure Hilfe, um mit meinem Verwandten, dem Schiffszimmermann, in Venedig Verbindung aufzunehmen und ihn zu fragen, ob er wohl willens ist, mich für einige Zeit bei sich zu beherbergen.«

Der Padrone hätte kaum überraschter sein können, wie sein Gesichtsausdruck verriet. »Du willst weg? Das wäre aber sehr schade! Ich würde dich wirklich ungern verlieren, Matteo. Und so prächtig, wie du dich bei uns in die Landarbeit eingefunden hast, hätte ich schwören können, dass es dir auf *Rosario* gefällt.«

»Das tut es ja auch«, versicherte Matteo.

»Und warum bleibst du dann nicht? Geht es dir wirklich nur um deinen Verwandten oder gibt es da vielleicht noch einen anderen Grund?«

Am liebsten hätte Matteo ihm die Gegenfrage gestellt, ob er ihn wohl immer noch zum Bleiben auffordern würde, wenn er wusste, dass er sein Herz an Fiona verloren hatte und sich gleichzeitig jeden Tag Antonias Lockungen ausgesetzt sah. Doch stattdessen antwortete er mit der Begründung, die er sich wohlweislich schon vorher zurechtgelegt hatte.

»Tomaso Rovelli, ein Onkel von meiner Mutters Seite, ist der einzige Verwandte, der mir geblieben ist. Auch wenn die Verbindung zu ihm schon vor über zehn, zwölf Jahren abgebrochen ist und ich ihm möglicherweise eher lästig als willkommen sein mag, so bin ich es ihm doch schuldig, dass ich mich bei ihm melde, ihm persönlich die Nachricht vom Tod seiner älteren Schwester überbringe und ihm meine Bereitschaft zeige, mich seinem Beistand anzuvertrauen. Ich werde an Tomaso Rovelli schreiben. Und dann liegt die Entscheidung bei ihm, ob er mich auffordert zu ihm nach Venedig zu kommen oder ob er nichts von mir wissen will.«

Vittorio Cavaletto machte eine verdrießliche Miene und nickte widerstrebend. »Ja, das gebietet wohl der Anstand«, sagte er und gab dann ein Seufzen des Bedauern von sich. »Und natürlich kannst du auf meine Hilfe zählen. Aber wie könnte die denn aussehen? Ich meine, ich bin noch nie in Venedig gewesen und habe auch keine Kontakte dorthin.«

»Aber Ihr seid mit dem Weinhändler Luigi Batali gut befreundet«, erinnerte ihn Matteo. »Und der unternimmt regelmäßig Handelsreisen, auch nach Venedig, wie ich gehört habe.«

Der Padrone nickte ihm anerkennend zu. »Richtig, Luigi Batali kennt sich bestens in Venedig aus. Er könnte deinem Onkel bei seiner nächsten Reise in die Lagunenstadt eine Nachricht von dir überbringen. Und da dein Onkel ja als *arsenalotto* im Galeerenbau beschäftigt und somit hinter den Mauern des Arsenals anzutreffen ist, dürfte es ihm eigentlich keine großen Schwierigkeiten bereiten, ihn zu finden. Ja, so können wir es machen.«

»Und wann werdet Ihr mit Signor Batali darüber reden?«, erkundigte sich Matteo.

»Sowie du den Brief an deinen Onkel geschrieben hast, meinetwegen schon morgen nach der Messe«, versprach Vittorio Cavaletto. »Ich gebe dir nachher Feder, Tinte und Papier, damit du dich an die Arbeit machen kannst. Wie gesagt, ich lasse dich äußerst ungern gehen, aber ich kann dich auch nicht gegen deinen Willen halten. Und ich verstehe, dass du nach dieser großen Tragödie, die über dich und deine Familie gekommen ist, nach den Resten deiner Verwandtschaft suchst.«

Matteo bedankte sich gebührend und sagte dann: »Entschuldigt, aber ich habe noch eine letzte Bitte.«

Der Padrone zog leicht die Augenbrauen hoch. »Und die wäre?«

»Ich wäre Euch sehr dankbar, wenn vorerst außer Signor Batali niemand sonst davon erfährt, dass ich *Rosario* wohl bald verlassen und zu meinen Verwandten nach Venedig reisen werde«, sagte Matteo etwas verlegen. »Das . . . das würde es mir die nächsten Wochen, bis Signor Batali mit einer Antwort zurück ist, sehr viel einfacher machen.«

Vittorio Cavaletto sah ihn mit einem nachdenklichen, prüfenden Blick an. »Also gut, ich werde es für mich behalten, du hast mein Wort. Aber was ist, wenn du in Venedig nicht erwünscht bist? Wirst du dann bleiben?«

Matteo hatte auch mit dieser Frage gerechnet, und deshalb kam seine Antwort ohne jedes Zögern. »Selbstverständlich«, log er, ohne mit der Wimper zu zucken. In Wirklichkeit hatte er beschlossen sich irgendwann heimlich bei Nacht davonzumachen, sollte ihm Tomaso Rovelli die kalte Schulter zeigen.

Noch am selben Abend schrieb er den Brief an seinen fernen Onkel, sodass der Padrone sein Schreiben dem Weinhändler schon am nächsten Morgen gleich nach dem Besuch der Heiligen Messe in Morante anvertrauen und ihn um die Gefälligkeit seiner Überbringung bitten konnte.

Luigi Batali übernahm die Aufgabe gern, brach zu seiner nächsten Geschäftsreise nach Venedig jedoch erst Ende September auf. Und die Wochen bis dahin sowie die Zeit, die bis zu seiner Rückkehr verging, wurden Matteo schrecklich lang. An manchen Tagen empfand er das Warten und die Ungewissheit, welche Nachricht der Weinhändler wohl aus Venedig mitbringen mochte, als fast unerträglich. Dabei setzten ihm weniger Antonias Verführungsversuche als seine Gefühle für Fiona zu, die er in ihrer Gegenwart unterdrücken und verleugnen musste.

Zu Beginn der ersten Oktoberwoche kehrte Luigi Batali zurück und er brachte eine Antwort von Tomaso Rovelli mit. Der Padrone händigte Matteo das Schreiben unbemerkt von den anderen aus, indem er mit ihm unter einem Vorwand in das Steinhaus mit der Ölmühle hinüberging, begann doch in wenigen Wochen die Olivenernte.

Aufgeregt brach Matteo den Siegellack auf, der das gefaltete Blatt zusammenhielt, und las, was sein Onkel Tomaso Rovelli ihm geschrieben hatte. Der Brief war recht kurz und im Tonfall nicht eben freundlich gehalten. Deutlich klang aus den wenigen Zeilen der Missmut des Schreibers heraus, sich nun auch noch mit einem Problem namens Matteo Lombardi herumschlagen zu müssen. Aber entscheidend war, dass der Brief keine Absage enthielt, sondern die Einwilligung, ihn in Venedig bei sich aufzunehmen und ihm Arbeit zu beschaffen.

»Nun, was schreibt dein Onkel? Bist du ihm willkommen?«, fragte Vittorio Cavaletto interessiert.

Matteo grinste verlegen. »Na, in Jubel ist er zwar nicht ausgebrochen, aber er ist bereit mich bei sich aufzunehmen. Ich soll an die Küste nach Porto Marghera reisen, das wohl der

Lagunenhafen von Mestre ist, mich in einem Gasthof namens *Quadriga* einquartieren, der gleich am Fährkai liegen soll, und mich dort beim Wirt melden. Der werde dann meinem Onkel eine Nachricht schicken.« Der Brief enthielt zudem die scharfe Ermahnung, auf jeden Fall dort im Gasthof zu warten, bis er abgeholt werde, und bloß nicht zu versuchen auf eigene Faust nach Venedig überzusetzen und das Haus des Tomaso Rovelli finden zu wollen, weil er sich in dem Labyrinth der Gassen und Kanäle nur rettungslos verirren werde.

»Ich sollte mich wohl für dich freuen«, sagte Vittorio Cavaletto und klopfte ihm auf die Schulter. »Aber ich gestehe, dass ich gehofft habe, aus Venedig würde nichts. Denn wie schon gesagt, ich lasse dich nur schweren Herzens ziehen. Aber so ist das Leben, nicht alle Hoffnungen erfüllen sich. Und der wahre Charakter eines Menschen zeigt sich darin, wie er mit seinen Niederlagen umgeht. Leider ist das Einzige, was ich jetzt noch für dich tun kann, dafür zu sorgen, dass du sicher nach Mestre und Porto Marghera kommst.«

»Ich weiß Euer Angebot zu schätzen, aber das ist nicht nötig«, versuchte Matteo das Anerbieten höflich abzuwehren. »Ich schlage mich schon nach Porto Marghera durch.«

»Nein, ich bestehe darauf, Matteo!«, sagte Vittorio Cavaletto mit Nachdruck. »Ich bringe dich zumindest bis hinter Padua, denn die Stadt wollen wir besser meiden, weil die Pest dort noch immer die Gräber füllt. Luigi unterhält beste Kontakte zu den Flussschiffern, die die Flüsse und Kanäle nach Mestre oder Chioggia befahren. Er wird mir einen verlässlichen Mann nennen, dem wir dich unbesorgt anvertrauen können.« Er machte eine kurze Pause, bevor er fragte: »Willst du es selbst den anderen sagen, dass du uns verlässt, oder soll ich es nachher beim Essen tun?«

Matteo hätte dem Padrone diese Aufgabe nur zu gern überlassen, aber das verbot ihm sein Stolz. »Ich denke, das muss ich schon selbst machen.«

»Ja, der Meinung bin ich auch.«

Matteo wartete mit seiner Ankündigung bis gegen Ende des gemeinsamen Abendessens. Vor innerer Anspannung brach er von den Speisen nur wenig herunter. Dann nahm er sich ein Herz und teilte allen am Tisch mit, welchen Entschluss er gefasst hatte und welche Gründe ihn dazu bewogen hatten.

Er sah, wie Fiona schon bei seinen ersten Worten mitten in der Bewegung erstarrte und ungläubig die Augen aufriss. Der Blick, der ihn traf, fuhr ihm wie ein Messer mitten ins Herz. Und als er dann fortfuhr, dass die Zusage von seinem Onkel an diesem Tag eingetroffen sei und er schon in wenigen Tagen *Rosario* verlassen und nach Venedig aufbrechen werde, wurde sie kreidebleich und wie kraftlos sanken ihre Hände in ihren Schoß. Gleichzeitig schossen ihr die Tränen in die Augen, worauf sie schnell den Kopf senkte und mit starrem Blick und wie gelähmt am Tisch saß.

Matteo bemerkte, wie Elena Cavaletto ihrer Tochter hastig einen verstohlenen und mitfühlenden Blick zuwarf, als ahnte sie, welche Seelenqualen ihr in diesem Moment zusetzten. Er sah aber auch, wie Antonia verächtlich die Mundwinkel herabzog.

Der kleine Fabio, der in den vergangenen Monaten eine große Anhänglichkeit entwickelt hatte, meldete sofort lautstarken Protest an und versuchte ihn mit kindlichem Zureden und Betteln dazu zu bringen, es sich noch einmal anders zu überlegen. Elena Cavaletto hatte Mühe, ihren Sohn zu beruhigen und gleichzeitig ihrem großen Bedauern Ausdruck zu geben, dass er sie verließ. Auch Fausto und Renzo versicherten, dass sie es lieber gesehen hätten, wenn er auf *Rosario* geblieben wäre. Das sagte auch der Padrone, um dann aber auch Verständnis für Matteos Entscheidung zu äußern. Und in dem allgemeinen Durcheinander stahl sich Fiona wortlos aus der Küche.

Antonia dagegen hatte für seinen überraschenden Aufbruch kein Verständnis. »Feigling!«, zischte sie ihm zu, als sie ihn am Treppenaufgang zu seiner Kammer einholte. »Du flüchtest doch nur nach Venedig, weil du weißt, dass ich dich früher oder später doch herumbekommen hätte. Was bist du doch für ein elender Hasenfuß! Du bist ja nicht einmal eines Blickes von mir würdig!« Sie spuckte ihm vor die Füße und hastete davon.

Am nächsten Vormittag redete Matteo mit Fiona unter vier Augen und bat sie um Entschuldigung, dass er sie nicht schon vorher in sein Vorhaben eingeweiht hatte. Es fiel ihm ungeheuer schwer, dabei in ihr blasses, trauriges Gesicht zu blicken und ihr nicht die wahren Gründe für seinen Weggang sagen zu können. Aber er wollte es für sie beide nicht noch schwerer machen, als es so schon war.

Fiona zeigte sich sehr gefasst. Und nur einmal unternahm sie den zögerlichen Versuch, die Wahrheit aus ihm herauszulocken, als sie mit tränenschimmernden Augen sagte: »Ich dachte, du und ich . . .« Doch sie brach sofort ab und Matteo sah sie nur an und ließ diesen Moment ungenutzt verstreichen, obwohl alles in ihm danach schrie, sie in seine Arme zu nehmen und ihr seine Liebe zu gestehen. Aber was hätte er damit erreicht? Doch nur, dass ihnen der Abschied voneinander noch schwerer fiel.

Matteo litt so sehr wie sie und war daher froh, dass Vittorio Cavaletto noch am selben Tag zu Luigi Batali fuhr, um sich von ihm die Namen von zuverlässigen Flussschiffern geben zu lassen. Als er nach *Rosario* zurückkehrte, teilte er Matteo mit, dass sie schon am nächsten Morgen aufbrechen konnten, wenn es ihm recht sei.

Es war ihm mehr als recht.

16

Matteo zog sich an diesem Abend schon früh in seine Kammer zurück, obwohl an Schlaf nicht zu denken war. Stunden später drehte er sich noch immer auf seinem Lager schlaflos von einer Seite auf die andere.

Plötzlich fiel neben ihm etwas auf den Boden und rollte mit einem leise klickenden Geräusch über die Dielenbretter. Irritiert drehte er sich herum und blickte in die Richtung, aus der das Geräusch gekommen war. Im selben Augenblick traf etwas den Rahmen des weit offen stehenden Fensters, sprang seitlich in die Kammer, schlug auf dem Boden auf und verursachte beim Weiterrollen dasselbe Geräusch, das ihn gerade stutzen gelassen hatte.

Ein Stein! Jemand warf ihm von unten kleine Steine durch das offene Fenster in die Kammer, um seine Aufmerksamkeit zu erregen!

Matteo sprang auf und trat wütend ans Fenster. Er hegte nicht den geringsten Zweifel, dass es sich bei diesem Jemand um Antonia handelte. Nur sie besaß die Unverfrorenheit, ihn mitten in der Nacht aus dem Schlaf zu holen, um ihn aus seiner Kammer zu locken – und so zu tun, als wären ihr die verächtlichen Worte am Abend zuvor nie über die Lippen gekommen. Das sah ihr ähnlich. Bestimmt hatte sie sich nicht damit abfinden können, dass er standhaft geblieben war und im Morgengrauen für immer aus ihrem Leben verschwand, ohne dass sie ihren Willen bekommen hatte. Und jetzt unternahm sie einen allerletzten Versuch, ihn doch noch in die Knie zu zwingen.

Aber es war nicht Antonia, die unten auf dem Hof im Mondlicht stand, zu ihm hochschaute und ihm mit einer stummen Geste bedeutete, zu ihr zu kommen, sondern Fiona!

Im ersten Moment war er derart verblüfft sie dort unten zu sehen, dass er überhaupt nicht auf ihre Zeichen reagierte. Nie hätte er sich träumen lassen, dass Fiona ihn mitten in der Nacht zu einem heimlichen Treffen bat. Dann jedoch nickte er ihr hastig zu und trat vom Fenster zurück.

Barfuß, auf Zehenspitzen und mit wild schlagendem Herzen schlich er sich aus seiner Kammer, stieg die Treppe hinunter und schlüpfte durch den Spalt in der offen stehenden Haustür auf den Hof hinaus.

Fiona wartete auf ihn an der Seitenwand des quadratischen Steinhauses, das links vom Wohnhaus und in einem rechten Winkel zu ihm stand und in dem die Ölmühle untergebracht war. Mit einem kurzen und leisen Zischlaut machte sie ihn auf sich aufmerksam, als er sich, auf dem Hof suchend, nach ihr umblickte.

Matteo lief zu ihr, aufgewühlt von ebenso großer Freude wie Beunruhigung. Noch einmal mit ihr allein zu sein war ein wunderbares, unerwartetes Geschenk. Aber es barg auch Gefahren und vertiefte den Schmerz. Er gemahnte sich auf keinen Fall die Selbstbeherrschung zu verlieren und noch in den letzten Stunden eine Dummheit zu begehen, die später nur zu bitterer Reue führen würde. Das wäre unverzeihlich, und das durfte er sich und ihr nicht antun!

»Fiona, um Gottes willen! Warum hast du das getan? Wenn jemand bemerkt hat, dass du dich aus dem Haus geschlichen hast, und uns zusammen sieht . . .«

»Ich bin so vorsichtig gewesen, wie man nur sein kann. Und

es wird auch nicht lange dauern. Aber ich musste dich einfach noch einmal sehen, Matteo!«, fiel sie ihm ins Wort. »Denn das, was ich dir auf deine Reise mitgeben möchte, kann ich dir nicht beim Abschied im Morgengrauen geben, weil dann alle zusehen.«

»Was willst du mir denn geben?«, fragte er verwundert und berührt zugleich.

»Das hier!«, sagte Fiona und hielt ihm ihre Rosenkranzhalskette mit den zierlichen, rosenblättrigen Holzperlen und dem kunstvoll geschnitzten, kleinen Kruzifix als Anhänger hin.

»Nein, das kann ich nicht annehmen!«, sagte er sofort abwehrend. »Die Kette hat dein Großvater für dich angefertigt! Ich kenne die Geschichte und weiß, was dir diese Kette bedeutet, Fiona! So ein Geschenk kann ich unmöglich annehmen! Nein und noch mal nein!«

»Ich möchte aber, dass du sie nimmst!«, beharrte sie. »Außerdem ist es gar kein Geschenk, sondern . . .« Sie stockte und biss sich auf die Lippen.

»Was soll es denn sonst sein?«

»Nur eine . . . eine Leihgabe«, sagte sie leise.

»Eine Leihgabe?«, wiederholte er, weil er den Sinn im ersten Moment nicht begriff.

»Ja, du musst sie mir eines Tages wiederbringen«, erklärte sie mit bebender Stimme. »Und so lange werde ich auf dich warten.«

Matteo ging ein Schauer durch den Körper. »Fiona, ich weiß nicht, was ich darauf sagen soll«, antwortete er gequält und ergriff ihre Hand, in der sie die Schnitzarbeit ihres Großvaters hielt. »Ich wünschte aus ganzem Herzen, ich könnte die Kette nehmen, weil ich zumindest die berechtigte Hoffnung habe, sie dir eines Tages zurückbringen und vor den Augen deines Vaters bestehen zu können – aber nicht als tüchtiger Lohnknecht, sondern als jemand, der sein Glück gemacht hat und ihm daher als Schwiegersohn willkommen ist. Aber dir auch nur zu sagen, ich hätte immerhin einen Schimmer dieser Hoffnung, wäre schon eine Selbsttäuschung, ja eine glatte Lüge.«

»Ist nicht in den letzten sechs Monaten so unendlich viel geschehen, womit keiner von uns gerechnet hat, Matteo?«, entgegnete sie.

»Ja, schon«, gab er zu. »Aber so, wie ich das Leben kennen gelernt habe, scheint es endlos viele rutschige Wege hinab ins Elend und ins Unglück zu geben und nur einige wenige, gut verborgene Treppen hinauf zum Glück und zu einem gewissen Wohlstand.«

»Das mag sein, aber ich bin noch nicht bereit, die Hoffnung aufzugeben, dass du irgendwann zurückkommst. Ich kann es einfach nicht!«, erwiderte Fiona mit beschwörender Eindringlichkeit. »Und deshalb bitte ich dich die Kette zu nehmen. Das ist ein Geschenk, das du mir machen kannst, Matteo! Denn wenn ich weiß, dass du etwas bei dir trägst, das dich an mich erinnert, wird dieses Wissen mir vieles leichter machen. Und wenn du dir eines Tages ganz sicher sein solltest, dass wirklich jede Hoffnung auf eine Rückkehr verloren und weiteres Warten auf dich sinnlos ist, dann wirst du schon einen Weg finden, um mir die Kette wieder zukommen zu lassen. Etwa indem du sie einem der Flussschiffer mitgibst, mit denen der Weinhändler Batali regelmäßig Geschäfte macht.«

»Fiona, ich weiß wirklich nicht, ob . . .«

»Bitte nimm sie!«, fiel sie ihm mit tränenerstickter Stimme ins Wort.

»Also gut, ich nehme sie«, sagte er schließlich nachgebend, weil er ihr nicht noch mehr wehtun wollte.

»Danke, Matteo! Gottes Segen und meine Gebete werden immer bei dir sein!«, flüsterte sie, stellte sich unverhofft auf die Zehenspitzen, drückte ihm einen Kuss auf die Wange und lief zum Wohnhaus zurück.

Matteo sank an der Steinwand entlang zu Boden und blieb dort eine ganze Weile im tiefen Schlagschatten des Mühlhauses sitzen. Lange kämpfte er gegen die Tränen an. Und die ganze Zeit über glaubte er noch immer ihre Lippen auf seiner Wange spüren zu können. Mit zärtlicher Behutsamkeit ließ er die Glieder der Kette durch seine Finger gleiten. Am Morgen, kurz vor dem Aufbruch, wollte er die Kette heimlich irgendwo in der Küche zurücklassen, in einer Schale oder auf einem der Borde. Fiona sollte wissen, dass es keine Hoffnung gab. Das war er ihr schuldig.

Aber als Matteo beim ersten Licht des Tages zu Vittorio Cavaletto auf den Kutschbock stieg und der Wagen anruckte, da trug er Fionas Kette unter seinem Hemd. Und ihm war, als brannten die vielen Holzperlen und das kleine Kreuz wie winzige Glutstücke auf seiner Haut.

Dritter Teil

Die Lagune der Galeeren
Oktober 1570 bis März 1571

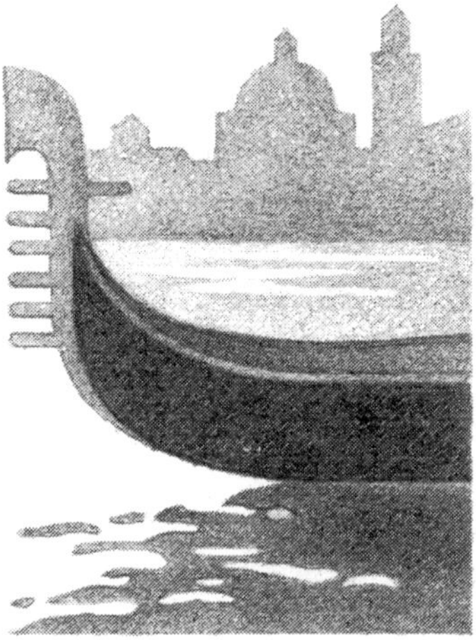

1

Matteo saß im Schankraum des Gasthofes *Quadriga* vor einem tiefen Holzteller. Er löffelte die dickflüssige Graupensuppe, die reichhaltig mit fetten Speckstücken durchsetzt war, eher gedankenlos als mit Appetit in sich hinein. Dass er dem Essen so wenig Beachtung schenkte, lag an den unterhaltsamen Schilderungen des leutseligen venezianischen Leinenhändlers Vincenzo Moscone.

Der offensichtlich nicht gerade vermögende Mann war wie er in dieser einfachen und preiswerten Hafenherberge am lang gestreckten Kai von Porto Marghera abgestiegen und hatte sich vor wenigen Minuten zu ihm gesetzt. Nun erging sich der untersetzte und überaus redselige Händler mit glühender patriotischer Leidenschaft in der Beschreibung seiner Heimatstadt. Er pries sein Venedig als eine Stadt von unvergleichlicher Schönheit, Pracht und Macht.

Von den Anlegestellen, wo das unablässige Kommen und Gehen der zahlreichen *traghetti,* der Fährschiffe und Lastenkähne aus Venedig, Chioggia, Ferrara, Treviso, Padua und Vicenza, für ein geschäftiges Treiben sorgte, drang der Lärm wie eine beständig an- und abschwellende Brandung zu ihnen in den Schankraum. Er vermischte sich mit dem Stimmengewirr in der Taverne, die sich zu dieser sonntäglichen Nachmittagsstunde langsam zu füllen begann.

»Venedig wird auch ehrfürchtig *Serenissima*, die erhabenste Republik, genannt – und zwar nicht nur hier in der Lagune und auf der *Terraferma,* sondern überall auf der Welt! Sogar bei den Heiden und den verfluchten osmanischen Barbaren! Ein ähnliches Reich lässt sich auf Erden nicht finden!«, versicherte der Leinenhändler, der im *Quadriga* auf die Ankunft eines Geschäftspartners aus Vicenza wartete, und in seinem runden, fleischigen Gesicht leuchteten die kleinen Augen unter den schmalen Brauen voller Stolz.

»Terraferma?«, fragte Matteo mit vollem Mund.

»Darunter versteht man alle Ländereien und Städte auf dem Festland, die zu Venedigs Herrschaftsgebiet gehören und deren Fürsten vor dem Dogen von San Marco die Knie beugen müssen«, erklärte der Händler und fuhr fast ohne Atempause in seiner begeisterten Beschreibung Venedigs fort. »Eine durch göttliche Fügung begründete Stadt, deren Flotte das Mittelmeer beherrscht, ohne Festungsmauer und allseits von Wasser umgeben, ist nichts Geringeres als ein Wunder. Und wenn ein Venezianer gefragt wird, wie seine Stadt dort draußen in der Lagune gebaut ist, so lautet seine Antwort fast immer: ›Unser Fußboden ist das Meer, unser Dach der Himmel und unsere Festungsmauern sind die Wasserläufe der Lagune!‹« Er lehnte sich dabei mit einer pathetisch weit greifenden Geste zurück, als erwartete er Applaus von seinem jungen Zuhörer aus der tiefen Provinz.

»Ein schöner Vergleich«, sagte Matteo und spuckte ein Stück Knorpel auf den Boden.

»Und ein überaus treffender!«, bekräftigte der Händler. »Wir Venezianer haben keine Weinberge und keine Felder, unser Feld ist das Meer, genauer gesagt, das gesamte Mittelmeer. Wer uns das streitig macht, der will uns ans Leben. Deshalb haben wir zu unserem Schutz unsere Galeerenflotte zur stärksten Seemacht ausgebaut. Keine andere Macht kann unseren Handels- und Kriegsgaleeren das Wasser reichen, weder die Genueser noch die Spanier oder Portugiesen! Nur die Osmanen müssen wir scharf im Auge behalten!«

Matteo hörte sich die hymnischen Lobpreisungen des Händlers, dessen Bekanntschaft er vor zwei Tagen am Abend seiner

Ankunft in Porto Marghera gemacht hatte, nur zu gern an. Sie mehrten nicht nur sein äußerst spärliches Wissen über die mächtige Seerepublik, in der er schon bald leben würde, sondern sie lenkten ihn vor allem ein wenig von seinen Gedanken an Fiona und von seinem Schmerz ab, der ihm heftig zusetzte. Das tagelange Nichtstun und Warten stellten seine Geduld auf eine harte Probe und waren Gift für ihn.

Von seinem Onkel Tomaso Rovelli hatte er bislang noch nichts gehört. Der Wirt des *Quadriga* hatte ihm jedoch versichert, dass er die Nachricht von seinem, Matteos, Eintreffen weitergeleitet habe und dass man ihn bestimmt bald abholen werde. Er hoffte, dass es *sehr* bald geschah. Denn er ging davon aus, dass sein Onkel keinen Müßiggang duldete und dass daher bestimmt schon irgendeine harte Arbeit auf ihn wartete.

Als einem der Zecher an der Theke sein Steingutbecher aus der Hand glitt und dieser auf den dicken Bohlen zu Scherben zersprang, hob Matteo unwillkürlich den Kopf und sah hinüber. Sein Blick fiel sofort auf den plattnasigen und narbengesichtigen Flussschiffer aus Treviso, der gerade eine der Scherben mit einem Stiefeltritt aus dem Weg stieß und auf ihren Tisch zusteuerte. Und er sah den Streit schon kommen, noch bevor der kräftige Mann das erste beleidigende Wort über die wulstigen Lippen gebracht hatte. Denn mit dem Narbengesicht war der Händler Moscone schon am Abend zuvor heftig aneinander geraten. Dass es bei einem kurzen hitzigen Wortwechsel geblieben war, hatten sie nur dem Zufall zu verdanken, dass einer von der Mannschaft des Flussschiffers aufgeregt in der Taverne erschienen war und der Narbengesichtige wegen einer dringenden Angelegenheit umgehend auf sein Boot hatte zurückkehren müssen.

»Na, singst du wieder dein verlogenes Loblied auf die Hure Serenissima?«, höhnte der Flussschiffer mit schon alkoholschwerer Stimme, stellte seine mit Rotwein gefüllte Blechkanne auf die schwere Platte des Holztisches und stützte sich mit beiden Händen provozierend auf die Kante.

Vincenzo Moscone schenkte dem Mann keine Beachtung. Er tat, als hätte er die beleidigende Bemerkung gar nicht gehört, und fuhr scheinbar unbeirrt fort: »Venedig ist nicht nur die Königin unter allen mächtigen Städten, sondern sie ist auch der stärkste Wall gegen die vordringenden Barbaren aus dem Reich der Muselmanen und seit Jahrhunderten die tapfere Bewahrerin der abendländischen Christenheit! Ohne ihre mächtige Flotte unbezwingbarer Galeeren . . .«

»Von wegen tapfere Bewahrerin!«, fiel ihm der Flussschiffer ins Wort. »Tapfer sind die venezianischen Befehlshaber doch nur, wenn sie in der Überzahl sind und den Vorteil auf ihrer Seite wissen!«

Der Händler ließ sich nun dazu herab, den Mann zur Kenntnis zu nehmen, indem er ihm einen ungehaltenen Blick zuwarf. »Ich kann mich nicht erinnern Euch eingeladen zu haben, an unserem Gespräch teilzunehmen! Also geht Eurer Wege und zeigt ein Mindestmaß an Anstand, indem Ihr Euch gefälligst um Eure eigenen Angelegenheiten kümmert!«, forderte er ihn kühl auf.

Der Narbengesichtige ließ sich davon jedoch nicht beirren. »Wo war denn die angeblich so tapfere Flotte Venedigs, als der Osmanenherrscher Selim II. im Sommer seine Flotte nach Zypern geschickt hat und die verfluchten Muselmanen die Küstenfestungen Nikosia und Famagusta belagert haben? Die lag derweil sicher vor Kreta, zusammen mit den zwölf Galeeren des Papstes und den neunundvierzig spanischen Einheiten, wie man jetzt weiß.«

»Nun ja, das war eine sehr unglückliche Situation«, räumte Vincenzo Moscone widerstrebend ein.

Der Flussschiffer lachte höhnisch auf. »Die Situation war nicht unglücklich, sondern die angeblich so tapferen venezianischen Oberbefehlshaber waren ebenso eitel wie feige! So sieht die Wahrheit aus! Denn statt die türkischen Belagerer anzugreifen, konnten sich die feinen Herren nicht einig werden, wer wem was befehlen durfte und wie man gegen die Feinde vorgehen sollte!«

Der Händler setzte zu einem entrüsteten Einwand an, doch der Flussschiffer ließ ihn nicht zu Wort kommen und redete mit lauter werdender Stimme einfach weiter.

»Und wie jetzt bekannt geworden ist, konnte die Sultansflotte deshalb völlig unbehelligt und mit reicher Beute schwer beladen wieder an den Bosporus zurückkehren – nachdem diese blutrünstigen Osmanen allein in Nikosia nach der Eroberung der Hafenstadt über zwanzigtausend Christen grausam abgeschlachtet und tausende Überlebende in die Sklaverei geführt haben! Darunter allein vierhundert Mädchen und Jungen! Der Doge und die feinen Ratsherren ziehen es vor, zu taktieren statt zu kämpfen. Sie würden sogar mit dem Teufel einen Pakt schließen, um ihre fetten Pfründe und Handelsmonopole zu sichern!«

Das Gesicht des Händlers rötete sich vor wachsendem Ärger über die beleidigende Zudringlichkeit des Flussschiffers. »Ach was, so genau weiß man das noch gar nicht, denn bislang sind nicht alle Einheiten zurück«, erwiderte er ungehalten. »Außerdem interessiert mich Eure Meinung auch gar nicht! Also belästigt uns nicht länger!«

Der Flussschiffer dachte jedoch nicht daran, der Aufforderung Folge zu leisten. Er nahm vielmehr einen kräftigen Schluck Rotwein aus seiner Kanne, knallte sie wieder auf den Tisch, wischte sich mit dem Handrücken flüchtig über den Mund und sagte dann grimmig: »Venedig ist keine erhabene

Republik, auch nicht die Heiterste aller Heiteren, sondern eine macht- und geldlüsterne Krake, die einfach nicht genug an sich raffen und sich in den Rachen stopfen kann! Es ist gerade mal zweihundert Jahre her, da haben Mestre und der Hafen hier noch zu Treviso gehört!«

»Ah, daher weht der Wind! Ihr habt nicht verwinden können, dass Eure Stadt Venedig im Machtkampf erbärmlich unterlegen ist und seit Generationen nicht mehr viel zu melden hat!«, sagte der Händler genüsslich. »Aber so ist es nun mal im Leben: Wer schwach ist und sich nicht behaupten kann, der muss sich dem Stärkeren unterwerfen. So, und damit ist alles gesagt.« Er rückte seinen Stuhl so herum, dass er dem Flussschiffer nun den Rücken zuwandte.

Aber der rührte sich nicht vom Fleck. »Wisst Ihr, was einer der Päpste einmal über Venedig und seine hochnäsigen Bewohner gesagt hat?«

Nun mischte sich auch Matteo ein, dem die Zudringlichkeit des Flussschiffers inzwischen nicht weniger auf die Nerven ging. »Nein, und es interessiert an diesem Tisch auch keinen!«, sagte er abweisend, während ein Mönch in schwarzer, blank gewetzter Kutte und mit hochgeschlagener Kapuze den Schankraum betrat. Ein auf der linken Schulter nachlässig aufgesetzter Flicken gab dem fadenscheinigen Gewand ein ärmliches Aussehen. Der Klosterbruder, der von großer, kräftiger Statur war, trug die schäbige Kutte jedoch mit selbstbewusster Haltung und zielstrebigem Gang. Er schaute sich beim Eintreten flüchtig um und lenkte dann seine Schritte zum Wirt hinüber, der hinter der Theke stand. »Habt Ihr nicht gehört, dass Signor Moscone nicht weiter von Euch belästigt werden möchte?«

Der Flussschiffer schenkte Matteo nicht einmal einen Blick, sondern tippte dem Händler mit steifem Zeigefinger hart auf die Schulter. »Sagt, wendet Ihr Euch etwa vor Scham ab?«, spottete er. »Dann tut Ihr gut daran. Ich habe mir nämlich das zutreffende Urteil, das der Mann auf Petris Stuhl einmal über Venedig und seine Bewohner gefällt hat, Wort für Wort gemerkt. ›Was scheren sich die Fische um das Gesetz? Wie unter wilden Tieren die Meerestiere die geringste Intelligenz haben, so sind unter den menschlichen Wesen die Venezianer die am wenigsten Gerechten und am wenigsten fähig zur Menschlichkeit!‹ Und daran hat sich seitdem nichts geändert!«

Nun war es mit der Geduld des Händlers vorbei. Puterrot im Gesicht sprang er vom Stuhl auf. »Das ist ja wohl der Gipfel der Unverschämtheit!«, entrüstete er sich, stemmte die Fäuste in die Seite und legte sich in die Brust. »Aber wenn Ihr glaubt, ein stinkender Flussschiffer Eures Schlages könnte an der Ehre eines venezianischen Kaufmanns auch nur kratzen, dann hat Euch der Wein das Gehirn aber ganz gehörig vernebelt!«

»Was hast du fette Sumpfkröte da gesagt? Stinkender Flussschiffer?«, stieß der Narbengesichtige sofort mit bösartig verkniffener Miene hervor. »Na, dir werde ich eine Lektion erteilen!« Seine rechte Hand fuhr unter seinen schmuddeligen Umhang und kam mit einem breiten Bootsmesser wieder hervor. Er setzte dem Händler die Klinge an die Kehle.

Vincenzo Moscone gab einen erstickten Schrei von sich und erstarrte mitten in der Bewegung, die Augen nach unten zum Messer hin verdreht.

Erschrocken, aber mehr noch von Wut gepackt, sprang Matteo auf und kam hinter dem Tisch hervor. »Seid Ihr von Sinnen? Was fällt Euch ein, dass Ihr Euch uns erst aufdrängt und dann einen Streit vom Zaun brecht? Nehmt sofort das Messer weg!« Matteo legte seine Hand unwillkürlich auf den Griff des Messers, das Vittorio Cavaletto ihm zum Abschied geschenkt hatte und das er an seinem Gürtel trug. »Sonst . . .«

»Ja, was ist sonst, du halber Furz?«, fiel ihm der Flussschiffer verächtlich ins Wort und spuckte ihm vor die Füße. »Willst du vielleicht blank ziehen und dich mit mir anlegen? Nur zu, du Grünschnabel! Ich werde dich in Streifen schneiden!«

Noch bevor Matteo seine spontane Kühnheit bereuen konnte und wusste, was er auf diese Herausforderung antworten sollte, tauchte der schwarze Kuttenträger mit der hochgeschlagenen Kapuze hinter dem Flussschiffer auf.

»Lasst Euer Messer sinken und geht in Gottes Namen, mein Sohn«, machte sich der Mönch mit sanfter, aber eindringlicher Stimme bemerkbar. »Auf der Barmherzigkeit liegt der Segen unseres Heilands, nicht auf der Gewalt!«

Der Flussschiffer warf ihm einen flüchtigen Seitenblick über die Schulter zu. »Spar dir deine frommen Sprüche und halt dich bloß heraus, Betbruder!«, blaffte er ihn an. »Die Rechnung, die ich mit dieser venezianischen Sumpfkröte hier zu begleichen habe, geht dich einen feuchten Dreck an!«

Matteo war über das Eingreifen des Mönches überrascht und er versuchte einen Blick auf das Gesicht des Ordensmannes zu werfen. Aber der Mönch stand nicht nur mit dem Rücken zu Tür und Fenster, sondern die tiefe, vorn leicht überhängende Kapuze warf zudem noch einen dunklen Schatten über das Gesicht ihres Trägers.

»Man hat sich eher verredet als verschwiegen, mein Sohn«, sagte der Mönch warnend. »Und bedenkt die biblische Warnung, dass derjenige, der zum Schwert greift, zumeist auch durch das Schwert umkommt.« Er legte eine kurze Pause ein, um dann mit eigenartigem Spott noch hinzuzufügen: »Auch wirft man nicht mit Eiern nach Sperlingen.«

»Sieh bloß zu, dass du dich trollst und dich in den nächsten Klosterkreuzgang oder die nächstbeste Kapelle verziehst, so schnell dich deine dreckigen Sandalen tragen!«, zischte der Flussschiffer.

Der Mönch seufzte und sagte bedauernd: »Ihr lasst mir also keine andere Wahl, als dass ich Euch das Messer selbst aus der Hand nehmen muss.«

Der Flussschiffer lachte ob dieser Drohung mit abfälliger Erheiterung auf und wollte ihn mit der linken Hand grob von sich wegstoßen. Aber daraus wurde nichts.

Matteo glaubte, seinen Augen nicht trauen zu dürfen, als er nun Zeuge wurde, wie der Mönch nicht angstvoll zurückwich, sondern im Gegenteil geistesgegenwärtig zum Angriff überging. Er packte nämlich den Arm des Flussschiffers, drehte ihn herum und riss den Mann dabei gleichzeitig zu sich heran.

Der Flussschiffer brüllte auf. Sicherlich vom Schmerz überrascht, als ihm der Mönch den Arm mit einem kraftvollen Ruck verdrehte, aber wohl mehr noch vor ungläubiger Wut, dass ein gewöhnlicher Klosterbruder es wagte, sich mit ihm anzulegen.

»Dir werde ich es zeigen, du dreckiger Kuttenträger!«, schrie er wutentbrannt, fuhr zu ihm herum und hob die rechte Messerhand, als wollte er mit dem Griffende der Waffe in seiner Faust auf ihn einschlagen.

Aber der Flussschiffer erhielt keine Gelegenheit, auch nur einen einzigen Hieb anzubringen. Denn kaum hatte er die Messerhand hochgerissen, als sich die Faust des Mönches auch schon mit einem wuchtigen Schlag in seine Bauchgegend bohrte, ihm die Luft aus den Lungen trieb und ihn mit einem erstickten Röcheln nach vorn zusammenklappen ließ.

Nicht nur Matteo fiel im Schankraum des *Quadriga* vor Fassungslosigkeit der Unterkiefer herunter, als er sah, wie der Klosterbruder mit wehender Kutte den bulligen Flussschiffer innerhalb weniger Sekunden mit einem halben Dutzend präziser Faustschläge vor sich hertrieb, in die Knie zwang und mit einem letzten, wuchtigen Schwinger zu Boden schickte.

»Hennen, die viel gackern, legen wenig Eier«, sagte der Klosterbruder trocken in die ungläubige Stille hinein, die urplötzlich im Schankraum eingekehrt war. Dann wandte er sich mit sarkastischem Tonfall an den Flussschiffer, der geschlagen und benommen zwischen den einfachen Holzbänken und Tischen am Boden lag. »Lass dir das für die Zukunft eine Lehre sein, mein Sohn! Man darf dem Unglück keinen Boten schicken – es kommt von selbst und viel zu früh ins Haus.« Sprach's, griff zur Rotweinkanne des Geschlagenen, gönnte sich in aller Ruhe zwei, drei kräftige Schlucke und stellte die Kanne wieder auf den Tisch zurück.

»Heiliger Sebastian, dem habt Ihr es aber ordentlich gegeben!«, stieß der Händler hervor und bekreuzigte sich hastig, als wäre er gerade Zeuge eines eindeutig göttlichen Strafgerichts geworden. »Ihr seid ja mit einem heiligen Zorn über den Kerl hergefallen wie Jesus über die Wucherer im Tempel!«

»Wer in die Mühle geht, soll sich nicht wundern, wenn er bestäubt wird«, antwortete der Kuttenträger ungerührt und wandte sich im nächsten Moment Matteo zu, der nun einen ersten klaren Blick auf dessen Gesicht erhaschte. Die Kapuze war bei dem kurzen Kampf nämlich ein wenig nach hinten gerutscht.

Matteo sah einen ledrig wirkenden Kopf mit der gewöhnlichen Mönchstonsur und einem kleinen Wulst, der sich quer über die Stirn zog. Darunter lag zu seiner Verwunderung jedoch nicht das faltige Gesicht eines alten Klosterbruders, sondern es zeigten sich die glatten und markanten Gesichtszüge eines Mannes, der kaum älter als dreißig sein konnte. Und was in diesem Gesicht ganz besonders hervorstach, waren die Augen. Sie waren von einem klaren, tiefen und intensiven Blau, wie er es noch nie zuvor bei einem Menschen gesehen hatte.

»Du musst Matteo Lombardi aus San Bernardo sein, wenn ich den Wirt richtig verstanden habe«, sagte der Klosterbruder mit den eisblauen Augen und in einem beiläufigen Ton, als wäre in den letzten Minuten nichts von sonderlicher Bedeutung geschehen.

»Ja, der bin ich!«, bestätigte Matteo aufgeregt und fragte überflüssigerweise: »Schickt Euch vielleicht mein Onkel, der Schiffbaumeister Tomaso Rovelli?«

»Ja, der hat mich geschickt. Und aufs Schicken versteht er sich.« Ein feines Lächeln kräuselte seine Lippen. »Aber wenn ein Freund bittet, gibt es kein morgen.«

Matteo strahlte vor Erleichterung über das ganze Gesicht. Dass sein Onkel ausgerechnet diesen höchst seltsamen Mönch geschickt hatte, um ihn abzuholen, war zwar eigenartig. Aber letztlich sollte es ihm egal sein, wer ihn in die berühmte Lagunenstadt und zu seinem Verwandten brachte. Endlich hatte das Warten hier im Hafen ein Ende und es ging nach Venedig hinüber!

»Geh und hol aus deiner Kammer, was immer du mitgebracht hast. Und wenn beim Wirt noch eine Rechnung offen steht, begleiche sie!«, forderte ihn der Kuttenträger nicht eben freundlich auf. »Aber beeil dich gefälligst, Matteo! Müßiggang und Trägheit verderben Leib und Seele wie der Rost das Eisen! Unser Fährboot legt bald wieder ab und ich möchte es nicht verpassen, bloß weil du herumgetrödelt hast. Also beweg dich! Ich warte draußen auf dich!« Damit wandte er sich von ihm ab, griff noch mal zur Rotweinkanne des Flussschiffers, um sich daraus ganz unverfroren einen weiteren kräftigen Schluck zu gönnen, zog sich die Kutte wieder tiefer über die Stirn und spazierte so selbstbewusst, wie er das *Quadriga* vor wenigen Minuten betreten hatte, zur Tür hinaus.

2

Es roch am Hafenbecken nach Teer und Seetang, nach feuchtem Sand und Seilen, modrigem Schlick und morschem Holz, nach frischem Werg und Segeltuch und nach den über Bord gekippten Abfällen und Fäkalien, die zwischen den Booten trieben und gegen Bordwände und Stützpfosten schwappten. Zu all diesen Gerüchen gesellte sich noch der allgegenwärtige leichte Geschmack von Salz, den die frische Seeluft mit sich führte und jedem auf die Lippen legte, der sich im Freien aufhielt.

Der Mönch eilte mit wehender Kutte und schwingenden Armen über den Kai, als wäre er jemandem auf den Fersen, der ihm in dem lärmenden Gedränge entlang der Anlegestellen auf keinen Fall entkommen durfte.

Matteo hatte Mühe, mit ihm Schritt zu halten. »Wie kommt es, dass mein Onkel ausgerechnet Euch, einen Ordensbruder, geschickt hat, um mich abzuholen?«, erkundigte er sich, während sie einem hoch beladenen Fuhrwerk auswichen, das ihnen den Weg versperrte.

»Weil der Schiffbaumeister Rovelli Wichtigeres zu tun hat, als sich am heiligen Sonntag die Zeit auf Fährbooten zu vertreiben«, lautete die Antwort des Kuttenträgers.

Matteo glaubte, einen Anflug von Sarkasmus aus der Stimme des Mannes herauszuhören. »Dann seid Ihr mit meinem Onkel wohl gut befreundet, dass Ihr ihm diesen Dienst abgenommen habt«, sagte er mit fragendem Unterton.

»Ja, es gibt so einiges, was uns verbindet.«

Auch in dieser mehrdeutigen Antwort schwang ein wenig an Spott mit, wie Matteo den Eindruck hatte. »Würdet Ihr denn auch die Freundlichkeit besitzen, mir Euren werten Namen zu verraten?«

Der Klosterbruder wandte ihm kurz den Kopf zu. »Enrico«, kam es dann unter der Kapuze hervor.

»Und mit welchem der Boote setzen wir nach Venedig über, Bruder Enrico?«

Der fremde Klosterbruder blieb nun stehen. »Mit Salvatore Bitones *Aquila* dort«, antwortete er und deutete auf einen plumpen Kahn, der am Ende des Kais vertäut lag und mit seinem kurzen Mast und dem bauchigen Rumpf so wenig Ähnlichkeit mit einem Adler besaß wie ein Ochse mit einem rassigen Rennpferd. »Und damit ist erst einmal Schluss mit deiner Fragerei! Viel Wissen bringt Kopfweh!«

»Entschuldigt«, murmelte Matteo.

»Wenn wir gleich an Bord des Fährbootes gehen, wirst du schön den Mund halten und keine dummen Fragen stellen. Solange wir in Hörweite von Salvatore Bitone sind, will ich kein Wort von dir hören! Nicht ein einziges! Auch nicht irgendein Gemurmel oder so etwas! Das Reden überlässt du mir, hast du verstanden?«

»Ja, natürlich . . .«, sagte Matteo verdattert über den plötzlich so strengen Ton. »Aber was gibt es denn da groß zu reden, wenn man mit diesem Fährmann nach Venedig übersetzen will?«

Enrico machte eine ungeduldige Handbewegung. »Das erkläre ich dir später. Jetzt ist dafür nicht die Zeit. Sie werfen gleich die Leinen los. Halte einfach deinen Mund geschlossen und deinen Kopf gesenkt und bemühe dich um einen möglichst demütigen, gottesfrommen Eindruck, egal, wie das Gespräch verläuft. Und nun komm!«

Verwundert, was wohl der Grund für diese merkwürdigen Anweisungen sein mochte, folgte Matteo dem Klosterbruder zum Liegeplatz der *Aquila*. Der Besitzer des Fährbootes, ein kantiger Mann mit zerzaustem Haar und einem Gesicht wie ein vor vielen Jahren an Land gespültes und verwittertes Stück Treibholz, stand am Kai neben der breiten Planke, die von der Anlegestelle auf das Deck seines Bootes führte. Als sie näher traten, nahm Salvatore Bitone gerade von zwei älteren Männern, die schwere, fest verschnürte Bündel trugen, das Fährgeld entgegen. Münzen wechselten den Besitzer.

Matteo erwartete, dass nun auch Bruder Enrico seinen Geldbeutel hervorzog, um den Fahrpreis zu entrichten. Und schon wollte er sagen, dass er noch einiges von seinem Lohn als Knecht übrig habe und daher sehr wohl in der Lage sei, seine Überfahrt selbst zu bezahlen, als ihm einfiel, dass er ja unbedingt den Mund halten sollte.

»Ah, Ihr habt es also noch geschafft und macht auch die Rückfahrt mit uns!«, rief der Fährschiffer dem Klosterbruder zu, richtete seinen Blick kurz auf Matteo und fragte dann mit leicht hochgezogenen Augenbrauen: »Und? Ist das die verirrte, arme junge Seele, von der Ihr mir auf der Herfahrt erzählt habt?«

»In der Tat, das ist er, unser neuer Novize Matteo«, sagte Enrico, tätschelte Matteo, der seinen Ohren nicht traute, mit einer väterlich huldvollen Geste auf den Rücken und fuhr dann mit gedämpfter Stimme salbungsvoll fort: »Gerettet aus dem Sumpf des Lasters, das ihn trotz seiner Jugend schon zu verschlingen drohte! Dank Gottes unergründlicher Gnade und meines bescheidenen Beistands hat er noch vor den Toren Satans den Weg zur Umkehr und zur reuigen Buße gefunden, seinem sündigen Leben entsagt und seine Berufung zum gehorsamen Diener Gottes erkannt. Gelobt sei der Allmächtige und das große Geheimnis der klösterlichen Berufung!« Er schlug das Kreuz und stieß Matteo dabei mit seinem linken Ellbogen unmerklich an, damit auch er das Kreuzzeichen machte.

Matteo verstand nicht, was diese üble Scharade sollte, beeilte sich aber, es dem Klosterbruder wie verlangt gleichzutun.

Auch der Fährschiffer bekreuzigte sich. »Ja, Gottes Barmherzigkeit ist unergründlich«, sagte er mit einem schweren Seufzen und schenkte Matteo dann ein Lächeln, als freute er sich persönlich über seine angebliche Umkehr und den Eintritt ins Kloster.

»Ihr sagt es, guter Mann«, pflichtete ihm der Klosterbruder bei. *»Gott hebt den Schwachen aus dem Staub und erhöht den Armen, der im Schmutz liegt. Er gibt ihm einen Sitz bei den Edlen seines Volkes. Denn nicht ihr habt mich, sondern ich habe euch erwählt«,* zitierte er, den Kopf gen Himmel gerichtet und eine Hand wie zum Schwur auf die Brust gelegt. »So steht es schon bei dem Evangelisten Lukas geschrieben.«

Matteo stutzte, verkniff sich jedoch noch im letzten Moment, was ihm auf der Zunge lag. Es fiel ihm jedoch überaus schwer, sein Versprechen zu halten und nicht in das Gespräch einzugreifen.

Der Fährschiffer schüttelte mit einem freundlichen Lächeln und einer abwehrenden Geste den Kopf, als der Klosterbruder seinen Geldbeutel unter der Kutte hervorholte. »Wer das Ordenskleid oder als Priester den Rock der heiligen Mutter Kirche trägt, der ist auf der *Aquila* kein zahlender Passagier, sondern ein gern gesehener Gast!«, verkündete er feierlich.

»Natürlich, ich vergaß! Nun denn, möge der Herrgott es Euch vergelten, guter Mann«, sagte der Klosterbruder mit einer demütigen Neigung des Kopfes und steckte seinen Geldbeutel wieder weg. »Wir danken jedenfalls für Eure fromme Großherzigkeit und wir werden Euch in unsere Gebete aufnehmen.«

Das rissige Gesicht des Fährschiffers leuchtete vor Dankbarkeit auf. »Das bedeutet mir mehr als alles andere, werter Bruder!«, versicherte er.

Mit stummer Empörung folgte Matteo dem Klosterbruder auf das kleine Fährboot, das vielleicht einem bis anderthalb Dutzend Passagieren bequem Platz bot. Gewöhnlich lief es unter Segel, so wie an diesem schwachwindigen Nachmittag, aber bei Flaute wurde es von der Besatzung per Ruder vorangetrieben.

Kaum befanden sie sich an Bord, als auch schon die Leinen eingeholt wurden und das salzgraue Segel mit müdem Flattern am Mast hochstieg. Das plumpe Fährschiff legte sich leicht auf die Seite, als das Segel sich in der schwachen Brise träge blähte, und ganz gemächlich schob es sich aus dem Gewimmel des Hafens und hinaus auf die weite Lagune. Die Burg von Marghera mit ihrem trutzigen Turm fiel hinter ihnen zurück. Kreischende Möwen zogen hoch über ihnen hinweg.

Ungeduldig wartete Matteo auf eine Gelegenheit, um diesen höchst seltsamen Bruder Enrico zur Rede stellen zu können. Sein für einen Mönch ungewöhnlich beherztes und buchstäblich schlagkräftiges Auftreten im *Quadriga* hatte ihn schon sehr in Erstaunen versetzt. Aber was er sich soeben im Gespräch mit dem Bootsbesitzer geleistet hatte, ging noch um einiges darüber hinaus.

Dass der Ordensmann ihn, ohne mit der Wimper zu zucken und rot zu werden, für einen höchst lasterhaften jungen Mann ausgegeben hatte, gefiel ihm gar nicht. Und genauso wenig hielt er von der frechen Lüge, er werde nun sein Leben Gott weihen und in ein Kloster eintreten. Wie einem Mönch derartige Lügen so glatt über die Lippen kommen konnten, erschreckte und verwunderte ihn nicht nur, sondern machte ihn auch wütend.

Aber eine Gelegenheit, ihn zur Rede zu stellen, ergab sich so schnell nicht. Außer ihnen hielten sich noch elf weitere Passagiere auf dem offenen Deck der *Aquila* auf. Dazu kamen noch die Seeleute, die sich am Segel zu schaffen machten, hier eine Leine festzurrten und dort ein Tau aufrollten. Es war deshalb fast unmöglich, länger als nur einen kurzen Augenblick mit dem Mönch außerhalb der Hörweite anderer Menschen zu sein.

Dann jedoch ergab sich endlich eine Möglichkeit, als Venedigs Silhouette vor ihnen langsam aus den Salzfluten aufstieg und Bruder Enrico sich ganz vorn in der Bugspitze an die Reling stellte. Und dort verlangte Matteo von ihm Aufklärung.

»Haltet mich nicht für undankbar, allerdings gefällt es mir nicht, wenn man Lügen über mich verbreitet, Bruder Enrico!«, sagte er mit gedämpfter Stimme, aber doch mit deutlicher Schärfe. »Wie konntet Ihr mich vor diesem Fährmann als jemanden hinstellen, den Ihr gerade noch rechtzeitig vor Satans Toren aus dem Sumpf des Lasters gezogen habt? Und diese verlogene Lobpreisung Gottes, weil er mich angeblich zum Klosterleben berufen hat . . .«

». . . hat zusammen mit der anderen rührseligen Geschichte von deiner angeblichen Umkehr und Buße dazu geführt, dass ich auch für dich nicht zu bezahlen brauchte«, fiel ihm Enrico gelassen und offensichtlich völlig frei von Gewissensbissen ins Wort. »Man muss den Stein nach der Schnur richten und nicht die Schnur nach dem Stein.«

Matteo sah ihn einen Augenblick lang sprachlos an. »Es ist Euch nur um den Fährpreis gegangen?«, stieß er dann ungläubig hervor.

Ihn traf ein amüsierter Blick aus den tiefblauen Augen, die in dem schattigen Oval der Kapuze wie das blaue Licht eines nächtlichen Leuchtfeuers funkelten. »Es mögen zwar nur ein paar kleine Münzen sein, die ich mir dadurch erspart habe, aber es gibt keine köstlichere Suppe als die, die man umsonst genossen hat.«

»Dann habt Ihr also schon vor Eurer Hinfahrt gewusst, dass der Fährschiffer von Priestern und Ordensleuten kein Fährgeld nimmt!«, folgerte Matteo mit wachsendem Zorn. Ganz sicher hatte sein Onkel dem Klosterbruder das Geld für die Überfahrt mitgegeben, das dieser nun klammheimlich für sich einsackte! Was für eine faule Frucht von einem Mönch, der doch das Gelübde der Armut abgelegt hatte!

»Natürlich!«, gab Bruder Enrico völlig ungerührt zu. »Keine Mönchskappe ist so heilig, als dass der Teufel nicht darunter schlüpfen könnte.«

»Mir steht der Sinn jetzt nicht nach Euren schlauen Sprüchen!«, sagte Matteo grollend.

Bruder Enrico winkte ab. »Salvatore Bitone hat vor einigen Jahren in einer Stunde größter Not auf See das heilige Gelübde abgelegt, alle geweihten Diener Gottes künftig kostenlos zu befördern, wenn er nur gerettet würde. Und nach seiner wundersamen Errettung hat der gute Mann sein Gelübde eingelöst und hält es noch immer, wie du siehst.«

»Und wie steht es mit Eurer Frömmigkeit und Rechtschaffenheit vor Gott, dem Ihr Eurer Leben geweiht habt?«, wollte Matteo wissen. »Ihr habt den Mann vorsätzlich um seinen gerechten Lohn betrogen!«

Bruder Enrico zuckte die Achseln. »Man muss mit den Pferden pflügen, die man hat«, antwortete er mit einer jener volkstümlichen Spruchweisheiten, die ihm offenbar zu jeder passenden wie unpassenden Gelegenheit so leicht über die Lippen kamen wie gewöhnlichen Mönchen Zeilen aus den Psalmen. »Wir Menschen sind alle Sünder, egal, wie sehr sich der einzelne auch um Heiligkeit bemüht. Unsere Schwachheit soll uns nicht erschrecken, diesen Trost finden wir überall in der

Heiligen Schrift. Auch so große Heilige wie Petrus und Paulus waren schwach, wenn man es recht betrachtet. Da wird mir der Herr wohl meine kleinen Sünden auch verziehen.«

Matteo hatte das Gefühl, als perlten seine Vorwürfe an diesem scheinheiligen Mönch ab wie Wasser an einer Ölhaut. Das wurmte ihn noch mehr und deshalb hatte er auch keine Hemmung, dem Klosterbruder nun mangelnde Kenntnis der Heiligen Schrift vorzuwerfen. Dass er in dem Feldschuppen zwei Wochen lang täglich viele Stunden in der Bibel gelesen und seine Kenntnis derselben aufgefrischt hatte, um die schreckliche Langeweile und das Warten zu bekämpfen, kam ihm nun zugute.

»Ich hoffe, der Herrgott verzeiht Euch auch, dass Ihr als Mönch die Texte des Evangelisten Lukas nicht von den Psalmen unterscheiden könnt! Denn den Hinweis, dass Gott die Schwachen aus dem Staub emporhebt, könnt Ihr bei Lukas nämlich so lange suchen, bis Ihr schwarz werdet, steht diese Stelle doch in den Psalmen!«, hielt er ihm vor. »Und die Stelle *Nicht ihr habt mich erwählt, sondern ich habe euch erwählt,* gehört mit dem anderen Bibelzitat gar nicht zusammen, sondern steht im Evangelium des Johannes!«

Bruder Enrico drehte sich mit einem Ausdruck sichtlicher Überraschung zu ihm um. Doch seine Verblüffung verwandelte sich augenblicklich wieder in jenen bissigen Spott, der zu diesem Mann so zwangsläufig zu gehören schien wie die Tonsur zu einem Klosterbruder. »Sieh an, sieh an! Die jungen Gänse wollen die alten zur Tränke führen! Der Waisenjunge Matteo Lombardi aus dem tiefen Dunkel der muffigen Provinz weiß zwar nicht, wohin er sein gescheites Haupt legen und wer ihm den weiteren Weg durch das Leben weisen soll, aber in der Heiligen Schrift scheint er sich dafür ja bestens auszukennen!«

»Und ich habe nicht die Absicht, mich dafür zu entschuldigen!«, entfuhr es Matteo unwillkürlich.

»Da befindest du dich ja in allerbester Gesellschaft!«, erwiderte Bruder Enrico gänzlich unbeeindruckt. »Denn ich habe diese Absicht auch nicht. Und warum auch? Weil ich mir die rechte Zuordnung von biblischen Stellen nicht merken kann? Nein, nein! Man kann nicht alle krummen Hölzer gerade machen, du bibelfester Sohn eines Schmieds aus San Bernardo!« Dabei vollführte er wie ein Schauspieler eine pathetisch großzügige Geste. »Oder um es mit den Worten des unübertrefflichen Volksmunds zu sagen, dessen Wortwahl mir um vieles näher liegt als jegliches studierte Gerede: Nicht der Ort und die feinen Worte, sondern das Herz macht das Gebet!«

Dieser Schlagfertigkeit wie auch der Argumentation wusste Matteo nichts entgegenzusetzen, deshalb schwieg er. Aber zurück blieb das äußerst verdrießliche Gefühl, dass der Klosterbruder ihn mit der geschmeidigen Waffe seiner Beredsamkeit übertölpelt hatte.

»So, und am besten vergisst du das jetzt alles«, schlug Bruder Enrico geradezu heiter vor. »Sonst trüben diese belanglosen Nichtigkeiten noch deinen ersten Eindruck von Venedig, was zweifellos noch mehr zu bedauern wäre als meine Unsicherheiten im Zitieren der Heiligen Schrift. Nicht von ungefähr sagt man von uns, dass wir zuallererst Venezianer und dann erst Christen sind.« Er zwinkerte ihm zu, als wäre eine solche Äußerung keine bedenkliche Angelegenheit. »Wie auch immer, sperr deine Augen auf, Matteo Lombardi. Gleich liegt die *laguna morta* hinter uns. Denn da vorn kommt die Serenissima, die Herrscherin der Meere und Königin aller Seestädte, schon in Sicht!«

3

Tote Lagune?«, fragte Matteo unwillkürlich. Sein Zorn auf diesen überaus befremdlichen Kuttenträger, den ihm sein Onkel als Begleiter geschickt hatte, war zwar noch längst nicht verraucht, wurde jetzt jedoch von Neugierde und erwartungsvoller Aufregung in den Hintergrund gedrängt. »Warum hat sie diesen merkwürdigen Namen?«

»Weil dieser Teil der Lagune*, der sich zwischen Venedig und der Terraferma, dem Festland im Westen, erstreckt, von gefährlichen Sümpfen sowie sehr viel Schlick und Schlamm beherrscht wird«, erklärte Enrico bereitwillig. »Jetzt ist davon nicht viel zu erkennen, schon gar nicht für einen Ortsunkundigen, weil die *Aquila* mit der Flut ausgelaufen ist und alles mit Wasser bedeckt ist. Aber das Bild dieser blauen und scheinbar friedlichen Wasserschale täuscht.«

»So? Was soll sich denn darunter verbergen, dass sie solch einen düsteren Namen verdient?«, wollte Matteo wissen und verbarg sein Interesse hinter einer verdrossenen Miene.

»Mehr Gefahren, als du Landratte dir vorstellen kannst!«, versicherte Bruder Enrico redselig. »Im Wechsel der Gezeiten tauchen in diesem Gebiet nämlich unzählige Sandbänke, Schilfinseln, Salzwiesen und Sümpfe auf und verschwinden wieder. Nur Seeleute mit jahrelanger Erfahrung finden sich hier zurecht, müssen sie sich doch ganz genau an das komplizierte Netz schiffbarer Priele halten, wenn sie nicht unverhofft auflaufen und irgendwo im Schlick oder auf einer Sandbank festsitzen wollen. Und dieses Netz der Kanäle ähnelt einem mächtigen, alten Baum, der sich im Laufe sei-

---

* Eine Karte der Lagune und der Stadtteile von Venedig findet sich am Ende des Romans auf S. 456.

nes langen Lebens immer weiter in alle Richtungen verzweigt hat.«

»So«, murmelte Matteo.

»Auf der anderen Seite von Venedig, also im östlichen Teil der Lagune bis hin zum Lido – das sind die langen und schmalen Inseln, hinter denen das offene Meer liegt –, sieht es besser aus«, fuhr Bruder Enrico fort. »Dort ist das Wasser tiefer und wegen der Nähe zum Meer sehr viel fischreicher. Deshalb heißt das Gebiet auch *laguna viva.«*

Matteo richtete sein Augenmerk nun auf die hell schimmernden Konturen der vor ihm aus dem Wasser wachsenden Lagunenstadt, die von keinen wehrhaften Festungsmauern und Wachttürmen umschlossen wurde und mehr Einwohner zählte als Rom, Paris, London oder irgendeine andere namhafte Stadt, wie er während seines Aufenthaltes im Gasthof *Quadriga* erfahren hatte. Fast zweihunderttausend Menschen sollten in dieser wundersamen architektonischen Schöpfung namens Venedig auf dem Wasser leben, deren Häuser, Kirchen und Paläste auf hunderttausenden von in den Morast gerammten Eichenpfählen standen und das von einem labyrinthischen Netz aus hunderten von breiten wie schmalen Wasserwegen durchzogen wurde.

Zweihunderttausend! Eine geradezu unfassbare Zahl, die seine Vorstellungskraft bei weitem überforderte. Er konnte es kaum glauben und sich noch weniger so viele Menschen dicht gedrängt an einem einzigen Ort vorstellen, wo doch eine respektable Kleinstadt gewöhnlich gerade mal fünftausend Bewohner zählte! Aber je näher die Lagunenstadt rückte und je mehr Einzelheiten sich aus dem anfangs diffusen Bild von ineinander verschwimmenden Gebäuden herausschälten, desto größer wurde sein andächtiges Staunen.

Venedig blendete ihn förmlich mit seiner Pracht und Ausdehnung. Er fühlte sich wie erschlagen von dem gewaltigen Panorama, das sich ihm darbot, als die Mannschaft der *Aquila* das Segel einholte und das Fährboot wenig später unter Ruderkraft in den berühmten Canal Grande einlief und dieser gewundenen Wasserstraße folgte, die wie ein umgedrehtes S durch die Stadt führte. Zwischen dreißig und siebzig Meter breit, schlängelte sie sich von ihrem nordwestlichen Eingang aus fast vier Kilometer weit durch die Seerepublik und ihrem südöstlichen Ende entgegen, das in die große Bucht vor dem Dogenpalast, den Bacino di San Marco, mündete.

Auf dem Canal Grande, der Hauptverkehrsader, wimmelte es nur so von zahllosen schmalen, schwarz gestrichenen Gondeln mit dem hohen, gezackten Schnabel am Bug, plump breiten Barken, hoch beladenen Lastkähnen, Fährbooten, kleineren Handelsschiffen mit hoch aufragendem Achterkastell und anderen schwimmenden Gefährten.

Sie gelangten bald zu der einzigen Brücke, die als schwere Holzkonstruktion und in einem eleganten Bogen über den Canal Grande führte und die über ein hochziehbares Mittelteil verfügte, damit auch große Handelsschiffe und Kriegsgaleeren sie passieren konnten.

»Das ist die Rialto-Brücke!«, sagte Enrico stolz und wies ihn darauf hin, dass sich hier am Rialto das Zentrum des internationalen Handels befand. »An diesem Ort laufen fast alle Warenströme zusammen, die aus aller Herren Länder in Venedig eintreffen. Es ist sozusagen der reichste Platz der Welt. Hier befinden sich die Getreidespeicher, die öffentliche Waage, die Zollstelle, die Handelskontore, die Geldwechsler, die Banken, die wichtigsten Märkte und auch das Gebäude, wo der Staatsschatz unter strenger Bewachung aufbewahrt wird. Nicht von ungefähr nennt man die Venezianer auch die ›Herren des Goldes der Christenheit‹, weil sich in dieser Stadt der größte

Goldschatz des Abendlandes befindet. Und das große Geviert dort drüben auf dem linken Ufer, das ist das *Fondaco dei Tedeschi*, die feudale Handelsniederlassung der deutschen Händler und Kaufleute. Ähnliche imposante Niederlassungen unterhalten auch die Geschäftsleute aus Portugal, Spanien, Genua, der Levante und anderen Ländern.«

Matteo war froh, ganz vorn am Bug der *Aquila* zu stehen. So brauchte er nur den Kopf nach links und rechts zu wenden und musste nicht von einer Seite zur anderen laufen, um all die Sehenswürdigkeiten zu bestaunen, die zu beiden Seiten an ihnen vorüberglitten. Auf dem rechten Ufer lagen zwei Galeeren vertäut, faszinierend lange und elegante Schiffe mit einem dreieckigen Lateinersegel am hohen Mast. Sogar mit ihren langen Reihen eingezogener Ruder sahen sie ungemein beeindruckend aus, jedoch sollten sie nur zu den kleineren, bescheidenen ihrer Art gehören, die einem Vergleich mit den gefürchteten venezianischen Kriegsgaleeren nicht standhalten konnten, wie Bruder Enrico Matteo eifrig versicherte.

Allein schon diese unglaublich lebendige und farbenprächtige Kulisse aus unzähligen Booten und Schiffen unterschiedlichster Größe und Bauart sowie das fast ameisenhafte Gewimmel von Menschen aller Hautfarbe und in jeder nur denkbaren exotischen Bekleidung hätten gereicht, um Matteo in maßloses Erstaunen zu versetzen. Aber sogar all das verblasste vor dem überwältigend grandiosen Bild, mit dem sich Venedig entlang dieser stark befahrenen Wasserstraße mit seinen Bauwerken in Szene setzte.

Wohin er in diesem Meer aus Gebäuden auch schaute, überall fielen ihm Paläste mit prächtigen Säulenfassaden, Bögenarkaden, weitläufigen Terrassen, Loggias und aufwändigen Gartenanlagen ins Auge. Und dazwischen wuchsen in allen Himmelsrichtungen mächtige vergoldete oder aus strahlend hellem Marmor erbaute Kuppeln sowie Kirchtürme empor und schienen sich den Wolken entgegenstrecken zu wollen.

Alles war von einer einzigartigen Pracht und Größe, die Matteo den Atem nahm. Die Fülle der Eindrücke erschlug ihn beinahe. Er nahm kaum noch etwas von dem auf, was Enrico ihm zu benennen und zu erklären versuchte, während sie an diesem Palast und jener Kirche vorbeiglitten, die mit ihren Prachtfronten zur Wasserstraße hin und mit Treppenanlagen hin zu eigenen Anlegestellen erbaut waren und die scheinbar ohne Ende die Ufer säumten.

Mit Verblüffung musterte er auch die Schornsteine auf den Häusern, die nicht gerade in den Himmel aufstiegen, sondern sich nach oben hin verbreiterten. Das gab ihnen das Aussehen von umgedrehten steinernen Glocken, die jemand mit der Öffnung nach oben auf den Dächern aufgestellt hatte, als sollten sie den Regen auffangen.

Schließlich gab der Canal Grande sie frei und sie gelangten in das sichelförmige Becken namens Bacino di San Marco, wo sich zu ihrer Rechten die dicht bebaute Insel Giudecca sowie an deren östlicher Spitze die bedeutend kleinere Isola di San Giorgio Maggiore erstreckten, während zu ihrer Linken der Hort der Seerepublik, das Herz- und Glanzstück der Lagunenstadt auf sie wartete, die Piazetta mit dem Dogenpalast und die dahinter liegende Piazza San Marco mit dem gleichnamigen Dom.

Matteo hatte geglaubt, dass nichts mehr den überwältigenden Eindruck übertreffen konnte, den er entlang des Canal Grande angesichts der dortigen Paläste und Kirchen gewonnen hatte. Doch als eine vor ihnen segelnde Kogge sich in südöstlicher Richtung entfernte und die Aussicht nicht länger behinderte und nun plötzlich der Dogenpalast, der sich direkt am Ufer erstreckte und sich im Wasser widerspiegelte, in sein

Sichtfeld kam, da zweifelte er im ersten Moment, ob er seinen Augen wirklich trauen durfte.

»Jesus, Maria und Josef!«, entfuhr es ihm, ohne dass er sich dessen bewusst wurde. Ihm war, als zauberte seine überreizte Phantasie ihm ein unauslöschliches Bild unbeschreiblicher und ewiger Schönheit vor Augen, das unmöglich von Menschenhand geschaffene Wirklichkeit, sondern nur einem Traum entsprungen sein konnte.

Mit offenem Mund glitt sein Blick über schier endlose cremeweiß und rosa schimmernde Flügelbauten, deren rautengemusterte Fassaden ebenerdig von säulengetragenen Wandelhallen und darüber von feingliedrigen Balustraden, zahllosen Bögen, mit Türmchen verzierten Fenstern und an der Dachkante von einem spitzen Zinnenkranz bestimmt wurden. Der Palast des Dogen wirkte im milden Licht der Abendsonne wie ein Märchenschloss. Was für eine Kühnheit und was für ein unglaublicher Erfindungsgeist hinter diesem Traumgebilde standen!

»Hätte ich Venediger Pracht, Augsburger Macht, Nürnberger Witz, Straßburger Geschütz und Ulmer Geld, so wär ich Herr der ganzen Welt!«, deklamierte Bruder Enrico mit genüsslichem Spott.

»Was muss der Doge für ein mächtiger Mann sein!«, murmelte Matteo.

Bruder Enrico lachte neben ihm spöttisch auf. »Von wegen! Er ist so mächtig, dass er noch nicht einmal die an ihn gerichteten Briefe ohne Kontrolle lesen kann. Der Senat und vor allem der mächtige Rat der Zehn hat den Dogen fest am Zügel. Misstrauen und Kontrolle sind das oberste Staatsprinzip von San Marco!«

Matteo wusste nicht, wohin er zuerst blicken sollte. Dem Dogenpalast gegenüber, auf der linken Seite der Piazetta, erstreckte sich ein weiterer Palast, hinter dem sich der freistehende, viereckige und ziegelrote Glockenturm der San Marco Basilika, der Campanile, mit seiner grünweißen Turmspitze in den Himmel streckte. Und ganz vorn in Ufernähe bei den vielen Anlegestellen, wo sich hochbordige Koggen und Rundschiffe sowie flache Handelsgaleeren drängten, ragten zwei schlanke, hohe Granitsäulen auf. Sie standen so weit auseinander, als sollten sie eine Art von Tor zur Piazetta und den sich dort befindlichen Palästen darstellen. Auf der einen Säule thronte in luftiger Höhe der geflügelte Markuslöwe, das Symbol des Evangelisten Markus und das Wappentier der Dogenrepublik, während die andere Säule von einer männlichen Statue gekrönt wurde.

»Das ist der heilige Teodoro, der Bruder des Drachentöters Georg und der erste Schutzheilige der Stadt«, drang die Stimme des Kuttenträgers an sein Ohr. »Zwischen diesen beiden Säulen finden übrigens alle öffentlichen Hinrichtungen statt. Und es sind nicht wenige, die hier jedes Jahr gehängt, geköpft, gevierteilt oder erdrosselt werden. Die Justiz geht bei uns nämlich nach der Devise vor: Gerechtigkeit für gehorsame Bürger, keine Gnade für Außenseiter, Tod den Verbrechern, Verrätern und Saboteuren.«

Wäre doch Fiona jetzt an meiner Seite und könnte mit mir all das sehen!, schoss es Matteo unwillkürlich durch den Kopf, und der Wunsch, der ihn durchzuckte, hinterließ einen scharfen Schmerz.

Matteo war von all dem, was an Bildern auf ihn einstürzte, so benommen, dass er kaum mitbekam, dass die *Aquila* eine Anlegestelle ein gutes Stück hinter dem Dogenpalast an einem Kai der lang gestreckten Uferpromenade anlief, wo sich hinter einem majestätischen Kirchenbau mehrere große Warenspeicher in einem langen Bogen aneinander reihten. Sein

Blick vermochte sich einfach nicht von dem Dogenpalast zu lösen. Erst als die Leinen über Bord flogen, das Fährboot an den Pfosten des Steges entlangscheuerte und sein Begleiter ihn mit einem spöttischen Lachen an der Schulter rüttelte, erwachte er aus dem Bann.

»Was ist, Matteo? Na ja, dass dir Venedig die Sprache verschlägt, verstehe ich schon. Nichts blendet mehr als Fürstengold und ein herausgeputzter junger Weiberrock«, sagte Bruder Enrico belustigt. »Aber willst du nicht aussteigen? Hier an der Riva degli Schiavoni ist Endstation. Den Rest des Weges müssen wir zu Fuß zurücklegen.«

Als Matteo sich von dem Anblick des Dogenpalastes losriss und von Bord der *Aquila* ging, beschlich ihn ein Gefühl der Beklemmung. Er wusste nicht, warum, aber er fürchtete plötzlich, in einer so überwältigend reichen und fremdartigen Stadt, die zudem noch mitten im Wasser stand, keine Wurzeln schlagen zu können. Und er fühlte sich einsamer als je zuvor in seinem Leben.

4

Dass Venedig nicht nur aus herrschaftlichen Palästen und prunkvollen Kirchenbauten bestand, wurde schnell offensichtlich, als sie schon kurz hinter der Bootsanlegestelle eine Brücke über einen Kanal überquerten und gleich darauf nach links von der breiten Uferstraße abbogen. Fast augenblicklich verlor der frühe Abend seine glitzernde, lichtdurchflutete und mit Prunk erfüllte Schönheit.

Das dicht bevölkerte Viertel, in das der Mönch ihn forschen Schrittes führte, bestand aus einem Labyrinth überwiegend enger, schattengefüllter Häuserschluchten, schmaler Kanäle und kleiner Plätze, die sich plötzlich wegen eines Brunnens oder einer Kirche vor ihnen öffneten. Vom Glanz und Reichtum, mit dem die Seerepublik entlang des Canal Grande und am Bacino di San Marco so verschwenderisch protzte, fand sich hier keine Spur. An Stelle von Marmor, istrischem Kalkstein und ähnlich edlen Baustoffen bestimmten dunkles Balkenwerk, schmutziger Lehm und nackter Backstein das Bild der schmalbrüstigen Häuser, die sich fast lückenlos wie die Pfähle einer Festungspalisade aneinander reihten. Die vorherrschenden Farben waren auch nicht cremige Weißtöne, leuchtendes Smaragdgrün oder ein pastellfarbenes Zartrosa, sondern das stumpfe Rotbraun einfacher Ziegelsteine und das vielstufige Grau der Verwitterung und des Schmutzes. Und wenn eine der Gassen mal Pflasterung aufwies, dann bestand diese nicht aus den in anderen Städten gebräuchlichen Bodenplatten, sondern aus blassbraunen grauen Ziegeln.

Die Kleidung der Menschen, die ihnen auf ihrem Weg in dieses Labyrinth begegneten, war mehrheitlich und unübersehbar die der einfachen, schwer arbeitenden Bevölkerung. Die schäbigen, verschlissenen Lumpen, in denen viele barfüßige Kinder und Halbwüchsige herumliefen, und die ausgezehrten, hungrigen Gesichter gaben beredtes Zeugnis davon ab, dass der goldene Strom der Waren aus aller Herren Länder, auf den sich Macht und Reichtum Venedigs gründete, nicht durch dieses Viertel floss.

Zudem fiel Matteo auf, dass nirgendwo auf den Straßen Reiter noch Kutschen oder gar schwere Fuhrwerke zu sehen waren. Die überwiegend schmalen, winkeligen Gassen machten einen solchen Verkehr auch völlig unmöglich. Höchstens Eselkarren und kleine, von Hand gezogene Wagen erwiesen sich in diesen Vierteln von Nutzen. In Venedig vollzog sich fast der gesamte Warenverkehr auf dem weit verzweigten Netz aus hunderten von Kanälen. Diese Wasserwege waren die pulsierenden Lebensadern der Stadt. Und auf die Bewohner, die es sich leisten konnten, für ihre Beförderung zu bezahlen, warteten hunderte von Gondeln sowie zahllose Fährboote.

Was ihnen in den Gassen jedoch zur Genüge begegnete, waren Dreck, Kot, Unrat und oft genug auch ins Dunkel davonhuschende Ratten. Hier und da stießen sie sogar auf Räucherstäbchen, die man abbrennen ließ, um dem durchdringenden Gestank zu begegnen, der aus manch einem schmalen Kanalschacht aufstieg.

»Willkommen im Schwanz des springenden Fisches«, sagte Bruder Enrico, als sie tiefer in dieses Häuserlabyrinth vordrangen.

Matteo sah ihn verständnislos an.

Der Kuttenträger lachte auf. »Aus der Vogelperspektive und mit viel Phantasie soll Venedig, das in sechs Stadtbezirke unterteilt ist, die Form eines springenden Fisches haben. Und das Viertel Castello, in dem sich unsere höchst geheime und weltberühmte Schiffswerft, das Arsenal, befindet und wo die Mehrzahl der *arsenalotti* wohnt, befindet sich am östlichen Ende der Stadt und bildet damit in diesem Fischbild den Schwanz.«

»Und wie heißt die Straße, in der mein Onkel wohnt?«, wollte Matteo wissen und fragte sich insgeheim beklommen, wie er sich in diesem erschreckenden Wirrwarr jemals allein zurechtfinden sollte.

»Straßen gibt es nicht in Venedig«, teilte ihm Bruder Enrico mit. »Alle Fußwege heißen *calli,* und die kleinen Plätze, die die einzelnen Viertel miteinander verbinden, tragen bei uns den Namen *campo*. Und was deinen Onkel Tomaso angeht, so wohnt der westlich vom Arsenal in der Calle del Forno. Aber sei gleich gewarnt: Gassen mit diesem Namen gibt es in Venedig wohl gut zwei Dutzend an der Zahl. Je früher du dir also die Wege zu *unserer* Calle del Forno einprägst, desto weniger oft wirst du dich verlaufen.«

Als sie erneut zu einer Brücke kamen, die sich in einem Rundbogen über einen Kanal spannte, erschienen vor ihnen aus einer Seitengasse mehrere fröhlich miteinander schwatzende Gestalten, die abstoßend hässliche Teufels- und Dämonenmasken sowie schwarz-weiß karierte Umhänge trugen.

Matteo schrie unwillkürlich auf. Bis auf die Pestknechte mit ihren grässlichen Schnabelmasken hatte er noch nie maskierte Menschen zu Gesicht bekommen. Bei ihrem Anblick sprang ihn augenblicklich die Angst an und zugleich stellte sich die schmerzhafte Erinnerung an das entsetzliche Leiden wieder ein. Erschrocken sprang er vor ihnen zurück und presste sich mit dem Rücken an die Hauswand, während die drei Gestalten unter lautem, spöttischem Gelächter an ihm vorbeieilten.

»Sag bloß, du bist so schreckhaft?«

»Es ... es kam nur so überraschend«, sagte Matteo verlegen und fasste sich schnell wieder. »Ich habe nicht damit gerechnet, hier Maskierten zu begegnen. Und die einzigen Maskierten, die mir bisher begegnet sind, waren die wirklich Angst einflößenden Pestknechte mit ihren Schnabelmasken, die bei uns in San Bernardo durch die Straßen gezogen sind und die Leichen eingesammelt haben.«

»Ich verstehe. Die Motte frisst am Gewand, der Wurm am Holz und die Gram am Herzen des Menschen! Nun, bei uns gelten eigentlich recht strenge Gesetze, wie man in der Öffentlichkeit gekleidet sein muss«, begann Bruder Enrico.

»Wie bitte?«, fiel Matteo ihm ungläubig ins Wort. »Es gibt in Venedig Gesetze, wie man sich anziehen muss?«

»Keine Sorge, das sind keine Vorschriften, die den gewöhnlichen Sterblichen betreffen, sie gelten nur für die Reichen und Vornehmen. Sie sollen verhindern, dass die Adligen und reichen Kaufleute und vor allem deren Frauen sich in der Öffentlichkeit gegenseitig mit prunkvoller Kleidung zu überbieten versuchen. Daher ist beispielsweise den Noblen dieser Stadt ab dem fünfundzwanzigsten Lebensjahr die schwarze Toga vorgeschrieben. Die jungen reichen Gecken unter den Adligen, die dieses Alter noch nicht erreicht haben und noch nicht verheiratet sind, dürfen sich jedoch jede modische Extravaganz leisten und tun es auch. Aber letzte Woche hat bei uns die Karnevalszeit begonnen. Sie dauert fast sechs Monate, nämlich bis Mitternacht vor Aschermittwoch. Und in dieser Zeit ist allen Bürgern unabhängig von Alter und Stellung jegliche Art von Kostümierung gestattet, ausgenommen in den Tagen vom 16. bis 25. Dezember«, erklärte Bruder Enrico und tauchte mit ihm in eine Gasse ein, die scheinbar dreißig, vierzig Schritte vor ihnen als Sackgasse endete. Die Häuserfronten rückten ihnen von beiden Seiten so nahe auf den Leib, dass Matteo nicht mehr an seiner Seite bleiben konnte, sondern hinter ihm gehen musste.

»Ist das schon die Calle del Forno?«

»Nein, bis zu deinem Onkel ist es noch ein Stück.«

Ihr Weg führte sie durch seltsam gekrümmte Gassen, einige breit, andere so schmal, dass man beim Hindurchgehen die gegenüberliegenden Hauswände mit ausgestreckten Armen ohne Probleme berühren konnte. Es ging entlang von alten, von Salz und Sonne brüchigen Fassaden und wieder einmal über einen schmalen Gehweg, der einem ebenso schmalen Kanal folgte. Auch folgte die Ausrichtung vieler Hausfassaden nicht dem Verlauf der Gasse, sondern die Gebäude standen häufig merkwürdig schräg gegen diese versetzt.

»Warum sind die Straßen bloß so krumm und verwinkelt angelegt?«, wunderte sich Matteo laut. »Und warum stehen viele Fassaden so verdreht zum Straßenverlauf?«

»Weil Krümmungen und Winkel den Wind nicht ungehindert durch die Gassen und Kanäle fegen lassen, sondern ihn brechen. Und weil eine Fassade bei diesen engen Gassen sonst gar nicht ins Auge fallen würde, wenn sie zu ihrer Laufrichtung hin ausgerichtet wäre«, antwortete Bruder Enrico und bog links in eine Gasse ab, die sie Augenblicke später auf einen Campo mit einem Brunnen in der Mitte und einer ansehnlichen Klosterkirche führte, die sich unmittelbar am Ufer eines Kanals erhob. Ein Baugerüst umschloss ein Stück Mauer und einen sichtlich stark beschädigten Seitentrakt des Gotteshauses. Der ganze hintere Teil des Gebäudes war in sich zusammengefallen, als hätte der Untergrund nachgegeben. Arbeiter hielten sich auf der Baustelle an diesem Tag und zu dieser Stunde jedoch nicht auf.

Mittlerweile hatte die Dämmerung eingesetzt. Der Himmel besaß zwar noch einige Leuchtkraft, vermochte jedoch nicht mehr den abrupten Einfall nächtlicher Schatten in das enge Gassenlabyrinth von Castello aufzuhalten. In diese Viertel der Stadt kehrte die Dunkelheit erheblich früher ein als in die palastgesäumten Bezirke entlang der breiten Wasserwege der Reichen. In den Häusern entflammten Kochfeuer. Kerzen und Öllampen wurden entzündet und hier und da blakte eine Pechfackel vor einem Gasthaus.

Sie überquerten den Campo und befanden sich gerade auf der Höhe des eingerüsteten Seitentraktes, als Matteo plötzlich die Hand des Kuttenträgers auf seinem Arm spürte und von ihm mit schmerzendem Griff noch tiefer in die dunklen Schlagschatten der Klosteranlage gezogen wurde.

»Was soll das?«, stieß Matteo verstört hervor.

»Sei still und duck dich hinter den Bauschutt!«, zischte Bruder Enrico und zerrte ihn hinter den brusthohen Haufen. Er hielt Matteos Arm weiterhin mit eisernem Griff umklammert, als wollte er verhindern, dass er sich doch noch aufrichtete. »Die beiden Männer, die dort drüben über den Campo kommen, gehören zu den *Signori di notte!*«

»Und wer sind diese ›Herren der Nacht‹?«, flüsterte Matteo, angesteckt von der Furcht seines Begleiters. Dabei spähte er vorsichtig über den Bauschutt hinweg und zu den beiden Männern hinüber, die mit langen schwarzen Umhängen bekleidet waren und soeben am Brunnen Halt gemacht hatten. Sie schienen sich nicht einig zu sein, redeten sie doch mit gedämpften, aber erregten Stimmen gestenreich aufeinander ein.

»Die Herren der Nacht üben die Oberaufsicht über die Folterkammer aus und sind für die allgemeine Sicherheit zuständig«, raunte Enrico. »Sie schwärmen immer bei Einbruch der Nacht aus und machen mit ihren Agenten Jagd auf Diebe und Mörder und anderes lichtscheues Gesindel.«

»Und was veranlasst einen frommen Mönch sich wie ein Dieb zu verstecken, um diesen Herren möglichst nicht über den Weg zu laufen?«

»Eine gesunde Portion Vorsicht! Die Reue ist nämlich ein hinkender Bote, der immer zu spät kommt!«, lautete Enricos leise und rätselhafte Antwort. »Ich kenne diese beiden Männer! Es sind keine gewöhnlichen Agenten, sondern sie arbeiten für die Inquisition!«

Nun fuhr Matteo der Schreck in die Glieder. »Sie machen Jagd auf Ketzer und Hexen?«

Enrico schwieg, und erst als die beiden Männer ihren Weg fortsetzten und sich nun schnell entfernten, ging er auf Matteos Frage ein. »Nein, das interessiert diese Leute nicht. In Venedig kann sowieso jeder seinem Glauben nachgehen, so wie es ihm gefällt, auch die Anhänger Luthers. Deutsche Protestanten heiraten hier katholische Venezianerinnen, ohne ihrem Glauben abschwören zu müssen, und lassen ihre Kinder im katholischen Glauben erziehen.«

»Und es gibt keine Verfolgung? Nicht einmal durch die päpstliche Inquisition?«

Enrico lachte. »Der Papst hat in Venedig nichts zu melden, er wird vielmehr als Konkurrent und Feind betrachtet, der in Schach gehalten werden muss, damit er nicht die Macht von San Marco schmälert. Nein, die Religionskriege fallen in Venedig auf keinen fruchtbaren Boden. Nirgendwo in Italien werden so viele protestantische Werke gedruckt wie in Venedig. *Pecunia non olet!* Geld stinkt nicht, sagen die venezianischen Drucker und dem Magistrat ist es auch einerlei, solange es ein gutes Geschäft ist, die staatliche Ordnung nicht gefährdet wird und sich niemand offene Gotteslästerung zu Schulden kommen lässt.«

»Ja, aber . . .«

»Nicht so ungeduldig! Ich erkläre es dir schon«, fiel Enrico ihm ins Wort. »Bei unserer Inquisition handelt es sich um den geheimen Staatsschutz und ihren gefürchteten Agenten geht es allein um Spionage und Gegenspionage. Sie tragen wertvolle Informationen und Gerüchte zusammen. Dazu schwärmen sie mit offenen Ohren und Augen in der Stadt aus, treiben sich in Gasthöfen, Bordellen und Tavernen herum, wo dem Glücksspiel gefrönt wird und der Alkohol die Zungen löst, verschaffen sich aber auch unter falschen Identitäten Zutritt zu den Häusern der Adligen und speisen an deren Tafeln.«

»Ich verstehe aber immer noch nicht, was Ihr mit diesen Agenten zu schaffen habt!«, beharrte Matteo. »Und ich wäre Euch dankbar, wenn Ihr mir darüber eine Auskunft geben könntet, die mir einsichtig ist!«

»Das Feuer fängt vom Funken an und vom Funken brennt

das ganze Haus. So verhält es sich auch mit den Agenten der Inquisition. Und ihr Argwohn riecht den Braten, noch ehe das Kalb geschlachtet ist. Sie verfügen über eine fast unbegrenzte, erschreckende Macht und können nach eigenem Ermessen handeln«, fuhr Enrico fort, scheinbar ohne auf Matteos Forderung einzugehen. »Wer ihren Verdacht erregt und in das unbarmherzige Räderwerk der Inquisition gerät, findet sich im Handumdrehen in der Folterkammer des Dogenpalastes wieder. Die Folterkammer wird auch ›Gericht am Ort des Strickes‹ genannt, weil der Verdächtige zuallererst an einen von der Decke hängenden Strick geknüpft und hochgezogen wird. Dann beginnt der Reigentanz der Tortur.«

Ein Schauder lief Matteo über den Rücken, als zum wiederholten Mal das Wort Folterkammer fiel.

»In diesen gefährlichen Zeiten, wo die Osmanen zum Krieg gegen Venedig rüsten, um die Vorherrschaft der Dogenrepublik auf dem Mittelmeer zu brechen, und die nächsten Seegefechte wohl nicht mehr lange auf sich warten lassen werden, hat man ihren Verdacht schnell erregt«, redete Enrico weiter. »Denn an Spionen, Verrätern und Saboteuren herrscht in dieser Stadt kein Mangel. Wem es dann nicht gelingt, durch ein glaubwürdiges Zeugnis jeglichen Verdacht zu zerstreuen, den unterziehen sie ohne jede Gnade der Tortur. Aber wer kann auf der Folterbank unter Daumenschrauben und glühenden Zangen schon standhaft dabei bleiben, nichts verbrochen zu haben? Da gesteht man doch alles, was sie von einem wissen wollen. Und dann endet man entweder zwischen den Säulen der Piazetta oder wird im Kerker erdrosselt und irgendwo draußen in der Lagune bei Nacht mit Eisenketten an den Beinen ins Wasser geworfen.«

Matteo erschauderte erneut bei dem Bild, das sich vor seinem geistigen Auge einstellte, ließ aber dennoch nicht locker.

»Damit habt Ihr allerdings immer noch nicht meine Frage beantwortet! Rückt endlich mit der Wahrheit heraus!«, verlangte er, dem die Sache mit jedem Moment unheimlicher wurde.

»In verbotenen Teichen fischt man gerne. Womit ich sagen will, dass ich nun mal nicht ganz frei von gewissen Schwächen bin, die es bei aller Harmlosigkeit doch nicht ratsam erscheinen lassen, die Aufmerksamkeit der Herren der Nacht und der Agenten der Inquisition zu erregen«, antwortete Enrico ausweichend, schlug die weite Kapuze zurück und löste den Knoten des einfachen Stricks, den er sich um die Hüften gebunden hatte. »So, und jetzt wird es Zeit, dass ich mich dieser muffigen Kutte und der unbequemen Perücke entledige.«

Vor Fassungslosigkeit klappte Matteo der Unterkiefer herunter, als sich der Mann, den er die ganze Zeit für einen frommen Klosterbruder gehalten hatte, an den Stirnwulst griff, der plötzlich wie brüchiger Putz auseinander bröckelte – und im nächsten Moment eine Perücke mit der Mönchstonsur in der Hand hielt. Darunter kam schwarzes, krauses Haar zum Vorschein. Augenblicke später hatte sich Enrico auch die Kutte über den Kopf gezogen und stand in gewöhnlicher, weltlicher Kleidung vor ihm.

»Ihr seid gar kein Mönch?«, stieß Matteo wie vor den Kopf geschlagen hervor.

»Ich und ein Leben führen in Armut, Keuschheit und Gehorsam? Um Himmels willen, dafür macht das Leben doch viel zu viel Spaß – auch wenn man manchmal harte Zeiten durchstehen muss«, sagte Enrico leichthin und mit einem breiten Grinsen, als wäre das alles ein ganz köstlicher Spaß gewesen. Dabei rieb er sich den Rest Schminke von der Stirn. »Aber zum harten Brot und zur harten Nuss gehören harte Zähne und die habe ich zum Glück. Nun schau mich nicht so entgeistert an. Kutte und Mönchsperücke habe ich letztes Jahr einem lausigen Wanderschauspieler abgenommen, der als Kartenspieler eine noch größere Katastrophe war als in den Rollen, die er auf den Brettern einer schäbigen Wanderbühne gespielt hat.«

Fassungslos starrte Matteo ihn an. Dieser Mann hatte ihm und allen anderen den Klosterbruder nur vorgetäuscht und war in Wirklichkeit ein Glücksspieler und Betrüger! Denn den Fährmann um sein gerechtes Entgelt zu bringen war nichts anderes als gemeiner Betrug gewesen. Und diesen großmäuligen, faustgewandten Halunken, dessen Gewissen offensichtlich so löchrig war wie die Lumpen eines Straßenkindes, hatte sein Onkel damit beauftragt, ihn in Porto Marghera abzuholen? Was sagte das wohl über Tomaso Rovelli aus?

»Ihr habt mich die ganze Zeit an der Nase herumgeführt?« Die Wut stieg wie eine Hitzewelle in Matteo auf und er begann ihn nun auf das Übelste zu beschimpfen.

»Nun beruhige dich mal wieder!«, wies ihn Enrico milde zurecht, als Matteo seine Schimpfkanonade unterbrach, um Atem zu holen. »Es ist nicht jede Rede gleich ein Evangelium. Ich habe auch nie behauptet ein Mönch zu sein.«

»Aber Ihr habt mir auch nicht widersprochen, sondern mich ganz bewusst in diesem Glauben gelassen!«, hielt Matteo ihm vor.

»Das ist nicht dasselbe wie dreist lügen«, erwiderte Enrico. »Außerdem hat die Maskerade mit dir überhaupt nichts zu tun gehabt.«

»Für wie dumm haltet Ihr mich? Natürlich weiß ich jetzt, dass es Euch bloß darum ging, den Fährschiffer um seinen gerechten Lohn zu prellen!«, rief Matteo. »Deshalb diese Schmierenkomödie!«

»Du bist ein schlaues Bürschchen, Matteo Lombardi.«

»Schämt Ihr Euch denn nicht?«

Enrico zuckte mit den Achseln. »Salvatore Bitone verdient

genug mit seinem Fährboot. Einen Schaden hat er nicht gehabt, zudem habe ich ihm das herzerwärmende Gefühl gegeben, etwas Gutes getan zu haben. So sind wir beide auf unsere Kosten gekommen. So, und jetzt gib mir mal deinen Beutel her, damit ich Kutte und Perücke darin verstauen kann. Dein Onkel muss ja nicht wissen, dass ich sein Geld nicht für die Überfahrt ausgegeben habe. Und du tust gut daran, das für dich zu behalten«, sagte er mit einem warnenden Unterton, nahm ihm den Leinenbeutel ab, ohne seine Einwilligung abzuwarten, und stopfte die Sachen hinein.

»Wer seid Ihr wirklich?«, verlangte Matteo zu wissen, als Enrico ihm den prallen Beutel hinhielt und er den Sack mit einer schroffen Bewegung wieder an sich nahm. »Und ist Enrico überhaupt Euer richtiger Name?«

»Das ist er, Enrico Benzotti, ganz zu Euren Diensten, junger Mann«, sagte er und vollführte eine spöttische Verbeugung. »So, und jetzt lass uns weitergehen. Wir sind gleich in der Calle del Forno.«

»Und was verbindet Euch mit meinem Onkel?«, fragte Matteo, während sie hinter dem Berg Bauschutt hervorkamen und ihren Weg durch das Gewirr der Gassen fortsetzten.

»Eine langjährige Freundschaft im Arsenal, wo wir beide als Meister unserer Zunft das Handwerk des Schiffszimmermanns ausüben«, antwortete Enrico Benzotti mit unüberhörbarem Stolz. »Wobei dein Onkel einen noch höheren Rang in der Garde der Meister einnimmt als meine Wenigkeit. Aber mit seinen fünfunddreißig Jahren ist er mir ja auch ein halbes Jahrzehnt an Lebenszeit voraus. Ja, und des Weiteren verbindet uns die Tatsache, dass Tomaso mit meiner Schwester Serafina, der Allmächtige möge Ihrer Seele gnädig sein, verheiratet war.«

»Eure Schwester war die Frau meines Onkels und ist gestorben?«, fragte Matteo weniger teilnahmsvoll als begierig mehr über seinen Onkel zu erfahren.

Enrico Benzotti nickte und der unbekümmerte Ausdruck verschwand vorübergehend von seinem Gesicht. »Vor drei Jahren, an Typhus. Sie und Tomaso waren keine zwei Jahre verheiratet. Serafina war gerade zum ersten Mal guter Hoffnung. Wir dachten, sie würde es schaffen und sich wieder erholen. Aber es war eine trügerische Hoffnung. Serafinas Tod hat uns beide schwer getroffen.« Er gab einen schweren Stoßseufzer von sich und seine Stimme hatte plötzlich einen bitteren Klang, als er hinzufügte: »Ja, die Hoffnung! . . . Die verdammte Hoffnung ist das Seil, an dem wir uns alle zu Tode ziehen!«

5

Den Rest des Weges legten sie schweigend zurück und wenig später bogen sie im letzten schwindenden Licht des Tages in die Calle del Forno ein. Die Gasse gehörte offensichtlich zu den besseren, wenn auch nicht zu den besten des Viertels. Immerhin war sie gepflastert und so breit, dass sich zwei Leute beim Passieren nicht gegenseitig die Schulter rieben. Aber die tristen Fassaden der aneinander klebenden, meist schmalen Häuser zeigten auch hier wenig Abwechslung und viel Vernachlässigung.

Die Leute auf der Straße tauschten mit Enrico einen höflichen, aber nicht vertraulichen Gruß und beäugten Matteo neugierig. Sie kamen an einer Backstube vorbei, einem Krämerladen und der zur Gasse hin offen stehenden Werkstatt eines Fassbinders. Ein Dutzend Schritte dahinter steuerte Enrico Benzotti auf ein nicht weniger heruntergekommenes Haus auf der gegenüberliegenden Seite zu, das jedoch einmal zu den ansehnlicheren der Straße gehört haben musste. Vermutlich war es einmal von einem besser gestellten Handwerker oder Kaufmann aus dem Viertel bewohnt gewesen, war es doch nicht gar so lattenschmal wie die anderen in der Gasse. Auch führte nicht eine gewöhnliche Tür gleich vom Rand der Gasse ins Haus, sondern man trat durch einen zwei, drei Schritte tiefen Torbogen auf eine massive, doppelflügelige Bohlentür zu, die für die Anlieferung oder den Weitertransport von Waren geschaffen war. An der Wand neben dem Eingang hing von einem schmiedeeisernen Haken eine Öllampe, deren Flamme mit niedrigem Docht brannte.

»So, da wären wir!«, sagte Enrico Benzotti, ergriff den schweren, eisernen Türklopfer, der mit Rost überzogen war, und hämmerte ihn heftig gegen die Bohlen, damit man ihnen aufmachte. »Und wie gesagt, der Spaß mit der Verkleidung als Betbruder bleibt unser Geheimnis, verstanden? Meinem werten Schwager ist der Humor leider nicht so reichhaltig gegeben wie mir.«

»Seid unbesorgt, Ihr habt nichts zu befürchten. Ich schwärze niemanden an – nicht einmal Euch!«, erwiderte Matteo verdrossen, wusste er doch selbst, dass es keinen allzu guten ersten Eindruck bei seinem Onkel machen würde, wenn er ihm sozusagen zur Begrüßung von den Lügengeschichten und den Betrügereien seines Schwagers erzählte.

Der rechte Flügel der Bohlentür öffnete sich knarrend und eine grauhaarige, hagergesichtige Frau in einem alten Kleid aus schwarzem Wollstoff erschien im Torspalt. Sie reichte Matteo und Enrico gerade bis zu den Schultern.

»Müsst Ihr denn den Türklopfer immer wie ein Berserker betätigen?«, schimpfte sie, die knochigen Hände in die Seite gestemmt. »Noch bin ich nicht mit Taubheit geschlagen, was auch für Euren Schwager und die schwarze Haut gilt. Aber wenn Ihr weiter so lärmt, ist der Tag nicht mehr fern, wo Ihr hämmern könnt, wie Ihr wollt, ohne dass einer im Haus Euer wüstes Gelärme hört!«

Enrico quittierte die missmutige Zurechtweisung mit einem unbeschwerten Lächeln und sagte mit feinem Spott zu Matteo: »Diese freundliche Person, die sich so mütterlich um unser leibliches Wohl sorgt und uns das Haus führt, ist die ehrenwerte Signora Fuccelardo. Sie wohnt mit ihrer Familie am anderen Ende der Straße.« Und an sie gewandt, fügte er hinzu: »Und das ist Matteo Lombardi aus San Bernardo, der Neffe meines Schwagers, Signora Fuccelardo.«

»Redet nicht so geschwollen daher, ich bin die Zugehfrau und Witwe Rosalba!«, lautete die unwirsche Antwort der alten Frau, die Matteo grußlos und nur mit einem knappen Nicken zur Kenntnis nahm. »Seht lieber zu, dass Ihr mit Eurem Besuch zu Eurem Schwager in die Küche kommt! Noch ist meine Fischsuppe warm! Aber was soll es mich kümmern, ob Ihr meine Suppe warm oder kalt esst. Jaja, es wird höchste Zeit, dass wieder eine Ehefrau ins Haus kommt und die Zügel in die Hände nimmt!« Damit gab sie den Durchgang frei und ging an ihnen vorbei.

»Alte Kratzbürste! Wie gut, dass sie nur ein paar Stunden am Tag kommt! . . . Es wird kein Weib stumm geboren, sie wissen alle wohl zu reden!«, murmelte Enrico, schob Matteo vor sich durch den Spalt im Tor und schob den Riegel von innen wieder vor. »Aber was soll's, vom Kochen versteht die mürrische Alte ja wenigstens was.«

Sie standen in einer geräumigen Vorhalle, deren Wände und gewölbte Decke dringend einer frischen Kälkung bedurften und die fast völlig frei von jeglicher Möblierung war. Auf der linken Seite wurde die Längswand von einem halben Dutzend gerade mal hüfthoher Mauern unterteilt, die gut anderthalb Schritt in die Halle hineinragten. In einer dieser Abtrennungen fand sich ein zur Seite gekippter Haufen Ziegelsteine, in einer anderen lag unter alten, eingestaubten Jutesäcken ein noch größerer Stapel Dachziegeln, zu jeweils einem Dutzend Platten zusammengeschnürt. Die Vermutung lag nahe, dass früheren Bewohnern diese große Eingangshalle als Lagerraum gedient hatte. Und das Baumaterial, das der Schicht Dreck und Staub nach zu urteilen seit Monaten nicht mehr angerührt worden war, ließ unschwer den Schluss zu, dass in diesem Haus einmal Ausbesserungsarbeiten angestanden hatten, die aber entweder nicht ausgeführt worden waren oder nach deren Ende man so nachlässig gewesen war, das restliche Material nicht aus dem Haus zu schaffen.

Auf der anderen Seite der Halle fiel Matteos Blick nur auf eine verkratzte Truhe mit rostfleckigen Eisenbeschlägen neben der nach oben führenden Treppe, einen Schemel und ein breites hölzernes Wandbord, auf dem zwei Arbeitshüte lagen. An den Haken darunter hingen zwei schwere, wollene Umhänge.

Am anderen Ende des dämmrigen Raumes führte eine gleichfalls doppelflügelige Bohlentür auf einen gut sechs, sieben Schritte breiten Kanal hinaus. Der Lichtschein einer Lampe fiel auf eine steinerne Stufenanlage, das dunkle Gewässer des Kanals, die Spitze eines am Fuß der Stufenanlage vertäuten Ruderbootes und drang durch den weit offen stehenden rechten Türflügel zu ihnen in die Vorhalle.

Im nächsten Moment verdunkelte sich die Öffnung, als in der Tür ein Mann erschien, der sich mit einem schweren Bündel Feuerholz abschleppte.

Matteo sah auf den ersten Blick, dass es sich bei diesem Fremden nicht um seinen Onkel, sondern nur um ›die schwarze Haut‹ handeln konnte, von der die Witwe Rosalba gesprochen hatte. Denn die Haut des Mannes war so dunkel wie ein verkohlter Holzscheit. Er trug weite, von Salz und Sonne ausgebleichte Pluderhosen von einst pflaumenblauer Farbe und ein schäbiges, altes Wams. Das kurze silbergraue Haar und der gleichfalls völlig ergraute Vollbart bildeten zu seiner nachtschwarzen Haut einen starken, eindrucksvollen Kontrast.

»Das ist mein Diener Sahadi, der sich bei uns so nützlich macht, wie ihm das sein alter Körper und nicht eben flinker Kopf erlaubt!«, erklärte Enrico ein wenig geringschätzig, während der Schwarze ihnen einen gleichgültigen Blick zuwarf, das Bündel Feuerholz in einer der leeren Abtrennungen neben der Tür ablegte und wieder zum Ruderboot zurückkehrte, um weitere dieser Bündel zu holen.

»Ihr als Schiffszimmermann habt einen eigenen Diener?«, fragte Matteo ungläubig. Er wusste zwar inzwischen, dass den Arsenalotti und insbesondere den Handwerksmeistern im Arsenal von Venedig ein sehr guter Lohn gezahlt wurde. Aber dass der Verdienst reichte, um sich einen eigenen Diener leisten zu können, das hatte er nirgendwo gehört.

Enrico verzog das Gesicht zu einer Grimasse. »Ich habe Sahadi am Spieltisch gewonnen, obwohl man von Gewinn da eigentlich kaum sprechen kann. Der Bursche hat mich über den wahren Wert des Schwarzen getäuscht und ich war zu betrunken, um es gleich zu merken. Und als ich herausfand, dass ich für so einen Alten auf dem Sklavenmarkt am Rialto oder auf der Piazetta keine fünf Soldi mehr bekomme, war es für Reklamationen schon längst zu spät. So hat er hier bei uns das Gnadenbrot und macht sich im Haus nützlich.«

»Ihr scheint ja nicht wenig Zeit mit dem Glücksspiel zu verbringen und recht seltsame Gewinne dabei davonzutragen«, sagte Matteo spitz.

»Das Brot backt sich nicht im kalten Ofen. Ich gestehe, dass ich eine große und manchmal leider auch recht kostspielige Schwäche für das Karten- und Würfelspiel habe«, gestand Enrico freimütig. »Wir alle haben unsere Leidenschaften.«

»Und Ihr wohnt mit Eurem schwarzen Diener auch hier im Haus meines Onkels?«, fragte Matteo verwundert.

Enrico zuckte mit den Achseln. »Das hat sich nach dem Tod meiner Schwester so ergeben. Jede Freude trägt ein Leid auf dem Rücken. Mein Schwager hielt es nicht aus in dem Haus, das er zusammen mit meiner Schwester bewohnt hatte. Er zog dort fast fluchtartig aus und quartierte sich hier ein. Eine schlechte Wahl, wie ich fand, aber er wollte es so. Tja, er war nun ein schmerzgebeugter Witwer und ich ein eingefleischter Junggeselle, da lag es doch auf der Hand, dass man sich die Unterkunft teilt und sich zudem auch noch gegenseitig Gesellschaft leistet. Ich konnte meinen guten Freund Tomaso in der schweren Zeit nach dem Tod von Serafina doch nicht schnöde seinem Kummer überlassen. Schon um ihm Beistand und Trost zu spenden und ihm durch meine Gesellschaft Ablenkung zu schenken, war es richtig, dass ich meine eigene Behausung aufgegeben habe, so behaglich sie auch war, und hier bei ihm eingezogen bin.«

Matteo hatte das vage Gefühl, dass sehr viel eigennützigere Gründe diesen Glücksspieler dazu veranlasst hatten, bei seinem Onkel einzuziehen.

»Bevor du mir über den Schwarzen Löcher in den Bauch fragst, ich weiß nichts über ihn und seine heidnische Vergangenheit«, sagte Enrico, als Sahadi erneut mit einem Bündel Feuerholz zurückkehrte. »Er soll vor Jahrzehnten irgendwo an der Küste von Karthago bei der Aushebung eines Piratennestes in venezianischen Besitz gelangt sein. Wahrscheinlich war er schon dort ein Sklave. Jedenfalls weiß ich von ihm nichts weiter als seinen Namen. Und es bringt auch nichts, ihn selbst nach ihm und seinem Schicksal zu befragen.«

»Und warum nicht?«, wollte Matteo wissen.

An Stelle einer Antwort winkte Enrico den grauhaarigen Afrikaner heran. »Sahadi, das ist Matteo Lombardi. Er ist der Neffe des Hausherren und wird hier wohnen. Streck doch mal deine Zunge heraus!«

Gehorsam öffnete Sahadi den Mund. Doch er streckte ihnen keine Zungenspitze entgegen, weil er dazu gar nicht in der Lage war, sondern gab nur den Blick auf einen kurzen, narbigen Zungenstummel frei.

Matteo fuhr erschrocken zurück. »Allmächtiger!«, stieß er bestürzt hervor.

»Ja, eine hässliche Sache. Man hat ihm die Zunge abgeschnitten. Und frage mich nicht, ob es unsere Leute waren oder ob man ihn schon im Land der Ungläubigen so verstümmelt hat«, sagte er in beiläufigem Tonfall. »Da steht der eine Henker und Folterknecht dem anderen an Grausamkeit in nichts nach. Und was tut es jetzt auch noch zur Sache? Sahadi ist zumindest kein geschwätziger Diener.« Er lachte, als wäre ihm ein geistreicher Witz gelungen, und schlug Matteo mit übertriebener Freundschaftlichkeit auf die Schulter. »So, und jetzt lass uns geschwind zu deinem Onkel in die Küche gehen, sonst bleibt uns bei seinem Appetit von Rosalbas Suppe bloß noch der Bodensatz zum Auskratzen. Du hast bestimmt Hunger – und ich auch! Lustig gelebt und selig gestorben, heißt dem Teufel die Rechnung verdorben!« Er lachte erneut. »Und Tomaso brennt bestimmt schon darauf, dich endlich kennen zu lernen.«

Matteo warf ihm einen skeptischen Seitenblick zu, bezweifelte er doch stark, dass sein Onkel es nicht erwarten konnte, ihn kennen zu lernen. Wenn dem so gewesen wäre, hätte er sich doch wohl schon längst gezeigt. Denn das Hämmern des schweren Türklopfers und ihre Stimmen waren sicher auch in der Küche kaum zu überhören gewesen.

In die große Küchenstube ging es durch einen Durchgang mit gemauertem Rundbogen, dessen schwerer, mit dicken Lederstreifen gesäumter Vorhang zur Seite gebunden war. Am schweren Eichentisch, über dem eine Öllampe von der Balkendecke hing, saß sein Onkel vor seiner Schüssel, ein ebenso kräftiger und breitschultriger Mann wie Enrico Benzotti. Vor ihm auf dem Tisch standen auf einem mit Brandspuren gezeichnetem Holzbrett ein gusseiserner Topf, aus dem eine hölzerne Schöpfkelle herausragte, sowie ein moosgrüner, mit Wasser gefüllter Glaskrug. Daneben lag ein angebrochener Brotlaib.

»Ich sehe, wir kommen gerade richtig, werter Schwager!«, rief Enrico munter. »Und hier ist er also, dein Neffe Matteo Lombardi! Wohl behalten habe ich ihn dir über die große See gebracht!«

Tomaso Rovelli ließ seinen Löffel sinken und wandte seinen Blick mit leicht gerunzelter Stirn auf Matteo. »So! Du also bist der Sohn meiner Halbschwester!«, sagte er und musterte ihn schweigend, während er eine Fischgräte zwischen den Zähnen hervorzog und in Richtung Feuerstelle schnippte.

Matteo hatte sich seine Begrüßung im Haus seines Verwandten zwar nicht gerade wie ein Jubelfest vorgestellt, aber doch auch nicht so kühl. Betreten stand er vor ihm und suchte im Gesicht des Mannes Ähnlichkeiten mit der Mutter. Aber er fand in den Zügen seines Onkels, die man mit der markanten Nase und den klaren grauen Augen auf eine herb männliche Art attraktiv nennen konnte, nichts, was ihn an seine Mutter erinnerte.

»Ich . . . ich danke Euch, dass Ihr mich habt kommen lassen

und mich ... bei Euch aufnehmen wollt, Signor Rovelli«, stammelte er verlegen.

»Nach deinem Brief blieb mir ja wohl keine andere Wahl, als meine Christenpflicht zu tun und dir bei mir Unterkunft zu gewähren«, antwortete Tomaso Rovelli mürrisch.

»Ich versichere Euch, dass ich zu arbeiten weiß und mein Bestes tun werde, um Euch nicht zur Last zu fallen!«

»Davon gehe ich auch aus. Ob wir miteinander auskommen werden, wird die Zukunft zeigen. Und jetzt nimm dir drüben von der Anrichte Teller, Becher und Löffel und setz dich!«, forderte sein Onkel ihn auf. »Und gleich noch etwas: Wenn wir unter uns sind, kannst du Onkel Tomaso zu mir sagen. Aber bei der Arbeit im Arsenal bin ich für dich wie für jeden anderen, der mir unterstellt ist, der Meister Rovelli, verstanden?«

»Ja ... Onkel Tomaso«, sagte Matteo eingeschüchtert, nahm von Enrico, der ihm schon zuvorgekommen war, Holzteller, Becher und Löffel entgegen, setzte sich zu den beiden Männern an den Tisch und bediente sich aus dem Topf, nachdem Enrico seine Schüssel gefüllt hatte.

»Na, du scheinst ja heute nicht deinen besten Tag gehabt zu haben, Tomaso«, sagte Enrico mit vollem Mund. »Ist deine angebetete Lucrezia denn nicht zur Messe erschienen?«

»Was hat dich das zu interessieren!«, brummte Tomaso und zog den Topf mit der Fischsuppe zu sich heran.

»Mir liegt eben dein Wohlergehen am Herzen«, erwiderte Enrico, den der abweisende Ton seines Schwagers nicht aus der Gemütsruhe brachte.

»Dann solltest du zuerst einmal dafür Sorge tragen, dass du endlich mal wieder das zur Miete und zum Lebensunterhalt beiträgst, was wir damals vereinbart haben, als ich so gutgläubig und leichtsinnig gewesen bin dich bei mir einziehen zu lassen!«

»Das mit meinem kleinen finanziellen Engpass ist nur von kurzfristiger Natur und kommt schon wieder ins Lot!«, versicherte Enrico, dem auch dieser grimmige Vorwurf den Appetit nicht im Mindesten zu beeinträchtigen schien.

Tomaso machte eine wegwischende Handbewegung. »Von wegen kurzfristig und kleiner Engpass! Dass du mit deinem Geld nicht haushalten kannst und ständig Schulden hast, ist bei dir doch ein verdammter Dauerzustand!«

»Ich zahl dir alles bis auf den letzten Soldo zurück. Du hast mein Wort drauf. Zudem: Was du in deines Nachbarn Garten wirfst, das wuchert für dich im Garten Gottes!«

»Mit derlei Sprüchen kannst du mich schon lange nicht mehr beeindrucken, Enrico. Sieh erst zu, dass das verfluchte Unkraut aus deinem eigenen Garten verschwindet. Und das wäre schnell geschehen, wenn du endlich einmal die Finger von Karten und Würfeln lassen würdest!«, wies ihn Tomaso grimmig zurecht.

»Ich verspreche dir hoch und heilig mir deine guten Ratschläge zu Herzen zu nehmen«, antwortete Enrico leichthin. »Aber du solltest auch meine gut gemeinten Bedenken nicht in den Wind schlagen. Du magst es zwar nicht gerne hören, aber die Sache mit dieser Lucrezia Capelli solltest du dir schleunigst aus dem Kopf schlagen. Ich verstehe ja, dass es für dich an der Zeit ist, wieder nach einer Ehefrau Ausschau zu halten, aber leider hast du dich da in die Falsche verguckt. Und wenn man Feuer im Herzen hat, bekommt man Rauch in den Kopf.«

»Gar nichts verstehst du!«, knurrte Tomaso unwirsch. »Und halte dich gefälligst aus meinen privaten Angelegenheiten heraus. Ich weiß schon, was ich tue!«

Enrico schüttelte mit einem schweren, geplagten Seufzer den Kopf. »Fürstengunst, Frauenlieb und Rosenblätter sind so beständig wie im April das Wetter.«

»Es reicht!«, donnerte Tomaso und schlug mit der flachen Hand auf den Tisch, dass es krachte.

Während Matteo erschrocken zusammenfuhr, hob Enrico nur lässig beide Hände zu einer Geste stummer Kapitulation und löffelte dann seelenruhig seine Suppe weiter. Derartige Streitereien schienen die beiden Männer gewohnt zu sein.

Nach einer Weile des Schweigens begann Tomaso Matteo einige Fragen zu seinem bisherigen Leben zu stellen. Er drückte kurz sein Bedauern aus, dass seine Halbschwester und ihre ganze Familie bis auf den jüngsten Sohn der Pest zum Opfer gefallen war, hielt sich bei diesem Thema jedoch nicht allzu lange auf. Schließlich kam er auf die Arbeit zu sprechen, die er ihm im Arsenal verschaffen wollte. Er bot ihm an bei den Schmieden im Arsenal nachzufragen, ob jemand dort Verwendung für ihn hatte. Aber wirklich garantieren konnte er ihm eine Anstellung nur in seiner Werkshalle, bei den Zimmerleuten im Galeerenbau.

»Das wäre mir auch viel lieber!«, sagte Matteo sofort. »Aus dem Schmiedehandwerk habe ich mir nie etwas gemacht. Wäre mein Vater nicht Schmied gewesen . . .«

Tomaso ließ ihn gar nicht ausreden. »Also gut, dann ist das abgemacht. Aber beklage dich nicht über deinen Lohn! Du wirst unter der Obhut einer meiner Gesellen als ungelernter Handlanger anfangen und dir unser Handwerk mühsam erarbeiten müssen, so wie wir es alle getan haben!«

»Das macht mir nichts!«, versicherte Matteo eifrig. Er war erleichtert, der Hitze, dem Ruß der Esse und der Arbeit mit dem Schmiedehammer zu entkommen und das Handwerk des Schiffzimmermanns erlernen zu können.

Nach dem Essen trug Tomaso seinem Schwager auf ihm seine Kammer zu zeigen. Es war offensichtlich, dass er allein sein wollte.

»Schade, dass du deinen Onkel an deinem Ankunftstag in einer so verdrossenen Stimmung angetroffen hast«, bedauerte Enrico, als sie die Treppe hochstiegen. »Daran ist seine unselige Schwärmerei für dieses hübsche Püppchen Lucrezia Cappelli schuld!«

»Und wer ist diese Frau?«

»Die Tochter eines recht tüchtigen Salzhändlers in Canareggio, das ist das Viertel ganz im Westen, das an Castello grenzt und durch den Canal Grande von San Croce und dem Rialto auf dem anderen Ufer getrennt wird«, erklärte Enrico. »Als ob ein Kaufmann wie er ihn als künftigen Schwiegersohn akzeptieren würde! Auch wenn Sebastiano Cappelli nicht annähernd zu den Reichsten der Stadt gehört und zudem noch mit dem Unglück geschlagen ist, gleich vier Töchter unter die Haube bringen zu müssen, er würde doch niemals einem Arsenalotto eine seiner Töchter zur Frau geben! Da nützt es auch nicht, dass dein Onkel einer der besten Handwerksmeister des Arsenals ist! Aber Tomaso hat es sich gegen jegliche Vernunft in den Kopf gesetzt Lucrezia zu seiner Frau zu machen. Dass das in bitterer Enttäuschung enden muss, will er einfach nicht einsehen. Aber so ist es im Leben: Wenn eine Kuh auf Stelzen gehen will, geht das meist böse ins Auge.«

Matteo musste unwillkürlich lachen, als er sich dieses Bild vor Augen führte, schämte sich jedoch sofort dafür. Er kam sich schäbig und undankbar vor, über die Liebesqualen seines Onkels zu lachen, wusste er doch selber nur zu gut, was es bedeutete, jemanden zu lieben und wegen der Klassenunterschiede keine Hoffnung zu haben, dass sich diese Liebe jemals erfüllen würde.

Enrico bemerkte nichts von seiner Scham, war er doch viel zu sehr von seinen eigenen spöttischen Gedankengängen gefangen. »Schöne Frauen sind nun mal Irrlichter und verführen die Männer bei helllichtem Tag! Wie gut, dass ich diese Lektion schon vor vielen Jahren gelernt habe! So, hier ist deine Kammer. Und jetzt gib mir schnell meine Mönchskutte und die Perücke zurück!«

Die Kammer im zweiten Obergeschoss war schmal wie ein Verschlag, dunkel, spärlich eingerichtet und ging nach hinten zum Kanal hinaus, jedoch war sie einigermaßen sauber und hatte alles, was man brauchte, um seinen müden Körper nachts zur Ruhe zu betten.

»Aber das alles soll dich nicht beschäftigen, auch nicht die Griesgrämigkeit meines Schwagers. Lass dir deswegen bloß keine grauen Haare wachsen!«, sagte Enrico schließlich noch aufmunternd. »Ich weiß, was in dir vorgeht. Und Tomaso führt sich schnell auf wie ein Wald voll Teufel, aber sein Ingrimm verraucht auch schnell wieder.«

In dieser Nacht lag Matteo noch lange wach. Seine Gedanken gingen jedoch nicht nur mit schmerzhafter Sehnsucht nach *Rosario* zu Fiona, während seine Finger über die Perlen ihrer Halskette tasteten, als könnte die Berührung ihm mehr als Erinnerungen und unerfüllte Träume schenken. Er versuchte Ordnung in die Fülle verwirrender Eindrücke und Begebenheiten zu bringen, die ihm an diesem Tag widerfahren waren. Er grübelte auch über das traurige Schicksals des alten Afrikaners Sahadi, der in seinem Leben schon auf Gott weiß wie vielen Sklavenmärkten gestanden hatte und den seine abgeschnittene Zunge zur Stummheit verdammt hatte. Was dieser fürchterlichen Strafe wohl vorausgegangen sein mochte?

Eine ganz andere bange Frage nahm Matteo schließlich mit in den Schlaf, nämlich wie lange er es wohl in der Gesellschaft dieser beiden merkwürdigen Männer und ihres nicht weniger seltsamen Hausdieners aushalten würde.

6

Die Glocke *Marangona* hoch oben im Campanile rief die Arsenalotti an jedem Werktag zur Arbeit, wie sie auch den Feierabend einläutete. Tausende von Handwerkern machten sich im Morgengrauen im Arbeiterviertel Castello auf den Weg ins Arsenal.

Wie ein mächtiger, immer stärker anschwellender Strom, der auf seinem verschlungenen Weg zur Mündung aus zahllosen Rinnsalen und Bächen gespeist wird, so vereinigten sich die aus den vielen umliegenden Gassen flutenden Arbeiter zu einem wogenden, aber streng disziplinierten Meer von Menschen vor dem triumphalen *Ingresso di Terra* der Werftanlagen.

Diese hoch aufragende, säulengeschmückte Pforte in der mächtigen Umfassungsmauer stellte den einzigen Zugang zum Arsenal von Land her dar. Zinnen krönten die Mauer und in regelmäßigen Abständen ragten mit Kanonen bestückte Wachtürme auf. Gleich rechts vom imposanten Landtor, nicht mehr als eine knappe Galeerenlänge entfernt, führte der Rio del Arsenal als einziger Zufahrtskanal vor die Wasserpforte, die durch ein großes Fallgitter und zwei quadratische Wachtürme geschützt wurde. Nur diese beiden Pforten, je eine zu Wasser und zu Land, ermöglichten den Zugang zu der größten und geheimsten Schiffswerft Europas, einem Komplex von geradezu unfasslichen Ausmaßen, der nicht nur bei Ausländern und Spionen die »verbotene Stadt der Galeeren« hieß.

Matteo konnte es nicht erwarten, diese streng bewachte, für Unbefugte verbotene »Stadt in der Stadt« mit eigenen Augen zu sehen. Schon auf dem Weg zum Arsenal bereiteten ihn Enrico und Tomaso auf das vor, was hinter den hohen Mauern lag.

»Das Arsenal eine Stadt in der Stadt zu nennen ist keine Übertreibung«, sagte Tomaso, der an diesem Morgen sehr viel zugänglicher wirkte und sich regelrecht gesprächig zeigte. »Das Arsenal erstreckt sich mit seinen Hallen, Wasserbecken und Trockendocks über eine Fläche von vierunddreißig Hektar. Das sind mehr als fünf Prozent der gesamten Stadtfläche Venedigs.«

»Und rate mal, wie viele Handwerker da arbeiten!«, forderte ihn Enrico auf.

Matteo ließ seinen Blick über die Menschenmenge schweifen, die über den Vorplatz wogte und sich vor der Landpforte verengte, als würde von ihrem steinernen Schlund eine gewaltige Sogkraft ausgehen. »Keine Ahnung, aber einige tausend Leute dürften es wohl schon sein.«

Enrico lachte fröhlich auf. »Von wegen einige! Seit den Türkenkriegen sind nie weniger als zwölftausend im Arsenal verpflichtet, zurzeit ist die Zahl der Arbeiter sogar auf sechzehntausend angeschwollen! Venedigs Kriegsflotte stehen entscheidende Schlachten mit den Osmanen bevor, denn der Frosch lässt das Quaken nicht. Und da heißt es, rüsten, was die Werften hergeben.«

»Sechzehntausend?«, echote Matteo und versuchte sich ein Vielfaches der Bevölkerung von San Bernardo vorzustellen. Es gelang ihm nicht. Er musste sich einfach verhört haben. »Sechzehntausend Handwerker, die tagtäglich Galeeren bauen? Ihr meint *sechs*tausend, nicht wahr?«

»Nein, sech*zehn*tausend. Du hast schon richtig gehört. Also, lass es dir erklären!«, sagte Enrico, als Matteo erneut zu einem Einwand ansetzte.

»Schon fast ein halbes Tausend Frauen ist allein damit beschäftigt, Segel zu nähen«, warf Tomaso ein.

Enrico nickte. »Ja, die Frauen leisten großartige Arbeit. Und unter ihnen ist so manch ein reizvolles Rosenblatt im Weiberrock, das mehr als nur einen zweiten Blick lohnt«, sagte er und warf seinem Schwager einen viel sagenden Seitenblick zu, um dann aber schnell fortzufahren: »Die venezianischen Galeeren sind unbestritten die besten und schönsten, die das Meer befahren. Und das handwerkliche Geschick der Leute, die das Privileg genießen, im Arsenal zu arbeiten, ist berühmt und in der ganzen Welt unübertroffen. Um das Geheimnis venezianischer Schiffsbaukunst zu wahren, ist es sogar streng verboten, Handelsgaleeren an Ausländer zu verkaufen, solange sie noch seetüchtig sind. Auch dürfen Arsenalotti für niemand anderen Schiffe bauen. Es gibt übrigens in Venedig und auf den umliegenden Inseln noch viele private Werften, wo Koggen und Rundschiffe gebaut werden. Handelsgaleeren und Kriegsgaleassen werden dagegen ausschließlich und unter strengster Geheimhaltung im Arsenal hergestellt. Aber das Arsenal ist viel mehr als nur eine gigantische geheime Werft mit Wasserbecken und Trockendocks. Denn dort werden nicht nur Schiffe auf Kiel gelegt oder gewartet und repariert!«

»Was tut sich denn da noch, dass man sechzehntausend Leute braucht?«, fragte Matteo gespannt.

»Hinter diesen Mauern verbirgt sich auch noch das größte Warenlager und die mächtigste Waffenschmiede, die sich sowohl westlich als auch östlich vom Bosporus finden lässt!«, verkündete Enrico. »Die *Signoria** von San Marco lässt hier nämlich Unmengen Schiffbauholz stapeln, das für mindestens hundert Galeerenrümpfe reicht, sowie entsprechend viel Teer, Leinwand, Tauwerk, Schiffszwieback, Anker und vieles andere. Natürlich gibt es auch einen gewaltigen Lagervorrat an Schießpulver, dazu bis zu achthundert Kanonen aus den eigenen Geschützgießereien und jede Art von Waffen, die im

---

* *Signoria* bedeutete Herrscher bzw. Herrschaft über ein Stadtgebiet. In Venedig bezeichnete man damit die Regierung, die aus dem gewählten Dogen, dem mächtigen Rat der Zehn und anderen gewählten Gremien bestand.

Ernstfall ausreichen, um an die fünfzigtausend Mann bis zu den Zähnen zu bewaffnen. Es gibt auf dem Gelände des Arsenals sogar Schießstände zur Erprobung neuer Waffen. Und das ist noch längst nicht alles!«

Achthundert Kanonen, Waffen für fünfzigtausend Mann und jederzeit ein Vorrat an Schiffbauholz, das für hundert Galeerenrümpfe reichte! Es fiel Matteo schwer, ihm zu glauben, dass sich all das hinter den Mauern des Arsenals verbergen sollte. Aber sein Onkel Tomaso, von dem er nicht den Eindruck hatte, als neige er zu Übertreibungen, bestätigte ohne Abstriche die Ausführungen seines Zunftkameraden und Schwagers. Und schon in wenigen Minuten würde er sich ja mit eigenen Augen von der Richtigkeit der Behauptungen überzeugen können.

Matteo passierte mit den beiden Schiffbaumeistern die ersten Kontrollen an der Pforte und war augenblicklich beeindruckt von den hohen Hallen der Kommandantur, die sich zu beiden Seiten erstreckten und dafür sorgten, dass sich der gewaltige Andrang an Arbeitern wie das Geäst eines Baumes rasch auffächerte und verzweigte, sodass es zu keinen nennenswerten Stauungen kam. Allein diese reibungslose Organisation ließ ihn staunen.

»Wir müssen zuerst nach drüben in die Registratur, wo du dich auf meine Bürgschaft hin einschreiben und deine metallene Kontrollmarke mit dem Stempel unserer Zunft abholen musst. Die wirst du immer mit dir führen, um dich jederzeit ausweisen zu können. Die Kontrollen sind scharf. Und wer sich verdächtig macht, wird sofort verhaftet und verhört«, sagte Tomaso und schob ihn nach links aus dem Strom der Arsenalotti, die zu ihren unterschiedlichen Arbeitsplätzen drängten. »Hier hat nicht nur alles seine Ordnung, sondern hier ist Geheimhaltung oberstes Gebot.«

Enrico nickte bekräftigend. »Denn die kriegslüsternen Teufel von Osmanen, die schon die Klingen für die Schlacht mit San Marco und der Liga unserer Verbündeten wetzen, haben ihre Spione und Saboteure überall.«

»Ja, das Arsenal ist das wichtigste Ziel ihrer Ausspähungen«, sagte Tomaso. »Einen ihrer Spione hier einzuschmuggeln, der ihnen Bericht über alle Vorgänge im Galeerenbau und in den Waffenschmieden geben könnte, ist das Ziel all ihrer geheimen Aktivitäten.«

»Und natürlich Sabotageakte!«, fügte Enrico hinzu. »So wie im letzten Jahr, als es im Arsenal einen Großbrand gegeben hat, dem dutzende von Galeeren zum Opfer gefallen sind und der über zweitausend Arsenalotti das Leben gekostet hat.«

»Dazu wird es nicht noch einmal kommen«, widersprach Tomaso. »Dafür sind die Wachen zu streng.«

Enrico zuckte skeptisch mit den Achseln. »Wenn Gott will, blüht auch ein Besenstiel.«

Mit gefurchter Stirn sah Tomaso seinen fünf Jahre jüngeren Schwager und Meisterkollegen an. »Seit wann hast du dich in den irrwitzigen Glauben verstiegen, dass Gott mit den Muselmanen ist?«

»Mit Glauben hat das doch nichts zu tun, sondern nur mit gesundem Menschenverstand«, erwiderte Enrico mit leichtem Spott. »Vergessen wir mal, dass Gott schon jetzt nicht weiß, wessen Gebete um Beistand und glorreichen Sieg er erhören soll, wenn Christen gegen Christen in den Krieg ziehen, was in unserem christlichen Abendland ja ständig der Fall ist. Aber wenn es wirklich nur einen Gott gibt, wer sagt dann, dass es nicht genauso gottgefällig ist, zu Allah zu beten wie zu Jesus Christus?«

»Sag das bloß nicht noch einmal! Das ist Gotteslästerung!«, zischte Tomaso erschrocken und sah sich besorgt um, ob jemand Enricos Worte mitbekommen hatte, was aber offensichtlich nicht der Fall war. »Wenn dich jemand so reden hört, hängst nicht nur du noch heute am Strick der Folterknechte, sondern wir alle!«

Matteo erblasste.

»Nicht so schreckhaft, werter Schwager«, sagte Enrico besänftigend. Kein Fährmann ist so gut, dass er nicht auch mal aus der Spur fährt.«

Zu Matteos Erstaunen führte diese flapsige Erwiderung, die dem Ernst der Sache nun wirklich nicht angemessen war, bei Tomaso keineswegs zu einer noch ärgerlicheren Antwort. Vielmehr schlich sich ein schwer zu deutendes Lächeln auf sein markantes Gesicht. »Dir ist wirklich nicht zu helfen, Enrico. Du bist einfach ein Spieler durch und durch. Gegen das Fieber, das dich in seinen Klauen hat, gibt es kein Heilmittel«, sagte er. Das Lächeln war jedoch schon wieder aus seinen Zügen verschwunden, als er im nächsten Augenblick prophezeiend hinzufügte: »Und ich fürchte, eines Tages wird dich diese Leidenschaft den Kopf kosten!«

7

In dieser seiner ersten Morgenstunde im Arsenal* wusste Matteo nicht, wohin er zuerst blicken und wie er all diese vielen unglaublichen Eindrücke verarbeiten sollte. Sie verließen die festungsartige Kommandantur und die beiden Männer führten ihn durch die Docks und Werkshallen. So wie ihm bei seinem Eintreffen in Venedig am Tag zuvor die Lagunenstadt mit

---

* Eine Skizze des Arsenals befindet sich im Anhang auf Seite 457.

ihrer Pracht den Atem genommen hatte, so überwältigten ihn nun die Ausdehnung der hinter den Mauern liegenden »verbotenen Stadt der Galeeren« mit ihren drei Wasserbecken sowie die Größe der Werkstätten, Bootshäuser und Lagerhallen, die sich um die Becken gruppierten.

Aus allen Himmelsrichtungen drang eine verwirrende Vielfalt von Arbeitsgeräuschen, die sich mit den tausendfachen Stimmen der Arsenalotti zu einem ganz eigenen seltsamen, an- und abschwellenden Klangteppich verbanden. Und über allem lag der Geruch von Holz, Sägemehl und insbesondere Teer, dem man nirgendwo auf dem Gelände entkommen konnte. An vielen Uferstellen kochte der Teer, der zum Kalfatern, zum Abdichten von Spanten und Planken, gebraucht wurde, in riesigen Kesseln zu einem klebrig zähen, Blasen werfenden Brei.

»Becken und Trockendocks können mehr als achtzig Galeeren aufnehmen«, erklärte Enrico stolz. »Zurzeit dürften sich hier im Arsenal an die sechzig befinden, gut die Hälfte davon in jedem nur erdenklichen Baustadium, die andere Hälfte zur Reparatur.«

Im ersten Dock, dem *Darsena Arsenale Vecchio*, lag fast ein Dutzend Galeeren Rumpf an Rumpf und das sich dahinter anschließende Becken machte seinem Namen *Canale delle Galeazze* alle Ehren, lagen dort doch vier mächtige Galeassen, die Königsklasse der Kriegsgaleeren, vertäut. Obwohl diese unbemannten Großkampfschiffe weder mit Rudern noch mit Kanonen bestückt waren und auch nicht frei im Wasser schwammen, sondern wie aneinander gefesselte Meeresriesen mittels schwerer Taue Bordwand an Bordwand lagen, ging von ihnen sogar in diesem buchstäblich gebändigten Zustand etwas ungeheuer Bedrohliches und Düsteres aus. Allein schon der schwarze Teeranstrich, der bei allen Schiffen Rumpf und Deck zur Abdichtung überzog, vermittelte einen Eindruck von finsterer, unheilvoller Macht.

»Wie kommen diese Galeassen denn bloß aus dem Becken heraus, wenn jede mit über hundert langen Rudern bestückt ist?«, wunderte sich Matteo mit Blick über das Wasserbecken, als Enrico erklärte, dass jede dieser über fünfzig Meter langen Galeassen von dreihundertsechsunddreißig Ruderern vorangetrieben wurde. Von ihnen bedienten jeweils drei ein Ruder. Deshalb wurden diese Schiffe auch *Triremen* genannt, weil jeweils drei *galeotti* auf einer Bank saßen und gemeinsam eines der langen, schweren Ruderblätter durchs Wasser zogen. »Da kommen sie sich doch gegenseitig heillos in die Quere! Sogar wenn das Becken doppelt so groß wäre!«

»Die Galeeren und Galeassen werden innerhalb der Mauern des Arsenals nicht mit Ruderkraft bewegt, sondern gezogen«, warf Tomaso ein, während sie die hochgebogene Brücke zwischen den beiden Becken überquerten. »Wenn die Schiffe das Fallgitter der Wasserpforte passiert haben, werden ihnen gleich dahinter am Beginn des Rio dell' Arsenale die Ruderblätter aus einer speziellen Öffnung in der Mauer der Ruderwerkstatt gereicht, die dort direkt an den Kanal grenzt.«

Matteo blickte auf die Kriegsschiffe hinunter und fragte sich in Gedanken beklommen, was das wohl für ein entsetzliches Leben sein musste, an Bord einer solchen Galeere zu den Ruderknechten zu gehören. Früher hatten sich die Männer freiwillig zu diesem harten Dienst gemeldet, wie Enrico ihm erzählt hatte. Und auch jetzt setzte sich die Mannschaft noch zu einem Teil aus Freiwilligen zusammen. Aber die Kette des Sklaven oder Strafgefangenen war längst zum neuen Symbol des Galeerenruderers geworden.

Der Durchgang zwischen zwei hohen Werfthallen führte sie wenig später zum riesigen Dock namens *Darsena Grande*, das entstanden war, als man das Wasserbecken *Darsena Nuova* noch einmal beträchtlich um das *Darsena Nuovissima* erweitert hatte. Und rund um dieses gewaltige, rechteckige Wasserbecken zog sich eine unfasslich lange Kette von Lagerhäusern, Werkstätten und Werfthallen entlang, an manchen Stellen sogar mehrere Reihen tief gestaffelt.

Tomaso und Enrico ließen es sich nicht nehmen, ihm auf die Schnelle einen ersten Eindruck von der Anordnung und Beschaffenheit all dieser Werkshallen zu geben, damit er sich auch allein zurechtfand.

Hunderte Schmiede hämmerten, feilten und schwitzten unter ihren schweren Lederschürzen in zwölf Werkshallen, deren gefräßige Essen mit ihren mächtigen Kaminen und Blasebalgeinrichtungen vor allem mit der Herstellung von Ankern und schweren Eisenketten ausgelastet waren. Kohlenstaub, ohrenbetäubender Lärm, beißender Rauch und Gluthitze waberten aus den Toren dieser Hallen und Matteo empfand größte Dankbarkeit, dass er der täglichen Plackerei in einer dieser Schmiedehallen entkommen war. Ähnlich laut, heiß und schweißtreibend ging es auch in den drei *artiglerie* zu, den Erzgießereien mit ihren Brenn- und Schmelzöfen und Gussgruben, wo die bronzenen Leiber der Geschütze aus einem Stück gegossen wurden und wo ein fataler Luftzug beim Anstechen des Ofens mit dem flüssigen Metall die Arbeit von Tagen zunichte machen konnte.

An die Eisengießereien schloss sich auf der Südseite des Arsenals die *corderia* an. In dieser Seilerei wurde das gesamte »laufende und stehende Gut«, also das bewegliche und unbewegliche Tauwerk hergestellt. All die sturmfesten Wanten, Brassen, Schoten, Leinen, Fallreeps und Tampen, mit denen venezianische Schiffe ausgerüstet waren, stammten aus dieser lang gestreckten Halle.

Matteo hatte noch nie eine Werkstatt gesehen, die mit ihren Ausmaßen auch nur annähernd mit der Seilerei des Arsenals mithalten konnte. Das Gebäude, dreihundertsechzehn Meter in der Länge, einundzwanzig Meter in der Breite und zehn in der Höhe, gliederte sich in ein Mittelschiff und in zwei Seitenschiffe und verfügte in sieben Metern Höhe über mehrere Emporen.

Was Matteo jedoch am meisten in Staunen versetzte, waren die Gebäude, in denen die Galeeren und Galeassen zu Wasser gelassen wurden. Vier gewaltige Hallen, verbunden durch große Arkaden, beherbergten die dazu erforderlichen Gleitbahnen. Ihre weit gespannte, freitragende Dachkonstruktion aus schwerstem Balkenwerk glich dem des Dogenpalastes, wie Tomaso ihm erklärte. Dabei mussten einzelne dieser gewaltigen Balken mit Hilfe von schweren, eisernen Klammern miteinander verbunden werden. Denn die Höhe eines Baumes reichte nicht aus, um aus ihm Balken sägen zu können, die lang genug waren, um diese riesigen Arbeitsflächen zu überdachen.

»Das ist sturmfeste Zimmermannsarbeit nach einzigartiger venezianischer Baukunst, die nicht nur unvorstellbare Ziegellasten trägt, sondern so, wie wir sie heute sehen, noch Jahrhunderte überdauern wird!«, versicherte Enrico, als Matteo sprachlos zu der unglaublichen Balkenkonstruktion aus zahllosen waagerechten und diagonalen Trägern hochblickte.

»So, das muss fürs Erste reichen. Jetzt wird es Zeit, dass wir unsere Arbeit aufnehmen!«, verkündete Tomaso nun mit veränderter, energischer Stimme und steuerte auf die sich anschließende und nicht weniger eindrucksvolle Reihe langer Bootshäuser zu, in denen die Galeeren und Galeassen auf Kiel gelegt wurden.

In den einzelnen Bootshallen sah Matteo mehr als ein Dutzend Schiffe, deren Fertigungsgrad zwischen »fast vollendet«

und »gerade erst in Angriff genommen« variierte. Hier erwartete ihn die nächste Überraschung. Denn wie er erfuhr, arbeitete nicht eine Mannschaft von Schiffbauern von Anfang bis Ende an einer Galeere oder Galeasse, so wie es auf gewöhnlichen Werften der Fall war, sondern jede Abteilung hatte sich auf nur eine einzige Bauphase spezialisiert. War diese Arbeit beendet, etwa die Kiellegung und die Anfertigung des Rumpfgerippes mit den Hauptspanten, wurde das Schiff mit Hilfe von Walzen in die nächste Werfthalle transportiert. Dort setzte eine andere Gruppe von Schiffbauspezialisten die Arbeit fort, fügte ihren Teil hinzu und gab das Schiff ihrerseits wieder an die nächste Gruppe weiter. Und das setzte sich so oft fort, bis alle Bauphasen abgeschlossen waren.

»Theoretisch sind wir in der Lage, an einem einzigen Tag eine Galeere auf Kiel zu legen und mit allem auszurüsten, damit sie gefechtsbereit in See stechen kann!«, prahlte Enrico, der als Meister in jenem Bootshaus arbeitete, in dem die Männer das Oberdeck fertig stellten. In der Halle nebenan beaufsichtigte Tomaso die vielköpfige Mannschaft von Zimmerleuten, die den kastenförmigen Aufbau mit den Bänken und Dollen zimmerten, in dem später die Galeotti ihre knochenbrechende Arbeit an den Rudern verrichten mussten.

»Gasparo! . . . Gasparo Ferrentino!«, brüllte Matteos Onkel, um den Lärm der Sägen, Hämmer und Hobel zu übertönen, und winkte einen schlaksigen Burschen heran, der seinen üppig schwarzen Haarschopf im Nacken zu einem dicken Zopf geflochten trug. Eine kräftige, stark gekrümmte Nase betonte sein schmales Gesicht.

»Was steht an, Meister?«, fragte der Bursche, den Matteo auf höchstens neunzehn schätzte und der ihn mit einem neugierigen, aber nicht unfreundlichen Blick bedachte.

»Das ist Matteo Lombardi, mein Neffe. Er wird hier bei uns

arbeiten«, teilte ihm Tomaso mit. »Du wirst ihn unter deine Fittiche nehmen, ihn in die Arbeit einweisen und anlernen. Geh davon aus, dass er von unserem Handwerk so viel versteht wie du, als du hier angefangen hast.«

»Na, wenn das mal keine überaus ehrenvolle Aufgabe für einen kleinen Gesellen wie mich ist«, sagte Gasparo Ferrentino.

Tomaso schoss ihm einen ungehaltenen Blick zu. »Vergiss gefälligst gleich wieder, dass er mein Neffe ist!«, fügte er streng hinzu. »Er erhält keine Sonderbehandlung, damit das von vornherein klar ist!«

Gasparo nickte. »Soll mir recht sein, Meister.«

»Dann beweg dich! An die Arbeit!«, befahl Tomaso, machte eine herrische Handbewegung und stiefelte davon, ohne noch ein Wort an Matteo zu richten.

Matteo wunderte sich über den plötzlichen Stimmungsumschwung seines Onkels, der sich bis zu diesem Zeitpunkt ihm gegenüber doch überraschend mitteilsam und zugänglich gezeigt hatte. Hatte der grimmige Tonfall mit Gasparo zu tun oder lag es einfach daran, dass sein Onkel vor seinen Untergebenen die Respekt heischende Position des Meisters hervorkehren musste?

»Die Woche fängt ja mit schönen Überraschungen an«, sagte Gasparo, während er seinem Meister einen langen Blick nachschickte. »Ich wusste ja gar nicht, dass der alte Sklaventreiber einen Neffen hat.«

»Ich glaube, das wusste er bis vor wenigen Wochen selbst auch nicht. Und wenn er es doch gewusst hat, dann hatte er es vermutlich all die Jahre vergessen«, sagte Matteo und erzählte in aller Kürze, wie es ihn zu Tomaso Rovelli nach Venedig verschlagen hatte.

Gasparo sah ihn mit freudiger Überraschung an. »Du

kommst aus San Bernardo an der Brenta? Allmächtiger, dann sind wir ja Landsleute!« Er schlug ihm kameradschaftlich auf die Schulter. »Ich bin nämlich in einem armseligen Nest kurz vor Padua aufgewachsen, bevor es mich mit meiner Familie vor zehn Jahren hierhin verschlagen hat. Wir Ackerwürmer müssen zusammenhalten!«

Matteo runzelte die Stirn. »Wieso Ackerwürmer? Mein Vater war Schmied!«

»Und meiner war Zimmermann, schon in der vierten Generation, aber das zählt hier nicht. Wir bleiben dennoch Ackerwürmer, Landsknechte, Furchenwühler. So nennen uns jedenfalls die Sumpfkröten, die Einheimischen«, erklärte ihm Gasparo mit gedämpfter Stimme. »Wer nicht in Venedig geboren ist, sondern so wie wir vom Festland kommt, der kann sich jahrzehntelang noch so sehr abschuften und zehnmal das Bürgerrecht erhalten haben, er wird dennoch nie ein richtig echter Venezianer – zumindest nicht in den Augen der alteingesessenen Venezianer. Deshalb ist dein Onkel im Sommer auch nicht zum *proto* ernannt worden, obwohl ihm die Position so viel mehr zugestanden hätte als dem eingebildeten Cosimo Mirandolo!«

»Proto?«, fragte Matteo wissbegierig. »Was ist das für eine besondere Position?«

»Proto oder auch *capomastro* nennt man den Meister der Schiffbaumeister, der in diesen Bootshallen die Oberaufsicht führt«, antwortete Gasparo. »Aber für so eine herausragende Stellung kommen wir Furchenwühler von der Terraferma nun mal nie und nimmer in Frage, ganz egal, wie es um unsere Qualitäten dafür bestellt ist. Also träum besser erst gar nicht davon!« Er zwinkerte ihm zu und schlug ihm noch einmal freundschaftlich auf die Schulter. »So, und jetzt komm mit, Kamerad!«

Matteo hielt es für einen großen Glücksfall, dass sein Onkel ihm ausgerechnet diesen hakennasigen, zopftragenden Gesellen namens Gasparo Ferrentino zugeteilt hatte. Denn sein Gefühl sagte ihm schon nach diesen ersten Minuten, dass er sich mit Gasparo gut verstehen und ihn vielleicht sogar zum Freund gewinnen würde.

Was Matteo an diesem frühen Wintermorgen nicht ahnte, war, dass er eines gar nicht so fernen Tages Gasparos Blut an seinen Händen haben würde.

8

Die *Maleficia*, die kleinste der fünf Glocken des Campanile, läutete in Venedig jede öffentliche Hinrichtung ein. Ihr klarer, heller Ton stieg am letzten Novembertag klagend und warnend zugleich vom Glockenturm herab und drang in jeden dunklen Kanalschacht, jede schmale Gasse und jeden noch so fernen Hinterhof des Bezirks.

Der Henker und die sich um den Richtplatz drängenden Volksmassen hätten sich kein prächtigeres Wetter für diese Hinrichtung wünschen können, die sieben Wochen nach Matteos Eintreffen in Venedig auf der Piazzetta zwischen den beiden Granitsäulen stattfand. Nichts kündete mehr von dem tristen, stundenlangen Nieselregen und der dunklen, niedrig hängenden Wolkendecke der vergangenen Tage. Die Lagune schimmerte und glitzerte im Glanz der Sonne wie mit Goldsplittern übersät und der wolkenlose, tiefblaue Winterhimmel spannte sich wie eine riesige Schale aus kostbarem Muranoglas über der Republik von San Marco. Der November verabschiedete sich mit einem herrlichen Sonnentag, wie ihn auch ein begnadeter Maler nicht vollkommener auf Leinwand hätte bannen können.

Eine öffentliche Hinrichtung galt in jeder Stadt als ein unübertrefflich dramatisches Schauspiel, das immer für eine Überraschung gut war, etwa wenn der Strick riss oder der Henker das Richtbeil unsauber führte. Abscheu und Entsetzen über die Grausamkeit verbanden sich bei den Zuschauern mit wohligem Schauer und Sensationslust – und große Menschenaufläufe und eine erwartungsvoll erregte Stimmung, als würde ein Volksfest gefeiert, waren die Folge.

Die Bevölkerung von Venedig machte da keine Ausnahme. Keiner wollte sich das schauerliche Spektakel auf der Piazzetta entgehen lassen. Und wer sich nicht früh genug auf den Weg gemacht hatte, der blieb schon auf der Piazza von San Marco in der dichten Menschenmenge stecken. Nicht viel anders verhielt es sich auf der Wasserseite der Piazzetta. In der Bucht gab es schon Stunden vorher kaum noch eine freie Stelle. Hunderte von Gondeln, Fährbooten, Barken und Ruderbooten füllten die Wasserflächen zwischen zwei vor Anker liegenden Handelsgaleeren und drei Rundschiffen fast völlig aus. Mit ein wenig Geschick und guter Balance hätte man leicht, von Boot zu Boot steigend, trockenen Fußes die ganze Breite des Bacino abschreiten können.

Entlang der Mole, an vielen anderen Stellen auf der Piazzetta sowie auf der dahinter liegenden Piazza hatten dutzende von geschäftstüchtigen Händlern schon in den frühen Morgenstunden ihre Garküchen und Verkaufsbuden aufgestellt. Auch drängten sich überall Wanderverkäufer beiderlei Geschlechts und jeden Alters durch die Menge, die sich eine Kiste mit vielerlei Leckerbissen wie Spezereien, Zuckerwerk, Schmalzgebackenem und mit Fleisch gefüllte Teigröllchen vor den Bauch gebunden hatten. Andere schleppten sich mit einem kleinen Fässchen oder einem Metallbehälter ab, aus dem sie Branntwein, gewürzten Muskateller und andere Spirituosen becherweise an ihre Kundschaft verkauften.

»Kein übles Geschenk, so ein prächtiger Sonnentag, für einen zum Tode Verurteilten, der wer weiß wie viele Wochen in dunklen, feuchten Kerkerzellen verbracht hat«, sagte Enrico mit der ihm eigenen spöttischen Art, während sie darauf warteten, dass der Verurteilte von den Wachen auf das hohe Podest mit dem Galgenbalken geführt wurde. »Wäre doch ein recht unschönes Ende, auch noch unter tristem Himmel und von Regen durchnässt auf das Podest des Henkers steigen zu müssen.«

Tomaso schwieg. Sein Blick war auf den Galgen gerichtet, von dem der Hanfstrick mit der offenen Schlinge herabbaumelte. Der Strick bewegte sich leicht in der milden Brise, die vom Meer herüberwehte.

»Ich glaube nicht, dass der Bursche, auf den der Galgen wartet, den Unterschied überhaupt bemerkt – und wenn doch, wird er sich kaum was draus machen«, bezweifelte Gasparo. »Die Inquisition soll ihn ja in ihren Klauen gehabt haben. Und wer weiß, wie viele Tage und Nächte er unter ihrer Folter gelegen hat. Der wird eher froh sein, dass es endlich vorbei ist, ganz gleich, ob im strömenden Regen oder bei strahlendem Sonnenschein.«

Tomaso löste seinen Blick vom Galgen. »Der Inquisition ist das Foltern nur von der Mittagsstunde bis zum Sonnenuntergang erlaubt!«

Gasparo zog skeptisch die Augenbrauen hoch. »Glaubt Ihr wirklich, die halten sich an diese Vorschrift, Meister Rovelli? Zumal es sich bei dem Verurteilten um einen Spion der Osmanen handeln soll!«

»Natürlich nicht!«, antwortete Enrico an Stelle seines Schwagers. »Die Fürsten haben viele Augen, lassen aber nur zwei sehen. Und was ihr Mund im Licht der Sonne sanftmütig verspricht, nimmt die harte Hand ihrer Knechte im Dunkel wieder zurück. Aber dass der Verurteilte ein Spion der Osmanen sein soll, halte ich für ein Gerücht!«

»Und warum? Was spricht denn dagegen, Meister Benzotti?«, wollte Gasparo wissen.

»Weil solche Feinde der Republik von der Inquisition heimlich durch nächtliches Ertränken gerichtet werden, und zwar im Canal Orfano zwischen den Inseln Grazie und San Servolo, wo der Fischfang verboten ist. So steht es nämlich im Artikel 16 der Statuten und damit nehmen sie es sehr genau«, erklärte Enrico im Plauderton und nippte zwischendurch an seinem Becher, den er sich von einem der Straßenverkäufer mit Branntwein hatte füllen lassen. »Dem Verurteilten werden die Arme auf den Rücken gefesselt und um die Fußgelenke werden ihm Eisenketten gebunden, die noch zusätzlich mit einem steingefüllten Sack beschwert werden. Und so schickt man ihn zu den Fischen. Ein äußerst unrühmliches Ende für einen Spion, wenn ihr mich fragt.«

»Dich hat aber keiner gefragt!«, kam es gereizt von Tomaso, der offenbar ähnlich wie Matteo an der spöttischen Beiläufigkeit Anstoß nahm, mit der Enrico die grausamen Methoden der Inquisition vortrug.

»Ob nun Spion oder nicht, auf den Kerl wartet nicht allein der Strick! Die grobe Halskrause aus Hanf kriegt er erst zum Schluss verpasst! Vorher wird noch Blut fließen, da gehe ich jede Wette ein!«, raunte Flavio Solfano kurz darauf Matteo zu und stellte sich wieder einmal auf die Zehenspitzen, um einen besseren Blick auf die Hinrichtungsstätte zu haben. »Denn warum hätten sie sonst noch diesen schweren Richtblock auf das Podest gewuchtet?«

Matteo lief es bei diesem Gerede eiskalt den Rücken hinunter. Es hatte ihn wahrlich nicht danach gedrängt, Zeuge dieser Hinrichtung zu werden. Er für seinen Teil hatte schon mehr als genug Menschen leiden und sterben gesehen. Das reichte ihm für den Rest seines Lebens. Deshalb hatte er erst gar nicht mitgehen wollen. Aber seine beiden neuen Freunde, Gasparo und der untersetzte, flaumbärtige Flavio, der in seinem Alter und erst im Herbst zum Gesellen aufgestiegen war, hatten ihm keine Ruhe gelassen. Und dass Enrico gespottet hatte, er sei vermutlich zart besaitet und könne wohl kein Blut sehen, hatte schließlich den Ausschlag gegeben, dass er sich ihnen dann doch angeschlossen hatte.

Aber schon jetzt, noch bevor der Verurteilte auf das Podest gestiegen war und der Henker ihm die Schlinge umgelegt hatte, bereute er, dass er ihrem Drängen nachgegeben hatte.

9

Um nicht ununterbrochen an das grausame Geschehen denken zu müssen, das bald dort oben auf dem Bretterpodest seinen tödlichen Verlauf nehmen würde, beschäftigte sich Matteo in Gedanken ganz bewusst mit anderen Dingen. Er flüchtete sich in Erinnerungen an Fiona, die ihm noch immer so schmerzlich fehlte wie in den ersten Tagen nach ihrem Abschied auf *Rosario*, und sann dann über das Leben nach, das seit bald zwei Monaten seine Tage und Nächte bestimmte.

Was die Arbeit im Arsenal anging, so kam er damit gut zurecht. Das Handwerk des Schiffzimmermanns gefiel ihm erheblich besser als das eines Schmiedes. Mit Säge, Hobel, Feile, Zirkel und Richtschnur ließ sich leichter und angenehmer arbeiten als mit schwerem Schmiedehammer, Feuerzange und Amboss. Außerdem verstand sich Gasparo gut darauf, ihm die vielen handwerklichen Techniken sowohl mit ihren Tücken als auch mit ihren hilfreichen Kniffs zu erklären. Und zu seinem Glück behielt er vieles von den Erklärungen auf Anhieb, sodass sich bei ihm die Wiederholung von Fehlern einigermaßen in Grenzen hielt. Was auch gut so war. Denn Onkel Tomaso erwartete als Meister, der ganz unbestritten zu den besten seiner Zunft zählte und auch von seinesgleichen hoch geschätzt wurde, von seinen Leuten nicht nur zügige, sondern auch fehlerlose Arbeit. Und Geduld zählte eindeutig nicht zu Tomasos Stärken. Aber er galt doch auch als gerecht und als jemand, der im Gegensatz zu anderen Meistern seine Leute nicht schikanierte.

Matteo ging daher morgens gern zur Arbeit, auch wenn ihm in den offenen Bootshäusern die zunehmende Feuchtigkeit und Kälte des heraufziehenden Winters spürbar zusetzte. Aber damit konnte man fertig werden, indem man in Bewegung blieb und sich weder zu warm noch zu dünn anzog. Zum Glück für alle Arsenalotti gab es wegen der zunehmenden Kriegsgefahr, die mit jedem Tag mehr beschworen wurde, für alle mehr Arbeit, als sie bewältigen konnten. Für wie ernst der Doge, der allmächtige Rat der Zehn sowie der Senat die Gefahr einer baldigen entscheidenden Seeschlacht mit den muslimischen Feinden einschätzten, ließ sich leicht daran erkennen, dass die Aufträge für immer neue auf Kiel zu legende Galeeren nicht abrissen.

Wenn die *Marangona* den Feierabend einläutete, legte Matteo das Werkzeug meist ungern aus der Hand. Sich müde zu arbeiten und sich förmlich darin zu versenken half ihm, nicht ständig an Fiona und das Leben auf *Rosario* denken zu müssen. Er vermisste beides, vor allem Fiona. Wann immer er ihre Kette berührte, auch wenn es unbewusst geschah, etwa weil ihm Sägespäne unter das Hemd gedrungen waren, meldeten sich in ihm augenblicklich die Sehnsucht nach ihr wie auch der tiefe Schmerz, sie in einer anderen, unerreichbar fernen Welt zu wissen.

Was nun das Zusammenleben mit seinem Onkel sowie mit Enrico und dem stummen Schwarzafrikaner Sahadi betraf, so ließ es sich ertragen. Aber das war auch schon alles. Das Haus in der Calle del Forno würde für ihn nie zu einem Zuhause werden, egal, wie lange er dort auch noch wohnen würde. Und das lag nicht allein an der klammen Leere und tristen Unpersönlichkeit des Hauses, in das Onkel Tomaso nach dem Tod seiner Frau gezogen war und in dessen Räumen er offensichtlich mit völliger Gleichgültigkeit und fast wahllos einige Möbelstücke hatte aufstellen lassen – so als habe er weder Kraft noch Interesse für ein Minimum an Wohnlichkeit, ja als befände er sich in diesem Haus nur auf der Durchreise.

Sein Onkel hatte ihn zwar bei sich aufgenommen und ihm Arbeit verschafft, aber was Matteo dachte, fühlte und ersehnte, das interessierte ihn nicht. Er war zu sehr mit sich selbst und seiner Werbung um die Tochter des Salzhändlers beschäftigt – und damit, sich mit seinem Schwager zu streiten. Kaum ein Abend verging, ohne dass sich die beiden heftig in die Haare gerieten. Meist ging es um die Spielschulden, die Enrico aufhäufte, und den zunehmenden Ärger mit seinen Gläubigern. Manchmal reichte es auch, dass der Name Lucrezia Capelli fiel, um im Handumdrehen eine lautstarke Auseinandersetzung heraufzubeschwören. Aber oft genug handelte es sich auch um lächerliche Kleinigkeiten, die dafür herhalten mussten, damit sich der permanent vorhandene Ärger bei beiden Luft machen konnte.

Was Matteo am meisten verwunderte, war der Umstand,

dass sich die beiden trotz ihrer vielen Streitereien nicht überwarfen und getrennte Wege gingen. Weder drohte Tomaso seinem Schwager, ihn vor die Tür zu setzen, noch revanchierte sich Enrico damit, ihm die Freundschaft aufzukündigen und kurzerhand zu einem seiner Spielerfreunde oder Liebchen zu ziehen, von denen sich die meisten ihren Lebensunterhalt als Prostituierte rund um die Ponte delle Tette verdienten, wie Matteo von Gasparo erfahren hatte. Es war, als verbände die beiden eine seltsam aufreibende Freundschaft, in der Streit und gegenseitiges Unverständnis so unabdingbar waren wie in einer gewöhnlichen Freundschaft Zuneigung und Vertrauen.

Richtig nahe fühlte sich Matteo beiden nicht. Enrico war zwar erheblich umgänglicher als sein eigenbrötlerischer und oft geistesabwesender Onkel. Er verwickelte ihn gelegentlich in ein Gespräch und hatte ihm mehr als einmal angeboten ihn in die Tavernen und privaten Häuser mitzunehmen, in denen er so manche Nacht verbrachte. Aber was ihn, Matteo, wirklich bewegte, interessierte auch Enrico nicht. Und die vergnügungssüchtige, leichtlebige Art, zu der sich bei Enrico noch eine kräftige Portion Berechnung und Zynismus gesellte, zog Matteo nicht an, sondern stieß ihn vielmehr ab.

Er bereute deshalb auch längst, dass er ihm an einem der ersten Tage in einem schwachen Moment anvertraut hatte, von wem er die Rosenkranzkette erhalten hatte. Enricos spöttische Bemerkung, nun also mit zwei sentimentalen Liebeskranken unter einem Dach wohnen zu müssen, und ähnliche Frotzeleien hatte er ihm nicht übel genommen. Anders dagegen die wiederholten Versuche, ihm die Freuden der käuflichen Liebe schmackhaft zu machen und ihn mit in das Viertel um die Ponte delle Tette zu schleppen. Was auch Gasparo, der ähnliche Neigungen entwickelte wie Enrico und mit diesem einen ungewöhnlich vertrauten Umgang pflegte, schon mehrfach erfolglos versucht hatte. Und es war noch gar nicht so lange her, gerade eine Woche, da wäre er Enrico fast an die Kehle gesprungen und hätte sich mit ihm eine handgreifliche Auseinandersetzung geliefert.

An jenem Abend hatte Enrico ihn wieder einmal vergeblich zu überreden versucht ihn bei seinem nächtlichen Ausflug in das übel beleumundete Viertel am Rio Terra Ca'Rampani zu begleiten. Und als er, Matteo, dabei geblieben war, kein Interesse daran zu haben, hatte Enrico sich erdreistet zu sagen, dass er da auch eine blutjunge Fiona kenne, mit der er ihn zusammenbringen könne. Und er wolle jede Wette eingehen, dass sie ihn mit ihrer Raffinesse das gleichnamige einfältige Bauernmädchen schneller vergessen lassen werde, als er fünf Ave Maria beten könne.

Zufällig war genau in diesem Moment Sahadi in der Tür erschienen – in der erhobenen Hand eine fette Ratte, die er gerade gefangen und erschlagen hatte. Aufgeregt hatte er ihnen durch Gesten und begleitet von gutturalen Grunzlauten zu verstehen gegeben, dass es noch zwei weitere Ratten zu jagen galt, und das hatten sie dann auch getan. Keiner von ihnen wollte nachts von ihnen gebissen werden. Die Wut, die Matteo auf Enrico gehabt hatte, hatte sich in den Schlägen mit dem Knüppel entladen, mit denen er einer der Ratten später den Garaus gemacht hatte.

Und Sahadi!

Der grauhaarige Sklave war eine traurige Gestalt und ein Kapitel für sich. Wie oft hatte er in den vergangenen Wochen versucht sich mit dem Schwarzen zu verständigen. Doch alle Versuche gingen ins Leere. Sahadi nickte unablässig und bewahrte sich geduldig sein unterwürfiges Lächeln, das so bar jeder Freude war, gab jedoch nichts von sich und seinen Gedanken und Gefühlen preis. Er blieb in seinem Innersten unerreichbar, so unfassbar wie Nebel, der sich auch der schnellsten und geschicktesten Hand immer wieder entzieht. Ein stummes, scheinbar hilfloses Schulterzucken war die Antwort auf alle Fragen nach seiner Herkunft und Vergangenheit. Wer er wirklich war, woher er kam, welches Schicksal ihn als Sklave nach Venedig verschlagen hatte und was ihn jenseits seiner alltäglichen Pflichten beschäftigte, er hütete all das als sein Geheimnis, als wollte er dieses Wenige, das ihm geblieben war und nur ihm allein gehörte, nicht auch noch hergeben müssen.

Und was die kratzbürstige und scharfzüngige Witwe Rosalba anging, die seinem Onkel stundenweise das Haus führte, sich um ihre Wäsche kümmerte und dafür sorgte, dass nach Feierabend ein warmes Essen auf sie wartete, so war der Umgang mit ihr nur unwesentlich angenehmer als Spießrutenlaufen. Sie krittelte an allem und jedem. In Onkel Tomasos Männerhaushalt gab es nichts, was ihre Billigung fand. Deshalb war Matteo genauso froh wie sein Onkel und Enrico, dass Rosalba meist schon recht bald das Haus verließ, wenn sie von der Arbeit kamen.

Nein, in dem immer feuchten, klammen Haus in der Calle del Forno gab es nicht einen einzigen Menschen, dem er sich wirklich nahe gefühlt und dessen Gesellschaft ihm ähnlich viel bedeutet hätte wie die von Fionas Eltern. Sogar der alte Fausto und sein Sohn Renzo hatten ihm letztlich mehr bedeutet. Umso wichtiger waren Matteo deshalb die Arbeit und die Freundschaften, die er mit einigen mehr oder weniger Gleichaltrigen im Arsenal geschlossen hatte, insbesondere mit den Gesellen Gasparo und Flavio. Gewiss, auch mit diesen beiden verband ihn keine tiefe Seelenverwandschaft und Gasparo benahm sich manchmal wie ein jüngerer Enrico. Aber er kannte seine Grenzen jetzt schon zehnmal besser, als Enrico die seinen wohl jemals kennen würde. Er wusste, wann und wo er gut beraten war die Finger von den Karten zu lassen oder auf eine weitere Kanne Gewürzwein zu verzichten. Zudem konnte er, so großmäulig er sich manchmal auch aufführte, erstaunlich gut zuhören. Dazu kam, dass sie Landsleute waren und sich allein schon deshalb verpflichtet fühlten, zueinander zu halten.

Flavio war aus einem völlig anderen Holz geschnitzt als Gasparo. Er nahm am Trinken sowie an Karten- und Würfelspielen nur teil, um in Gesellschaft von Freunden zu sein. Für sich allein bedeuteten sie ihm nicht viel. Und während Gasparo schlagfertig, aufgeweckt und wie von Natur aus in der Rolle eines Anführers war, gehörte Flavio zu den unbeschwert genügsamen Gefolgsleuten, die nicht ein Funke Ehrgeiz antrieb, einmal Wortführer zu sein und im Mittelpunkt zu stehen. Oft genug saß er beim Würfeln oder Karten auch nur daneben und begnügte sich mit der Rolle des Zuschauers. Damit war er ihm, Matteo, sehr ähnlich. Was ihn darüber hinaus sympathisch machte, war die Tatsache, dass Flavio jemand war, der auch dann nicht ängstlich das Weite suchte, wenn er sich einer Gefahr gegenübersah, von der er wusste, dass die Chancen, sie mit heiler Haut zu überstehen, alles andere als gut standen.

Matteo dachte dabei an die Begegnung mit den fünf *nicolotti*, raubeinigen und prügelfreudigen Fischerburschen aus der Pfarrei San Nicolò dei Mendicoli vor vier Wochen. Zwischen den *nicolotti* und den *castellani*, den Arsenalarbeitern aus dem Stadtbezirk Castello, bestand seit Generationen eine traditionelle Feindschaft, die so gut wie bei jeder Begegnung zu einer Schlägerei führte. Die hatte es dann auch bei ihrem unerwarteten Zusammentreffen auf einem Campo unweit von San

Marco gegeben. Sie hatten sich zu dritt der Übermacht der *nicolotti* derart tapfer und erbittert erwehrt, dass den Fischerburschen schließlich die Lust vergangen war, sie doch noch niederringen und in den Staub werfen zu wollen. Und diese gemeinsam durchgestandene Prügelei mit den Fischern hatte ihm, Matteo, den Respekt von Gasparo und Flavio eingebracht. Von dem Tag an gehörte er ohne jede Vorbehalte zu ihnen und konnte sich auf ihre Freundschaft verlassen.

Matteo wurde abrupt aus seinen Gedanken gerissen, als plötzlich dumpfer, monotoner Trommelschlag ertönte, Bewegung in die Menschenmenge kam und Flavio ihm in die Rippen stieß. »Ich glaube, jetzt geht es los!«, rief er aufgeregt. »Da bringen sie das arme Schwein!«

Was Flavio noch sagte, ging in dem allgemeinen Geschrei und bösartigen Jubel unter, der sich nun wie eine unsichtbare giftige Wolke aus der Menge erhob. Die Menschen hatten lange genug gewartet und wollten endlich sehen, wie der Henker auf dem Podest sein blutiges Handwerk ausübte.

Im Sonnenlicht blitzten die federgebuschten Helme, Brustharnische und Spieße der Wachsoldaten, die zwei Kolonnen bildeten und für eine breite Gasse sorgten, damit die Abordnung der schwarz gewandeten Offiziellen mit dem Henker, dem Priester und dem Todeskandidaten im Gefolge ungehindert zum Podest zwischen den Säulen gelangen konnte.

»Wohl an denn, auf die Richtstätte mit dem Pechvogel, der sich hat fangen lassen! Die Hölle muss saurer verdient werden als der Himmel!«, rief Enrico mit einem eigenartigen Lachen, das so beißend sarkastisch klang wie seine Worte. Und zusammen mit Tomaso versuchte er, weiter nach vorn zu kommen. Beide setzten rücksichtslos ihre Ellbogen ein, um die Reihen vor ihnen zu durchstoßen.

Als Matteo das schrill aufbrandende, höhnische und blutrünstige Geschrei der Menschen um sich herum vernahm, stiegen Abscheu und Übelkeit in ihm auf. Was hatte er an einem solchen Ort zu suchen? Wie hatte er sich bloß dazu bringen lassen, sich hier einzufinden und Teil dieser Menge zu werden, die ihren niedersten Instinkten huldigte? Nein, nicht eine Sekunde länger wollte er hier bleiben!

»He, Matteo! Was ist denn plötzlich in dich gefahren? Wo willst du hin?«, rief Gasparo, als er sich abrupt von dem Geschehen abwandte.

Matteo blieb kurz stehen und wandte sich zu ihnen um. »Ich sehe mir das nicht an!«

»Was? . . . Aber das ist doch ein Verbrecher. Mit dem muss man doch kein Mitleid haben!«, wandte Flavio ein, sichtlich verblüfft von der unerwarteten Reaktion seines Freundes.

Matteo zuckte mit den Achseln. »Henker muss es wohl geben, aber an der Hinrichtung ergötzen muss ich mich deshalb noch lange nicht. So etwas tun ja nicht mal Tiere! Und mir ist auch egal, was der Mann verbrochen und ob er die Strafe zehnmal verdient hat!«, teilte er ihnen mit, wandte ihnen wieder den Rücken zu und zwängte sich nicht weniger rücksichtslos durch die Menge als Enrico und sein Onkel, nur dass er die entgegengesetzte Richtung gewählt hatte.

»Matteo! Du hast sie ja nicht mehr alle!«, brüllte Gasparo. »Wofür haben wir uns denn hier erst stundenlang die Beine in den Bauch gestanden?«

Matteo reagierte nicht auf den Zuruf. Entschlossen bahnte er sich seinen Weg durch das dichte Menschengewühl, ohne sich von den Flüchen und groben Stößen der Leute beirren zu lassen, die er in seiner Hast anrempelte und zur Seite drängte.

Erleichtert atmete er auf, als die Menge ihn endlich freigab, er hinter dem Dom von der Piazza San Marco in eine Gasse abbog und der frenetische Lärm in seinem Rücken ihn nur noch gedämpft erreichte. Bei seinem eiligen Schritt, der ihn schnell aus dem Zentrum Venedigs in Richtung Castello führte, wurde die sensationslüsterne, blutdurstige Begeisterung auf der Piazzetta rasch zu einem undeutlichen Geräusch, das wie das schwache Echo eines gewaltigen Brausens klang. Doch vor den abstoßenden Bildern, die sich gegen seinen Willen vor seinem geistigen Auge einstellten, vermochte er nicht davonzulaufen.

Er schämte sich auf einmal, dass er die Nerven verloren und einfach so davongestürzt war. Was war nur mit ihm, dass er so anders auf eine solche öffentliche Hinrichtung reagierte als Enrico, Onkel Tomaso und seine Freunde? Von dem Abscheu und der Übelkeit, die ihn befallen hatten, fand sich bei ihnen und all den anderen nicht die Spur. Warum nur hatte er es nicht ertragen, Zeuge der Hinrichtung zu sein? War er vielleicht wirklich so wenig mannhaft und nervenstark, wie Enrico ihm im Scherz unterstellt hatte?

»Matteo, warte! . . . Wir kommen mit!«

»Verdammt noch mal, gib uns endlich eine Chance, dich einzuholen, ohne dass wir uns die Zunge aus dem Leib hecheln müssen!«

Waren das nicht die atemlosen Stimmen von Flavio und Gasparo? Matteo, der unwillkürlich immer schneller gegangen war, blieb überrascht stehen und drehte sich um. Ja, sie waren es tatsächlich! Im Laufschritt kamen sie die lange Gasse herunter. Ein ungläubiger Ausdruck trat auf Matteos Gesicht. Er konnte kaum glauben, dass seine Freunde auf das grausame Spektakel der Hinrichtung verzichtet hatten und ihm gefolgt waren. Dass seine Gesellschaft ihnen wichtiger war als das, was ihnen der Henker zwischen den beiden Granitsäulen bieten konnte. Es freute ihn nicht nur, sondern es berührte ihn.

»Kannst du uns mal verraten, was da gerade eben in dich gefahren ist?«, fragte Gasparo verdrossen, als er mit Flavio Augenblicke später vor Matteo stand.

»Das habe ich euch doch schon gesagt. Ich sehe mir so etwas nicht an. Zu gaffen und sich einen Spaß daraus zu machen, wie jemand öffentlich zu Tode gequält wird, halte ich für einen ganz miesen Zug«, antwortete Matteo und bemühte sich um einen gleichmütigen Ausdruck. Dabei hätte er ihn und Flavio am liebsten umarmt und ihnen gesagt, wie sehr er sich freute, dass sie ihm gefolgt waren. »Ich habe in meinem Leben außerdem schon mehr Tote gesehen, als mir lieb ist.«

Gasparo zog die Unterlippe zwischen die Zähne, als überlegte er, was er darauf antworten sollte. Schließlich sagte er einlenkend: »Na ja, es gibt sicher vergnüglichere Belustigungen, als jemanden baumeln zu sehen. Aber wo wir alle doch schon mal so gute Plätze ergattert hatten . . .« Er führte den Satz nicht zu Ende, wohl weil er den Widerspruch in seinen Worten erkannte, und zuckte mit den Achseln.

»Das war unsere Schuld. Wir hätten ihn erst gar nicht überreden sollen«, sagte Flavio nun hastig und schenkte Matteo ein irgendwie entschuldigendes Lächeln, als wollte er stumm Abbitte leisten – und als wäre er insgeheim sehr froh, jetzt nicht auf der Piazzetta stehen und zusehen zu müssen, was der Henker dem Verurteilten an Grausamkeiten zufügte, bevor er ihm die Schlinge um den Hals legte.

»Also gut, vergessen wir die Sache. Jetzt ist es sowieso zu spät, um daran noch was zu ändern«, sagte Gasparo brummig, um im nächsten Moment schon wieder zu seiner gewohnten Munterkeit zurückzufinden, indem er aufgekratzt von Matteo verlangte: »Aber so billig kommst du nicht davon! Das Affentheater auf der Piazzetta kostet dich was! Mindestens zwei ordentliche Runden im *Parafigo!* Denn wie Enrico Benzotti sagen würde: ›Wer über sich haut, dem fallen Späne in die Augen.‹ Und du hast heute mächtig über dich gehauen!«

Matteo lachte mit ihnen. »Von ihm ist aber auch der Spruch ›Der Schelm trinkt gern Wein aus anderer Leute Fässern!‹. Aber gut, zwei Runden gehen auf meine Kosten.«

»Ja, wenn er es doch nur beim Wein belassen würde«, spottete Gasparo beiläufig, als sie sich auf den Weg zum *Parafigo* machten, ihrer bevorzugten Taverne am Kanal Rio di San Lorenzo. »Aber das Narrenschiff fährt eben alle Orte an, wie er selbst sagen würde, auch die Orte, wo man leicht auf Klippen aufläuft und sich den verdammten Hals bricht!«

Matteo wunderte sich über diese Bemerkung. Doch bevor er Gasparo fragen konnte, was er denn genau damit meinte, kam Flavio ihm zuvor und verwickelte sie in ein Gespräch über etwas ganz anderes. Und darüber vergaß Matteo dann seine Frage. Erst Monate später sollte er sich wieder daran erinnern. Aber da war es längst zu spät, um das Unheil noch aufhalten zu können.

10

In regen Gesprächen lenkten die drei Freunde ihre Schritte durch das Labyrinth der Gassen. Kurz vor der Brücke, die über den breiten Wasserweg des Rio di San Severno führte, begegnete ihnen eine Gruppe von fünf barfüßigen und in Lumpen gekleideten Halbwüchsigen, die sich lautstark um ein Stück Fischernetz stritten. Zwei von ihnen trugen verdreckte, eingerissene Masken, die sie wohl irgendwo aus dem Müll gefischt hatten. Die eine gehörte zu einem Clownskostüm, die andere, die auch seitlich den Kopf bis über die Ohren bedeckte, zeigte ein pausbäckiges Engelsgesicht.

Die fünf sich streitenden Straßenkinder schienen gar nicht zu bemerken, dass sie den drei herankommenden jungen Männern den Weg durch die Gasse so gut wie versperrten. Sie balgten sich um das Fischernetz, als hinge ihr Leben davon ab. Keiner wollte das Stück Netz, in das er seine Hände gekrallt hatte, hergeben.

»He, macht Platz! . . . Und passt gefälligst auf, wohin ihr tretet!«, rief Flavio ärgerlich, als einige der Straßenkinder ihm direkt vor die Füße liefen und ihn anrempelten.

Seine Zurechtweisung zeigte anscheinend Wirkung, denn augenblicklich löste sich das Knäuel auf. Aber der Grund dafür war in Wirklichkeit ein ganz anderer.

»Flavio!«, rief Gasparo alarmiert. »Deine Geldbörse! . . . Das sind verfluchte Taschendiebe!«

Vier Mitglieder der Diebesbande gaben das Netz nun wie auf ein geheimes Kommando hin frei. Einer raffte es blitzschnell an sich, und alle machten, dass sie davonkamen. Sie spritzten förmlich auseinander. Auch die beiden mit den maskierten Gesichtern, die zu den Remplern gehört hatten, suchten ihr Heil in der Flucht.

Doch Gasparo war schneller als der Junge mit der Engelsmaske. Er sprang geistesgegenwärtig vor, stellte ihm ein Bein und bekam ihn am Arm zu fassen, bevor sich der Junge wieder aufrappeln und wegrennen konnte.

Flavio fasste sich an seinen Gürtel. »Verdammt, sie haben mir meinen Geldbeutel gestohlen!«

Der Junge, den Gasparo zu fassen bekommen hatte, schlug und trat wild um sich. Zudem kratzte und biss er wie ein tollwütiges Tier. Er war kaum zu bändigen. Bis Gasparo ihm mit der anderen Hand einen kräftigen Schlag ins Gesicht versetzte und ihn gegen die Hauswand stieß.

Dabei flog dem zerlumpten Jungen die verdreckte und an

vielen Stellen beschädigte Maske mit dem Engelsgesicht vom Kopf.

Was die Maske verborgen hatte, kam nun zum Vorschein. Und zwar das schmutzige, knochige Gesicht eines höchstens zwölfjährigen Jungen, dem beide Ohren und die Nasenspitze fehlten.

Die drei Freunde wussten sofort, was die Verstümmelungen bedeuteten – nämlich dass dieser junge Taschendieb schon zweimal gefasst und bestraft worden war. Beim ersten Mal hatte man ihm die Ohren abgeschnitten, beim zweiten Mal war die Nasenspitze unter dem Messer gefallen. Wurde er ein drittes Mal eines Diebstahls überführt, wartete auf ihn der Tod durch Erhängen. So sah es das Gesetz vor.

Der Junge gab seinen Widerstand auf, als er merkte, dass er den Kräften des Mannes, der ihn festhielt, nicht gewachsen war. Er bettelte jedoch nicht um Gnade, obwohl er wusste, dass ihm nun der Tod durch den Strang sicher war. Stumm und mit ausdrucksloser Miene stand er da, als hätte er sich schon lange vor diesem Tag damit abgefunden.

»Er hat sie nicht«, stellte Flavio fest, der die zerlumpte Gestalt rasch nach seiner Geldbörse abgesucht hatte. »Es muss der andere maskierte Junge gewesen sein, der sie mir abgenommen hat.«

»Ich glaube gesehen zu haben, wie er sie dem anderen schnell weitergereicht hat«, sagte Gasparo. »Ja, so ist es gewesen. Da bin ich mir ganz sicher!«

Der Taschendieb gab noch immer kein Wort von sich. Nichts schien ihn jetzt zu berühren, sein Blick war wie leer.

Matteo schluckte. »Sie werden ihn dennoch hängen, wenn wir ihn zur Anzeige bringen, auch wenn er das Diebesgut nicht bei sich hat! Dass du gesehen hast, wie er Flavio bestohlen hat, wird reichen, Gasparo!« In seiner Stimme lag ein beschwörender Ton. Er wollte nicht für den Tod dieses Jungen mitverantwortlich sein. Zwar verachtete er einerseits dieses Gesindel, das die Gassen und Campos unsicher machte und vor keiner Gemeinheit zurückschreckte. Er wusste aber andererseits auch um das entsetzliche Elend, das in vielen Vierteln herrschte und die finstere Schattenseite der prunkvollen Lagunenstadt war. Ein Elend, das schon Kinder vor die grausame Wahl stellte, entweder als Mädchen ihre Körper buchstäblich zu Markte zu tragen und zu verkaufen und als Junge Raub, Taschendiebstahl und Einbruch zu begehen oder langsam zu verhungern.

Gasparo nickte. »Richtig. Mit gestohlen – mit am Strick gehangen!«

»Und was haben wir davon?«, fragte Matteo.

»Gar nichts«, pflichtete Flavio ihm bei. »Das Geld ist weg. Aber zum Glück waren es bloß ein paar Soldi. Also nichts, was . . . was den Aufwand wert wäre.«

»Du meinst das Aufhängen?«, fragte Gasparo spöttisch.

Flavio warf ihm einen grimmigen Blick zu. »Ja, genau das meine ich!«

»Kleine Diebe hängt man, vor den großen beugt man das Knie!«, warf Matteo ein.

Flavio nickte. »Genau! Also lass ihn laufen. Ich will nicht, dass er wegen mir aufgeküpft wird.«

»Würde er ja auch gar nicht«, erwiderte Gasparo trocken. »Man hätte ihn gehängt, weil er dich bestohlen hat. Und der Dreckskerl weiß, welche Strafe darauf steht – das beweisen seine abgeschnittenen Ohren und die fehlende Nasenspitze. Aber ihr sollt euren Willen bekommen.« Er wandte sich an den Taschendieb und versetzte ihm einen Hieb in die Seite. »Also mach bloß, dass du wegkommst, du miese Ratte!«

Ohne ein Wort des Schmerzes oder der Verwünschung

bückte sich der junge Taschendieb nach seiner Maske, die in einer Pfütze gelandet war, und rannte davon.

»Sag mal, musste das sein, das mit dem Faustschlag?«, fragte Flavio mit gerunzelter Stirn.

»Nein, der Strick hätte es sein müssen!«, antwortete Gasparo grimmig. »Wenn der Junge Glück hat und noch ein paar Jahre um den Strick herumkommt, wird er alt und gewissenlos genug sein, um dann auch nicht mehr davor zurückzuschrecken, dir nachts auf dem Heimweg von der Taverne an einer dunklen Ecke aufzulauern und dir wegen einer Hand voll Münzen die Kehle durchzuschneiden!«

»Mag sein«, räumte Matteo ein. »Aber mein Vater hat immer gesagt: Feuer wird nicht mit Schwefel gelöscht.«

»Dein Vater mag ein kluger Mann gewesen sein«, erwiderte Gasparo mit finsterer Miene. »Aber so einen Burschen laufen zu lassen bringt Unglück!«

11

Im Rückblick, Monate später, sollte Matteo erkennen, dass jene Ereignisse, die zunächst keine tiefere Bedeutung zu haben schienen, sehr wohl zusammengehörten und die ersten deutlichen Anzeichen des heraufziehenden Unheils waren. Sie ähnelten einzelnen Mosaiksteinen, die für sich allein betrachtet nicht den geringsten Hinweis auf das Bild gaben, zu dem sie gemeinsam mit unzähligen anderen Mosaiksteinen gehörten.

Einer dieser Vorfälle, die sich bei späterer Betrachtung in einem völlig neuen Licht darstellten, war der heftige Streit zwischen Onkel Tomaso und Enrico gegen Ende der dritten Dezemberwoche, die eisigen Regen und schneidenden Wind gebracht hatte.

Nun war ja Streit zwischen den beiden Männern wahrlich nichts Seltenes. Aber diese heftige Auseinandersetzung spielte sich zur Abwechslung mal nicht zu Hause in der Küche ab, sondern während der Arbeit in dem weitläufigen Materiallager. Das befand sich dort, wo die Bootshalle, in der Enrico die Aufsicht über seine Leute führte, an die von Onkel Tomaso grenzte. Die Zimmerleute aus beiden Werfthallen versorgten sich aus diesem reich bestückten und recht verwinkelten Lager mit allem, was sie für ihre Arbeit brauchten. Dort gab es auch einen separaten Raum mit einem Zeichentisch und einem schweren Wandregal mit einer Vielzahl von Fächern. Dieser vom Lager abgetrennte Raum hieß die Meisterstube, weil hier die beiden verantwortlichen Männer dutzende von Papierrollen mit Bauzeichnungen, Ersatzschablonen, Zeichengerätschaften sowie andere wichtige Unterlagen und Utensilien aufbewahrten.

Dass sich sein Onkel mit Enrico hier in der Meisterstube in die Haare geriet, war schon ungewöhnlich genug. Denn normalerweise achteten sie beide streng darauf, während der Arbeit nicht ein Wort über ihre persönlichen Konflikte zu verlieren. Aber was Matteo, der zufällig einen Teil des wütenden Wortwechsels mitbekam, noch mehr in Erstaunen versetzte, war, dass es dabei weder um Enricos Schulden ging noch um Onkel Tomasos »unmögliche Romanze«, wie Enrico es nannte, sondern um etwas anderes, unter anderem auch um seinen Freund Gasparo.

». . . gar keinen Grund, dich so aufzuregen!«

Matteo blieb sofort stehen, als er die erregte Stimme von Enrico hörte, die aus der Meisterstube durch die nur angelehnte Tür zu ihm in den Gang des Lagerraums drang. Vergessen war, dass er Ersatz für eine zerbrochene Schablone zum Zurechtschneiden von Verstrebungen im Riemenkasten holen sollte.

»Und ob ich guten Grund habe, mich aufzuregen!«, erwiderte Tomaso wütend. »Ich habe jetzt lange genug beide Augen zugedrückt und meinen Mund gehalten. Aber es reicht mir. Ich habe genug von deinen krummen Geschäften, mit denen du deine wachsenden Schulden in den Griff zu bekommen versuchst! Damit hat es jetzt ein Ende. Ich denke nicht daran, das länger zu decken und meinen Kopf für dich hinzuhalten!«

»Decken? Augen zugedrückt? Den Kopf für mich hinhalten?«, wiederholte Enrico. »Ich weiß überhaupt nicht, wovon du redest, Tomaso.«

»Ich rede von dir und Gasparo!«, erwiderte Tomaso schroff. »Ihr seid mir wirklich ein feines Paar. Aber damit ist jetzt Schluss!«

Matteo stutzte. *Ein feines Paar?* Was hatte Enrico mit Gasparo zu schaffen? Sein Freund gehörte doch gar nicht zu Enricos Zimmerleuten. Und was hatte ihnen sein Onkel vorzuwerfen, dass er mit seinen Vorhaltungen nicht einmal bis nach der Arbeit wartete?

»Du irrst, wenn du glaubst, mir irgendwelche Vorschriften machen zu können!«, entgegnete Enrico ärgerlich und fuhr mit einem drohenden Unterton fort: »Und wenn dich auf einmal das Hosenschlottern befällt, wie es den Anschein hat, bist du erst recht gut beraten deinen Mund zu halten und mich in Ruhe zu lassen. Es ist klüger, nichts zu wissen, als lange Zeit gewusst und geschwiegen zu haben. Wer sich zwischen Stroh und Feuer legt, der verbrennt sich gern – wenn du verstehst, was ich meine!«

»Ich verstehe dich nur zu gut! Und dein spöttisches Grinsen kannst du dir auch sparen!«, fuhr Tomaso ihn erbost an. »Aber es wird trotzdem nicht so laufen, wie du dir das ausgerechnet hast. Ich werde Gasparo nämlich notfalls kurzerhand hinausschmeißen und dafür sorgen, dass er nirgendwo im Arsenal andere Arbeit bekommt, wenn du nicht endlich Einsicht zeigst und diesen krumme Touren sein lässt! Ich gebe dir bis zum Jahresende. Wenn dann kein Ende damit ist, mache ich meine Drohung wahr, das schwöre ich dir beim Grab meiner seligen Frau und deiner Schwester!«

Für einen langen Augenblick herrschte Schweigen in der Meisterstube. Und angespannt horchte Matteo in die Stille, die etwas Bedrohliches hatte wie die trügerische Windstille vor dem Ausbruch eines Sturms.

Enricos Antwort ließ lange auf sich warten. »Das Löwenmaul hat ein Hasenherz«, sagte er dann langsam und mit bitterem Spott, als fiele es ihm schwer, seine Fassung zu wahren.

»Ich meine es ernst, Enrico!«, bekräftigte Tomaso. »Und außerdem muss ich jetzt zurück an die Arbeit.«

Geistesgegenwärtig wich Matteo von der Tür zurück und huschte hinter einen der langen Stapel Hölzer, aus denen die Plankengänge gezimmert wurden. Weder Enrico noch sein Onkel bemerkten ihn, als sie kurz hintereinander aus der Meisterstube kamen und jeder zu seiner Arbeitsstätte zurückkehrte.

Der Wortwechsel zwischen den beiden ging Matteo lange nicht aus dem Kopf und er rätselte, was es wohl mit den krummen Geschäften auf sich hatte, in die Tomaso und Gasparo verwickelt sein sollten. Es musste um etwas anderes gehen als um die Hand voll Nägel, die manch ein Arsenalotto heimlich einsteckte und mit nach Hause nahm. Darum machte niemand viel Aufhebens, auch nicht um die zahllosen kleinen Reststücke Bauholz, die jeden Abend aus dem Arsenal geschmuggelt wurden – in den Säcken mit dem Sägemehl, das die Zimmerleute ganz offiziell mitnehmen und im häuslichen Ofen verfeuern durften.

Nein, es musste sich um wirklich verbotene, riskante Geschäfte handeln, die gutes Geld einbrachten und mit schweren Strafen geahndet wurden. Und das würde dann auch erklären, warum Gasparo immer so gut bei Kasse war, häufig den Spendablen spielte und sich so manch teuren Besuch bei den Frauen im Viertel um die Ponte delle Tette erlauben konnte.

Gasparo offen darauf anzusprechen und ihn unter dem Siegel des Stillschweigens zu fragen, auf was er sich mit Enrico eingelassen hatte, das traute er sich nicht. Er musste sich eingestehen, dass ihre Freundschaft bei weitem nicht so tief ging, wie er bislang geglaubt hatte. Allein die Tatsache, dass Gasparo mit Enrico ein nicht ganz ungefährliches Geheimnis teilte, von dem er nichts wusste und in das Gasparo ihn offensichtlich auch nicht einzuweihen gedachte, führte ihm vor Augen, dass es sich weniger um eine unverbrüchliche Freundschaft handelte als um eine angenehme Kameradschaft, die doch recht schnell an ihre Grenzen stieß.

Matteo unternahm einige vorsichtige Versuche, seinem Freund zu entlocken, wie es um sein Verhältnis zu Enrico bestellt war und woher er bloß sein Geld nahm. Doch Gasparo entzog sich ihm geschickt, indem er etwas von gelegentlichen lukrativen Botengängen für einen Geldverleiher und Hehler andeutete, über die er nicht reden könne. Auch Enrico gab nichts preis, obwohl er sich in einem stark angetrunkenen und redseligen Zustand befand, als Matteo ihn nach seinem überraschend vertraulichen Verhältnis zu Gasparo auszuhorchen versuchte.

»Das Geheimnis ist dein Gefangener, solange du es nicht offenbarst!«, teilte ihm Enrico mit. Er lallte mehr, als dass er die Worte artikulierte, und sein Blick aus den lidschweren Augen war glasig. Aber die spöttisch hochgezogenen Mundwinkel verrieten, dass er auch in betrunkenem Zustand auf der Hut war. »Doch sobald du das Geheimnis offenbarst, bist du sein Gefangener.«

Matteo sagte sich denn auch, dass es ihn wirklich nichts anging, was Gasparo mit Enrico zu schaffen hatte und was sein Onkel ihnen vorwarf. Er hielt es für klüger, sich da herauszuhalten, worum auch immer es gehen mochte.

Was ihn viel mehr irritierte, ja regelrecht schockierte und in einen heftigen inneren Konflikt stürzte, war die Beobachtung, die er wenige Tage nach dem Streit in der Meisterstube bei ihnen zu Hause machte.

Es geschah kurz nach ihrem gemeinsamen Abendessen in der Küche, als Onkel Tomaso gerade damit beschäftigt war, die Schlüssel seines Schlüsselbundes einen nach dem anderen sorgfältig mit einem ölgetränkten Lappen abzuwischen. Er tat dies mindestens alle zwei Wochen, um jegliche Rostbildung schon im Ansatz zu verhindern.

Plötzlich stand Sahadi in der Tür und bedeutete Onkel Tomaso, aufgeregt gestikulierend, ihm zu folgen, da er ihm etwas zeigen müsse. Er schien so dringlich, dass Tomaso sich sofort erhob und seinen Schlüsselbund mit dem Lappen auf dem Tisch zurückließ.

»Es wird der blöde, alte Kahn sein, der wohl wieder leckt«, vermutete Enrico, der es weniger eilig hatte, vom Tisch aufzustehen. »Ich wünschte, wir könnten uns ein richtiges Boot leisten, am besten eine elegante Gondel.«

Sahadi führte sie jedoch nicht zur Anlegestelle auf der Kanalseite, wo das plumpe Ruderboot vertäut lag, sondern unter das Dach. Dort klaffte ein mehr als armlanges und fast ebenso breites Loch. Der heftige Sturm, der in der Nacht zuvor die Lagune aufgepeitscht hatte und wie ein Derwisch durch die Gassen und Kanäle gefegt war, hatte die Ziegel, die schon locker und brüchig gewesen sein mussten, vom Gebälk gerissen.

Onkel Tomaso fluchte und machte sich sofort an die Arbeit, das Loch mit den Ziegeln zu schließen, die unten in der Halle lagen. Enrico und auch Matteo boten pflichtgemäß ihre Hilfe an, doch Tomaso wehrte ab. Er wollte die Reparatur lieber zusammen mit Sahadi ausführen und bei dieser Gelegenheit auch gleich einige der morschen Dachlatten austauschen.

Matteo drängte sich auch nicht danach, war er doch mit Gasparo und Flavio verabredet. Sie wollten sich in der Taverne *Spinetta Giulietta* treffen, auf deren kleiner Bühne regelmäßig Gaukler, Bänkelsänger und Komödianten auftraten und ihre derben Späße trieben.

»Also, ich bin dann weg!«, rief Matteo wenig später Enrico zu, als er sich in seinen warmen Umhang gewickelt hatte, und wandte sich zur Tür. Tomaso hatte sich indessen einen Packen Dachziegel geholt und war zusammen mit Sahadi, der sich mit Dachlatten, Werkzeug und Sturmlaterne bewehrt hatte, wieder hoch zum Dachspeicher gestiefelt.

»Treibt es nicht zu wild, ihr jungen Gänse!«, rief Enrico zurück und verschwand im Durchgang zur Küche.

Matteo war schon fast zur Tür hinaus, als ihm einfiel, dass er sich besser auch noch ein Stück Brot einstecken sollte. Zwar fühlte er sich im Augenblick gut gesättigt, aber er wusste aus Erfahrung, dass mit dem Alkohol in später Stunde auch der Appetit auf etwas Herzhaftes kam. Und da war es dann gut, einen kleinen Kanten bei sich zu haben, ersparte es ihm doch unnötige Ausgaben.

Vom Dach kam lautes Hämmern, als Matteo sich dem Durchgang zur Küche näherte. Aber noch bevor er aus dem Dunkel der Halle in den Lichtschein trat, erblickte er Enrico – und blieb abrupt stehen, als er sah, was der Schwager seines Onkels tat.

Enrico stand seitlich zu ihm, und zwar an der Stirnseite des

Tisches, dort, wo Onkel Tomaso seinen festen Platz hatte. Er hielt in der linken Hand ein schmales, flaches Kästchen und in der rechten den Schlüsselbund, den Onkel Tomaso mit dem Öllappen auf dem Tisch zurückgelassen hatte. Und nun wählte er den kleinsten der fünf Schüssel aus und presste ihn der Länge nach in das aufgeklappte Kästchen, das er in der linken Hand hielt.

Matteo wusste, dass der kleine, aber immer noch gut fingerlange Schüssel keine Tür im Arsenal oder hier im Haus aufschloss und verriegelte, sondern zu dem soliden Schloss gehörte, mit dem Onkel Tomaso in seinem Schlafzimmer eine schwere, messingbeschlagene Eichentruhe verschlossen hielt. Was er im ersten Moment jedoch nicht begriff, war, was Enrico mit diesem Schlüssel und dem Kästchen anstellte. Doch schon im nächsten Moment traf ihn die Erkenntnis.

Das Kästchen war mit Wachs oder weichem Ton gefüllt! Enrico machte von Onkel Tomasos Truhenschlüssel, in dem dieser zweifellos Geld und andere Besitztümer aufbewahrte, einen Abdruck, um sich mit dessen Hilfe einen passenden Nachschlüssel anfertigen zu können. Er wollte heimlich Onkel Tomasos Truhe öffnen können, vermutlich zu einem einzigen Zweck, nämlich um ihn zu bestehlen!

Matteo war bestürzt und schockiert. Schnell, aber auf Zehenspitzen und mit angehaltenem Atem wich er vom Küchendurchgang zurück und schlich zur Tür, die er mit größter Behutsamkeit hinter sich ins Schloss zog.

Nicht nur auf dem Weg zur Taverne, sondern fast den ganzen Abend und eine lange schlaflose Nacht hindurch zermarterte er sich das Gehirn, welche Konsequenzen er aus seiner Beobachtung ziehen sollte. Vor Gasparo und Flavio hielt er sein Problem, das ihm Kopfschmerzen im wahrsten Sinne des Wortes bereitete, wohlweislich geheim.

In den ersten Stunden neigte er dazu, seinem Onkel am Morgen sofort zu erzählen, was er am Abend in der Küche beobachtet hatte. Aber in den frühen Morgenstunden, als er sich auf seinem klammen Strohsack von einer Seite auf die andere wälzte und er die Folgen für sich selbst und seine eigene Zukunft zu erahnen versuchte, da kamen ihm immer stärkere Zweifel. Je länger er darüber grübelte, desto mehr überwog in ihm nämlich die Befürchtung, sich alles andere als einen Gefallen zu tun, wenn er seinen Onkel in seine Entdeckung einweihte und ihn vor den diebischen Händen seines Schwagers warnte. Womöglich zwang Tomaso ihn dann seine Beschuldigung im Angesicht von Enrico zu wiederholen. Und was war, wenn Enrico alles leugnete und ihn einen Lügner schalt? Es gab ja keine anderen Zeugen. Enrico war ein raffinierter und mit allen Wassern gewaschener Kerl, der sich bestimmt aus der Schlinge zu winden wusste. Und wenn er sich herausgeredet hatte, würde er sich womöglich an ihm rächen wollen.

Nein, dieses Risiko konnte und wollte Matteo nicht eingehen. Er musste sich hüten zwischen zwei Mühlsteine zu geraten und dabei zermahlen zu werden. Zudem bestand ja auch immer noch die Möglichkeit, dass es Enrico gar nicht darum ging, seinem Onkel Geld zu stehlen, obgleich alles darauf hindeutete. Und wenn Enrico ihn wirklich bestahl, dann würde der Verdacht sicherlich zuerst auf Enrico und nicht auf ihn fallen! Es war also klüger, erst einmal nichts zu tun, sein Wissen für sich zu behalten und abzuwarten, ob Enrico wirklich ein Verbrechen beging und seinen Onkel bestahl.

Vier Tage später, in der Nacht, als Venedig und die umliegenden Inseln unter dem Klang unzähliger Kirchenglocken lagen und mit dem Rest der christlichen Welt die Geburt des Erlösers in einem ärmlichen Stall in Bethlehem feierten, geschah tatsächlich ein Verbrechen. Aber nicht die Hand eines Diebes schlug in Tomaso Rovellis Haus in der Calle del Forno zu, sondern die eines skrupellosen Mörders.

12

In der Nacht von Christi Geburt lag der Campo vor der Basilika *Santi Giovanni e Paolo*, der Klosterkirche der Dominikaner, im Licht zahlreicher Leuchten und Fackeln. Ihr warmer Schein ließ den gewaltigen Backsteinbau mit seinen Säulen und Spitzbögen rotgolden leuchten, als glühte seine Fassade von innen heraus, noch ganz erfüllt von den feierlichen Gebeten und Gesängen, dem Lobpreis der gläubigen *castellani*, die im mächtigen Kircheninnern mit der heiligen Messe die Menschwerdung des Messias gefeiert hatten und nun in frommer Beglückung unter Glockengeläut durch das marmorne Portal ins Freie strömten. Sie trugen den Duft von Weihrauch und Kerzentalg mit sich in die nass-kalte Dezembernacht hinaus. Der helle Flammenschein der Fackeln tanzte auch über die dunklen Fluten des angrenzenden Kanals, aus dessen Tiefe Nebelschleier von der Lagune her heraufzogen.

Matteo stand noch ganz unter dem Eindruck der Messfeier. Er empfand eine stille, andächtige Freude und sah nur freundliche, lächelnde Gesichter um sich herum, als er aus der Kirche kam – bis auf eine Ausnahme, und die war das verkniffene, grantige Gesicht von Enrico.

»Was für eine langatmige Predigt! Und nicht ein Wort, das es wert wäre, in Erinnerung behalten zu werden!«, mäkelte der Schwager seines Onkels, kaum dass sie das Kirchenportal passiert hatten und auf dem Campo standen. Nicht ein gutes Haar ließ er an den Fähigkeiten des Geistlichen als Prediger und er hielt sich auch nicht damit auf, noch auf dem Vorplatz mit Bekannten und Freunden einige Worte zu wechseln. Eiligen Schrittes und wenig rücksichtsvoll bahnte er sich einen Weg durch die Menschenmenge, die sich ohne Hast in viele kleine Gruppen fröhlich schwatzender Männer, Frauen und Kinder aufteilte. »Gott schläft nicht, dass man ihn mit vielen Worten erst aufwecken müsste!«

»So übel fand ich die Predigt aber gar nicht, auch wenn der Priester sich vielleicht ein paar Mal wiederholt hat«, erwiderte Matteo und murmelte eine hastige Entschuldigung für einen groben Rempler, den Enrico zu verantworten hatte.

Enrico schnaubte ungnädig und machte gleichzeitig eine wegwischende Handbewegung, als wollte er Matteos mildes Urteil zu dem Unrat schleudern, der neben ihnen auf dem Wasser des Kanals trieb.

»Ach was, das war das hohle Wortgeklingel eines eitlen, schwatzhaften Pfaus!«, erklärte er entschieden und legte in seinem Groll einen stürmischen Schritt vor, als hätten sie Anlass zu allergrößter Eile. »Kein Wunder, dass der Papst* den Orden der Dominikaner damals mit der heiligen Inquisition betraut hat. Als Ketzerjäger sind diese ins Wort verliebten, schwatzfreudigen Brüder ja bestens geeignet! Diese klerikalen Haarspalter können auch noch einer Gans ein Hufeisen aufschlagen und jeder Laus eine Stelze machen, wenn es darauf ankommt!«

Matteo warf ihm einen prüfenden Blick von der Seite zu, als sie den hell erleuchteten Campo hinter sich ließen und in das dunkle, nebeldurchwobene Gassengewirr eintauchten. Er

---

* Papst Gregor IX. begründete 1231/32 die *päpstliche* Inquisition. Doch schon schon seit dem vierten Jahrhundert kannte die Kirche Zwangsmaßnahmen gegen Ketzerei. Papst Innozenz IV. gestattete 1252 die Anwendung der Folter zum Zwecke der »Wahrheitsfindung«.

hegte starke Zweifel, dass die Predigt der wahre Grund seiner Verstimmung war. Einmal ganz abgesehen davon, dass die Messe nun wirklich sehr feierlich und bewegend gewesen war und die Predigt sicherlich nicht dieses vernichtende Urteil verdient hatte, hatte sich Enrico schon auf dem Weg zur Kirche deutlich missgelaunt gezeigt – und zwar wegen seines Onkels, weil der sich nicht einmal in dieser besonderen Nacht ihnen angeschlossen hatte. Tomaso hatte es mal wieder nach Cannaregio und dort in jene Kirche gezogen, in der die Familie des Salzhändlers Capelli ihre angestammten Sitze hatte.

»Na, dann wollen wir mal hoffen, dass wenigstens Onkel Tomaso in der *Santa Maria dei Miracoli* heute Nacht mehr Glück mit der Predigt gehabt hat als wir«, sagte Matteo unverhohlen spöttisch, während sie der Calle Barbaria delle Tole nach Osten folgten.

»Dein Onkel macht sich zum Narren!«, grollte Enrico. »Was glaubt er denn, mit seinem ständigen, schmachtenden Herumgeschwänzel aus der Entfernung erreichen zu können? Wie lächerlich und selbst erniedrigend für einen Mann seines Alters, seine Hoffnungen an einen koketten Augenaufschlag und das unverbindliche Lächeln eines blutjungen Weibes zu hängen, das zudem noch weit über seinem eigenen Stand steht! So ein Betragen ist doch eines gestandenen Mannes nicht würdig!«

»Hat Tomaso nicht letzte Woche angedeutet, dass er mit Lucrezia einige Worte hat wechseln können, als sie in der Kirche darauf gewartet hat, als Nächste den Beichtstuhl zu betreten? Vielleicht ist sie ihm ja wirklich von Herzen zugeneigt und vermag ihrem Vater die Zustimmung zur Ehe doch noch abzuringen«, wandte Matteo ein und dachte mit schmerzlicher Sehnsucht an Fiona. Was würde er nicht alles auf sich nehmen, nur um für einen kurzen Moment Fionas Blick, ihr Lächeln auf sich ruhen zu sehen! Bis ans Ende der Stadt und weiter würde er dafür laufen. Ja, er konnte seinen Onkel gut verstehen, der die Hoffnung einfach nicht aufgeben wollte.

»Und wennschon! Ein Zimmermann, der nur das einfache Bürgerrecht besitzt und sich seinen Lebensunterhalt mit seiner eigenen Hände Arbeit verdienen muss, wird niemals das Herz eines Kaufmanns erweichen, dem Venedig die Teilhabe an den lukrativen Handelsprivilegien garantiert! Nicht nur die Liebe einer Frau neigt sich auf die Seite, wo die Geldbörse hängt! Auch das Wohlwollen eines Händlers richtet sich ausschließlich nach dem Geld aus, so wie Eisenspäne auf einem Magnetstein! Und dieser Salzhändler Capelli hält sich zudem noch für so wichtig, dass er meint, das Pflaster müsse vor ihm aufstehen! Nein, rede du ihm nicht auch noch das Wort! Es ist mir ein Rätsel, dass Tomaso einfach nicht von dieser Unvernunft lassen kann!«

Matteo hatte das Gefühl, seinen Onkel jetzt erst recht in Schutz nehmen zu müssen. Auch ärgerte es ihn, dass Enrico nicht einmal in der Heiligen Nacht von seinen Schimpftiraden ablassen konnte. Deshalb sagte er: »Jedenfalls muss sie schon sehr hübsch sein, dass Onkel Tomaso nicht von ihr lassen kann. Bestimmt nicht mit den käuflichen Frauen zu vergleichen, die im Stadtteil San Polo mit entblößten Brüsten auf den Balkonen stehen und auf Kunden warten!« Das war ein bewusster Hieb gegen Enrico, der zu ebenjenen Kunden gehörte.

»Auch das schönste Grün wird einmal zu Heu!«, entgegnete dieser grimmig. »Außerdem: Was nützt mir die schönste Monstranz, wenn kein Heiligtum in ihr steckt!«

Matteo sah ihn mit gerunzelter Stirn an. »Wie meint Ihr das?«

»Das liegt doch wohl auf der Hand! Diese Lucrezia ist ein schönes Gesicht ohne Tugend!«

»Wie könnt Ihr so ein hartes Urteil über sie fällen? Ihr kennt sie doch gar nicht!«, protestierte Matteo.

»Das ist auch nicht nötig!«, knurrte Enrico mürrisch. »Denn steckte auch nur ein Funken Tugend in ihrem Leib, hätte sie diesem Tropf Tomaso pflichtbewusst die kalte Schulter gezeigt und ihn nicht weiter zur Kenntnis genommen, statt ihm durch verstohlene Blicke und flatterhafte Koketterie Flausen in den Kopf zu setzen!«

Mit Enrico war Matteo trotz aller Sonderlichkeiten, die diesen Mann kennzeichneten, bisher gut ausgekommen und manchmal hatten sie sogar ihren Spaß zusammen gehabt. Aber die herablassende und engherzige Art, mit der Enrico in dieser Nacht über seinen Onkel und dessen unglückliche Liebe urteilte, gefiel ihm gar nicht. Und nach diesem kurzen Wortwechsel stand ihm der Sinn nicht danach, die unerfreuliche Unterhaltung noch länger fortzusetzen. Wenn Enrico so übler Laune war, was in letzter Zeit häufig vorkam, dann war man gut beraten seine Gedanken für sich zu behalten und ihn nicht durch Widerspruch zu reizen. Was diese Seite seines seltsamen Wesens betraf, unterschied ihn wahrlich nichts von seinem Onkel, konnte Tomaso doch genauso unleidlich und rechthaberisch sein, wenn ihm etwas heftig gegen den Strich ging.

Und weil sich in solchen Situationen auch mit vernünftigen Einwänden nun mal nichts erreichen ließ, ging Matteo auf Enricos unschöne Behauptung mit keinem Wort ein, sondern hüllte sich in verdrossenes Schweigen. Er schlug den Kragen seines alten, wollenen Umhangs hoch und zog den Kopf tief in dessen Schutz – nicht nur wegen der unangenehm feuchten Nachtkälte, die mit den Nebelschleiern aus den Kanälen aufstieg und durch die Gassen kroch. Enrico sollte ruhig spüren, dass er verstimmt war und nicht daran dachte, sich wie ein dummer Junge von ihm belehren und herunterputzen zu lassen,

Enrico schien das Schweigen ganz recht zu sein, denn er unternahm keinen Versuch, wieder ein Gespräch anzufangen. Mit verschlossener Miene und gesenktem Kopf stiefelte er wie ein zum Angriff bereiter Stier durch die engen Häuserschluchten. So kurz nach Ende der nächtlichen Christmessen sickerte noch Kerzen- und Lampenschein aus vielen Wohnungen durch die Ritzen der zugezogenen Fensterläden und warf in unregelmäßigen Abständen schmale gelbliche Lichtstreifen auf die gegenüberliegenden Fassaden und über den Dreck der Gassen. Die dünnen Lichtfäden kamen Matteo wie Geisterfinger vor, die sich in die Dunkelheit hinaustasteten und schon nach wenigen Schritten den Mut zu weiterem Vordringen verloren.

Dann und wann huschten Schatten durch das ungeordnete Gitterwerk der vielen schmalen Lichtfinger. Sie bewegten sich so schnell, dass man die pelzigen Körper der Mäuse und Ratten, die an den Häusern entlanghuschten, mehr erahnen musste, als dass man sie klar erkennen konnte. Selten einmal hing vor einem Haus eine Öllampe, deren helle Flamme sich gegen die erdrückende nächtliche Finsternis behauptete.

Eine solche Lampe hing neben dem Eingang der hauptsächlich von Seeleuten frequentierten Taverne *La Cantinella*, die sich in einem Eckhaus gleich an der Ponte Giustina befand. Als sie sich der Brücke näherten, die über den breiten Kanal Rio di Santa Giustina führte, kam ihnen von der anderen Seite ein auffallend gut gekleideter Junge von etwa vierzehn, fünfzehn Jahren entgegen. Als er über den Rundbogen der Brücke auf sie zukam, fiel der Schein der Laterne auf gut geschnittene Gesichtszüge und einen vollen Mund. Der Junge trug einen federgeschmückten Hut, gutes Schuhwerk, eine bauschige Pluderhose aus safranfarbenem Samt und ein dick wattiertes, eng anliegendes Wams von kastanienbrauner Farbe. Ebenso auffallend wie seine Kleidung war sein hoch erhobener Kopf und sein selbstbewusster Gang. Er schritt so unbekümmert aus, als wüsste er, dass ihm die vielfältigen Gefahren, die im Gassenlabyrinth von Castello und anderswo in der Stadt nachts auf einen einsamen Passanten lauerten, nichts anhaben konnten.

Matteo fand, dass er ihnen in dem kurzen Moment, als sie einander am Fuß der Brücke passierten, ausgesprochen frech, ja geradezu herausfordernd ins Gesicht blickte. Er hörte, wie Enrico neben ihm ein geringschätziges Schnauben von sich gab, und sah im selben Augenblick im Licht der nahen Taverne einen goldenen Ohrring am Kopf des Jungen aufblitzen, und dann war er auch schon an ihnen vorbei.

Unwillkürlich drehte sich Matteo nach ihm um und sah noch, wie der Junge, der sich ebenfalls umgeblickt hatte, seinen verwunderten Blick mit einem spöttischen Grinsen beantwortete. Und dann, kurz bevor ihn das Dunkel der Gasse verschluckte, warf er ihm sogar noch mit betont geschürzten Lippen und wie vor Liebe schmachtend eine Kusshand zu.

Enrico neben ihm lachte kurz auf. Auch er hatte einen Blick über die Schulter geworfen und gesehen, mit welchem stummen Gruß der fremde Schönling sie bedacht hatte. »Ja, so kann man es auch in jungen Jahren zu etwas bringen, wenn man nur hübsch genug aussieht und bereit ist sich den besonderen Wünschen eines Galeerenoffiziers zu unterwerfen!«, bemerkte er mit sarkastischem Tonfall.

»War . . . war das . . .« Matteo stockte und ihm schoss das Blut ins Gesicht, aber seine Neugier war stärker als seine Verlegenheit. »War das einer von diesen . . . besonderen Galeerenjungen?«

»Nur nicht so zimperlich mit der Wortwahl, Matteo! Der Wirklichkeit wird man nur mit der ungeschminkten Sprache gerecht!«, sagte Enrico und seine schlechte Laune schien wie weggeblasen. »Ja, dieser junge Bursche gehört zu den offiziellen Lustknaben, die Venedigs Admiralität ihren Galeerenoffizieren mit auf die langen Reisen gibt, damit sie ihnen all die lustvollen Freuden verschaffen, die sie sonst in den Armen von Frauen genießen. Für ihre Dienste werden die Jungen fürstlich entlohnt und als deutliches Zeichen ihres . . . nun ja, nennen wir es ruhig ›Standes‹ tragen sie alle den goldenen Ohrring. Sie stehen unter besonderem Schutz und sogar die Ruchlosesten unter dem Gaunerpack, das sich in Venedig herumtreibt, lassen die Finger von ihnen.« Und dann fügte er noch hinzu, dass sich so manch mittelloser junge und gut aussehende Venezianer bereitwillig als Lustknabe auf den Kriegs- und Handelsgaleeren verdingte, weil das seine einzige Chance war, sich in wenigen Jahren die nötigen finanziellen Mittel für eine Heirat oder eine Existenzgründung zu beschaffen.

Die Begegnung mit dem Lustknaben und das Reden über dessen besondere Stellung an Bord einer Galeere hatten Enricos finstere und reizbare Stimmung so rasch wie Gischt im Wind verfliegen lassen. Er zeigte sich nun wieder von seiner unterhaltsamen, fröhlich aufgekratzten Seite und legte Matteo sogar den Arm um die Schulter, als sie wenig später in die Calle del Forno einbogen.

»Weißt du, was, wir werden uns gleich zur Feier des Tages oder, besser gesagt, der Nacht einen ordentlichen Becher heißen Gewürzweins genehmigen!«, schlug er vor, als vor ihnen der hohe Torbogen ihres Hauses als Silhouette aus der Dunkelheit hervortrat. »Und wenn der gute Tomaso uns nicht zu lange warten lässt, wird bei seiner Rückkehr in der Kanne vielleicht sogar noch ein guter Schluck für ihn übrig sein! Womöglich wird er uns . . .« Er brach ab und blieb mit verdutzter Miene im hohen Torbogen stehen.

Matteo bemerkte im selben Augenblick, was Enrico stutzen und mitten im Satz hatte abbrechen lassen. »Der rechte Torflügel steht ja offen!«, entfuhr es ihm verwundert. Durch den gut armbreiten Spalt im Tor fiel das unstete Licht einer flackernden Kerzenflamme und wand sich zu ihren Füßen wie eine Schlange, die sich dem würgenden Griff eines Häschers vergeblich zu entziehen versuchte. »Dann muss ja Onkel Tomaso schon zurück sein und wohl irgendwie . . .«

»Nein, unmöglich! Er kann noch nicht zurück sein. Zudem ist dein Onkel so gewissenhaft, dass er niemals die Tür offen stehen lassen würde! Und dasselbe gilt für Sahadi!«, fiel ihm Enrico sofort ins Wort und fügte misstrauisch hinzu: »Hier ist etwas faul!« Mit diesen Worten stieß er den Torflügel weiter auf.

Sie traten in die Eingangshalle.

Enrico blieb schon nach zwei Schritten abrupt stehen, als wäre er vor eine unsichtbareWand gelaufen, gab einen erstickten Schrei des Erschreckens von sich und riss die Hand vor den Mund. »Allmächtiger!« Seine Stimme war ein herausgewürgtes, ersticktes Flüstern.

Matteo folgte seinem Blick. Im ersten Moment wusste er das seltsame Bild, das sich ihren Augen darbot, gar nicht recht zu deuten. Das flackernde Kerzenlicht, das sich in der Halle unter der Zugluft unruhig hin und her warf, irritierte ihn in den ersten Sekunden. Doch dann traf ihn die Erkenntnis wie ein Blitz aus eisiger Kälte, der ihm durch Mark und Bein fuhr. Ihm war, als gefror ihm das Blut in den Adern, so wie ihm auch der Schrei in der Kehle gefror.

Sie blickten auf das Opfer eines grausamen Mordes!

13

Vor ihnen, auf halbem Weg zum kanalseitigen Tor und kurz vor dem Treppenaufgang, stand auf dem nackten Boden der gerade mal drei Finger hohe Rest einer dicken Kerze. Die reglose Gestalt, die dort vor dem Talglicht und nahe der rechten Wand niedergestreckt lag, warf einen grotesken, tanzenden Schatten auf den schmutzigen Kalk des Mauerwerks, der den unsteten Bewegungen der Flamme folgte. Es war der Schatten des alten, dunkelhäutigen Dieners.

Sahadis Leichnam lag, Arme und Beine unnatürlich weit vom Körper gestreckt, rücklings auf den kalten Fliesen der Halle und starrte mit dem gebrochenen, leblosen Blick eines Toten zur Gewölbedecke hoch. Um seinen rechten Unterarm hatte sich eine dunkle Lache ausgebreitet, gespeist von seinem eigenen Blut. Denn man hatte ihm die rechte Hand im Gelenk glatt vom Arm getrennt. Sie lag mit nach oben zeigender, offener Handfläche gerade mal zwei, drei Finger breit vom Armstumpf entfernt.

Es war jedoch keine scharfe Klinge gewesen, die Sahadi den Tod gebracht hatte, sondern der Mörder hatte ihn mit einer violetten, seidig glänzenden Kordel erdrosselt. Diese Kordel schnürte noch immer den Hals des Toten ein, in dessen entstelltem, verzerrtem Gesicht mit den weit aufgerissenen Augen deutlich die Qualen des Todeskampfes geschrieben standen.

Matteo bemerkte, dass in der abgetrennten Hand des Toten eine kleine Kupfermünze lag. Jedenfalls sah es im schwachen Kerzenlicht danach aus.

»Nein! . . . Nein!«, keuchte Enrico und gab ein gequältes, lang gezogenes Stöhnen von sich. Gleichzeitig presste er sich, wie von Angst überwältigt, mit dem Rücken gegen den Türflügel und wich zurück, bis die Tür ins Schloss fiel.

Matteo stand wie gelähmt. Ihm war, als wankte der Boden unter ihm, und mit einer Mischung aus Entsetzen und Abscheu starrte er auf den Toten vor ihren Füßen. Dass Sahadi tot war, heimtückisch ermordet und verstümmelt, wollte ihm einfach nicht eingehen. Aber dieses erschreckende Bild war kein Alptraum, sondern Wirklichkeit.

Doch wer konnte nur so skrupellos und grausam sein einen alten grauen Mann wie ihn umzubringen? Hatte er Einbrecher überrascht? Aber Sahadi wäre doch für keinen Einbrecher eine ernstliche Gefahr gewesen. Der Schlag eines Prügels auf den Kopf hätte ausgereicht, um diesem stummen Alten, der nicht einmal um Hilfe schreien konnte, das Bewusstsein zu rauben und ihn für lange Zeit außer Gefecht zu setzen!

Enrico hinter ihm rang heftig nach Atem und taumelte dann unsicheren Schrittes zu Matteo und dem Toten zurück. Fahrig fuhr er sich mit der Hand über das Gesicht. »Barmherzige Muttergottes!«, keuchte er, bleich wie ein Wachstuch.

»Er . . . er muss Einbrecher überrascht haben.« Matteo hatte Mühe, die Worte hervorzubringen und kämpfte mit heftiger Übelkeit, die ihn zu überwältigen drohte.

Enrico schüttelte heftig den Kopf. »Nein, es waren keine Einbrecher . . . Jedenfalls keine der gewöhnlichen Art. Im Haus wird deshalb auch nichts fehlen!«

»Woher wollt Ihr das denn wissen?«, fragte Matteo verwundert.

»Weil der verfluchte Hurensohn von Mörder eine Nachricht hinterlassen hat!«, antwortete Enrico gepresst und deutete nach rechts. »Da steht sie, unten an der Wand!«

Matteo wandte den Kopf und entdeckte nun auch die beiden Zeilen, die der Mörder dort mit einem Kohlestift auf die

Wand gekritzelt hatte. Im Halbdunkel der Halle hatte er die Schriftzüge wegen des auf und ab zuckenden Schattens nicht bemerkt, zumal sein Augenmerk nur dem Toten und der grausamen Art seines Todes gegolten hatte. Die Nachricht bestand aus zwei seltsamen Sätzen, die eigentlich überhaupt keinen Hinweis darauf gaben, was es mit dem grässlichen Verbrechen auf sich hatte. Sie klangen jedoch wie Warnungen:

Nur der Teufel ist keinen Schwur zu halten schuldig!
Nur der Tod hebt alles auf!

Matteo schluckte beklommen. »Was soll das sein? Und was hat das mit Sahadi und seinem Tod zu tun? Das klingt zwar wie eine Warnung, ergibt aber überhaupt keinen Sinn!«

»Doch, für mich schon«, murmelte Enrico. »Der Mord an meinem schwarzen Sklaven ist . . .« Er stockte und zögerte kurz, während er sich auf die Lippen biss. Dann jedoch atmete er tief durch. Auch straffte sich plötzlich seine Gestalt, als hätte er den Entschluss gefasst, sich keine weitere Schwäche zu erlauben, und mit fester Stimme führte er seinen Satz zu Ende. »Sahadis Tod soll eine Warnung für mich sein!«

»Für Euch?«, stieß Matteo ungläubig hervor. »Jemand hat diesen abscheulichen Mord begangen, um *Euch* eine Warnung zukommen zu lassen?« Und noch während er die Worte aussprach, zuckte ihm ein Gedanke durch den Kopf, der seine Skepsis ausräumte. Und er ahnte auch schon den Grund für dieses gottlose Verbrechen.

»Ja, denn nur der Teufel kann seine Gläubiger zur Hölle schicken und sich nichts daraus machen, was er anderen schuldet und versprochen hat«, bekräftigte Enrico düster.

»Sahadi hat wegen Eurer Spielschulden sterben müssen? Man hat *ihn* erdrosselt und verstümmelt, weil *Ihr* die Finger nicht vom Glücksspiel lassen könnt und Euch bis über die Ohren verschuldet habt? Ist es das, was Ihr mir zu verstehen geben wollt?« Zorn wallte in Matteo auf.

»Ja, darauf dürfte es wohl hinauslaufen. Ich habe eine Menge Pech gehabt und einen erschreckenden Schuldenberg aufgehäuft. Man ändert sich oft und bessert sich selten. Aber die Reue kommt in diesem Fall zu spät«, räumte Enrico kleinlaut ein, um dann jedoch hastig zu seiner Verteidigung anzuführen: »Aber ich war dem verfluchten Halsabschneider von Geldverleiher immer für einen Kredit gut! Denn nach jeder Pechsträhne hatte ich bisher immer noch das Glück, dass sich das Blatt wieder zu meinen Gunsten gewendet hat. Nur diesmal ist die Durststrecke länger als sonst, viel länger. Und wenn nicht in letzter Zeit einige ... nun ja, recht einträgliche private Geschäfte ausgefallen wären, dann hätte ich mein Versprechen, was die Rückzahlung meiner Schulden betrifft, auch problemlos einhalten können.«

»So, private Geschäfte«, wiederholte Matteo spitz und dachte sofort an den Streit zwischen Enrico und seinem Onkel in der Meisterstube. Was er »privat« nannte, verdient vermutlich eher die Bezeichnung »verboten« und »kriminell«!

»Nichts, was dich interessieren müsste«, fuhr Enrico schnell fort. »Dummerweise ist da einiges nicht nach Plan verlaufen und so fehlte mir auf einmal das fest eingeplante Geld für die versprochenen Raten. Aber wer hätte denn ahnen können, dass dieser verfluchte Wucherer, bei dem ich in der Kreide stehe, zu so einem drastischen Mittel greifen würde!«

Aufgebracht funkelte Matteo ihn an. »Drastisch? Drastisch ist ja wohl kaum das passende Wort für das, was dem armen Sahadi widerfahren ist! Drastisch wäre es wohl gewesen, wenn man Euch grün und blau geprügelt oder Euch ein paar Knochen gebrochen hätte, nicht jedoch einen völlig Schuldlosen und Unbeteiligten erdrosselt hätte! Wie lauteten vorhin noch mal Eure schlauen Worte, als wir über den Lustknaben gesprochen haben? *Der Wirklichkeit wird man nur mit der ungeschminkten Sprache gerecht!* Der alte Mann ist qualvoll gestorben – und zwar wegen Euch! Ihr habt Sahadi auf dem Gewissen!«, rief Matteo empört, fast dankbar sich dieser Wut überlassen zu können, lenkte sie ihn doch von dem grauenhaften Bild ab.

Enrico senkte den Blick und starrte einen langen Moment auf die Leiche seines einstigen Dieners hinunter. »Du hast vollkommen Recht, dass er wegen meiner Schulden gestorben ist. Aber ich bin an seinem Tod nicht schuldig und habe ihn damit auch nicht auf meinem Gewissen. Man kann mir manches vorwerfen und anlasten, aber für die Verbrechen dieses gewissenlosen Mörders bin ich nicht verantwortlich. Aber wie dem auch sei, wir müssen jetzt rasch handeln und haben keine Zeit zu verlieren.«

Verständnislos sah Matteo ihn an. »Wovon redet Ihr?«

»Wir müssen die Leiche natürlich verschwinden lassen und restlos alle Spuren des Verbrechens tilgen!«, eröffnete Enrico ihm. »Aber zuerst muss die Leiche weg!«

»Wie bitte? Ihr wollt den Mord an Eurem Diener nicht der Obrigkeit melden, sondern seine Leiche im Schutz der Nacht wie den Kadaver einer Ratte hinten in den Kanal kippen?«, stieß Matteo hervor.

Ein ungehaltener Ausdruck trat auf Enricos Gesicht. »Verschone mich mit deiner selbstgerechten Entrüstung, Matteo Lombardi!«, wies er ihn zurecht. »Mit keinem Wort habe ich gesagt, dass ich den Leichnam hinter unserem Haus in den Kanal werfen will. Das wäre das Dümmste, was wir jetzt tun können.«

»Was redet Ihr da ständig von wir?«, antwortete Matteo schroff und straffte die Schultern. »Wie Ihr Euch vor der Obrigkeit aus der Affäre windet, ist allein Eure Sache! Ich jedenfalls habe mit dem Mord, dem Geldverleiher und Euren Spielschulden nichts zu tun – und will auch zukünftig nichts damit zu tun haben! Und ich denke schon gar nicht daran, Euch dabei zur Hand zu gehen, Sahadis Leiche irgendwo still und heimlich verschwinden zu lassen.«

Enrico lachte kurz und freudlos auf. »Wer mit dem Teufel essen will, muss einen langen Löffel haben. Und ich sehe nicht, dass du einen so langen Löffel hast – genauso wenig wie ich. Kurzum, wir sitzen in einem Boot, Matteo Lombardi!«

»Ihr mögt Euch sehr gescheit und witzig dünken. Aber ich weiß nicht, was Ihr mit Euren sinnigen Sprüchen sagen wollt«, erwiderte Matteo gereizt. »*Was* ich jedoch weiß, ist, dass ich mich von Euch nicht zum Komplizen machen lassen werde, auch wenn Ihr noch so wortreich auf mich einredet!«

Ein merkwürdiges Lächeln, das sowohl von Bitterkeit als auch von Mitleid geprägt war, huschte flüchtig über das Gesicht des Schiffbaumeisters. »Ich verstehe ja, dass du dich lieber aus dieser üblen Sache heraushalten würdest. Aber es reicht nicht, wie ein Löwe brüllen zu können, man muss auch noch die rechten Krallen an den Tatzen haben, wenn man sich gegen eine Meute Wölfe zur Wehr setzen will«, erwiderte er mit unheilvollem Ernst. »Und was dich und auch mich betrifft, so stehen uns bestenfalls die Pfoten eines Hasens zur Verfügung – im Vergleich zu den Raubtieren, die über uns herfallen werden, wenn wir Sahadis Leiche nicht schnellstens aus dem Haus schaffen!«

Der ernste Tonfall ließ Matteo schlucken. Er wünschte, sein Onkel wäre schon zurück, aber mit dessen Rückkehr aus Cannaregio war so schnell nicht zu rechnen. »Von welchen Raubtieren sprecht Ihr? Meint Ihr damit Euren Geldverleiher und dessen Handlanger? Und was habe ich mit alledem zu tun?«

»Nein, diese Pestbeule von Wucherer meine ich nicht. Ich spreche von den Herren der Nacht, ihrer grenzenlosen Macht und den Folterzellen der Staatsinquisition!«

Zum zweiten Mal innerhalb weniger Minuten fuhr Matteo ein eisiger Schreck in die Glieder. »Das kann nicht sein!«, stieß er bestürzt hervor. »Damit wollt Ihr mich nur herumkriegen, damit ich Euch zur Hand gehe! Ihr habt doch nichts mit diesen Agenten der Inquisition zu tun. Ihr seid ein glückloser Spieler, der die bodenlose Dummheit begangen hat, sich bei einem Geldverleiher tief in Schulden zu stürzen. Das ist alles! Und nichts davon kann für die Herren der Nacht von Interesse sein!«

Enrico warf ihm einen bedauernden Blick zu und schüttelte den Kopf. »Du irrst! Wenn bekannt wird, dass in diesem Haus, in dem zwei Schiffbaumeister aus dem Arsenal leben, die zu allen wichtigen Geheimnissen des Galeerenbaus unbeschränkten Zugang haben, der Sklave des einen Meisters erdrosselt und verstümmelt worden ist, wird das eine ganz andere Untersuchung zur Folge haben, als du in deiner jugendlichen Unschuld und Unerfahrenheit glaubst! Und zwar eine überaus peinliche, sprich schmerzhafte am Ort des Strickes!«

Matteo brach der kalte Schweiß aus. Enrico sprach von der Folterkammer!

Enrico nickte bekräftigend. »Man wird meinem . . . nun ja, nicht ganz vorbildlichen Lebenswandel rasch auf die Spur kommen«, fuhr er fort. »Und was ich auch zu meiner Entlastung vorbringen werde, es wird die argwöhnischen Herren der Inquisition nicht überzeugen. Und um Gewissheit zu erlangen, dass wir die Wahrheit sagen und nichts vor ihnen verbergen, werden sie prüfen, ob wir auch unter der Folter bei unseren Antworten bleiben.«

»Aber . . . aber sie . . . sie haben doch überhaupt keinen Grund, uns einer Folter zu unterziehen . . . und mich doch schon gar nicht!«, stammelte Matteo und spürte eine Hitzewelle durch seinen Körper jagen, die ihm noch mehr Angstschweiß aus den Poren strömen ließ. »Ich habe doch mit Euren Problemen, die zu dem Mord geführt haben, nicht das Geringste zu tun!«

»Wer zur Schafherde gehört, ist Beute wie jedes andere Schaf, wenn ein Rudel Wölfe mit der Jagd beginnt!«, hielt Enrico ihm mit einem Achselzucken entgegen. »Sie werden uns alle drei der Reihe nach an den Strick hängen. Denn Skrupel kennen sie keine. Lieber quälen sie zehn Unschuldige, wenn sie den Verdacht haben, dass einer von ihnen etwas verbrochen hat, was die Tortur verdient. Begreifst du nun, warum wir rasch handeln und Sahadis Leiche aus dem Haus schaffen müssen?«

»Ja, aber . . .«, setzte Matteo verstört zu einem kraftlosen Einwand an.

Enrico ließ ihn jedoch erst gar nicht ausreden, sondern sprudelte mit drängender, beschwörender Hast weiter hervor: »Noch ist nichts verloren! Wir können die Gefahr abwenden, die uns droht, dürfen jetzt aber keine Zeit mehr verlieren. Wir müssen Sahadi mit dem Boot wegschaffen und irgendwo versenken, aber auf keinem Fall in einen der umliegenden Kanäle, wo ein dummer Zufall ihn vielleicht schon in ein, zwei Tagen wieder an die Wasseroberfläche bringen kann. Seine Leiche darf nicht gefunden werden. Jedenfalls nicht, bevor die Flusskrebse und das andere Getier im Wasser ihr Werk an ihm verrichtet und ihn unkenntlich gemacht haben. Ich weiß, es klingt herzlos gegen die arme schwarze Heidenseele, aber so liegen die Dinge nun mal.«

»Sollten wir nicht besser auf Onkel Tomaso warten, um uns mit ihm zu bereden, bevor wir irgendetwas unternehmen?«, wandte Matteo ein.

»Nein, auf gar keinen Fall! Das würde uns unter Umständen Stunden kosten! Der Nebel, der von der Lagune in die Stadt treibt, ist für unser Vorhaben ein wahrer Segen. Den müssen wir nutzen. Wer weiß, wann Wind aufkommt und die Nebelbänke wieder davonjagt! Nein, wir müssen *jetzt* zur Tat schreiten, und zwar ohne jedes Zögern!«, beharrte Enrico. »Ich lasse Tomaso eine kurze Nachricht drüben unter der Lampe zurück, damit er gewarnt ist und bis zu unserer Rückkehr nichts Falsches tut! Und morgen werde ich mit großer Empörung in der Nachbarschaft verlauten lassen, dass sich mein Sklave Sahadi während der heiligen Christmesse aus dem Staub gemacht hat. Auch werde ich das der Obrigkeit melden und eine angemessene Kopfprämie auf sein Ergreifen aussetzen. Das wird dafür sorgen, dass erst gar kein Verdacht aufkommt, an seinem Verschwinden könne etwas faul sein.«

Matteo starrte auf den Toten hinunter. Eine Gänsehaut lief ihm über Rücken und Arme, als er daran dachte, dass er gleich mit Enrico und der Leiche auf die Lagune hinausrudern sollte, um die sterblichen Überreste des alten Afrikaners irgendwo dort draußen über Bord zu werfen. Plötzlich stutzte er. »Was ist das für eine Münze, die da in der Hand liegt?«, entfuhr es ihm unwillkürlich.

Enrico hatte von Anfang an einen großen Bogen um die abgetrennte Hand und die Blutlache gemacht, sich auf die andere Seite des Leichnams begeben und dort nahe an der Wand gehalten, auf der Sahadis Mörder seine Warnung hinterlassen hatte. Jetzt reckte er den Kopf. »In der Tat, der Mörder hat ihm doch wahrhaftig eine Münze in die Hand gelegt!« Er trat vorsichtig vor, bückte sich, nahm das Geldstück mit spitzen Fingern aus der Hand des Toten und trat hastig zurück, als fürchtete er, die Hand könnte lebendig werden und nach ihm greifen.

»Was ist das für eine Münze?«, wollte Matteo wissen. »Nach einem Soldo oder einem Florin sieht sie mir nicht aus.«

»Ja, seltsam! Das hier ist eine kleine arabische Münze, die *madin* genannt wird«, sagte Enrico mit gefurchter Stirn und drehte die Münze mehrmals hin und her. Dann zuckte er mit den Achseln und steckte die Kupfermünze ein. »Weiß der Teufel, was der verdammte Pockennarbige oder sein gedungener Mörder damit bezweckt! Damit können wir uns jetzt nicht aufhalten. An die Arbeit! Ich besorge Seile und alte Säcke, in die wir Sahadi wickeln können. Du schaffst indessen schon mal ein halbes Dutzend Bündel Dachziegel ins Boot. Wir brauchen sie später zum Beschweren der Leiche, damit sie sofort untergeht und auch unter Wasser bleibt! Um das Blut und die Kritzelei an der Wand kümmern wir uns später. Das kann warten. Erst muss der Tote aus dem Haus!«

Wenig später lagen ausreichend Stricke und Ziegelbündel in dem plumpen Ruderboot auf der Rückseite des Hauses. Nun kam Enrico mit den Jutesäcken und einer gut zehn Schritte langen Leine. Mittlerweile brannte eine helle Öllampe in der Halle, die sie auf die Truhe neben dem Treppenaufgang gestellt hatten.

»Sehen wir zu, dass wir diesen unangenehmen Teil der Arbeit so schnell wie möglich hinter uns bringen! Mir ist auch nicht wohl dabei«, sagte Enrico, warf Matteo einen der Säcke zu und nahm selbst am Kopfende seines toten Dieners Aufstellung. »Du schiebst die Beine in deinen Sack, ich nehme mir Kopf und Brust vor. Den dritten Sack habe ich schon aufgeschnitten und den wickeln wir ihm um die Leibesmitte. Das wird wohl reichen.«

Matteo musste all seine Willenskraft und Überwindung aufbringen, um Enricos Aufforderung Folge zu leisten. Als er dann mit einem ekelhaft flauen Gefühl im Magen und einem entsetzlichen Würgen in der Kehle zu Füßen des Toten kniete, zögerte er immer noch, dessen Beine zu berühren, um sie anzuheben und dann den Sack darüber zu stülpen. Und während er dort wie erstarrt kniete, den Blick auf den Toten vermied und stoßhaft atmete, bemerkte er mehrere grüngraue Nussschalen vor ihm auf dem Boden, keine größer als der Nagel seines kleinen Fingers. Nussschalen? Er wusste mit Sicherheit, dass es im Haus seines Onkels keine Nüsse gab, vertrug er sie doch nicht. Nüsse jeder Art lösten bei ihm augenblicklich Schwellungen in der Kehle und damit Anfälle von Atemnot aus. Aber diese Schalen dort stammten eindeutig von Nüssen. Von Pistazien, nahm er an. Oder handelte es sich . . .

Im nächsten Moment schreckte Enricos Stimme ihn aus seinen Gedanken auf. »Na los, Matteo! Worauf wartest du? Angepackt! Jetzt bloß kein kleinmütiges Zögern und Zaudern, mein Bester! Bringen wir es hinter uns! Das Kreuz wohl gefasst, ist halb getragen!«

Matteo gab sich einen Ruck und fasste zu.

14

Um ein Haar wäre Matteo auf den vermoosten, glitschigen Steinen der dreistufigen Treppe ausgerutscht und in die stinkenden Fluten des Kanals gestürzt, als er die Bootsleine vom rostigen Eisenring an der Mauer band. Enrico saß schon auf der Ruderbank und beugte sich gerade vor, um die schimmelfleckige Segeltuchplane über den notdürftig in Säcke gewickelten Leichnam zu zerren, als Matteo den festen Halt unter den Füßen verlor, rückwärts taumelte und sich instinktiv an der Leine festhielt. Die Leine straffte sich, zog den Bug mit einem Ruck höher aus dem Wasser und versetzte das Ruderboot in heftige Bewegungen.

»Bist du noch ganz bei Sinnen?«, zischte Enrico erschrocken und rappelte sich im Boot auf. Er hatte bei dem unerwarteten Ruck das Gleichgewicht verloren und wäre beinahe über Bord gegangen. »Willst du uns ins Unglück stürzen?«

»Stellt diese Frage besser, wenn Ihr vor einem Spiegel steht!«, zischte Matteo grimmig zurück und schleuderte ihm die Leine zu. »Was kann ich dafür, dass ich auf den glitschigen Steinen fast ausgerutscht wäre? Eine Lampe habt Ihr ja nicht erlaubt!«

»Man darf dem Unglück keinen Boten schicken . . .«

». . . und man muss mit den Ochsen pflügen, die man hat!«, fiel Matteo ihm ins Wort, während er nun vorsichtig zu ihm ins Ruderboot stieg. »Ja, ich kenne Eure Sprüche langsam auswendig! Aber damit könnt Ihr mich nicht mehr beeindrucken.«

Worauf Enrico sofort schlagfertig und bissig erwiderte: »Wer ein Ding mit Dünkel anfängt, dem geht's mit Reue aus!« Er senkte seine Stimme noch mehr, als er energisch fortfuhr: »So, und jetzt genug der unnützen Rede. Es geht hier nicht nur um meinen, sondern auch um deinen Hals, vergiss das nicht! Also setz dich zu mir und greif zum Ruderblatt. Aber gib bloß Acht, dass du jedes laute Plätschern vermeidest und mit dem Ruderblatt nicht gegen die Mauern schrappst, wenn ein Kanal eng wird. Dann drück das Ruder tiefer ins Wasser.«

Matteo verkniff sich eine gereizte Antwort, nahm seinen Sitz auf der harten Bank ein und griff zum Ruder. Es erschien ihm mehr denn je wie ein grässlicher, beklemmender Alptraum, dass Sahadi tot vor ihren Füßen lag und er nun Enrico dabei half, die Leiche irgendwo heimlich in der Lagune zu versenken. In was hatte er sich da bloß hineinziehen lassen? Ein feuchter, kalter Windhauch fuhr ihm wie der frostige Atem eines Wesens aus dem Reich der Untoten ins Gesicht, als Enrico das Boot von der Mauer abstieß, und ließ ihn bis auf die Knochen frösteln.

Enrico nickte ihm zu und sie begannen zu rudern. Über dem tintenschwarzen, faulig riechenden Wasser trieben Nebelschleier und kaum ein Licht drang aus den Häusern, die den schmalen Wasserweg zu beiden Seiten einfassten. Die meisten Bewohner waren längst zu Bett gegangen. Und wo in einer Küchenstube oder einer Schlafkammer doch noch ein Licht brannte, da ließen die zugesperrten Schlagläden kaum einen schwachen Schein in die Nacht entweichen.

Matteo war es, als rückten die Wände des dunklen Kanalschachtes bedrohlich nah zusammen, als sie eine rechtwinklige Biegung mit größter Vorsicht passiert hatten und sich weiter in nördlicher Richtung von der Calle del Forno entfernten. Sie kamen mit ihren Rudern den Wänden bedrohlich nahe. Auch machte er sich Sorgen, weil die Ruderklampen in seinen Ohren so verräterisch laut knarrten. Und dort, wo vor einer Rückfront ein ähnlich plumper Kahn wie ihrer vertäut lag, mussten sie auf den Einsatz der Ruder ganz verzichten und sich an dem fremden Gefährt entlangziehen, bis sie die Engstelle passiert hatten.

»Wie oft habe ich Tomaso gepredigt, dass wir uns eine eigene Gondel zulegen sollten«, murmelte Enrico. »Das und nicht so ein schwerfälliges, breites Ruderboot ist das richtige Gefährt für Venedigs Wasserstraßen!«

»Habt Ihr vergessen, wie sündhaft teuer so eine Gondel ist? Die kann sich doch nur jemand mit gut gefüllter Geldbörse leisten, wie Ihr selbst mir mal erzählt habt!«, raunte Matteo zurück.

Die nur eine Handbreit im Wasser liegenden, flachkieligen Gondeln der Lagunenstadt waren kleine Meisterwerke der

Bootsbaukunst und hatten ihren entsprechenden Preis. Sie erhielten ihre einheitlich tiefschwarze Farbe, die der Senat in seinem Antiluxus-Gesetz von 1562 vorgeschrieben hatte, durch das Auftragen von sieben Schichten Lack. Und die Fertigung der *forcola* am Heck, der handgeschnitzten Halterung aus teurem Walnussholz für das Ruder mit seinem gerillten Ruderblatt, das zugleich auch als Steuer diente, erforderte ebenfalls meisterliches Können. Sie ermöglichte bei fachgerechter Herstellung nämlich acht verschiedene Positionen, mit denen das Ruderblatt durch das Wasser geführt wurde. Und das machte die außerordentliche Wendigkeit der Gondeln aus.

»Es gibt sie auch zu erschwinglichen Preisen, wenn man mit einer älteren Gondel zufrieden ist«, brummte Enrico. »Gottlob sind wir gleich im breiten Rio di San Francesco. Und dann ist es nicht mehr weit bis zum Rio di Santa Giustina und von dort aufs offene Wasser!«

Matteo atmtete auf, als der schmale, finstere Seitenkanal sie endlich freigab und sie in den breiten Rio di San Francesco kamen. Aber auch hier hieß es, in höchstem Maße wachsam zu sein. Die größte Gefahr ging von den Herren der Nacht und ihren Zuträgern aus, die durch die Gassen und über die Kais entlang der Kanäle schlichen. Man musste überall mit ihrem plötzlichen Auftauchen rechnen. Und wenn ihre scharfen, argwöhnischen Augen zwei Männer in einem Ruderboot entdeckten, die zudem noch ohne eine Bootslampe unterwegs waren, konnte das schnell ihr Misstrauen erregen.

Zum Glück hatten sie den Schutz des Nebels auf ihrer Seite. Aber er war doch nicht so dicht, als dass sie sich völlig sicher hätten wähnen können. Aus diesem Grund hielten sie sich auf der dunkelsten Seite des Kanals, wo die nächtlichen Schlagschatten am tiefsten waren.

Gerade näherten sie sich der Brücke, die sich kurz vor der Einmündung in den Rio di Santa Giustina über den Kanal spannte, als vom rechten Kaiufer Schritte, das Knirschen von Sand und kleinen Steinen unter Stiefelsohlen sowie gedämpfte Stimmen zu ihnen drangen.

»Ruder rein, aber leise! Und dann runter mit dir! Flach ins Boot!«, befahl Enrico im Flüsterton und zog sein Ruder ein.

Matteo überlegte nicht lange, sondern folgte der Anweisung. Im nächsten Moment lag er auch schon mit angehaltenem Atem und wild jagendem Herz zwischen der Leiche und der Bordwand. Von seinem eingelegten Ruderblatt tropfte das Wasser herab und ihm auf den Kopf. Kalt rann es ihm in den Nacken und dann den Hals hinunter.

Das Ruderboot glitt indessen, noch vom Schwung der letzten Ruderschläge getragen, am Kanalrand entlang und unter den hohen Rundbogen der hölzernen Brücke. Schnell richtete sich Enrico auf, griff nach einer der Verstrebungen, hielt sich daran fest und nahm damit den letzten Rest Fahrt aus dem Ruderboot.

Nur wenige Augenblicke später erklangen auf den schweren Bohlen über ihren Köpfen die eiligen Stiefelschritte von zwei Männern. Doch statt sich so schnell wieder zu entfernen, wie sie gekommen waren, erstarb das Geräusch über ihnen, noch bevor die beiden Männer die Mitte der Brücke erreicht hatten.

Matteo zuckte unwillkürlich zusammen und starrte mit vor Angst weit aufgerissenen Augen zu Enrico hoch. Denn in ebendiesem Moment war ihm der erschreckende Gedanke durch den Kopf gefahren, dass ihm nicht nur die Befragung auf der Folter drohte, sondern dass er ganz sicher sein Leben verwirkt hatte, wenn man sie mit der Leiche im Boot erwischte. Man würde ihren Worten über das, was sich wirklich zugetragen hatte, keinen Glauben schenken und sie des Mordes an dem schwarzen Sklaven für schuldig befinden. Und dann würde man sie zwischen den Granitsäulen der Piazzetta zur öffentlichen Hinrichtung führen!

Matteo verfluchte sich für seine Dummheit, dass er sich von Enrico hatte beschwatzen lassen. Er hätte nicht ins Boot steigen dürfen! Warum nur hatte er sich nicht standhaft geweigert? Enrico wäre letztlich doch gar keine andere Wahl geblieben, als allein mit der Leiche loszurudern. Aber statt Stärke zu beweisen und einen klaren Kopf zu bewahren, hatte er sich wie ein Tölpel benommen und nachgegeben.

Enrico stand aufrecht im Boot, hielt sich mit einer Hand an der Balkenverstrebung fest und presste unnötigerweise den Zeigefinger der anderen Hand auf seinen Mund, als wüsste Matteo nicht, dass er sich still verhalten sollte.

Die Stimmen der beiden Männer drangen zu ihnen unter die Wölbung der Brücke, aber worum es bei ihrem Wortwechsel ging, darüber konnten sie nur spekulieren. Die Satzfetzen, die ihr Ohr erreichten, ähnelten flüchtig milchigen Schleiern, die sich aus einer dichten Nebelwand gelöst hatten.

». . . und wo?«

». . . drüben auf . . . Rio, kurz vor . . .«

». . . aber nichts . . . du denn . . .?«

»Nein, jetzt . . .«

Das Gespräch verstummte kurz. Einer der Männer zog lauthals die Nase hoch und spuckte von der Brücke ins Wasser. Dann setzte das undeutliche Gemurmel über ihren Köpfen wieder ein.

». . . ruhig . . . getäuscht . . . Silvio.«

»Ja . . . wohl so . . .«

Erneut folgte ein Augenblick der Stille.

». . . weiter . . . Runde machen . . . verdammte feuchte Kälte . . . allmählich . . . besser irgendeine Taverne . . .«

». . . recht sein, Carlo . . .«

Und dann setzten sich die beiden Männer endlich wieder in Bewegung. Zügig überquerten sie die Brücke. Augenblicke später verklangen ihre Schritte in einer Gasse am linksseitigen Ufer.

»Sie sind weg«, flüsterte Enrico. Er gab einen unterdrückten Seufzer der Erleichterung von sich, ließ den Balken los und sackte zurück auf die Ruderbank, wo er sich den Angstschweiß von der Stirn wischte. »Die Luft ist rein. Aber das war knapp.«

Vorsichtig richtete sich Matteo auf und schob sich zu ihm zurück auf die Bank. Das wilde Jagen seines Herzens ließ langsam nach, wie sich auch die starke Anspannung löste, die ihn gefangen gehalten hatte.

»Das waren zwei von ihnen, nicht wahr?«, flüsterte er, ohne sie beim Namen zu nennen. Es verstand sich von selbst, wen er damit meinte.

»Wer weiß«, antwortete Enrico ausweichend. »Möglich ist alles. Ich wollte nur auf Nummer Sicher gehen.«

»Und ob sie es waren!«, zischte Matteo, zitternd vor Wut und Schreck, weil sie um ein Haar zwei Agenten der Herren der Nacht auf sich aufmerksam gemacht hätten. »Und wenn sie uns entdeckt hätten, wären wir jetzt schon auf dem Weg . . .«

»Nun beruhige dich mal wieder«, fiel Enrico ihm ins Wort und mit der für ihn so typischen Unbekümmertheit fuhr er fort: »Es kann ebenso gut auch ein Gaunerpaar gewesen sein. Und es ist ja nichts passiert, oder? Also was soll das unsinnige Wenn und Aber? Wenn der Teufel krank ist, will er Mönch werden! Aber der Teufel ist putzmunter. So, und jetzt greif wieder zum Ruder! Wir müssen weiter!«

Matteo warf ihm ein Schimpfwort an den Kopf, aber dennoch griff er wieder zum Ruder.

Sie wagten sich aus dem pechschwarzen Schatten der Brücke und bogen Augenblicke später nach rechts in den noch breiteren Rio di Santa Giustina ein. Sie durchlitten noch einige angstvolle Minuten, während sie den nur teilweise nebelverhangenen Kanal hochruderten. Dann endlich hatten sie sein Ende erreicht und glitten hinaus in das offene Wasser der Lagune.

15

So, damit ist die größte Gefahr gebannt! Jetzt ist nur noch reine Muskelkraft gefragt!«, versicherte Enrico, als die Häuser und Warenspeicher am Kai schnell hinter ihnen zurückfielen. Er lenkte den Bug des Bootes in nordöstliche Richtung und wies Matteo an das Ruder nun kräftig durchzuziehen. Zwischen den einzelnen Nebelfeldern zu ihrer Linken tanzten zahlreiche kleine Lichter über dem dunklen Wasser.

»Was ist das?«, flüsterte Matteo mit angespannter Stimme.

»Nichts, was dich beunruhigen müsste«, antwortete Enrico leise. »Das sind nur die Grablichter, die Angehörige zu Ehren ihrer Verstorbenen da drüben auf der Friedhofsinsel San Michele angezündet haben. Und dahinter liegt die Insel Murano, wo all das feine venezianische Glas herkommt.«

»Und wo genau wollt Ihr Sahadi . . .« Matteo stockte kurz, weil ihm das Wort »versenken«, das ihm auf der Zunge lag, reichlich herzlos erschien. »Wo . . . äh, wollt Ihr seinen Leichnam der See übergeben?«

»Die Lagune ist hier noch zu flach für . . . für unser Vorhaben. Und da wir im Augenblick Flut haben, könnte es passieren, dass wir eine seichte Stelle erwischen, und dann taucht der Leichnam bei der nächsten Ebbe schon wieder auf«, sorgte sich Enrico und korrigierte ihren Kurs, indem er rasch einen Zwischenschlag einfügte. »Wir müssen in tiefes und zugleich doch möglichst selten befahrenes Gewässer, wenn wir sichergehen wollen, dass Sahadis Tod für uns nicht zum Strick wird. Und dieses tiefe, jedoch von Fischern und anderen Bootsleuten gemiedene Gewässer finden wir nur auf der anderen Seite.«

»Von welcher anderen Seite sprecht Ihr? Der von San Michele oder der von Murano?«

»Weder noch. Ich rede von der anderen Seite Venedigs!«

»Was?«, entfuhr es Matteo und er hielt unwillkürlich im Rudern inne. »Wollt Ihr damit sagen, dass Ihr auf die andere Seite von Venedig wollt und wir ganz um das Ostende der Stadt herumrudern müssen?«

»Ja, so ist es. Wir müssen um den Schwanz des Fisches in einem hübschen Bogen herum und dann Kurs auf die tiefen Gewässer zwischen den Inseln Santa Maria della Grazia und San Servolo nehmen«, teilte ihm Enrico mit.

»Das kann nicht Euer Ernst sein!«, stieß Matteo erschrocken hervor. »Habt Ihr mir nicht selbst erklärt, dass das eine verbotene Gegend ist, wo die Inquisition nachts heimlich Spione und andere Feinde der Republik hinrichtet und verschwinden lässt?«

»So ist es, zwischen den Inseln da drüben liegen die namenlosen Gräber der Inquisition«, bestätigte Enrico. »Gerade deshalb ist Sahadis Leiche dort ja auch am besten aufgehoben.«

Matteo erwiderte, dass sie sich doch nur in noch größere Gefahr brachten, wenn sie sich in dieses verbotene Gebiet wagten. Doch Enrico ließ sich nicht beirren. Die Wahrscheinlichkeit, dort ausgerechnet in dieser Nacht auf ein Boot der Inquisition zu stoßen, sei äußerst gering. Zudem sei der Nebel auf ihrer Seite und böte ihnen Schutz vor Entdeckung.

Matteo zögerte, ob er sich darauf einlassen sollte.

»Nun greif schon wieder zum Ruder, Matteo!«, drängte Enrico, doch mit einschmeichelndem Tonfall. »Wenn wir uns jetzt ordentlich ins Zeug legen, haben wir die Sache schon bald hinter uns gebracht. Und dann können wir uns vor bösen Überraschungen wirklich sicher fühlen. Ich denke, das ist eine Stunde Muskelschweiß und etwas Bangen allemal wert.«

»Etwas Bangen? Heidenangst ist das richtige Wort! Ihr seid ein gottverdammter Spieler – sogar jetzt könnt Ihr davon nicht lassen!«, stieß Matteo hervor, gab jedoch seinen Widerstand gegen Enricos Plan auf und griff wieder zum Ruder.

Er hatte keine Mühe, mit Enrico mitzuhalten. Seine Muskeln waren nicht erst von der harten Arbeit im Arsenal gestählt worden, körperliche Ausdauer hatte er schon vorher besessen und sie kam ihm in dieser nebeldurchtränkten Nacht sehr zustatten. Es war ein langer, Kraft raubender Weg, in einem weiten Bogen um den Schwanz des Fisches zu rudern und auf die Südseite der Lagunenstadt zu gelangen.

Eine ganze Weile ruderten sie, ohne ein Wort zu wechseln. Das Wasser rauschte mit gelegentlichem leisem Gurgeln und Glucksen an der Bootswand vorbei, die Ruder knarzten in den Klampen und ihr Atem folgte dem Rhythmus der kraftvollen Ruderschläge. Die Stadt zu ihrer Rechten war nicht mehr als eine Ahnung, nicht allein wegen der Nebelfelder, die sich vom Lido her heranschoben, sondern auch weil sie einen großen Abstand sowohl zu den Bacini di Carenaggio hielten als auch zu den Inseln San Pietro und Sant'Elena, die das östliche Ende Venedigs bildeten, sozusagen die Heckflosse im Bild des Fischschwanzes. Von dort drang ganz selten einmal ein Geräusch zu ihnen auf die Lagune hinaus.

Matteo hatte längst das Gefühl für die Zeit verloren und die Anstrengung machte sich mit ersten Muskelschmerzen bemerkbar. Dass sie sich mittlerweile schon im Südosten von Venedig befanden, daran hegte er nicht den geringsten Zweifel. Aber wie weit es noch bis zu dem verbotenen Gebiet war, vermochte er nicht zu sagen. Und er hoffte inständig, dass Enrico auch wirklich wusste, welchen Kurs er steuerte. Man musste mit diesen Gewässern wohl schon von Kindesbeinen an vertraut sein, um sich in solch einer nebelreichen Nacht auf der Lagune zurechtzufinden!

Als sie wieder einmal aus einem größeren Nebelfeld herauskamen, kratzte plötzlich etwas auf Matteos Seite an der Bootswand entlang. »Wartet! Hier ist was!«, rief er gedämpft und brach damit ihr langes Schweigen.

Enrico lachte leise auf. »Keine Sorge, das ist nur Schilf. Wir sind richtig«, beruhigte er ihn und erklärte, dass sie nur ganz unwesentlich vom Kurs abgekommen und an den Rand eines breiten Schilfgürtels geraten waren, der eine kleine, unbewohnte Insel umgab. »Jetzt ist es nicht mehr weit. Es ist gleich da drüben. Gönnen wir uns also eine kleine Atempause und bereiten wir alles vor, um Sahadi gleich ... der See zu übergeben.«

Gerade hatten sie damit begonnen, die gebündelten Packen Ziegel an die verschnürte Leiche des alten Dieners zu binden, als Enrico plötzlich wie unter einem unsichtbaren Schlag zusammenfuhr und eine erstickte Verwünschung von sich gab.

Alarmiert hob Matteo den Kopf. »Was habt Ihr?«

»Da drüben! ... Ein Boot!«, raunte Enrico. »Ein Fischerboot ist es ganz sicher nicht! ... Kein Fischer hat vier Ruderer an Bord!«

Mit eisigem Erschrecken bemerkte nun auch Matteo die Silhouette des fremden Bootes, das wie ein Spuk zu ihrer Linken aus dem Nebel aufgetaucht war. Seine Größe betrug gut und gern das Sechsfache ihres plumpen Kahns. Es ragte auch viel höher aus dem Wasser auf und verfügte sogar über einen

Mast. Doch das Segel war nicht gesetzt, sondern vier Ruderer trieben das Boot an. In einer Entfernung von vielleicht hundert Schritten glitt es lautlos durch die Nebelschleier. Lichter hatte es keine gesetzt. Es kam aus der Richtung, in der die Inseln Santa Maria della Grazia und San Servolo liegen mussten, und hielt auf Venedig zu.

»Wir müssen tiefer in das Schilf, bevor sie uns entdecken! Wer weiß, wer da an Bord ist!«, flüsterte Enrico ihm mit angespannter Stimme zu. »Los, schnell! . . . Halt das Ruder aber ganz flach und zieh langsam mit mir durch! Bloß keine schnellen, hektischen Bewegungen! . . . Und mach dich so klein, wie es nur geht!«

Matteo zitterten die Hände und das Herz schien ihm in die Kehle gerutscht zu sein, als er wieder zu seinem Ruder griff und sich weit nach hinten lehnte, um mit seinem Oberkörper so wenig über den Bootsrand hinauszuragen wie nur eben möglich. Und während sein angsterfüllter Blick starr auf das fremde Gefährt gerichtet blieb, als stünde er unter einem Bann, glitt ihr Ruderboot ganz langsam tiefer in den Schilfgürtel. Viel hatte der Winter von den hohen Gewächsen nicht übrig gelassen, aber mit ein wenig Glück musste es reichen, um sich bei Nacht und Nebel darin verbergen zu können.

Ufersand knirschte unter dem Rumpf.

»Halt!«, befahl Enrico leise. »Jetzt vorsichtig das Ruder einziehen! Und bleib bloß unten! Besser ein feiger, aber lebendiger Hund als ein mutiger, aber toter Löwe!«

Matteo rutschte von der Bank und kroch in die freie Höhlung am Bug. Allein schon die Vorstellung, die Männer dort auf dem fremden Boot könnten zur allmächtigen Inquisition von San Marco gehören und sich auf der Rückfahrt von einer geheimen Hinrichtung befinden, jagte ihm einen Schauer nach dem anderen durch den Körper. Er wagte kaum zu atmen und ließ das Boot keine Sekunde aus den Augen. Warum nur machte es so wenig Fahrt? Täuschte er sich oder hatte es soeben seinen Kurs geändert?

Nein, er hatte sich nicht getäuscht! Der Bug schwenkte langsam herum und die schwarze Silhouette hielt nun direkt auf sie zu. Die Ruderblätter griffen plötzlich auch wieder schneller in die schwarzen Fluten. Und der hochgereckte, scharfe Bug teilte ein tief über dem Wasser treibendes, schmales Nebelband wie ein Richtschwert. Augenblicklich brach Matteo der Angstschweiß aus allen Poren. Man hatte sie bemerkt!

»Heilige Muttergottes!«, stieß er entsetzt hervor. »Sie haben uns entdeckt! Jetzt ist es passiert! Das ist das Ende!«

»Warte!«, kam es gepresst von Enrico.

»Worauf? . . . Auf ein Wunder?«

»Noch ist nichts verloren! Sie können uns gar nicht entdeckt haben! Unmöglich!«

»Wieso? Wir haben sie doch auch gesehen!«

»So ein großer Kahn ist auch nicht zu übersehen, nicht mal bei dem Nebel. Unser kleines Ruderboot im Schilf ist dagegen nur ein Schatten unter vielen.«

»Und weshalb haben sie dann ihren Kurs geändert und halten nun genau auf uns zu?«, fragte Matteo verzweifelt und überlegte, ob er aus dem Boot springen und sich davonschleichen sollte. Er wusste zwar nicht, wie groß die Insel war, zu der der Schilfgürtel gehörte, und er wusste auch nicht, wie er sich von hier aus in Sicherheit bringen sollte. Aber immerhin konnte er schwimmen und es war zumindest eine Chance, so gering sie auch sein mochte.

»Behalte bloß die Nerven, Matteo!«, beschwor Enrico ihn im selben Augenblick, als er sich schon über die Bootskante schwingen wollte. Und als ahnte er, was er vorhatte, packte er Matteo mit festem Griff am Bein. »Sieh doch mal genau hin!

Sie halten gar nicht direkt auf uns zu, sondern wollen an der großen Nebelbank, die vor ihnen lag, vorbei und jetzt als Ausweichmanöver in die sichere Fahrrinne, die hier rechts an der Insel vorbeiführt! Ich habe es doch gewusst! Es war nichts weiter als eine Kurskorrektur. Niemand hat uns entdeckt! Wir sind hier so sicher wie in Abrahams Schoß, mein Bester.« Er gab ein leises Lachen von sich, das etwas großmäulig Triumphierendes an sich hatte.

Aber Matteo reagierte nicht darauf. In den quälend langen Sekunden zwischen jäh erwachter Hoffnung und dem Moment der Gewissheit war er zu keiner Erwiderung fähig. Sein Körper fühlte sich wie ein zum Zerreißen gespanntes Tau an. Gebannt starrte er über den Bootsrand hinweg und verfolgte den Kurs des fremden Gefährtes. Es war ihnen in der Zwischenzeit so nahe gekommen, dass er die vagen Umrisse mehrerer Gestalten an Deck ausmachen konnte. Zwei Männer, die neben dem Mast mit dem eingerollten Segel standen und Hüte trugen. Die Köpfe der beiden Ruderer an Steuerbord. Die schwarze, kantige Silhouette eines besonders kräftigen Mannes am Heck, der die Ruderpinne bediente.

Nicht mehr als einen Steinwurf von ihrem Versteck im Schilf entfernt, glitt das Boot unter gleichmäßigen Ruderschlägen an der unbewohnten Insel vorbei und löste sich wenige Augenblicke später im wabernden Nebeldunst auf, als hätte es nur in ihrer angsterfüllten Phantasie exisitiert.

Matteo überwältigte das Gefühl der Erlösung wie ein Schwindelanfall. Ihm war, als hätte ihn von einer Sekunde auf die andere alle Kraft verlassen. Sie waren davongekommen! Er konnte ihr Glück kaum fassen.

»Ich denke, diese Situation haben wir blendend gemeistert. Nicht ganz ausgeschlossen, dass sie einen unangenehmen Verlauf hätte nehmen können. Also dann, sehen wir zu, dass wir auch die letzte Etappe hinter uns bringen!«, raunte Enrico fast beschwingt und schlug ihm auf die Schulter, als hätten sie beide nicht eben noch um ihr Leben gebangt.

Matteo richtete sich auf. »Ich war nie Euer Freund und nach dieser Nacht werde ich es erst recht nicht sein!«, herrschte er ihn an und setzte sich wieder zu ihm auf die Ruderbank.

»Warten wir es ab. Oft beißt der Zahn die Zunge, und doch bleiben sie gute Nachbarn«, erwiderte Enrico heiter, griff zu seinem Ruder und stieß das Boot zurück in tieferes Wasser.

Keine zehn Minuten später erreichten sie endlich die Stelle, die laut Enrico mitten in jenem verbotenen Gewässer lag, wo sich die Inquisition vieler ihrer geheimen Opfer entledigte und das nun auch Sahadi zum nassen Grab werden sollte.

»Nun komm, fass mit an!«, drängte Enrico.

Gemeinsam hievten sie den mit Ziegelbündeln beschwerten Leichnam über Bord und ließen ihn in den Fluten versinken, die so schwarz wirkten, als füllte nicht salziges Wasser, sondern flüssige Kohle die Lagune.

»Ihr wollt einfach so weg? Ohne zum Abschied auch nur ein einziges Wort über seinem Grab zu sprechen, obwohl er Euch jahrelang treu gedient und für Eure Sünden mit seinem Leben bezahlt hat?«, fragte Matteo empört, als Enrico sofort wieder seinen Platz einnahm und zum Ruder griff.

Enrico sah ihn verblüfft an, als wäre es ihm nie in den Sinn gekommen, dass einige Worte des Abschieds in dieser Situation mehr als angebracht waren. »Nun ja, er war ein Heide . . .«, sagte er schließlich mit einem hilflosen Achselzucken. »Was soll man also groß sagen?«

»In Gottes Himmelreich gibt es viele Wohnungen, so steht es in der Bibel! Und da werden wohl auch Wohnungen für Heiden sein! Verdammt noch mal, zeigt ein wenig Herz und lasst Euch etwas einfallen!«, forderte ihn Matteo auf. »Ihr seid doch sonst immer mit einem geistreichen Spruch schnell bei der Hand!«

Angestrengt und mit gefurchter Stirn, blickte Enrico aufs Wasser, als hoffte er von dort einen Hinweis zu erhalten. Dann sagte er mit erschreckender Nüchternheit: »Was gibt es schon groß zu sagen, wenn das Leben sein Ende gefunden hat? Schon in der Wiege liegt das Grab. Denn bei jeder Geburt wird auch gleich eine Leiche angesagt . . .«

»Hört auf! Das ist nicht nur herzlos, sondern auch geschmacklos. Und das hat der arme Sahadi nicht verdient!«, fiel Matteo ihm erbost ins Wort.

»Habe ich irgendetwas gesagt, was nicht stimmt? Das Leben ist fressen und gefressen werden. Und Leute wie wir hinterlassen nicht einmal ein Kräuseln auf der Oberfläche der Welt. Aber wenn du meinst, es besser zu können, bitte – nur zu!«, forderte ihn Enrico auf.

Matteo warf ihm einen flammenden Blick zu, in dem seine ganze Verachtung lag. Dann bekreuzigte er sich und sprach den 23. Psalm: *»Der Herr ist mein Hirte, mir wird nichts mangeln. Er lässt mich lagern auf grünen Auen und führt mich zum Ruheplatz am Wasser . . .«* Hier stockte er kurz, fuhr dann aber mit fester Stimme fort und brachte den Psalm ohne eine weitere Unterbrechung zum Ende. Er fügte noch ein Vaterunser und ein Ave-Maria an, in das Enrico sogar mit einstimmte, und fügte zum Abschluss die schlichte Bitte an: »Möge der Allmächtige barmherzig mit dir sein und deine Seele in den Himmel aufnehmen. Amen!« Er schlug das Kreuz und setzte sich wieder.

»Amen«, sagte auch Enrico und nickte ihm anerkennend zu. »Gut hast du das gemacht. Das beste Gebet ist immer das, worin man Gott am wenigsten vorschreibt. Also gebe Gott, dass wir nun rasch und ohne unangenehme Vorkommnisse zurück nach Venedig kommen!«

Das war auch Matteos innigster Wunsch – und er ging in Erfüllung. Zwar zehrte der Rückweg an ihren Kräften, weil sie gegen den Sog der einsetzenden Ebbe anrudern mussten, aber sie blieben vor weiteren bösen Überraschungen verschont.

Und während Matteo mit verbissenem Schweigen sein Ruder immer und immer wieder gleichzeitig mit Enrico durch das Wasser zog und die Schmerzen in seinen Handflächen und Oberarmen zu ignorieren versuchte, beschäftigten sich seine Gedanken weit mehr mit dem kaltschnäuzigen Mann an seiner Seite als mit dem ermordeten Diener. Enrico Benzotti gab ihm Rätsel auf, aber keine, die ihm auch nur ein Gran Vergnügen bereiteten. Und er fragte sich mit Bangen, ob wirklich keine weiteren unbekannten Gefahren auf ihn lauerten, wo nun die Leiche von Sahadi weit draußen auf dem schlammigen Grund der Lagune lag.

Denn was würde geschehen, falls es Enrico nicht gelang, seine erdrückenden Schulden bei dem skrupellosen Geldverleiher zu begleichen? Wer so einen kaltblütigen Mord begangen und sich nicht im Mindesten bemüht hatte, die Spuren seines Verbrechens zu beseitigen – musste man bei so einem Mann nicht damit rechnen, dass er seine Grausamkeit und Heimtücke noch ein weiteres Mal unter Beweis stellte?

16

So grau wie der schmutzige Kalk auf dem Mauerwerk war das Gesicht von Onkel Tomaso. Er schien in wenigen Stunden um Jahre gealtert zu sein. Mit einer Kanne Branntwein in der Hand saß er bei ihrer Rückkehr in der Vorhalle gegen jene Wand gelehnt, auf die der Mörder seine zweizeilige Warnung geschrieben hatte. Von ihr war nichts mehr zu sehen, wie auch die Blutlache auf dem Boden verschwunden war. Nur zwei große, feuchte Flecken verrieten jetzt noch, wo die Kohleschrift gestanden und wo sich die Blutlache befunden hatte. Tomaso hatte gründliche Arbeit geleistet und in der Halle alle Spuren des Verbrechens getilgt. Scheuerbürste und Putzlappen lagen noch neben dem hölzernen Putzeimer am Fuß der Treppe.

Ganz langsam erhob er sich und kam ihnen bis auf halbem Weg entgegen. Nicht ein Wort kam ihm über die Lippen. Aus blutunterlaufenen Augen starrte er Enrico an, der sich förmlich unter seinem Blick wegduckte und mit klammen Händen die Hintertür verriegelte.

Matteo rechnete fest damit, dass sein Onkel nun seiner angestauten Wut in einem Tobsuchtsanfall Luft machen und höchstwahrscheinlich auch noch mit seinen Fäusten auf Enrico losgehen würde. Jede Wette wäre er eingegangen, dass all die hässlichen Streitereien der Vergangenheit sich ausgesprochen harmlos gegen die Auseinandersetzung ausnehmen würden, die jeden Moment losbrechen würde. Ein Mord in Tomasos Haus und all die beängstigenden Folgen, die dieses Verbrechen für jeden Hausbewohner nach sich ziehen konnte, das musste den Onkel fast um den Verstand bringen – und ihn jegliche Rücksichtnahme und Beherrschung vergessen lassen.

Diese Wette hätte Matteo jedoch verloren. Denn nichts von dem, was er für unvermeidlich gehalten hatte, trat ein.

»Erzähl!«, forderte Tomaso seinen Schwager auf, kaum dass Enrico die Tür zum Kanal geschlossen und verriegelt hatte. Nur dieses eine Wort. Angespannt zwar, aber nicht einmal mit wuterfüllter Schärfe oder gar Verachtung.

Und Enrico begann mit gesenktem Blick und leiser, fast unterwürfiger Stimme zu erzählen, wie sie bei ihrer Rückkehr von der Messe Sahadi in der Eingangshalle ermordet und mit abgetrennter rechter Hand vorgefunden hatten und wie sie dann mit der Leiche auf die Lagune hinausgerudert waren, um sie in dem verbotenen Gewässer zwischen den Inseln Santa Maria della Grazia und San Servolo zu versenken.

Schweigend hörte Tomaso seinem Schwager zu. Er unterbrach ihn nicht einziges Mal. Und diese Schweigsamkeit beunruhigte nicht nur Matteo, sondern auch Enrico. Er wurde immer nervöser und fahriger. Sie hatten sich mittlerweile zum Aufwärmen in die Küche begeben und Enrico konnte nicht eine Minute lang bei ihnen am Tisch sitzen bleiben. Rastlos ging er beim Erzählen in der Küche auf und ab, legte Holz nach und füllte Matteos Becher mit heißem Gewürzwein auf, als könnte er mit seiner Fürsorge irgendetwas gutmachen.

Erst als Enrico seinen Bericht über die Ereignisse der Nacht beendet hatte, brach Tomaso sein beunruhigendes, eisernes Schweigen. Mit kurzen, knappen Fragen und scheinbar emotionslos erkundigte er sich nach den Einzelheiten, wie sie Sahadi vorgefunden hatten. Er wollte alles ganz genau wissen, um sich vor seinem geistigen Auge ein möglichst exaktes Bild von der grausigen Szene zu machen, von der er bei seinem Eintreffen im Haus nur noch das Blut und die Kohleschrift auf der Wand vorgefunden hatte.

»Und er hatte eine kleine arabische Münze in der abgetrennten Hand?«

Enrico nickte und reichte Tomaso das kleine kupferne Geldstück, das der Mörder in der Hand des Toten zurückgelassen hatte. »Eine Münze in der abgehackten Schwurhand! Das sollte wohl eine zusätzliche Erinnerung an meine Schulden sein und daran, was mir blüht, wenn ich nicht endlich zahle«, sagte er zerknirscht. »Wahrscheinlich hatte der Schweinehund nichts bei sich, was weniger wert war als dieser *madin.*«

Tomaso starrte einen langen Augenblick auf die Münze,

dann steckte er sie ein. »Seit wann stehst du überhaupt bei einem Geldverleiher in der Kreide?«, wollte er dann wissen. »Ich dachte, du hättest bei deinen Spielkumpanen Schulden?«

Enrico zuckte mit den Achseln. »Das mit dem Wucherer von Santa Croce hat sich vor ein paar Wochen bei einem zufälligen Zusammentreffen so ergeben. Und es klang ganz vernünftig, die Schulden alle bei einem Mann zu wissen. So konnte ich bei meinen Freunden reinen Tisch machen . . .«

». . . und gleich wieder neue Schulden bei ihnen anhäufen!«, fiel Tomaso ihm ins Wort und zum ersten Mal lag Schärfe in seiner Stimme.

»Na ja, wer kann schon aus seiner Haut . . .«, sagte Enrico verlegen und wich seinem Blick aus. Aber wie hätte ich denn auch nur ahnen können, dass so . . . so etwas Entsetzliches geschehen könnte?«

»Du hast gesagt, es handelt sich um einen Geldverleiher aus dem Bezirk Santa Croce?«

Enrico nickte, trat wieder zur Feuerstelle und griff zum Schürhaken. »Ja, ein feister Bursche mit einem pockennarbigen Gesicht, aber immer wie aus dem Ei gepellt. Kein Wunder, bei den unverschämten Zinsen, mit denen er einen stranguliert. Ich habe ja schon viele kennen gelernt, deren Gewissen so weit wie ein Franziskanerärmel war, aber gegen diesen verfluchten . . .«

»Sein Name!«, fuhr Tomaso ihn an.

»Er heißt Enzo Distefano, sie nennen ihn auch das Narbengesicht«, sagte Enrico und stocherte mit dem Eisenhaken hektisch und ohne jede Notwendigkeit in der Glut herum, dass die Funken stoben.

Tomaso entfuhr ein gequältes Aufstöhnen, als hätte der Name Enzo Distefano seine schlimmsten Befürchtungen bestätigt. Und Matteo sah, dass seinem Onkel, der gerade den Becher zum Mund führen wollte, die Hand so sehr zitterte, dass er das Gefäß wieder absetzen musste.

Überrascht fuhr Enrico herum. »Du kennst ihn?«

»Nicht persönlich, aber ich habe von ihm gehört. Er ... er soll wie eine Krake sein, der man nicht mehr entkommt, wenn man ihr erst einmal in die Fangarme geraten ist«, sagte Tomaso mit finsterer Miene.

»Ja, das Bild trifft es«, pflichtete Enrico ihm bei und sank erschöpft auf einen der harten Stühle.

»Wie viel schuldest du Distefano?«, wollte Tomaso wissen.

Enrico leckte sich nervös über die Lippen, schluckte einmal und sagte dann mit leiser Stimme: »Na ja, es ist schon ein ordentlicher Batzen, der da bei ihm aufgelaufen ist.«

»Wie viel habe ich gefragt!«, donnerte Tomaso und schlug mit der flachen Hand auf den Tisch, dass es krachte.

»Mit seinen verfluchten Wucherzinsen dürften es mittlerweile wohl an die hundertzwanzig neue Silberdukaten sein«, offenbarte Enrico nun kleinlaut.

Matteo blieb fast die Luft weg, als er diese für seine Maßstäbe gewaltige Summe hörte. Enrico hatte hundertzwanzig Silberdukaten Schulden? Sein Lohn als Zimmermannslehrling belief sich auf zehn Soldi pro Arbeitstag, was auf das ganze Jahr gerechnet gerade mal einundzwanzig Silberdukaten ergab. Und Enrico hatte sechs Mal so viel Schulden gemacht! Bei allen Heiligen und Märtyrern! So viel Geld auf einem Haufen konnte er sich noch nicht einmal vorstellen. Das war ja mehr als die einhundert Dukaten, die Enrico als gut bezahlter Schiffsbaumeister im Arsenal an Jahreslohn verdiente. Und all das hatte er am Spieltisch verloren?

Tomaso sagte nichts, schloss jedoch kurz die Augen, als könnte er damit vor der unbarmherzigen Wirklichkeit flüchten.

»Ich weiß, das ist eine Menge Geld«, begann Enrico und sprang schon wieder vom Stuhl auf, um zwischen Tisch und Feuerstelle auf und ab zu laufen. Dabei knetete er nervös seine Hände. »Ich wünschte, ich hätte nicht den Fehler begangen, mich auf den Wucherer einzulassen. Aber es ist eben nicht jeder ein Heiliger, der in die Kirche geht.« Er zuckte wie entschuldigend mit den Achseln.

»Genug davon! Wir wissen, was geschehen ist, warum es geschehen ist – und wer es heraufbeschworen hat! Du brauchst es nicht in immer neuen Variationen zu wiederholen! Also spar dir den Atem!«, unterbrach ihn Tomaso mit herrischer Gebärde. »Und setz dich gefälligst! Von deinem nervösen Hinundherlaufen wird mir sonst noch schwindelig!«

»Entschuldige«, murmelte Enrico, zog den Kopf ein und nahm wie ein geprügelter Hund wieder bei ihnen am Tisch Platz. »Ich weiß nur nicht, wie es jetzt weitergehen soll . . .«

»Aber ich!«, sagte Tomaso. Sein Gesicht trug einen müden, fast resignierenden Ausdruck, der sich auch in seiner Stimme wieder fand. »Im Gegensatz zu dir habe ich die letzten Jahre sparsam gelebt und einiges an Geld zurückgelegt. Ich werde morgen mit Distefano reden und mit ihm eine Übereinkunft treffen, was die Begleichung deiner Schulden betrifft.«

»Es beschämt mich, dass du das für mich zu tun bereit bist«, murmelte Enrico mit gesenktem Kopf. »Aber das kann ich nicht zulassen. Ich muss selbst damit fertig werden und sehen, wie ich mit dem narbengesichtigen Wucherer einig werde, und wenn mich seine Handlanger in Streifen schneiden. Ich muss mich dem stellen. Wer nichts im Beutel hat, muss mit seiner Haut bezahlen.« Er schnitt eine Grimasse. »Du und Matteo, ihr habt mir schon genug geholfen und mehr riskiert, als ich verantworten kann.«

Matteo fand, dass Enrico den Reumütigen und Beschämten

nicht allzu überzeugend spielte. Zumindest ihm war das kurze, erleichterte Aufleuchten in den Augen dieses selbstsüchtigen Spielers nicht entgangen, als Tomaso davon gesprochen hatte, für die hundertzwanzig Dukaten aufzukommen. Und wenn er Enrico nicht schon längst aus ganzer Seele verachtet hätte, wäre es spätestens jetzt geschehen, in diesem Augenblick verlogener Scham und vorgetäuschter Opferbereitschaft.

So sah es wohl auch sein Onkel Tomaso, denn der Blick, mit dem er Enrico bedachte, flammte förmlich vor maßloser Verachtung. »Ich tue es nicht, um deinen Hals zu retten, du verdammter Schwächling!«, zischte er. »Ginge es nur um dich, würde ich für dich und deine verfluchten Schulden nicht einen lausigen Soldo springen lassen. Aber Enzo Distefano macht leider keine Unterschiede zwischen dir und uns. Er will an sein Geld. Und wie der abscheuliche Mord an Sahadi bewiesen hat, nimmt er uns in schuldnerische Sippenhaft. Nur weil nun auch mein Hals und der von Matteo in Gefahr ist, werde ich dir aus deinem Schuldensumpf heraushelfen – damit das klar ist!«

Enrico biss sich auf die Lippen und schwieg.

»Ob es uns nun schmeckt oder nicht, wir müssen jetzt zusammenhalten«, fuhr Tomaso an Matteo gewandt fort. »Und wenn auch nur ein Wort über den Mord an Sahadi hier im Haus bekannt wird, werden wir es nicht länger nur mit Signor Enzo Distefano und seinen Leuten zu tun haben, sondern auch noch mit der Inquisition. Ich denke, das dürfte dir längst klar sein, nicht wahr?«

Matteo begnügte sich mit einem kurzen Nicken. Die Umstände sprachen deutlicher für sich, als es Worte vermocht hätten.

»Also gut, jeder weiß, was auf dem Spiel steht, wenn er sich nicht zusammenreißt und seinen Mund nicht halten kann«, sagte Tomaso und blickte von einem zum anderen, um die Bestätigung von ihren Gesichtern abzulesen. »Sahadi ist heute Nacht entlaufen, keiner weiß, wohin und warum. Ein Ärgernis, aber kein großer Verlust. Das ist alles, was wir wissen. Und morgen werde ich, wie schon gesagt, Enzo Distefano aufsuchen und deine Schulden begleichen.«

Enrico saß mit hängenden Schultern am Tisch und wagte nicht den Kopf zu heben. Er murmelte ein kaum verständliches »Danke, der Allmächtige möge es dir vergelten«.

»Aber eines verlange ich von dir!« Tomasos Stimme hatte eine unerbittliche Härte angenommen. »Du wirst diesen narbengesichtigen Geldverleiher aus Santa Croce von jetzt an meiden wie die Pest! Nicht ein Wort wirst du mehr mit ihm reden, geschweige denn dich mit ihm an einen Tisch setzen. Und dasselbe werde ich von ihm verlangen, wenn er sein Geld sehen will.«

»Nichts lieber als das«, versicherte Enrico. »Ich habe nicht vor mir noch einmal die Finger zu verbrennen.«

»Schwöre es bei allem, was dir heilig ist!«, verlangte Tomaso.

Enrico hob die Hand zum Schwur und beteuerte: »Du hast mein Ehrenwort, Tomaso! Ich schwöre es, bei der Seele meiner Schwester und meiner Eltern!«

Wortlos wandte Tomaso den Kopf ab, als könnte er Enricos Anblick nicht länger ertragen, und stand so abrupt auf, dass sein Stuhl umkippte und zu Boden polterte. Er beachtete den umgestürzten Stuhl überhaupt nicht, sondern nickte Matteo zu und gab ihm durch ein Handzeichen zu verstehen, dass er ihm folgen sollte.

»Ich weiß, was du heute auf dich genommen und riskiert hast. Du hast dich mehr als tapfer geschlagen, Matteo. Respekt, Respekt!«, sagte Tomaso zu ihm, als sie gemeinsam die

Treppe nach oben stiegen, und legte ihm vertraulich seinen Arm um die Schulter. Etwas, was er in all den Monaten, die er schon unter seinem Dach lebte, noch nicht ein einziges Mal getan hatte.

»Was blieb mir denn anders übrig?«, erwiderte Matteo nicht ohne Stolz, aber auch mit einem Anflug von Verlegenheit und innerem Vorbehalt, wusste er doch nicht, was er von dieser Geste vertraulicher Nähe halten sollte.

Und tatsächlich ließ Tomaso seinem Lob augenblicklich eine zurechtstutzende Ermahnung folgen. »Aber du tust gut daran, dir das mutig bestandene Abenteuer mit Enrico nicht zu Kopf steigen zu lassen! Ihr habt mehr Glück als Verstand gehabt. Was jetzt kommt, ist genauso wichtig wie Sahadis Leiche verschwinden zu lassen. Ich werde mich um Distefano kümmern und Enrico wird ein für alle Mal die Finger vom Glücksspiel lassen, wenn er nicht will, dass ich ihm eigenhändig den verdammten Hals umdrehe! Aber auch du hast deinen Teil zu leisten, wenn dir dein Leben lieb ist!« Er machte eine kurze Pause, um seinen Worten Nachdruck zu verleihen. »Und zwar hast du absolutes Stillschweigen zu halten und nichts zu tun, was Misstrauen und gefährliche Fragen wecken könnte. Ob im Arsenal oder hier im Haus, alles muss seinen gewohnten, normalen Gang gehen, damit niemand Verdacht schöpft. Hast du mich verstanden?«

»Ja, ich habe sehr gut verstanden, Onkel«, antwortete Matteo reserviert. »Oder glaubt Ihr vielleicht, ich könnte nicht zwei und zwei zusammenzählen und wüsste nicht, für wen hier was auf dem Spiel steht?« Ein Skandal, auch wenn er die Inquisition nicht auf den Plan rief, würde seinen Onkel endgültig jeglicher Chancen berauben, dem Salzhändler seine Tochter Lucrezia abzuschwatzen.

Tomaso runzelte die Stirn und machte ein Gesicht, als wollte er ihm im nächsten Moment einen scharfen Tadel erteilen. Dann jedoch besann er sich eines anderen und ließ ein scheinbar belustigtes Auflachen vernehmen, das in Matteos Ohren jedoch sehr gezwungen klang.

»Gut, wir verstehen uns«, sagte er und klopfte ihm dabei wie ein verschworener Freund auf die Schulter. »Wie gesagt, wir sitzen alle in einem Boot, das solltest du nie aus dem Auge verlieren. Und nun geh zu Bett. Es bleiben nur noch ein paar Stunden, bis der neue Tag anbricht. Also schlaf gut!«

»Mit Sicherheit, was sollte mich auch daran hindern? Ist doch ein reines Gewissen das beste Ruhekissen, nicht wahr?«, antwortete Matteo sarkastisch, ließ ihn auf der Treppe stehen und stieg zu seiner kalten Dachkammer hoch.

Natürlich war an Schlaf überhaupt nicht zu denken, auch wenn er sich noch so erschöpft und müde fühlte. Er tastete über die zierlichen, geschnitzten Perlen von Fionas Kette, flüsterte wie beschwörend ihren Namen und versuchte seine Gedanken zurück nach *Rosario* zu zwingen. Aber es gelang ihm nicht, wie sehr er sich auch darum bemühte. Immer wieder aufs Neue traten die Bilder der nächtlichen Ereignisse vor sein geistiges Auge und machten ihn zu ihrem Gefangenen. Und die Vorstellung, sein Leben könnte nach dem, was er in dieser Nacht gesehen und getan hatte, jemals wieder zu seinem gewohnten, normalen Gang zurückfinden, erschien ihm lächerlich lebensfremd, ja geradezu wie der reinste Hohn. Ein Hohn, der bestens zu Enrico wie auch zu seinem Onkel passte!

17

Matteo rutschte auf Knien über den Plankengang einer noch namenlosen Kriegsgaleere, die sich in Onkel Tomasos Bootshalle ihrer Fertigstellung näherte, und schmirgelte die scharfen, splitterreichen Außenkanten der Planken glatt. Flavio und Gasparo, den Onkel Tomaso in den letzten Wochen überwiegend mit Aufgaben im Materiallager betraut hatte, arbeiteten an diesem Nachmittag ganz in seiner Nähe. Ihnen hatte Tomaso den Auftrag erteilt, sich die Ruderbänke vorzunehmen und dafür zu sorgen, dass die Sitzkanten frei von Unebenheiten waren und schon gar keine scharfen Einschnitte aufwiesen, an denen man sich verletzen und einen Splitter ins Fleisch bohren konnte.

»Sie müssen so rund und glatt sein . . .« Weiter war Meister Tomaso Rovelli mit seiner Ermahnung, die unter seinen Leuten und in den angrenzenden Hallen schon längst zum geflügelten Wort geworden war, nicht gekommen.

». . . wie der rosige Hintern eines vor Gesundheit strotzenden Wickelkindes!«, hatten Flavio, Gasparo und Matteo den Satz wie aus einem Mund für ihn beendet.

Matteo schwitzte bei der Arbeit, was jedoch weniger mit körperlicher Anstrengung als mit seiner viel zu warmen Kleidung zusammenhing. Auf das dicke, wollene Unterhemd hätte er an diesem Tag gut verzichten können, hatte doch schon kurz nach Tagesanbruch ein überraschend warmer Wind aus Südost die klamme Februarkälte der letzten Wochen vertrieben und für fast frühlingshafte Temperaturen und für einen tiefblauen, wolkenlosen Himmel gesorgt. Einer der älteren Zimmerleute hatte die unerwartet warme Brise den Atem der nordafrikanischen Wüsten genannt und prophezeit, dass er sich auch die nächsten Tage nicht legen würde. Es fiel Matteo schwer, sich vorzustellen, dass dieser warme Wind sich irgendwo in den fernen, heißen Wüstenregionen Nordafrikas erhoben hatte, über die weite See des Mittelmeers und hoch in den Golf von Venedig* gezogen war und noch immer genug Kraft besaß, um einen erheblichen Wetterumschwung zu bewirken und in den Gassen der Lagunenstadt den Dreck aufzuwirbeln. Wie konnte so etwas nur möglich sein?

Matteo hielt in seiner Arbeit inne und lachte leise auf. Was für ein einfältiger Gedanke! War denn nicht alles möglich, immer auch das scheinbar Undenkbare und Unmögliche? Hatte ihn die Erfahrung seines Lebens nicht mehr als einmal gelehrt, dass die Wirklichkeit die Kraft seiner Vorstellung immer wieder auf wundersame Weise übertraf?

Er brauchte doch nur an die entsetzlichen Wochen zu denken, als ihm die Pest in San Bernardo nacheinander die Eltern und Geschwister geraubt hatte und er glaubte verloren zu sein und nie mehr einen fröhlichen Tag zu erleben. Und hatte er es anfangs nicht auch für völlig unmöglich gehalten, dass dieses fieberkranke Mädchen Fiona, dem er sich in einem schnell bereuten Anfall von Mitleid und Barmherzigkeit angenommen hatte, ihm eines Tages mehr als alles andere bedeuten würde? Und auch jetzt sehnte er sich noch immer mit unvermindertem Schmerz nach ihr, obwohl doch schon über fünf Monate vergangen waren, seit er Abschied von Fiona genommen und *Rosario* verlassen hatte. War er damals nicht auch überzeugt gewesen sich nach einigen schmerzhaften Monaten endgültig damit abfinden zu können, dass ihre Liebe aussichtslos war und sie aufeinander verzichten mussten?

Aber er brauchte gar nicht so weit in die Vergangenheit zu-

* Was damals Golf von Venedig genannt wurde, trägt heute den Name Adriatisches Meer, wobei zumeist die Kurzform Adria benutzt wird.

rückzugehen, um zu sehen, dass vieles, was er felsenfest für unmöglich gehalten hatte, sehr wohl möglich war. In der Nacht von Sahadis Tod hatte er für die Ermahnung seines Onkels, dass alles seinen gewohnten und normalen Gang nehmen müsse, nichts als Verständnislosigkeit übrig gehabt. Er hatte diese Erwartung für lebensfremd und für glatten Hohn gehalten, zu dem nur äußerst kaltschnäuzige und selbstbezogene Menschen wie Enrico und sein Onkel fähig waren.

Wie sehr er sich doch einmal mehr über sich selbst und die Kraft der Gewöhnung getäuscht hatte!

Gewiss, in den ersten Tagen nach dem Mord hatte es wirklich danach ausgesehen, als würden das Verbrechen und die Angst vor dem, was noch folgen mochte, es ihm unmöglich machen, jemals wieder in einen normalen, unbeschwerten Alltag zurückzufinden. Da half es auch nicht, dass Tomaso ihnen schon am nächsten Abend mitteilte, den Geldverleiher Distefano in Santa Croce aufgesucht und Enricos Schulden bis auf den letzten Soldo beglichen zu haben und dass nun nichts mehr zu befürchten sei.

Nachts schlief er schlecht, wurde von entsetzlichen Alpträumen heimgesucht, aus denen er oft mitten in der Nacht schweißgebadet aufschreckte, ohne danach wieder einschlafen zu können. Und tagsüber reagierte er auf jedes Geräusch und jede unerwartete Begegnung mit einem Fremden schreckhaft wie ein verstörtes Kind. Nicht nur auf den Gassen, sondern auch im Arsenal bei der Arbeit schaute er sich ständig verstohlen um, weil er jeden Moment befürchtete, die Männer der Inquistion könnten plötzlich auftauchen, um ihn abzuholen. Er fühlte sich beobachtet und auch von dem schaurigen Bild der verstümmelten Leiche konnte er sich nicht befreien.

Mehrmals stand er nahe davor, heimlich sein Bündel zu

schnüren und sich aus Venedig davonzumachen. Aber jedes Mal gewann die Vernunft die Oberhand über diesen Drang, den die Angst in ihm auslöste. Was sollte denn aus ihm werden, so mittellos wie er war? Er war mit seinem Lohn nicht gerade sparsam umgegangen. Wenn man Freunde wie Gasparo und Flavio hatte, war das auch nicht möglich.

Den beiden Freunden entging es ebenfalls nicht, dass ihn etwas bedrückte, denn er lachte nicht mehr über ihre Scherze und Frotzeleien, lief mit müdem, ernstem Gesicht herum, war mit seinen Gedanken oft woanders und fand offensichtlich auch kein rechtes Vergnügen mehr an ihren gemeinsamen Unternehmungen nach der Arbeit. Sie bedrängten ihn natürlich mit Fragen, was ihn denn dermaßen beschäftigte, worauf sich Matteo mit Magenkrämpfen und Anfällen von Übelkeit nach dem Verzehr von angeblich verdorbenen Speisen herausredete, was nicht einmal ganz gelogen war, zumindest was die Magenschmerzen und das gelegentliche Gefühl der Übelkeit betraf.

»Kein Grund, viele Worte darum zu machen. Das wird schon wieder. In ein paar Tagen bin ich darüber hinweg«, versicherte er, schon damit seine Freunde ihn in Ruhe ließen und nicht weiter mit Fragen bedrängten.

Und es stimmte tatsächlich, auch wenn er es nur so dahergesagt hatte. Als die erste Woche nach dem Verbrechen verstrichen und das neue Jahr 1571 angebrochen war, ohne dass Sahadis Leiche wieder aufgetaucht war oder sich irgendetwas anderes Bedrohliches ereignet hatte, begann sich die beklemmende Last allmählich von seiner Brust und Seele zu heben. Nachts hielten die grässlichen Träume zwar noch eine Weile an, aber tagsüber kehrte die Lebensfreude zurück. Und mit jedem weiteren Tag auch ein wenig mehr die Zuversicht, dass es vielleicht stimmte, was Onkel Tomaso ihm mehr als einmal versichert hatte, nämlich dass die schreckliche Angelegenheit, die Enrico durch seine Spielsucht und seinen unseligen Handel mit dem narbengesichtigen Wucherer und Schurken Enzo Distefano heraufbeschworen hatte, endgültig ausgestanden sei.

Dass Enrico schon längst zu dieser Überzeugung gelangt war, bezeugte sein Verhalten, insbesondere in Gegenwart von Tomaso. War Enrico in den ersten Tagen wie ein geprügelter Hund mit eingezogenem Schwanz herumgelaufen und Tomaso tunlichst aus dem Weg gegangen, so trug er seinen Kopf keine zwei Wochen nach der schaurigen Nacht schon wieder so hoch wie eh und je. Verschwunden waren auch die Büßermiene und die Schweigsamkeit bei Tisch. Die vertrauten, spöttischen Sprüche kamen ihm nun wieder so selbstbewusst und keck über die Lippen, als hätte er sie alle in den letzten Tagen des alten Jahres nicht beinahe in eine Katastrophe gestürzt. Nur gegenüber Onkel Tomaso übte er auch jetzt noch eine gewisse Zurückhaltung, wenigstens das glaubte er ihm wegen der hundertzwanzig Silberdukaten noch schuldig zu sein. Aber Matteo hätte seine Hand nicht dafür ins Feuer gelegt, dass Enricos Dankbarkeit von allzu langer Dauer sein würde. Wie er insgeheim auch nicht glaubte, dass er sich noch immer von den Spieltischen fern hielt, wie er es Tomaso versprochen hatte.

»Flavio! Matteo! Schaut mal, wer da drüben über das Gelände spaziert! Wenn das nicht unsere hochherrschaftliche Silbermütze ist!«, rief Gasparo auf einmal aufgeregt und riss Matteo aus seinen Gedanken. Er deutete auf die andere Seite der Darsena Grande, in der über ein Dutzend schon mit Masten, Tauwerk und Kanonen ausgerüstete Galeeren Bordwand an Bordswand vertäut lagen.

Silbermütze war der wenig respektvolle, aber traditionelle

Spitzname für den mächtigen *ammiraglio* des Arsenals, ein Spitzname, den die Arsenalotti jedoch nur außer Hörweite ihrer Meister in den Mund zu nehmen wagten. Dem Admiral oblag die Aufsicht über alle technischen Arbeiten, insbesondere die Kontrolle über die Geschütze, Munition, Rüstungen und die Bewaffnung der Soldaten. Seiner hohen Stellung gemäß führte er den Titel *Magnifico* und als äußeres Zeichen seiner Würde trug er eine Silbermütze. Aus dieser Silbermütze warf jeder neu gewählte Doge bei seiner Amtseinführung in Begleitung des Admirals Münzen ins Volk.

»Wo?« Flavio reckte wie Matteo den Hals und hielt Ausschau nach der Silbermütze.

»Na, dort drüben, zwischen Kupferschmiede und den Artilleriewerkstätten!«, sagte Gasparo.

Im nächsten Moment sahen auch Matteo und Flavio den Admiral mit seiner Silbermütze und die kleine Gruppe hoch gestellter Männer, die sich in seiner Gesellschaft befand. Sie inspizierte eine lange Reihe von Kanonen, deren bronzene Leiber am Kai aufgebockt standen.

»Mich laust der Affe!«, entfuhr es Flavio, der die scharfen Augen eines Adlers besaß. »Das ist ja der alte Haudegen Sebastiano Venier, unser neuer Oberbefehlshaber der venezianischen Flotte, der da neben der Silbermütze steht!«

Gasparo kniff die Augen zusammen. »Du hast Recht, das ist er!«, rief er verblüfft. »Der alte Nobelmann scheint seine Aufgabe ja wirklich ernst zu nehmen und sich nicht nur auf die Berichte seiner Lakaien zu verlassen.«

Nach der zypriotischen Katastrophe im Sommer des vergangenen Jahres hatte die Republik von San Marco Mitte Dezember Sebastiano Venier zum neuen Flottenadmiral ernannt, obwohl er mit seinen vierundsiebzig Jahren kaum das richtige Alter für diese ungeheuer verantwortungsvolle Aufgabe zu haben schien. Aber er war körperlich noch immer von ungewöhnlich robuster Natur, wie es hieß. Auch lobte man seinen klaren Verstand und seine Geistesgegenwart. Und diese drei besonderen Gaben, die man ihm nachsagte, würde er auch brauchen. Denn die Krise mit dem osmanischen Reich spitzte sich immer mehr zu. Die Verhandlungen der Gesandten von San Marco mit dem Papst und anderen Bündnispartnern liefen auf eine Erneuerung der *Heiligen Liga* hinaus. Und mit der alles entscheidenden Seeschlacht war noch in diesem Jahr zu rechnen.

»Ich sage euch, spätestens am Himmelsfahrtstag läuft unsere Flotte aus und vereinigt sich mit den Schiffen unserer Verbündeten, um die Muselmanen ein für alle Mal in die Schranken zu weisen!«, prophezeite Flavio, als die Silbermütze und der neue Flottenoberbefehlshaber wieder aus ihrem Blickfeld verschwanden. »Und ich sage euch, unsere Galeassen, die mit Kanonen so reich bestückt sind, wie ein Straßenköter Flöhe hat, werden ihnen das Fürchten lehren und ihre Schiffe in Stücke schießen, bevor sie auch nur in Enternähe kommen können!«

»Gut möglich«, sagte Gasparo, der wenig Interesse an diesem Thema zeigte. Er wartete mit spürbarer Ungeduld darauf, dass die letzten Arbeitsstunden verstrichen und die Glocke des Campanile endlich den Feierabend einläutete.

»Sag mal, was ist denn heute bloß mit dir los?«, fragte Matteo verwundert, als Gasparo sein Augenmerk immer wieder auf die Schatten richtete und an ihrer Länge abzuschätzen versuchte, wie lange sie wohl noch zu arbeiten hatten. »Du bist schon den ganzen Tag die Unruhe in Person!«

»Ja, als würdest du auf heißen Kohlen sitzen!«, pflichtete ihm Flavio bei und fragte frotzelnd: »Hast du dir vielleicht ein neues Liebchen angelacht, für das du ausnahmsweise einmal nicht bezahlen musst und zu dem du nicht schnell genug kommen kannst?«

Gasparo grinste sie an. »Ja, so könnte man sagen. Aber bei diesem Liebchen handelt es sich um ein besonders kostbares Stück, mit dem ich bestimmt eine Menge Spaß haben werde ... und ihr auch, wenn ihr schön brav seid!«

Flavio errötete leicht. »Spinn doch nicht! Du weißt ganz genau, dass ich für solche ... Spielchen nicht zu haben bin. Und Matteo hat dafür auch nichts übrig.«

»Lass mal«, sagte Matteo. »Ich glaube, da steckt was ganz anderes dahinter. Gasparo will uns offenbar ein Rätsel aufgeben. Ist es nicht so, Gasparo?«

»Lasst euch überraschen, Freunde!«, antwortete dieser geheimnisvoll. »Wir treffen uns eine Stunde nach Feierabend auf der Riva degli Schiavoni, und zwar vor der Brücke über den Rio della Pietà. Dann werdet ihr mein Liebchen mit eigenen Augen bewundern können. Und ich wette einen ganzen Monatslohn, dass ihr der Versuchung nicht widerstehen könnt und mich nicht mit ihr allein lasst!«

18

Ich weiß überhaupt nicht, was wir hier eigentlich wollen«, sagte Flavio verdrossen und spuckte über das Brückengeländer in den dunklen Kanal, aus dem der schwere Fäulnisgeruch stehenden Wassers aufstieg. »Gasparo ist ja sonst ein prima Kerl, aber auf diesen Schwachsinn hätten wir uns erst gar nicht einlassen sollen. Dann hätten wir es uns erspart, hier jetzt dumm herumzustehen und auf ihn und sein Liebchen zu warten! Das wird doch alles nur irrsinnig peinlich! Und spät dran ist er auch noch!«

»Ja, wir hätten vielleicht doch besser hart bleiben und diese

Verabredung ausschlagen sollen«, pflichtete Matteo ihm bei, spähte dabei jedoch weiter angestrengt die Riva in Richtung der vielen Landungsbrücken hinunter, die das von zahlreichen Pechfackeln, Sturmleuchten und Bootslaternen gut beleuchtete Ufer bis hoch zum Dogenpalast so dicht säumten wie die eng stehenden Zinken eines Kammes. Von dort oder aus einer der Gassen, die von der Riva abzweigten und in das dunkle Herz von Castello führten, musste Gasparo mit seiner Begleiterin kommen.

Nervös rieb Flavio sich mit Daumen und Zeigefinger immer wieder über das von spärlichem Bartflaum umkräuselte Kinn. »Das ist mal wieder typisch für ihn!«, sagte er voller Ärger auf Gasparo. »Warum lässt er uns mit seinen Weibergeschichten nicht einfach in Ruhe?«

»Wir können ja gehen«, schlug Matteo vor, ohne dass es ihm wirklich ernst damit war. »Immerhin ist er schon eine gute halbe Stunde zu spät.«

»Na ja, das könnten wir schon . . .«, lautete Flavios zögerliche Antwort. »Aber vielleicht kommt er ja doch noch. Du weißt, dass er noch nie einer von der pünktlichen Sorte gewesen ist. Und wo wir nun schon mal hier sind . . .«

»Ein paar Minuten sollten wir ihm wohl noch geben.«

Flavio nickte und sagte dann mit einer Mischung aus Besorgnis und grimmiger Entschlossenheit: »Aber wenn das einer von seinen seltsamen Scherzen ist oder er gar für eine dieser aufgetakelten Kanalschwalben nach Feierabend den Zuhälter spielen will, wird er was von mir zu hören bekommen! Und das wird dann gar nicht lustig, das verspreche ich dir!«

Matteo spürte das starke Unbehagen, das sich hinter Flavios Verdrossenheit verbarg und das in einem heftigen Widerstreit mit seiner Neugier lag, bewegten ihn doch die gleichen zwiespältigen Gefühle. Auch er wollte mit käuflichen Mädchen nichts zu tun haben. Nicht dass er sich ein Urteil über die Mädchen und Frauen herausnahm, die diesem Gewerbe nachgingen. Er kannte das Elend und die Not nur zu gut, die vielen von ihnen gar keine andere Wahl ließen. Aber sein Geld zu einer von ihnen zu tragen und sich die gefühllose Hingabe ihres Körpers zu erkaufen kam ihm nicht in den Sinn. Allein schon die Vorstellung stieß ihn ab und nicht erst, seit er sein Herz an Fiona verloren hatte. An dieser grundsätzlichen Einstellung würde auch Gasparo nichts ändern. Dennoch hatte er die Verabredung zu diesem Treffen angenommen, nämlich weil ihr Freund so geheimnisvoll geklungen hatte. Denn auch wenn man einen Gutteil seiner Worte als typische Aufschneiderei bewerten musste, konnte es sich bei seinem Liebchen wohl kaum um eine jener gewöhnlichen Dirnen handeln, mit denen er sich bislang amüsiert hatte. Wenn er tatsächlich bereit war, einen ganzen Monatslohn zu verwetten, dass auch sie ihren Reizen erliegen würden, obwohl er doch ganz genau wusste, dass sie beide sich nichts aus jener Sorte Mädchen machten, also dann durfte man wirklich gespannt sein, um wen es sich dabei bloß handeln mochte!

Weitere Minuten verstrichen, ohne dass sich Gasparo auf der Riva blicken ließ. Und mit jeder Minute, die sie wartend herumstanden, wuchs ihre Verstimmung.

»Also das wird mir jetzt doch zu dumm! Länger stehe ich mir hier die Beine nicht in den Bauch!«, erklärte Flavio verdrossen. »Ich werde nun bis hundert zählen! Wenn Gasparo bis dahin nicht aufgetaucht ist . . .«

Weiter kam er nicht, denn in diesem Augenblick meldete sich ihr Freund in ihrem Rücken. Seine fröhlich ausgelassene Stimme kam vom Wasser der offenen Bucht. »Haltet ihr vielleicht Ausschau nach mir, Freunde? Da starrt ihr aber in die völlig falsche Richtung! *Hier* spielt die Musik!«

Matteo und Flavio fuhren herum und glaubten im ersten Moment, ihren Augen nicht trauen zu dürfen. Gasparo stand im Heck einer schwarzen Gondel und steuerte mit dem langen Riemen das Boot auf die Steintreppe zu, die nahe der Brücke vom Uferkai zum Wasser hinunterführte. Er hatte jedoch sichtlich Mühe, den langschaftigen Riemen mit dem gerillten Ruderblatt in der Forcola richtig zu führen, damit das schmale und lange Gefährt auf geradem Kurs blieb. Es schwenkte immer wieder nach links und rechts ab, als wäre sich Gasparo alle paar Sekunden aufs Neue unschlüssig, wohin er denn wollte.

»Gasparo spielt den Gondoliere und fährt im Zickzack hier über das Bacino? Weißt du, was das bedeuten soll?«, fragte Flavio verdutzt.

Matteo schüttelte nicht weniger verblüfft den Kopf. »Ich habe nicht den Schimmer einer Ahnung.«

»Und wo ist das Mädchen, das er doch mitbringen wollte? Ob sie ihn wohl versetzt hat?«, rätselte Flavio, ohne jedoch sonderlich enttäuscht zu wirken. »In der Felze sitzt jedenfalls keine *putana!*«

Felze hieß die kleine Kabine, die jeder Gondoliere zu Beginn der Winterzeit in der Mitte über den Sitzbänken zum Schutz seiner Passagiere vor Wind und Regen errichtete. Das Kästchen der Felze, so schwarz wie auch der Rumpf der Gondel, war denkbar einfach konstruiert, bestand es doch nur aus vier Holzstreben, einer dünnen hölzernen Dachplatte und schweren schwarzen Vorhängen an allen vier Seiten, die man nach Belieben auf- und zuziehen konnte. Wenn jedoch eine *putana,* eine Dirne, in einer Gondel Platz nahm, mussten die Vorhänge während der ganzen Fahrt geschlossen bleiben, so verlangte es das Gesetz in Venedig. Das galt sogar für die Kurtisanen, jene ungemein kostspieligen und viel gerühmten Edelprostituierten, die in ihren teuren Häusern eine Art von elegantem Salon hielten und ihren zahlungskräftigen und oft hoch gestellten Gästen neben körperlicher Raffinesse auch geistige Unterhaltung, Musik und Poesie boten.

»Was steht ihr da oben herum und gafft in die Gegend?«, rief Gasparo ihnen zu. »Kommt lieber runter auf die Treppe und helft mir dieses rassige Seepferdchen zu bändigen! Ich habe noch nicht so ganz den Bogen mit dem Ruder raus.«

»Ja, das sieht man!«, rief Matteo spöttisch zurück.

»Von wegen rassiges Seepferchen«, murmelte Flavio, während sie vorsichtig die vermoosten Stufen der Steintreppe hinuntergingen. »Das ist doch ein heruntergekommener, alter Kahn! Schau dir nur mal den Bugschnabel an, wie übel zugerichtet der ist! Alle sechs Metallzähne sind völlig verbogen. Mit dem muss jemand eine Kaimauer gerammt haben. Und der Rest sieht nicht viel besser aus. Überall blättert der Lack ab!«

Matteo grinste. »Wundert dich das? Oder hättest du ihm vielleicht eine richtig schmucke, makellose Gondel anvertraut, wenn du ihm eine hättest leihen müssen? Bei dem ramponierten Ding da kommt es wenigstens auf ein paar Kratzer mehr oder weniger nicht an.«

Flavio lachte. »Recht hast du!«

»He, was gibt es da zu lachen?«, rief Gasparo gut gelaunt. »Das mit dem Steuern wird schon noch mit der Zeit. Seht besser zu, dass ihr endlich den Bug zu fassen kriegt, damit ich anlegen kann und ihr einsteigen könnt!«

»Das werde ich mir erst noch gut überlegen«, antwortete Flavio und beugte sich mit dem ausgestreckten linken Arm weit vor, um den hin und her schwenkenden Bug einzufangen, während Matteo seinen rechten Arm umfasst hielt, damit er nicht das Gleichgewicht verlor und vornüber ins Wasser stürzte. »Zuerst will ich mal wissen, wo du überhaupt mit uns hinwillst!«

»Ja, und wo ist denn dein Liebchen, mit dem du so angegeben hast, als wäre es die verführerischste Kurtisane von ganz Venedig?«, wollte Matteo wissen, während Flavio im selben Augenblick den Bug zu fassen bekam und die Gondel zu ihnen an die Steintreppe heranzog.

»Seid ihr blind? Sie liegt doch in ihrer ganzen Schönheit vor euren Augen ausgestreckt!«, rief Gasparo überschwänglich, breitete die Arme aus und strahlte über das ganze Gesicht. »Das hier ist das Liebchen, von dem ich gesprochen habe!«

»Was?«, stießen Matteo und Flavio wie aus einem Mund hervor.

Gasparo lachte schallend über ihre Gesichter. »Es ist die Gondel, ihr Tröpfe! Und sie gehört mir!«, eröffnete er ihnen voller Stolz, und es sprudelte nur so aus ihm heraus: »Auf dem Weg von San Polo hier herüber habe ich mächtig mit den Tücken des Ruders gekämpft, deshalb habe ich mich ja auch ein wenig verspätet. So eine Gondel richtig zu steuern ist nämlich gar nicht so einfach, wie es aussieht . . . Ja, und auf dem Weg zu euch hatte ich genug Zeit, um mir zu überlegen, auf welchen Namen ich mein Schmuckstück taufen soll, und ich habe mich schließlich für *Giulietta* entschieden. So, und jetzt sagt, ob ihr den betörenden Reizen meiner *Giulietta* widerstehen könnt und mich mit ihr allein losziehen lassen wollt!«

Matteo nahm seinen Blick von Gasparo und ließ ihn noch einmal über die ganze Länge der Gondel gleiten. Und nun wirkte das elegante Gefährt trotz all seiner Beschädigungen, Kratzer und Lackschäden plötzlich gar nicht mehr so schäbig und bemitleidenswert wie noch vor wenigen Augenblicken. Sicher, die *Giulietta*, wie Gasparo sie getauft hatte, befand sich nicht gerade in makellosem Zustand. Sogar die schwarzen Vorhänge der Felze waren verschlissen und löchrig und die Sitzpolster sahen aus, als hätte sich ein wütender Schwarm Krähen auf sie gestürzt. Aber der Rumpf der Gondel schien doch solide zu sein. Und auch eine Gondel, die mit so vielen Makeln behaftet war, kostete noch immer weitaus mehr, als ein junger Zimmermannsgeselle wie Gasparo von seinem Lohn auch in Jahren eisernen Sparens zurücklegen konnte!

»Ja, aber . . . wo . . . wo hast du die Gondel denn bloß her?«, fragte Flavio fassungslos.

»Also das ist eine längere Geschichte. Ihr kennt doch meinen Cousin Jacopo Gambetti . . .«, begann Gasparo, der die Verblüffung seiner Freunde sichtlich genoss und es nicht eilig hatte, schnell zum Kern seiner Geschichte zu kommen.

Flavio verdrehte die Augen. »Natürlich kennen wir deinen plattnasigen Cousin Jacopo!«, warf er ungeduldig ein. Seit Gasparos Eltern vor einigen Jahren Opfer einer Typhusepidemie geworden war, lebte er bei der Familie seiner Tante Pia Gambetti, deren ältester Sohn als Bootsführer auf einer der vielen Barken arbeitete, mit denen Material und andere Versorgungsgüter ins Arsenal transportiert und Abfälle aller Art aus dem gewaltigen Komplex entsorgt wurden. »Und erspar uns bloß eine ellenlange Geschichte mit den tausend Ausschmückungen, auf die du dich so gut verstehst. Wir haben hier lange genug gewartet, also mach es kurz und bündig!«

Trotz dieser bärbeißigen Unterbrechung wollte das breite Grinsen nicht von Gasparos Gesicht weichen. »Also gut, beschränken wir uns auf Wunsch unserer geschätzten Zuhörerschaft auf die schmucklose und kurze Version«, erwiderte er vergnügt, als könnte an diesem Abend nichts, aber auch gar nichts seine blendende Laune trüben. »Jacopo kennt jemanden in San Polo, der dort eine Reparaturwerkstatt für Gondeln betreibt und gelegentlich auch neue baut. Der hat mir aus Freundschaft zu Jacopo das einmalige Geschäft vermittelt. Die Gondel gehörte letzte Woche nämlich noch einem Burschen aus Dorsoduro, der das Pech gehabt hat, mit besoffenem Kopf bei Nacht und Nebel einen vor Anker liegenden Handelsfahrer zu rammen. Dabei ist er über Bord gegangen und – sternhagelvoll wie er war – ertrunken, bevor man ihn aus dem Wasser fischen konnte. Die Witwe war froh, dass Jacopos Freund ihr das ramponierte Stück sofort abgenommen hat.«

»Natürlich weit unter Preis«, vermutete Flavio.

Noch immer grinsend, zuckte Gasparo die Achseln, was einer Bestätigung gleichkam. »So ist nun mal der Lauf der Welt. Einer muss verlieren, damit der andere einen satten Gewinn einstreichen kann. Oder wie Meister Benzotti wohl sagen würde: Ein mitleidiger Fuchs fängt kein Huhn und verhungert! So, und jetzt steigt ein! Ich überlasse euch sogar die Wahl, wohin die Jungfernfahrt der *Giulietta* führen soll!«

Matteo und Flavio ließen sich nicht zweimal bitten und sprangen zu ihm in die Gondel.

»Obwohl ich da schon einen Vorschlag hätte, wohin es gehen könnte«, fuhr Gasparo sofort weiter, ohne erst Vorschläge von ihnen abzuwarten. »Ich bin in San Polo nämlich ganz in der Nähe des Gondelbauers auf eine tolle Taverne gestoßen, die bestimmt auch euch gefallen würde. Sie heißt *Della Campana* und dort finden regelmäßig Boxwettkämpfe statt, auf die man wetten kann.«

Matteo machte ein skeptisches Gesicht. »Da kann ich mein Geld auch gleich in den Kanal werfen!«

»Nein, es ist nicht, was du denkst!«, versicherte Gasparo eifrig. »Bei den Boxkämpfen in der *Campana* handelt es sich nicht um diese gewöhnlichen Prügeleien von geübten Schauboxern, wo ein fairer Kampf nur vorgetäuscht wird, während in

Wirklichkeit vorher schon ausgehandelt worden ist, wer in welcher Runde zu Boden geht und liegen bleibt.«

»Sondern?«

»Bei den Wettkämpfen in dieser Taverne stammen die Teilnehmer aus dem Publikum. Aber jetzt kommt erst das Beste: Sie treten mit verbundenen Augen gegeneinander an! Und das führt oft genug dazu, dass sogar ein nur durchschnittlich kräftiger Bursche einen muskelbepackten Berserker auf die Bretter schicken kann, wenn er geschickt ist und das Glück auf seiner Seite hat. Ich denke, den Spaß sollten wir uns mal ansehen!«

»Von mir aus«, sagte Flavio bereitwillig und flachste: »Solange es beim Zuschauen bleibt und *wir* nichts auf die Glocke kriegen!« Er zeigte sich nicht nur beeindruckt, dass Gasparo nun stolzer Besitzer einer Gondel war, sondern ihm war auch eine große Erleichterung anzumerken. Nämlich darüber, dass es nicht, wie Matteo und er die ganze Zeit befürchtet hatten, um ein Abenteuer mit einer Dirne ging und er sich deshalb auch nicht gegen Gasparos Überredungskünste und spöttische Bemerkungen zur Wehr setzen musste.

Auch Matteo hatte nichts dagegen einzuwenden, diese Taverne in San Polo aufzusuchen. Eigentlich war es ihm völlig gleich, wohin sie fuhren, solange das Ziel nicht irgendein schmuddeliges Freudenhaus war. Ihn beschäftigte insgeheim etwas ganz anderes, nämlich die Frage, woher Gasparo bloß das viele Geld hatte, um sich diese Gondel kaufen zu können. Er erinnerte sich in diesem Zusammenhang sofort wieder an den Streit zwischen seinem Onkel und Enrico in der Meisterstube, bei dem es um irgendwelche krummen Geschäfte gegangen war. Geschäfte, in die nicht nur Enrico, sondern allem Anschein nach auch Gasparo verwickelt war. Und während Gasparo sich am Heck abmühte, die Gondel auf einigermaßen geradem Kurs über das Bacino und in den Canal Grande zu steuern, stellte er ihm mit scheinbar naiver Verwunderung, hinter der er seine höchst beunruhigenden Gedanken verbarg, die Frage nach dem Geld.

Gasparo zögerte nicht einen Wimpernschlag lang mit seiner Antwort. »Ja, da staunst du, nicht wahr? Aber ich will euch das Geheimnis verraten: Ich habe in den letzten Wochen eine unglaubliche Glückssträhne gehabt und eine Menge Geld beim Kartenspiel gewonnen!«

Die Worte kamen ihm so leicht und fröhlich über die Lippen, dass Flavio offenbar nicht im Traum daran dachte, ihren Wahrheitsgehalt in Zweifel zu ziehen. »Du bist eben ein verdammter Glückspilz, dem einfach alles gelingt!«, sagte er mit neidloser Bewunderung. »Wenn ich mich mal zu einem Kartenspiel um Geld hinreißen lasse, dann bin ich meinen Einsatz immer im Handumdrehen los. Aber wem erzähle ich das!«

Die Leichtgläubigkeit und Treuherzigkeit, mit der Flavio nicht nur jedes Wort ihres Freundes für bare Münze nahm, sondern die er gewöhnlich auch allen anderen Mitmenschen entgegenbrachte, hatte Matteo schon längst verloren, und zwar nicht erst, seit Enricos Machenschaften zu Sahadis Tod geführt hatten. Er gab sich jedoch große Mühe, seinen Argwohn zu verbergen, als er nachfragte: »Aber warum hast du uns denn die ganze Zeit nichts von deiner Glückssträhne erzählt?«

»In solchen Dingen bin ich einfach verdammt abergläubisch, Matteo. So eine Glückssträhne beredet man nun mal besser nicht, wenn man sie nicht verjagen will«, antwortete er völlig unbefangen. »Ihr wisst doch: Glück und Frauenlieb sind so flüchtig wie Morgendunst!«

Flavio lachte und stieß Matteo freundschaftlich in die Seite. »Ist Gasparo nicht ein Teufelskerl? Jetzt haben wir unseren eigenen Gondoliere!«

»Da hast du dich aber mächtig geschnitten, wenn du glaubst, dass immer ich hier hinten am Riemen stehe und mich für euch abrackere!«, protestierte Gasparo sofort, ohne dass jedoch die Fröhlichkeit aus seinem Gesicht wich. »Die *Giulietta* gehört zwar mir, aber ich habe sie gekauft, damit wir alle unseren Spaß haben und zusammen was unternehmen können, auch mal zu den anderen Inseln rüber und so. Aber das heißt dann auch, dass wir uns hier am Ruder ablösen werden, Freunde! Also jeder von euch wird lernen müssen, wie man so ein rassiges Seepferdchen wie meine *Giulietta* dazu bringt, dass sie einem zu Willen ist und elegant durchs Wasser gleitet! Und am besten fangen wir gleich damit an. Los, hoch mit dir, Matteo! Du wirst mich jetzt ablösen, damit ich auch mal was zu lachen habe!«

Flavio klatschte begeistert in die Hände und Matteo schämte sich plötzlich, dass er Gasparo insgeheim verdächtigte sie zu belügen. Er war doch sein Freund! Einer von gerade mal zweien, die er hatte!

Er wehrte sich gegen die Einflüsterungen, mit denen die misstrauische Seite seines Ichs ihn an diesem Abend und auch in den folgenden Wochen immer wieder bedrängte. Und diese argwöhnische Stimme in ihm machte ihn auch darauf aufmerksam, dass Gasparo in letzter Zeit auffällig oft dieselben Spruchweisheiten von sich gab, die Enrico ständig im Mund führte. Dem hielt dann jener Teil von ihm, der von vagen Verdächtigungen nichts wissen und Gasparo nicht unrecht tun wollte, sofort entgegen, dass sich doch auch andere Arbeitskollegen manche von Enricos Sprüchen zu Eigen machten und dies also nichts zu bedeuten hatte.

Aber die Zweifel blieben, wie sehr er sich auch ihrer zu erwehren versuchte. Und dann brach die Woche des *Giovedi grasso*, des »fetten Donnerstag« an, in der alljährlich ganz Venedig in ein wahres Karnevalsfieber fiel – und in der das mörderisch Böse, das sich so lange hinter einer Maske trügerischer Rechtschaffenheit verborgen hatte, ganz unverhüllt seine erschreckende, hässliche Fratze zeigte.

Es war die Woche, in der Matteo sterben sollte!

19

Die Verkettung schicksalhafter Ereignisse, die zu seinem Todesurteil führen sollten, begann am frühen Sonntagabend, als die einsetzende Dämmerung mit ihren schattenhaften Grautönen das milde Sonnenlicht des Tages schon nachhaltig zu trüben begann und Matteo so guter Stimmung war wie schon lange nicht mehr.

Er war mit seinen Freunden verabredet und befand sich auf dem Weg in die Calle del Paradiso, wo Gasparo bei der Familie seiner Tante, den Gambettis, in einem der schmalbrüstigen Mietshäuser mit ihren hölzernen Vorbauten wohnte. Bei ihm wollten sie sich treffen. Die Nacht versprach eine Menge Spaß und Spannung, wollten sie mit der *Giulietta* doch zum ersten Mal an einer jener nächtlichen Gondelwettfahrten teilnehmen, die allen Verboten zum Trotz immer wieder stattfanden, zumeist auf dem Bacino oder den breiten Kanälen.

In den vergangenen zweieinhalb Wochen hatten sie mit der Gondel viele Fahrten unternommen und gelernt, wie man den Riemen in der Forcola führen musste. Sie waren sich jedoch bewusst, dass es abwegig war, von einem der ersten Plätze zu träumen. Wenn es ihnen gelang, sich tapfer im Mittelfeld zu halten, dann konnten sie stolz auf sich sein. In dieser Nacht sollte es nämlich einmal rund um die Friedhofsinsel gehen, und das war eine beachtliche Strecke, bei der Kraft und Ausdauer mindestens genauso entscheidend sein würden wie die perfekte Riementechnik. Aber wie auch immer ihr erstes Gondelrennen für sie ausgehen mochte, sie würden dabei bestimmt eine Menge Spaß und hinterher in einer ihrer bevorzugten Tavernen viel zu lachen und zu bereden haben.

Auf Matteos Weg in die Calle del Paradiso lag inmitten des engen Gassenlabyrinths der weitläufige Campo Santa Maria Formosa, einer der größten Plätze der Stadt. Die gleichnamige Kirche blickte mit ihrem stolzen Campanile auf einen breiten Kanal, der den Campo nach Westen hin begrenzte. Die stattlichen *palazzi* einiger vermögender Patrizierfamilien beherrschten das Bild an der Nord- und Ostflanke des Campo, auf dem zu dieser frühen Abendstunde ein lebhaftes Treiben herrschte.

Als eine hübsche, junge Bürgersfrau in Begleitung ihrer Zofe seinen Weg vor der Kirche kreuzte, gingen seine Gedanken kurz zu seinem Onkel. Dieser hatte das kleine Wunder erreicht, dass der Salzhändler ihn an diesem Abend zu einem Gespräch in seinem Haus in Cannaregio empfing. Und Tomaso hatte nur so von Zuversicht gestrotzt, ihm die Zustimmung zur Ehe mit seiner Tochter Lucrezia abringen zu können.

Enrico mochte über Tomaso und dessen ehrgeizige Heiratspläne spotten, wie er wollte, er, Matteo, wünschte seinem Onkel jedenfalls Glück und ließ sich auch nicht von dem Gedanken beunruhigen, ob er ihm noch immer willkommen sein würde, wenn er wieder verheiratet war. Bis dahin würde noch viel Zeit vergehen. Und warum sich über etwas sorgen, was er sowieso nicht beeinflussen konnte?

Matteo hatte den großen Campo schon gut zur Hälfte überquert und war sich gerade bewusst geworden, dass er sich zu sehr beeilt hatte und viel zu früh bei Gasparo sein würde, als die Gestalt eines Mönches in sein Blickfeld geriet. Der Kuttenträger kam mit hochgeschlagener Kapuze und gesenktem Kopf vor ihm aus der Calle Lunga Santa Maria Formosa, überquerte den Platz mit forschem Schritt und hielt auf die Gasse zu, die am Nordende des Campo zwischen den prachtvollen Patrizierhäusern hindurchführte.

Mönche, Nonnen und Kleriker aller Art gehörten auf den Plätzen, Gassen und Wasserstraßen zum alltäglichen Bild, war die Lagunenstadt doch mit Kirchen und Klöstern mehr als reich gesegnet. Und deshalb schenkte Matteo diesem Mönch vor ihm zunächst keine besondere Beachtung. Doch Augenblicke später führte sein Weg den Ordensbruder durch einen der wenigen, schmalen Sonnenstreifen, die sich auf dem Campo noch gegen die von den Häuser fallenden Schatten behaupten konnten. Und als der Mönch durch diese Sonnenbahn schritt und dabei die Schäbigkeit seiner blank gewetzten, alten Kutte deutlich erkennen ließ, bemerkte Matteo den nachlässig aufgesetzten Flicken auf der linken Schulter – und erkannte ihn sofort wieder.

Es war ohne Zweifel Enricos Kutte! Der Mann, der in dieser Kutte steckte und vor ihm ging, war kein frommer Klosterbruder, sondern kein anderer als Enrico! Auch alles andere passte, die breitschultrige Gestalt, der flotte Schritt. Ja, er war es!

Matteo wollte schon zu ihm aufschließen, ihm von hinten auf die Schulter tippen und ihn spöttisch fragen, wen er denn diesmal um seinen verdienten Lohn zu prellen gedachte, indem er sich als mittellosen Klosterbruder ausgab. Aber schon im nächsten Moment nahm er davon Abstand. Denn natürlich würde Enrico ihm nicht die Wahrheit sagen.

Wohin er wohl wollte und was er mit dieser Verkleidung als Mönch bloß bezwecken mochte? Er wollte jemanden täuschen, das lag auf der Hand. Aber wen und mit welcher Absicht? Hatte er etwa vor sich in dieser Aufmachung irgendwo an einen Spieltisch zu setzen?

Dass Enrico sein heiliges Ehrenwort schon längst gebrochen hatte und wieder seiner Spielsucht verfallen war, daran gab es nicht den geringsten Zweifel. Aber Onkel Tomaso hatte es aufgegeben, ihm Vorhaltungen zu machen und ihn zur Vernunft zu bringen. Die Sache mit dem Mord an Sahadi und die hundertzwanzig Dukaten, die er dem Schurken Enzo Distefano hatte zahlen müssen, um weiteres Unheil von ihnen abzuwehren, das hatte offenbar die Freundschaft zwischen ihnen unwiderruflich zerstört. Jedenfalls wollte Tomaso ihn nicht mehr in seinem Haus haben. Enrico durfte nur noch bis zum Osterfest bleiben. Danach musste er selbst sehen, wo er blieb. Und sein Onkel hatte auch nicht mit sich reden lassen. Er sei mit ihm fertig, ein für alle Mal, hatte er ihm ins Gesicht gesagt. Seitdem herrschte im Haus eine eisige Kälte und jeder ging seiner eigenen Wege.

Matteo ließ sich einige Schritte zurückfallen und rätselte, was Enrico an diesem Abend wohl im Schilde führte. Und da er erst in einer knappen halben Stunde mit Flavio bei Gasparo in der Calle del Paradiso verabredet war, fasste er den spontanen Entschluss, Enrico unauffällig zu folgen und zu sehen, wohin er ihn führte. Womöglich war es ja auch zu seinem und Onkel Tomasos Guten, wenn er Enricos geheimen Unternehmungen auf die Spur kam. Ja, hier ging es um viel mehr als nur um die Befriedigung seiner persönlichen Neugierde! Immerhin hatte Enrico sie mit seiner Haltlosigkeit und Verantwortungslosigkeit schon einmal in höchste Gefahr gebracht. Zudem war da noch die Sache mit dem Schlüssel von Onkel Tomasos privater Truhe, von dem sich Enrico in der Küche heimlich einen Abdruck gemacht hatte. Dass er von seinem Nachschlüssel entweder noch keinen Gebrauch gemacht hatte oder Tomaso nur noch nicht gemerkt hatte, dass er Opfer eines Diebstahls geworden war, hatte da wenig zu sagen.

Der Campo Santa Maria Formosa blieb hinter ihnen zurück und Matteo musste sich in dem engen und verwinkelten Gassengewirr sehr anstrengen, um Enrico nicht aus den Augen zu verlieren. Aber er konnte ihm auch nicht zu nahe auf den Pelz rücken, weil dann die Gefahr, von ihm bemerkt zu werden, zu groß war.

In den ersten Minuten, die er ihm folgte, glaubte Matteo, Enrico wolle zum Rialto hinüber, weil er sich kurz hinter dem Campo scharf nach links wandte und sie dem Canal Grande immer näher kamen. Aber diese Vermutung erwies sich als falsch, als er wieder einen Haken schlug und an der Handelsniederlassung der deutschen Kaufleute vorbei weiter nach Norden strebte.

Kurz vor dem Rio dei Santi Apostoli bog Enrico rechts in eine kurze, aber überraschend breite Gasse ab, die nach etwa sechzig, siebzig Schritten vor einem brandgeschwärzten Haus als Sackgasse endete. Und auf dieses Gebäude, dessen verkohlter Dachstuhl größtenteils eingebrochen war und dessen vordere, vom Feuer gezeichneten Fenster wie die leeren Höhlen eines geschwärzten Totenkopfes wirkten, hielt Enrico zielstrebig zu.

Bei dem Haus handelte es sich zwar nicht um ein Anwesen, das vor dem Brand den Ansprüchen einer reichen Patrizierfamilie entsprochen hätte, es besaß jedoch eine ansehnliche Größe und verfügte sogar über einen kleinen Garten, wie die Umfassungsmauer zu seiner Linken und die dahinter aufragenden Zypressen und der Orangenbaum verrieten. Es war klar, dass seine einstigen Bewohner über einen materiellen Wohlstand verfügt hatten, der für jeden noch so gut gestellten Arsenalotto in unerreichbarer Ferne lag.

Matteo hielt sich weit hinter Enrico im Schatten der vorderen Häuser und glitt gerade noch rechtzeitig in den Sichtschutz eines schmalen Durchgangs, der breit genug für eine Person war und zu einem Kanal führte, als Enrico vor dem schweren Eingangsportal des ausgebrannten Gebäudes stehen blieb, einen Blick zurückwarf und gegen die Tür pochte. Als Matteo vorsichtig um die Hauskante spähte, sah er, wie die Tür geöffnet wurde und Enrico dahinter verschwand.

Die Sache wurde ja immer mysteriöser! Was hatte Enrico jetzt bei Einbruch der Dunkelheit in dieser besseren Ruine zu suchen, die offensichtlich unbewohnbar war? Und wen traf er da bloß, verkleidet als Klosterbruder?

Matteo überlegte angestrengt, was er tun sollte, besser gesagt, was er tun *konnte*, um Antworten auf diese Fragen zu erhalten. Denn er dachte nicht daran, Enricos Verfolgung an dieser Stelle aufzugeben und sich auf den Rückweg zu machen. Er wollte unbedingt herausfinden, mit wem Enrico sich an diesem Ort verabredet hatte. Irgendwie musste er unbemerkt in das Haus kommen!

Als Matteo sich Augenblicke später dem Haus am Ende der Sackgasse näherte und sein Blick auf den Trümmerhaufen fiel, der sich neben der Gartenmauer fast brusthoch aus halb verkohlten Balken, Brettern, Fensterläden und Türblättern auftürmte, wusste er auch schon, wie er sich auf das verlassene Anwesen schleichen konnte. Eine bessere Hilfe, um an dieser Stelle über die Mauer zu klettern, hätte er sich gar nicht wünschen können!

Nervös vor Aufregung leckte er sich über die Lippen, als er die Gartenmauer erreicht hatte. Er zögerte, während das Tageslicht mit jedem Augenblick mehr über der Stadt verblasste. Sollte er es wirklich wagen? Wenn er Pech hatte, würde er eine Menge Ärger mit Enrico und dem Fremden bekommen, der hier auf ihn gewartet hatte! Aber war das nicht ein Risiko, das er unbesorgt auf sich nehmen konnte? Enrico war ihm einiges schuldig. Sogar wenn man ihn entdecken sollte, würde ihn deshalb kaum mehr als ein Donnerwetter, schlimmstenfalls eine gehörige Tracht Prügel erwarten. Und das war ihm die Sache allemal wert!

Er vergewisserte sich noch einmal, dass ihn niemand beobachtete. Dann erklomm er den Schuttberg. Der Schreck durchfuhr ihn, als die Balkenreste unter ihm nachgaben und in Bewegung gerieten. Doch da hatte er seine Hände schon auf der Mauerkrone und zog sich daran hoch.

Nur für den kurzen Augenblick, der nötig war, um festzustellen, dass der Garten verlassen vor ihm lag, verharrte er auf der Mauerkrone. Dann ließ er sich bäuchlings, an der Mauer entlangrutschend, auf der anderen Seite hinab. Weiche Erde fing ihn auf. Schnell huschte er durch die Schatten, die vom größten Teil der verwilderten Gartenanlage Besitz genommen hatten, auf das Haus zu. Bäume und Büsche boten ihm guten Schutz. Doch er musste aufpassen nicht über die vielen Trümmer aus halb verbrannten Tischen, Stühlen, Truhen und anderen Möbelstücken zu fallen, die man nach dem Feuer aus dem ausgebrannten Haus geworfen und zwischen den Büschen und Bäumen liegen gelassen hatte.

Der Garten und die Rückfront des Hauses blickten auf einen breiten Kanal, bei dem es sich vermutlich um den Rio dei Santi Apostoli handelte. Eine prächtige Gondel lag an der kurzen steinernen Treppe, die zum Wasser hinunterführte. Der schwarze Lack glänzte wie poliertes Ebenholz. Und die sechs schweren Metallzähne und der darüber sitzende *ferro*, der oberste Teil des Bugschnabels, der die Dogenmütze symbolisieren sollte, leuchteten golden im Abendlicht. Was für ein Unterschied zu Gasparos ramponiertem Gefährt!

Im nächsten Moment bemerkte Matteo den Mann, der das breite Kreuz eines Zugochsen hatte und am Fuß der Steintreppe mit dem Rücken zum Haus saß. Er trug die gewöhnliche Kleidung eines Dienstmannes und putzte mit einem Lappen die Messingteile einer Laterne. Dabei pfiff er leise eine bekannte Melodie vor sich hin. Dieser Bedienstete wartete offensichtlich auf seinen Herrn, jenen Mann, mit dem sich Enrico hier verabredet hatte.

Matteo schlich sich näher an das Haus heran, das sich auf zwei Seiten, zum Wasser und zum Garten hin, zu einer Loggia öffnete, und überlegte, ob er sich hineinwagen sollte. Doch da fiel auf einmal Lichtschein aus dem Haus in die Säulenhalle. Gleichzeitig hörte er Stimmen, das knirschende Geräusch von Stiefelschritten auf Sand und abgebröckeltem Mauerwerk sowie einen eigenartigen Laut, der wie das Fauchen einer Katze klang, gleichzeitig aber auch etwas Klagendes an sich hatte. Schnell ging er hinter dem nächsten Busch in Deckung und blickte angestrengt in die Richtung, aus der die Geräusche kamen. Im nächsten Moment schälten sich zwei Gestalten aus dem vor ihm liegenden Dunkel.

Da waren sie, Enrico und der rätselhafte Fremde!

Matteos angespannte Aufmerksamkeit galt ganz dem Mann, der jetzt an der Seite des falschen Klosterbruders zwischen den Säulen der Loggia erschien. Hatte Enrico vielleicht auch sein anderes Versprechen gebrochen, nämlich nie wieder mit dem narbengesichtigen Geldverleiher Enzo Distefano zusammenzukommen und sich schon gar nicht erneut auf ein Geschäft mit diesem skrupellosen Wucherer einzulassen? Er wünschte, er hätte sich noch näher heranschleichen können. Denn die beiden Männer sprachen viel zu leise miteinander. Und die Säule, vor der sie jetzt stehen blieben, verdeckte Enrico nicht nur fast völlig, sondern machte auch alles, was er zu dem Fremden sagte, auf diese Entfernung gänzlich unverständlich.

Aber bei dem Mann, der einen eleganten samtschwarzen Umhang mit einer breiten aufwändigen Schließe trug und eine Laterne mit sich führte, konnte es sich nicht um Enzo Distefano handeln, das erkannte Matteo schon im nächsten Moment. Denn dieser Fremde dort, der gut in seinem Sichtfeld stand und ihm sein Profil bot, war im Gegensatz zu dem hageren Geldverleiher von untersetzter, wohl beleibter Statur. Und die leicht getönte Haut dieses Mannes, der an die fünfzig sein musste, zeigte auch nicht die Spur einer einzigen Narbe. Sein fleischiges Gesicht mit den dichten schwarzen Augenbrauen und der kräftigen Nase war so rund und glatt wie eine polierte Bronzekugel.

Wieder hörte Matteo das seltsame, klägliche Fauchen, worauf der wohl beleibte Fremde die Laterne auf der halb verkohlten Truhe abstellte, die neben ihm auf der Seite im Dreck lag, seine rechte Hand hob und gleichzeitig in Richtung seiner linken Schulter etwas Beruhigendes sagte. Und als er sich dabei ein wenig zur Seite drehte, bemerkte Matteo nun das kleine Tier, das auf der linken Schulter des Fremden hockte.

Es war ein winziges exotisches Zwergäffchen, nicht größer als eine Männerhand. Die dichte Mähne des Tieres, die insbesondere um den Kopf herum an die Mähne eines Löwen erinnerte, schimmerte goldrot wie feine Kupferspäne im Licht eines Feuers. Um seinen rechten Fuß trug das Löwenäffchen eine kleine Goldkette, die dem Fremden in einem weiten Bogen über die Brust fiel und dann unter dem Umhang verschwand. Das Äffchen nahm etwas aus der Hand seines Besitzers und machte sich mit seinen Pfoten und Zähnen daran zu schaffen.

Während der Fremde das auf seiner Schulter hockende Löwenäffchen fütterte, setzte er sein Gespräch mit Enrico fort.

Manchmal konnte Matteo ein Wort oder einen halben Satz aufschnappen. Aber sosehr er sich auch bemühte, die fehlenden Teile zu erraten, es gelang ihm nicht, die Wortfetzen auch nur annähernd sinnvoll zu ergänzen. Das Einzige, was er recht deutlich heraushören konnte, war, dass der Fremde mit dem Löwenäffchen auf der Schulter nicht den typischen venezianischen Dialekt sprach. In seiner Aussprache, so glatt und flüssig sie auch war, schwang irgendwie ein fremdländischer Tonfall mit. Aber in einer so umtriebigen Handelsstadt wie Venedig hatte das nicht viel zu besagen, außer dass er kein Einheimischer war.

Auf einmal lachte der Fremde auf und von den nächsten Sätzen konnte Matteo mehr verstehen, weil der Mann nicht mehr mit gedämpfter Stimme sprach. »Aber ich bitte Euch! . . . nun gar kein Problem! . . . auch darüber handelseinig werden . . . noch andere Objekte . . . wir aber nicht hier bereden.«

Enrico erwiderte etwas und löste sich aus dem tiefen Schatten der Säule. Die Kapuze hatte er noch immer oder wieder hochgeschlagen, als sie ins Freie traten und zur Anlegestelle der Gondel gingen.

Und nun drang die Stimme des Fremden mit dem Äffchen auf der Schulter ganz deutlich an Matteos Ohr. »Warum denn noch immer so förmlich, mein Bester? Lasst doch das ›Signor Kallimachos‹, für meine Freunde bin ich schlicht Alexis!«

Alexis Kallimachos.

Ein zufriedenes Lächeln huschte über Matteos Gesicht. Das also war der Name des Fremden, mit dem Enricos sich in irgendwelche dunklen Geschäfte eingelassen hatte. Ein Grieche also! Oder zumindest ein Venezianer griechischer Abstammung. Damit war eine wichtige Frage beantwortet. Und schon allein deshalb hatte sich das Wagnis gelohnt!

Der muskelbepackte Dienstmann sprang von der Steintreppe auf und half den beiden Männern beflissen in die Gondel. Sie verschwanden sofort, und ohne sich noch einmal nach dem ausgebrannten Haus umzusehen, hinter den schwarzen Vorhängen der kleinen Kabine in der Mitte des Bootes. Der bullige Dienstmann hängte seine Laterne an den Bug, band die Leinen los, stellte sich am Heck an die Forcola und trieb die Gondel mit geschmeidig routinierten Ruderbewegungen den Kanal hinunter.

Matteo wagte sich nun aufzurichten und hinter dem Gebüsch hervorzukommen. Schon wollte er sich umdrehen und wieder zurück über die Mauer klettern, als sich plötzlich Bilder und Erinnerungen aus seinem Unterbewusstsein lösten und sich zu einem Gedanken, zu einem Verdacht formten, der ihm wie ein Schock in die Glieder fuhr und ihm fast den Atem nahm.

»Unmöglich! Das kann gar nicht sein!«, entfuhr es ihm unwillkürlich und er weigerte sich im ersten Moment, seinem spontanen Impuls nachzugehen und zu der Stelle hinüberzulaufen, wo noch vor wenigen Augenblicken die beiden Männer gestanden hatten – und wo der Grieche sein Löwenäffchen gefüttert hatte. Denn wenn sich sein ungeheuerlicher Verdacht bestätigte, dann waren die Konsequenzen gar nicht auszudenken.

Aber er konnte gar nicht anders, als sich davon zu überzeugen, ob seine Phantasie mit ihm durchging oder ob dort zwischen den Säulen der Loggia tatsächlich die Beweise lagen, die aus einem bestürzenden Verdacht erschreckende Gewissheit machen würden.

Ihm war ganz schlecht vor innerer Erregung, als er zur Loggia lief, sich hinkniete und den Boden zwischen den beiden Säulen bei der verkohlten Wäschetruhe mit den Händen abtastete. Wenn dieser fremde Grieche namens Alexis Kallimachos sein Äffchen tatsächlich mit Nüssen gefüttert hatte, mussten auch Schalen zu finden sein.

Und da waren sie!

Matteo nahm mehrere der kleinen, dünnen Nussschalen auf und hielt sie sich vor die Augen. In wenigen Minuten würde sich die Nacht endgültig über die Lagunenstadt senken. Aber noch war genug Licht, dass er erkennen konnte, was in seiner Hand lag – nämlich die grüngrauen Schalen von Pistazien. Es waren genau die gleichen Schalen, die sie auch in ihrem Haus in der Calle del Forno zu Füßen des ermordeten Sahadi gefunden hatten.

Ein Zufall?

Nein, unmöglich!

Ein Schauer durchfuhr Matteo und eine Gänsehaut lief ihm über Arme und Rücken. Denn diese Entdeckung bedeutete, dass nicht der Geldverleiher Enzo Distefano für den Mord verantwortlich war und dass Onkel Tomaso dann wohl auch unnötigerweise die enormen Schulden für seinen Schwager bezahlt hatte. Und darüber hinaus bedeutete es, dass Enrico sie belogen und im Glauben gelassen hatte, der Wucherer würde ihnen im Nacken sitzen, während der abscheuliche Mord ganz andere Ursachen und Hintergründe hatte und mit diesem Griechen mit dem Löwenäffchen zusammenhing.

Wer aber war dieser Mann namens Alexis Kallimachos, der Sahadi hatte ermorden lassen und dem Mord allem Anschein nach auch beigewohnt hatte? Und welche schmutzigen Geschäfte, bei denen die eine Partei selbst vor einem Mord nicht zurückschreckte, verbanden ihn mit Enrico? Die beiden warnenden Zeilen an der Wand erhielten nun auch einen völlig neuen Sinn. Was war es, was nur der Tod aufheben konnte? Um welch ein Versprechen ging es, das nur der Teufel schuldig bleiben durfte?

Matteo schreckte aus den auf ihn einstürzenden Gedanken auf, als er hinter sich ein Geräusch hörte. Es klang, als würde sich ihm jemand auf leisen Sohlen nähern, sich aber bei dem Dreck und Mörtel auf dem Boden nicht völlig geräuschlos bewegen können!

Im Bruchteil einer Sekunde schoss ihm die Erkenntnis durch den Kopf, dass er einen schwerwiegenden Fehler begangen hatte, als er geglaubt hatte allein zu sein, nachdem Enrico und der Grieche die Gondel bestiegen hatten und davongefahren waren. Jemand befand sich in seinem Rücken! Und dieser Jemand stand mit größter Wahrscheinlichkeit in den Diensten des Griechen, der Sahadi hatte ermorden lassen!

Erschrocken richtete er sich auf und wollte herumfahren. Aber dafür war es schon zu spät. Alles, was er noch sah, war ein Schatten, der blitzschnell auf ihn zustürzte. Gleichzeitig schwang etwas durch die Luft und auf ihn zu.

Der Schlag traf ihn seitlich am Kopf. Vor seinen Augen schien ein greller, blendender Blitz aufzuzucken, dem augenblicklich tiefste Finsternis folgte.

Jetzt werde ich zu spät zu unserem Treffen kommen!, war sein letzter klarer Gedanke, bevor er das Bewusstsein verlor und zu Boden sackte.

20

Die scharfen, pulsierenden Schmerzen, die von innen gegen seine Schädeldecke stachen, waren die erste bewusste Wahrnehmung, als Matteo aus der Ohnmacht erwachte. Ihm war, als hämmerte jemand in seinem Kopf mit einem spitzen Eisendorn gegen die Schläfe. Ein lang gezogenes Stöhnen stieg aus seiner Kehle, vermochte sich jedoch nicht aus seinem Körper zu befreien, sondern blieb in seiner Mundhöhle als ersticktes Röcheln gefangen. Und da merkte er, dass ein Knebel seinen Mund verschloss.

Er riss die Augen auf, doch die alles umfassende Dunkelheit blieb. Seine Lider berührten ein seidiges schwarzes Etwas. Nach einem kurzen Moment der Verstörung begriff er, dass man ihm auch die Augen verbunden hatte. Aber das war noch nicht alles. Denn als er seine Arme bewegen wollte, weil sich nun auch Schmerzen in seinen Handgelenken bemerkbar machten, spürte er, dass es ihm unmöglich war, weil man sie ihm über dem Kopf gefesselt hatte. Und diese Fessel hielt ihn in einer aufrechten Stellung. Seine Füße berührten gerade noch den Boden. Im nächsten Augenblick traf ihn die fürchterliche Erkenntnis, dass er geknebelt und blind durch eine Augenbinde an ein Seil gefesselt stand, das irgendwo über seinen ausgestreckten Armen befestigt war.

Diese Feststellung ließ zusammen mit der jäh einsetzenden Erinnerung an das, was ihm in der Loggia der Brandruine widerfahren war, Panik in ihm aufwallen. Eine Flut von angsterfüllten Fragen schlug wie eine gewaltige Sturzsee über ihm zusammen und ließ ihn für kurze Zeit sogar die heftigen Schmerzen vergessen, die seinen Kopf und seine Handgelenke malträtierten.

Wer hatte ihn niedergeschlagen? Wie lange war er ohne Bewusstsein gewesen? Befand er sich in dem ausgebrannten Haus? Oder hatte man ihn in der Zwischenzeit an einen anderen Ort gebracht? Was erwartete ihn? Drohte ihm dasselbe grausame Schicksal, das Sahadi getroffen hatte?

Er stellte sich auf die Zehenspitzen und zerrte mit der Kraft der Verzweiflung an der Fessel. Doch das Einzige, was er damit erreichte, war, dass die Schmerzen in den Gelenken noch stärker wurden. Wer immer ihn gefangen hielt, hatte dafür gesorgt, dass er sich nicht befreien konnte. Er war ihm oder ihnen rettungslos ausgeliefert!

Matteo bäumte sich in hilfloser Verzweiflung auf, warf den Kopf zurück und schrie gegen den Knebel an. Noch nie in seinem Leben hatte ihm die Angst dermaßen zugesetzt wie jetzt! Nicht einmal als die Pest in San Bernardo seine Eltern und Geschwister nacheinander dahingerafft und er sich davor gefürchtet hatte, dass auch ihn der Schüttelfrost überfiel und sich auf seinem Körper die ersten Spuren der tödlichen Plage zeigten. Und er verfluchte sich dafür, dass er seine Neugierde nicht hatte bezähmen können und über die Mauer geklettert war. Was ging es ihn denn an, in welche kriminellen Machenschaften Enrico sich verstrickt hatte?

Aus der Dunkelheit kam auf einmal eine kratzige, kehlige Stimme, die ohne große Emotion verkündete: »Mir scheint, der Kerl ist zu sich gekommen! . . . Wir können also beginnen, wenn es Euch recht ist.«

Matteo zuckte erschrocken zusammen, hatte er sich in dem Raum doch allein geglaubt. Aber das Geräusch von scharrenden Füßen und unverständliches Geflüster belehrten ihn nun eines anderen. Alle Muskeln spannten sich in ihm an. Angestrengt lauschte er in die Schwärze, die ihn umgab, und konzentrierte sich auf das leise Stimmengemurmel. Er meinte auch das Rücken eines Stuhls oder Schemels ausmachen zu können. Dieses Geräusch wie auch die miteinander flüsternden Stimmen kamen jedoch nicht aus unmittelbarer Nähe, sondern aus einiger Entfernung. Er vermochte nicht abzuschätzen, wie viele Schritte ihn von den Männern trennten, die ihn gefesselt und an den Strick gehängt hatten, aber mehr als ein halbes Dutzend mussten es schon sein. Daraus wie auch aus dem leichten Hall, der die kratzige Stimme begleitet hatte, ließ sich schließen, dass er in einem großen Raum gefangen gehalten wurde. Vielleicht in der Eingangshalle des ausgebrannten Hauses? Oder klang es nicht eher nach einem unterirdischen Gewölbe, einem jener Kerker, in denen die Inquisition ihre Opfer der Tortur unterzog? Hängte man sie dort nicht auch an einem Strick auf, so wie man es mit ihm getan hatte?

Matteo war übel vor Angst und er fürchtete plötzlich sich gleich übergeben zu müssen und dann an seinem eigenen Erbrochenen zu ersticken.

»Soll mir recht sein«, sagte die Reibeisenstimme und sie kam näher, als sie fortfuhr: »Fangen wir also mit der Befragung Eures ungebetenen Gastes an.«

Matteo hörte aus dem hinteren Teil des Raumes ein klagendes Fauchen, das ihm nur zu bekannt war. Es kam eindeutig von dem Löwenäffchen mit der dichten goldroten Mähne! Und das bedeutete, dass sich der Wohlbeleibte mit dem griechischen Namen Alexis Kallimachos im Hintergrund aufhielt und die Befehle erteilte!

Jemand blieb vor ihm stehen. Eine grobe Hand machte sich am Knebel zu schaffen und plötzlich konnte er frei atmen. Mit einem erlösten Aufstöhnen sog er die Luft tief ein.

Der Mann vor ihm versetzte ihm einen Schlag vor die Brust und fragte: »Wie heißt du?«

Die Frage verblüffte und irritierte Matteo. Hatte der Grieche denn nicht längst von Enrico erfahren, wie er hieß und in welcher Beziehung er zu ihm stand? Oder wusste Enrico vielleicht noch gar nichts davon, dass man ihn an dem geheimen Treffpunkt entdeckt, niedergeschlagen und verschleppt hatte? Wenn das der Fall war, und alles deutete darauf hin, musste er noch mehr um sein Leben fürchten!

»Dein Name!«, verlangte die Reibeisenstimme erneut zu wissen.

»Matteo . . . Matteo Lombardi!«

»Wer hat dich geschickt?«

»Geschickt? Wer sollte mich denn geschickt haben? Niemand hat mich geschickt!«, versicherte Matteo.

»Du lügst!«

Im selben Augenblick bohrte sich eine Faust in seinen Unterleib und löste dort eine Explosion von Schmerzen aus. Gequält schrie er auf. Sein Körper wollte sich krümmen, aber der Strick, an dem er hing, ließ es nicht zu. Er zog nur kurz die Beine an und verlor dadurch für einen kurzen Moment den Boden unter den Füßen. Der scharfe Schmerz, der ihm augenblicklich durch Hand- und Schultergelenke fuhr, brachte ihn sofort dazu, die Beine wieder zu strecken und nach Halt zu suchen.

»Jetzt weißt du, was dir blüht, wenn du nicht die Wahrheit sagst! Für jede Lüge, die dir über die Lippen kommt, wirst du mit Schmerzen bezahlen!«, drohte die Reibeisenstimme. »Und nicht, dass es bei läppischen Faustschlägen bleibt!«

»Ich . . . habe . . . nicht gelogen!«, stieß Matteo abgehackt und unter Schmerzen hervor, die ihm die Tränen in die Augen trieben. »Ich bin doch Enrico nur gefolgt, weil ich ihn in der alten Mönchskutte vor mir über den Campo Santa Maria Formosa gehen sah!«

»Enrico?«

»Ja, Enrico Benzotti. Er wohnt wie ich im Haus meines Onkels Tomaso Rovelli in der Calle del Forno und manchmal verkleidet er sich als Klosterbruder!«, erklärte Matteo hastig und mit schmerzerfüllter Stimme. »Und da wollte ich wissen, wohin er in dieser Aufmachung ging!«

Aus dem Hintergrund kam schnelles, herrisches Fingerschnippen, als machte der Grieche den Mann, der in seinem Auftrag das Verhör führte, auf sich aufmerksam.

»Warte!«, sagte die Reibeisenstimme.

Matteo hörte, wie sich der Mann von ihm entfernte. Als Nächstes hörte er unverständliches Gemurmel. Erteilte der Grieche seinem Handlanger neue Instruktionen?

Wenig später kehrten die Schritte wieder zu ihm zurück und das Verhör durch den Mann mit der kratzigen Stimme ging weiter. »In diesen Tagen sieht man viele verkleidete Leute auf den Plätzen und Gassen. Wieso hat dich der Anblick von Enrico Benzotti in einer alten Mönchskutte dazu veranlasst, ihm zu folgen und dann auch noch auf ein fremdes Grundstück einzudringen?«

Matteo rang kurz mit sich, ob er eine Ausflucht vorbringen oder besser bei der Wahrheit bleiben sollte. Er entschied sich für Letzteres. Denn wenn der Grieche den Mord an dem alten schwarzen Diener auf dem Gewissen hatte, dann wusste er vermutlich auch längst von diesem gewissenlosen Schweinehund Enrico, dass er, Matteo, ihm dabei geholfen hatte, die Leiche in der Lagune zu versenken.

»Enrico ist ein leidenschaftlicher Spieler«, antwortete Matteo deshalb und bemühte sich die Wahrheit in einem möglichst naiven Tonfall vorzubringen. Denn je weniger man ihn für eine Gefahr hielt, desto besser waren seine Chancen, mit dem Leben davonzukommen. »Und ich wollte wissen, ob er meinen Onkel angelogen und in den letzten Wochen wieder Spielschulden gemacht hat und ob er sich nun auch wieder mit dem Wucherer Enzo Distefano trifft, obwohl er meinem Onkel doch hoch und heilig versprochen hat sich nie wieder mit ihm einzulassen.«

»Und was genau hast du beobachten und herausfinden können, nachdem du über die Mauer geklettert bist und dich im Garten versteckt hast?«, lautete die nächste Frage.

»Nicht viel«, sagte Matteo ausweichend und wusste ihm selben Moment, als ihm diese vage Antwort über die Lippen rutschte, was er sich damit einhandeln würde.

Er irrte sich nicht. Ein zweiter Faustschlag traf ihn.

Gellend schrie Matteo auf und wand sich unter Schmerzen.

»Ich habe dich gewarnt«, sagte die kratzige Stimme gleichgültig. »Es liegt ganz bei dir, ob du es dir leicht oder schwer machen willst. Die Wahrheit hole ich so oder so aus dir heraus. Und schreien kannst du hier so viel, wie du willst. Niemand wird deine Schreie hören. Also überleg es dir noch mal gut, wie du auf die Fragen antwortest.«

»Es ... es war ... doch schon dunkel ... und ich habe wirklich ... nicht viel gesehen ... nur dass Enrico ... dort einen Fremden getroffen hat«, würgte Matteo mühsam hervor.

»Weiter!«

Sosehr ihm die Schmerzen auch zusetzen, so wusste Matteo doch, dass er zwar bei der Wahrheit bleiben musste, aber unter keinen Umständen zugeben durfte, dass er den Namen des Griechen aufgeschnappt hatte. »Ich ... ich war doch ... hinter den Büschen ... und von dort habe ich nur zwei Männer gesehen ... Enrico und eben diesen Fremden ... Sie kamen aus dem Haus ... und sind zwischen den Säulen ... stehen geblieben.«

»Hast du den anderen Mann erkannt?«

»Ich arbeite im Arsenal ... bei meinem Onkel ... als Zimmermannslehrling ... und habe es nicht mit dem Glücksspiel ... Diesem Wucherer Distefano bin ich deshalb noch nie begegnet ... Also, wie soll ich ihn erkennen?«, fragte Matteo zurück und hoffte inständig, dass man ihm nicht vorhielt, den Geldverleiher doch sehr leicht an seinem von Narben gezeichneten Gesicht erkennen zu können. »Und was Enrico ... mit dem Fremden beredet hat, konnte ich nicht hören ... dafür war ich doch viel zu weit weg.« Es kostete ihn allergrößte Selbstbeherrschung, nicht augenblicklich die Bauchmuskeln anzuspannen. Denn damit hätte er sich verraten, dass er nicht die ganze Wahrheit gesagt hatte und damit rechnete, gleich wieder geschlagen zu werden.

Aber der befürchtete Tiefschlag blieb aus. Und das bedeutete, dass man ihm die Lüge glaubte!

»Warum hast du dich später, als die Gondel mit Enrico und seinem Begleiter außer Sicht war, auf die Loggia geschlichen und dort Nussschalen aufgesammelt?«, war die nächste Frage.

»Mir war so, als hätte der Fremde irgendetwas verloren, als er das Tier auf seiner Schulter gefüttert hat«, sagte Matteo.

»Ich glaube dir nicht. Nun denn, du willst es wohl nicht anders. Mir soll es recht sein.«

»Nein, bitte nicht!«, flehte Matteo und bereute sofort, dass er sich zu dieser zweiten Lüge hatte hinreißen lassen, zumal sie viel leichter zu durchschauen war als die davor. »Ihr müsst mir . . .« Weiter kam er nicht.

Zum dritten Mal rammte ihm der Mann mit der kratzigen Stimme seine Faust in die Magengegend. Wie eine glutheiße Stichflamme schoss das Feuer der Schmerzen durch seinen Körper. Er wollte seine Qual hinausschreien, aber mehr als ein Röcheln drang nicht aus seiner Kehle, denn die Luft blieb aus. Ihm war, als müsste er ersticken, während ihn gleichzeitig ein wütender Schmerz von den Händen bis hinunter in die Füße erfüllte. Ein Schmerz, der ihn scheinbar von innen heraus verbrennen wollte.

Etwas berührte Matteos Kehle.

»Nein, warte!« Ein kurzer, scharfer Befehl aus dem Hintergrund. Ein Befehl, der was verhindert hatte? Den Schnitt des scharfen Messers, unter dessen Klinge Sahadi seine rechte Hand verloren hatte? Oder das Umlegen einer Kordel, die der Erdrosselung diente?

Matteo zitterte am Strick vor Todesangst und Schmerz, der

nur langsam abebbte, und sog krampfhaft nach Atem. Dennoch nahm er die Schritte wahr, die sich ihm nun aus der Tiefe des unbekannten Raumes näherten. Das leise Klirren einer Kette und ein tierischer Laut. Ja, es konnte gar kein anderer als der Grieche selbst sein! Würde sich jetzt entscheiden, ob er leben oder sterben würde?

Jemand tippte ihm Augenblicke später mit dem Finger an die Stirn. »Bist du inzwischen hier oben wieder klar genug, um zu verstehen, was ich dir sage, Matteo Lombardi?«, fragte eine Stimme, bei der es sich ohne jeden Zweifel um die des Griechen Alexis Kallimachos handelte.

»Ja!«, keuchte Matteo. Ihm war, als könnte er das Löwenäffchen auf der Schulter des Fragestellers riechen, diesen unverkennbaren Geruch von Tier.

»Du lebst gemeinsam mit Enrico im Haus deines Onkels Tomaso Rovelli und du weißt nur zu gut, was dort vor wenigen Wochen gesehen ist, nicht wahr?«

»Ja«, bestätigte Matteo angstvoll und eilfertig.

»Erzähl es mir noch einmal, damit wir uns beide keinen falschen Erinnerungen hingeben!«, forderte ihn Alexis Kallimachos auf.

»Jemand . . . jemand hat . . . Enricos alten Diener . . . den schwarzen Sklaven Sahadi . . . erdrosselt und ihm die rechte Hand vom Arm getrennt«, berichtete Matteo stockend. »Und er hat mit Kohlestift eine Nachricht . . . eine Warnung . . . auf der Wand hinterlassen . . . dass nur der Tod alles aufhebt . . . und nur der Teufel ein Versprechen schuldig bleiben kann.«

»Sehr gut, das stimmt auch mit meinen Erinnerungen überein«, lobte der Grieche ihn höhnisch. »Und weißt du auch, wer dieser jemand war, der euren Sahadi erdrosselt hat?«

»Es soll dieser Geldverleiher oder einer seiner Leute gewesen sein, so hat Enrico es uns erzählt!«

»Dieser Distefano?«

»Ja, so soll er heißen.«

»Und das glaubst du noch immer?«

Matteo kämpfte gegen die Angst an, ob von seiner Antwort nun sein weiteres Schicksal abhing. »Ich weiß schon lange nicht mehr, was ich glauben soll«, antwortete er verzweifelt und kämpfte mit den Tränen. »Es hat mich mal interessiert, weil ich wütend auf Enrico war, dass er mich und Onkel Tomaso in etwas hineingezogen hat, was uns nichts angeht und wovon wir auch nichts wissen wollen. Aber das ist jetzt vorbei. Mit Enrico und seinen . . . seinen Machenschaften bin ich fertig. Ich will nichts mehr davon wissen! Und wenn er in ein paar Wochen bei uns auszieht, werde ich auch nichts mehr mit ihm zu schaffen haben.«

»Das klingt bei einem neugierigen Burschen, der eben noch den Mutigen gespielt hat, ja wie die wundersame Wandlung vom Saulus zum Paulus!«, stellte der Grieche fest. »Aber manchmal geschehen ja in der Tat noch Zeichen und Wunder. Und das wäre dir zu wünschen, wenn du nicht so enden willst wie dieser Sahadi. Eine bedauerliche Sache, dass der Alte dran glauben musste, aber es war notwendig, um den guten Enrico bei der Stange zu halten. Und wenn du, Matteo Lombardi, dich zukünftig nicht um deine eigenen Angelegenheiten kümmerst, sondern auch weiterhin deine Nase in Sachen steckst, die dich nichts angehen . . .« Er machte eine kurze, bedeutungsvolle Pause, bevor er seine Drohung mit den eisigen Worten beendete: ». . . dann werde ich, ohne mit der Wimper zu zucken und ohne darüber auch nur eine Minute meines guten Schlafes zu verlieren, auch dich zu den Fischen in der Lagune schicken! Haben wir uns verstanden?«

Matteo nickte heftig. »Oh ja! . . . Da gibt es nichts, was ich missverstehen könnte!«, beteuerte er und die Hoffnung durchströmte ihn, dass er lebend davonkommen würde, wenn er jetzt bloß keinen Fehler machte. Die gewaltige Kraft der Hoffnung nahm den Schmerzen sogar vieles von ihrer quälenden Stärke.

»Jetzt höre mir mal gut zu, Matteo Lombardi! Der gute Enrico weiß nicht, dass du ihm gefolgt bist, und dabei wird es auch bleiben. Du wirst ihm gegenüber absolutes Stillschweigen über das bewahren, was dir hier widerfahren ist und was ich zu dir gesagt habe!«, schärfte ihm der Grieche ein. »Auch zu keiner anderen Menschenseele wirst du ein Wort darüber verlieren. Du magst dich bisher für ein schlaues Bürschchen gehalten haben, aber in Wirklichkeit bist du nicht mehr als ein dreckiger Wurm, der fortan besser Acht gibt, nicht unter den Stiefel eines Mannes zu geraten, der über mehr Macht und Geld verfügt, als du dir in deinen kühnsten Träumen vorstellen kannst.«

»Ich verstehe!«, versicherte Matteo beklommen.

»Nein, gar nichts verstehst du!«, widersprach Alexis Kallimachos verächtlich. »Du bist ein dahergelaufener Niemand in dieser Stadt! Du besitzt nicht einmal das aus Gnade verliehene Bürgerrecht! Jeder einheimische Bettler, der auf der Straße lebt, hat mehr Rechte als du. Es kostet mich nur ein Fingerschnippen, um dein Leben zu beenden – und zwar auf alle möglichen unschönen Arten. Und wenn ich dir wirklich böse will, dann sorge ich durch eine anonyme Anzeige dafür, dass dich die Staatsinquisition verhaftet und auf die Folter spannt, weil sie dich für einen Agenten der Osmanen hält, der im Arsenal die Zisternen vergiften soll. Das Gift und anderes, was deine Schuld beweist, wird man bei deinen Sachen im Haus deines Onkels finden, verlass dich drauf! Das wird dann natürlich auch der grausame Tod deines Onkels sein. Und das ist keine Drohung, sondern ein Versprechen!«

»Kein Wort werde ich zu Enrico sagen! Und auch zu keinem anderen!«, beteuerte Matteo und fügte hastig den Schwur hinzu: »Das schwöre ich Euch bei allem, was mir heilig ist!«

»Gut, dann verstehen wir uns ja – und du kommst diesmal noch mit dem Leben davon. Beim nächsten Mal wirst du nicht so glücklich sein«, sagte der Grieche. »So, ich überlasse dich wieder der Obhut meines . . . Vertrauten, den wir mal . . . nun, Angelo nennen wollen. Ein passender Name, gibt es doch auch Todesengel, wie du vielleicht weißt!» Er lachte über seinen bösartigen Witz. »Angelo wird dich gleich von hier wegbringen und irgendwo absetzen, wo wir es für richtig halten. Du bist gut beraten genau das zu tun, was er dir sagt. Andernfalls hast du dein Leben verwirkt.«

»Ich werde alles tun, was Ihr verlangt!«, versicherte Matteo.

Der Grieche lachte trocken auf. »Dessen bin ich mir sicher, denn ich verlasse mich nicht allein auf die Macht der Gewalt, sondern immer auch auf die Überzeugungskraft des Goldes. Mit zwei Ochsen pflügt es sich leichter als nur mit einem!« Seine Stimme wandte sich von Matteo ab und befahl: »So, und jetzt schaff ihn weg . . . Angelo!«

21

Stocksteif wie eine hölzerne Puppe und mit einer Karnevalsmaske über den noch immer verbundenen Augen saß Matteo auf der weich gepolsterten Sitzbank des Bootes, bei dem es sich aller Wahrscheinlichkeit nach um eine Gondel handelte. Er schätzte, dass der Schläger mit dem falschen Namen Angelo ihn schon seit gut einer Viertelstunde durch das Labyrinth der Kanäle fuhr. Ständig wechselte er den Kurs, lenkte das

Boot eine Minute lang nach rechts, um sofort darauf einen Haken nach links zu schlagen, und führte die Gondel sogar mehrmals im Kreis herum, sodass er es längst aufgegeben hatte, sich die Route im Geiste merken zu wollen. Und genau das bezweckte der Handlanger des Griechen wohl auch mit seinen vielfachen Richtungsänderungen. Er sollte nicht feststellen können, wo man ihn gefangen gehalten hatte. Das Einzige, was er mit einiger Wahrscheinlichkeit wusste, war, dass er nicht in der Halle der Brandruine, sondern irgendwo in einem großen, wenn auch nicht sehr tief liegenden Kellerraum am Strick gehangen hatte. Denn bevor Angelo ihn durch mehrere Gänge geführt und auf das Boot gebracht hatte, waren sie eine Treppe mit sieben Stufen hochgestiegen.

»Wenn dir was an deinem Leben liegt, rührst du dich ohne ausdrücklichen Befehl von mir nicht von der Stelle, gibst nicht einen Ton von dir und tust augenblicklich, was ich dir sage!«, hatte ihm der Schläger eingeschärft, bevor er ihn im Kellergewölbe von der schmerzhaften Fessel befreit hatte. »Ich werde dir jetzt ein hübsche Karnevalsmaske umbinden. Dann führe ich dich an meinem Arm wie einen Blinden hier heraus und auf ein Boot, mit dem ich dich zu einem stillen Ort bringe, wo ich dich freilassen werde – vorausgesetzt, du versuchst keine Dummheiten. In dem Fall hast du dein Leben verwirkt und mein Messer schneller zwischen den Rippen, als du ›Maria hilf!‹ beten kannst!«

»Ich werde nichts dergleichen versuchen!«, hatte Matteo versichert und jede Anweisung augenblicklich befolgt.

Nun wartete er mit fast unerträglicher Anspannung darauf, dass die Irrfahrt durch die Kanäle ihr Ende fand und er seine Freiheit zurückerhielt.

Den veränderten Geräuschen nach zu urteilen waren sie soeben von einer breiten Wasserstraße in einen schmalen Kanal eingebogen. Auch war ihm, als würde das Boot spürbar an Fahrt verlieren.

Er hatte sich nicht getäuscht. Augenblicke später legte das Boot an. »Du bleibst, wo du bist!«, zischte Angelo. »Ich sage dir, wenn du aufstehen sollst!«

Das Boot schwankte, als der Mann von Bord ging, wohl um die Gondel mit einer Leine zu sichern. Im nächsten Moment kam der Befehl: »Streck deine rechte Hand aus, nimm meinen Arm und steh auf! Ich sage dir, wohin du deinen Fuß setzen musst!«

Matteo gehorchte und stand wenige Sekunden später auf festem Boden.

»Komm mit!«

Angelos führte ihn vom Boot weg und zog ihn nach wenigen Schritten scharf nach rechts in eine nach Abfall und Urin stinkende Gasse. Sie musste sehr eng sein, denn obwohl der Handlanger des Griechen ganz nahe an seiner rechten Seite ging, schabte er, Matteo, mit seiner linken Schulter mehrmals an einer Wand entlang. Er spürte Mauerwerk und bröckelnden Putz unter seinen Fingern, als er vorsichtig die herunterhängende Hand nach außen drehte.

»Halt! Das reicht!«

Matteo blieb stehen und plötzlich befiel ihn wieder Todesangst. Sein Herz begann zu rasen. Würde der Grieche sein Wort halten und ihn wirklich laufen lassen? Oder war das alles nur leeres Gerede gewesen, um ihn in Sicherheit zu wiegen, damit ihn Angelo in dieser stinkenden Gasse bequem niederstechen und tot zurücklassen konnte?

»Hier trennen sich unsere Wege – fürs Erste!«, sagte der Schurke an seiner Seite und schlug Matteos Hand von seinem Arm. »Hüte dich mir zu folgen und zum Kanal zurückzukehren. Es wäre dein Tod!«

Matteo wollte ihm versichern, dass ihm nichts ferner lag, als so eine Dummheit zu begehen. Aber dazu kam er nicht mehr. Denn kaum hatte Angelo seine Drohung ausgesprochen, als er ihm auch schon die Faust zwischen die Schulterblätter hämmerte und ihn mit diesem ebenso wuchtigen wie heimtückischen Hieb zu Boden schleuderte.

»Das nur zu deiner Erinnerung, mit wem du es zu tun hast!«, zischte Angelo, versetzte ihm einen Stiefeltritt zwischen die Rippen – und entfernte sich dann mit schnellen Schritten.

Stechende Schmerzen schossen Matteo durch Brust und Schulter, aber das Gefühl unaussprechlicher Erlösung überwog, als er sich stöhnend in eine sitzende Position aufrichtete und gegen die Wand lehnte, die er in seinem Rücken spürte. Die Schmerzen würden schon wieder vergehen. Was allein zählte, war, dass sie ihn tatsächlich laufen gelassen hatten! Er war mit dem Leben davongekommen! Ihm war nach Weinen und Jubeln zugleich zu Mute.

Angespannt lauschend, wartete Matteo, bis sich die Schritte des Schlägers in der Dunkelheit verloren hatten. Dann erst wagte er es, sich die Maske vom Kopf zu reißen und von der Augenbinde zu befreien. Es war, wie er vermutet hatte, er befand sich in einer engen nachtschwarzen Gasse, die zwischen zwei hohen Häuserwänden hindurchführte. Nicht ein einziges Fenster ging zu dieser Gasse hinaus.

Er blieb noch mehrere Minuten im Schmutz des finsteren Durchgangs sitzen, bis sich sein rasendes Herz beruhigt und die Schmerzen sich gelegt hatten. Dann zwang er sich auf die Beine und ging mit unsicherem Schritt die Gasse hoch. Seelische Erschöpfung und das fast berauschende Gefühl, dem Tod so nahe gewesen und noch am Leben zu sein, setzten ihm gleichermaßen zu, während er durch ein ihm fremdes Viertel irrte.

Der Nachthimmel über der Lagunenstadt war sternenklar und die Stellung des Mondes verriet Matteo, dass gut und gern anderthalb Stunden verstrichen waren, seit er dem Griechen auf dem unbewohnten Grundstück am Rio dei Santi Apostoli in die Hände gefallen war. Und das bedeutete, dass er sehr lange bewusstlos gewesen war. Der Schlag, der ihn auf der Loggia getroffen hatte, musste so schwer gewesen sein, dass er jemanden mit einem weniger harten Schädel womöglich den Tod gebracht hätte. Kein Wunder, dass ihm noch immer bohrende Kopfschmerzen zusetzten.

Auf einmal führte ihn eine der Gassen auf einen Campo, der sich am anderen Ende stark verengte. Sein Blick fiel auf die etwas versteckt liegende Kirche. Sie kam ihm bekannt vor, und als er näher kam, erinnerte er sich, hier schon einmal mit Gasparo und Flavio gewesen zu sein. Natürlich! Es handelte sich bei der Kirche um die Santa Maria Mater Domini, wo Flavio noch schnell eine Kerze hatte entzünden müssen! Und das bedeutete, dass er sich im nördlichen Teil des Stadtbezirks San Croce aufhielt. Jetzt wusste er, welchen Weg er einschlagen musste, um nach Hause zurückzufinden.

Es war müßig, sich den Kopf darüber zu zerbrechen, wo man ihn versteckt gehalten hatte. Angelo war mit ihm im Boot lange genug unterwegs gewesen, um ebenso gut von Dorsoduro im Süden wie von Cannaregio im Norden aufgebrochen zu sein. Obwohl der Untergrund in Dorsoduro erheblich fester war als anderswo in Venedig und deshalb an manchen Stellen auch den Bau von einigermaßen trockenen Kellergewölben erlaubte. Aber es interessierte ihn nicht wirklich, dafür war er dem Tod zu knapp entkommen!

Matteo erreichte bald das Viertel kurz vor der Rialto-Brücke, wo rund um den Campo San Giacomo di Rialto das Herz des venezianischen Welthandels schlug und wo sich der Reichtum der Kaufleute auch in den Häusern rund um die Marktplätze manifestierte. Matteo schenkte den prunkvollen Palästen, stattlichen Patrizierhäusern und nicht weniger eindrucksvollen Handelskontoren und Bankhäusern nicht einen Blick, als er über den Platz eilte. Der Campo hätte mit goldenen Fliesen gepflastert sein können – es wäre ihm nicht aufgefallen. Ihm saßen Angst und Schrecken noch viel zu tief in den Gliedern, um auch nur einen Gedanken für irgendetwas anderes zu haben, was nicht mit den dunklen Machenschaften des Griechen Alexis Kallimachos und Enricos Verstrickungen zu tun hatte – und dem Wunder, dass seine Neugierde ihm nicht zum tödlichen Verderben geworden war.

Kurz hinter der Kirche San Giacomo und nur noch wenige Schritte vor dem Aufgang zur Brücke über den Canal Grande geriet er einem untersetzten, korpulenten Mann in die Quere, der eiligen Schrittes und ähnlich unaufmerksam aus einer Seitengasse auftauchte.

Als Matteo mit ihm zusammenstieß und aus seinen Gedanken aufschreckte, registrierte er sofort, und ohne sich dessen überhaupt bewusst zu werden, die teure Kleidung des Mannes. Sie wies ihn als Kaufmann aus und unterschied ihn auch schon bei einem flüchtigen Blick deutlich von der gewöhnlichen, arbeitenden Bevölkerung der Stadt.

»Verzeiht meine Unachtsamkeit, mein Herr!« Die Entschuldigung kam ihm wie ein Reflex über die Lippen und er wollte schon weiterhasten.

Aber der Mann hielt ihn am Arm zurück und rief mit freudiger Überraschung: »Heiliger Giacomo! Mir sollen auch noch die letzten Haare vom Kopf fallen, wenn das nicht der junge Matteo Lombardi ist!«

Matteo hob den Kopf und staunte nicht wenig, als er sah, wer da vor ihm stand. Es war der Weinhändler aus Morante, der damals seinen Brief mitgenommen und dadurch den Kontakt zu seinem Onkel hier in Venedig hergestellt hatte!

»Signor Batali!«

Der Weinhändler strahlte ihn an, ergriff seine Hand und schüttelte sie kräftig. »Was für ein wunderbarer Zufall, dass wir uns hier über den Weg laufen. Sag, wann haben wir uns das letzte Mal gesehen? Es muss ein gutes halbes Jahr her sein, nicht wahr? Nun, wie geht es dir und deinem Onkel?«

»Danke der Nachfrage, Signor Batali. Uns geht es bestens«, log Matteo und spürte, wie sich augenblicklich sein Herz zusammenzog. Nicht wegen der Lüge, sondern weil die unverhoffte Begegnung mit dem Händler aus dem Euganeischen Hügelland ihn sofort voller Sehnsucht an Fiona, *Rosario* und die wunderschöne Landschaft dort denken ließ.

Der Weinhändler stutzte plötzlich und ein besorgter Ausdruck trat auf sein Gesicht, das von einem breiten, buschigen Backenbart von eisengrauer Farbe eingerahmt wurde. Was ihm an Haaren auf dem Kopf fehlte, wucherte unterhalb der Schläfen umso kräftiger. »Aber du siehst gar nicht gut aus, sondern ausgesprochen blass und mitgenommen!«, stellte er fest, fasste ihn am Kinn und drehte Matteos Kopf in das Licht einer Laterne. »Und du hast ja dort eine ganz hässliche Platzwunde! Um Gottes willen, da muss dir aber einer übel mitgespielt haben! Wie ist das bloß passiert?«

Matteo tastete nach der Kopfwunde und zuckte sofort zurück, als er verkrustetes Blut unter seinen Fingerkuppen spürte und augenblicklich einen stechenden Schmerz auslöste, obwohl er die Wunde doch kaum berührt hatte. Er überlegte, was er dem Weinhändler auf seine Frage antworten sollte, und fand glücklicherweise auch sofort eine plausible Erklärung für die Platzwunde und den Schmutz auf seiner Kleidung.

»Ich habe das Pech gehabt, einer Gruppe von Fischerjungen

über den Weg zu laufen und gegen die Übermacht leider nicht viel ausrichten können!« Er verzog das Gesicht zu einer entschuldigenden Grimasse und klärte ihn kurz über die traditionelle Feindschaft zwischen den jugendlichen Nicolotti und den Castellani auf. »Aber es sieht schlimmer aus, als es ist.«

»Na, ich weiß nicht«, sagte Luigi Batali.

Matteo winkte ab. »Es ist wirklich nicht der Rede wert. Erzählt mir lieber, was es aus Eurer Heimat und . . . und von *Rosario* zu berichten gibt!«, bat er und errötete unwillkürlich.

»Das würde ich gerne tun und es gibt auch so manches, was dich wohl interessieren dürfte. Aber leider fehlt mir dazu die Zeit«, bedauerte der Weinhändler. »Ich bin nämlich auf dem Weg zu einer wichtigen geschäftlichen Verabredung und schon recht spät dran. Ich muss mich wirklich sputen!«

»Natürlich, ich verstehe. Wie dumm von mir«, sagte Matteo, doch er hatte an diesem Abend nicht die Kraft, seine Enttäuschung hinter einem erzwungenen Lächeln zu verbergen.

»Aber warum treffen wir uns nicht morgen Abend?«, schlug Luigi Batali vor, als er Matteos niedergeschlagenen Ausdruck sah. »Da habe ich nichts vor und wir können uns in aller Ruhe unterhalten.«

Matteos Gesicht leuchtete auf. »Wollt Ihr das wirklich tun?«

Der Weinhändler lächelte wohlwollend und nickte. »Am besten kommst du morgen Abend so gegen sieben Uhr in mein Quartier. Ich habe mich im *Dello Sturione* einquartiert, das ist ein ordentlicher und respektabler Gasthof gleich da drüben an der Brücke und mit Blick auf den Canal Grande. Dort wird ein ganz anständiges Essen serviert. Und für den Wein bürge ich blind!« Er zwinkerte ihm zu. »Gehört doch der Besitzer des Gasthofes zu meinen treuesten Kunden! Also, abgemacht? Sehen wir uns morgen um sieben bei mir im *Dello Sturione?«* Er streckte ihm seine Hand hin.

»Und ob, Signor Batali! Das ist wirklich überaus freundlich von Euch!«, sagte Matteo und ergriff die ihm dargebotene Hand. »Abgemacht! Um sieben Uhr! Ich werde ganz bestimmt pünktlich sein!«

Der Weinhändler nickte ihm freundlich zu und eilte dann in jene Richtung davon, aus der Matteo gekommen war.

Die Begegnung mit Luigi Batali, seine Freundlichkeit und die Einladung für den kommenden Abend waren für Matteo nach dem Alptraum, den er durchgemacht hatte, wie ein helles, warmes Licht in einer kalten, beklemmenden Finsternis. Zwar blieb das Gefühl völliger Erschöpfung und es gab auch kaum eine Partie seines Körpers, die ihn nicht schmerzte. Aber er schöpfte neue Zuversicht, schnell über die Schrecken hinwegzukommen und vielleicht schon bald nicht mehr daran denken zu müssen. Er würde alles tun, was dafür nötig war!

Matteo war fest entschlossen sich an das zu halten, was er dem Griechen versprochen hatte. Er würde nicht noch einmal so dumm sein Enricos schmutzigen Geschäften auf die Spur kommen zu wollen. Zwar verspürte er einen unbändigen Zorn, ja fast schon Hass auf Enrico, dass dieser seinen Onkel und ihn die ganze Zeit belogen und hintergangen und durch seine üblen Machenschaften Sahadis Tod heraufbeschworen hatte. Aber diese Nacht hatte ihn gelehrt, dass er wahrlich nicht dazu berufen war, ihn zu entlarven und dafür zu sorgen, dass er seine gerechte Strafe erhielt. Dort hilflos am Strick zu hängen, geschlagen zu werden und um sein Leben zu fürchten, das hatte ihn sehr nachdrücklich gelehrt, dass es sich nicht lohnte, sein Leben für die vage Idee von Anständigkeit und Gerechtigkeit zu riskieren. Ein einfacher junger Mann wie er hatte nur an sich zu denken, so wie es auch alle anderen taten!

Matteo hatte gehofft bei seiner Rückkehr niemanden im Haus anzutreffen. Leider erfüllte sich seine Hoffnung nicht. Zwar blieb ihm Enricos Gegenwart erspart, dessen Anblick und verlogene Sprüche er zu dieser Stunde wohl nur mit allergrößter Willensbeherrschung ertragen hätte. Aber Onkel Tomaso war schon von seinem Gespräch mit dem Salzhändler zurück. Sein Gesicht zeigte eine starke, hektische Rötung, wie das stets bei ihm der Fall war, wenn er dem scharfen Gewürzwein einmal großzügiger als gewöhnlich zugesprochen hatte.

»Um Himmels willen, was ist dir denn zugestoßen?«, rief Tomaso erschrocken, als Matteo ihm mit eingedrecktem Umhang sowie mit der Platzwunde und den blutverkrusteten Haaren unter die Augen trat. »Hast du dich mit jemandem geprügelt? Wenn ja, hoffe ich bloß, dass der andere noch schlimmer aussieht als du!«

Mürrisch und knapp tischte Matteo auch ihm die Geschichte von den Nicolotti auf, denen er angeblich auf seinem Weg zu Gasparo in die Arme gelaufen war. Und weil morgen auch Gasparo und Flavio fragen würden, wo er denn bloß gesteckt hatte, log er seinem Onkel noch vor, die Fischerjungen hätten sich einen gemeinen Spaß daraus gemacht, ihn zu fesseln und zu knebeln und auf eine mit Abfall beladene Barke zu werfen, die dort am Ende der Gasse vertäut gelegen hatte.

»Und du hast bis jetzt gebraucht, um dich von den Fesseln zu befreien?«, fragte Tomaso mit bestürzter Miene.

»Ja«, sagte Matteo und verharrte in Einsilbigkeit, während sein Onkel ihm einen Becher mit heißem Gewürzwein aufdrängte und anschließend darauf bestand, die Platzwunde am Kopf vorsichtig zu säubern, ihm das verkrustete Blut aus den Haaren zu waschen und die Wunde zum Schluss zu verbinden.

»Nein, bitte nicht!«, wehrte er ab, als Tomaso seinen Becher noch ein zweites Mal füllen und ihm nun von seinem überaus hoffnungsvollen Treffen mit dem Salzhändler berichten wollte. »Mir ist weder nach Reden noch nach Zuhören zu Mute, Onkel. Ich will jetzt nichts als schlafen.«

Tomaso zeigte sich verständnisvoll.

Matteo nahm sich in der Küche ein Kerzenlicht vom Wandbord, setzte den Docht mit einem Kienspan in Brand und stieg zu seiner Dachkammer empor.

Als er seinen Umhang von den Schultern streifte und an den Nagel neben der Tür hängte, gab es einen dumpfen Laut, als wäre etwas Hartes gegen die Wand gestoßen. Verwundert fuhr er mit der Hand über die Ausbuchtung, die sich dort unter seinem Umhang abzeichnete, wo sich eine angenähte Innentasche befand. Als er hineingriff, stieß er zu seiner Überraschung auf einen schweren, prallen Beutel.

Es war eine lederne Geldbörse!

Er löste die Schleife des dünnen Lederbandes, mit dem die Geldbörse verschlossen war, leerte ihren Inhalt auf die Wolldecke seiner Bettstelle – und starrte fassungslos auf fünfundzwanzig im Kerzenlicht funkelnde Golddukaten!

Sofort erinnerte er sich, was Alexis Kallimachos am Schluss zu ihm gesagt hatte, nämlich dass er sich nicht nur auf die Macht der Gewalt verließ, sondern immer auch auf die Überzeugungskraft des Goldes!

Er wusste nicht, wann der Grieche oder sein Handlanger ihm die Geldbörse zugesteckt hatte. Aber darüber zerbrach er sich nicht den Kopf, weil es völlig ohne Bedeutung war.

Fünfundzwanzig Golddukaten! Matteo lachte bitter auf, während er die schweren Goldmünzen durch seine Finger gleiten ließ und leise zum Klingen brachte. Wahrlich, der Grieche verstand sein Geschäft, was immer das neben Mord und brutaler Einschüchterung auch sein mochte! Das hier war also der Lohn der Angst – und der Lohn für sein Schweigen! Und bei Gott, er würde das Gold nehmen und Stillschweigen wahren!

22

Ein Ausdruck seligen Wohlbehagens lag auf dem geröteten Gesicht des Weinhändlers, das um Mund und Kinn herum noch vom Fett des gefüllten Brathuhns glänzte wie eine Speckschwarte. Der Wirt des *Sturione* hatte ihnen auch die zweite Kanne Wein persönlich an den Tisch gebracht und Luigi Batali ließ nun den ersten Schluck daraus auf seiner Zunge zergehen. Dabei rollten die kleinen Augen unter den buschigen Brauen hin und her und folgten damit den kreisenden Bewegungen seines genüsslich schmatzenden Mundes.

»Was für ein köstlicher Tropfen, mein Malvasier! Ein besserer findet sich in ganz Italien nicht!«, schwärmte er mit verklärter Miene, fing dann Matteos erwartungsvollen Blick auf und erinnerte sich wohl daran, dass er ihm etwas hatte sagen wollen, als der Wirt mit der zweiten Kanne Wein an ihren Tisch getreten war und ihre Unterhaltung unterbrochen hatte. »Aber sag, wo waren wir gerade stehen geblieben?«

»Ihr wolltet mir von *Rosario* erzählen und was sich dort in den letzten Monaten getan hat«, sagte Matteo und hatte allergrößte Mühe, beiläufig zu klingen und sich seine Ungeduld nicht anmerken zu lassen. Während des Essens hatte Luigi Batali von allem Möglichen erzählt, nur nicht das eine Thema berührt, das ihn so brennend interessierte wie nichts anderes, nämlich wie es Fiona erging und ob man ihn auf *Rosario* schon vergessen hatte oder ob man sich seiner noch erinnerte. Batalis weitschweifigen Ausführungen über die drohende Osmanengefahr, das törichte Gerangel der Politik und seine guten Weingeschäfte mit höflichem Interesse zu folgen hatte Matteo einige Selbstbeherrschung gekostet – und allmählich seinen klaren Kopf. Er hatte nämlich öfter zu seinem Weinglas gegriffen, als es sonst seine Art war.

Den ganzen Tag hatte er diesem Treffen mit dem Weinhändler entgegengefiebert und die Stunden im Arsenal waren ihm ungewöhnlich lang und mühselig geworden. Allein schon der Gang zur Arbeit am frühen Morgen mit Enrico an seiner Seite hatte seine Selbstbeherrschung und seine Fähigkeit, sich zu verstellen, auf eine harte Probe gestellt. Zum Schutz vor der Versuchung, allen verbissenen Vorsätzen zum Trotz etwas Unbesonnenes zu tun oder zu sagen, flüchtete er sich in eine mürrische Wortkargkeit und hielt sich fern von allen, wann immer es ihm möglich war. Übelkeit und Kopfschmerzen dienten ihm für sein ungewöhnliches Betragen als Erklärung und Entschuldigung. Sein Kopfverband und die Nachsicht seines Onkels, der an diesem Tag bei ihm über manches hinwegsah, was er gewöhnlich nicht duldete, schützten ihn vor lästigen Nachfragen.

Das galt auch für Gasparo und Flavio. Sie bedrängten ihn natürlich sofort mit Fragen, warum er sie am gestrigen Abend versetzt hatte. Wo sie doch so auf ihn gezählt hatten! Ohne ihn waren sie beim Gondelrennen um die Friedhofsinsel Letzter geworden! Ihr Groll verwandelte sich jedoch sofort in Mitgefühl und Verständnis, als er ihnen von dem angeblichen Überfall der Nicolotti berichtete. Sie versprachen ihm, dass diese hinterhältigen Fischköpfe bei der nächsten sich bietenden Gelegenheit teuer dafür bezahlen würden, und ließen ihn in Ruhe.

Mit seiner Arbeit kam Matteo an diesem Tag nur langsam voran. Er war mit seinen Gedanken zu oft woanders, nicht nur bei dem ungeduldig herbeigewünschten Treffen mit dem Weinhändler. Die Schrecken des vergangenen Abends wie auch die Alpträume einer unruhigen Nacht wirkten wie gärender Sauerteig in ihm nach. Auch grübelte er darüber nach, was Gasparo wohl mit all dem zu schaffen hatte. Bestand zwischen den kriminellen Machenschaften, auf die sich Enrico mit dem Griechen Kallimachos eingelassen hatte, und den dunklen Geschäften, die sein Onkel damals in der Meisterstube Gasparo und Enrico vorgeworfen hatte, eine Verbindung? Kam das viele Geld, über das Gasparo neuerdings verfügte, aus einem heimlichen Handel mit gestohlenem Baumaterial, das er gemeinsam mit Enrico aus dem Arsenal schmuggelte? Oder war es der Grieche, der ihm die Taschen füllte? Und falls Letzteres der Fall war, wofür bezahlte er ihn? Um welche dunklen Geschäfte konnte es sich bloß dabei handeln, für die es zu morden lohnte und bei denen es nicht weiter ins Gewicht fiel, wenn man einem Niemand und Wurm wie ihm fünfundzwanzig Golddukaten zusteckte?

Fragen über Fragen, zu denen ihm auch nur die vage Ahnung einer plausiblen Antwort fehlte . . .

»Ach ja, *Rosario!*« Luigi Batali nickte, stellte sein Glas ab und bedachte ihn mit einem verständnisvollen Lächeln. »Ich schätze, ich habe dich ein wenig über Gebühr auf die Neuigkeiten von dort warten lassen.«

»Wie geht es Fiona?« Noch auf dem Weg zum Gasthof hatte Matteo sich geschworen, dass ihm diese Frage nicht über die Lippen kommen würde. Und nun hatte er sie doch nicht zurückhalten können.

»Tja, mein Bester, wie soll es einer jungen, hübschen Frau wie Fiona schon ergehen, die sich nach außen hin tapfer hält und ihrem Vater alle Ehre macht, sich in ihrem Innersten jedoch nach der Sonne ihres Herzens verzehrt?«, fragte Luigi Batali mit hochgezogenen Augenbrauen.

Matteo errötete. »Bitte treibt nicht Eure Scherze mit mir!«, bat er mit belegter Stimme. Ihm war, als müsste der Weinhändler über den Tisch hinweg hören, wie schnell und laut sein Herz schlug.

»Nichts liegt mir ferner!«, versicherte der Händler und gönnte sich einen weiteren Schluck Malvasier. »Ich gebe dir nur meinen Eindruck wieder, mein junger Freund. Und da ich nun wirklich oft genug das Vergnügen habe, mit meinem Freund Vittorio vertrauensvoll zu sprechen, denke ich, bestens über alles unterrichtet zu sein, was *Rosario* und die Cavalettos betrifft.«

»Man vermisst mich also ein wenig?«, fragte Matteo hastig nach.

»Wenn man eine Vorliebe für Untertreibungen hegt, könnte man es wohl so ausdrücken«, antwortete Luigi Batali mit einem belustigten Schmunzeln. »Vittorio hat immer große Stücke auf dich gehalten, das dürfte ja keine Neuigkeit für dich sein . . .«

»Ja, so etwas in der Art hat er mir schon gesagt«, räumte Matteo zurückhaltend ein, fügte aber in Gedanken nicht ohne Vorwurf hinzu: Doch große Anstrengungen, mir die Sache mit Venedig auszureden und mich auf *Rosario* zu halten, hat er dennoch nicht unternommen!

». . . und ich habe den Eindruck, dass er es mittlerweile noch mehr bedauert als schon im Oktober, dass er dich hat ziehen lassen«, fuhr Luigi Batali fort, als hätte er Matteos Gedanken erraten. »Ich denke, ihm ist erst in den letzten Monaten so richtig aufgegangen, was er an dir hatte . . . und dass du einen prächtigen Schwiegersohn abgegeben hättest. Einmal ganz davon abgesehen, dass der stille Kummer seiner Tochter ihm natürlich auch nicht gleichgültig ist. Ich sage dir, wenn er heute noch mal eine Entscheidung treffen müsste, würde sie ganz anders ausfallen.«

»Wisst Ihr das von Don Vittorio selbst oder vermutet Ihr das nur?«, fragte Matteo. Er war von freudiger Erregung ergriffen, gleichzeitig aber auch von der Sorge erfüllt, dem unverbindlichen Geplauder eines freundlichen und wohlmeinenden Mannes aufzusitzen. Den schönfärberischen Worten eines Mannes, der schon ordentlich dem Wein zugesprochen hatte und vielleicht gar nicht ahnte, was er womöglich anrichtete, wenn er falsche Hoffnungen in seinem Gegenüber weckte.

Luigi Batali lachte ihn an. »Ich weiß es, mein Bester! Spätestens seit dem Debakel mit Antonia!«, bekräftigte er.

Matteos Körper versteifte sich unwillkürlich. Und er rückte leicht vom Tisch ab, als wollte er auf Abstand gehen. »Was für ein Debakel?«, fragte er wachsam. Der Name Antonia bewirkte auch jetzt noch, dass er augenblicklich glaubte auf der Hut sein zu müssen.

»Ach ja, das kannst du ja nicht wissen. Wie dumm von mir! Nun, Antonia hat noch in den letzten Tagen des vergangenen Jahres geheiratet, und zwar den Wirt vom *Bussolotto* in Morante«, eröffnete ihm der Weinhändler und verzog das füllige Gesicht zu einem süffisanten Lächeln.

»Salvatore Masero?«, stieß Matteo ungläubig hervor. »Diesen kurzbeinigen, kahlköpfigen Burschen?«

Luigi Batali nickte. »Ja, genau den!« Miene und Tonfall ließen keinen Zweifel, was er von Salvatore Masero hielt, nämlich sehr wenig. »Vittorio war natürlich alles andere als glücklich darüber, das kannst du mir glauben. Er hat geflucht und gewettert wie ein fahrender Kesselflicker. So außer sich habe ich ihn noch nie erlebt. Aber da war nichts mehr zu machen. Die Natur geht nun mal ihren Weg und lässt sich weder von Litaneien frommer Bitten noch von einer Flut von Flüchen aufhalten. Auf jeden Fall fand die Hochzeit der beiden recht überstürzt statt. Sie ließ sich nun mal nicht aufschieben, wenn du verstehst, was ich bei allem Respekt für die Beteiligten sagen will.«

»Ja, dass Signora Antonia Masero wohl in den nächsten Monaten Mutter wird und eine ungewöhnlich gesunde Frühgeburt zur Welt bringt«, sagte Matteo trocken.

»Ja, so wird es sein«, bestätigte Luigi Batali lachend und schenkte ihnen beiden noch einmal nach. »Und jeder wird aus Freundschaft und Respekt zu Vittorio und Elena genug Anstand besitzen, um sich gebührend darüber zu wundern, wie kräftig doch der angeblich viel zu früh geborene Säugling ist. Ja, das Jahr hat trotz der guten Olivenernte nicht gerade ein glückliches Ende für die Cavalettos gefunden!« Er nahm einen kräftigen Schluck und wechselte abrupt das Thema, indem er Matteo aufforderte: »So, und jetzt erzähl du zur Abwechslung mal ein wenig von dir und wie es dir hier seit deiner Ankunft ergangen ist, Matteo Lombardi! Kommst du gut mit deinem Onkel aus? Und hast du eine anständige Arbeitsstelle gefunden? Ich werde viele Fragen zu beantworten haben, wenn ich das nächste Mal Gast auf *Rosario* bin!«

Widerstrebend kam Matteo dieser freundlichen Aufforderung nach, hätte er doch viel lieber weiter über Fiona, ihre Eltern und *Rosario* gesprochen. Aber er wusste, dass er es seinem Gastgeber schuldig war, von sich und seinem Leben in Venedig zu berichten. So bemühte er sich redlich, ein halbwegs ansprechendes Bild von seinem Leben und seiner Arbeit zu zeichen, doch es fiel ihm ungemein schwer. Es gab so wenig, über das sich zu reden lohnte – einmal abgesehen von dem, über das er unbedingt Schweigen bewahren musste. Ihm wurde bewusst, wie wenig ihm Venedig und das Leben bei seinem Onkel zu einer Art Heimat und Zuhause geworden waren. Im Grunde fühlte er sich noch immer wie ein Fremder in der Stadt.

»Allzu glücklich scheinst du mir hier allerdings nicht zu sein«, stellte der Weinhändler fest.

Matteo wich Luigi Batalis forschendem Blick aus und antwortete mit einem verlegenen Achselzucken.

»Wenn dich hier nichts hält und du weißt, dass dich auf *Rosario* nicht nur Fiona mit offenen Armen willkommen heißen wird, warum schnürst du dann nicht dein Bündel und kehrst zu den Cavalettos zurück?«, fragte Luigi Batali. »Was hält dich jetzt noch hier?«

»Allein die Sorge, dass Ihr die Dinge vielleicht zu günstig für mich und Fiona einschätzt«, gestand Matteo. Zwar würde er nun nicht mit leeren Händen vor Vittorio Cavaletto stehen, wenn er es wagte, ihn um die Hand seiner Tochter zu bitten. Aber wenn auch für ihn fünfundzwanzig Golddukaten ein wahres Vermögen darstellten, so mochte Fionas Vaters es vielleicht anders sehen.

»Ich will dir sagen, wie sicher ich mir bin, Matteo«, sagte Luigi Batali entschlossen. »Wenn ich mich geirrt habe, was für mich so unwahrscheinlich ist wie die Chance, dass Salvatore Masero jemals wieder ein voller Haarschopf wächst, dann nehme ich dich in mein Geschäft! Fast müsste ich darum beten, denn da mein einziger Sohn sich leider dazu entschlossen hat, Tuchhändler wie sein Schwiegervater zu werden und eines Tages seine Nachfolge anzutreten, fehlt mir dringend ein junger, tüchtiger Mann, der mir zur Seite steht. Und das ist nicht leichtsinnig dahergesagt!«

Matteo konnte sein Glück kaum fassen und wusste nicht, was er darauf sagen sollte. Was er sich so sehnlichst gewünscht und all die Monate doch für unerreichbar gehalten hatte, sollte nun tatsächlich Wirklichkeit werden?

Luigi Batali hielt seine Sprachlosigkeit für ein letztes skeptisches Zögern, das es beherzt auszuräumen galt. »Nun gib dir schon einen Ruck, Matteo! Es ist mir ernst mit dem, was ich dir angeboten habe. Und weißt du, was? Am besten kommst du gleich mit mir mit, wenn ich am Donnerstag beim ersten Licht aufbreche!«, schlug er vor. »Ich bin kein Freund von dieser überdrehten, ausgelassenen Karnevalsstimmung, in die ganz Venedig am Donnerstag fällt, als hätten die Leute über Nacht ihren Verstand verloren. Zudem warten auf mich noch wichtige Geschäfte in Chioggia und Rovigo, bevor ich nach Morante zurückkehre, bei denen ich deine Hilfe gut gebrauchen könnte. Also, wie sieht es aus, Matteo Lombardi? Willst du es wagen und mir vertrauen oder hier lieber deine Wunden lecken und dem Glück nachtrauern, das du leichtfertig verschenkt hast, weil dir der rechte Mut gefehlt hat?«

Nun zögerte Matteo nicht länger. »Ich nehme Euch beim Wort, Signor Batali! Ihr könnt am Donnerstag auf mich zählen! Ich werde im Morgengrauen hier sein und mit Euch kommen!«

»Dann schlag ein!« Der Weinhändler streckte ihm seine Hand über den Tisch hin.

Innerlich zutiefst aufgewühlt und fast den Tränen nahe, ergriff Matteo die Hand des Weinhändlers und besiegelte ihre Abmachung mit einem festen Händedruck.

Er würde zu seiner geliebten Fiona nach *Rosario* zurückkehren!

23

Matteos Tage in Venedig waren gezählt! Nur noch zweimal würde ihn die *Marangona* zur Arbeit ins Arsenal rufen, dann würde er die Lagunenstadt mit dem Weinhändler im Morgengrauen hinter sich lassen und ihr auch nicht eine Träne nachweinen! Venedig war ihm längst zu einem grässlichen Alptraum geworden, der ihn jedoch nicht nur im Schlaf bedrängte, sondern auch seine wachen Stunden mit Angst und Beklemmung erfüllte.

Sein Gefühl der Befreiung wurde nur von der grenzenlosen Freude in den Schatten gestellt, dass Fiona und *Rosario* auf ihn warteten. Keine großen Gedanken machte er sich darüber, wann er seinem Onkel und seinen Freunden mitteilen sollte, dass er sie verließ und aufs Festland zurückkehrte. Er fand, dass es völlig genügte, wenn er erst am Mittwochabend nach der Arbeit damit herausrückte. So ersparte er es sich, schon Tage vorher immer wieder darüber reden zu müssen. Dass ihn irgendjemand zum Bleiben drängen würde, hielt er für äußerst unwahrscheinlich. Tomaso würde vermutlich erleichtert sein, dass er wieder aus seinem Leben verschwand und ihm in seiner zweiten Ehe nicht zum Ballast wurde. Und was Gasparo und Flavio anging, so hatte ihre Freundschaft doch nie jene tiefe Verbundenheit erreicht, als dass einem von ihnen der Abschied sonderlich nahe gehen würde.

Am Dienstagabend fuhr Matteo mit seinen Freunden in Gasparos Gondel wieder einmal nach San Polo hinüber, weil Flavio unbedingt in die *Campana* wollte. Was ihn so unwiderstehlich in die Taverne zog, waren jedoch nicht die mit verbundenen Augen kämpfenden Boxer aus dem Publikum, sondern eine kecke Rothaarige namens Francesca, die dort bediente und sich gut darauf verstand, sich der Zudringlichkeiten der Männer zu erwehren. Flavio hatte sich in das Mädchen verliebt, das mit dem Mund genauso flink war wie mit dem Bedienen, und er schwor Stein und Bein darauf, dass sie ihn erhören würde.

Auch Gasparo ging gern in die *Campana* und hielt es dort bis tief in die Nacht aus. Er beteiligte sich mit Leidenschaft an den Wetten, wer von den Boxern mit den Augenbinden wohl den alles entscheidenden Schlag anbringen und den Sieg erringen würde. Aber an diesem Abend konnte er nicht lange bleiben, weil er noch etwas zu erledigen hatte. Das hatte er ihnen schon vorher mitgeteilt, ohne jedoch zu erklären, worum es sich dabei handelte. Er hatte nur breit gegrinst, als Flavio wissen wollte, was er denn mitten in der Nacht noch erledigen müsse, und sich nicht einmal eine Andeutung entlocken lassen.

Als Gasparo aufbrach, schloss Matteo sich ihm spontan an. Er konnte dem schadenfrohen Gejohle und der wüsten Prügelei an diesem Abend noch weniger abgewinnen als sonst. »Ich gehe auch. Mir reicht es für heute. Bin nicht so recht in Stimmung für den Krawall.«

Flavio machte nicht einmal einen halbherzigen Versuch, ihn zum Bleiben zu bewegen. Er hatte nur Augen und Ohren für seine Francesca.

»Tut mir Leid, dass du jetzt zu Fuß zurückmusst und ich dich nicht nach Hause bringen kann«, sagte Gasparo entschuldigend, als sie draußen in der kühlen Nachtluft standen. »Aber ich habe da noch etwas zu erledigen, wie du ja weißt. Und dafür muss ich genau in die entgegengesetzte Richtung, nämlich auf die Südseite von Dorsoduro. Es ist was ganz Wichtiges . . . was Geschäftliches, das ich da gleich klären muss. Und ich kann zu dem Treffen nicht zu spät kommen.«

Matteo winkte ab. »Ist schon in Ordnung.«

Gasparo stieg die Stufen am Kai hinunter und wollte schon in seine Gondel steigen, als er es sich plötzlich anders überlegte, sich zu ihm umdrehte und ihm zurief: »Ach was, vergiss, was ich gesagt habe! Du kannst ruhig mitkommen, wenn dir der Umweg über Dorsoduro nichts ausmacht!«

»Bist du dir da auch ganz sicher?«, vergewisserte sich Matteo.

»Na klar, und nun komm schon!« Und als Matteo zu ihm in die Gondel stieg und er das Boot von der Mauer abstieß, sagte er geheimnisvoll: »Ist vielleicht sogar ganz gut, wenn ich dich mit dabeihabe.«

Matteo stutzte. »Wieso das?«

Gasparo grinste und führte sie mit mittlerweile gekonnten Ruderschlägen aus dem engen Seitenkanal in eine der breiteren Wasserstraßen von San Polo. »Na, einen hohen Trumpf im Ärmel zu haben, ist immer etwas Beruhigendes, wenn es hart auf hart kommen sollte. Es darf dich nachher nur keiner sehen. Aber dafür wird schon die alte Plane sorgen, die wir da vorn im Bug liegen haben.«

»Ich und ein hoher Trumpf? Wovon redest du?«, fragte Matteo leicht beunruhigt. »Vielleicht verrätst du mir mal, was du vorhast, mit wem du dich triffst und welche Rolle du mir dabei zugedacht hast!«

»Sei mir nicht böse, aber es ist wirklich besser für dich, wenn du nichts davon weißt«, erwiderte Gasparo.

»Komisch, das habe ich doch irgendwann schon einmal gehört«, antwortete Matteo sarkastisch. »Wenn du dich auf irgendetwas Gefährliches eingelassen hast, möchte ich lieber vorher davon wissen. Immerhin sitzen wir, im wahrsten Sinne des Wortes, in einem Boot!«

»Ach, es ist wirklich nicht der Rede wert!«, sagte Gasparo abwehrend. »Ich halte nur kurz drüben bei den Landungsbrücken der Barken und bei den Holzlagern an, springe schnell von Bord und treffe eine Vereinbarung. Das Geschäft ist eigentlich schon so gut wie in trockenen Tüchern. Es geht ganz schnell, weil es da gar nicht viel zu reden gibt. Du bleibst währenddessen hier in der Gondel unter der Plane. Du siehst, gefährlich ist daran gar nichts.« Er machte eine kurze Pause. »Aber wenn dir dabei nicht ganz wohl zu Mute ist und ich dich lieber hier irgendwo absetzen soll, dann sag es. Ich will dich nicht zwingen.«

Matteo rang kurz mit einer Entscheidung, während die Gondel unter dem Rundbogen einer Brücke hindurchglitt. Dieses nächtliche Treffen, zu dem Gasparo unterwegs war, und die Möglichkeit, als heimlicher Beobachter daran teilzunehmen, weckte zwiespältige Gefühle in ihm. Einerseits befürchtete er sich erneut in eine Gefahr zu begeben, deren Ausmaße er nicht abschätzen konnte. Doch andererseits lockte auch die Aussicht, aus der sicheren Entfernung vielleicht doch noch einen Zipfel des Geheimnisses lüften zu können, das Gasparo und Enrico teilten. Außerdem würde er sich ja nicht mit Gasparo an Land begeben, sondern in der Gondel bleiben und sich nicht nur im Schutz der Felze halten, sondern zusätzlich noch unter der alten Plane verstecken. Zudem wollte er vor Gasparo nicht als banges Hasenherz erscheinen. Und so sagte er schließlich: »Also gut, ich komme mit!«

Gasparo nickte zufrieden. »Ich wusste doch, dass du mich nicht enttäuschen würdest!« Er ruderte seine *Giulietta* durch die stillen, schlafenden Kanäle. Dann und wann fingen die tintenfarbenen Fluten das Mondlicht auf und schmückten sich mit hastigem Glanz, wenn die über den Himmel ziehenden Wolken die silbrige Sichel für kurze Zeit freigaben.

Eine ganze Weile folgten sie einem breiten Kanal, der aus San Polo kommend erst in südlicher Richtung den Bezirk Dorsoduro durchfloss, sich dann aber nach Westen wandte. An dieser Biegung nach Westen verließ Gasparo den breiten Kanal und nahm den Weg durch schmalere Wasserwege.

Als das Labyrinth der Kanäle von Dorsoduro sie freigab und vor ihnen freies offenes Wasser lag, drang von der gegenüberliegenden Insel Giudecca der klare Glockenklang eines Campanile zu ihnen herüber. Zehnmal brachte der Klöppel die Glocke zum Klingen. Noch zwei Stunden bis Mitternacht.

»Wir sind bestens in der Zeit, fast auf die Minute pünktlich!«, sagte Gasparo, lenkte die Gondel nach links und ruderte nun nach Südosten hinunter, dorthin, wo die Spitze von Dorsoduro im Bacino von San Marco auslief. Dutzende von hölzernen Landungsstegen von unterschiedlichster Länge und Breite ragten in das Wasser hinaus. Hier lagen viele der plumpen Barken vertäut, die Tag für Tag den schier unersättlichen Hunger Venedigs nach Bau- und Brennholz stillten. Andere Kähne transportierten ausschließlich Ziegelsteine, Marmor und istrischen Kalkstein. Diese Waren wurden hier am Ufer oder in den dahinter aufragenden Lagerhallen und Handelskontoren gelagert, bis sie ihre Endabnehmer fanden. Wieder andere Händler hatten sich mit ihren flachen Barken auf den Abtransport der Abfälle aus der Stadt spezialisiert oder brachten Trinkwasser in großen Fässern vom Festland herüber, weil die wohlhabenden Bürger klares Quellwasser ohne salzigen Beigeschmack bevorzugten und die Zisternen Venedigs zudem oft auch nicht ausreichten, um den Trinkwasserbedarf der Bewohner zu decken.

»Ich glaube, jetzt wird es Zeit, dass du dich unsichtbar machst. Wir sind gleich da«, sagte Gasparo. »Leg dich flach auf den Boden vor der Bank und zieh dir die Plane über den Kopf.«

»Ich hoffe, du weißt, was du tust«, erwiderte Matteo, der sich eines mulmigen Gefühls nun doch nicht erwehren konnte, rutschte von der Bank mit dem aufgerissenen Polster, streckte sich flach in der Vertiefung aus und zerrte die muffige Plane so über seinen Körper, dass eine der besonders löchrigen Stellen genau über seinem Gesicht zum Liegen kam.

»Keine Sorge, ich habe alles im Griff!«, versicherte Gasparo.

Aus seinem Versteck heraus beobachtete Matteo, wie Gasparo wenige Minuten später die Gondel scharf nach links zum Ufer herumschwenkte und auf einen recht kurzen, freien Bohlensteg zuhielt. Er sah, dass sich oberhalb davon auf dem Kai lange Reihen von Fässern sowie hohe Stapel aus Brettern und Balken erstreckten. Dahinter machte er den Backsteingiebel eines Lagerhauses aus.

Im nächsten Moment ging die Gondel am Steg längsseits und schabte mit der Bordwand gegen einen der Stützpfeiler. Das Boot schwankte, als Gasparo das Ruder einzog und mit der Bootsleine in der Hand auf die Landungsbrücke sprang.

Matteo veränderte noch schnell seine Lage, um den Kai auch weiterhin gut im Auge behalten zu können. Dann blieb er reglos liegen. Eine der Stangen, die das Dach der Felze trugen, ragte mitten in seinem Blickfeld auf, aber den breiten Durchgang zwischen den Stapeln aus Bauholz konnte er doch recht gut im Blick behalten.

»Halt dich jetzt bloß ruhig! Es wird auch nicht lange dauern! Ich bin gleich zurück!«, flüsterte Gasparo ihm noch zu, eilte dann über die kurze Landungsbrücke und verschwand in der dunklen Gasse, die zu beiden Seiten von brusthoch aufgestapelten Brettern und Balken gebildet wurde.

Angestrengt lauschte Matteo in die Nacht, den Blick auf den Durchgang fixiert. Minutenlang war außer dem leisen Glucksen des Wassers, das die Pfeiler des Landungssteges umspülte, und den gelegentlichen dumpfen Schlägen, mit denen die Gondel im Rhythmus des Wellengangs gegen die Pfeiler stieß, nichts zu hören. Dann jedoch vernahm er erregte Stimmen, die in der Gasse schnell lauter wurden und sich dem Ende des Kais näherten. Augenblicke später tauchte Gasparo auf – in Begleitung von zwei unterschiedlich großen Männern, die ihn festzuhalten versuchten. Und einer davon trug die Kutte eines Klosterbruders.

Enrico!

»Das habt ihr euch vielleicht so gedacht, aber da seid ihr bei mir an den Falschen geraten!«, stieß Gasparo wütend hervor. »So billig lasse ich mich nicht von euch abspeisen!«

Und plötzlich überschlugen sich die dramatischen Ereignisse. Alles ging so unglaublich schnell und vieles spielte sich auch noch zeitgleich ab, sodass Matteo hinterher Mühe hatte, sich den genauen Ablauf des Geschehens in der richtigen Reihenfolge in Erinnerung zu rufen.

Enrico packte Gasparo an seinem Umhang. Dieser wehrte sich, schlug mit den Fäusten nach ihm und stieß eine obszöne Verwünschung aus. Die andere Gestalt griff mit in das Handgemenge ein. Die Stimmen verbanden sich zu einem unverständlichen Gemisch aus Flüchen und Drohungen.

Daraus erhob sich ganz kurz eine Stimme, die Matteo bekannt vorkam: »Du verrätst uns nicht! . . . Du nicht!«

Gleichzeitig ertönte ein kurzer scharfer Pfiff und im nächsten Moment tauchte von links eine dritte Gestalt zwischen zwei Bretterstapeln auf. Ganz deutlich sah Matteo das Messer, das die schattenhafte Gestalt in der Hand hielt – und Gasparo mit der Verwünschung »Fahr zur Hölle!« in die Seite stieß.

Gasparos gellender Schrei, der kein Ende nehmen wollte, zerriss die Stille der Nacht. Mit der Kraft der Verzweiflung rammte er dem Messerstecher seinen linken Ellbogen ins Gesicht. Dieser brüllte auf und taumelte zurück. Sofort riss sich Gasparo von Enrico los und wankte wie ein Betrunkener über den Steg auf die Gondel zu, seine Hand auf die linke Seite gepresst, wo ihm das Messer in den Leib gefahren war.

Zur selben Zeit wurde weiter oberhalb auf dem Kai eine Tür aufgestoßen. Licht strömte in die Dunkelheit und zwei raue Männerstimmen riefen in die Nacht und verlangten zu wissen, was das Geschrei zu bedeuten habe.

Der untersetzte Mann an Enricos Seite rief etwas in einer fremden Sprache, worauf der Mann, der Gasparo aus dem Hinterhalt angegriffen hatte, sein Messer an der Klingenspitze fasste und es nach Gasparo warf.

Mit blankem Entsetzen sah Matteo, wie Gasparo nach vorn geschleudert wurde, als hätte ihn ein unsichtbarer Rammbock in den Rücken getroffen, mit einem schaurigen Aufschrei zu ihm in die Gondel stürzte und ihn unter sich begrub.

»Lass . . . sie nicht . . . davonkommen!«, röchelte Gasparo. »Lass . . . sie dafür bezahlen . . . Sie sind . . . Verräter . . . Spione . . . der Osmanen . . . Das Arsenal . . . soll brennen!«

Matteo lag vor Angst und Entsetzen wie erstarrt. Das Blut rauschte in seinem Kopf und Panik drohte ihn zu überwältigen. In Gasparos Todesröcheln, das ganz nahe an seinem Ohr war, mischten sich andere Stimmen, die ihn gedämpft wie durch eine Wand von Watte erreichten.

»Verdammt, Wachleute! . . . In Deckung! . . . Schnell!«

War das nicht die Stimme des Griechen?

»Und Gasparo?«

Enrico?

»Der ist erledigt! Seht doch selbst! Den schaffe ich weg, wenn sich die beiden Kerle wieder verzogen haben!«

Das war eindeutig die Stimme des Mannes, den er nur unter dem falschen Namen Angelo kannte!

Die drei Männer zogen sich von der Kante des Kais zurück und tauchten in die tiefen Schatten zwischen den Holzstapeln.

»Gasparo?«, flüsterte Matteo mit angsterstickter Stimme, schob seine Hände unter der Plane hervor und rüttelte vorsichtig an dem Körper, der quer über ihm lag.

Doch Gasparo gab keine Antwort und er rührte sich auch nicht. Er war tot. Sie hatten ihn so kaltblütig ermordet, wie sie es mit Sahadi getan hatten!

Etwas Warmes rann über Matteos Hände.

Das Blut seines toten Freundes!

24

Die Gedanken jagten sich hinter Matteos Stirn. Enrico und seine Komplizen hatten sich zwischen den Holzstapeln versteckt und würden zurückkommen, wenn die Luft rein war, um sich von Gasparos Tod zu überzeugen und seine Leiche verschwinden zu lassen. Ihm blieben also nur wenige Minuten, vielleicht sogar nur wenige Augenblicke, um sich in Sicherheit zu bringen. Denn wenn sie ihn in der Gondel fanden, bedeutete das mit Sicherheit auch seinen Tod. Nachdem er Zeuge des Mordes an Gasparo geworden war, konnten sie ihn gar nicht am Leben lassen, auch wenn Enrico sich für ihn einsetzen würde, was nicht einmal sicher war. Aber sich über den Anlegesteg an Land zu flüchten, war ausgeschlossen. Er würde ihnen direkt in die Arme laufen. Und sogar wenn ihm das Unwahrscheinliche gelang, ihnen hier auf dem Kai zu entkommen, würden sie wissen, dass er Zeuge ihres Verbrechens geworden war, und sofort seine Verfolgung aufnehmen. Sie würden ihn jagen, bis sie ihn zur Strecke gebracht hatten.

Er hatte nur eine einzige Chance, unentdeckt zu bleiben, und die bestand darin, dass er sein Heil im Wasser suchte, so eisig es zu dieser Jahreszeit auch sein mochte, und sich unter dem Anlegesteg versteckte!

Hastig kroch er unter seinem toten Freund hervor, zerrte sich den Umhang vom Körper, wickelte ihn mit zitternden Händen zusammen und ließ sich dann über den Rand der Gondel ins Wasser gleiten. Fast hätte er im ersten Kälteschock einen Aufschrei von sich gegeben, als die eisigen Fluten nach ihm griffen. Er biss die Zähne zusammen, griff nach seinem zusammengerollten Umhang, hielt ihn mit einer Hand über seinem Kopf, damit wenigstens er einigermaßen trocken blieb, und schwamm mit der anderen zur Kaimauer. Dort klammerte er sich an eine der Verstrebungen, die zwei der Stützpfeiler miteinander verband. Zitternd vor Angst und Kälte, wartete er darauf, dass Angelo zurückkehrte, während sich die Taubheit wie ein lähmendes Gift in seinem Körper ausbreitete.

Eine Ewigkeit schien zu vergehen und er fürchtete schon bald auch die Kraft in seinen Armen zu verlieren und rettungslos in die schwarzen Fluten zu stürzen, als er endlich leise Stimmen vernahm – und dann das Geräusch von schweren Stiefeln, die über die Bohlen der Landungsbrücke polterten.

Er wagte nicht zu atmen, als er sah, wie die Gondel sich unter dem Gewicht eines an Bord springenden Mannes bewegte. Es war wie erwartet Angelo, der gedungene Mörder des Griechen, der für ihn die Drecksarbeit erledigte!

»Alles bestens! Ich bring ihn weg!« Ein gedämpfter Ruf, der seinem Herrn, dem Griechen, und Enrico an Land galt. Im nächsten Augenblick legte die Gondel vom Steg ab und entfernte sich unter kräftigem Ruderschlag, ein Schatten in der Nacht, der sich in der Dunkelheit rasch auflöste.

Wie lange musste Matteo jetzt noch in seinem eisigen Versteck aushalten, um nicht Gefahr zu laufen, doch noch entdeckt zu werden? Mit eiserner Willensstärke zählte er stumm bis hundert. Dann spürte er, dass ihm die Kräfte zu schwinden drohten. Wenn er sich jetzt nicht aus dem Wasser rettete, war sein Schicksal besiegelt, auch ohne dass Enrico und der Grieche ihn entdeckten!

Unter qualvoller Anstrengung, die ihm das Letzte abverlangte, schleuderte er seinen Umhang über die Kante der Anlegestelle und zog sich daran aus dem Wasser. Eine ganze Weile blieb er auf den Bohlen liegen, fast gleichgültig, was jetzt mit ihm geschah, sollten Enrico und der Grieche doch noch immer am Kai stehen und ihn sehen. Doch sein Wille, zu überleben, erwies sich schließlich stärker als der Wunsch, einfach aufzugeben und sich dem Tod zu überlassen.

Er sah Fiona vor seinem geistigen Auge, und dieses Bild verlieh ihm neue Kraft. Mühsam und am ganzen Leib wie Espenlaub zitternd, stemmte er sich hoch. Irgendwie schaffte er es, sich seinen warmen Umhang umzulegen. Und dann zwang er sich mit tauben Gliedern einen Fuß vor den anderen zu setzen. Zwar wollte die Kälte einfach nicht aus seinem Körper weichen, aber mit der Bewegung kehrte doch ganz allmählich das Gefühl in den Beinen wieder zurück. Sein Gehirn schien bis auf das Bild von Fiona und den verzweifelten Gedanken, dass er sich so schnell wie möglich in eine Taverne retten musste, wo er Wärme finden und seine Kleidung vor einem Feuer trocknen konnte, wie leer gefegt.

Später wusste er nicht zu sagen, wie lange er hinter den Lagerschuppen zitternd durch die Gassen gewankt war, bis ihn sein Umherirren endlich vor die Tür einer Taverne geführt hatte. Er wusste nur, dass er vor Dankbarkeit fast in Tränen ausgebrochen wäre, als er das Licht sah und ihn Augenblicke später die bullige Wärme der Schankstube umfing.

Triefnass torkelte er auf das prasselnde Feuer zu, das in einem großen gemauerten Kamin brannte. Er zog einen Schemel vor das Feuer, fiel wie ein Stein darauf und warf seinen Umhang ab.

Der Gastwirt stürzte sofort zu ihm und wollte ihn schon aus seiner Taverne werfen, weil er ihn für sinnlos betrunken hielt. Aber als Matteo auf seinen Umhang wies und ihn mit klappernden Zähnen, aber klarer Stimme aufforderte sich aus seiner Geldbörse, in der noch fast der ganze Lohn der letzten Woche steckte, zu nehmen, was er ihm für eine heiße Suppe und einige Becher heißen Gewürzweins schuldig war, da ließ er ihn gewähren und ihm auch schnell das Gewünschte bringen.

Matteo achtete nicht auf das schadenfrohe Gelächter und die spöttischen Zurufe der anderen Zecher, als der Gastwirt hinter der Theke verlauten ließ, da habe jemand wohl unfreiwillig ein nächtliches Bad im Kanal genommen. Er umklammerte mit beiden Händen den warmen Steingutbecher, den ihm die knochige Frau des Wirtes brachte, schlürfte gierig das heiße Getränk und starrte mit leerem Blick in die Flammen.

25

Lass sie nicht davonkommen!
Sie sind Verräter, Spione der Osmanen!
Das Arsenal soll brennen!

Immer wieder hörte Matteo die beschwörende, röchelnde Stimme seines sterbenden Freundes in seinem Kopf. Sie ließ ihn nicht los und begleitete ihn auch kurz vor Anbruch des neuen Tages, als er sich zurück in das Haus seines Onkels wagte.

Der Wirt der Taverne hatte nichts dagegen einzuwenden gehabt, dass er die restlichen Nachtstunden in seiner Schankstube verbrachte. Er hatte die zwei Soldi, die Matteo ihm dafür angeboten hatte, nur zu bereitwillig genommen. Dabei hätte er sich dieses Entgelt sparen können. Denn er war nicht der einzige Gast gewesen, der bis zum Morgengrauen geblieben war. Aber nur er hatte dafür bezahlt und nur er hatte fast die ganze Zeit wach vor dem heruntergebrannten Feuer auf seinem Umhang gelegen. Denn drei der Zecher waren gegen Mitternacht so betrunken gewesen, dass sie sich nicht mehr hatten aufrecht halten können. Sie waren wie nasse Mehlsäcke von den Bänken gekippt und am Boden liegen geblieben, sodass der Wirt sich gezwungen gesehen hatte, sie ihren Vollrausch in seiner Schankstube ausschlafen zu lassen. Was seiner Reaktion nach zu urteilen jedoch nichts Ungewöhnliches war.

»Schau an, da ist ja unser junger Freund, der sich diesmal die ganze Nacht um die Ohren geschlagen hat!«, begrüßte ihn Enrico spöttisch, als er Matteo durch die Tür kommen sah. »Das muss ja eine wilde Zecherei gewesen sein, so blass, wie du um die Nase herum aussiehst!«

Stumm und mit zusammengepressten Lippen starrte Matteo ihn an, während sich seine Hände unter seinem Umhang zu Fäusten ballten. »Mörder! Verräter! Osmanenspion!«, wollte er ihm voller Abscheu ins Gesicht schleudern, doch er beherrschte dieses unbändige Verlangen, ihn vor Tomaso zu entlarven, und schwieg. Stunde um Stunde hatte er sich in der Taverne das Gehirn zermartert, was er bloß tun sollte. Und er war zu dem Ergebnis gelangt, dass er sein Schweigen weiterhin wahren musste und sich auch gegenüber Enrico nichts anmerken lassen durfte, wenn er sein Leben nicht aufs Spiel setzen wollte. Nur diesen einen Tag musste er sich noch zusammenreißen und überstehen, dann würde er mit Luigi Batali Venedig verlassen und der tödlichen Gefahr entkommen, die ihm hier durch die Verschwörung drohte. Und in diesen vierundzwanzig Stunden durfte er nichts tun und nichts sagen, was Enricos Verdacht erregen konnte. Zwar war er Zeuge des Mordes an Gasparo gewesen, aber zu wem sollte er damit gehen? Vielleicht zur Inquisition, um sich damit selbst des Verdachts der Komplizenschaft auszusetzen? Und wer würde ihm seine Geschichte überhaupt glauben? Zumal Gasparos Leiche bestimmt unauffindbar sein würde, dafür dürfte Angelo schon gesorgt haben. Er hatte nun mal nicht die geringsten Beweise dafür, dass Enrico und der Grieche Alexis Kallimachos zwei Morde auf dem Gewissen hatten, Spione der Osmanen waren und einen Anschlag auf das Arsenal planten.

»Lass ihn in Ruhe«, sagte Tomaso, der an der Feuerstelle mit der schweren Eisenpfanne hantierte. »Er ist früh genug zurück, um pünktlich mit uns ins Arsenal zu gehen. Was er in seiner freien Zeit macht, geht uns nichts an, solange er seine Arbeit tut.«

»Ja, nur keine Sorge, Kleiner«, sagte Enrico mit breitem Grinsen. »Du brauchst uns schon nicht zu erzählen, wo und mit wem du dich herumgetrieben hast.« Er zwinkerte ihm verschwörerisch zu. »Und was das Auge nicht sieht und das Ohr nicht hört, das beschwert auch das Herz nicht!«

Abrupt wandte sich Matteo ab, weil er seinen Anblick nicht länger ertragen konnte.

Lass sie nicht davonkommen!
Sie sind Verräter, Spione der Osmanen!
Das Arsenal soll brennen!

Gasparos Beschwörung ließ ihn auch im Arsenal nicht in Ruhe, sosehr er sich dagegen wehrte. Dass der Geselle nicht zur Arbeit erschien, verwunderte die Zimmerleute und gab Anlass zu mancherlei Spekulationen, zumal es der Tag vor dem großen Karnevalsfest war. Onkel Tomaso schimpfte ihn einen Herumtreiber, der schon seit Wochen nicht mehr den Einsatz und die Zuverlässigkeit zeigte, die von einem Arsenalotto verlangt wurde. Nur Enrico, der zufällig dazukam, als Tomaso über Gasparo schimpfte, nahm ihn in Schutz und versicherte, dass Gasparos für sein Fernbleiben bestimmt einen stichhaltigen Grund angeben könne.

Als Matteo das hörte, wäre es beinahe um seine Selbstbeherrschung geschehen gewesen. Und ob Gasparo einen *stich-*

haltigen Grund hatte, nicht zur Arbeit zu kommen! Und keiner wusste das besser als Enrico! Woher nahm dieser Mann bloß die Unverfrorenheit, sich in ihrem Kreis völlig ahnungslos zu geben und den nachsichtigen Fürsprecher vorzutäuschen, wo er doch genau wusste, dass Gasparo tot war, vor seinen Augen niedergestochen von einem seiner Komplizen?

Aber es gab nichts, was Matteo tun konnte, damit Enrico und seine Komplizen für ihre Verbrechen zur Rechenschaft gezogen wurden. Er musste vernünftig sein und an sich denken. Und was ging es ihn denn auch an, was hier geschah? Eine Verschwörung aufzudecken und Spione der Osmanen zu fangen, dafür gab es doch die gefürchtete Staatsinquisition. Sollte die doch ihre Arbeit machen! Den ganzen Tag über quälte sich Matteo mit solchen Gedanken und seinem eigenen Gewissen, während er seine Arbeit wie in Trance verrichtete.

Und ausgerechnet an diesem Tag bestand Onkel Tomaso darauf, dass er länger als gewöhnlich arbeitete. In der Meisterstube und auf einer der fertigen Galeeren fiel eine besondere Arbeit an, die mit dem Ersetzen der sperrigen Zuschneideschablonen zu tun hatte. Diese Schablonen, die garantierten, dass eine Galeere der anderen glich wie ein Schwalbennest dem anderen, mussten nach einigen Monaten intensiven Gebrauchs ersetzt werden. Um auch sicherzustellen, dass die neuen keine Abweichungen aufwiesen, prüften jeder Meister in seinem Bereich die neuen Schablonen an einer gerade fertig gestellten Galeere.

Als die Glocke des Campanile den Feierabend einläutete und die Arbeiter in fröhlich lärmender Vorfreude auf den kommenden Feiertag aus dem Arsenal strömten, musste Matteo seinem Onkel und Enrico in der Meisterstube bei den Schablonen zur Hand gehen.

Matteo hatte das Gefühl, jeden Augenblick an seinem Wissen ersticken zu müssen, als er Enrico nun nicht länger aus dem Weg gehen konnte und seine spöttischen Sprüche und sein unbekümmertes Grinsen ertragen musste. Ihm brach der Schweiß aus und sein Herz begann zu rasen.

Und plötzlich war ihm, als hörte er Gasparo in seinem Kopf voller Verachtung sagen: *»Und so willst du zu deiner Fiona zurück? Wie ein Feigling willst du dich davonschleichen und dann bei ihr und ihrem Vater so tun, als wäre hier nichts gewesen? Schämst du dich nicht so feige und gewissenlos zu sein? Du bist es nicht wert, irgendjemandes Freund zu sein, geschweige denn von jemandem wie Fiona geliebt zu werden! Denn du bist nicht besser als Enrico, Alexis und mein Mörder!«*

Matteo konnte gar nicht schnell genug aus der Meisterstube kommen, als Tomaso ihn aufforderte, einige der neuen Schablonen zu nehmen und mit ihm auf die Galeere zu gehen, die am Nachmittag zu Wasser gelassen worden war und nun am Kai des Hafenbeckens vertäut lag.

Kaum befanden sie sich außer Hörweite von Enrico, als Gasparos Geisterstimme in ihm so eindringlich wurde, dass er versucht war die Schablonen fallen zu lassen und sich beide Hände gegen den Kopf zu pressen. Es wurde mit jedem Schritt unerträglicher. Matteo erkannte, dass er sich in seiner Verzweiflung und Angst etwas vorgemacht hatte. Nie und nimmer würde er damit leben können, sein Wissen für sich behalten zu haben. Und es war dabei völlig ohne Bedeutung, ob man ihm glaubte und ob Enrico und seine Komplizen überführt und für ihre Verbrechen zur Rechenschaft gezogen wurden. Entscheidend war allein, dass er nicht zum schweigenden Mitwisser wurde, der sich für einen Beutel Golddukaten sein Gewissen hatte abkaufen lassen. Wenn er je wieder in einen Spiegel und Fiona in die Augen blicken wollte, ohne dabei von Scham und Abscheu für seine Feigheit überwältigt zu werden, dann musste er sein Schweigen brechen!

Matteo hörte gar nicht, was Tomaso zu ihm sagte, als sie über das breite Laufbrett mit den schmalen Querleisten als Trittsicherung an Bord der Galeere gingen und die kurze Treppe zum Laufgang zwischen den Ruderbänken hinunterstiegen. Der starke Geruch von Teer umfing sie.

»Onkel Tomaso, ich muss unbedingt mit Euch reden!«, stieß er hervor und ließ die Schablonen achtlos neben sich auf die Planken fallen.

»Ist dir nicht gut?«, fragte Tomaso verwundert und stellte die Laterne auf eine der Ruderbänke. Die Dunkelheit nahm rasch zu und sie würden das Licht brauchen, wenn sie alle Schablonen auf ihre Passgenauigkeit überprüfen wollten.

»Ach, es ist viel schlimmer, als Ihr überhaupt vermuten könnt! Ich muss Euch etwas anvertrauen, das . . .«

»Schön und gut, aber das wird ja wohl noch eine Weile warten können, bis wir hier mit der Arbeit fertig sind«, unterbrach ihn Tomaso ungehalten. »Und was immer es ist, was du mir anvertrauen willst, es rechtfertigt nicht deinen unverantwortlichen Umgang mit den neuen Schablonen! Sie einfach so auf die Planken zu werfen! Also, das will ich nicht noch einmal sehen!«

»Nein, es hat keine Zeit, Onkel! Ich kann nicht länger warten!«, stieß er hastig hervor. »Ich habe schon viel zu lange gewartet. Ich muss es Euch jetzt sagen, wo ich mit Euch allein bin. Ich weiß nicht, was Ihr mit dem Wissen anfangen und wie Ihr dafür sorgen könnt, dass der Gerechtigkeit Genüge getan wird, aber ich muss es einfach loswerden, sonst macht es mich noch verrückt. Und Enrico darf uns dabei nicht hören, denn um ihn und seine Komplizen geht es!«

Tomaso stutzte und furchte die Stirn. »Komplizen?« Er setzte seine Schablonen ab.

»Ja, Enrico ist in schreckliche Verbrechen verwickelt, bei denen es um irgendeine Verschwörung geht!«, eröffnete er ihm. »Er ist ein Spion der Osmanen. Es geht wohl darum, das Arsenal in Brand zu stecken, bevor die neuen Galeeren alle ausgerüstet sind und die Flotte ausläuft. Und ich kann . . .«

»Enrico ein Spion für die Osmanen, der das Arsenal in Brand stecken will? Ja, bist du denn noch bei Sinnen?«, fiel ihm Tomaso grob ins Wort. Er trat zu ihm und packte ihn mit schmerzhaftem Griff an der Schulter, als wollte er ihn durchschütteln, damit er wieder zur Vernunft kam. »Wie kannst du bloß so . . . so etwas Irrwitziges sagen?«

»Weil es stimmt!«

»Aber das ist doch völliger Unsinn!«, herrschte Tomaso ihn an, stieß ihn von sich und ging im Gang erregt vor ihm auf und ab. »Enrico ist ein gottverdammter Spieler und er hat auch noch manch andere Fehler. Aber ein Spion für die Osmanen ist er ganz bestimmt nicht, dafür lege ich meine Hand ins Feuer!«

»Das solltet Ihr besser nicht tun, denn Ihr wisst nicht, wer er wirklich ist, Onkel! Er hat uns alle getäuscht!«, beteuerte Matteo und es brach aus ihm heraus, als wäre ein Damm gebrochen. »Enrico hat uns etwas vorgespielt und uns glauben lassen, dass der gemeine Mord an Sahadi auf das Konto dieses Wucherers Distefano geht. Dabei hat der Geldverleiher überhaupt nichts mit dem Mord zu tun gehabt! Für den Mord ist ein Grieche namens Alexis Kallimachos verantwortlich. Es war sein Handlanger, den ich nur unter dem Namen Angelo kenne, der ihn erdrosselt hat. Das hat er sogar zugegeben, als ich sein Gefangener war. Und er ist es auch gewesen, der gestern Nacht auf dem Holzkai von Dorsoduro auf Befehl seines Herrn Gasparo erstochen und dann weggeschafft hat! Und Enrico war dabei, als der Mord geschehen ist! Er hatte sich wie immer mit seiner alten Mönchskutte verkleidet. Aber mich hat er nicht damit getäuscht.«

Tomaso blieb abrupt stehen. Das Blut wich aus seinem Gesicht. »Gasparo soll ... soll erstochen worden sein? Um Gottes willen, Matteo, was redest du da für einen Wahnwitz zusammen? Und sogar wenn daran etwas wahr sein sollte, woher willst du das denn so genau wissen?«

»Weil ich in der Gondel unter der Plane gelegen und den Mord mit meinen eigenen Augen gesehen habe!«, stieß Matteo gequält hervor. »Und ich bin ihnen nur entkommen, weil ich mich gerade noch rechtzeitig in das eisige Wasser und unter den Bootssteg gerettet habe, sonst wäre ich jetzt wohl auch schon längst tot, so wie der arme Gasparo. Er muss Enrico wohl auf die Schliche gekommen sein und ihn mit seinem Wissen erpresst haben.«

Wortlos und bleich wie ein Leichentuch, starrte Tomaso ihn an. Es schien ihm die Sprache verschlagen zu haben.

»Ich sage die Wahrheit!«, beteuerte Matteo.

»Ich weiß«, antwortete Tomaso nun und sein Gesicht verzerrte sich plötzlich zu einem Ausdruck heftiger Wut. »Du Idiot! . . . Du gottverdammter Idiot! Haben wir dich nicht deutlich genug gewarnt?« Im selben Moment schlug er mit aller Kraft zu.

26

Der Faustschlag traf Matteo am Kinn und schleuderte ihn auf die Planken, wo er halb betäubt liegen blieb. Er verstand nicht, wie ihm geschehen war, doch die Erkenntnis, dass er einen fürchterlichen Fehler begangen hatte, durchzuckte ihn sogar in seinem benommenen Zustand. Sein Unterkiefer sandte einen lähmenden Schmerz aus, der kaum noch einen bewussten Gedanken zuließ. Die Welt verschwamm vor seinen Augen. Alle scharfen Konturen lösten sich auf und wurden zu auseinander treibenden Schatten, die ihn umschwirrten. Stöhnend versuchte er sich aufzurichten und an einer Ruderbank hochzuziehen. Doch noch bevor er halb auf den Beinen war, schlug Tomaso ein zweites Mal mit der geballten Faust zu und raubte ihm mit diesem wuchtigen Schlag seine letzte Widerstandskraft. Er fiel zurück auf die Planken und kämpfte erneut mit der Bewusstlosigkeit.

»Du elender Narr! Warum konntest du nicht die fünfundzwanzig Golddukaten nehmen und den Mund halten? Haben dir die Prügel im Keller nicht gereicht? Dass Alexis dich am Sonntagabend nicht sogleich hat umbringen und verschwinden lassen, hattest du meiner Fürsprache zu verdanken. Ich habe dir das Leben gerettet, du Schwachkopf! Ich habe Alexis mein Wort gegeben, dass du es nicht noch einmal wagst, uns in die Quere zu kommen. Aber du hast es ja nicht sein lassen können. Und jetzt wirst du dafür bezahlen! Aber ich wasche meine Hände in Unschuld! Du hast deine Chance gehabt, mit dem Leben *und* den Golddukaten davonzukommen. Die hast du verwirkt!«

Die zornige, fast verzweifelt klingende Stimme seines Onkels kam aus jenem seltsamen schwarzfleckigen Nebel, der über ihm waberte. Onkel Tomaso steckt mit Enrico und dem Griechen unter einer Decke!, fuhr es Matteo entsetzt durch den Kopf, während er an den Armen brutal über die Planken und tiefer in den Bauch der Galeere gezogen wurde. Dann schwanden ihm die Sinne.

Als er wieder zu sich kam, die Augen aufschlug und sich zu orientieren versuchte, kniete sein Onkel vor ihm und band ihm gerade die Füße mit Streifen zusammen, die er aus seinem Umhang geschnitten hatte. Tomaso hatte ihn gegen eine der Seitenverstrebungen gelehnt und ihm die Arme hinter dem Balken gefesselt.

»Warum?«, stieß Matteo hervor.

»Warum wohl?«, fauchte Tomaso grimmig, das Gesicht von hässlichen roten Flecken übersät. »Weil ich sonst nie eine Chance gehabt hätte, dieses armselige Leben hinter mir zu lassen und in den Besitz von genug Geld zu kommen, um eine Frau wie Lucrezia Capelli ehelichen zu können! Das und mehr hat mir Alexis geboten! Er hat Geld und Einfluss und wird mir die Tür zum Handel mit der Levante* öffnen. Meine Söhne werden sich nicht irgendwo mit ihrer Hände Arbeit schinden müssen, sondern werden Kaufleute sein!«

»Und dafür . . . wollt Ihr Venedig . . . an die Osmanen verraten . . . und zusammen mit Enrico das . . . Arsenal in Brand stecken?«, stieß Matteo mühsam und unter Schmerzen hervor.

»Zum Teufel mit Venedig und seinem noblen Pack!«, fluchte Tomaso und trennte mit seinem Messer neue Streifen vom Umhang. »Was hat denn Venedig jemals für mich getan? Was kümmert es mich, wenn mit dem Arsenal die halbe Flotte niederbrennt? Venedigs Ende wird es schon nicht sein. Der verdammte Doge und sein reiches Pack, die wie die fetten Maden im Speck leben, werden eben mit den Osmanen verhandeln, so wie sie es immer getan haben, wenn sie in Bedrängnis geraten waren. Diese Pfeffersäcke haben es noch immer geschafft, ihr Scherflein ins Trockene zu bringen, und daran wird sich auch in Zukunft nichts ändern! Und was diesen Tölpel von Enrico betrifft, so liegst du völlig falsch. Er hat mit all dem nicht

---

* Unter der Levante verstand man in jener Zeit die Länder im Mittelmeer, die im Osten von Italien lagen und bis zum Euphrat reichten, im engeren Sinne die Küsten Kleinasiens, Syriens und Ägyptens.

das Geringste zu schaffen. Manche fangen Fische und andere machen nur das Wasser trüb. Zu Letzteren gehört mein glückloser Schwager, der es im Leben nie zu etwas gebracht hätte. Der Mann in der Kutte war ich, Matteo! Ich habe sie heimlich an mich gebracht, als Enrico nach Sahadis Tod plötzlich unter einem Anfall von Reue litt und sie in den Müll geworfen hat. Sehr nützlich so eine Mönchskutte, wenn man nicht so leicht erkannt werden möchte.«

Fassungslos starrte Matteo ihn an. »Aber . . . Sahadi . . .?«, stammelte er bestürzt.

»Sein Tod war eine Warnung für mich, mit der ich aber nicht hatte rechnen können. Tut mir auch Leid um den armen Kerl«, sagte Tomaso mit einem Achselzucken. »Ich hatte nach der Hinrichtung auf der Piazzetta plötzlich Bedenken und wollte aus dem Handel mit Alexis aussteigen, zumindest nichts mehr von dem Brandanschlag wissen. Das war ziemlich dumm von mir. Denn wenn man sich einmal dem Teufel verschrieben hat, gibt es natürlich kein Zurück mehr. So, und nun mach den Mund freiwillig auf, wenn du nicht willst, dass ich mit der Faust oder dem Messer nachhelfe! Es liegt ganz bei dir, wie ich dir den Knebel verpasse!«

Matteo versuchte erst gar nicht sich zu wehren oder um Hilfe zu schreien. Das eine war so sinnlos wie das andere. Nicht einmal wenn er jetzt von allen Fesseln befreit und im Vollbesitz seiner Kräfte vor ihm gestanden hätte, wäre er ihm gewachsen gewesen. Und einen Schrei würde Tomaso augenblicklich mit seiner Pranke ersticken – oder durch einen Messerstich. Einmal ganz davon abgesehen, wer seinen Schrei denn hätte hören sollen, wo er doch so tief im Bauch der Galeere steckte und sich auf dem Gelände des Arsenals kaum noch einer aufhielt.

»Ich nehme an, du wirst wissen wollen, warum Gasparo dran

glauben musste«, sagte Tomaso, nachdem er sich davon überzeugt hatte, dass der Knebel auch fest saß. »Es macht jetzt ja keinen Unterschied mehr, ob du das weißt oder nicht. Also, Gasparo hat zusammen mit Enrico Baumaterial aus dem Arsenal geschmuggelt und verkauft. Jacopo Gambetti hat ihnen dabei geholfen. Das lief schon eine ganze Zeit so. Ich habe Gasparo auf frischer Tat erwischt und ihn gezwungen auch für mich zu arbeiten, ohne jedoch Jacopo einzuweihen. Aber durch einen dummen Zufall ist Gasparo vor kurzem darauf gestoßen, dass einige der Fässer, die ich über ihn und Jacopo ins Arsenal habe schaffen lassen, über einen doppelten Boden verfügten und dass sich darunter kleine Säcke mit Schwarzpulver befanden. Und da hat er geglaubt den Spieß umdrehen und noch mehr von mir erpressen zu können, als ich ihm vorher versprochen hatte. Es war also seine eigene Gier, der er seinen Tod zuzuschreiben hat!« Tomaso seufzte und nahm die Laterne vom Haken. »So, und jetzt muss ich Enrico holen. Du zwingst mich leider dazu. Wenn ich dich aus dem Weg schaffe, muss Enrico auch dran glauben.«

Matteo zerrte an seinen Fesseln und warf ihm einen verzweifelten, um Gnade flehenden Blick zu.

Tomaso schüttelte den Kopf. »Tut mir Leid, aber Enrico wird dein Schicksal teilen. Das Risiko, dass er mir in die Quere kommt, ist einfach zu groß. Und sieh mich nicht so an, Matteo. Du bist es doch, der ihn auf dem Gewissen hat, wenn man es recht betrachtet. Hättest du dich aus der Sache herausgehalten, so wie du es Alexis versprochen hattest, wäre all das nicht nötig gewesen und auch Enrico könnte sich weiter um Kopf und Kragen spielen. Nun aber zwingst du mich meinen Plan schon jetzt auszuführen. Das Arsenal wird heute Nacht brennen und ihr beide werdet Opfer dieses verheerenden Feuers sein. Natürlich wird es von euch keine Spur mehr geben, wenn die Flammen ihr Werk verrichtet haben. Aber dann wird Venedig auch ganz andere Sorgen haben, als sich darum zu kümmern, wer von den Arbeitern im Feuer umgekommen ist. Immerhin hat es beim letzten Feuer im Arsenal an die zweitausend Tote gegeben, nicht wahr? Aber wenn hier die halbe venezianische Flotte mit ihren stolzen Galeassen ein Opfer der Flammen geworden ist, wird es auch nicht mehr zur großen Seeschlacht mit den nun eindeutig übermächtigen Osmanen kommen. Und da bei dieser Schlacht bestimmt zehntausende umgekommen wären, rettet dieses Feuer also mehr Menschenleben, als es im schlimmsten Fall vernichten kann. Ein recht beruhigender Gedanke, wie ich finde.« Damit nahm er die Laterne, stieg an Deck hoch und ließ Matteo in tiefster Dunkelheit zurück.

Obwohl er wusste, wie aussichtslos es war, zerrte Matteo an seinen Fesseln. Aber natürlich rissen die Tuchstreifen nicht, mit denen Tomaso ihn an den Balken gebunden hatte. Grenzenlose Verzweiflung und Todesangst überkamen ihn. Jetzt wusste er, wie alles zusammenhing, aber für dieses Wissen würde er mit seinem Tod bezahlen. Und auch Enrico würde sterben! Weil sein Gewissen ihm keine Ruhe gelassen und er geglaubt hatte sich seinem Onkel anvertrauen zu müssen!

Wenige Minuten später wurden über ihm auf dem Oberdeck der Galeere wieder Stiefelschritte laut. Licht fiel durch die Luke des Niedergangs zu ihm hinunter, und er hörte, wie Enrico verwundert fragte: »Und du bist dir wirklich sicher, dass er sich beim Sturz das Bein gebrochen hat? Aber was hat er denn bloß da unten gesucht, Tomaso? Und warum hast du ihm nicht die Laterne gelassen?«

»Ich war in Eile! Und nun mach schon! Wir müssen den Bruch schienen und ihn nach oben tragen!«, drängte Tomaso. »Wenn ich das allein gekonnt hätte, hätte ich dich doch wohl kaum geholt, oder?«

»Schon gut!«

Matteo bäumte sich mit aller Kraft gegen die Fessel auf und versuchte gegen den Knebel anzuschreien, als Enricos Beine am Ende des Gangs auf den Stufen des Niedergangs auftauchten. Er wollte ihn warnen. Wenn Enrico jetzt Verdacht schöpfte, hatten sie beide vielleicht noch eine Chance, mit dem Leben davonzukommen! Aber mehr als ein dumpfes, ersticktes Röcheln brachte er nicht zu Stande.

Ahnungslos kam Enrico die Treppe herunter. Und noch bevor er ganz unter Deck war, traf ihn von hinten ein Schlag, der ihn wie einen gefällten Baum nach vorn in den Gang stürzen ließ. Bewusstlos blieb er am Fuß des Niedergangs liegen.

Rasch war Tomaso bei ihm, warf das Rundholz zur Seite, mit dem er ihn niedergeschlagen hatte, und zerrte ihn an den nächsten Balken, wo er ihn genauso fesselte und knebelte, wie er es mit Matteo getan hatte. Ohne ein Wort an ihn zu richten, verschwand er wieder. Wenige Minuten später kehrte er mit zwei Säcken zurück. Der eine enthielt Sägespäne, kleinere Holzstücke und eine dicke Kerze, die noch gute vier Finger in der Höhe maß. Der andere Sack war mit Schwarzpulver gefüllt.

Mit stummem Entsetzen beobachtete Matteo, wie Tomaso die Sägespäne und Hölzer neben der Trennwand zu einer der Offizierskabinen aufhäufte und dann mit dem Schwarzpulver eine dicke Spur von dem leicht entzündlichen Berg aus Spänen und Holzstücken zu der Kerze legte. Den Rest des Schwarzpulvers verteilte er sorgfältig um die Kerze herum. Die leeren Säcke warf er zu den Sägespänen und Holzstücken. Dann entzündete er vorsichtig den Docht der Kerze.

»Es wird ein paar Stunden dauern, bis die Kerze so weit heruntergebrannt ist, dass sie das Schießpulver entzündet und die Galeere in Brand setzt«, sagte Tomaso, sichtlich zufrieden mit seinem Werk. »Das Schiff wird dann im Handumdrehen lichterloh brennen. Es wird schnell für euch vorbei sein, lasst euch das ein Trost sein. Der Rauch wird euch bewusstlos machen, bevor die Flammen nach euch greifen. So, und jetzt heißt es Abschied nehmen, Matteo. Ich muss noch die beiden Galeeren in unseren Bootshallen und das Materiallager so wie hier präparieren, damit das Feuer zur selben Zeit an mehreren Stellen ausbricht und niemand mehr etwas gegen den Brand ausrichten kann, wenn die Flammen erst aus den Galeeren und dem Lager schlagen. Das Feuer wird dann im Nu auch auf die anderen Hallen und Galeeren übergreifen.«

Matteo zerrte wieder an seinen Fesseln und wand sich am Balken in wilder Todesangst, doch Tomaso schenkte ihm nur einen letzten mitleidigen Blick. Dann nahm er seine Laterne, stiefelte den Niedergang hoch und überließ sie ihrem sicheren Tod.

27

In Enricos weit aufgerissenen Augen stand ein verstörter, flackernder Blick, der von dem Schwarzpulver und der Kerze immer wieder zu Matteo ging, als hoffte er von seinem Gesicht eine Erklärung für das Unerklärliche ablesen zu können.

Aber Matteo wusste, dass Enrico in seinen Augen keine Antwort fand, sondern nur dieselbe Verzweiflung, Hoffnungslosigkeit und Todesangst erblickte, die auch ihn beherrschten. Nur dass er nicht wusste, warum Tomaso seinen Tod wollte und ihm ein so entsetzliches Ende zugedacht hatte.

Matteo wurde sich auf einmal bewusst, dass seine Angst und Verzweiflung immer mehr in dumpfe Hoffnungslosigkeit umzuschlagen drohte, als alle Versuche, sich unter Aufbietung aller Kraft am Balken aufzubäumen, sich zu winden und an den Fesseln zu zerren, erfolglos blieben.

Aber er durfte sich nicht aufgeben und nicht akzeptieren, dass er verloren war und schon bald in den Flammen umkommen würde! Er musste weiter um sein Leben kämpfen und hoffen, auch wenn es noch so aussichtslos schien! Er wollte nicht hier sterben! Er wollte zurück zu Fiona und ihr sagen, wie sehr er sie liebte und sich nach ihr gesehnt hatte!

Nachdem er wieder einmal alle Kräfte aufgeboten hatte, um die Handfesseln zu sprengen, sackte er von dieser Anstrengung völlig erschöpft in sich zusammen. Dabei rutschte er mit den gefesselten Händen unwillkürlich bis an den Sockel des Balkens hinunter. Und augenblicklich schnitt eine scharfe Kante schmerzhaft in seinen rechten Handballen.

Ihm war, als hätte ihn unerwartet ein Kübel Eiswasser getroffen. Es war nicht der Schmerz, der ihn zusammenfahren ließ, sondern die Feststellung, dass er sich an einer fast messerscharfen Kante *geschnitten* hatte!

Er verrenkte sich und verdrehte die Hände, um die Kante zu ertasten, die seinen Handballen aufgeritzt hatte. Und dann wusste er, was der glückliche Zufall ihm beschert hatte: eines jener eisernen Winkeleisen, mit denen der Balken auf den Planken verankert war. Und eine der Seitenkanten war nicht glatt geschliffen worden, sondern scharf und schartig!

Mit leuchtenden Augen blickte Matteo zu Enrico hinüber und versuchte ihm durch wildes Nicken verstehen zu geben, dass nicht alle Hoffnung verloren war und er eine Möglichkeit gefunden hatte, wie er sich vielleicht von seinen Fesseln befreien konnte. Und noch während er ihm stumme Zeichen gab, rutschte er so am Balken herum, dass er die Fesseln genau über der scharfen Eisenkante auf- und abzerren konnte.

Enrico begriff und ein Ausdruck banger, angespannter Hoffnung zeigte sich auf seinem Gesicht. Er tastete nun auch nach einem Winkeleisen, doch schon wenig später schüttelte er den Kopf, als wollte er sagen: »Kein Eisen!«, oder aber: »Keine scharfe Kanten! Nichts zu machen!«

Matteo schickte ihm einen aufmunternden Blick zu, der besagen sollte, dass es reiche, wenn er selbst sich schnell befreien könne.

Er schnitt sich mehrmals und einige der Schnitte gingen tief, aber er ließ sich davon nicht beirren. Er spürte ja schon, wie die ersten Stoffstreifen rissen und die Fessel sich lockerte. Plötzlich gab es einen letzten Ruck und er hatte seine Hände frei. Hastig wischte er sich das Blut ab, befreite sich vom Knebel und beugte sich dann schnell vor, um die Fußfessel aufzuknoten.

Enrico gab einen erstickten Laut von sich und machte hektische Kopfbewegungen in Richtung der Kerze.

»Keine Sorge, das hätte ich sowieso zuerst gemacht!«, versicherte Matteo, rutschte auf Knien zur Kerze, hob sie ganz vorsichtig aus dem Bett aus Schießpulver heraus und stellte sie in sicherer Entfernung auf die Planken. Dann lief er zu Enrico hinüber, um auch ihn von seinen Fesseln zu befreien.

Er brauchte sich nicht damit aufzuhalten, die Stoffstreifen einzeln aufzuknoten. Tomaso hatte ihm sein Messer nicht abgenommen. Auch Enrico trug noch immer sein Messer an der Seite, auch hing das kleine Handbeil des Zimmermanns noch in der Lederschlaufe. Tomaso war sich seiner Sache so sicher gewesen, dass er sich noch nicht einmal die Mühe gemacht hatte, ihnen Messer und Beil abzunehmen.

Während Matteo zum Messer griff und Enricos Fesseln

durchtrennte, begann er ihm schon hastig zu erklären, warum sie beide hatten sterben sollen, und ihn in aller Kürze über die Verschwörung ins Bild zu setzen, an der sein Onkel beteiligt war.

Enrico fiel aus allen Wolken. »Tomaso ist ein Verräter, ein Spion der Osmanen und soll im Auftrag dieses Griechen Alexis Kallimachos das Arsenal in Brand stecken?«, stieß er hervor und rieb sich die schmerzenden Handgelenke. Noch vor wenigen Minuten hatte er es für unabwendbar gehalten, dass er in dieser Nacht geknebelt und gefesselt im Bauch dieser Galeere einen entsetzlichen Tod sterben würde. Da bedurfte es keiner weiteren Argumente, um ihn davon zu überzeugen, dass Tomaso ein gewissenloser Verbrecher war, der vor keiner Schandtat zurückschreckte.

»Ja, so sehr kann man sich in seinen Mitmenschen täuschen . . . und so sehr kann man ihnen auch unrecht tun, wenn man voreilige Schlüsse aus scheinbar eindeutigen Situationen zieht und etwas ganz sicher zu wissen meint, was sich dann aber als völlig falsch herausstellt«, sagte Matteo beschämt, hatte er Enrico doch nicht verschwiegen, dass er sich Tomaso nur deshalb anvertraut hatte, weil er ihn, Enrico, für den Komplizen des Griechen gehalten hatte.

Enrico winkte ab. »Lass dir darüber bloß keine grauen Haare wachsen, Matteo. Ich habe jedem wahrlich Anlass genug gegeben, mich in keinem guten Licht zu sehen. Eine gesprungene Glocke hat nun mal einen schlechten Ton!« Er verzog das Gesicht zu einer Grimasse. »Außerdem hast du das alles zehnfach wieder gutgemacht, indem du dich mich den Fesseln befreien konntest.«

»Aber was machen wir jetzt?«, wollte Matteo wissen.

»Natürlich müssen wir Tomasos Plan, das Arsenal in Brand zu stecken, vereiteln! Aber wir dürfen keinen Alarm schlagen!«, sagte Enrico ohne Zögern. »Was ich dir damals über die Inquisition gesagt habe, als wir Sahadi gefunden haben, gilt auch jetzt noch. Ich bin ein Spieler, weiß Gott! Aber das Risiko dürfen wir auf keinen Fall eingehen, dafür haben wir unser Glück schon genug strapaziert.«

Matteo nickte stumm, hatte er doch denselben Gedanken gehabt. Und wenn er ganz ehrlich gewesen wäre, hätte er ihm gesagt, dass er sich jetzt am liebsten aus dem Arsenal schleichen und sich irgendwo in einer Taverne verkriechen wollte, bis der Morgen graute und er mit dem Weinhändler aus der Stadt flüchten konnte. Aber er konnte Enrico nicht mit der Gefahr, die noch von Tomaso drohte, allein lassen.

»Was schätzt du, wie viel Zeit vergangen ist, seit Tomaso uns hier zurückgelassen hat?«, fragte Enrico.

Matteo zuckte mit den Achseln. »Schwer zu sagen. Vielleicht zwanzig Minuten, höchstens wohl eine halbe Stunde.«

»Und er hat dir gesagt, dass er noch die beiden halb fertigen Galeeren bei uns in den Bootshallen präparieren und dann alles für ein weiteres Feuer in der Materialhalle vorbereiten wollte?«

»Ja, das Feuer soll an mehreren Stellen gleichzeitig ausbrechen und schnell um sich greifen, damit man es nicht mehr unter Kontrolle bringen kann, wenn es bemerkt wird«, bestätigte Matteo.

»Gut! Das heißt, dass wir noch nicht mit dem ersten Rundgang der Wachen rechnen müssen und dass Tomaso mit seinen Vorbereitungen aller Wahrscheinlichkeit nach noch nicht fertig ist und wir ihn mit ein wenig Glück in der Materialhalle überraschen können«, folgerte Enrico und sah sichtlich erleichtert aus. »Hör zu, wir gehen folgendermaßen vor: Du kümmerst dich um die drei Galeeren. Nimm dir die Säcke und sammel möglichst viel von dem Schießpulver ein. Aber sei bloß vorsichtig mit den

Kerzen! Die Säcke lassen wir hinterher im Hafenbecken verschwinden. Den Rest des Pulvers spülst du mit Wasser von den Planken. Einen Eimer wirst du schnell finden und Wassertonnen stehen ja zum Glück auch überall herum.«

»Und was macht Ihr?«, fragte Matteo beklommen.

»Ich werde mir Tomaso vornehmen!«

»Aber wäre es nicht sicherer, wir bleiben zusammen und nehmen uns meinen Onkel gemeinsam vor?«, wandte Matteo ein.

»Nein, das ist nicht nötig und auch nicht ratsam. Es ist ganz wichtig, dass das Schießpulver so schnell wie möglich verschwindet, falls wir das Pech haben sollten, dass die Wachen ausgerechnet heute mal früher auf ihre Runde gehen. Und was Tomaso angeht, so fühlt er sich sicher und rechnet nicht damit, dass plötzlich einer von uns auftaucht. Ich werde schon aufpassen, dass ich den Vorteil der Überraschung auf meiner Seite habe. Und glaube mir, ich werde mit ihm fertig!« Um seinen Worten Nachdruck zu verleihen, legte er seine Hand auf den Griff seines Messers. Er klopfte Matteo Mut machend auf die Schulter und huschte im nächsten Moment schon, geduckt und auf Zehenspitzen, den Niedergang hoch.

Matteo hatte ein mulmiges Gefühl, dass er allein die Spuren der Brandstiftung auf den drei Galeeren tilgen sollte, während Enrico seinem Onkel aufzulauern versuchte. Aber er folgte Enricos Anweisung. Er holte sich einen der Säcke, fegte in großer Hast das Schießpulver mit den Händen zusammen und füllte es in den Sack. Als er damit fertig war, schlich er sich mit dem Sack von der Galeere. Dunkelheit lag über dem Arsenal. Nur hier und da brannten einige Laternen, doch deren Lichtschein reichte nicht weit. Und die Galeere warf einen tiefen Schatten, der ihm Schutz vor Entdeckung bot.

Er ließ den Sack an der Kaimauer lautlos ins Wasser sinken, huschte zur nächsten Wassertonne, wo er auch gleich einen

Holzeimer fand, füllte ihn und kehrte auf die Galeere zurück, wo er die Reste des Pulvers von den Planken spülte, so wie Enrico es ihm aufgetragen hatte. Dann blies er die Kerze aus und lief mit dem Eimer zu den Bootshallen hinüber, wo die beiden anderen Galeeren auf ihn warteten.

Mit klopfendem Herzen lauschte er in die Dunkelheit, ohne jedoch etwas Verdächtiges zu hören. Und so kletterte er, gleich mit einem vollen Eimer, schnell an Bord der Galeere, deren Schatten wie ein gestrandeter, aufgebockter Wal vor ihm aufragte. In fieberhafter Hast schob er auch hier das Schießpulver mit zitternden Händen zusammen, füllte es in einen der Säcke, die Tomaso als zusätzlichen Brennstoff zurückgelassen hatte, und spülte die Reste wieder in die Ritzen, bevor er die Kerze löschte und sich hinüber zur dritten Galeere wagte, die in der Bootshalle stand, in der Enrico die Verantwortung für die Arbeit trug.

Er hielt sich in jeder der drei Galeeren kaum länger als drei, vier Minuten auf. Doch die Zeit erschien ihm wie eine Ewigkeit. Sein Herz raste wie verrückt und er war in Schweiß gebadet. Bei dem zweiten und dritten Schiff ging er auch nicht mehr mit derselben Sorgfalt vor wie bei dem ersten. Er konnte sich einfach nicht dazu zwingen, noch mehr Zeit aufzuwenden, damit möglichst wenig Schwarzpulver zurückblieb. Zu unerträglich wurde die Ungewissheit, ob es Enrico indessen wohl gelungen war, Tomaso zu überwältigen. Mit jedem Moment quälte ihn die Angst stärker, seinen Onkel jeden Moment hinter sich auftauchen zu sehen.

Endlich hatte er seine Aufgabe hinter sich gebracht. Den Sack mit dem Schwarzpulver von der dritten Galeere ließ er in der nächsten Wassertonne verschwinden, so wie er es auch mit dem Sack von der zweiten Galeere getan hatte. Dann näherte er sich vorsichtig dem Materiallager.

Das Tor stand ein wenig offen. Schwacher Lichtschein drang zu ihm in die Werfthalle hinaus.

Nervös leckte sich Matteo über die Lippen. Er horchte nach Stimmen, hörte jedoch nichts. Nur sein Herz, das im wilden Rhythmus seiner Angst schlug. Dann wagte er es und zwängte sich durch den Spalt.

Vor ihm lag ein langer Gang, der zwischen all den aufgestapelten Hölzern hinunter zur Meisterstube führte. Erschrocken zuckte er zusammen und wollte schon die Flucht ergreifen, als er eine Gestalt bemerkte, die neben der Tür an der Wand lehnte. Aber es war nicht sein Onkel Tomaso, sondern Enrico. Er hielt ein Messer mit blutiger Klinge in der Hand.

»Es ist vorbei!«, rief er ihm schwer atmend und mit gedämpfter Stimme zu. »Er hat seine verdiente Strafe erhalten!«

Matteo sah auf der linken Seite ein Paar Stiefel aus einer Passage zwischen zwei Materialstapeln in den Hauptgang ragen. Es waren die seines Onkels. Tomaso war tot!

Mit zittrigen Knien kam Matteo näher.

Enrico kam ihm einige Schritte entgegen, als wollte er nicht, dass er seinen toten Onkel zu Gesicht bekam. Schnell wischte er das Messer an seiner Hose ab und steckte es in die Lederscheide zurück.

»Er hat mir keine andere Wahl gelassen«, sagte er, bevor Matteo ihn nach dem Hergang ihres Kampfes fragen konnte. »Er wollte sich mit dem Geld freikaufen, das er schon von diesem Kallimachos erhalten und in Sahadis einstiger Kammer versteckt hat. Er hat gewinselt und gebettelt, und als er dann doch noch eine Chance sah, mir den Hals durchschneiden zu können, hat er zum Messer gegriffen. Er ist billig davongekommen. Hätte ihn die Inquisition in die Hände bekommen, wäre er tagelang gefoltert worden.«

Matteo fragte nicht nach dem Geld. Es interessierte ihn

nicht, wenn Enrico es sich nahm. Nun, da alles oder doch fast alles vorbei war, empfand Matteo weder ein Gefühl der Genugtuung noch der Erlösung. Er fühlte sich seltsam taub und benommen.

»Wir haben natürlich ein kleines Problem mit seiner Leiche«, fuhr Enrico fort. »Und ich weiß auch schon, wie wir es anstellen können, dass sein Tod keine unangenehmen Fragen für uns aufwirft. Wir schaffen ihn hinüber in die Wergkammer und zünden sie an. Das Feuer wird sich schnell löschen lassen, weil wir früh genug Alarm schlagen werden. Es wird so aussehen, als hätte Tomaso dort einen tödlichen Unfall gehabt und mit der ihm aus der Hand fallenden Lampe das Werg in Brand gesetzt. Ich habe auch schon eine Idee, wie man es so machen kann, dass es aussieht, als wäre er in ein scharfes Richteisen oder etwas Ähnliches gestürzt. Obwohl ich bezweifle, dass sich hinterher irgendeiner die Mühe macht, seinen verkohlten Körper einer genauen Untersuchung zu unterziehen. Wir werden . . .«

»Nein, nicht wir!«, unterbrach Matteo ihn an dieser Stelle. »Das werdet *Ihr* machen, Enrico. Auf mich könnt Ihr nicht mehr zählen. Morgen beim ersten Licht verlasse ich Venedig – für immer! Und ich bleibe jetzt nicht eine Minute länger im Arsenal. Ich gehe, Enrico. Den ersten Sack habe ich schon im Hafenbecken versenkt. Die beiden anderen findet ihr in den Wassertonnen gleich bei den Galeeren. Und was das Blutgeld meines Onkels angeht, ich will nicht einen Soldo davon. Nehmt es Euch und werdet glücklich damit. Vielleicht schafft Ihr es ja, nicht alles am Spieltisch durchzubringen.«

Verblüfft sah Enrico ihn an, dann lächelte er und nickte. »Ich verstehe. Du hast wirklich genug mitgemacht. Und bei dem Rest hier brauche ich dich nicht, das schaffe ich schon allein. Und was diesen Alexis Kallimachos angeht, so werde ich schon dafür sorgen, dass auch er seiner gerechten Strafe nicht entkommt. Es mag vielleicht etwas dauern, aber mir wird schon etwas einfallen, das verspreche ich dir!«

Matteo zuckte mit den Achseln. Es interessierte ihn nicht wirklich und er machte sich auch keine Illusionen darüber, dass die Gerechtigkeit immer den Sieg davontrug. Wie viele Könige, Fürsten und Kaufleute müssten dann den Gang aufs Schafott antreten!

»Gebt mir fünf Minuten, um aus dem Arsenal zu kommen, dann könnt Ihr tun, was Ihr wollt. Das ist alles, was ich mir ausbitte«, sagte Matteo.

Enrico nickte. »Viel Glück, Matteo Lombardi.«

»Euch auch«, erwiderte Matteo, wandte sich um und ging.

Niemand hielt ihn auf und keiner stellte ihm eine Frage, als er das Arsenal verließ. Noch immer wie benommen ging er durch die dicht bevölkerten abendlichen Straßen, ohne dass ihn irgendetwas berührte, was er hörte oder sah. Er kehrte kurz in das Haus seines Onkels zurück, schnürte sein Bündel zusammen und holte den Beutel mit den fünfundzwanzig Golddukaten aus dem Strohsack seiner Bettstelle. Auch wenn ihm Verbrecherhände dieses Geld zugesteckt hatten, so hatte er doch ein ganz anderes Verhältnis dazu als zu dem zweifellos ungleich größeren Schatz, den sein Onkel nach dem Tod des Dieners in dessen einstiger Kammer versteckt hatte. Irgendwie hatte er das Gefühl, sich dieses Geld mit der Angst mehr als verdient zu haben.

Ohne sich noch einmal umzuschauen, verließ er das Haus in der Calle del Forno, begab sich hinüber nach Dorsoduro und verbrachte die Nacht in jener Taverne, in die er sich in der Nacht von Gasparos Tod, triefend nass und halb erfroren, gerettet hatte. Der Wirt erkannte ihn wieder, nahm sein Geld und ließ ihn in Ruhe. Er hatte schon seltsamere Gäste unter seinem Dach gehabt als diesen blassen, jungen Mann, der großzügig dafür bezahlte, dass er stumm vor dem Feuer sitzen und mit ausdruckslosem Blick in die Flammen starren durfte.

Als der Morgen graute, stand Matteo am Rialto vor dem Gasthof, in dem der Weinhändler abgestiegen war. Luigi Batali freute sich, dass er Wort gehalten hatte, und begrüßte ihn so überschwänglich wie einen verlorenen Sohn.

Matteo fühlte sich noch immer wie betäubt und als würde er nur ganz langsam aus einem entsetzlichen Alptraum aufwachen, der wie zäher Teer an ihm klebte und ihn nicht loslassen wollte. Erst als das Fährschiff aus dem Bacino von San Marco glitt, Kurs auf Chioggia im Süden der Lagune nahm und sich Venedig hinter ihnen im noch dichten Morgendunst auflöste, als hätte es die Stadt und all ihre dunklen Geheimnisse und Gefahren nie gegeben, erst da übermannte ihn ein Gefühl unbeschreiblicher Erlösung.

»Du hast ja Tränen in den Augen!«, sagte Luigi Batali plötzlich neben ihm überrascht. »Sollte dir der Abschied von Venedig und von deinem Onkel vielleicht doch näher gehen, als du erst angenommen hast?«

»Alles ist gut, so wie es ist«, antwortete Matteo leise und bot keine weitere Erklärung für die Tränen, die er nun nicht länger zurückhalten konnte.

28

Das milde Licht der frühen Märzsonne lag über den fruchtbaren Feldern, Wiesen und Hainen und entlockte den dichten Wäldern, mit denen sich die eigenartigen Kegel und Hügel des

Euganeischen Landes kleideten, einen tiefen, fast smaragdgrünen Schimmer.

In flottem Trab zogen die beiden Rotfüchse das Fuhrwerk über die Landstraße, die sich hinter Morante in weiten Schwüngen wie ein gemächlich dahinfließender Strom durch die Hügelketten gen Nordosten schlängelte.

Als sie eine kleine Holzbrücke erreichten, die über einen klaren Bachlauf führte, zog Luigi Batali sanft die Zügel an und brachte das Gefährt zum Stehen. »So, da sind wir. Ich fahre dich gern bis auf den Hof. Aber du sagst ja, dass du von hier aus den Rest des Weges zu Fuß zurücklegen möchtest.«

»Ja, das ist mir lieber«, antwortete Matteo.

Luigi Batali nickte mit einem wissenden Lächeln. »Ich verstehe. Das gibt dir noch ein wenig Zeit, dich innerlich auf das Wiedersehen mit Fiona und ihren Eltern einzustimmen. Ich denke, ich weiß, wie dir zu Mute ist. Aber sei unbesorgt, ich habe keine falschen Hoffnungen in dir geweckt. Jetzt liegt es ganz an dir, wie deine Zukunft aussehen wird.«

»Ich bete zu Gott, dass es so ist, wie Ihr sagt!«

»Vergiss nicht, was ich dir in Venedig versprochen habe!«, erinnerte ihn Luigi Batali mit einem Augenzwinkern. »Du warst mir in den letzten Tagen nicht nur ein prächtiger Reisegefährte, sondern auch eine große Hilfe. Aus dir könnte ein erfolgreicher Weinhändler werden und mein Haus steht dir jederzeit offen. Aber ich fürchte, ich werde mich nach einem anderen tüchtigen Burschen umsehen müssen, der eines Tages mein Geschäft fortführt. Nun denn, im Leben erfüllen sich nun mal nicht alle Wünsche. Und ich freue mich für dich, wenn ich dich in Zukunft nur als Kunde und Freund bei mir begrüßen kann. So, und jetzt sieh zu, dass du zu deiner Fiona kommst!«

»Ich danke Euch für alles, was Ihr für mich getan habt, Signor

Batali. Ich werde es Euch niemals vergessen«, versicherte Matteo berührt.

»Das will ich doch hoffen! Immerhin findest du nirgendwo einen besseren Wein als bei mir – und schon gar nicht zu einem günstigeren Preis!«

Sie tauschten zum Abschied einen herzlichen Händedruck. Dann nahm Matteo sein Bündel vom Sitz, sprang vom Wagen und wartete, bis Luigi Batali gewendet und sich wieder auf den Rückweg in die Ortschaft gemacht hatte.

Von der kleinen Brücke bis nach *Rosario* war es nicht mehr weit, auch zu Fuß nicht, höchstens eine gute Viertelstunde. Und mit jedem Schritt, den er dem Anwesen der Cavalettos näher kam, wuchs seine Aufregung.

Über eine Woche war er mit dem Weinhändler unterwegs gewesen, und in all diesen Tagen, in denen er ganz langsam Abstand zu den alptraumhaften Ereignissen in Venedig gewonnen hatte, war ihm kein einziges Mal so beklommen zu Mute gewesen wie in diesen Minuten. Einerseits konnte er es nicht erwarten, zu Fiona zu kommen und sie in seine Arme zu schließen, verspürte aber andererseits plötzlich den Wunsch, diesen alles entscheidenden Moment noch länger hinausschieben zu können. Was war, wenn sich Luigi Batali nun doch geirrt und zu viel in gewisse Äußerungen hineingelegt hatte, die Vittorio in seiner Erbitterung über Antonias erzwungene und überstürzte Heirat mit Salvatore Masero über die Lippen gekommen waren? Was sagte man in so einer Situation nicht alles? Zumal Vittorio wohl kaum damit hatte rechnen können, dass der Weinhändler ihn, Matteo, wenige Monate später in Venedig zufällig treffen und ihm davon erzählen würde! Hatte er denn nicht durch bittere Erfahrung lernen müssen, dass auch das scheinbar Unmögliche plötzlich Wirklichkeit wurde?

Als das rotbraune Ziegeldach des Bauernhauses vor ihm zwischen den Bäumen aufleuchtete, wurden seine Schritte immer langsamer, während sein Herz das genaue Gegenteil davon tat. Es schlug schneller und heftiger.

Vor den letzten Büschen, die den Blick auf den Hof verwehrten und das frische Grün des Frühlings trugen, blieb er stehen. Er streifte sich die Rosenkranzkette über den Kopf, hielt das winzige Kreuz fest umschlossen, schloss die Augen und sprach ein stummes Stoßgebet. Dann atmete er tief durch und trat hinter den Sträuchern hervor.

Nie sollte er das Bild vergessen, das sich seinen Augen im nächsten Moment bot. Denn die erste Person, die er sah, war niemand anderes als seine geliebte Fiona! Sie kehrte den Hof mit einem Reisigbesen.

Und im nächsten Moment bemerkte sie ihn. Sie erstarrte mitten in der Bewegung, als hätte sie ein Blitz getroffen. Dann entglitt der Besen ihren Händen und ihr Gesicht leuchtete auf, als fiele plötzlich das Licht von tausend Kerzen auf sie.

»Matteo!«, rief sie, schlug dann die Hand vor den Mund, als könnte sie ihr Glück nicht fassen, und kam mit wehenden Rockschößen und ausgebreiteten Armen auf ihn zugelaufen.

Für einen kurzen Moment glaubte Matteo, sie würde ihm um den Hals fallen. Doch dann sah sie die Rosenkranzkette, die er in der Hand hielt. Sogleich fielen ihre Arme herunter und sie blieb einen Schritt vor ihm stehen, auf dem Gesicht einen fast angstvollen Ausdruck.

»Matteo!«, flüsterte sie beschwörend und ihr Blick forschte in seinen Augen nach einem Hinweis, was er gleich sagen würde.

Matteo schlug das Herz im Hals. Wie sehr hatte er diesem Augenblick entgegengefiebert – und entgegengebangt. »Ich bringe dir deine Kette zurück, so wie ich es dir versprochen habe, Fiona!«, sagte er und erkannte seine Stimme nicht wieder.

Sie schluckte. »Bist du gekommen, um mir die Kette zurückzugeben?«, fragte sie mit zitternder Stimme und ihre Hand umschloss seine Hand, die ihre Kette hielt. »Oder bist du gekommen, um . . . um zu bleiben?«

»Um zu bleiben«, antwortete er.

Fiona gab einen Laut der Erlösung von sich und Glückseligkeit überflutete ihr Gesicht wie die helle Morgensonne das Land um sie herum. Und dann lagen sie sich auch schon in den Armen und hielten sich fest, als wollten sie nie wieder voneinander lassen.

Ja, alles war im Leben möglich, auch das scheinbar Unmögliche!

Nachwort zum Arsenal, zur Staatsinquisition und zur Seeschlacht von Lepanto

Der amerikanische Autobauer Henry Ford gilt gemeinhin als der Vater der industriellen Fließbandarbeit, bei der es darum geht, die Serienanfertigung eines Produktes durch Aufteilung der einzelnen Arbeitsgänge und durch Rationalisierung zu möglichst niedrigen Kosten und bei gleich bleibender Qualität sicherzustellen. Aber wenn Henry Ford auch 1903 durch die Gründung seiner *Ford Motor Company* in Detroit ein neues, wegweisendes Kapitel in der Geschichte der Industrialisierung geschrieben und von seinem ersten dort produzierten Automobil, dem Modell T, in neunzehn Jahren über fünfzehn Millionen Wagen verkauft hat, so wurde diese fortschrittliche Art der Produktion von den Venezianern doch schon lange vorher praktiziert, genau genommen gute sechshundert Jahre vorher.

Die Bezeichnung Arsenal stammt aus der arabischen Sprache, leitet sich von dem Wort *Darsiná-a* ab und bedeutet schlicht »Arbeitsstätte«. Das Arsenal von Venedig, schon im 12. Jahrhundert gegründet, war in seiner Blütezeit im 15. und 16. Jahrhundert der mit Abstand größte Industriekomplex der Welt, der die Seerepublik von San Marco durch eine revolutionär zu nennende Serienproduktion von Schiffen und Kanonen zur Supermacht machte. Was New York in unserer Zeit darstellt, diese herausragende Rolle nahm Venedig in der Zeit der Renaissance ein. Selbst Städte wie London und Paris konnten sich nicht annähernd mit Venedig messen, dessen Bevölkerung fast 200 000 Einwohner zählte – wenn nicht gerade die Pest oder eine andere Epidemie wütete.

Was das Arsenal betraf, so ist zweifelsfrei belegt, dass dort mindestens 16 000 Handwerker in Lohn und Arbeit standen, manche Quellen sprechen sogar von bis zu 30 000 Beschäftigten. Ein überdurchschnittlicher Lohn war nicht das einzige Privileg, das ihre besondere Stellung in Venedig auszeichnete. Was moderne Gewerkschaften viele Jahrhunderte später in unseren westlichen Industrienationen erst durch langjährige und bitter ausgefochtene Arbeitskämpfe erstreiten mussten, das genossen die Arsenalotti schon vor einem halben Jahrtausend: Sie waren die ersten Arbeitnehmer Europas, die sogar in Friedenszeiten und in Zeiten der Unterbeschäftigung ihre bezahlten Arbeitsplätze behielten sowie unter anderem Anspruch auf verbilligte staatliche Mietwohnungen und auf eine Alterspension besaßen.

Die in Venedig planmäßig vorangetriebene Schiffsbaukunst entwickelte sich im Arsenal zu einem modernen Industriezweig, dem in anderen Ländern nichts Vergleichbares gegenüberstand. Spätestens seit dem 13. Jahrhundert unternahm die Obrigkeit den entscheidenden Schritt, den Bau von Schiffen, was insbesondere auf die Galeeren zutraf, durch exakt geplante Entwürfe und Bauvorlagen staatlich zu reglementieren und Qualitätskontrollen zu unterwerfen.

Es war die Armee des vierten Kreuzzuges, die im Jahr 1202 mit 4 500 Rittern, 5 000 Pferden, 9 000 Knappen und 20 000 Fußsoldaten auf dem Lido von Venedig lagerte, die den entscheidenden Impuls zur Massenherstellung von Schiffen gab. Die Kreuzritter wollten ins Heilige Land, die Zeit drängte und die Soldaten wurden ungeduldig. Da versprachen die Führer der Kreuzritter, die aus Frankreich, Spanien und Deutschland kamen, den Venezianern 20 Tonnen Silber, wenn sie für ihre

Truppe die nötigen Schiffe bauten. Mit diesem Großauftrag begann die Blütezeit des Arsenals. Innerhalb weniger Monate zimmerten die Arsenalotti 100 Kriegsgaleeren und 30 Transportschiffe für die Invasionsflotte der Kreuzfahrer.

Was bisher der individuellen Erfahrung und Kunstfertigkeit eines jeden einzelnen Schiffsbaumeisters überlassen gewesen war, wurde nun durch strenge und immer wieder kontrollierte und verbesserte Bauvorschriften mit exakten Bauzeichnungen und Maßangaben ersetzt. Hinzu kam die Aufteilung der vielen Bauphasen auf ebenso viele spezialisierte Arbeitsgruppen, die an ihrem Arbeitsplatz nur für einen ganz besonderen Arbeitsgang verantwortlich waren. Diese Spezialisierung versetzte das Arsenal theoretisch in die Lage, an nur einem einzigen Tag ein Schiff segelfertig auf Kiel zu legen. Auf diese Weise gelang Venedig, trotz der komplexen und technisch anspruchsvollen Baukunst der Galeeren, die Serienproduktion von in Qualität und Eigenschaften völlig gleichartigen Handels- und Kriegsschiffen. Der durchschnittliche »Jahresausstoß« betrug 200 Schiffe, konnte jedoch in Krisenzeiten noch gesteigert werden. Dieser konkurrenzlosen Fähigkeit, bei Bedarf in Rekordzeit die größten Flotten der Christenheit zu bauen, verdankte es die *Heilige Liga*, dass die so entscheidende Seeschlacht von Lepanto für das bedrohte christliche Abendland nicht zu einer Katastrophe wurde, sondern zu einem triumphalen Sieg über die Osmanen.

Dass die Baupläne und die Arbeitsvorgänge im Arsenal strengster Geheimhaltung unterlagen und das Aufspüren von Saboteuren und Spionen zur vordringlichsten Aufgabe der Staatsinquisition gehörte, versteht sich unter diesen Umständen wohl von selbst. Einmal ganz davon abgesehen, dass in jenen Jahrhunderten ein völlig anderes Verständnis von gerechter Strafe vorherrschte, das wir mit unserem demokratischen

Rechtsverständnis als ungeheuer hart und grausam beurteilen, führte die Angst vor Verrat von Staatsgeheimnissen dazu, dass die Inquisitoren und ihre Beauftragten wie etwa die »Herren der Nacht« ihre Macht mit brutaler Rücksichtslosigkeit ausübten – und zwar fast immer unter völligem Ausschluss der Öffentlichkeit. In geheimen Verfahren und ohne die Möglichkeiten der Verteidigung, die einen für uns normalen Strafprozess kennzeichnen, wurden die Urteile gesprochen – zumeist nach Anwendung der Folter. Bei den geheimen Hinrichtungen bevorzugte die Staatsinquisition die Erdrosselung, die Verwendung von Gift oder das Ertränken im Canal Orfano. In den Jahren von 1551 bis 1608 liquidierte die Staatsinquisition auf diese Weise laut eigenen Unterlagen heimlich 203 Feinde von San Marco. Diese Grausamkeit wie auch die Zahl der Opfer relativiert sich jedoch, wenn man sich vor Augen hält, dass die *heilige Inquisition*, die Jagd auf Ketzer machte, allein im spanischen Sevilla in einem bedeutend kürzeren Zeitraum, nämlich innerhalb von nur zwölf Jahren, rund 2 000 Menschen verbrennen ließ.

Ob das verheerende Feuer, das im Sommer 1569 im Arsenal ausbrach, mehr als 2 000 Menschen das Leben kostete und beinahe halb Venedig niedergebrannt hätte, ein Werk osmanischer Saboteure war, darüber finden sich keine Quellenangaben. Auszuschließen ist es jedenfalls nicht. Seit die Türken am 23. Mai 1453 Konstantinopel, die Metropole des Byzantinischen Reiches, erobert hatten und die Fahne mit dem Halbmond über dem Bosporus und der nun Istanbul genannten Stadt wehte, befand sich Venedig in einem sich immer stärker zuspitzenden Konflikt mit dem mächtigen Osmanischen Reich. San Marcos Vorherrschaft im Mittelmeer geriet in ernste Gefahr, als die Türken Fortschritte im Schiffbau machten und sich in der Lage zeigten, auch Kriegszüge größeren Stils zu führen. Wenn es eines letzten Beweises überhaupt noch bedurft hätte, so lieferten ihn die Türken im Sommer 1570 durch ihren erfolgreichen Überfall auf Zypern, den Außenposten Venedigs im östlichen Mittelmeer.

Der Christenheit war spätestens zu diesem Zeitpunkt klar, dass nur eine militärische Allianz den Vormarsch der Muslime aufhalten konnte. Nach geheimen, hektischen Verhandlungen der Gesandten kam es zum Aufleben der *Heiligen Liga*, deren Aufgabe es war, mit einer europäischen Armada gegen die osmanische Flotte in die Schlacht zu ziehen. Im Arsenal, der größten maritimen Waffenschmiede der Welt, wurde das Geheimprojekt »Galeasse« im wahrsten Sinne des Wortes auf Kiel gelegt. Diese neuen, hochbordigen Galeeren wurden als schwimmende, waffenstarrende Kampfmaschinen konstruiert, die nur sehr schwer gekapert werden und von allen Seiten ihre Kanonen abfeuern konnten, und sie gelten als Meilenstein in der Geschichte des Schiffsbaus.

Venedig, das mit 106 Galeeren sowie einer großen Zahl von Versorgungs- und Transportschiffen das größte Kontingent der Flotte der *Heiligen Liga* stellte, schickte mit seinen sechs Galeassen Schlachtschiffe mit unvergleichlicher Feuerkraft in den Kampf.

Die Flotten aus Barcelona, Rom und Venedig vereinigten sich in der Straße von Messina, in der Meerenge zwischen Sizilien und dem italienischen Festland, und bildeten dort mit ihren 280 zum Krieg gerüsteten Schiffen einen gigantischen Flottenstützpunkt. Am 16. September 1571 verließ die Armada der *Heiligen Liga* die Straße von Messina und nahm Kurs in Richtung Osten, wo Kundschafter nahe der Insel Oxia osmanische Flottenbewegungen beobachtet hatten. Die Entscheidung, ob über Europa weiterhin das Kreuz oder zukünftig der Halbmond regieren würde, stand bevor. Die stolze Armada der Osmanen, die aus 310 Schiffen bestand und sich mit 100 000 Mann an Bord zahlenmäßig in der Überzahl befand, lag in der kleinen Hafenstadt Lepanto am Golf von Patras vor Anker. Das Kommando führte Ali Pascha, der strahlende Sieger von Zypern.

Am Morgen des 7. Oktober 1571 trafen die beiden Flotten zur großen, entscheidenden Abrechnung aufeinander. Über eine Länge von fünf Kilometern drängten sich an die 600 Schiffe mit fast 200 000 Soldaten. Stundenlang manövrierten die Seeleute und belauerten sich die Geschwader gegenseitig, bis der christliche Oberkommandierende endlich den Befehl zum Rammen gab und das blutige Gefecht begann. Die venezianischen Galeassen, die von den feindlichen Entermannschaften nicht erobert werden konnten, erwiesen sich schnell als die alles entscheidenden Waffen. Allein vier dieser Kriegsmaschinen setzten 108 türkische Galeeren außer Gefecht. Damit brach die Formation auseinander, und als das Flaggschiff von Ali Pascha gerammt und erobert wurde und er selbst unter dem Beil eines Feindes starb, war die Niederlage der osmanischen Flotte besiegelt. Als die Sonne an diesem Oktobertag sank, war das Meer rot von Blut. In wenigen Stunden hatten in einem fürchterlichen Gemetzel über 50 000 Spanier, Venezianer, Römer und Türken ihr Leben gelassen und hunderte Galeeren blieben zu Trümmern zerschossen und niedergebrannt als schwimmende Särge im Golf zurück. Als Kriegsheld kehrte Sebastiano Venier, der venezianische Oberkommandierende, nach Venedig zurück und wurde zum Dogen gewählt.

Die *Heilige Liga*, unter deren Führern es schon am Tag nach der siegreichen Schlacht zu heftigen Zerwürfnissen kam, zeigte sich jedoch unfähig die Gunst der Stunde zu nutzen und aus dem Sieg weit reichenden politischen Nutzen zu ziehen. Schon ein Jahr nach der Schlacht von Lepanto kehrte die osmanische Flotte in neuer Stärke zurück und demonstrierte ihre bedrohliche Macht im Mittelmeer. Venedig sah sich zu Verhandlungen gezwungen, zahlte einen Tribut von 300 000 Dukaten an den Sultan von Istanbul und musste sich mit dem endgültigen Verlust von Zypern abfinden.

Der Sultan kommentierte diese Entwicklung gegenüber dem Dogen von Venedig mit den Worten: »Es gibt einen großen Unterschied zwischen Eurer und unserer Niederlage: Indem wir Euch das Königreich Zypern entrissen haben, haben wir Euch einen Arm abgeschlagen; indem Ihr unsere Flotte bei Lepanto geschlagen habt, habt Ihr uns den Bart abrasiert. Der Arm wächst nicht wieder nach, aber der Bart wird umso dichter.«

Die Capitanea Galea

Abb. 70 Das Rigg der "Capitanea Galea"
aus: J. Furttenbach, Architectura Navalis, Kupferblatt Nr. 1

Folgende Seite:

Perspektivische Ansicht des venezianischen Arsenals
Holzschnitt nach Zeichnung, 1500,
von Jacopo de' Barbari

ARSENAL

le vergine

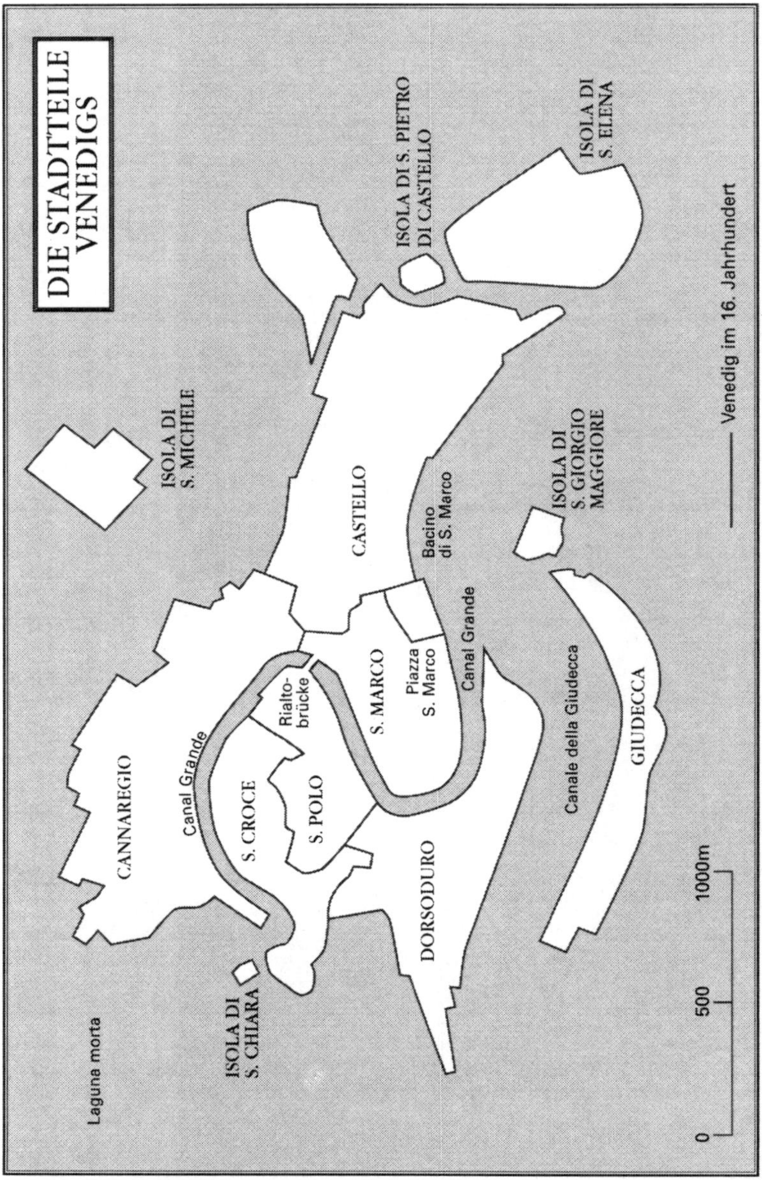
DIE STADTTEILE
VENEDIGS
ISOLA DI S. MICHELE
ISOLA DI S. PIETRO
DI CASTELLO
ISOLA DI
S. ELENA
CASTELLO
Bacino
di S. Marco
ISOLA DI
S. GIORGIO
MAGGIORE
Canal Grande
Piazza
S. Marco
S. MARCO
Rialto-
brücke
Canale della Giudecca
GIUDECCA
CANNAREGIO
Canal Grande
S. CROCE
S. POLO
DORSODURO
ISOLA DI
S. CHIARA
Laguna morta
0
500
1000m
Venedig im 16. Jahrhundert

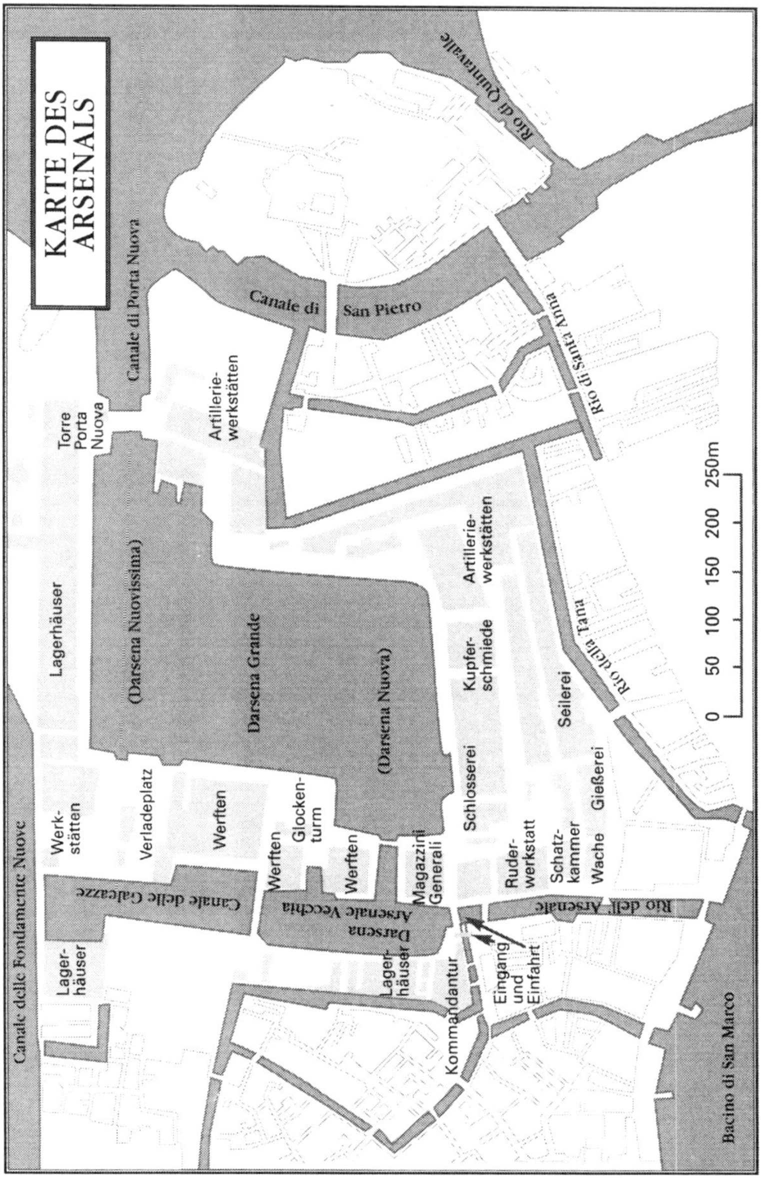
KARTE DES ARSENALS
Canale delle Fondamente Nuove
Canale di Porta Nuova
Torre Porta Nuova
Canale di San Pietro
Rio di Quintavalle
Rio di Santa Anna
Artillerie-werkstätten
Lagerhäuser
(Darsena Nuovissima)
Darsena Grande
(Darsena Nuova)
Artillerie-werkstätten
Kupfer-schmiede
Seilerei
Rio della Tana
0 50 100 150 200 250m
Werk-stätten
Verladeplatz
Werften
Glocken-turm
Schlosserei
Gießerei
Werften
Werften
Magazzini Generali
Ruder-werkstatt
Schatz-kammer
Wache
Canale delle Galeazze
Darsena Arsenale Vecchia
Rio dell' Arsenale
Lager-häuser
Lager-häuser
Kommandantur
Eingang und Einfahrt
Bacino di San Marco

Quellenverzeichnis

Ulrich Alertz: *Vom Schiffbauhandwerk zur Schiffbautechnik – Die Entwicklung neuer Entwurfs- und Konstruktionsmethoden im italienischen Galeerenbau (1400–1700)*, Dr. Kovac Verlag 1991

Kerstin Becker: *Die verbotene Stadt – Das Arsenal von Venedig*, mare – Die Zeitschrift der Meere, Nr. 18, Februar/März 2000

Klaus Bergdolt: *Der schwarze Tod in Europa – Die Große Pest und das Ende des Mittelalters*, Beck Verlag 2000

Klaus Bergdolt (Hrsg.): *Die Pest in Italien 1348 – Fünfzig zeitgenössische Quellen*, Manutius Verlag 1989

Thomas Coryate: *Beschreibung von Venedig 1608*, Manutius Verlag 1988

Helmut Dumler: *Venedig und die Dogen*, Artemis & Winkler Verlag 2001

Emanuel Eckhardt: *Halbmond über dem Goldenen Horn*, DIE ZEIT, Nr. 23 vom 28. Mai 2003

Felix Fabri: *Galeere und Karawane – Pilgerreise ins Heilige Land, zum Sinai und nach Ägypten 1483*, Edition Erdmann 1996

Kurt Heller: *Venedig – Recht, Kultur und Leben in der Republik, 1697–1797*, Böhlau Verlag 1999

David Herlihy: *Der schwarze Tod und die Verwandlung Europas*, Wagenbach Verlag 1998

Daniel Huguenin/Erich Lessing: *Venedig – Glanz und Glorie*, Komet Verlag 2001

Claude Lecouteux: *Das Reich der Nachtdämonen – Angst und Aberglauben im Mittelalter*«, Artemis & Winkler Verlag 2001

René Maine: *Von Lepanto bis Trafalgar*, Internationale Flottengeschichte Band 1, Stalling Verlag 1977

Gerhard Rösch: *Venedig – Geschichte einer Seerepublik*, Kohlhammer Verlag 2000

Johann Michael Sailer: *Die Weisheit auf der Gasse oder Sinn und Geist deutscher Sprichwörter*, Eichborn Verlag 1996

Stefan Schmitt: *Archäologie des Schicksals*, DIE ZEIT, Nr. 27 vom 26. Juni 2003

Eva Sibylle/Gerhard Rösch: *Venedig im Spätmittelalter 1200–1500*, Ploetz Verlag 1991

Werner Zimmermann: *Die Furtenbach Galeere von 1571*, Koehler Verlag 1985

Alvise Zorzi: *Venedig – Die Geschichte der Löwenrepublik*, Claassen Verlag 1985

André Zysberg/René Burlet: *Venedig und die Galeeren*, Otto Maier Verlag 1991

Material aus dem Internet:

www.histinst.rwth-aachen.de/ext/tma/tema/galera/galera.htm
www.histinst.rwth-aachen.de/ext/tma/tema/galera/litera.htm
www.ottenb.areca.de/venice/corderia.htm
www.abano-montegrotto.de/praglia.html
www.termeeuganee.tv/parcocolli/deutsch/parco_colli_euganei.htm
www.univie.ac.at/Wirtschaftsgeschichte/VGS/eia11p.html
www.zdf.de/ZDFde/inhalt/3/0.1872.2001187.00html

Liebe Leserinnen, liebe Leser,

seit vielen Jahren biete ich meinem Publikum an mir zu schreiben, weil es mich interessiert, was meine Leserinnen und Leser von meinem Buch halten. Auch heute noch freue ich mich jedes Mal riesig über das Paket mit den Zuschriften, das mir einmal im Monat nachgesandt wird. Dann machen meine Frau und ich uns einen gemütlichen Tee-Nachmittag und lesen beide jeden einzelnen Brief. Und daran wird sich auch in Zukunft nichts ändern.

In den letzten Jahren erreichen mich jedoch so viele Briefe, dass sich in meine große Freude über diese vielen interessanten Zuschriften ein bitterer Wermutstropfen mischt. Denn auch beim besten Willen komme ich nun nicht mehr dazu, diese Briefflut individuell zu beantworten; ich käme sonst nicht mehr zum Recherchieren und Schreiben meiner Romane. Und jemand dafür einzustellen, der in meinem Namen antwortet, würde nicht nur meine finanziellen Möglichkeiten weit übersteigen, sondern wäre in meinen Augen auch unredlich.

Was ich jedoch noch immer tun kann, ist, als Antwort eine Autogrammkarte zurückzuschicken, die ich persönlich signiere und die neben meinem Lebenslauf im anhängenden farbigen Faltblatt Informationen über zirka ein Dutzend meiner im Buchhandel erhältlichen Romane enthält.

Wer mir also immer noch schreiben und eine von mir signierte Autogrammkarte mit Info-Faltblatt haben möchte, der soll bitte nicht vergessen das Rückporto beizulegen (bitte nur die Briefmarke schicken und diese nicht auf einen Rückumschlag kleben!) Wichtig: Namen und Adresse in Druckbuchstaben angeben. Gelegentlich kann ich auf Zuschriften nicht antworten, weil die Adresse fehlt oder die Schrift nicht zu entziffern ist, was übrigens auch bei Erwachsenen vorkommt!

Da ich viel auf Recherchen- und Lesereisen unterwegs bin, kann es manchmal Monate dauern, bis ich die Karte mit dem Faltblatt schicken kann. Ich bitte daher um Geduld.

Meine Adresse:
Rainer M. Schröder
Postfach 1505
D-51679 Wipperfürth

Wer Material für ein Referat braucht oder aus privatem Interesse im Internet mehr über mein abenteuerliches Leben, meine Bücher (mit Umschlagbildern und Inhaltsangaben), meine Ansichten, Lesereisen, Neuerscheinungen, aktuellen Projekte, Reden und Presseberichte erfahren oder im Fotoalbum blättern möchte, der möge sich auf meiner Homepage umsehen.

Die Adresse: www.rainermschroeder.com

Herzlichst
Ihr/Euer